D1832766

# ह्म न मरब

[उपन्यास]

# हम न मरब

ज्ञान चतुर्वेदी

राजकमल प्रकाशन

ISBN : 978-81-267-2600-4

**मूल्य** : ₹ 995

© ज्ञान चतुर्वेदी

**पहला संस्करण** : 2014
**चौथा संस्करण** : 2022

**प्रकाशक** : राजकमल प्रकाशन प्रा.लि.
1-बी, नेताजी सुभाष मार्ग, दरियागंज
नई दिल्ली-110 002

**शाखाएँ** : अशोक राजपथ, साइंस कॉलेज के सामने, पटना-800 006
पहली मंज़िल, दरबारी बिल्डिंग, महात्मा गांधी मार्ग, प्रयागराज-211 001
36 ए, शेक्सपियर सरणी, कोलकाता-700 017

वेबसाइट : www.rajkamalprakashan.com
ई-मेल : info@rajkamalprakashan.com

**मुद्रक** : बी.के. ऑफसेट
नवीन शाहदरा, दिल्ली-110 032

HUM NA MARAB
*Novel by* Gyan Chaturvedi

इस पुस्तक के सर्वाधिकार सुरक्षित हैं। प्रकाशक की लिखित अनुमति के बिना इसके किसी भी अंश की, फोटोकॉपी एवं रिकॉर्डिंग सहित इलेक्ट्रॉनिक अथवा मशीनी, किसी भी माध्यम से अथवा ज्ञान के संग्रहण एवं पुनर्प्रयोग की प्रणाली द्वारा, किसी भी रूप में, पुनरुत्पादित अथवा संचारित-प्रसारित नहीं किया जा सकता।

दुष्यन्त/नेहा–गणेश/मनु/अदिति/सौरभ/अभिषेक–मीनाक्षी सुकांत/
प्रियांक/निखिल/नम्रता/रूपाली/वेदांत/शाश्वत और मायरा को/
अपने परिवार की इस नई पीढ़ी को/...
और व्यंग्य में आ रही नई पीढ़ी को भी/
बहुत स्नेह और विश्वास के साथ समर्पित/
मुझे विश्वास है कि मैं कभी नहीं मरूंगा/इस नई पीढ़ी में,
हमेशा ही ज़िंदा रहने वाला हूं मैं।

*हम न मरब मरिहै संसारा*

**—कबीर**

# विषय-प्रवेश

यह मेरा चौथा उपन्यास है।

यह उपन्यास मौत, बुढ़ापे, और इन दो अटल अनिवार्य नियतियों के बीच रचे-बसे जोवन तथा जीवन की आपाधापी की कथा है। मौत पर लिखना बेहद कठिन कार्य था। पहले उसे समझो, तब तो उस पर लिखो। मौत को, मौत के आने तक भी नहीं समझ पाते हैं हम। शायद इसी कारण मौत के विषय में बात करने से बचते हैं। मौत की तरफ़ पीठ करके, ठाठ से तब तक जीते रहते हैं हम जब तक कि वह एक दिन, पीछे से हमें दबोच नहीं लेती। और मौत के बाद? कभी सोचा है कि जो मर गया वह आख़िर कहां जाता है? इस प्रश्न का उत्तर गरुण-पुराण से लगाकर हर धर्म तथा फिलॉसफी में सदियों से खोजा जाता रहा है। वैसे वह मेरी चिंता या चिंतन का विषय भी नहीं था। मेरा मन तो इस प्रश्न में रमा था कि किसी व्यक्ति की मौत के बाद उसके पीछे छूट गए घर, परिवार, मित्रों-प्रेमियों आदि का जीवन कैसे बदलता है और कैसे बिलकुल नहीं बदलता है? मरने वाले के साथ कुछ चला जाता है या आदमी अपने सारे स्वार्थ, कमीनेपन और दुनियादारी के साथ यहीं रह जाता है? मौत के सामने भी जीवन वैसा ही कैसे रह जाता है, और क्यों? क्या जीवन के चलने की यह अनिवार्य शर्त है कि वह आसपास हर पल घट रही मौत से प्रभावित न हो? पता नहीं। पर मेरा मन इसी जीवन को समझने का था। मेरे अपने व्यक्तिगत अनुभव तो थे ही। आसपास भी बहुत देखा-भाला था। मौत और उसके बाद छूट गए जीवन को मैंने पूरे जीवन-भर बहुत गहराई से देखा है। स्कूली दिनों में ही पिता की मृत्यु होने के बाद बेसहारा होकर हमारा परिवार कैसे बिखरा और उसे समेटने में कौन किस नरक से गुज़रा आज तलक मैं इसके कारकों पर जब तब विचार करता रहता हूं। यह बात भी इस उपन्यास को लिखने पर बाध्य करती रही। मैंने लकवे के बाद वर्षों तक मां का बिस्तर से लगा होना भी देखा है। चुपचाप पड़ी रहती थीं। मौत की प्रतीक्षा भी थी और उसका भय भी।

पड़ी-पड़ी क्या सोचती रहती होंगी? तिल-तिल करके वह मरना भी देखा है मैंने। फिर डॉक्टरी के धंधे में तो रोज़ ही मृत्यु देखता रहता हूं। मौत मुझे तिलिस्मी आकर्षण से भरपूर विषय लगता था। मन में यह विषय वर्षों से था पर मैं ही लिख नहीं पा रहा था। कई भय थे। एक तो यही डर कि क्या मैंने जीवन को अभी उस गहराई से समझ पाया है जहां पहुंचकर मौत की समझ पकड़ में आती है? फिर यह डर भी कि मौत तथा बुढ़ापे जैसे संवेदनशील विषय का मैं व्यंग्य में निर्वाह कर भी सकूंगा या नहीं? हमारे समाज में बूढ़ों की जो स्थिति है, वह किसी से छुपी नहीं है, पर उसी कठोर यथार्थ को व्यंग्य में कहने को मैं तैयार हूं या नहीं? दोनों ही बातें व्यंग्य की सीमा से परे लगती थीं। बहुत सोचने के बाद यह तय पाया कि मैं इस कथा में बुढ़ापे, मौत, बढ़ती उम्र के साथ आदमी के आदर और अनादर से जुड़ी ज़मीनी वास्तविकताओं के अलावा उनसे जुड़ी फिलॉसफी तथा धार्मिक विश्वासों के बरक्स यदि समांतर चल रहे जीवन की बदमाशियों, कमीनेपन तथा खिलंदड़ेपन को रखकर लिखूं तब कदाचित् सब कुछ व्यंग्य में लिखे जाने के बावजूद विषय की गंभीरता पर मेरी पकड़ बनी रहेगी। इस उपन्यास में वही कुछ करने की कोशिश की है मैंने। अम्मा के प्रसंग यदि बेहद संवेदना और गंभीर शैली में लिखे गए हैं, तो दो कारणों से—एक तो यही कि व्यंग्य का मूल उत्स इसी करुणा में है, और दूसरा यह कि मेरे निकट व्यंग्य अपने आप में एक बेहद गंभीर कर्म है। ये करुणाजनक गंभीर प्रसंग पाठक को याद दिलाते रहेंगे कि वह हास्य और विट से लबरेज अन्य पंक्तियों के बीच भी जीवन का असली यथार्थ देखे-पहिचाने। मेरी भाषा और शैली में सर्वत्र एक खिलंदड़ापन है। परंतु ज्यों ही आप इस खिलंदड़ेपन के भीतर प्रवेश करते हो आपको वे सारे दर्पण इन पंक्तियों के बीच टंगे मिलते हैं जिनमें झांकने से आप प्राय: बचा करते हो। स्वयं से साक्षात्कार कराने का यही काम व्यंग्य का है। तो अम्मा-प्रसंग और यह खिलंदड़ापन, दोनों व्यंग्य लेखन के एक ही सिक्के के अभिन्न पहलू हैं। इनके बिना उपन्यास का व्यंग्य शायद उस तरह कभी नहीं उभर पाता। बहरहाल। मौत पर केंद्रित जीवन की इस कथा को इस अंदाज़ में कहने की मेरी कोशिश का गंभीर क़िस्म के पाठक कृपया बुरा न मानें। जीवन की बड़ी बातों को कहने का एक अंदाज़ यह भी तो हो सकता है?

फरवरी, 2004 में इसे लिखना शुरू किया था।

तो क्या मैं इसे इतने वर्षों तक लिखता रहा?...नहीं, लिखा तो मैंने शायद पिछले तीन वर्षों में ही, बल्कि, शायद, जमकर, तो पिछले एक

डेढ़ वर्ष में ही, और लगकर तो पिछले आठ माह में ही। 2004 में तो बस नोट्स बनाए थे। तब बहुत से चैप्टर्स की रूपरेखा भी तैयार की। पात्र उठाए, धरे, जमाए।...और इसके बाद, कई वर्षों तक मैंने इस उपन्यास को लावारिस-सा छोड़ दिया। यूं, बीच-बीच में मुझे इसकी याद आ जाती थी। थोड़ा लिख भी डालता था। फिर छोड़ देता। इस तरह महीनों के अंतराल से कुछ कुछ चैप्टर्स लिखता रहा। बीच में नौकरी, बच्चों की पढ़ाई, कॅरिअर की भागदौड़, डॉक्टरी के धंधे में और गहरा उतर जाने की मजबूरियां, नौकरी में और वरिष्ठ हो जाने पर पचासों प्रशासनिक जिम्मेदारियों के दबाव, इंडिया टुडे, राजस्थान पत्रिका, नया ज्ञानोदय में वर्षों तक लगातार कॉलमों को लिखने की डेटलाइंस की दौड़-अनेकों व्यवधान आते रहे।...पर ये सब बहाने मात्र थे। इन सबसे ज़्यादा कदाचित, मैं ही इस विषय पर लिखने से बच रहा था मानो, मानसिक तैयारी कर रहा था। लगता था कि अभी बैठा भी तो इसे लिख न सकूंगा। बहरहाल, जब लगा, तो फिर एक साल में ही इसका पहला ड्राफ्ट पूरा कर डाला। शायद 2011 के अंत में। फिर इस ड्राफ्ट में भयंकर काटपीट, जोड़-बाकी, गुणा-भाग का दौर शुरू हुआ। इसी कटे-पिटे ड्राफ्ट को मैंने एक सहृदय टाइपिस्ट को दे दिया। वह दस-पंद्रह दिनों में पचास-साठ पेज़ कंप्यूटर पर टाइप करके उनकी हार्ड कॉपी मुझे पकड़ा देती थी। मैं अगले कुछ दिनों में, उन्हीं पेज़ों में, अपने पेन से पचासों संशोधन करके उसे वापस टाइप करने को दे देता था। इस तरह हर बार एकदम नया-सा ड्राफ्ट बन जाता था। इन संशोधित पेजों में इतनी काटपीट मची होती थी मानो वहां किसी ने पेन लेकर कोई महायुद्ध किया हो। हाशिए से लेकर, छपी पंक्तियों के बीच तक लिख लिखकर काग़ज़ों में बेतरतीब शब्दों और वाक्यों का एक दंगा टाइप मचा दीखता। ऐसे ही तीसरे ख़तरनाक ड्राफ्ट को वापस टाइप करने के बाद मेरी टाइपिस्ट एक दिन वास्तव में ही अस्पताल में भर्ती हो गई। उसने हाथ जोड़ लिये कि मैं इस काम को अब और नहीं कर सकूंगी। फिर नए टाइपिस्ट की तलाश में पूरे सात-आठ माह निकल गए।...फिर मेरे पुराने, पचासों बार आजमाए गए तारणहार हरि भटनागर प्रकट हुए। उनका ही प्रताप है कि यह उपन्यास पूरा हो पाया। मेरे पिछले उपन्यास 'मरीचिका', और फिर इस उपन्यास को पूरा करने का श्रेय यदि मुझे जाता है तो उसे पूरा करवाने का सारा दोष हरि पर। ऐसे मित्र को क्या नाम दूं जो यूं पीछे लगकर आपसे बड़े काम करा ले जिनसे उसको स्वयं कोई व्यक्तिगत और दुनियावी चीज़ हासिल न होना हो?

बहरहाल, अब उपन्यास आपको समर्पित है। पढ़ें। समझें कि मौत और जीवन की मेरी समझ कितनी तथा कैसी है?...है भी, कि बस यूं ही! वैसे तो मौत को आज तक कौन समझ सका है? यूं तो जीवन को ही कितना समझ पाता है आदमी? फिर मौत के एकदम समांतर और फिर भी ठाठ से चल रहे जीवन को समझना तो और भी कठिन है। पता नहीं कि मैं इस कृति में मौत और जीवन के इस पैराडॉक्स को कितना पकड़ पाया हूं। यह भी हो सकता है कि आपको उपन्यास से ऐसा कुछ भी हासिल न हो जैसा मैंने इस भूमिका में चिह्नित करने की कोशिश की है। तब भी, इसे पढ़कर आप निराश नहीं होंगे। आनंद तो तब भी आएगा ही। इस बात की गारंटी है कि उपन्यास रोचक है। और कुछ न भी मिले, मज़ा तो भरपूर मिलेगा। उपन्यास पठनीय है। पठनीयता के साथ विचार और यथार्थ भी ख़ूब है। और क्या जान लोगे बेचारे लेखक की! पढ़िए। हंसिए। मुस्कुराइए। सोच में डूबिए। दुखी होइए। आंखें भर जाएं। दिल भर जाए। कभी खिलाखिला भी उठें। इतना हो जाए तो मेरा काम पूरा। तो पढ़कर देखें। दाद देने का मन करे तो नीचे लिखे नंबर पर दे सकते हैं। गालियां भी इसी नंबर पर देने की प्रार्थना है। गालियों की भी 'इन-कमिंग' फ्री चल रही है, सो मुझे कोई परेशानी नहीं होगी। आप भी संकोच न करें।

**—ज्ञान चतुर्वेदी**

# अनुक्रम


मर गए बब्बा 13

जो एकत्रित हुए उनमें गौरेया भी हैं और गिद्ध भी 123

बंटेगा, पर अभी नहीं बंटा है 257

स्थगित 325

# मर गए बब्बा

हर ज़िंदगी का एक क़िस्सा होता है। यह क़िस्सा अंततः मौत पर ही ख़त्म होता है। पर क्या यह क़िस्सा मौत पर भी वास्तव में ख़त्म हो पाता है? क्या मौत एकदम नया क़िस्सा नहीं शुरू कर देती है?

तो ऐसी ही एक मौत का क़िस्सा सुनाते हैं आपको। यह बात अलग है कि यह क़िस्सा भी ज़िंदगी का ही है क्योंकि मौत का हर क़िस्सा अंततः ज़िंदगी का ही क़िस्सा बन जाता है। बहरहाल। यह क़िस्सा बब्बा की मौत से शुरू होता है।

तो क़िस्सा कुछ यूं शुरू होता है कि बब्बा मर गए।

वैसे क़िस्सा तो उनकी मौत से बहुत पहले ही शुरू हो चुका था।...और अभी मरने के बाद भी चल ही रहा है। पर हमें भी तो यह क़िस्सा कहीं-न-कहीं से शुरू करना ही था।

सो बात यहां से शुरू करते हैं कि बब्बा मर गए। ठीक?

तो...

बब्बा मर गए।

"यार, तुम भोत दुखी न हुआ करो डॉक्टर साब।" 'अब अगर डॉक्टर दुखी होने लग जाएगा तो भैया मान लो कि फिर तो वह ज़िंदगी-भर ही अपना मूं लटका के बैठा रहेगा। अरे, और क्या! यार, तुम डॉक्टरन के तो चौतरफा दुखी लोगन का रेला लगा है। दुखियन को देख-देख के यदि तुम भी दुखी होन लगे, तो तुम तो फिर जेई करते रह जाओगे-न अपना मूं धोबे की फुर्सत पाओगे, न कुछ और चीज़ धोबे की...। और हिंदुस्तान का आदमी इतना हरामी है स्साला कि एक बार दुखी आदमी को बस यह भर पता चल जाए कि उसके लिए कोई दुखी होबे को बैठा है, तो वह दुखी आदमी खुशी-खुशी भागा आता है और आपको घेर लेता है। सो हमाई एक बात गांठ बांध लो भैया। जे दुखी आदमी को देख के खुद दुखी होना छोड़ दो डॉक्टर साब। तुमाओ धंधा ऐसो है कि दूसरों के दुख पे रोबे बैठ गए तो..."

बब्बा नौजवान डॉक्टर को पुचकारते हुए समझा रहे थे। दरअसल डॉक्टर ने अपने धंधे की मार्केटिंग में जो कुछ सीखा था, उसी के अनुसार, उसने बब्बा को बड़े टेक्टफुली यह बताने की कोशिश की थी कि उसे संदेह है कि उनकी बीमारी कैंसर भी हो सकती है। डॉक्टर ने संजीदा होकर, ऐसा मुंह लटकाकर मानो खुद के बाप को कैंसर हो गया हो और आवाज़ को सायास गंभीर तथा भरी-भरी सी बनाकर बब्बा से कहा था कि बड़े दुख की बात है कि आपको...।

"तुम कह रहे हो कि बड़े दुख की बात है कि आपको कैंसर होने का शक है हमें। जे भी स्साली खूब हुई। बीमारी सुसरी हमें हुई है और दुखी तुम हो रहे हो? तुम काहे अपना ख़ून छनका रहे हो?...कैंसर हो, चाहे टीबी...इसमें तुमारे दुखी होबे की बात कितें से आ गई?...नहीं डॉक्टर साब, तुम हमें सांत्वना तो देबे की कोशिश करो मती। और खुद भी दुखी मत हो। सुख-दुख जैसी कोई बात है ही नहीं इस दुनिया में। देखो, हम हो चुके चौरासी साल के। भौत दुनिया देखी है। सब जानते हैं। हर चीज़ देख ली। सो हमसे अच्छा तुमें कौन बता सकता है कि क्या तो दुख और क्या सुख? सब भैंचो, आखिर में जाके एक ही चीज़ निकलते हैं। तुम अभी नौजवान हो। तभी ये दुख-सुख की भाषा बोल रहे हो। नहीं तो दुनिया में काहे का तो दुख और कौन-सा सुख। सब चीज़ें घूम-फिर के वही तो हैं। एक ही चीज़ है सब। दुख-सुख सब एक है। बस आपका मन है जो आपको चूतिया बनयो जाता है और आप बनते चले जाते हैं..."

बब्बा सुख-दुख के अपने एकालाप में यथार्थ, फिलॉसफी, वेद-पुराण और गाली-गलौज के बीच आवाजाही कर रहे हैं और बैग में जांच के सामान को वापस धरता हुआ डॉक्टर 'हां-हूं' किए जा रहा है।

यहां आकर क़िस्सों का सजग परंतु पारंपरिक पाठक यह पूछ सकता है कि साहब, बब्बा तो क़िस्से की शुरुआत में ही मर चुके, तो फिर वे यहां वापस कैसे आ गए? क्या कहानी में कोई पेंच है? डबलरोल टाइप कोई बात? या फिर कहीं जासूसी या भूतप्रेतन की कहानी तो नहीं हो रही? होये तो बता दीजियो क्योंकि वैसी कहानियां हम नहीं पढ़ा करते।

इसके उत्तर में हम यहां बताना चाहेंगे कि लेखक मजबूर है। क्या करे वह बेचारा? हिंदी कहानी आजकल बदल गई है। सीधे-सीधे कहानी कहने वाले को आजकल चूतिया कहा जाता है। सो कहानी को हम घुमा-फिराकर कह रहे हैं। आगे भी आप पाएंगे कि कई बार हम कहानी के कान को इसी प्रकार या तो घुमाकर पकड़ेंगे या फिर टांगों में से हाथ निकालते हुए फिर पकड़ेंगे या कहीं-कहीं तो ऐसे कौशल से उसे पकड़ेंगे कि खुद न बता पाएंगे कि कान तक पहुंचे कैसे? क्या करें साहब। कहानी के धंधे में टिकना है तो ये वाले ठनगन भी करने ही पड़ेंगे।

दरअसल हमने कहानी तो शुरू की थी, 'बब्बा मर गए' इस वाक्य से; तो कहानी में इसके बाद कायदे से रोना-धोना मचना चाहिए था और अंतिम संस्कार की तैयारी बताई जाती, परंतु हम कहानी को वहां से उठाकर बब्बा की मृत्यु से एक वर्ष पूर्व के इस दिन पर ले आए हैं। ज़ाहिर है कि तब बब्बा ज़िंदा थे। बल्कि इसे यों कह लें कि अच्छे खासे ज़िंदा थे। अच्छे खासे ज़िंदा होने का मतलब? मतलब यह कि कुछ इस अदा से ज़िंदा थे कि गांव के सभी ज़िंदा लोगों को लगातार ख़बर देते रहते थे कि बेटा, अभी हम ज़िंदा हैं। बब्बा लुगासी में और उसके आसपास के बहुत बड़े इलाके में एक साथ ही विख्यात और कुख्यात थे। उन्हीं दिनों में से कोई एक दिन था यह। उस दिन उन्हें हुक्का पीते हुए, या शायद किसी को जोर-जोर से गरियाते हुए या कदाचित् किसी को दूर से ही जूता फेंककर मारते हुए अचानक ही जोर से खांसी का दौरा-सा आया। बहुत सारा ख़ून भी थूक और बलगम के साथ निकल आया। आसपास वाले घबरा गए परंतु बब्बा सभी को सांत्वना देने लग गए कि चिंता की कोई बात नहीं है क्योंकि ऐसा थोड़ा बहुत ख़ून तो हमें पिछले छह महीने से कभी-कभी आता ही रहता है; और जे स्साला वैसे कुछ ख़ास नहीं है, बस कुछ पुराना-धुराना ख़ून छाती में जमा है, जो भैंचो बैठे बिठाए कभी-कभी बाहर निकल आता है। उन्होंने इसकी जड़ खोजते हुए यह बताया कि सन छत्तीस में जब गांव में लाठी चली थी, तब स्साली एकाध लाठी उनकी छाती में भी घल गई थी-ये तभी का ख़ून है। और कुछ ख़ास नहीं।...और पुराना ख़ून तो जित्ता ही बाहर निकल जाए, उत्ता ही बढ़िया वरना छाती में पड़े-पड़े पानी में बदल जाएगा तो और मुसीबत। बब्बा ने ख़ून गिरने को एक आम सी घटना मानने का आग्रह किया परंतु बब्बा के बड़े नाती रज्जन ने उनकी एक न मानी और अपनी मोटरसाइकिल दबा के मोंठ गए और वहां से डॉक्टर साहब को पीछे बिठा के घर ले आए।

लुगासी में तो कोई डॉक्टर था नहीं। एक वैदजी थे जो खुद ही मरबे वाले थे, एक होमियोपैथी की पेटी धरे रिटायर्ड मास्साब थे और दो-तीन ऐसे डॉक्टर थे जिनकी

डिग्री की ठीक से पुंगी भी नहीं बनाई जा सकती। सरकारी अस्पताल है मोंठ में जो लुगासी से बारह किलोमीटर पर है। वहीं से आए थे ये डॉक्टर साहब।

डॉक्टर साहब एकदम ताजा-ताजा बने डॉक्टर थे जिसे मेडिकल कॉलेज की ठंडी कढ़ाई से उतारकर सरकार ने सीधे मोंठ में परोस दिया था। वे ताजा डॉक्टर तो थे ही, साथ ही लगभग ताजा-ताजा नौजवान से भी थे, जिन्होंने बाल धूप में सफ़ेद न करके डॉक्टरी हॉस्टल की मटरगश्तियों और दीगर अन्य ऐसी गतिविधियों में सफ़ेद किए थे जिनका डॉक्टरी से ज़्यादा उठाईगिरी से ताल्लुक हुआ करता है। दरअसल वे जवानी और डॉक्टरी की चपेट में एक साथ ही आने के बाद, आज तक तय नहीं कर सके थे कि किसे प्राथमिकता दें। जहां तक उनके डॉक्टरी ज्ञान का प्रश्न था तो कह लें कि भ्रम, अंधविश्वास और प्रयोगात्मकता का अजीब-सा घालमेल उनमें भी था जो नए-नए डॉक्टर में कहीं भी देखा जा सकता है।

तो इस डॉक्टर ने पहले तो खूब उल्टी सीधी बातें पूछीं, फिर वो आले को बब्बा की छाती पर यहां-वहां धरकर जांचता रहा और अंत में आला लपेटकर बैग में धरते हुए उसने गंभीरतापूर्वक सभी आसपास वालों को नाटकीय ढंग से सुनाते हुए रज्जन से कहा कि 'दादाजी को जो खांसी में ख़ून आ रहा है, वह बहुत अच्छी बात नहीं है।'

बब्बा अभी तक रुचिपूर्वक डॉक्टर की समस्त हरकतों पर एक तिरछी नज़र रखे हुए थे। वे इस डॉक्टर को मनमर्ज़ी से, अपनी तरह से यूं जांच करने दे रहे थे मानो कोई बूढ़ा अपने छोटे से नाती को पेट पर खेलने-कूदने दे। 'बालक है, जाने दो' वाली उदार भावना जैसा भाव। पर अब, जब उसने यह कहा कि खांसी में ख़ून आना कोई अच्छी बात नहीं है, तो बब्बा ने स्पष्टीकरण देना और लेना ही उचित समझा। बब्बा ने डॉक्टर को यह स्पष्ट किया कि खांसी में ख़ून आने को हम भी कोई बहुत बढ़िया या दिलकश चीज़ मानते हों, ऐसा नहीं है। जिसने भी तुम्हें यह बताया है कि हम इसे कोई अच्छी चीज़ मानते हैं, वो हरामी है और तुम्हें चूतिया बनाने की कोशिश कर रहा है। हम भी तुम्हारी तरह ही इसे खराब चीज़ मानते हैं। उन्होंने यह चुनौती तक दे डाली कि पूरी लुगासी में तुम हमें एक आदमी भी ऐसा बता दो कि जो यह मानता हो कि खांसी में ख़ून आना जोरदार चीज़ है, तो उसे बुलाकर हम अभी तुम्हारे सामने चार जूते मारते हैं। बब्बा ने डॉक्टर को समझाया कि माना कि यह गांव है और हम गांव वाले शहराती लोगों के लिए उजड्ड तथा चूतिया कहाते हैं और हो सकता है कि हम हों भी, पर हम इतने भी नहीं हैं कि खांसी में ख़ून आने को कोई अच्छी बात मानें।

बल्कि हम तो यह भी मानते हैं कि खांसी में ही क्यों, कहीं से भी ख़ून आना अच्छी बात नहीं है। पर क्या किया जा सकता है? ज़िंदगी में कित्ती बार ऐसी चीज़ें हो जाती हैं, जो जानबूझकर नहीं की जातीं। वे तो बस्स हो जाती हैं डॉक्टर साब। अब हमने कोई जानबूझके थोड़ेई ख़ून थूका। न तो मूं में चक्कू घुसेड़ा, न ही कांच चबाया। जे ख़ून तो बस निकल आया। ऐसेई।...अब तुमारी डॉक्टरी हिकमत इसका जो भी कारण बताए पर हमें तो जेई शक है भैया कि पड़ा रहा होगा पुराना ख़ून, छाती में। निकल-निकल गया। हमारे हिसाब से तो, एक लिहाज से यह बढ़िया ही कहाया।

अब तो हमें वैसे भी भोत बढ़िया लग रहा है। सो हम तो जे ही कहेंगे कि तुम नाहक परेशान न हो। ख़ून का गिरना अच्छी बात तो ख़ैर है ही नहीं, पर ऐसी खराब बात भी नहीं है।

डॉक्टरी के पोथों में इस तरह के तर्कों का कोई सटीक उत्तर उसने कहीं पढ़ा नहीं था सो डॉक्टर चुपचाप रहा। हां वह चिढ़-सा अवश्य गया। डॉक्टर ने भिनभिनाकर कुछ ऐसा कहा कि हमें शक है कि चूंकि फेफड़े पर आला धरने से कुछ आवाज़ें सुनाई दे रही हैं, आपका लीवर भी बढ़ा हुआ है और आपका वजन भी छह महीने में छह किलो कम हो चुका है—इन सब बातों से हमें लग रहा है कि कहीं यह कैंसर न हो जो लीवर तक फैल चुका हो, सो आगे और जांचों की आवश्यकता पड़ेगी। डॉक्टर ने इन बातों को 'मुझे शक है', 'मुझे दुख है', 'मुझे डर है', 'मुझे लगता है', 'हो सकता है' आदि वाक्यों के साथ मिलाकर अपने लिहाज से बेहद सलीके और समझदारी से संभालते हुए कैंसर का नाम लिया था।

बब्बा हंसने लगे।

'एकदम्म से कैंसर पे न कूद पड़ो डॉक्टर साब।...तनिक धीमे-धीमे चलो।...' बब्बा ने पुचकार कर कहा। उन्होंने नौजवान डॉक्टर को डॉक्टरी के प्रैक्टिकल गुर सिखाते हुए कहा कि मरीज को एकदम से यूं कैंसर कह देना ठीक बात नहीं कहाती है क्योंकि न तो हर मरीज को हमारी तरह से यह पता होता है कि डॉक्टरी में कई बार चुतियापे की बातें भी की जाती हैं, और न ही हर मरीज हम जैसा हिम्मत वाला ही होता है कि जो कैंसर-फैंसर के नाम से भी घंट न घबराए।

ये बातें सुनकर डॉक्टर और चिढ़ सकता था, पर चिढ़ा नहीं। रास्ते में आते समय उसे बज़रिये रज्जन बाबू, बब्बा की हैसियत और लुगासी के नागरिक शास्त्र में उनके स्थान की ख़बर हो चुकी थी। प्राइवेट प्रैक्टिस में लुगासी से भविष्य में केस उसके पास आते रहेंगे-इस सुखद आशा में वह लुगासी के इस महत्त्वपूर्ण नागरिक की अललटप्पू बातों को नजरअंदाज़ कर-करके अब तो मुस्कुराने तक लग गया था। वह उनकी बातों का मज़ा भी ले रहा था पर साथ ही बीमारी की गंभीरता की तरफ़ इशारा भी करता जा रहा था। उसने फिर कहा कि मुझे दुख है, पर आपको मोंठ चलना पड़ेगा ताकि वहां आपकी छाती का फोटू करा लिया जाए। तभी जाकर बीमारी साफ़ हो सकेगी और डॉक्टरी अदालत में दूध का दूध, पानी का पानी हो पाएगा।

रज्जन ने भी डॉक्टर की हां में हां मिलाते हुए कहा कि डॉक्टर साब, आप बता दो कि कब लाना होगा, तो हम बब्बा को उसी दिन ले के...।

बब्बा भड़क गए। बब्बा ने कहा कि हम फोटू-सोटू न खिंचवाएंगे भैया। उन्होंने यह भी स्पष्ट कर दिया कि फोटू-सोटू तो खिंचायेगा हमारा घंटा। बब्बा ने डॉक्टर से क्षमा मांगते हुए कहा कि डॉक्टर साब, तुम रज्जन को माफ कर देना कि इनने तुमें उतें मोंठ से इतें ला के इत्ता परेशान किया। हम तो इन्हें कभी मोंठ न भेजते। पर जे भैंचो हमें बिना बताए मोंठ कढ़ गए। हुआ जे कि हम तो इधर ख़ून थूकबे में लगे थे कि उधर जे चूतियाचंदन आपको उठा लाए। फालतू आपका टेम खराब किया।

...मोटरसाइकिल के पहिया अलग घिसे। और नतीजा?...नतीजा स्साला जे कि भैया कैंसर है तुमें! चलो शहर। खिंचाओ एक्सरा, कराओ ख़ून की जांच, डलवाओ नीचे उंगली, ऊपर नली। पचास तरह के डॉक्टरी नेंग, भैंचो।...इनें खूब पता है कि बब्बा जे सब कभी नहीं कराबे वाले। फिर भी ले आए तुमें, अपनी पिछाड़ी लाद के।...भैया हम कहीं भी नई जाबे वारे। कैंसर से मरेंगे तो लुगासी में, और जो कोई हमारा मर्डर करबे की कभी इच्छा करे उसे भी लुगासी ही आ के हमें चक्कू मारना पड़ेगा।...अस्सी साल हो गए हमें लुगासी में रहते। अब इस कैंसर के लाने क्या हम लुगासी से बाहर जाएंगे?...माफ करो डॉक्टर साब।...जे भैंचो रज्जन वैसे हमारे नाती तो जरूर हैं पर हैं बड़े चूतिया। पर अब क्या करें? पैदा हो गए हैं हमारे खानदान में तो रिश्ता तो तोड़ नहीं सकते न? है कि नहीं?...बस, तुम इन्हें माफ कर दो और हमें भी...।

बब्बा इतना लंबा बोलकर थोड़ी देर को सांस लेने के लिए चुप हुए तो डॉक्टर ने उन्हें समझाइश देने के अंदाज़ में पुचकारते हुए बताने की कोशिश की कि आपको अपनी बीमारी को सीरियसली लेना चाहिए और इतनी गंभीर बात को आप ऐसे मजाक में न उड़ाएं।

बब्बा ने हंसकर कहा कि हम मजाक नहीं कर रहे भैया। हमारा तुमारा कोई जीजा-साले का रिश्ता तो है नहीं कि हमारे बीच मजाक चले। बल्कि हम तो जीजा-साले के बीच मजाक के भी सख्त विरुद्ध हैं और इस चक्कर में अपने साले की बहुत पहले ठुकाई भी कर चुके हैं। जहां तक हमारे सीरियस होबे की बात तुमने कही डॉक्टर साब, तो तुम क्या चाहते हो कि अब हम अपनी बीमारी के नाम पे दिन-भर छाती कूटा करें?...और जो कहीं जोर से कूट-काट दी तो स्साला और भी ख़ून न निकल आएगा?...

डॉक्टर अब जाकर खुलकर हंसने लगा। वह जान गया कि कैंसर की तरह ही इस आदमी का भी कोई तोड़ नहीं हो सकता। बब्बा बोलते रहे।

'और जो तुम बार-बार 'हमें दुख है, हमें दुख है' कह रहे हो न डॉक्टर साब, तो दुख-सुख का तुमें कुछ पता भी है? तुमें कुछ भी नहीं पता। तुमें दुख और सुख का कुछ भी नहीं पता। हम बताते हैं...'

और यहीं से बब्बा ने सुख-दुख का वह लंबा विवेचन शुरू किया जिसका शुरुआती अंश पाठकों ने अभी पढ़ा।

बब्बा ने सुख और दुख की फिलॉसफी, नौजवान डॉक्टर को अपनी ही शैली में समझाना जारी रखा। डॉक्टर भी अब मजे से उनकी बातों में रस ले रहा था।

'अच्छा डॉक्टर साब, तुम तो हमें जे बताओ कि जे स्साली ज़िंदगी आखिर होती क्या है? बताओ, बताओ? तुमने तो भैया इत्ती बड़ी पढ़ाई करी है। डॉक्टरी के मोटे-मोटे पोथे पढ़े हैं। पर कभी हम जैसा कोई चूतिया तुमसे यह पूछ बैठे कि जे तो बताओ कि ज़िंदगी होती क्या है, तो क्या ठीक से बता पाओगे? नहीं बतला पाओगे न? ज़िंदगी को समझबे के लाने कोई किताब नहीं पढ़नी पड़ती भैया; ज़िंदगी जीनी पड़ती है। वर्ना बैठे-बैठे तो तुम लाख पोथियां पढ़ डालो-तुमारे चूतड़ में भट्टे पड़ जाएंगे बैठे-बैठे, पर ज़िंदगी को कभी न समझ पाओगे। हां, कभी हम जैसों से पूछो, हम जैसों की संगत

करो, तो ज़िंदगी को ज़रूर समझ जाओगे। और जो तुम कभी ज़िंदगी को ठीक से समझ गए तो फिर सुख-दुख की जे बातें भूल जाओगे।

तो ज़िंदगी क्या है? हम बताएं?

ज़िंदगी स्साली, बस, सुख की निरंतर तलाश है। और सुख भैंचो कहीं होता ही नहीं। ज़िंदगी सुख के पीछे एक चूतियाचंदन वाली दौड़ है। यह कभी खत्म नहीं होती क्योंकि सुख तो कभी मिलने का नहीं। अरे, जे सुख नाम की चीज़ जो कहीं होये तब तो मिले ना। समझो, सुख कहीं होता ही नहीं डॉक्टर साब। सब दुखी हैं। और सब जन दुखी ही रहबे बारे हैं। सच तो यह है कि जीवन में सब तरफ, बस दुख ही दुख है। सब दुखी हैं। कोई कम दुखी, तो कोई ज़्यादा। और जो दुखी नहीं है, वह वास्तव में चूतिया है। चूतिया होने के कारण उसे पता ही नहीं चल पा रहा है कि वो वास्तव में दुखी है। वह अपनी मूर्खता के कारण दुख को ही सुख समझे रहता है।...सो दुख तो भैया हर तरफ़ है। सुख की बस अफवाह है। झूठी ख़बर। ज़िंदगी-भर आदमी इस झूठी ख़बर के पीछे भागा फिरता है। सोचता है कि क्या पता ख़बर सच्ची ही निकल आए। निकलती वह कभी घंट नहीं।...तुम हंस रहे हो डॉक्टर साब? हंस लो। पर बात हम एकदम सच्ची कह रहे हैं। तुम अभी समझ नहीं पा रहे हो। अभी जवान हो न, इसीलिए। और जवानी चढ़ी है तो जवानी की ताकत भी है। अब इस जवानी की ताकत को कहां जाकर खर्च करोगे? सो तुम पूरी ताकत से सुख के लिए भागोगे ही। हम भी कभी भागे ही थे। खूब दौड़े। दौड़ते-दौड़ते पांव पिरा गए। सांस उखड़ गई। घुटना खट-खट करने लगे। पर सुख न मिला।...तुम भी जब हमारी उमर में पहुंचोगे न, तब खुद से ही सवाल पूछना कि बता बे, अब तो बता कि क्या होता है दुख और क्या होता है भैंचो सुख... ?

अब, जैसे तुम हमें कह रहे हो कि दुख की बात है कि आपको शायद कैंसर है, जो हो सकता है कि स्साला सब तरफ़ फैल भी गया हो। कहते हो कि भैंचो लीवर में चला गया है। फेफड़े में तो वो है ही। और क्या पता कि स्साला दिल पर भी जोर डाल रहो हो क्योंकि तुमारी डॉक्टरी में तो आदमी आखिरी में हार्टफेल से ही तो मरता है न? है कि नहीं?...सो इत्ता कैंसर हो गया है—सही है कि यह दुख की बात तो है। पर क्या यह सुख की बात नहीं है कि इत्ता फैल जाने पर भी हम तुमारे सामने बढ़िया ज़िंदा बैठे तुमसे ऐसी बढ़िया बातें कर रहे हैं जो कोई बिना कैंसर वाला भी कभी करके बता दे तो हम स्साले की ज़िंदगी-भर गुलामी करें; वैसे ज़िंदगी भौत बची नहीं है, फिर भी। अरे इत्ती बड़ी बीमारी के बाद भी आदमी ज़िंदा है—और क्या चाहिए, यार, काहे का दुख? घंटा।

डॉक्टर, बब्बा के ऊलजुलूल परंतु अद्भुत विवेचन में खो सा गया था। वह मजे लेकर सुन रहा था।

बब्बा ने आगे कहना जारी रखा :

'वैसे डॉक्टर साब, तुम जरूर सोच रहे होगे कि जे बूढ़ा, स्साला, हमारा टाइम खराब कर रहा है। भैया, तुम ठहरे व्यस्त आदमी। बिजी बोलते हो न? बिजी डॉक्टर।

पर जान लो कि हम तुमारा टाइम खराब नहीं कर रहे। हमारी जेई बातें तुमें आगे याद आएंगी। कभी तो तुम भी याद करके कहोगे कि यार कैसा तो गज़ब आदमी था। और बाद में कोई आपको इस तरह याद करे तब ही तो भैया जीने का मज़ा है और मरने का भी। अरे, जे क्या भैंचो कि...समझे कि नहीं ? तो तुम हमसे आज सुख-दुख की बात समझ ही लो भैया।'

बब्बा को महफिल सजाने की आदत तो वर्षों से थी। आज एकदम नया श्रोता पाकर वह आदत उफनकर सामने छा सी गई है :

'अच्छा डॉक्टर साब, तुम तो जे बताओ कि तुमाओ शादी ब्याओ भओ कि नई ?...चलो नहीं भी हुआ हो, पर कभी स्त्री-संसर्ग किए हो कि नहीं ? शरमाओ मती, अरे आदमी भैंचो पैदाइश के बाद से स्त्री के पीछे ही तो भगा-भगा फिरता है। यही फितरत है आदमी की। जवान हुआ नहीं कि वह स्त्री-संसर्ग के लिए कैसा मरा जाता है ? देखा है न ? लार बहाता खड़ा रहता है, हर स्त्री की राह में। बस यही सोचता है कि जे मिल जाए तो मज़ा आ जाए। सोचता है कि स्त्री संसर्ग में ऐसा सुख मिलेगा कि स्वर्ग का आनंद आ जाएगा। है कि नहीं ? पर इस एक सुख के भरम में वो स्साला ऐसा चूल्हा-चक्की, मोंड़ा-मोंड़ी के झंझट में फंसता है कि तब जा के पता चलता है सरऊ को कि इसमें सुख का तो बस एक छलावा था। कभी मछरिया पकड़े हो न तालाब पे ? न पकड़े होगे। पर पता तो होगा। वैसा ही है यह सुख। इसे दुख के कांटे में लगा चारा समझ लो डॉक्टर साब। सुख के लिए लपकते हो, पर दुख के कांटे में बिंधे रह जाते हो। बस, जेई है सुख और दुख की कहानी।'

बब्बा जब बोलते हैं तो उनको सुनने वालों की भीड़ आसपास जमा हो जाती है। उनकी बातें होती ही ऐसी हैं। फिर अभी तो वे एक शहराती डॉक्टर को धोबी पछाड़ लगा रहे थे जिसमें लुगासी वालों को आत्मीय गर्व होना ही था। सो कुछ ज़्यादा ही भीड़ हो गई थी। इस भीड़ में घर के लोग थे, घर के नौकर थे, चरवाहे थे, पड़ोसी थे और नाती-पोते भी थे। भरापूरा घर है बब्बा का, मात्र ऐसा कहकर उनके बड़े खानदान का जिक्र नहीं किया जा सकता। उसे खासा भरा पूरा मानिए। इसी भीड़ में उनके दो सुपुत्र भी खड़े हैं कि बातें करते-करते कहीं बाप कुछ मांग ही बैठे या आज्ञा दे तो तुरंत पूरी की जा सके। बब्बा के सुपुत्र भी स्वयं साठ साल के ऊपर के हो चुके परंतु बब्बा के सामने वे अभी भी वही गप्पू और नन्ना हैं जिन्हें वे बचपन से लतियाते रहे हैं।

सुख और दुख का उदाहरण देने के लिए बब्बा ने सीधे अपने ही खानदान को पकड़ा। इसके लिए गप्पू से बेहतर और कौन होता ?

बब्बा ने अचानक ही अपने बड़े बेटे गप्पू की ओर इशारा करके डॉक्टर को उनका परिचय कराया और इस परिचय को सुख-दुख की फिलॉसफी से जोड़कर बताने लगे। बब्बा ने बताया कि ये हैं हमारे सबसे बड़े सपूत। अब इनके पैदा होबे को हम सुख मानें कि दुख ? साठ साल से ऊपर के होकर अभी मास्टरी से रिटायर हुए हैं। पचासन, बल्कि हजारन लौंडे इनसे पढ़-पढ़ा के दुनिया में यहां-वहां अपनी मैयो करा रहे हैं, पर इनने स्साली, कभी एक चीज़ भी ढंग की जीवन में करी हो तो

खुद बता दें। जब जे पैदा भये थे सब कह रहे थे कि ल्यो भैया, पहली संतान ही लड़का भई, सो तुमसे बड़ा सुखी आदमी मान लो कि दुनिया में कोई नहीं।...पर आज? बे ही गप्पू, बे ही हम, और वही दुनिया। काहे का सुख? ज़िंदगी-भर इनने हमारी चूतड़ के नीचे कांटे ही बिछाये हैं। अगर तुमारे नीचे कांटे बिछे पड़े हों तो तुम सुख से बैठ सकते हो क्या? पर खड़े भी तो कब तक रहोगे? सो बैठना भी पड़ेगा ही और कांटन पे ही बैठना पड़ेगा। संतान पैदा भी तो आपने ही करी, तो कोई दूसरा थोड़ेई आपकी जगह बैठता फिरेगा। ज़िंदगी-भर जे हमें परेशान करबे की ठाने रहे। इनने एक चीज़ भी कभी ढंग की करी हो तो हमें बताएं। आप नए आदमी हो। इनकी शकल पे न जाना। गऊ दिखते हैं। इनकी गऊ टाइप भगल पे जा के आप चूतिया भी बन सकते हो पर बिकट जिद्दी आदमी हैं जे। और हमेशा ही हमारे खिलाफ़। नहीं, नहीं, बदमाश या हरामी बिलकुल नहीं हैं। हम तो इनकी ईमानदारी की बात कर रहे हैं। जे बड़े ईमानदार रहे हैं ज़िंदगी-भर। ईमानदार हैं। दुनिया की तीन तेरह में नहीं पड़ते। पर इनकी ऐसी ईमानदारी का हम का करें? चाटें, शहद लगा के? हमने जो भी कभी इन्हें समझाया, इनने हमेशा उसका उल्टा ही किया। हमेशा। हम आर्यसमाजी बने तो जे तुरंत घोर सनातनी बन गए। इनका जेई रहा कि बाप भैंचो कैसे तो भी चैन से न बैठ पाए। अंग्रेजन का ज़माना था और जे गांधीजी के चेला बन बैठे। अभी भी गांधी टोपी लगाए कैसे मुस्काते खड़े हैं। हम कित्ता समझा चुके कि भैया जब सारे देस के कांग्रेसियन ने गांधी टोपी निकार के फेंक दई है तो तुम भी उतार दो। आजकल कौन पहनता है? पर जे चूतिया टाइप अभी भी गांधी टोपी पहन के घूमते फिरते हैं कि गांधी बब्बा की आत्मा को शांति मिलेगी। भैया, गांधी बब्बा की आत्मा तो कब की परमात्मा में मिल चुकी। पर जे नहीं मानते। इनने तो गांधीजी के चरनन में लोट-लोट के अपनी ही भगल की ऐन धूलमट्टी कर डाली। तब अंग्रेजन के ज़माने में थानेदार हमें धमकाते रहे कि बब्बा, वो तो जे आपकी संतान है, सो हम लिहाज कर जाते हैं वरना दो डंडों में रघुपति राघव राजा राम कर दें इनका।...देश आजाद हुआ तो हम यों सुखी भये कि चलो इनने अंग्रेजन के ज़माने में खानदान की जो भी मिट्टी पलीद कराई हो पर अब जैसे सभी कांग्रेसी मंतरी-संतरी बन रहे हैं तो जे भी बनेंगे। घर में नोट पानी आएगा। हैसियत बनेगी। पर वाह रे गप्पू महाराज! दुनिया तो स्साली आगे बढ़ गई और जे इतें लुगासी में ही गांधी टोपी लगाए खड़े रह गए। समझाबे की कोशिश करी तो कहन लगे कि हम सिद्धांतवादी हैं, हम गांधीवादी हैं, हम घंट हैं, हम जे हैं, हम बे हैं-अरे तुम तो बस जे हो-बिल्ली के गू, न लीपने के, न पोतबे के। कुछ नहीं किया जीवन-भर। इन्हीं चूतियापों में सुख खोजते रहे। हमसे भी कहते रहे कि इसी में हम भी सुख खोज लें। गांधी टोपी को सुख बताते रहे। खुद भी दुखी रहे और हमें भी दुखी करते रहे। ज़िंदगी-भर।...सो भैया सुख का कोई ठिकाना नहीं। कभी बेटा पैदा हो, तो नाच गाकर थाली बजाबे में मत लग जाना डॉक्टर साब। इनके जैसा निकल आया तो तुम कभी समझ ही न पाओगे कि सुख कहां खत्म होता है और दुख कहां से शुरू होता है।

गप्पू वहीं खड़े चुपचाप यह सब सुनते रहे। उनके लिए तो यह रोज का किस्सा था। सुनते-सुनते साठ साल से ऊपर हो गए हैं। सुनते रहो या फिर चुपचाप वहां से निकल जाओ। वे चुपचाप उठे और चबूतरे से उतरते हुए अंदर की तरफ़ बिना कुछ कहे चले गए।

'देखा?...' बब्बा ने कहा।

'कोई साला सच्ची बात सुनबे को तैयार नहीं है,' बब्बा ने आगे कहा।

'भैया हम तो, भैंचो, इसीलिए आजकल कछू बोलते ही नहीं हैं। अस्सी साल हो गए, बोलते-बोलते।...पर जब भी सच्ची बात कहो, आदमी की कल्लाई। हम तो आजकल एक ही सच्ची बात बताते हैं डॉक्टर साब कि सच्ची बात जैसी भी कोई चीज़ कहीं है ही नहीं। न कुछ सच है, न झूठ, न तो कहीं दुख है न कोई सुख। कम-से-कम इस दुनिया में तो नहीं है। यहां न सुख है, न दुख। संसार में कुछ नहीं धरा डॉक्टर साब। सब माया है। सारा जीवन व्यापार बस चूतिया बनाने की तरकीबें हैं। इसे दुख नाम दे दो, चाहे सुख कह लो।'

'तुम्हें लग रहा होगा कि हम ठीक बात नहीं कह रहे? क्यों डॉक्टर साब?'

'अच्छा अब हम तुमें ऐसी बात बताते हैं कि तुम सुख-दुख की बातें ही करना भूल जाओगे।' बब्बा ने पौंर की तरफ़ इशारा करते हुए कहा।...'तनिक उस तरफ़ देखो डॉक्टर साब?...वो उधर बरामदे के बाद पौंर हैं हमारे घर की। वहां एक मरीज सालों से पड़ा हुआ है कि जिसको डॉक्टर को दिखाबे की जरूरत अब किसी को भी नहीं लगती। उतें हमाई लुगाई बीमार पड़ी है। इनकी अम्मा। कभी लकवा लगा था उसे। अठारह साल पहले। तब से बिस्तर पे पड़ी है। शुरू में खूब डॉक्टर आए। झांसी और कानपुर तक के डॉक्टर लोग इतें आ आके देख गए। मार आला-फाला लटकाए। डॉक्टरन की लाइन लगी रही भैंचो। वैद। होमियोपैथी के। झाड़फूंक वारे। मालिस करबे वारे। मंत्र-तंत्र के ज्ञाता।...सब हार गए। सब थक गए। अब कोई उस मरीज को नहीं देखता है। पड़ा है। पड़ा रहने वाला है। जब मरे। या न मरे। पड़ा ही रहे। क्या कर लोगे? तो यही ज़िंदगी है डॉक्टर साब जिसकी बात हम कह रहे थे। अभी तुम आए। यहां इत्ती देर से बैठे हो। क्या इनमें से किसी ने भी यह कहा कि डॉक्टर साब, तनिक एक बार उतें अम्मा को भी देखते जाओ? किसी ने कहा क्या? नहीं कहा न? अरे, माना कि वह न होगी ठीक। पर तुमें दिखाबे में क्या बुराई थी? उसे लगेगा तो कि उसकी भी चिंता की जा रही है। पर न कोई सपूत बोला, न हम ही ने कहा। तो ज़िंदगी तो ऐसी ही है डॉक्टर साब। पता नहीं कि कौन कित्ती देर और किस हद तक तुमारे साथ चलता है। और चलते टाइम भी वो तुमारे साथ चल रहा है कि कहीं और? क्या पता?...सो अठारह साल से पड़ी है हमारी बुढ़िया। शांत। न चलबे की, न फिरबे की। अब तो न दुख रहा, न सुख। और शांति भी काहे की डॉक्टर साब। अब उसे देख के तनिक बता पाओ तो बताओ कि उसके लिए किसको दुख और किसको सुख? जीवन में कभी लगातार दुख ही दुख बना रहे तो हम उसका रंगरूप ही भूल जाते हैं। खासकर के दूसरे के दुख का। आदमी कित्ता तो दुख देखे और किस किस दुखी से

पुचपुच करे। अब अम्मा का दुख मनाना चाहो तो दुखी हो लो कि लकवा पड़ गया। पर ये सोच के सुखी हो लेते हैं सब कि लकवा पड़ गया पर ज़िंदा तो हैं। सच्ची बात यही है डॉक्टर साब कि अब तो अम्मा को देख के लोग दुखी होना भी बंद कर दिए हैं। कब तक दुखी हों? और दुखी होबे के लाने भी पहले तो आपको दुखी आदमी को देखना पड़ता है कि नहीं? पर जब आदमी पड़ा हो और किसी को दिखे ही नहीं, तो फिर काहे का दुख। कोई उस तरह से अब अम्मा को देखता ही नहीं। पड़ी रहती हैं पौंर में, जैसे वहां और भी सामान पड़ा रहता है न, वैसे ही। जैसे मानो कि वहां खटिया पड़ी हो, या रजाई गद्‌दा। या बर्तन भांडा। बहुत दिनों से ऐसा अंगड़-खंगड़ घर में पड़ा रहता हो तो कौन ध्यान देता है—सब निकल जाते हैं बगल से। है कि नहीं?...तो ऐसी अम्मा अभी मर मरा जाएं तो बताओ कि इसमें दुख कहाएगा कि सुख? सही बात तो जे है कि उनकी मौत न तो दुख कहाएगी, न सुख-कुछ भी नहीं कहाएगी क्योंकि सबके लाने तो बे पहले से ही मर सी चुकी हैं।

सो हमारे इत्ते कहबे का मतलब बस जे है कि बहुत दुखी न हुआ करो डॉक्टर साब। तुम तो चाय पियो और जे मठरियां खाओ, ठाठ से।

एक अधेड़-सी महिला। घूंघट काढ़े। आकर चाय और मठरियां रख गई थी। जाती हुई महिला को ताकते रहे बब्बा। बड़े लाड़ से। फिर आगे बोले।

'अब इसे देखो! जे है सावित्री। बड़ी गुनी औरत है। हमारी बड़ी बहू। बस जे ही सारे दिन सेवा सुश्रुषा करती फिरती हैं अम्मा की।...पर देखो किस्मत का खेल कि ऐसी सुघड़ औरत पड़ गई किनके पल्ले? उन्ही चूतियाचंदन के पल्ले जो अभी मूं लटका के इतें खड़े थे और हमने कछू सच्ची बातें कह दीं, तो लटका मूं ले के ही अंदर चले गए। बताओ कि इन दोनों में से कौन तो सुखी कहाया और कौन दुखी? जो बहू का दुख है, वही गप्पू का सुख। अब इसको क्या कहोगे? तो दुख-सुख तो भैया सब एक साथ चल रहे हैं।...उल्टी-पल्टी मार के कोई भी चीज़ वहीं के वहीं कभी सुख हो जाती है और कभी दुख।'

'अब हमारे खानदान की ही ले लो।...सब कहते फिरते हैं कि बब्बा कित्ते सुखी हैं। इत्ता बड़ा खानदान। तीन-तीन बेटा। बहुएं। नाती। पोता। इत्ते लोग। रौनक ही रौनक। सब बब्बा की सेवा में। अभी मों से ख़ून गिरा तो कैसे झट्टी से रज्जन मोटर-साइकिल दबाके तुमें उठा लाए? है के नई? सो कहने को कह लो कि बब्बा तो कितने सुखी। पर इसी बड़े खानदान की रौनक कभी तनिक हमसे भी तो पूछो। दिन-रात साली किलकिल मची पड़ी है। एक चक्कर हटता नहीं कि दूसरा चक्कर तैयार। इनने इनको मार दिया, तो वे रिसाये पड़े हैं और उनने उनको गरिया दिया तो वो रो रहे हैं बब्बा के पास। आज इनकी बहू ब्या रईं, तो कल उनकी। आज इनको मोंड़ा उल्टी कर रहा है, कल उनका मोंड़ा सीड़ियन से रपट गया और परसों उनकी मोंड़ी को पतरी टट्टी लग गईं।...दिन-रात की चिकचिक। आदमी दो मिनट शांति से आंखें मूंद के नहीं बैठ सकता है। तो बताओ कि साला कि ये सब दुख है कि सुख?...तो बाबू, सब मन के चश्मे का खेल है। डॉक्टर साब, जैसा देख समझ लो, दुनिया वैसी है। वही दुख है, वही सुख है।

बब्बा तो अभी और भी बहुत कुछ बताना चाह रहे थे। वे परम फालतू व्यक्ति थे। बुढ़ापा कब का आ चुका था। रातों में नींद भी नहीं आती उनको। बुढ़ापे तक आते-आते मन में इतनी सारी बातें इकट्ठी हो चुकी होती हैं। इतने सारे अनुभव! इतने साल का जीवन। परंतु बतियाने को प्रायः कोई मिलता नहीं। अस्सी पार कर जाओ तो साथ के ज़्यादातर दोस्त या तो खटिया पकड़ चुके होते हैं या मर चुके होते हैं। अपने आप तो कोई अब आपके पास आता नहीं। पकड़ना पड़ता है। आवाज़ें देकर बुलाना पड़ता है। हाथ पकड़कर पास बिठाना पड़ता है। गरियाना होता है। तब जाकर आप कुछ कह-सुन पाते हैं। बब्बा से भी सभी बचते हैं। अभी इत्ते बड़े खानदान के लाख दुख गिना दिए बब्बा ने परंतु बड़े खानदान का एक बड़ा सुख तो यही है कि कोई-न-कोई तो उनकी पकड़ में आ ही जाता है। आज तो ख़ैर यह डॉक्टर ही फंस गया। बिठा लिया। चाय आने में टाइम लगा। उनको जानता नहीं था, सो थोड़ा संकोच में भी रहा। उसी का फायदा उठाकर बब्बा ने सुख-दुख पर इतनी सारी बातें सुना दीं। वैसे बात सुख-दुख की निकली तो उस विषय पर सुना दीं वरना जो भी बात निकल आती, बब्बा इतना ही बोलते—यह सब मानते हैं।

बब्बा कदाचित् आगे भी बोलते, पर डॉक्टर फटाफट चाय गुटककर उठ खड़ा हुआ और क्षमा-सी मांगते हुए जाने की बात करने लगा। बब्बा ने कहा कि बिलकुल जाओ भैया। जाओगे क्यों नहीं? आए हो तो जाओगे ही। आया है सो जाएगा, राजा रंक फकीर। खूब जाओ। जाबे पे कौन-सी रोक है। आए हो, तो अब आगे भी आते रहा करो। हमें तो तुम कैंसर बता के जा रहे हो।...सो हम तो बाद में तुमें शायद न मिलें। मर-मरा जाएं। पर आते रहोगे तो इतें लुगासी में बीसों मरीज मिल जाएंगे। गांव का दलिद्दर है भैया। ज्यादा पैसा तो न खेंच पाओगे पर पुण्य खूब कमाओगे। इत्ता जरूर बताए देते हैं कि कभी आओ तो इतें के आदमी के लिए इंजेक्शन जरूर लेते आइयो। सुई जरूर ठोकियो, चाहे पानी की ही भले टोंच दो, पर सुई जरूर लगइयो। बिना सुई लगाए निकलबे की कोशिश करी तो यहां का आदमी चुंगी नाके पे रोक के खड़ा हो जाएगा कि डॉक्टर नकली है।

डॉक्टर ने उन्हें आश्वस्त किया कि वह अवश्य आएगा और इंजेक्शन भी जरूर लाएगा क्योंकि वह तो पहले से ही बिना इंजेक्शन उठाए घर से निकलता ही नहीं। उसे इस इलाके का ट्रेंड पता है। बब्बा ने बीच में टोकते हुए कहा कि बड़ा वाला इंजेक्शन लाओगे तो ज्यादा पैसा मिलेगा डॉक्टर साब। गांव का मरीज नपतीकरण के बाद ही सुई लगवाता है। डॉक्टर ने आश्वस्त किया कि वह तो इत्ता बड़ा वाला लाया करेगा कि जिसे अलग से पेटी में धरना पड़े।

अब तक डॉक्टर रज्जन के पीछे मोटरसाइकिल पर बैठ चुका था। रज्जन मोटर-साइकिल पर किक मारने का उपक्रम कर रहे थे।

बब्बा ने जोर से आवाज़ देकर कहा कि डॉक्टर साब, आप हमारी बिलकुल चिंता न करियो। हम नहीं मरबे बारे। ऐसी की तैसी भैंचो कैंसर की। हम न मरब, मरिहे संसारा।...और जो मरे भी तो मरता तो शरीर है डॉक्टर साब। हम तो आत्मा हैं भैया।

कैंसर-फैंसर से आत्मा का बाल भी टेढ़ा नहीं होता। सो हम तो रहेंगे ही। जब भी आओगे, मिल जाएंगे। यहीं तखत पे मिलेंगे। शरीर न दिखे तो जान लेना कि इसी चबूतरे पे भूत बनके कहीं बैठे हैं...सो आते जरूर रहना। हमें तुम अच्छे आदमी लगे। अच्छा लगेगा फिर से मिल के।...रज्जन ने किक मारकर मोटरसाइकिल शुरू की।

बब्बा ने रज्जन को चेताया कि तुम ऐन धीमे-धीमे चला के ले जाना डॉक्टर साब को। इन्हें पीछे से टपका न देइयो। रास्ता भैंचो इत्ता खराब है कि टपक गए तो तीन चार कोस तक तो तुमें पता भी न चल पाएगा।...और तुम डॉक्टर साब, तनिक जोर से पकड़ के बैठियो। हमारे जे रज्जन बड़े ऐबी हैं। जे हमें भी तो एक बार गिरा चुके हैं।...समझे ?

मोटर-साइकिल धूल उड़ाती निकल गई।

बब्बा थोड़ी देर चुपचाप उस दिशा में देखते हुए कुछ सोचते रहे, फिर न मालूम कैंसर को, धूल को, मौसम को या शायद ज़माने को ही या फिर यों ही अभ्यासवश गरियाकर बोले...भैंचो..., और आंखें मूंदकर तखत पर बैठे रह गए।

ठंड ऐसी पड़ रही है कि बस, क्या बताएं आपको।

चिल्ला जाड़े। लुगासी का बस-अड्डा है यह। ठंड में कांपता बस अड्डा देखा है कभी ? वही है। ठंड, कोहरे और सन्नाटे में खड़ा, सूना बस-अड्डा। ठंड की सुबह। यूं ही सूनी-सूनी, दुबकी हुई सी सुबह। और सही कहें तो अभी तो ठीक से सुबह भी नहीं हुई है। उजास और धुंधलके के बीच का जो अजीब सा रहस्यात्मक समय होता है ना, वही चल रहा है। गीली ठंड वाली कंपकंपाती सुबह।

छोटा-सा गांव है लुगासी। बल्कि बहुत ही छोटा-सा। इत्ता सा। और छोटा-सा ही है उसका यह बस अड्डा। और सच बात तो यह है कि काहे का तो अड्डा और कहां की बसें। दिन-भर में मात्र दो बसें आती हैं और शाम को एक। वरना तो गांव की बाहरी सीमा पर बसा यह बस अड्डा वास्तव में एक छोटी सी मैदाननुमा कच्ची, धूल धूसरित रचना है। धूल इतनी सारी है कि दिन-भर उड़ती रहती है पर खत्म ही नहीं होती। एक पतली, मरियल, गिट्टी और मिट्टी की बनी आधी-अधूरी, बेमनी-सी दीखती इकहरी सड़क है, जो इस मैदान से शुरू होकर उस बबूल के जंगल में गुम हो जाती है जो लुगासी की बाहरी सीमा से शुरू होता है और दूर तक चला ही जाता है। बस यही एक सड़क है जो पूरी दुनिया से लुगासी को जोड़कर रखती है। कह लें कि एक भ्रम बनाए रखती है कि वह दुनिया से जुड़ा है। वैसे तो लुगासी की अपनी ही दुनिया है। शेष दुनिया का उस दुनिया में कोई ख़ास दखल नहीं है। लुगासी को शेष दुनिया की परवाह भी नहीं। बस अड्डे के इस मैदान के दूसरी ओर बबेले मेमोरियल कॉन्वेंट स्कूल की इमारत है, जिसको देखकर न तो बबेले साहब की याद की कोई मुकम्मल या उल्लेखनीय तस्वीर ज़ेहन में बनती है, न ही कॉन्वेंट स्कूल की। दरअसल, कबेलू वाली एक लंबी सी दालान में खुल रहे कुछ बैरकनुमा कमरे हैं ये,

जो इत्तेफाक तथा स्थानीय राजनीति के तहत स्कूल बन गए हैं, अन्यथा ये जेल भी हो सकते थे, घुड़साल भी और कांजी हाउस भी। बस अड्डे पर उतरने वाले यात्री को पता रहे कि वो जिस लुगासी में उतर रहा है, वहां अंग्रेजी शिक्षा का उम्दा इंतजाम भी है और मात्र इसी कारण वह इसे विकसित तथा प्रगतिशील गांव मानने पर मजबूर हो जाए, ऐसा इंतजाम, इस कॉन्वेंट स्कूल के जरिए लुगासी ने कर रखा था, जो सीधे तौर पर शहर वालों को चुनौती देता हुआ वहां खड़ा था कि जो तुम्हारे पास है, उस चीज़ का इंतजाम हम भी कर सकते हैं।

ये तो हुई बस अड्डे की दो दिशाओं की बात।

बस अड्डे की बची हुई दिशाओं में या तो खेत हैं या फिर तीन चार टपरेनुमा दुकानें हैं। शिवम पंचर सेंटर है, पान-बीड़ी की सदा उपस्थित गुमटियां हैं और वह चाय की दुकान है, जो फिलहाल इस बस अड्डे की एकमात्र वह दुकान है जो अल्ल सुबह भी खुली हुई है। अभी कहानी इसी दुकान पर घट रही है।

फिलवक्त बस अड्डा खाली पड़ा है। बस तो एक भी नहीं है क्योंकि वह होती भी नहीं है। तीन खटारा-सी जीपें अलबत्ता खड़ी हैं, यहां-वहां। ये जीपें ही लुगासी की परिवहन व्यवस्था की रीढ़ हैं। ये जीपें यहां वही महत्त्वपूर्ण कार्य अंजाम देती हैं, जो लंदन और बम्बई की स्थानीय रेल सेवा देती होगी। कोहरे और धुंधलके के बीच खड़े जीपों के ढांचे अजीब रहस्य-सा पैदा कर रहे हैं। कोहरे का लिहाफ ओढ़े सर्दी की इस धुंधली सुबह में बस अड्डा भी उनींदा-सा है मानो असमंजस में हो कि अभी उठा जाए कि और तनिक देर और लेटे रहें?

बबेले कॉन्वेंट स्कूल के अहाते में कुत्ते एक दूसरे का पीछा करते हुए कुकुरहाव मचा रहे हैं। यह उनका अभिनव तरीका है जिसमें कुकुरहाव करने की उनकी श्वान प्रकृति तो संतुष्ट होती ही है साथ-साथ गर्मी भी पैदा हो जाती है जो सर्दी के खिलाफ लड़ने तथा कुतियों के पीछे भागने में बड़ी काम आती है।

फिलहाल बबूल का जंगल दूर तक फैले कोहरे में गुम है।

कहानी चाय की गुमटी पर घट रही है। इसे गुमटी भी कैसे कहें। मान लें कि टपरा-सा खिंचा है कुछ। और टपरा भी क्या, चार टेढ़ी-मेढ़ी बल्लियों को जमीन में गाड़कर, उन पर स्थानीय स्थापत्य परंपराओं और ज्ञान की सहायता लेकर एक चौकोर ढांचा तैयार करने का प्रयास किया गया है जिसके तहत जमीन में गड़ी बल्लियों पर उनसे भी तिरछी चार बल्लियों को सुतलियों से बांध दिया गया है। इस ढांचे को प्लास्टिक की बोरियों के टुकड़ों, घासफूस, पटियों, टीन के पतरों, डामर के ड्रमों के टुकड़ों आदि से मंढ़कर गुमटी का एक भ्रम-सा खड़ा करने की कोशिश की गई है। इस गुमटी में सामने की तरफ, कमर की ऊंचाई तक का ईंटों का एक बेतरतीब ढेर सा है जो काउंटर का काम भी करता है, आड़ का भी और उसमें ठूंसे कंडे, लकड़ी के टुकड़ों, धुएं और आग से यह पता चल ही जाता है कि इसी में चूल्हे जैसा भी कुछ है। गुमटी के सामने एक खटिया पड़ी है। पत्थरों की ढेरी पर टिकी एक पथरीली पटिया भी है। लकड़ी के चंद फर्रे भी अगल बगल, पीछे और छत में घास फूस पर लगे हैं। कुल मिलाकर

ऐसा जान लें कि आदिमानव ने जब आग जलाना सीखा होगा, तब वह यदि चाय की गुमटी बनाने की भी ठानता तो वह लगभग इसी तरह की कोई संरचना खड़ी करता।

चूल्हे में आग से कहीं ज्यादा धुआं है जो कोहरे से उत्पन्न धुंधलके में मिलकर उसे और भी गाढ़ा कर रहा है। आग और धुएं की इस मशीन को चारों तरफ़ से घेर कर, चार पांच जन खड़े हैं। आग भी ताप रहे हैं और चाय बनने की प्रतीक्षा भी चल रही है। धुआं आंखों में जा भी रहा हो तो कोई इसकी शिकायत नहीं कर रहा है क्योंकि लुगासी में सबको पता है कि यहां चीजों की शिकायत की आदत पालना कोई समझदारी वाली बात नहीं है। यदि यह गलत आदत पड़ गई तो मुसीबत में पड़ जाओगे। किस-किस चीज़ की शिकायत किस-किस से करते फिरोगे?

पंडितजी की गुमटी कहाती है यह।

चूल्हे पर चाय खदक रही है। अल्यूमीनियम की बड़ी सी चीकट भगोनी में, पानी और दूध का झाग-सा बार-बार ऊपर की तरफ़ उठने की कोशिश करता है, परंतु पंडितजी बड़ी तन्मयता से उसे उतनी ही चीकट भरी करछुल को चाय में घुमाकर दबा देते हैं। चाय की पत्ती के रस की आखिरी बूंद भी चाय में उतार देने को आमादा लगते हैं पंडितजी।

'पंडिज्जी, जे भैंचो चाय बन रही है या रबड़ी?' चाय के एक तलबगार ने शिकायतनुसार लहजे में कहा और धुएं को हथेलियों की चप्पूनुमा गति द्वारा आंखों से दूर भेजने की कोशिश में लड़खड़ा-सा गया।

'हौंसला रख्खो महाराज...चाय बनने दो। बीच में उंगरिया न करो।'

'फिर भी...'

'...और मान लो कि हम अभी चाय को ऐसेई उतार के छानछून के तुमें दे दें तो तुमई चाय में सौ ऐब निकालते फिरोगे।...कड़क नईं बनी...कछु कमी सी लग रई पंडितजी।...सो तनिक गम्म खा लो भैया...।' पंडितजी ने करछुल को और भी चाव तथा लगन से खदकती चाय में घुमाते हुए कहा।'

'समझ नई रहे तुम...। पंडितजी...जो कहीं अभी सवारी आ गईं तो तुरंत बिना चाय पिये ही भगना पड़ जाएगा हमें...,' किसी ड्राइवरनुमा ग्राहक ने अपने धंधे के आपातकालीन महत्त्व को रेखांकित करते हुए चाय जल्दी देने के अपने आग्रह को जायज़ बताते हुए कहा।

पंडितजी हंसने लगे।

'सवारी चूतिया नईं है कि ऐसी सर्दी में सबेरे-सबेरे घर से निकल पड़े।'

'फिर भी...'

'और सवारी भी स्साली किते भगी जा रही है पहलवान?...तुमाई जीप के अलावा और काहे पे बैठ के जाएगी-जे तो बताओ?' पंडितजी ने करछुल द्वारा खुला इशारा करके, कोहरे में डूबे ज़माने को यह गुप्त सी खुली बात बताने का उपक्रम किया कि लुगासी के यात्री के पास जीप के अलावा अन्य किस चीज़ पर बैठने का विकल्प शेष रह जाता है।

सभी हंसने लगे।

'जे तो एकदम सच्ची बात कह गए पंडितजी...पर एक सच्ची बात हमसे भी सुन लो कि सर्दी स्साली इत्ती पड़ रई है कि सवारी को उतें भी बिठाबे लायक जगह न निकल पाएगी...' ड्राइवर स्साब ने शरीर के विभिन्न अंगों पर इस कड़ी सर्दी से पड़ने वाले प्रभाव-दुष्प्रभाव को मद्देनजर रखने का आग्रह किया।

सभी ने माना कि सर्दी ऐसी पड़ रही है कि फिलहाल यात्री को जीप के अलावा और कहीं भी नहीं बिठाया जा सकता।

'तो भैया, जेई तो हम भी कह रये हैं कि जल्दी न मचाओ और ठाठ से उतें चिकनी पटिया पे बिराजो। चाय उतरती है, सो चाय पियो। बस अड्डा पे जीप खड़ी है, तो पैंसिजर तो आता ही रहेगा। उसके पीछे ड्राइवर लोग क्या चाय पीना बंद कर देंगे?...बताओ।...हद्द है नहीं?' पंडितजी ने अंगीठी में फूंक मारते हुए कहा।

सभी ने माना कि यह तो हद की बात ही कहाएगी कि यात्री ड्राइवर को तनिक सी चाय भी न पीने दे। सभी ने यह भी माना कि ऐसे यात्रियों की मां की...और भेन की...। ड्राइवर यदि बीच-बीच में चाय न पियेगा तो फिर इस कठिन डगर पर वह जीप कैसे चलाएगा?

पंडितजी की फूंक से चूल्हे ने अचानक आग पकड़ ली। धुआं खत्म हुआ, तो लोग एकदम चूल्हे के इतना पास आकर आग तापने लग गए कि पंडितजी को पतीली में झांकना दुष्कर हो गया। पंडितजी ने सभी को प्यार से फटकारा।

'अरे यार एकदम न चढ़ जाओ।...बनी बनाई चाय न ढोल देईयो।'

'यार सच्ची कह रहे हैं पंडितजी...चाय ढुल गई तो पंडितजी अभी फिर से घंटा भर लगाएंगे...' किसी ने चुटकी ली। 'पंडितजी नहीं लगा रहे...अच्छी चाय बनाओ तो घंटा ही लगता है।...नहीं तो चाय भी घंटा टाइप ही बनेगी...। और तुम पीछे न हटे और देगची उलट गई तब तो चाय की जगह फिर घंटा ही मिलेगा,' पंडितजी बड़बड़ाने लगे।

सब चुप रहे।

पंडितजी ने बड़बड़ाते हुए, मानो लुगासी की सर्द हवा को सुनाकर कहा, 'कोई हमें तो बस जे बताए कि इत्ती सर्दी में, सुबे-सुबे, सब इतें हमारी गुमटी की ही चाय पीवे काहे को आते हैं भाई?'

एक मध्यमार्गी टाइप सर्वोदयी ग्राहक ने पंडितजी को पुचकारते हुए समझौतावादी भाषा में सभी से कहा, 'यार आप लोग चुप रहो और तनिक सा पीछे भी हट जाओ। पंडितजी, अब आप ठाठ से चाय बनाओ।...'

'चाय बनाने में ठाठ की कौन सी बात है भैंचो?'...पंडितजी ने बड़बड़ाते हुए खदकती चाय का सूक्ष्म निरीक्षण किया और तय पाया कि चाय की गुणवत्ता ने वो ऊंचाई प्राप्त कर ली है जिसके लिए उनकी गुमटी लुगासी के आसपास मशहूर है। वे चाय उतारकर छानने लगे।

किसी भागते हुए कुत्ते ने सामने वाले कुत्ते को जोर से काट लिया, या फिर शायद भागते हुए कुत्ते का पांव ही बबेले मेमोरियल कॉन्वेंट स्कूल के अहाते में पड़े किसी

कबाड़ पर पड़ गया–कुकुरहाव करते हुए कुत्तों में से एक कुत्ता जोर–जोर से पैं पैं करने लगा। शेष कुत्ते कुकुरहाव में इस नए आयाम के आने से उत्तेजित होकर और जोर से भौंकने लगे।

हवा का एक सर्द झोंका आया और अंगीठी की लपटों पर हाथ सेंककर उड़न छू हो गया। कोहरा प्रतीक्षा कर रहा है कि धूप इधर काम पर आए तो उसकी ड्यूटी खत्म हो। पर उधर सूरज है कि लिहाफ ओढ़े पड़ा है स्साला।

चाय छानकर कांच के गिलासों में डाली ही जा रही थी कि कोहरे के बीच से दो हलवाहेनुमा व्यक्ति धुंधले क्षितिज पर प्रकट हुए। वे कुत्तों से भी ज्यादा उत्तेजित दिख रहे थे। वे तेजी से चाय की गुमटी की तरफ़ आए। उनकी चाल में कुछ ऐसा था कि गुमटी पर खड़े लोगों को आशा बंधने लगी कि वे कुछ ऐसी नई सूचना लेकर आ रहे हैं जो महत्त्वपूर्ण हो सकती है। उसी पल सबने ठान ली कि ये स्साले कैसी भी अप्रत्याशित सूचना लाए हों, हम प्रभावित नहीं होंगे। यही लुगासी का पारंपरिक तरीका है। वे पास आ गए थे और उनकी उत्तेजना बढ़ती ही जाती थी। इसी उत्तेजना के वशीभूत उन्होंने जमीन से उठाकर एक ठीक–ठाक सी साइज का पत्थर भी अंदाज़ से ही बबेले कॉन्वेंट स्कूल के अहाते में फेंककर मारा जो किसी भागते कुत्ते को शायद लगा भी क्योंकि कोई कुत्ता फिर पैं पैं करने लगा। या हो सकता है कि न लगा हो और कुत्ता, मात्र कुत्ता होने की मौज में वैसे ही पैं पैं करने लगा हो।

वे गुमटी पर आ गए।

उनमें से एक ने कुत्ते को मारने का स्पष्टीकरण देते हुए और अपनी कार्यवाही को उचित सिद्ध करते हुए बताया कि स्साले सुबह–सुबह से कुकुरहाव में लग गए हैं। किसी ने उसकी बात पर ध्यान नहीं दिया। कुत्तों के पिटने–पिटाने पर यदि यूं ध्यान देने लग गए तब तो फिर हो गया। यहां तो आदमी के पिटने पर भी तभी ध्यान देते हैं जब या तो खुद किसी की कुटाई कर रहे हों या तब जब आप स्वयं पिट रहे हों, या फिर कभी–कभी तब भी, जब किसी और की पिटाई कोई और कर रहा हो, पर बढ़िया वाली, 'उठा उठा के पटक्के मारा', के स्तर की ठुकाई चल रही हो।

किसी ने कुछ नहीं कहा और पंडितजी से चाय के गिलास लेते रहे। उत्तेजित हलवाहों ने अपनी उत्तेजना के स्तर को उतना ही बनाए रखते हुए महफिल को सूचना दी :

'बब्बा मर गए...'

सूचना का अपेक्षित असर तो ख़ैर नहीं हुआ, फिर भी पंडितजी ने एक और गिलास में चाय छानते हुए पूछ लिया :

'अरे! बब्बा मर गए?'

'हओ'

'तुमसे कौन ने कही?' कंबल ओढ़े एक सज्जन ने कंबल से ढके सिर को उनकी तरफ़ घुमाते हुए यूं कौशलपूर्वक पूछा कि न तो कंबल खिसकने पाए और न चाय ही छलके।

'मालिक, हमें कौन से पूछना था?...अपनी तो गेल ही उतें से निकलती है। सुबे-सुबे बब्बा की हवेली के सामने से ही तो निकल के काम पे जाते हैं भैया।...रोज ही बब्बा बाहर चबूतरे पे दातुन करते मिल जात हते।...पालांगी बोले बिना कभी हम आगे बढ़े हों, तो जो सजा चोर की सो...'

'फिर क्या हुआ?...आज तुमें चबूतरे पे बब्बा नहीं दिखे तो तुमने मान लिया कि बब्बा मर गए?...मान लो आज बे देर तक सोते रह गए हों? या कल रात को काम से मोंठ या कानपुर चले गए हों, तो?' एक ने यह बताने का प्रयास किया कि मात्र इस आधार पर किसी को मृतक घोषित कर देना भारतीय दंड संहिता तथा समझदारी के खिलाफ कहाएगा कि अब तक तो वह रोज दिखता था और आज अचानक नहीं दिखा है।

'नहीं मालिक, इत्ता तो हमऊं समझते हैं।...पर अभी तो जे हुआ कि हम इतें आ रहे थे, तो उतें से ही निकले। ठीक?...और जे बात तो हमने पेले ही बताई कि उतें से हम रोज निकलते ही हैं...'

'यार तुम वोई-वोई बात बार-बार न फेंटो। असली बात पे आओ...'

'तो हम आज भंईं से निकले तो क्या देखते हैं कि सुबे-सुबे वहां मार तमाम रोना पीटना मचा है...'

'तो तुमें कोई रोता हुआ मिल जाएगा तो क्या झट्टदेनी से जे ही मान लोगे कि कोई मर-मरा गया है?...'

'नहीं मालिक...बब्बा का नाम ले-ले के रो रहे थे।'...

फिर तो बातें चल पड़ीं।

किसी ने कहा कि पुण्यात्मा थे तभी इत्ती उम्र पाई और पुण्यात्मापन की हद तो यह रही कि बिना कोई कष्ट उठाए, सोते-सोते ही आराम से मर गए। कुछ लोगों को संदेह भी रहा कि जित्ता रोने पीटने की बात ये लोग बतला रहे हैं, उत्ते तो ख़ैर न रो रहे होंगे क्योंकि इत्ते बूढ़े आदमी के मरबे पे आजकल आदमी इत्ता भी नहीं रोता है। किसी ने यह भी कहा कि जे सरबन स्साला हमेशा ही भोत बढ़ा-चढ़ाकर और नाटकबाजी करके ही ख़बर सुनाता है।

वह हल वाला, जिसका नाम सरबन था, मुस्का के शरमाने लग गया। एक ने कहा कि इसमें रोने-पीटने की तो ख़ैर जरा भी बात नहीं है क्योंकि यदि अस्सी साल का आदमी भी नहीं मरेगा तो फिर यार कौन मरेगा? अब इत्ता तो जी लिए। बताओ इस बुढ़ापे में जा के मर भी गए, तो कौन तो रोए?...दूसरे सज्जन ने सैद्धान्तिक तथा सांस्कृतिक असहमति प्रकट करते हुए कहा कि भाईसाहब, बाप तो फिर बाप ही होता है, वह चाहे पचास की उम्र में मरे या अस्सी की, कहाएगा तो यही कि बाप मर गए; और बाप के मरबे पे तो भैया रोने को रिवाज है ही। रोना तो पड़ता है। मन फिर चाहे खुशी में नाचबे को कर रहा हो, पर आदमी को रोना ही पड़ता है। मान लो कि आदमी न रोए, बल्कि रोए तो पर छाती कूटकूट के न रोए और पछाड़ें खा-खा के न गिरता फिरे, तो ज़माना स्साला फ़ालतू ही थू-थू करता फिरेगा। सभी ने माना कि जे तो सच्ची

बात है भैया। ज़माने का ख्याल तो रखना ही पड़ता है। ज़माना तो हमेशा ही थू-थू करबे की फिराक में रहता है। जरा चूके कि आपकी थू-थू करने लगेगा।

सभी सहमत थे कि बाप के मरने पे रोना तो ख़ैर लाजिमी है ही। तभी किसी ने अपने उन बूढ़े चच्चा की कहानी शुरू कर दी कि जो रहे तो होंगे सत्तर अस्सी साल के पर अपने को हमेशा सौ साल का बताते थे। घर में और बाहर, जो पकड़ में आ जाए, उसी को बताते थे कि हमने सन सत्तावन का गदर देखा है। इसके अलावा भी सौ सालों में जो देखा था, वो सब भी बताने की कोशिश करते थे। वे दुनिया को पुरातत्व विभाग का दफ्तर मानते थे और अपने पुरानेपन को ही अपनी सबसे बड़ी विशेषता और गुण मानकर दुनिया से उसी बिना पर इज्जत की मांग किया करते थे, जिसे अपनी इच्छानुसार पूरी होते न देखकर अंततः गाली-गलौच शुरू कर देते थे। घर में सभी बाट जोहते थे कि अब मरेंगे चच्चा, कि तब मरेंगे। 'पर बे काहे को मरें।' बे न मरे। बल्कि ऐसे ज़िंदा दिखने लगे कि जितने ज़िंदा जवानी में भी न रहे होंगे। हमें तो आज तक शक होता है कि आखिरी में ऊबकर घरवालों में से ही किसी ने चच्चा की घिची खुद ही मसक दई कि भैया, खत्म करो जे रोज-रोज गदर के ज़माने की कहानी सुनबे का टंटा।...पर खेल देखो साब कि इतें जे चच्चा मरे कि उतें पूरा खानदान, मय अंडी बच्चन के ऐसे पछाड़ें खा-खा के रोया है कि जिसने भी जे स्यापा देखा तो वही कहने लगा कि भैया, ऐसे होते हैं भैंचो श्रवनकुमार...

चर्चा में श्रवनकुमार का जिक्र तकनीकी लिहाज से गलत उदाहरण के तौर पर आया तो एक श्रोता ने तुरंत आपत्ति ली और कहा, 'भैया, श्रवनकुमार तो अपने बाप से पहले ही मर गए थे कि नहीं? तो फिर यहां श्रवनकुमार का नाम घुसेड़बे का क्या मतलब हुआ?'

'यार तुम हमें श्रवनकुमार की कहानी तो सिखाओ मती।.. यहां हर भैंचो को यह कहानी कंठस्थ है।...खुद हमारे बाप बात-बात में, दिन में दस बार यह कहानी सुना सुनाकर हमें गरियाते थे कि एक हते श्रवनकुमार, और एक हैं जे भैंचो, कलियुग के श्रवनकुमार।...सो श्रवनकुमार की कहानी तो तुम हमें सिखाओ मती।...जे समझ लो कि हमने तो बस यूं ही एक बात कही है।'

'पर ऐसे कैसे कही भैया।...बात की तुक तो कहीं बैठे।'

'तो अब क्या सारी बातें तुमसे पूछ के करी जाएंगी?...माना कि श्रवनकुमार पहले मरे थे और उनकी मौत के बाद उनके बाप कांवर में पड़े डोलते रह गए थे, जे बात एकदम सच है। पर तनिक देर को मान लो कि श्रवनकुमार के बाप अगर उनसे पहले मर जाते, तो? तब तो श्रवनकुमार ऐसेई पछाड़ें खाते कि नहीं, तुम तो जे बताओ?'

'पर भैया, ऐसे कैसे मर जाते? श्रवनकुमार उनकी इतनी सेवा टहल करते थे तो फिर बाप मर कैसे जाते यार?...कहानी जैसी है वैसी ही रहेगी। हम कहानी की बात मानें कि तुमाई?'

'क्यों भैया, हमारी बात क्यों नहीं मान सकते?...क्यों नहीं मर सकते थे श्रवनकुमार के बाप? कांवर में लटके-लटके घूमते थे। मान लो कि कभी कांवर ही टूट जाती? बांस कमज़ोर निकल जाता।...या रस्सी चटख गई होती। कुछ भी होता और श्रवनकुमार

के बाप खुपड़िया के बल जमीन पे गिर जाते तो ?...तब श्रवनकुमार जैसा रोए होते, वैसे रोए हते हमारे चच्चा के नाती पोता...समझे के नई ?'

यह बहस अनंत हो सकती थी परंतु निर्णायक-सा मत देते हुए पंडितजी ने एक सार्वभौमिक सत्य को उजागर करते हुए बहस समाप्त करा दी कि देखो भैया, जे बात तो ख़ैर अटल सत्य है कि बाप चाहे जिस उम्र में मरे, औलाद का रोना

तो लाजिमी बनता है क्योंकि इसी बात पे तो दुनिया टिकी हुई है।...पहली सांस में रोने की बहस का समापन करते हुए उन्होंने दूसरी सांस में चरवाहों से एहतियातन यह पूछना भी लाजिमी समझा कि तुमने बब्बा के घर पे रोबे बालों से जे तो पूछ ही लिया था न कि तुम रो काहे को रहे हो ?

हलवाहों ने आश्चर्य से पूछा कि इसमें पूछबे वाली बात भला कौन सी रही ?

'मान लो कि बब्बा के घर के लोग किसी और बात पे रो रहे हों, तब ?' पंडितजी ने संभावनाओं और आशंकाओं के नए द्वार खोलते हुए पूछा।

हलवाहे हंसने लगे। बोले कि आप कैसी बात कर रहे हो पंडितजी ? अरे, सुबे-सुबे आदमी और किस बात पे रोएगा भला ?

'अरे वाह,' पंडितजी की जगह कोई और ही बहस में उतर आया, 'आदमी तो किसी भी बात पे रो सकता है भाई। इसमें सुबे दोपहर शाम का कानून नहीं लगता भैया। आदमी सुबह रोने लगे तो पुलिस थोड़ेई पकड़ के ले जाएगी कि कोई मरा नहीं है तो तुम सुबे-सुबे काहे रोबे बैठ गए ?...पूछना तो चाहिए था।...मान लो कि बे इसी बात से बैठे रो रहे हों कि बब्बा मर क्यों नहीं रहे, तो ?'

'इस बात पर भला कोई क्यों रोएगा, भैया ? बुजुर्गों का साया तो जित्ते दिन सिर पे बना रहे, उत्ता ही अच्छा। है कि नहीं ?' किसी ने कहा।

इसके जवाब में कहा गया कि हमने तो एक बात कही है। आदमी इस बात पे क्यों नहीं रो सकता कि बुढ़ऊ मर क्यों नहीं रहे ? कोई इस बात पर खुलकर रोता नहीं है यह भी सच्ची बात है। ऐसे में दिल-ही-दिल में रोने और ऊपर से मुस्काने का रिवाज चला आता है। सभी यही कहते हैं कि घर में बुजुर्ग का साया बना हुआ है, यह सौभाग्य की बात है। पर असली बात भी सबको पता है।'...

'ऐसी न कहो राजा'...

'सच्ची कह रहे हैं। बुरी लगे, चाहे भली।...और जे बात तो एकदम दुरुस्त है कि आदमी चूंकि किसी भी बात पे रोता मिल सकता है, सो हमेशा पूछ लेना ही ठीक कहाता है।...हम अपने बाप का ही किस्सा सुनाते हैं। बे रोज, बिना नागा इसी बात पे रोया करते थे कि भैया ज़माना बड़ा खराब आ गया है।...दिन-रात, बात-बात पे बे इसी बात पे रोने बैठ जाते। हमने उन्हें लाख समझाया कि बाबूजी, जब पता ही है कि ज़माना इतना खराब आ गया है कि आपके रोबे की उसे घंट भी परवाह नहीं है—तो रोना भी हो तो ज़माने से छुपकर रोया करो—पर वे काहे को मानें। बस, जेई कहते फिरें कि ज़माना बड़ा खराब है। इतें उतें-रोते फिरें। हर बात में ज़माने का रोना रोने लगें।...घर वाले, अड़ोसी-पड़ोसी सब परेशान हो गए।...फिर एक दिन हमारे छोटे वाले भैया ने

उन्हें सही तरह से समझा दिया कि ज़माना इत्ता खराब आ चुका है कि यदि बाप रोज-रोज फालतू में रोया करे तो औलाद उनकी बढ़िया ठुकाई तक कर सकती है—तब जाकर उन्हें यह बात समझ में आई कि ज़माना कहां-से-कहां पहुंच चुका है और वे रोते-रोते कितने पीछे रह गए हैं।...सो रोबे को तो आदमी किसी भी बात पे रो सकता है।...इसीलिए पूछ लेना जरूरी है।'

बातें चलती रहीं। चाय के गिलास बंटते रहे।

सर्दी की सुबह है। धूप की संभावनाएं बन रही हैं। कोहरा तो अभी भी है, पर तेजी से छंट रहा है। कुत्ते स्कूल से निकलकर मैदान में आ गए हैं और जीपों के आसपास बिखर गए हैं। कुछ और ग्राहक भी चाय की दुकान पर आकर खड़े हो गए हैं और निरर्थक बहस में उतरने की संभावनाएं तलाश रहे हैं। सर्दी की आज की सुबह एक उत्तेजक ख़बर से शुरू हुई है, जो चाय के स्वाद को दुगुना कर रही है। बब्बा के मरने की ख़बर वास्तव में एक ऐसी घटना थी कि जिसे यदि किफायत के साथ इस्तेमाल किया जाए तो अगले बारह-तेरह दिन तक काम दे सकती थी। दरअसल गांव में बड़ी एकरसता घर कर गई थी। वे ही सुबहें। वे ही बेरोजगारी, बेकारी और बेगारी के बेग़ैरत दिन। लंबे-लंबे दिन। काटे नहीं कटने वाला समय। धूल-धक्कड़। फालतूपन। यूं ही बैठे लोग। करें क्या? 'जाएं तो जाएं कहां' वाला माहौल। सुबह उठो तो देखते हो कि एक पूरा दिन सामने पड़ा है, काटने के लिए। लंबा, बेरौनक, बेकार दिन। 'फिर वही शाम, वही ग़म, वही तन्हाई' वाला मामला। वैसे चलो गम का मान भी लो कि वह न हो। गांव में ग़म की कोई अहमियत रह भी नहीं गई थी। किस-किस ग़म का रोना रोएंगे आप?...

तो यूं जान लें कि रुके समय का ठहरा हुआ तालाब-सा है लुगासी जिसमें बब्बा की मौत का कंकड़ गिरा तो हलचल तो होनी ही थी।

'किरिया करम तो आज की आज में ही निबटाएंगे? क्या कहते हो, सगे?' किसी ने किसी से यूं ही पूछा।

चाय सुड़कते हुए उसने बताया कि हम बब्बा के सगे तो हैं नहीं। कैसे बताएं कि बे लोग किरिया करम करने की कब की सोच रहे हैं? वैसे हमें लगता है कि आज तो मुश्किल ही कहाएगा। बब्बा का छोटा वाला मोंड़ा, गोपी, कानपुर के किसी बैंक में कुछ है और उसकी बहू भी कानपुर के किसी स्कूल में कुछ है—सो उनके आने तक तो न फूंक पाएंगे, ऐसा लगता है हमें।

गोपी का जिक्र आते ही एक सज्जन ने तिरस्कारनुमा लहजे में कहा कि अच्छा, बे श्रवनकुमार?...उनके लिए बैठे रह गए तो मान लो कि मुर्दा पड़ा पड़ा सड़ जाएगा। ...ऐसी कलजुगी संतान हैं बे कि बहाना बनाते रहेंगे कि इतें बैंक वाले छुट्टी ही नहीं दे रहे। तुरत आना तो कठिन है। कानपुर से ही आत्मा की शांति के लिए संदेशा न भेज दें। उतें ही दो मिनिट का मौन खेंच खांच दें। कि लो भइया, इसी में हो गया बाप का किरियाकरम, अस्थिविसर्जन, श्राद्ध और तर्पण-सब एक साथ।...

'फिर भी छोटे मोंड़ा के लाने रुकना तो पड़ेगा ही...'

'ऐन रुकें। खूब रुकें। पर ऐसा न हो कि 'बे आ रहे', 'बे आ रहे',—जे ही चलता रहे और बर्फ की सिल्ली पे धरे बब्बा गल जाएं।'

सूर्य भगवान शनैः-शनैः प्रकट हो रहे हैं।

इसी बीच कुछ और लोग भी आ गए हैं। वे बेचारे इस उत्साह से आए हैं कि बब्बा की ख़बर देने वाले प्रथम व्यक्ति होने का सम्मान उन्हें मिलेगा। अब यह जानकर वे दुखी हो गए हैं कि यहां तो पहले ही सभी को पता है कि बब्बा मर गए हैं। उन्होंने स्वयं को कोसा। स्साली ऐन मौके पर दिशापानी में तनिक देर क्या हो गई कि देखो, चूक गए न!

'वैसे गप्पू और नन्ना तो इतें ही हैं न?'

गप्पू और नन्ना का मतलब बब्बा के अन्य दो और सुपुत्र।

'इतें न होंगे तो और कितें होंगे? उन्हें कितें जाना है यार?'

'वोई तो। तब तो मान लो कि कानपुर से गोपी न भी पहुंच पाए तो जे तो बैठे ही हैं—जे लोग ही कर लेंगे सारा किरियाकरम...'

'यार तीन-तीन मोंड़ा होते हुए बब्बा को फूंकबे वालों की कौन सी कमी, जे बताओ?'

'और भैया, सच्ची कहें तो, बुरा न मानियो, गोपी तो अभी गदबद दे के कानपुर से भगे-भगे आएंगे कि कहीं आने में लेट-लाट हो गए तो पीछे से बब्बा का सारा मालमत्ता नन्ना और गप्पू न दबा के बैठ जाएं।...समझे कि नहीं सगे? बब्बा इत्ती जायदाद और सोना चांदी छोड़ के मरे हैं कि उसका बंटवारा करने के लिए तो आदमी काले पानी से भी निकल के टेम पे पहुंच जाएगा...।'

'सच्ची कह गए राजा।...अरे, हमारे डुकर जो कहीं इत्ता मालमत्ता छोड़ कर जाते तो हम तो भैंचो संगमरमर की समाधि खिंचवा देते उनकी।...सच्ची...। तुम्हारी सौं...।'

'हमारे बाप तो दस हजार का कर्जा काढ़ के मर गए थे। हम आज तक झींक-झींक के चुका रहे हैं।'

'अपनी अपनी किस्मत है भैया...'

'एकदम सही कह गए आप।...किस्मत का ही खेल है सब।...अरे, जे स्साली किस्मत ही तो कहाई कि गप्पू, नन्ना ऐसे बाप की पेशाब से पैदा भए। यह भी किस्मत का ही तो खेल कहाया कि देर से ही सही, बब्बा मर गए। बूढ़े बाप का टेम से मरना भी किस्मत ही होती है भैया। मान लो कि बब्बा बीस पचीस साल और खेंच जाते तो उनका कोई क्या बिगाड़ लेता?...है कि नहीं?'

'एकदम सही कह गए हैं आप। बूढ़ा बाप अगर खिंच ही जाए तो फिर आदमी क्या कर सकता है?'

फिर देर तक उन किस्मत वालों की बातें होती रहीं जिनके बाप न केवल लखपति होते हैं, बल्कि ऐसे समझदार भी निकलते हैं कि ठीक टाइम पर प्राण छोड़ देते हैं।

तो किस्सा यूं शुरू हो रहा है कि बब्बा मर गए।

क्या बब्बा अंतत: उस कैंसर से मरे जिसका संदेह वह डॉक्टर एक साल पहले कर गया था? वैसे उसकी राय को तो बब्बा अपनी ठोकर और घंटे पर धरकर कब के भूल गए थे। उसके बाद उन्हें ख़ून गिरा भी नहीं, या कभी गिरा भी हो तो घर में उन्होंने किसी को बताया नहीं। क्यों न बताया होगा? क्योंकि उन्हें विश्वास था कि इससे परिवार में गलत किस्म की आशाएं जाग सकती हैं कि अब बब्बा मर जाएंगे। बयासी चौरासी साल के बूढ़े से वैसे भी लोग और क्या उम्मीद कर सकते हैं? इसे यूं भी कह सकते हैं कि बयासी साल के बूढ़े से अंतत: यही तो एक आशा शेष रह जाती है जिसे वह तुरंत या कुछ सालों में पूरी कर ही देता है। वे ऐसी कोई भी आशा किसी को भी नहीं देना चाहते थे।

वैसे घर में इस तरह की पकी उम्र के बूढ़े से कुछ लोगों को उम्मीद और भय दोनों ही रहते हैं। कुछ लोगों को यह डर लगता है कि ये इस बार की कड़ाके की सर्दी को निकाल भी पाएंगे या नहीं? तो कई बार कुछ घरों में यह आशा सी रहती है कि पहले तो ख़ैर निकाल ले गए, पर इस बार की सर्दी निकालना कठिन होगा क्योंकि एक तो चिल्ला जाड़ा पड़ रहा है दूसरा यह भी कि बाबूजी पिछले एक साल में काफी ढीले भी हुए हैं। कई बार न तो भय होता है, न ही आशा बल्कि उन लोगों के चेहरे पर एक शिकायत का भाव-सा रहता है कि यार, इनका कुछ वैसा भी कभी होगा कि नहीं जैसा इनकी उम्र के लगभग सभी का कभी का हो चुका?...सब कुछ इस बात पर निर्भर करता है कि बूढ़े के घर में उसके आसपास प्रेमभाव की क्या स्थिति रहती है? वैसे स्थिति प्राय: नाजुक ही होती है, या फिर वह चीज़ सिरे से होती ही नहीं। प्रेमभाव जैसा कुछ रहता ही नहीं। साल दर साल, प्रेमभाव छीजता जाता है और बूढ़ा आदमी अंतत: पाता है कि जीवन की छलनी में बस मरने की आशा या आशंका के कचरे के अलावा कुछ बचा ही नहीं, स्नेह तो सब कब का रिस चुका।

और ऐसी स्थिति में एक समय ऐसा भी आता है जब आसपास के लोगों के साथ-साथ स्वयं बूढ़ा भी अपनी मृत्यु की अनिवार्य प्रतीक्षा करने लग जाता है। उसे भी यही भय, आशा और स्वयं से शिकायत रहने लगती है।

हां, बब्बा का केस थोड़ा अलग-सा था। वे एक अलग किस्म के बूढ़े थे। उनके परिवार में प्रेमभाव की स्थिति ऐसी न होकर ठीक उलट थी। घर में सब उनसे प्यार करते थे। कम-से-कम बब्बा को तो यही पता था। जीते रहने के लिए यह पर्याप्त था। सो न तो वे अभी मरने के बारे में सोच रहे थे और न ही घर परिवार में किसी को भी यह अंदाज़ था कि बब्बा यूं मर जाएंगे। वो तो अचानक ही मर गए वे। हां, जब बब्बा सत्तर से पचहत्तर के बीच कहीं थे (यूं तो सही सही उम्र का पता न होने के कारण वे न जाने कब से 'सत्तर के होवे वाले हैं' ऐसा कहने लगे थे) तभी से लोगों को ऐसा लगने लगा था कि हो सकता है कि कहीं बब्बा मर-मरा न जाएं। यह नहीं था कि ऐसा वे उनकी किसी बीमारी के कारण सोचते रहे हों। बब्बा तब एकदम ठीक थे। तब तो यह खांसी में ख़ून गिरने वाला कैंसर प्रसंग भी सामने नहीं आया था। तब

लोग क्योंकर उनकी मृत्यु की बात सोचते थे भला? लोगों की गलती नहीं थी। अपनी तरफ़ यह माना ही जाता है कि आदमी एक बार बूढ़ा हो जाए तो फिर उसके पास मरने के अलावा और कुछ करने को रह ही क्या जाता है? इसी प्राकृतिक तथा सहज सोच के परिणामस्वरूप लोग उन दिनों अचानक ही यह सोचने लग गए थे कि बब्बा मर भी तो सकते हैं। बब्बा भी यह बात जानते-से थे। इसीलिए कभी कोई आता जाता व्यक्ति यदि उनसे यह पूछ ले कि बब्बा कैसे हो? ठीक तो हो? तो बब्बा चिढ़कर इसके उत्तर में यही कहते थे कि ठीक हैं—हमें क्या होना है भैंचो?

इसी तरह समय गुजरता चला गया। बब्बा बूढ़े से और भी बूढ़े होते चले गए। बुड्ढे से शुड्ढे, और फिर शुड्ढे से ठुड्ढे होते चले गए। आमतौर पर बूढ़ा होने पर आदमी मात्र बूढ़ा कहाता है। पर उस बूढ़े को आप क्या कहोगे जो न जाने कब का बूढ़ा हो चुका और दिनोदिन होता ही चला जा रहा हो? वयोवृद्ध कहने से शायद बात बने, शायद न भी बन पाए। हम इस अवस्था का कोई उचित नाम नहीं दे पा रहे हैं। मात्र यह कह रहे हैं कि बब्बा और बूढ़े होते चले गए। बाल और सफ़ेद हो गए, यहां-वहां से झड़ भी गए और लगभग पूरी ही खोपड़ी पर काबिज गंजेपन पर बस यत्र-तत्र ही चिपके रह गए। ये बाल भी भुरभुरे से हो चले। चेहरे पर धीरे-धीरे इतनी झुर्रियां पड़ गईं कि वहां और झुर्रियां पड़ने के लिए जगह ही नहीं बची। गर्दन की खाल लटक गई। पलकों के नीचे पपोटे पहले सूज गए, फिर अजीब तरह से नीचे लटक आए जिसके कारण पलकें उलट-सी गईं। पहले दांत हिलने लगे, फिर टपके और अंततः पोपले मुंह में बस दो तीन दांत ही यहां-वहां हिलते लटकते रह गए जो कभी भी टपक जाने को तत्पर दिखते थे, पर अटके हुए भी थे। तात्पर्य यह कि टपक कब के जाना चाहिए थे, टपकते दिखते भी थे, और कभी टपक भी सकते थे, पर टपक नहीं रहे थे—एकदम, स्वयं बब्बा की तरह ही। पिछले कई सालों में बब्बा बहुत बूढ़े होते गए पर मरे नहीं। और होते-होते तो लोगों ने उनकी मौत के विषय में सोचना ही बंद कर दिया था—न आशा, न आशंका। यूं समझें कि लोग बब्बा की उपस्थिति को जीवन की एक अनिवार्य घटना मानकर उसके साथ जीना सीख चुके थे और किसी हद तक, उनके होने में एक किस्म का मज़ा तथा संतोष लेना भी सीख चले थे। वे कभी बीमार पड़ते भी तो लोग मजाक करते थे कि 'कहीं बब्बा को कुछ हो न जाए,' और फिर यह कहकर आपस में ही खूब हंस भी लेते थे। वे जानते थे कि बब्बा ठीक हो जाएंगे। बब्बा हो भी जाते थे। वे बयासी वर्ष के हो गए थे। या शायद चौरासी पिचासी के। अब तो सब ईश्वर पर ही था। जैसा वह चाहे, करे। जब तक जिलाए। और बयासी वर्ष में भी वे बढ़िया ही चल रहे थे। बूढ़े हो गए बेटों को वे रोज गरियाते, बहुओं को सुनाते हुए ज़माने भर की सीख देते, और 'ज़माना स्साला कितना खराब हो गया है,' इसकी चर्चा करते, खाली वायुमंडल को तरह-तरह की मौलिक गालियों से भरते; नातियों-पोतों को जो जवान होकर स्वयं भी बाप बन चुके थे, यह बताते रहते कि तुमारे बाप एकदम चूतिया अवश्य हैं परंतु यह कतई ज़रूरी नहीं कि तुम भी चूतिया ही बनने की कोशिश करो; तुम यदि चूतिया नहीं भी निकलोगे

तो न तो हम बुरा मानेंगे, न ही तुमारे पिताजी। वे घर के बाहर, बड़े से चबूतरे पर खटिया डालकर बैठे रहते थे। अहाते से बाहर की गलीनुमा सड़क से आते-जाते लोगों की पायलागी स्वीकार किया करते थे। कभी कोई बिना पायंलागी करता हुआ निकला जा रहा हो तो उसे पीछे से आवाज देकर बताते थे कि भैंचो, अभी हम मरे नहीं हैं; तुमारे बाप-मताई भी कभी इधर से कढ़ते थे तो बिना हमें प्रणाम करे आगे नहीं जाते थे-सो तनिक इतें भी देख लो कि चबूतरे पे तुमारे बाप के बाप बैठे हैं और बिना पायंलागी किए कढ़बे वालों की मैयो...।

यही सब करते-करते वे उम्र के उस पड़ाव पर पहुंच गए थे जहां उनके अस्तित्व की कनातें डोलने लगीं थीं, बदन के तंबू के बांस खपच्चियां हिलने लगे थे, शरीर का तंबू स्वयं भी फड़फड़ाने लगा था और फड़फड़ाहट की आवाज़ के साथ ही घिसते-छीजते फटते कपड़े से हवा अंदर घुस रही थी। यह सब होते हुए भी बब्बा नाम का यह पुराना तंबू शान से तना हुआ था। कनातों के उखड़ने का कोई भी अंदेशा दूर-दूर तक किसी को दिखता नहीं था। बब्बा थे, हैं और रहने वाले हैं-ऐसा दूसरे लोग तो मानने ही लगे थे, स्वयं बब्बा को भी ऐसा ही लगने लगा था। तभी तो उस दिन डॉक्टर द्वारा कैंसर के शक को बब्बा ने काबिले गौर ही नहीं माना था। और इसके बाद हुआ भी कुछ ऐसा कि वे बाद में इतने बढ़िया चलते-फिरते रहे कि बब्बा के साथ-साथ अन्य लोगों ने भी यह मान लिया था कि डॉक्टर चूतिया ही रहा होगा जैसे कि पढ़े लिखे शहराती डॉक्टर होते हैं।

सो बब्बा कभी मरेंगे भी, लोगों ने ऐसा सोचना ही बंद कर दिया था, कि अचानक बब्बा ने धोखा दिया और सर्दी की इस रात में सोते-सोते ही मर गए।

यह किस्सा बब्बा के मरने पर शुरू होता है।

तो भैया, फिर बता दें कि किस्सा यूं शुरू हुआ है कि बब्बा मर गए।

बड़ा-सा अहाता।

अहाते में दो घर बने हैं, आमने-सामने और बीच के खाली पड़े अहाते में एक कमरा और चबूतरा।

एक घर बड़ा-सा, पुराना, हवेलीनुमा घर है। एक अपेक्षाकृत नया बना दीखता है।

इन दो घरों से तनिक हटकर अहाते के एक तरफ़ बड़ा-सा चबूतरा है। इसी चबूतरे पर बना वह कमरा बब्बा का कमरा है। दोनों घरों से एकदम अलग। दूर से ही मानो पूरे अहाते पर अपनी सत्ता की घोषणा करता सा। हेडक्वार्टर सा समझ लें। इसी में बैठे, लेटे और 'हाहा हीही' करते बब्बा ने अपना सारा जीवन काट दिया। उनके दो बेटे गप्पू और नन्ना अहाते में बने इन दो घरों में रहते हैं, सपरिवार। बब्बा चबूतरे पर बने इस अकेले कमरे में बैठकर न केवल इस पूरे परिवार पर राज करते रहे बल्कि इसी चबूतरे पर पड़े तख्त पर अधलेटे, या लेटे हुए, लुगासी पर भी राज करने की कोशिश करते रहे। यही कमरा उनका ऑफिस-कम-रेजीडेंस था, राजगद्दी थी,

हेडक्वार्टर था, निगरानी टावर था, और सेंट्रल पावर स्टेशन भी था। जवानी से लगाकर बुढ़ापे तक के बब्बा के विकास और पतन का साक्षी रहा है यह कमरा।

और आज इसी कमरे में, रात को सोते-सोते, बब्बा मर गए।

कमरे को खाली कर दिया गया है।

खाली कमरे के नंगे फर्श पर बब्बा का शव रखा हुआ है।

कमरे की बायीं दीवार पर विवेकानंद की तस्वीर लगी है। यूं तो तस्वीर बहुत पुरानी हो चुकी है परंतु विवेकानंद का तेज अभी भी तस्वीर से इतनी मात्रा में प्रकट हो रहा है कि आपका चित्रकार को दाद देने का मन कर आए। विवेकानंद एकटक इसी तरफ़ देख रहे हैं जहां रज्जन बेचैन से खड़े हैं। रज्जन, बब्बा के बड़े बेटे गप्पू के एकमात्र सुपुत्र हैं। बब्बा के नाती ही कहाए, तब तो? हां, रज्जन बब्बा के नाती हैं। वे घर के युवा तुर्क हैं। इस घर के कर्णधार टाइप व्यक्ति मान लें इनको। शादी, विवाह ग़मी, लठैती, गाली-गलौज और मुकदमेबाजी—परिवार में जब-जब जो भी होता है या होना है तब-तब परिवार रज्जन का मुंह ताकता है कि बताओ क्या किया जाए? कोई यदि मुंह न भी ताके तो भी रज्जन मान लेते हैं कि उनका मूं ताका जा रहा है। सो घर के हर फटे में उन्हीं की टांग रहती है। आज भी बब्बा की मृत्यु की बाद से ही वे ततैया की तरह लगातार सक्रिय हैं। सारा इंतजाम देखना कोई ठट्ठा समझ रखा है क्या? वे यहां-से-वहां भाग ही रहे हैं सुबह से। अभी-अभी वे इस कमरे में किसी को तलाशते घुसे हैं, और बब्बा के शव तथा विवेकानंद की उपस्थिति से एकदम असंपृक्त कुछ बड़बड़ा रहे हैं। बब्बा के आसपास कमरे में बैठे और बाहर के चबूतरे पर बिराजे लोगों की तरफ़ उन्होंने एक प्रश्ननुमा वक्तव्य उछालते हुए कहा कि जे पुत्तल भैंचो कितें निकल गए हैं? हमने अभी बखरी में उनसे कहा था कि तुम इतें चबूतरे पर ही मिलना..। सबने सुन लिया। पहले तो किसी ने कुछ नहीं कहा। यह स्पष्ट था कि रज्जन ने किन्हीं पुत्तल नाम के सज्जन को सख्त ताकीद की थी कि यहीं रुकना, हम अभी आ रहे हैं और काम बताएंगे तुम्हें, परंतु वे सज्जन, रज्जन के पीठ फेरते ही यहां से कहीं उड़न छू हो गए थे। किसी ने बताया कि पुत्तल अभी दिखे तो थे। अभी-अभी तो पुत्तल इतें ही रहे। रज्जन ने कहा कि वो तो हमें खुद पता है यार।...तभी किसी ने यह शाश्वत संदेह प्रकट किया कि हो न हो, पुत्तल बीड़ी पीबे की खातिर इतें-उतें हो गए होंगे। जब बीड़ी के लिए गए हैं तो फिर आते ही होंगे क्योंकि कोई आदमी कित्ती देर तक बीड़ी पी सकता है? इधर दो तीन जन उठकर पुत्तल को खोजने की कहकर वहां से गायब हो गए कि कहीं पुत्तल वाला काम उनको ही न पकड़ा दिया जाए। एक जन तो मौका गनीमत जानकर पुत्तल की बुराई करने लग गए कि जे साला पुत्तल है ही भौत हरामी, पर कोई क्या तो कहे क्योंकि खुद रज्जन ने स्साले को अपनी मुड़ी पे चढ़ा रखा है सो हम तो चुप ही रह जाते हैं। पुत्तल का तो ऐसा है कि भैया से बातें तो जित्ती चाहे खूब करा लो, पर शिकार के टेम पे कुतिया हगासी ही मिलेगी। एक और ने इसको कलियुग की अनिवार्य नियति से जोड़ते हुए कहा कि भैया, ज़माना ही खराब आ गया है और जे स्साले नीच जात वालों के दिमाग इत्ते खराब हो चुके हैं कि क्या कहें?

रज्जन सबकी सुनते रहे, फिर चिढ़कर बोले कि आप कुछ न ही कहें तो ठीक होगा क्योंकि ज़माना तो ऐसा ही रहने वाला है। फिर रज्जन ने पुत्तल वाला मुद्दा बीच में छोड़ते हुए किसी को दौड़ाया कि अंदर जा के अम्मा से तनिक जे तो पूछे आओ कि कोई जन बस अड्डे से बुआ को लेने को गया है कि नईं? उन्होंने यह भी कहा कि पुत्तल को तो ख़ैर हम देख ही लेंगे, पुत्तल तो आ ही जावेंगे; बीड़ी भी पी रहे होंगे तो जिंदगी भर तो पीते न बैठे रहेंगे। सभी सुननेवालों ने माना कि रज्जन ठीक ही कह रहे हैं। बीड़ी को उम्र भर नहीं खींचा जा सकता। फिर पुत्तल को भी पता ही है कि उनने कहीं ज्यादा देर की तो स्वयं रज्जन भी कित्ते हरामी आदमी सिद्ध हो सकते हैं।

जमीन पर बब्बा का मृत शरीर रखा हुआ है।

पांच बातियों वाला एक दिया शरीर के चरणों के पास प्रज्वलित है। पांचों बातियों से, धूम्र निकलकर, कमरे के शून्य में विलीन हो रहा है। मानो पंचतत्व निकलकर वायुमंडल में विलीन हो रहे हों। बब्बा का शरीर भी तो पंचतत्वों का बना था। अब ये सब निकलकर मिट्टी में मिल जाएंगे, वायु में विलीन हो जाएंगे, भटकेंगे, मिलेंगे, नया रूप लेंगे। क्या बब्बा के साथ ही यह कहानी खत्म हो जाएगी? बताना कठिन है। यह प्रश्न विद्वानों के बीच अवश्य ही बहस, शास्त्रार्थ और मार कुटाई तक का विषय हो सकता है। दरअसल इन बातों पर या तो कोई फिलॉसफर बात कर सकता है या फिर संत टाइप कोई आदमी। जैसे कि अपने महंत जी।

महंतजी, बब्बा के सखा, गुरु, मित्र, पथ प्रदर्शक, आदरणीय और सबसे करीबी आदमी थे। वे अभी अवाक्-से इसी कमरे के एक कोने में दीवार से टिके बैठे हैं। एकटक अपलक दूर कहीं निहारते। शायद, बैठे-बैठे झपकी आ गई है उन्हें। झपकी लेते हुए भी वे ध्यानमग्न से ही लगा करते हैं। इतनी संताई तो उन्होंने साध रखी है।

रज्जन विशेष तौर पर, अन्यथा आमतौर पर तो सारा पांडेय परिवार ही महंतजी को पसंद नहीं करता है। रज्जन मानते हैं कि यह शख्स साधु की भगल में एक नंबर का तिकड़मी और मतलबी आदमी है। वैसे यह बात सार्वजनिक रूप से वे चाहकर भी कभी कह नहीं पाए। पहले तो बब्बा के डर से नहीं कहते थे और अभी ज़माने के लिहाज के कारण नहीं कह सकते। पर तिर्यक ढंग से उनका मखौल उड़ाने का मौका रज्जन ने पहले भी कभी भी नहीं छोड़ा और अभी भी नहीं छोड़ने वाले-यह तथ्य महंतजी भी जानते हैं। पर आज तक महंतजी ने इस तथ्य की कभी परवाह नहीं की थी। उनके लिए बब्बा तो थे ही। उन्होंने बब्बा को साध रखा था।...हां, अब पता नहीं कि क्या होगा? 'देखते हैं'—शायद इसी चिंता में महंतजी आंखें मूंदे बैठे हैं।

अगरबत्ती की धूम्ररेखाएं भी कमरे के वायुमंडल में तिरोहित हो रही हैं। सुबह की धूप का एक टुकड़ा, चुपचाप, मानो टोह लेता सा, पूर्वमुखी खिड़की से कमरे में एकदम बेआवाज़ कूदा है और बब्बा के मृत शरीर के पास ठिठक कर मानो यह समझने की कोशिश कर रहा है कि आखिर हुआ क्या है? वैसे सुबह की धूप को तो आज निकलते ही यह समझ में आ गया था कि यहां कुछ-न-कुछ अनहोनी तो हुई है। शायद सुबह ने ही धूप के इस टुकड़े को कमरे में भेजा है कि सब कुछ ठीक से पता करके तो आओ।

वर्षों से सुबह की पहली किरणों को, बब्बा हमेशा ही चबूतरे पर सत्यार्थ प्रकाश के अंकों को उलटते पलटते मिल जाते थे। फिर तनिक देर में ही महंतजी घूमते हुए वहां पधार जाते। उनके साथ पड़ोस का कल्पेश बनिया भी आ जाता। फिर शतरंज बिछ जाती। फिर जो बाजियां चलतीं, तो चलती ही रहतीं। पास में पड़े 'सत्यार्थ प्रकाश' के पन्ने फड़फड़ाते रहते। सामने की गली से आते-जाते लोगों की पांयलागी के जवाब में बब्बा के आशीर्वाद चलते रहते। ज़माने में जिनको गालियां दी जानी थीं, वे भी वहीं पर शतरंज खेलते-खेलते ही दी जातीं। धूप उनके आसपास फालतू-सी घूमती रहती। बब्बा, धूप से बेपरवाह शतरंज खेलते रहते। फिर ज्यादा ही धूप लगती, तो उठकर वे कमरे में चले जाते। खेल वहां भी चलता रहता। खेल के साथ गप्पें चलती रहतीं। ज़माने भर की न जाने क्या क्या बातें होतीं। इस दौरान सारी दुनिया को इतनी गालियां दी जातीं कि यदि बाद मरने के, घर से जो सामान के साथ गालियां भी निकलतीं, तो इतने वर्षों में इतनी गालियां यहां चबूतरे और कमरे में दी गई थीं कि घर के ठीक पीछे खड़ी पहाड़ी के बराबर गालियों का एक ठीकटाक सा टीला तो खड़ा हो ही जाता।

महंतजी बब्बा के शतरंज के साथी थे। दोनों दिन-भर यह खेल सकते थे।

बब्बा को शतरंज से ज्यादा शौक ज़माने को गालियां देने का था। उनका मित्र वही बन सकता था और उनके साथ शतरंज खेलने का वही अधिकारी भी हो सकता था जो मुंडी हिलाकर यह कहता जाए कि 'ठीक कह रहे हैं आप; और इन्हें आप जो साथ साथ मां की गाली भी देते हो तो ठीक ही देते हो क्योंकि इन्हें अकेली भेन की गाली देने से कभी भी वो बात नहीं बन सकती।' बब्बा अपने साथ बैठे खिलाड़ी से बस इतना ही चाहते थे। बस, इतना ही। इससे अधिक कुछ नहीं। यह नहीं कि उत्साह में आकर बब्बा के साथ आप स्वयं भी ज़माने को गालियां देने बैठ जाएं। तब बब्बा बुरा मान जाते। बब्बा का मानना था कि ज़माने को गालियां तो बस केवल हम देंगे। केवल हम। अगर ज़माने को लतियाना हुआ तो भी हम ही लतियाएंगे। आप मित्र हैं तो पास खड़े होकर हमारी हौंसला अफ़जाई भर करो। कहो कि वाह, क्या बात है। बस। और महंत जी ठीक ऐसा ही करते थे सो बब्बा को वे बहुत प्रिय थे। वैसे, कहने को तो वे बब्बा के गुरू भी थे। बब्बा ने कभी उनसे बाकायदा दीक्षा ली थी। इतने गुरू तो महंतजी थे ही कि बब्बा जैसे मालदार चेले को मुट्ठी में कैसे रखा जाए, इसके गुर जानते हों। उधर कल्पेश बनिया तो वैसे भी, किसी को भी गाली न देने की वणिक वृत्ति के थे। वे बब्बा के मुंह से नई नई गालियां सुनकर बस मुस्काते रहते थे। उम्र के कारण उनकी मुंडी वैसे भी हिलती ही रहती थी। बब्बा इसे ही उनकी हामी मान लेते थे।

बब्बा के कमरे के साथ लगा हुआ बड़ा-सा चबूतरा है। चबूतरे का सीमेंट यहां-वहां से उखड़ गया है। सुबह शाम, यहीं, तख्त पर दरी बिछाकर मसनद से टिके बब्बा बीड़ी पीते रहते थे और हर आने-जाने वाले के साथ टोका-टाकी भी करते थे। टोकने का कारण हर बार वे अलग निकालते थे ताकि मामले में रचनात्मक स्पर्श बना रहे। प्रायः तो लोग बचकर निकल भागते परंतु यदि कभी कोई निकल न पाया अथवा फुर्सत

में दिखा तो बब्बा इस टोका-टोकी को गाली-गलौज तक ले जाने का भी प्रयास करते थे। लोग गरियाना शुरू होते ही बहाना मारकर निकल लेते। कोई बुरा नहीं मानता था क्योंकि ग्राम लुगासी में यह सर्वमान्य था कि यदि बूढ़ा आदमी ही गाली न देगा तो फिर कौन भैंचो...देगा?

इसी चबूतरे पर अभी बढ़िया धूप आ गई है।

गुनगुनी धूप के एक टुकड़े को पकड़कर तथा चबूतरे का वह हिस्सा चुनकर जहां सीमेंट अभी इतना नहीं उखड़ा है कि बैठने में मर्मांतक हद तक नितंबों में गड़े, नन्ना बैठ गए हैं। बब्बा की मंझली संतान हैं नन्ना। हैं, यही कोई छप्पन वर्ष के। पहलवानी शरीर। चेहरे की हड्डियां उभरी हुईं सी। बाल खड़े। छोटे-छोटे सफ़ेद बाल। मूंछें तथा भौंहें तक सफ़ेद। रज्जन के चाचाजी। गप्पू के छोटे भाई। स्थानीय स्वास्थ्य केंद्र में वेक्सीनेटर। लुगासी में सभी उन्हें डॉक्टर साहब कह कर बुलाते हैं। गांव में किसी को भी कोई इंजेक्शन लगवाना हो तो इनके पास ही आता। डॉक्टरी सलाह भी देते हैं। छोटी मोटी बीमारी जो अपने आप भी ठीक हो ही जाती है, और बड़ी बीमारियां जिनके मरीज को भी पता रहता है कि ये कभी ठीक नहीं होंगी—इन दोनों तरह की बीमारियों का शर्तिया इलाज करने के लिए उन्होंने यहीं एक कुठरिया में मेज, कुर्सी, हरे पर्दे की एक स्क्रीन तथा गोलियां इंजेक्शन भी रख रखे हैं। बब्बा की अलबत्ता उन्हें यह सख्त हिदायत थी कि घर के किसी भी आदमी का इलाज कभी न करें। चेतावनी थी कि यदि ऐसा कभी किया तो उनका इंजेक्शन उनकी ही चूतड़ में ठोंक दिया जाएगा और सीधे पुलिस में भी देकर आएंगे जहां उसी चूतड़ पर पुलिस डंडे भी ठोंकेगी ताकि इंजेक्शन वाली दवाई ठीक से अंदर घुस जाए। हां, गांव वालों के इलाज पर कोई पाबंदी नहीं थी। गांव वालों को स्वयं यह तय करने की स्वतंत्रता थी कि वे बीमारी से मरना पसंद करेंगे कि नन्ना के इंजेक्शन से। यही नन्ना इस समय धोती, कुर्ता, सदरी पहने, सिर पर अंगोछा बांधे, टांगें सिकोड़कर खुपड़िया को इतना झुकाकर बैठे हुए हैं कि इससे और ज्यादा झुकाने की कोशिश यदि वे अभी करते हैं तो गर्दन जड़ से भी उखड़ सकती है। बब्बा की मृत्यु के बाद से वे ऐसे ही बैठे हुए हैं। उन्हें विश्वास है कि ऐसे पोज़ में बैठने से आदमी बिना किसी अतिरिक्त प्रयास के ही परम दुखी नज़र आता है। ठंड भी बचती ही है, सो अलग। लोग आसपास से चुपचाप निकले जा रहे हैं और नन्ना को यूं बैठा देखकर उनके दुख से प्रभावित भी हो रहे हैं।

शनैः-शनैः भीड़ इकट्ठा हो रही है। भीड़ का ऐसा ही चला तो तनिक देर में ही अहाते में गिचपिच मच जाने वाली है। जिसे भी बब्बा की मौत का पता चला है, वही यहां आ गया है। सभी के पास समय भी खूब है। वैसे भी समय काटने के लिए ईश्वर ऐसे सुनहरे तथा जायज़ अवसर रोज-रोज तो देता नहीं। सो भीड़ मच गई है। लोग खड़े हैं। बैठे भी हैं। चबूतरे पर, नीचे, यहां-वहां, अहाते में, जमीन पर। सभी गर्दन भी झुकाए हैं। हां, यह जरूर है कि उनकी गर्दन उतनी झुकी हुई नहीं है जितनी नन्ना ने झुका रखी है। वैसे भी बाप नन्ना के मरे हैं। कायदे से तो उनकी ही इत्ती झुकनी चाहिए। हां, ठीकठाक सा उदास तथा उचित नीचाई तक लटका हुआ मुंह लेकर तो

ख़ैर सभी बैठे हैं। वे इस ताक में हैं कि कोई शुरू कर दे तो धीरे-धीरे हीही ठीठी तो मान लो कि न भी हो सके पर ठीकठाक सी मजे वाली बातें तो शुरू हो जाएं। एकाध ने धीरे से तंबाखू मलकर खुद तो दबाई ही है, बगल वाले को भी पेश की है। बगल वाले के बगल वाले, तथा अगल-बगल वाले भी इशारा कर रहे हैं कि उन्हें भी तंबाखू दी जाए। शेष के पास खुद की है। सभी ने अपनी अपनी तंबाखू निकालकर रगड़नी शुरू कर दी है। तभी रज्जन न जाने कहां से बड़बड़ाते हुए प्रकट हुए और एक मकान से निकलकर दूसरे में इतनी तेजी से चले गए जितनी तेजी से लुगासी का नागरिक प्राय: किसी को ठोकने पीटने के लिए ही जाता है। कोई ऐसे जाते हुए दिखे तो आदमी किसी के पीटे जाने की सुखद उम्मीद करने लगता है। यदि इसके बाद भी कोई न पीटा जाए तो इसका कारण यही मान लिया जाता है कि पिटने वाला शायद मिल नहीं पाया था या फिर दूर से ही आने वाले की चाल देखकर ताड़ गया और समय रहते उससे भी ज्यादा तेजी से चलकर किसी और रास्ते से कहीं निकल गया।

बब्बा के कमरे और चबूतरे से पूर्व दिशा में देखें तो एक खंडहरनुमा कच्चा-सा घर है। इसे प्यार से और अन्यथा भी खंड़ेरा कहते हैं। खंड़ेरा लगभग ध्वस्त और उजाड़-सा कच्चा मकान है जो अहाते से शुरू होकर पीछे खड़ी पहाड़ी के ऐन तले तक फैला हुआ है बल्कि कह लें कि बिखरा हुआ है। खंड़ेरा की दालान पर कबेलू हैं। फिर उसके ठीक पीछे एक मैदाननुमा कच्चा-पक्का आंगन है, जिसके दूर वाले कोने में एक देसी पाखाना बना हुआ है। आंगन में गाय, भैंस और बैलों की रिहाइश और टहल का इंतजाम है। नाद, भूसा, खली, खूंटियां, गोबर तथा गोमूत्र की वह गंध जिसे ठीक से सूंघे बिना ही सुकवि ने कभी कह डाला था कि अहा, ग्राम्य जीवन भी क्या है! हम उन सुकवि को इस खंडेरा में मात्र दस मिनट, बिना नाक मूंदे खड़ा करने के बाद कभी पूछना चाहेंगे कि भैया, अब बताओ तुम कि अहा कहना चाहोगे या आह?

उत्तर दिशा में हवेलीनुमा दोमंजिला मकान तना है। मकान का यह हिस्सा शानदार है। नन्ना ने वैक्सीनेटरी में जो कमाया है वो तो इसमें दिखता ही है वरना भी यह पुश्तैनी हवेली है। बब्बा पहले इसी में रहते थे। बाद में अपनी तरह का एक 'स्थानीय-सा वानप्रस्थ' लेकर वे इससे निकल गए और चबूतरे पर बने अपने कमरे के 'आश्रम' में रहते रहे। नन्ना ने अपना गृहस्थाश्रम स्थापित करने के लिए इस पुश्तैनी मकान

पर कब्जा-सा कर लिया। बड़े भाई गप्पू महाराज ने वहीं अपना एक छोटा मकान बनवा लिया जो अहाते की पश्चिमी दिशा में खड़ा है।

हवेली से औरतों के समवेत रोने की आवाज़ें आ रही हैं जो रह-रहकर तेज हो जाती हैं। सुबह से ही रोना जारी है। कभी तेज, कभी मध्यम रुदन। बीच में सिसकियां। भुनभुनाहट। लंबी हाय-हाय भी। रुदन की ये आवाज़ें बाहर अहाते तक आ रही हैं। ये पूरे दृश्य में पार्श्व संगीत की हैसियत से एक किस्म की करुणा पैदा करने की कोशिश कर रही हैं, जो हो नहीं हो पा रही। मरने वाला यदि अस्सी साल का बूढ़ा हो तो दृश्य चाहकर तथा कोशिश करके भी प्राय: उतना करुणाजनक नहीं बन पाता। क्या करें? वास्तविकता यही है। जैसी भी है, पाठकों के सामने प्रस्तुत है।

अहाते की पश्चिमी दिशा में गप्पू महाराज का वह साधारण-सा, सकुचाया-सा मकान बना है। भव्य तो वह कतई नहीं। बस है। इस मकान में भी वही प्रचलित वास्तुकला है जो गांव में सभी घरों में है। बरामदा, पौंर, आंगन, घिनोची, कमरे। गप्पू बरामदे में प्लास्टिक की कुर्सी डालकर बैठे हैं। गप्पू अर्थात बब्बा के सबसे बड़े सुपुत्र, नन्ना के बड़े भाई, रज्जन के पिताश्री, ग्राम लुगासी के विख्यात गांधीवादी, भूतपूर्वनुमा कांग्रेसी तथा इस परिवार के कुख्याति की हद तक विख्यात सिद्धांतवादी। गप्पू ने अपना सारा ही जीवन गांधीजी के सिद्धांतों के कंटकाकीर्ण मार्ग पर नंगे पांवों चलते हुए गुजार डाला। खुद तो चले ही, साथ में परिवार के अन्य लोगों को भी उन्होंने इसी मार्ग पर घसीटना चाहा। वैसे यह अलग बात है कि कोई जूते पहिनकर भी इस कांटों भरी राह पर चलने को राजी नहीं हुआ। परिवार में गप्पू अलग से पड़ते गए। जितने वे अलग और अकेले होते गए उतने ही और सिद्धांतवादी होते चले गए। और जिद्दी भी...। संतान भी बस एक ही पैदा की। अपने रज्जन बाबू। कहने वाले कहते हैं कि इसके ठीक पश्चात् गप्पू भैया गांधीजी के ब्रह्मचर्य के सिद्धांत की चपेट में आकर पत्नी को मां मानने लग गए। स्वयं रज्जन भी जब कभी बाप से आजिज जाते हैं, या मौज में होते हैं, या फिर बाप की किसी निहायत सिद्धांतवादी हरकत के बावजूद उन्हें गरिया नहीं पाते हैं तो ऊंची आवाज़ में हवाओं को सुनाकर कहा करते हैं कि हम भैंचों...तो मादरचो...की संतान हैं—हमारा क्या है! नन्ना जहां दुनियादारी में अति-प्रवीण, ज़माने की हर चाल या तो स्वयं ही चलने वाले, या उसकी काट हमेशा अपने पास धरने वाले, या कम-से-कम उसे समझने वाले चलता पुर्जा शख्स हैं, वहीं गप्पू, उसी घर और दुनिया में रहते हुए भी अपनी बनाई एक ऐसी दुनिया के इकलौते नागरिक होकर रह गए हैं जो मात्र शिक्षाप्रद कथाओं में हुआ करती है अन्यथा तो वास्तव में वह कहीं होती नहीं। अपनी इस सिद्धांतवादी दुनिया में बस वे ही अकेले रहते थे। वैसे वे चाहते थे कि सारी दुनिया भी उनकी इसी दुनिया में आकर रहने लगे। परंतु दुनिया इतनी मूर्ख नहीं थी। दुनिया का मानना था, बल्कि कहें कि दुनिया जानती थी कि सत्य, अहिंसा, नैतिकता, सिद्धांत तथा संतवाणी टाइप अजीबोगरीब पदार्थों की बनी गप्पू की यह कच्ची-पक्की दुनिया वस्तुतः वैसी ही है जैसी कि बच्चे कभी-कभी रेत या बालू से बनाया करते हैं—यह देखने में तो बड़ी सुंदर सी कलात्मक हुआ करती है परंतु इसमें रहा नहीं जा सकता। यह बस देखी जा सकती है। इसे देखकर अश-अश किया जा सकता है और बनाने वाला यदि आपका बाप नहीं हो, तो उसकी पीठ भी थपथपाई जा सकती है। अन्यथा तो रज्जन बाबू का मानना था कि बाप के द्वारा छाती से लगाई हुई इन चीज़ों अर्थात् सत्य, अहिंसा आदि का ठीक से अचार तक नहीं डाला जा सकता, न ही इन्हें घर या जीवन में धरा जा सकता है। इन्हें धर लो तो ये इतनी सारी जगह घेर लेती हैं कि फिर जीवन की अन्य दिलकश चीजों के लिए जगह ही नहीं बचती है।...परंतु गप्पू थे कि बालू के ऐसे ही घरौंदे में जीवन-भर रहते रहे थे। घरौंदे की बालू उनके बालों और बातों से झरती रहती थी। लोग उन पर हंसते थे। दया भी प्रकट करते थे कि देखो, यार एक ठीक-ठाक सा आदमी, किस प्रकार ठीक-ठाक से दिखते

सिद्धांतों की चपेट में आकर अपनी क्या दुर्गति कर बैठता है! बहरलाल।...फिलहाल स्थिति यह है कि यही गप्पू बरामदे में कुर्सी पर चुपचाप बैठे हुए हैं, आंखें मूंदे हुए।

तो अब पाठकगण रंगमंच की सज्जा को समझ गए होंगे। थोड़ा बहुत पात्रों को भी समझे होंगे। बड़ा-सा अहाता, अहाते के तीन तरफ़ हैं खंड़ेरा, मकान, चबूतरा, चबूतरे पर बब्बा का कमरा—यह हुआ रंगमंच। बब्बा के दो बेटे-गप्पू और नन्ना अभी रंगमंच पर हैं। गोपी नाम के तीसरे सुपुत्र का प्रवेश अगले किसी अंक में होना तय है। फिर इन पुत्रों की बहुएं, उनके बच्चे जो अब बच्चे नहीं रहे बल्कि बाप बन चुके हैं। फिर उनके भी बच्चे। फिर गाएं, बैल, भैंसें। उनकी टहल करने वाले मजदूर, बटाईदार, हलवाहे आदि। पूरी दुनिया है जो इस रंगमंच पर सालों से वह नाटक खेल रही है जिसे जीवन कहते हैं। इस नाटक का परदा और इसकी पटकथा, दोनों ईश्वर नामक निर्देशक के हाथ में है—और दोनों का ही किसी को ठीक से पता नहीं। पर्दा कब उठे, कब गिरे। अगला सीन क्या हो—किसी को पता नहीं।

रंगमंच पर अभी तो दृश्य यह है कि रंगमंच के ठीक बीचोबीच में उन बब्बा की लाश पड़ी है, जो सालों से इस नाटक के हर शो में नायक, खलनायक, विदूषक और सूत्रधार सबकी भूमिका अकेले निभाते रहे थे। पटकथा की परवाह किए बिना ही इतने सालों से जीवन नाम के इस खेल को वे अपनी ही तरह से खेलते रहे। अपने जीवन को भी और आसपास वालों के जीवन से भी। वे ऐसे हीरो थे जो निर्देशक पर हावी होने की कोशिश करता है। वे ईश्वर की तरह बनने की कोशिश में रहते थे। शायद इसी के चलते उनका रोल ही खत्म कर दिया निर्देशक ने। अब, मंच पर सन्नाटा भी पसरा है और आपाधापी का माहौल भी है। पात्रों को पता ही नहीं चल रहा है कि उन्हें करना क्या है? संवाद क्या बोलने हैं? हर पात्र, इस नाटक को अब अपने ही हिसाब से खेलने की तैयारी में जुट गया है। नाटक यहां से अब किस दिशा में जाएगा अभी कह पाना कठिन है। उपन्यासकार, अपने इन पात्रों को जितना जानता और समझता है उसके बूते इतना आश्वासन भर दे सकता है कि बब्बा की मौत से शुरू हुई यह कथा प्रहसन का भी आनंद देगी और शोकगीत का भी। बूढ़े बाप के मरने के बाद यहां जो शुरू हुआ है वह हास्य, व्यंग्य, करुणा, तृष्णा, षड्यंत्र, आंसू, हंसी, रुदन, फुसफसाहट, रोशनी, अंधकार, प्रहसन, शोकांतिका तथा एब्सर्ड नाटक के युग्म से बनी कुछ अजीब सी चीज़ होगी, यह तय है। बस, देखते चलिए।

इसी बीच चबूतरे पर रज्जन पुनः प्रकट हुए हैं। वे भभकती गैसबत्ती की लौ की तरह आ-जा रहे हैं। इस बार वे खंडेरा से निकले और बरामदे में किसी को तलाशने के पोज़ में खड़े हो गए। बरामदे में कुर्सी पर रज्जन के बाप गप्पू भी बैठे हैं। रज्जन ने उन पर ध्यान ही नहीं दिया है। रज्जन उन्हें कुर्सी का ही हिस्सा मान रहे हैं। स्थापित हैं, सो बने रहें। कामकाज तो कुछ कर न पाएंगे। सिद्धांतों की मूर्ति हैं उनके बाप गप्पू, सो यहां-वहां स्थापित रहे आते हैं। मूर्ति को स्थापित भर किया जा सकता है। इसी काम आती है वह। कोने में स्थापित कर दो तो कम-से-कम आने-जानेवालों के रास्ते में तो नहीं आती। ये यहीं ऐसे ही बैठे रहें तो ठीक। यही काफी है।

'अम्मा कितें हैं यार ?'...रज्जन ने एक बच्चे को रोककर पूछा। वह अन्य बच्चों के साथ भागते हुए कहीं जा रहा था। देखिए कि कथा में बच्चों की बात आई तो लेखक को याद आ रहा है कि हम बच्चों के बारे में तो बताना ही भूल गए। घर में नन्ना के बेटे हैं, तीन-कप्तान, सेठ और लल्ला। इधर गप्पू के बस एक, रज्जन। गोपी के दो बच्चे हैं, पर वे कानपुर में हैं। नन्ना और गप्पू के सारे बच्चों की शादी हो चुकी है और जैसा कि इस तरफ़ परंपरा के साथ कानून जैसा भी है कि शादी के तुरंत बाद सभी के दो-तीन बच्चे भी हो गए हैं। तो इस हिसाब से रज्जन, कप्तान, सेठ और लल्ला के कुल मिलाकर आठ बच्चे हैं। इन सारे बच्चों को तीन वर्ष से दस वर्ष की उम्र के बीच मान लीजिए। यह वह उम्र होती है कि जहां बच्चा डांट, फटकार, लप्पड़-थप्पड़ तथा लात की परवाह नहीं करता। वही करता है जो उसे सही तथा अच्छा लगता है। ये बच्चे अभी यही कर रहे हैं। वे फिलहाल मामले को पूरी तरह समझने की कोशिश में छोटी-छोटी टोलियां बनाकर घर में यहां-वहां सतर्कतापूर्वक और सकते में घूम रहे हैं। कोशिश में हैं कि इस सारे ड्रामे में कोई छोटा-मोटा रोल वे भी झटक सकें।

रज्जन ने अम्मा के बारे में पूछकर यह अवसर दे दिया तो सारे के सारे दुर्दमनीय उत्साह से भर उठे।

'अम्मा तो उतें बखरी में बैठी रो रई हैं।'...एक ने कहा। 'कहो तो हम बुला लाएं ?' दूसरे ने कहा।

'बखरी में तो सुबे हतीं अभी तो पौंर में बैठी रो रईं,' तीसरे ने अम्मा की लेटेस्ट पोजीशन बताने की कोशिश की।

'बे रो रईं हैं न ? तो रोने दो उनें।...तुम जा के भैंचो...पुत्तल को कहीं से ढूंढ लाओ।... सरऊ घंटा भर से गायब हैं।.. उतें स्कूल की तरफ़ तो जाओ।...उतें मोंड़ा-मोंड़िन के साथ खड़े हो के बिड़ी न पी रये हों।'

बच्चे तीर की तरह भाग निकले। एक के पीछे एक। कप्तान वहीं पास ही खड़े थे। कप्तान यानि नन्ना की मंझली संतान। स्वयं दो बच्चों के बाप परंतु घर में हैसियत एक नातजुर्बेकार फालतूफंड के व्यक्ति जैसी। इंटर करके घर बैठे हैं। बी.ए. करने का इरादा रखते हैं परंतु तय नहीं कर पा रहे हैं कि प्रायवेट कैंडिडेट के रूप में बी.ए. का फार्म कहां से भरना ठीक रहेगा ? जैसे ही पता चलेगा कि नकल की व्यवस्था किस जगह अच्छी है—झांसी से कि राठ से, वैसे ही उचित निर्णय लेंगे।

'हम मोंठ चले जाएं पुत्तल को ले के ?' कप्तान ने रज्जन से पूछा। कप्तान को कदाचित् यह ख़बर है कि पुत्तल को मोंठ जाने के लिए खोजा जा रहा है। कप्तान की उम्र होगी यही बाइस वर्ष के आसपास। बाप बन चुके हैं परंतु लौंडहाई न तो गई है, और न ही किसी को तनिक भी संदेह है कि कभी जाने भी वाली है। वे बब्बा की मौत को वह सुनहरा अवसर मान रहे हैं जब वे रज्जन की मोटरसाइकिल झटककर मोंठ ले जा सकते हैं। शव के लिए बर्फ का इंतजाम मोंठ से होगा।

रज्जन पहले ही झुंझलाए हुए हैं। कप्तान को देखकर वे यूं भी झुंझला जाते हैं। अक्सर उनके मुंह पर ही कह भी देते हैं कि तुम्हें देखते ही हमारा थप्पड़ मारने का

मन करता है। कप्तान हंसकर रह जाते हैं। रज्जन बड़े भाई हैं। लात भी मार दें तो बरदाश्त करना होता है। खानदानी रिवायत सी चल रही है कि बड़ी उम्र वाला सदस्य छोटी उम्र वाले सदस्य को बेखटके तथा बेवजह लतियाता रहता है।

'पहले वे सरऊ मिल तो जाएं...तब न.. ?' रज्जन ने झुंझलाते हुए कहा

'पहले हम उन्हें लतिया तो लें...' रज्जन ने आगे बताया कि पुत्तल मिल जाएं तो पहला काम क्या होना है।

'लतियाबे के बाद तो भेज दोगे?' कप्तान ने उम्मीदपूर्वक पूछा।

'तुम उतें राठ को निकर गए तो इतें कोन मां चु...येगा?'

'इत्ते लोग तो हैं...'

रज्जन कुछ देर तक विचारमग्न होकर कप्तान को घूरते रहे। कप्तान उनका मुंह ताकते रहे। आशा और आशंका के मिले-जुले भावों ने कप्तान के मुंह पर ऐसा मूर्खतापूर्ण भाव पोत दिया था कि रज्जन के अलावा स्वयं आपकी भी इच्छा उन्हें दो थप्पड़ मारने की हो उठे।

रज्जन ने अंततः निर्णय दिया, 'ठीक है। तुम मोंठ निकल जाओ...पर वहां पहुंचते ही पहला काम जे करना है कि नाके वाले एसटीडी से तुरत कानपुर फोन लगईयो। गोपी चाचा को।...'

'वो तो अपुन इतें से ही लगा देते हैं न। अभी...। बोलो?'

'इतें से नहीं...'

'क्यों?'

'क्योंकि हम चूतिया हैं न, इसीलिए।'

कप्तान चुप हो गए। रज्जन बड़बड़ाते रहे।

'इतें लुगासी की लाइन खराब है भैया रात भर से।...और हमने पता किया था तो जित्ते टेम में बे लोग लाइन ठीक होबे की बात कह रहे हैं उत्ते में तो बब्बा का दूसरा जनम भी हो जाएगा।...समझे?'

कप्तान समझ गए। तो उन्हें मोंठ से बरफ की सिल्ली वाला टेम्पू लाना है और कानपुर फोन भी लगाना है। ठीक।...पर मामले को और भी गहराई से समझने हेतु कुछ और प्रश्न पूछ लेना उचित होगा। वे पूछने लगे :

'हम क्या कहेंगे गोपी चाचा से?'

'बोलियो-हलोऽ..। हलोऽ...। चाचाजी, हम आपके भतीजा चूतियाचंद बोल रहे हैं।...' रज्जन चिढ़ गए।

'अरे यार अब जे भी हमीं बताएंगे कि कानपुर क्या बताना है? तुमें नई मालूम क्या? ऐसे में क्या बताना होता है?'

कप्तान ने माना कि वे जानते हैं परंतु फिर भी आपसे पूछना ठीक रहता है क्योंकि...'अभी फोन पे हमसे बोलबे में कछू भी ऊंच-नीच हो गई, या कोई बात कहबे से रह गई तो तुम ही बाद में हमें गरियाते फिरोगे कि भैंचो तुमने जे गलत कह दिया, वो गलत कह दिया।'

रज्जन ने सख्त अफसोस प्रकट किया कि कप्तान जैसा चूतिया आदमी पांडे खानदान में कहां से पैदा हो गया? रज्जन ने यह भी माना कि यूं तो पांडे खानदान में पहले भी चूतिया, बल्कि विकट चूतिया तक पैदा हो चुके हैं परंतु कप्तान जैसा सटक चूतिया कदाचित् पहली बार ही हुआ पैदा है। इस प्रकार से कप्तान की मूढ़ता को एक किस्म का उचित श्रेय देते हुए वे उनको समझाने लगे कि फोन पर गोपी चाचा को क्या तथा कैसे बताना है।

'भैया, आदमी के मरबे की बात बताने में तुम और क्या बता दोगे सिवाय जे बताने के कि बब्बा मर गए? है कि नहीं? जे तो न कह दोगे कि इतें पतुरिया का नाच होने वाला है और आपको तुरत बुलाया है?...तुम गोपी चाचा को बता देना कि बब्बा शांत हो गए हैं और बे तुरंत चल के दोपहर तक लुगासी पोंच जाएं।'

कप्तान के मन में अभी भी अनेक संदेह हैं जिन्हें साफ़ करना उन्हें उचित ही लगा।

'मान लो कि चाचाजी कहन लगें कि हम आज तो न आ पाएंगे। फिर?...बैंक की नौकरी है न उनकी।...मान लो कि बैंक से तुरत छुट्टी न मिले तब?...'

रज्जन ने कहा, 'तुम कहके तो देखियो।...भगे-भगे चले आएंगे। बब्बा की मौत के बाद आदमी जल्दी से जल्दी ठिये पे पहुंचने को तड़पेगा।...इसी तड़पने में समझदारी भी है। आदमी डरेगा कि बब्बा के बाद इधर पैसे-लत्ते चांपने का खेल न हो जाए।...सो गोपी चचा भगे-भगे आएंगे।...बैंक वाले रोकेंगे भी तो उतें के गार्ड से बंदूक छुड़ा के छाती पे दता देंगे।...गदबद देते न आएं तो फिर वे बब्बा की पेशाब की पैदाइश नहीं।...जान गए?'

कप्तान ने कितना जाना, यह कहना कठिन है। रज्जन जो कुछ बतला रहे थे वह भी जीवन का इतना ही बड़ा कटु सत्य था जितना बड़ा सत्य मृत्यु होती है।

बब्बा की तीसरी संतान हैं सबसे छोटे सुपुत्र गोपी। कानपुर के एक बैंक में क्लर्क हैं। वैसे लुगासी में तो यही बताया जाता है कि वे बैंक में बड़े अफसर हैं। बैंक की सारी चाबियों के गुच्छे उन्हीं की कमर से बंधे रहते हैं। चलते हैं तो छन-छन की आवाज आती है।...रज्जन उन्हीं को फोन करने की ताकीद कर रहे हैं। लुगासी से कानपुर की दूरी महज तीन घंटे की है।...गोपी की पत्नी वहीं कानपुर में किसी कॉन्वेंट स्कूल में कुछ पढ़ाया करती हैं। घर में एक मात्र पढ़ी लिखी, कामकाजी बहू होने का अपना अलग ही जलवा, भभका, रुआब, प्रतिष्ठा, बदनामी तथा ईर्ष्या होती हैं जो गोपी की पत्नी के साथ हमेशा जुड़ी रही हैं। गोपी के व्यवहार की हर अच्छी बुरी बात के लिए लुगासी में यही माना जाता है कि यह सब गोपी की बहू का ही सिखाया-पढ़ाया है क्योंकि गोपी हैं भैंचो पींदा..., औरत के गुलाम।

कप्तान ने जाते-जाते अंतिम परंतु महत्त्वपूर्ण बात कही। उन्होंने कहा कि हमें तनिक पैसे तो दे दिए जाएं क्योंकि गाड़ी में पेट्रोल, बर्फ की सिल्ली, टेंपू का खर्चा, फोन आदि में उधारी न चल सकेगी।

'नन्ना से मांगो...' रज्जन ने कहा।

'नन्ना हमें देंगे घंटा... । वे जो सुबे से ऐसो मूं लटका के बैठे हैं तो किसलिए? इसीलिए कि उनसे किसी भी भैंचो की हिम्मत कछू भी चीज़ के लिए पैसा मांगबे की न पड़ सके।...वे तो न देंगे। हमें पता है।'

रज्जन बड़बड़ाने लगे, "हद्द है यार...इधर बाप भैंचो मरा पड़ा है और उधर सब लोग हिसाब किताब लगाबे में लगे हैं।...अभी तो बब्बा की आत्मा भी पूरी न निकल पाई होगी यार... । जे तो हद्द है भैया।...अच्छा तुम चलो। अब तो तुम चलकर नन्ना से ही मांगो। वे देंगे। जरूर देंगे। चलो, हम कहे देते हैं।...'

रज्जन ने आवाज़ देकर नन्ना को कहा कि कप्तान को तीन सौ रुपये दे देना चाचा। नन्ना ने भी चुपचाप जेब से तीन सौ रुपये निकालकर कप्तान को थमा दिए।

कप्तान ने आश्चर्यपूर्वक मुंह लटकाए नन्ना को देखा और चले गए। नन्ना थोड़ी देर तक और भी ज़्यादा मुंह लटकाए बैठे रहे। फिर मुंह उठाकर उन्होंने रज्जन से पते की दो बातें एक साथ कहीं।

एक तो यह कि तुमने कप्तान को भेज तो दिया और यह सही है कि बे हमारी संतान हैं सो कायदे से हमें कहना नहीं चाहिए पर यह भी सही है कि बे ऐसे चूतिया हैं कि कहीं कानपुर की जगह लखनऊ में किसी को फोन न कर आएं और हो सकता है कि रास्ते में सौ दो सौ नोट कहीं टपका भी आएं। दूसरी बात उन्होंने यह कही कि ये जो सारा खर्चा हो रहा है और आगे भी होगा उसे, न हो तो एक डायरी में नोट करते जाना ताकि बाद में बैठकर सारा हिसाब कर लिया जाएगा और तीनों भाइयों में बराबर-बराबर बांट लिया जाएगा।

रज्जन चुप रहे।

बब्बा ने भी इस बात पर भैंचो...नहीं कहा। जाहिर है कि वे मर चुके थे वरना यह बात सुनकर वे भैंचो ही कहते। नन्ना ने बात ही ऐसी कही थी।

पौंर में अंधेरा है। खासा अंधेरा।
हमेशा ही रहता है।

पौंर में अंधेरा ही रहता है। अम्मा के जीवन की तरह। घर का अंधेरा हिस्सा है यह। पुरखों का मकान। बब्बा के बाप के भी बाप का बनवाया हुआ। दरवाज़े बहुत नीचे हैं। सिर झुकाकर घुसो। घर में सबसे पहले पौंर है। बड़ी सी पौंर। बरामदेनुमा रचना मान लें, लंबी सी। कोई खिड़की नहीं। बस, बाहर की तरफ़ का एक नीचा-सा दरवाज़ा और एक, अंदर के आंगन में खुलने वाला संकरा सा दरवाज़ा। परावर्तित प्रकाश का, भटका हुआ, अनमना-सा हिस्सा दरवाजों से होकर पौंर में झांकता रहता है। अन्यथा पौंर में हमेशा अंधेरा ही मचा रहता है। इस धुंधले परावर्तित प्रकाश से इतना अवश्य होता है कि इससे पौंर के गाढ़े अंधकार के बीच झीनी-झीनी रोशनी का एक धुंधलका फैला रहता है, जो अंधकार को तो ख़ैर क्या खाक दूर करेगा, हां, पौंर में मायावी भ्रम सा अवश्य तैयार कर देता है। पौंर के अपेक्षाकृत ज़्यादा ही अंधकारमय

दूसरे कोने में एक खटिया पड़ी है। कभी अचानक ही पौंर में घुसो तो यह दीखती भी नहीं। थोड़ी देर तक वहां खड़े रहो और आपकी आंखें उस मायावी अंधकार की अभ्यस्त हो जाएं तो अवश्य आपको यह खटिया नज़र आ जाती है, परंतु तब भी शायद खटिया पर पड़ी अम्मा नज़र नहीं आ पाती हैं।

पौंर से गुज़रने वालों के रास्ते से दूर, पौंर के अंदर के उस सिरे पर अंधेरे में तैरती हुई खटिया पर पड़ी रहती हैं अम्मा। अंधकार में डूबती-उतराती। आने-जानेवालों को वे प्राय: दीखती ही नहीं। हां यदि तनिक देर रुको, खड़े रहो वहां तो आपकी आंखें धीरे-धीरे उस कोने के डिटेल्स देख सकती हैं जहां अम्मा की स्थायी रिहाइश है, परंतु वहां रुके कौन ? और क्यों ? सत्य तो यह है कि इतनी देर तक पौंर में खड़े रहने की न तो किसी के पास फुर्सत है, न ही चाहत। बल्कि सभी इसको लेकर सतर्क से रहते हैं। घर में हर तरफ़ चाहे वे आराम से चलते हों, परंतु पौंर वाला यह अंधियारा हिस्सा वे झपट्टा मारकर ही पार करते हैं। तनिक भी धीमे हो गए तो खतरा है कि अम्मा कहीं टेरने न लग जाएं। तब आदमी फंस भी सकता है। सो कोई वहां रुकता ही नहीं। तेजी से निकल जाता है, फटाफट। चलिए, तीर की तरह ना भी कहें क्योंकि यह फिर अंधेरे में तीर वाली बात कहलाएगी परंतु इतना तेज तो निकलता ही है कि अम्मा जब तक हलचल पकड़कर संभलें, चेतें और अपनी लड़खड़ाती गों-गों की ध्वनि पैदा करके टेरने की कोशिश करें तब तक वह आदमी सुरक्षित दूरी पर निकल चुका होता है। अम्मा गत अट्ठारह वर्षों से पौंर के इसी अंधकार का अटूट-सा हिस्सा बन चुकी हैं। अट्ठारह साल पहले अम्मा को लकवा पड़ा था। दायां हाथ, दायां पांव, और बोलने की शक्ति-सब अचानक ही, एक पल में बिला गए। एकदम अचानक। पलक झपकते ही। बाद में, महीनों बाद भी हाथ, पांव तो वैसे ही लकवे में रह गए, हां गों-गों की ध्वनि के साथ, कुछ टूटे शब्दों में बहुत से इशारे मिलाकर वे अपनी बात इस हद तक कहना सीख गई थीं कि कोई तनिक इत्मिनानपूर्वक उनको सुने और समझने की कोशिश करे तो उनका मंतव्य समझ भी सकता था। परंतु वर्षों से उनके पास कोई इतने इत्मिनान से बैठा ही कहां था ? यह संसार उनकी सुनकर भी मानो कुछ भी नहीं सुनता था। इस कायनात में वे भी थीं तो, पर नहीं जैसी ही थीं।

अट्ठारह वर्ष पूर्व जब अम्मा को लकवा पड़ा था तब शुरुआती महीनों में तो उनका बहुत इलाज कराया गया। स्वयं बब्बा उन्हें लेकर यहां-वहां भागते रहे। जहां, जिसने भी बताया, वहीं ले गए। शायद कहीं कुछ हो जाए। झांसी तथा कानपुर के डॉक्टरों तक को ले जाकर दिखवा लाए। बाद के वर्षों में वे सभी डॉक्टरों को चूतिया और हरामी बताते हुए तख्त पर बैठे सुनाते रहते थे कि कोई भी डॉक्टर स्साला यह बताने को तैयार नहीं है कि अम्मा ठीक कैसे होएंगी ? होएंगी कि नहीं होएंगी ? एक डॉक्टर साब से हमने पूछा कि कब तक ठीक होबे की उम्मीद करें हम, तो भैया ने हाथ ऊपर करके ईश्वर की तरफ़ इशारा कर दिया। बताइए। अरे भैंचो...ईश्वर को ही ठीक करना था तो फिर वो यह लकवा देता ही क्यों ? हमें ईश्वर के बारे में बता रहे हैं—बताइए ! अरे जब डॉक्टरी पढ़े हो तो फिर डॉक्टरी की बात करो न। ईश्वर को बीच में डाल के किसे

चूतिया बनाते हो? पर क्या कहें? सब सरऊ पैसा खेंचबे के लाने बैठे हैं। पैसा न दो तो कटी उंगरिया पे दो बूंद पेशाब छिड़कबे के लाने राजी न हों।...डॉक्टरों से निराश होकर वे बाद में वैद्यों की शरण में भी गए जो यही कहते रहे कि आपने ऐलोपैथी इलाज कराने के चक्कर में केस लेट कर दिया है। पहले तो ऐलोपैथी की दवाइयों की गर्मी निकालनी पड़ेगी, तब जाकर वैदक काम करेगी। चूतिये, स्साले। तुम्हारी वैदक और तुम। घोंटते रहो खरल। जे दवा, जे तेल, जे बूटी। जे ऐसा करेगी। वो वैसा करेगी।...घंट करेगी। कुछ न हुआ। हाथ, मूं वैसे ही टेढ़े रहे।...फिर झाड़-फूंक वाले। फिर होमियोपैथी। फिर टोटके। मालिशें। कबूतर का ख़ून। लात वाले बाबा। लकवे वाले अंगों को लतियाकर ठीक करेंगे। बाद में बब्बा ने ही उन्हें लतिया दिया, एक दिन। फिर तीरथ। प्रसाद। मन्नतें।...न जाने क्या क्या।...पर कुछ भी काम न आया।...शनैः-शनैः सभी थक गए। मानना पड़ा कि अब ठीक न होंगी अम्मा। सबने छोड़-सा दिया। अब पड़ी रहती हैं अम्मा। पौंर के इस उपेक्षित कोने में उन्हें कबाड़ की तरह अंधेरे में डाल दिया गया था। और अम्मा इन अट्ठारह वर्षों में धीमे-धीमे अंधकार में डूबती ही चली गईं।

पौंर के इस अंधेरे में अपने जीवन का अंधेरा काट रही हैं, अम्मा। देखनेवालों ने तो शायद नोट नहीं किया हो परंतु इन अट्ठारह वर्षों में पौंर कहीं और भी अंधियारी हो गई है। पौंर के अंधेरे में अम्मा के जीवन का अंधेरा मिल जाने से यहां अंधकार कुछ ज्यादा ही गाढ़ा हो गया लगता है।

देखिए, घर के लोगों पर तो लेखक का बस नहीं हैं परंतु अपने पाठकों से उसका नम्र निवेदन है कि इस कथा को आगे पढ़ना स्थगित करके वह थोड़ी सी देर के लिए ही सही, इस अंधकार भरी पौंर में रुक जाएं। रुके रहोगे तो दिखने भी लगेगा। देखोगे, तो उधर की तरफ़ अम्मा की खाट भी दिखने लगेगी। फिर वो पास ही धरा ऊंचा-सा स्टूल भी। वो चिलमची भी। वो टट्टी-पेशाब करवाने वाला बर्तन भी। वो पलंग के पास पड़ी टूटी-सी बाल्टी भी। दवाइयों की शीशियां भी। पानी का घड़ा भी। लोटा भी। सब दिखेगा। रुको। देखो। न केवल देखो, तनिक गहरी श्वास भी लो। लेकर तो देखो।...एक अजीब सी गंध आई न? हवा को कहीं कैद करके लंबे समय के लिए छोड़ दो तो ऐसी ही गंध आने लगती है। किसी आदमी को भी कहीं कैद करके छोड़ दो तो आसपास की हवा में यहीं गंध आने लगती है। घुटन-सी कह लें। हवा की तीखेपन से भरी घुटन।...और पलंग पर पड़ी वह गठरीनुमा चीज़? हां, हां, वही। ठीक। वही तो अम्मा हैं। हां, हां, वही जो अभी-अभी हिलीं। वही, जो अभी तनिक कराहीं। वही कि जिन्होंने अभी 'गों गों' की आवाज में इस बंद हवा से कुछ कहने की कोशिश की। कदाचित् घुटन की शिकायत की हो। या शायद हवा को धन्यवाद दिया हो कि जब सभी साथ छोड़ जाते हैं तब भी वह तो वहां बनी रहती है।...हां वही गठरी जैसी चीज़ अम्मा हैं। आपको पौंर में रुकते देख लिया है न तो 'गों गों' की ध्वनि पैदा करके कुछ बोल रही हैं।...नहीं समझ पाए न, कुछ भी?...सभी की यही तो शिकायत है कि अम्मा न जाने क्या तो कहती रहती हैं; समझ तो हमें कुछ आता नहीं।

कोई भी नहीं समझ पाता। सिवाय सावित्री के।

सावित्री। घर की बड़ी बहू। गप्पू की पत्नी। रज्जन की मां।

सावित्री ही हैं जो अम्मा के इस अंधेरे में उनके साथ रहा करती हैं। वे तो तुरंत समझ जाती हैं कि अम्मा क्या कह रही हैं। 'गों गों' के आरोह-अवरोह से ही सावित्री को पता चल जाता है। सावित्री बहुत सारा समय यहीं गुजारती हैं। रात में अम्मा के बगल में खटिया डाल के सोती भी हैं। दिन में भी सेवा टहल करती रहती हैं। अम्मा की टट्टी-पेशाब भी उन्हीं के ह वाले है।

'भौत पुण्य मिलेगा सावित्री को'—कहने वाले कहते हैं। ऐसा कहकर वे अपने पापबोध से मुक्त हो जाते हैं। वे कुछ यूं बोलते हैं मानो ऐसा करके वे सावित्री को अकेले-अकेले ही पुण्य लूटने का अनमोल अवसर दे रहे हों। अलबत्ता अम्मा अवश्य 'गों गों' करके सावित्री को आशीष देती रहती हैं। सावित्री यही कहती हैं कि अम्मा तू रो मती क्योंकि भाग्य में जो बदा है वो सब कुछ तो यहीं भुगतकर जाना पड़ता है। क्या कर सकती हो? जीवन का खाता तो धरती पे ही खुलता है न। पूरा हिसाब करके यह खाता यहीं बंद करके फिर जाना पड़ता है। अगले जनम की बातें, और ऊपर जा के पाप-पुण्य का हिसाब देने के क़िस्से तो बस क़िस्से ही होते हैं अम्मा। असली किस्सा तो वही कहाता है जो चल रहा होता है। न इसके पहले कुछ, न इसके बाद में। हर किस्सा यहीं पूरा करके जाना पड़ता है अम्मा। कोई कहानी आधी नहीं छोड़ सकते यहां। ऊपर से अधूरे लगने वाले क़िस्से भी पूरे ही होते हैं—खुले अंत वाले अधूरे लगने वाले क़िस्से। भगवान की तरफ़ से इन्हें अधूरा होकर ही पूरा होना था—जे समझ लो।

बब्बा से शादी करके अम्मा जब इस घर में आई थीं, तब छोटी सी गुड़ियानुमा लड़की थीं। होंगी तब चौदह वर्ष की। गोरी चिट्टी। तीखे नैन नक्श। सास ने देखा तो कहा था कि कैसी झक्क गोरी बहू आई है कि हमारी पौंर में उजियारा भर गया है। उस संवाद से चलकर पौंर के अंधकार में तिरोहित हो जाने तक का कितना लंबा किस्सा चल चुका है अम्मा का। और चलता ही जा रहा है। लंबा जीवन जिया है अम्मा ने। तीन बेटे पैदा हुए। इनके अलावा तीन और हुए जो हो के मर गए। उन दिनों तो जेई होता था भैया। तब कौन से अस्पताल, कि डॉक्टर। जेई दाई-साई जचकी कराबे बारीं। फिर कब बच्चे बड़े हो गए, कब जीवन पलक झपकते बीत गया, पता ही नहीं चला।...फिर बेटों की शादियां। बहुएं। उनके बच्चे। आनंद-ही-आनंद था जीवन में। तब लगता था कि इससे आनंददायक क़िस्सा तो मानो कभी लिखा ही नहीं गया है इस धरती पर। इस क़िस्से में समय ऐसा सरपट दौड़ रहा था और जीवन कथा के पेज-पर-पेज इतनी तेजी से पलटे जा रहे थे कि पता ही नहीं चला कि कब पलक झपकी और कब यह कहानी दुखांत पर पहुंच गई। अट्ठारह बरस पहले अचानक ही एक सुबह वे जागीं, तो उठ ही नहीं पाईं। सोते-सोते ही लकवा पड़ गया। पन्नों का पलटना मानो बंद हो गया। क़िस्सा वहीं रुक गया। अब हर पेज पर वही पुराना किस्सा रह गया है। समय अट्ठारह वर्ष पूर्व के वक्फे में ही रुका हुआ है। वह पल फ्रीज़ हो गया है। कहानी उसी पल में रुकी हुई है जब नायिका को अचानक ही लकवा पड़ गया था। बस। फिर ?...फिर क्या। तब से कहानी की नायिका पड़ी हुई है बिस्तर पर। एक

बार आदमी बिस्तर से लग जाए तो फिर उसकी क्या तो कहानी। उसकी कहानी बस वहीं रुक जाती है। फिर कहानी में नया कुछ भी नहीं घटता। मन में बस पुराने क़िस्से चलते रहते हैं। अम्मा के सारे क़िस्से अट्ठारह साल पुराने हैं। और इतने पुराने क़िस्सों को सुनने में किसकी रुचि है? किसी को भी नहीं। कभी 'गों गों' करके कुछ कहने की कोशिश करें भी तो सब छिटक कर यही कहते हैं कि क्या अम्मा!...कहां की बातें ले बैठती हो तुम भी। वो भी गों गों और इशारों में? कौन सुनेगा? सावित्री के अलावा कोई नहीं सुनता।

और सही कहो तो वास्तव में समय भी कहां रुका है अम्मा के साथ?

समय रुक गया था यह कहना भी अतिकथन ही है। समय नहीं रुका। समय को तो भागने की आदत है। वह कहां रुकता है? हरदम भागने को तत्पर समय यही कहता रहा अम्मा से कि उठो, चलो, वरना हम तो जे चले। इधर अम्मा बेचारी कैसे उठतीं? कहती रहीं कि भैया, हम कैसे उठें? हमारे हाथ-पांव तो चलते ही नहीं।...तनिक रुको ना...इलाज चल रहा है हमारा।...तनिक गम्म तो खाओ।...हम भी खूब कोशिश कर तो रहे हैं।...पर हिलते ही नहीं। हाथ-पांव में इत्ती सी फड़कन भी नहीं होती है।...अम्मा को एक बार जो लकवा पड़ा तो फिर तनिक सी भी ताकत वापस नहीं लौटी। इत्ती सी भी नहीं। रत्ती भर भी नहीं।...ऐसे में समय भी रुककर बेचारा क्या करता? या यह संसार भी? कब तक अम्मा के लिए रुकता? वह थोड़े समय तक तो रुका रहा। टेरता रहा अम्मा को। आ जाओ, वरना जे चली हमारी गाड़ी...और याद रखियो कि इसके बाद दूसरी गाड़ी नहीं आबे वाली।...समय अंततः आगे बढ़ गया। संसार भी आगे निकल लिया। अम्मा अट्ठारह साल पहले के समय में अकेली जो छूटीं तो फिर वहीं पड़ी रह गईं। वे मानो उस रात के उसी पल में फ्रीज होकर रह गईं जिस पल उन्हें यह नासपीटा लकवा पड़ा था।...और वही रात उनके जीवन में पिछले अट्ठारह साल से चली जा रही है। खत्म होने को ही नहीं आती। संसार में कितने जीवन ऐसे ही होते हैं। ये जीवन ऐसी ही लंबी रात में चलते चले जाते हैं। न जीवन खत्म होने को आता है, न रात। अम्मा का किस्सा भी कुछ यही है। कितना अजीब किस्सा है कि समय साथ छोड़कर जा चुका है और समय रुक भी गया है। अम्मा, इस रुके हुए समय में, चले गए समय को तलाशती रहती हैं। अम्मा की बातें, चिंताएं, स्मृतियां और क़िस्से अब अट्ठारह वर्ष पहले के समय के ही रह गए हैं। पिछले अट्ठारह वर्षों में इस घर में जो कुछ भी हुआ, गुजरा, घटा या बीता है उसकी उड़ती उड़ती सी ख़बर भी ढंग से नहीं आती उन तक।...तुमें का करने अम्मा, तुम तो आराम करो।...तुम तो भाड़ में जान दो।...भैया अम्मा को न बताना, नहीं तो पूछ पूछ के नाक में दम कर देंगी।...तुम काहे पूछ रईं अम्मा? तुम तो ऐन आराम से पड़ी रहो खटिया पे।...जीवन मानो उन्हें किनारे पर पटककर अपनी ही रौ में प्रवाहित होता बहुत आगे निकल गया है। वे किनारे के कीचड़, रेत और कचरे के बीच पड़ी रह गई हैं। समय की उफनती हुई नदी आगे जाकर कहां मुड़ गई, यहां पड़े-पड़े कुछ सूझता ही नहीं। तभी तो अम्मा खटिया पर पड़ी-पड़ी तभी की पुरानी-धुरानी बातें करती रहती हैं।

और अम्मा के पुराने क़िस्सों को सुनने में किसी की रुचि नहीं। कोई ठहरता ही नहीं उनके पास। और कोई भूले भटके फंस ही जाए तो बाद में बाहर जाकर सबको यही बताता फिरता है कि अम्मा तो एकदम से सिर्रिया गई हैं। दिमाग गड़बड़ा गया है उनका। बताओ, अभी हमें बिठा के पूछती हैं कि बुआ की मोंड़ी को ब्याओ लगो कि नईं ? बोलो ? हमने जेई कही कि अम्मा अब तो ऊ मोड़ी की भी मोंड़ी को ब्याओ लगबे की बातें चल रई हैं। और तुम !...वे तो भैया बस बेई पुरानी बातन में लगी रहती हैं। और केवल जेई बात होती तो भी कोई बात नहीं। पर एक तरफ़ तो ऐसी पगलट वाली बातें और ऊपर से उनकी गों गों।...घर के छोटे बच्चे नकल करते फिरते हैं- गों, गों, गों, गों। हा, हा, ही, ही।...चुप रओ रे नासपीटो। अभी बब्बा सुन लेंगे तो गरियाएंगे।

पौंर के इस अंधियारे कोने में, ईश्वर ने जीवन का एक अंधेरा टुकड़ा छोड़ रखा है और उसे उठाना भूल गया है। पड़ा है वह, अंधेरे में। अम्मा दिन रात ही ईश्वर से प्रार्थना करती रहती हैं कि ईश्वर उन्हें उठा ले। 'हे प्रभो, उठा लो हमें..'—यही एक वाक्य है जो वे एकदम साफ़-साफ़ कह लेती हैं। इस वाक्य के बोलने में वे कभी कोई 'गों गों' नहीं करतीं। साफ़-साफ़ बोल लेती हैं। 'हमें काहे नहीं उठा लेते बांके बिहारी ?' वे दिनभर टेरती रहती हैं परंतु बांके बिहारी जी उनकी सुनते ही नहीं !...या शायद सुनते तो हैं परंतु अंदाजा नही बिठा पाते कि अंधेरे में आवाज़ आ कहां से रही है। यमदूत भी तो इस पौंर में रुकना पसंद नहीं करते हैं शायद। वे भी तेजी से पौंर को पार कर जाते हैं।

अम्मा की टेर को कोई नहीं सुनता—न घर के लोग, न ईश्वर, न ईश्वर के भेजे यमदूत !

इसी पौंर का किस्सा बता रहे हैं हम आपको। उस दिन का किस्सा, जब बब्बा मरे। तब भी अम्मा हमेशा की ही तरह सोती हुई जाग रहीं थीं।

सर्दी की अंधियारी सी सुबह थी वह। रात को उठकर सावित्री ने रजाई ओढ़ा रखी थी उन्हें, कि अचानक ही बाहर रोना-पीटना मच गया।

अहाते से गप्पू और नन्ना के रोने की आवाज़ें आने लगीं। अम्मा का हृदय धक्क से रुक गया। और रुकने के बाद वह इतना तेज भागने लगा मानो छाती से बाहर ही निकल आएगा।

तब सावित्री भी पास नहीं थीं। अम्मा निचाट अकेली थीं पौंर में। सावित्री उठकर जा चुकीं। कभी की। सावित्री घर में सबसे पहले जागने वाली सदस्य हैं।

किससे पूछें ? क्या हो रहा है ? क्यों रो रहे हैं सब ? ये आवाज़ें कैसी ? अम्मा घबरा गईं। वे अंधेरे में ही चिल्लाने लग गईं।...' गों, गों, गों, गों, ।' कौन सुनता ? पौंर में गों ही गों भर गईं। वे चिल्लाती रहीं। चिल्लाती ही रह गईं।

बाहर अहाते में शोर था। रोना-धोना। हाय-हाय।

फिर बहुत से लोग पौंर से होते हुए भागते निकले।

बहुएं, नौकर—सभी अफरा-तफरी मचाते भाग रहे थे।

बाहर रोने की आवाज़ें और भी तेज़ हो रही हैं।

परंतु अम्मा को बताने वाला कोई भी नहीं है कि हुआ क्या है? वे बिस्तर पर ऐसी तिरस्कृत गठरी बनी पड़ी हैं जिसे चोर भी उठाने को तत्पर नहीं। अनिष्ट की आशंका से दम घुटने लगा उनका।...कोई बताए तो कि हुआ क्या है? क्यों रो रहे हैं सब?...सहमी सी चिल्ला रहीं थीं अम्मा। मुट्ठी में आ जाए, बस इतनी सी देह रह गई है अम्मा की। उसमें भी वे आधा शरीर ही हिला पाती हैं। इसी एक हाथ और पैर को जोर-जोर से पटकने लगीं वे। 'गों गों गों गों' की आवाज़ के साथ खटिया की पट्टी पर जोर-जोर से हाथ-पांव पटकने लगीं अम्मा। जोर से रोने लगीं वे। मानो बाहर मचे रुदन में यहीं से साथ दे रही हों।

उनकी गों गों भरी रुलाई से पौंर का अंधेरा तक घबरा उठा।

अम्मा को अभी तक बब्बा की मौत का बताया नहीं किसी ने? अंधेरे ने सबसे पूछा। अंधेरे ने सबसे कहा भी कि यार कोई तो अम्मा की सुध भी लो। बताओ न कि बब्बा...।

फिर सावित्री ही आईं। उनको ही तो अम्मा की याद थी।

सावित्री पौंर में घुसीं और अम्मा से लिपटकर रोने लगीं। 'बब्बा नहीं रहे अम्मा...' सावित्री ने बताया और अम्मा को चिपका लिया अपनी छाती से।

अम्मा जो अब तक हाथ-पांव पटक-पटककर गों गों करके रो रही थीं अचानक ही शांत हो गईं।

पौंर में बस अब सावित्री की रुकी-रुकी सिसकियां ही थीं। सावित्री पहले तो खटिया के पटिए पर बैठी थीं फिर नीचे उतरकर जमीन पर बैठ गई और हिचकियां ले लेकर रोती रही। सर्दी की सुबह की झीनी-झीनी धूप का झीना-सा प्रकाश सहमा हुआ आंगन में खड़ा दरवाजे से झांक रहा है। अम्मा भी धीमे-धीमे गों-गों करके रोने लगीं।

सावित्री की हिचकियां और अम्मा की गों-गों। पौंर का अंधेरा और पार्श्व में अहाते से आते रुदन के स्वर।

अम्मा ने कहा कि जमराज ने इत्ते इंतजार के बाद तो आज जा के इस पते पर अपने जमदूत भेजे थे हमें उठाबे को...और जे देखो किस्मत का खेल कि बे हमारी जगह बब्बा को उठा के ले गए।...जमदूत भी का करें।...इतें पौंर में इत्ता अंधेरा मचा रहता है न।...हम दिखाई ही नहीं दिए होंगे उनें।...हम कित्ती बार तुमसे बोले हैं न सावित्री कि इत्ता अंधेरा रहता है इधर...देखो। आज अंधेरा होबे से कैसा अनर्थ हो गया।...

वे 'गों गो' करती जो भी बोल रही हैं वह सब कुछ समझ रही हैं सावित्री।

अंधेरे को, और अंधेरे में पड़ी अम्मा को ताक रहीं हैं सावित्री। और अम्मा?...बब्बा के मरने के बाद उनके जीवन के अंधेरे और भी बढ़ जाने वाले हैं, यह तय है। खराब बात यह है कि अम्मा भी यह बात खूब जानती हैं।

बेतवा नदी के किनारे पर बना है लुगासी का मरघट ।
बहुत चौड़ा पाट है यहां पर बेतवा का।

लुगासी की करधनी-सी बनकर बहती है बेतवा। लगभग सभी दिशाओं से लुगासी को घेरे।

मरघट वाले किनारे पर बेतवा चौड़ी तो ख़ैर बहुत है परंतु नदी एकदम उथली है यहां पर। रेत, पत्थर, चट्टानें, टापूनुमा घास के टीले नदी के पूरे पाट में पसलियों की भांति निकले दिखते हैं। बेतवा इतनी उथली है यहां कि यदि कोई शरीफ नागरिक यहीं पर डूबकर मरने की सोचे तो उसे निराशा हाथ लगेगी। और मान लो कि वह ठान ही ले तो उसे मुंह के बल लेटकर, अपने मुंह को तब तक पानी में घुसेड़कर रखना होगा जब तक कि या तो वह ठीक-ठाक सा मर ही न जाए, या फिर बहती रेत उसके मुंह, नाक में घुस जाने के कारण वह 'ऑक थू' करके उठ ही न बैठे। उथली बेतवा में यहां दूर तक बस रेत ही रेत है। पानी की पतली सी चादर ही रह गई है बेतवा यहां पर।

नदी के उथलेपन का फायदा उठाकर यहां एक कच्चा पुल बना दिया गया है। नदी है, तो पुल भी तो चाहिए ही। उथली धार के ऊपर लकड़ी के फट्टों, गिट्टी, मिट्टी और रेत के साथ बहुत सारी जुगत तथा स्थानीय तकनोलॉजी को मिलाकर एक कच्चा-सा पुल बना दिया गया है। यही पुल लुगासी को शेष विश्व से जोड़ता है। कच्चा पुल है यह। हर बारिश में बह जाता है। बरसात के बाद इसे फिर से, नए सिरे से बनाया जाता है। बस, जीप, मोटर-साइकिलें आदि इस पुल से ही गुजरकर लुगासी में प्रवेश करती हैं। तो बाहर भी यहीं से निकलती होंगी न? यार, यह भी कोई कहने की बात है!

इस मरघटा घाट से मात्र फर्लांग भर की दूरी पर ही बेतवा हाथीडुब्बा है। बल्कि एक हाथी के ऊपर एक और हाथी खड़ा कर दो और, उस दूसरे हाथी की पीठ पर एकाध मीडियम साइज़ का गधा भी खड़ा कर दो तो वह भी डूब जाए, इतनी गहरी है बेतवा वहां पर। वहीं से शुरू होता है लाल चट्टानों और भूरी सी मिट्टी की वीरान पहाड़ियों का सिलसिला जिसे काटती हुई बेतवा आगे विस्तीर्ण वीराने में बहती हुई आगे निकल जाती है।

फिलहाल बात मरघट वाले घाट की चल रही है। इधर मरघटा कहते हैं इसे। शहरी भाषा में यह विश्राम घाट कहलाता परंतु मरघट शब्द की तो बात ही अलग है साहब। विश्रामघाट कहने में एक आभिजात्य सा लगता है मुझे। मरघट कहो तो शब्द के साथ उसका पूरा अर्थ ही मानो आपके मर्म में गहरे तक धंस जाता है। लुगासी इस मामले में अभी खांटी देसी मिट्टी से जुड़ा हुआ गांव है। वह विश्रामघाट का चोंचला नहीं पालता। यहां इसे मरघट ही कहते हैं। श्मशान घाट है यह गो कि घाट जैसा यहां कुछ नहीं बना है यहां। बस, बेतवा के इस किनारे पर फैले रेत के विस्तार को ही मरघटा घाट का नाम दे दिया गया है। दूसरे किनारे पर लोग नहाते रहते हैं और इस किनारे पर शवदाह होता रहता है। बेहद चौड़ा पाट होने के कारण मानो जीवन और मृत्यु के उत्सव दो किनारों पर आमने-सामने चलते रहते हैं। लोग तो अभी भी उस तरफ़ नहा ही रहे हैं। श्मशान घाट वाला किनारा अलबत्ता अभी वीरान पड़ा है। इस घाट पर तो

कभी-कभी ही मेला सजता है। अंतिम संस्कार का मेला। वही आज बब्बा का सजना है यहां। वैसे अभी तो घाट सूना पड़ा है। लोग आते होंगे। दूसरी तरफ़ लोग नहा रहे हैं। उतरती दोपहरी का वक्त हो चला है। सर्दी भी ठीकठाक ही है भाईसाहब। फिर भी नहाने का मज़ा ले रहे हैं लोग। ठंड की दोपहरी में, नदी में नहाने का अपना ही आनंद होता है। वही ले रहे हैं लोग। तेज बहती धारा में उकड़ूं होकर बैठे हैं। कुछ लोग लम्बे लेटकर और हाथों को चप्पू-सा चलाकर, तली में बहती रेत को हाथों से धक्का देते हुए तैरने का उपक्रम करते नहा रहे हैं। यहीं कपड़े भी धोए जा रहे हैं। दोपहर की धूप में रेत पर अलसाना भी एक किस्म का लगभग राजसी ठाठ ही मानिए। वह ठाठ भी यहां चल रहा है। कुछ हैं जो न तो नहा रहे हैं, न ही नहाने आए थे, या शायद नहा तो कब के चुके—अब तो यूं ही फालतू बैठे हैं बेतवा किनारे। कहां जाएं? जहां जाएंगे, यही फालतूपन साथ रहेगा। यहां क्या बुरे हैं? बढ़िया धूप है। बेतवा का मनोरम दृश्य है। तो यहीं बैठे रहो न। बैठे हैं। थोड़ी सी दूर पर एक सज्जन अपनी नई-नकोर मोटर-साइकिल धो रहे हैं। धोने जैसा है नहीं उसमें कुछ। पर दिखाने को बहुत सारा है। वही कर रहे हैं। बच्चों का एक झुंड आसपास खड़ा होकर मोटर-साइकिल को निहार रहा है।...थोड़ा और हटकर रेत में अपनी डलिया धरे एक बुढ़िया, तथा एक-दो और भी महिलाएं छोटी-सी सब्जी-मंडी लगाए बैठी हैं। कच्चे पुल के पास। तोरई, लौकी, टमाटर, बथुआ, प्याज़, आलू, धनिया। पुल के सिरे पर टोल टैक्स चुकाने के लिए गाड़ियां रुकेंगी तो कुछ बिक्री हो जाएगी—ऐसा गणित और सदिच्छा है। पुल के सिरे पर टोल टैक्स की गुमटी है। गुमटी के बाहर एक खटिया पड़ी है। खटिया पर रजाई ओढ़े कोई सज्जन निद्रा लाभ ले रहे हैं या शायद सो न भी रहे हों, मात्र अलसा रहे हों। कोई जीप या बस आई तो उठकर रसीद काटी जाएगी। तब तक मीठे दिवास्वप्न देखने में क्या बुराई है?

टोल टैक्स वसूली यहां श्रमसाध्य कार्य है। लुगासी में किसी से भी, किसी भी तरह की पैसा वसूली लानतमय कार्य है। गाली-गलौज, बहस या मारपीट के बिना यह काम प्रायः सम्पन्न नहीं होता है। टोल टैक्स गुमटी पर चखचख होती ही रहती है। ठुकाई-पिटाई भी आम घटना है। मारपीट के लिए वैसे भी यहां खूब सारी जगह उपलब्ध है। पूरा किनारा तो ख़ैर है ही, पानी में घुसकर भी ठुकाई की जा सकती है। जूते को भिगो-भिगो के मारने की ऐसी बढ़िया सुविधा गांव में अन्यत्र कहीं मिलनी कठिन ही है। लुगासी में किसी को बस ठीक सी खुली जगह भर मिल जाए तो फिर अन्य बिना किसी उद्दीपन के उसका मन यूं ही मारपीट करने को हुलसने लगता है। इसी के चलते रजाई ओढ़े सज्जन के तकिए के पास ही लट्ठ भी टिका है।...

यह तो हुआ प्रकृति वर्णन।

अब आएं असलियत पर।

श्मशान घाट अभी सूना पड़ा है। बेतवा के इस पार जीवन की धड़कन है।

सिर के ऊपर साइकिल उठाकर बेतवा पार कर रहा है कोई। धूप में ऊंघता कुत्ता अचानक ही उठ गया है और बिना बात के ही चौकन्ना होकर किनारे के पानी तक

भागता चला गया है। चील मंडरा रही थी आसमान में। अब नीचे आ रही है। सब्जी बेचने वाली बुढ़िया ककड़ी को नदी में धोकर लाई और स्वयं ही धीरे-धीरे चबा चुभलाकर खा रही है। रजाई ओढ़े सज्जन भी उठ गए हैं और खटिया से टांगें लटकाकर क्षितिज की तरफ़ न जाने क्या देख रहे हैं।

इसी बीच मरघट वाले किनारे पर सात आठ आदमी पहुंच गए हैं। बिरादरी के संभ्रांत नागरिक हैं ये। बब्बा के अंतिम संस्कार के लिए सीधे ही यहां आ गए हैं। गांव में रिवाज़ है कि मृतक की चिता के लिए बिरादरी के हर घर से पांच लकड़ियां और पांच कंडे लाए जाएंगे। कंडे और लकड़ियां एक तरफ़ पटककर ये लोग रेत पर खड़े हो गए हैं। शवयात्रा अभी पहुंची नहीं है। बब्बा की शवयात्रा के यहां तक पहुंचने की अब प्रतीक्षा करनी पड़ेगी उन्हें। पहुंच जाएगी भाई साहब!...और कहां जाएगी? ज़िंदा आदमी तो फिर भी आते-आते रास्ते में मन बदल सकता है। कहीं और भी जा सकता है पर मरने वाला तो झक मारकर यहीं आएगा। आते होंगे। अपने को भी कौन सी जल्दी है। जो आ गए थे वे बब्बा की शवयात्रा की प्रतीक्षा में समय काटने लगे हैं। पूछा जा सकता है कि कैसे, किस तरह काटने लगे? हम बताते हैं आपको। लुगासी में समय को काटने के तीन तरीके प्रचलित हैं—तंबाखू मलना, बीड़ी सुलगाना और किसी भी विषय पर कुछ ऐसी बात निकाल लेना कि जूते चाहे न भी चल पाएं परंतु एक ठीक ठाक सी निरर्थक बहस तो खड़ी हो ही जाए।

यहां तीनों विधियां एक साथ प्रयुक्त हो चलीं।

बीड़ी सुलगाते हुए एक सज्जन ने तंबाखू मलने में मग्न दूसरे सज्जन से कहा कि तब तक क्यों न हम लकड़ियां और कंडे लगा के चिता ही सजा लें ताकि प्राणी का शरीर आते ही उसे यथास्थान रखने में बहुत विलंब न होने पाएगा। दूसरे सज्जन ने तंबाखू को मुंह में दबाते हुए कहा कि वैसे तुम्हारी बात ऐसी बुरी भी नहीं है परंतु यार तुम जे तो बताओ कि तुमें मुर्दा फूंकबे की ऐसी जल्दी क्या पड़ी है? घर के अलावा भैंचो...जाना कितें है? जब घर जा के वहां भी चूतिया घांई बैठना ही है तो ठाठ से यहीं चूतिया घांई खड़े रहो न, और बीड़ी पियो। पास ही खड़े तीसरे सज्जन ने चेताया कि वैसे भी भूल के भी तुम चिता सजाबे न बैठ जइयो वर्ना बाद में वैदेही प्रसाद इतें आ के तुमाई बनाई चिता में इत्ते ऐब निकालेंगे कि तुमाई इच्छा खुद ही अपनी बनाई चिता में बैठबे की होने लगेगी। इसके जवाब में उसने यही कहा कि भैया, मर गए हमें चिता पे बैठाबे बारे। वैदेही प्रसाद की वैसे तो हम भी इज्जत करते हैं पर वे भी यदि ज़्यादा तीन पांच करेंगे तो फिर हम उनको ही चिता पे बिठा देंगे। अब वैदेही प्रसाद की चर्चा चल पड़ी। लुगासी से लगाकर मोंठ तक सभी लोग वैदेही प्रसाद से घबराते हैं। वैदेही अंतिम संस्कार की विधियों के ऐसे विकट ज्ञाता हैं कि कोई भी यूनिवर्सिटी यदि इस बात पर डिग्री देती होती तो उन्हें स्वयं ही सादर बुला के, सिर पे चोगा पहिना के अंतिम संस्कार में डी.लिट. की डिग्री पकड़ा देती। सभी मानते हैं कि वैदेही स्साला लाख ऐबी हो पर इस मामले में उनका ज्ञान गजब का है। ज्ञान का तो चलो ठीक है परंतु वैदेही प्रसाद इस ज्ञान को जिस तरह बघारते हैं, परेशानी उससे है। मरने वाले

के घर पर वे कब्जा टाइप कर लेते हैं। एक एक संस्कार को वे इतने कड़े अनुशासन से ऐसे नियमानुसार कराते हैं कि मृतक के परिवारजनों का मन करने लगता है कि वे भी साथ साथ मर जाते तो बेहतर होता। एक सज्जन ने सांत्वना देते हुए सूचना दी कि वैदेही प्रसाद तो रिश्तेदारी में किरिया कराने के लिए जतारा गए हुए हैं सो बब्बा की किरिया बिना झिकझिक के निबटबे की उम्मीद है। इस पर एक और सज्जन ने प्रति सूचना दी कि भैया, वैदेही प्रसाद आज सुबे ही पहुंच चुके हैं और आंखे मींड़ते हुए बब्बा के घर भी तुरंत ही पहुंच भी गए थे कि अब हम लुगासी आ चुके हैं सो किसी किस्म की चिंता न की जाए।

वैदेही प्रसाद प्रसंग से हटकर एक सज्जन यह चिंता प्रकट करने लगे कि यार, बड़ी देर हो रही है। प्राणो अभी तक यहां आया क्यों नहीं? किसी ने फटकारा कि यार प्राणी को भैंचो कौन सा खुद चल के आना है। आदमी एक बार मर जाए तो फिर तो वो दूसरों के ह वाले ही कहाया कि नहीं? सो गम्म खाओ। आराम से खड़े रहो। चाहो तो रेत में बैठ जाओ। जल्दी क्या है? कौन सा खुद का बाप मरा है कि फूंकने को ऐसे बेचैन हुए जा रहे हो?

कुछ देर चुप्पी रही। मुंह में इतना तंबाखू और तंबाखूजनित थूक भर गया है कि फिलहाल चुप रहने के सिवाय और कोई रास्ता भी नहीं है। दूर एक सज्जन उस जीप से उत्साहपूर्वक कूदकर उतरे हैं जो टोलटैक्स की गुमटी के पास अभी-अभी रुकी है। टोल टैक्स को लेकर अभी लंबी चिकचिक चलेगी। फिर बीड़ी तंबाखू होगा। फिर जीप को धक्का देकर दोबारा स्टार्ट करने में भी समय लगेगा। तब तक क्यों न यह पता कर लिया जाए कि कौन मर गया जिसके लिए लोग मरघटा घाट पर खड़े हैं? इसी सदिच्छा तथा उत्कंठा में वे जीप से कूदकर इस तरफ़ ऐसी गति से आ रहे हैं कि रेत में पंप शू अचानक हो धंस जाने से आगे की तरफ़ फिंका गए और उनकी स्पीड आखिरी में इतनी तेज हो गई कि मरघट पर वे लगभग मुंह के बल ही पहुंचे हैं। 'देख के सयाने...' एक ने अपनी जगह पर खड़े-खड़े चेताया।

'कौन सिधार गए महाराज?' सयाने ने अंतिम पलों में मुंह को चमत्कारी ढंग से बेतवा के रेत में घुसने से बचाते हुए पूछा। 'बब्बा...' 'पांड़े बब्बा...,' उत्तर में किसी ने पहले बब्बा, फिर पूरा पांड़े बब्बा कहा ताकि संदेह की गुंजाइश न रहे। लुगासी में बहुत सारे बब्बा हैं। सभी के मरने की आशंका, बल्कि आशा हमेशा ही बनी रहती है। इसीलिए।

सुनकर वे सज्जन ऐसे चौंके हैं मानो कुछ अप्रत्याशित घट गया हो।

'अरेऽऽ' वे बोले।

'अरे क्यों?' किसी ने जायज़ आपत्ति उठाई।

सज्जन को भी अपने 'अरे' के कुछ ज्यादा ही 'अरेपन' का ज्ञान हो गया था। उन्होंने 'अरे' के 'रे' वाले हिस्से को कुछ ज्यादा ही तूल दे दिया था। सो वे किंचित रक्षात्मक स्वर में बोले

'वो तो बस ऐसेई...'

'ऐसेई काहे? सोच समझ के 'अरे' बोला करो न राजा। तुम अस्सी बरस के बूढ़े आदमी के मरबे पर भी 'अरे' 'अरे' करोगे तो फिर तो हो गई।'

'फिर भी, बुरा तो हुआ।...'

'...सो तो है...बुरा तो हुआ।'

'पर हम कर भी क्या सकते हैं... ?'

'जे भी सही कह गए आप। हम क्या कर सकते हैं?...मुर्दे में जान तो फूंक नहीं सकते।...सही बात कही आपने। क्या कर सकते हैं हम? बड़े पते की बात कह दी सयाने ने–है कि नहीं?'

सयाने गमगीन से खड़े हो गए हैं मानो कि मुर्दे में जान न फूंक पाने के अपराध में स्वयं को क्षमा न कर पा रहे हों। कुछ देर के लिए चुप्पी हो गई। बेतवा बह तो रही है परंतु कलकल की कोई ध्वनि तक नहीं जिसकी प्रत्याशा एक सजग पाठक, कथा या कविता में बह रही नदी या झरने से करता है।...एक बैलगाड़ी गुजर रही है पुल पर से। मोटर-साइकिल वाले सज्जन ने धो-पोंछकर मोटर-साइकिल स्टार्ट की है और जोर-जोर से घूं-घूं करके टेस्ट कर रहे हैं कि धुलने के बाद भी सब ठीक-ठाक है कि नहीं? मोटर-साइकिल की आवाज़ से उत्तेजित होकर कुत्ता मरघटे की तरफ़ भागा और फिर अचानक ही चौंक कर रुक गया। अब वह मरघट की दिशा में देखता हुआ चौकन्ना खड़ा है। पता नहीं कि वहां आदमी देखकर रुक गया है कि मरघट पर उसने कोई भूत देख लिया है।

इधर कुछ लोगों ने तंबाखू उगल दी तो उनका मुंह फालतू बातें करने के लिए पुनः स्वतंत्र हो गया। किसी ने बात शुरू करते हुए यूं ही कहा :

'पुण्यात्मा थे बब्बा...'

'सो तो है,' एक बुजुर्ग ने, जो सभी से सहमत होने को बुढ़ापा काटने का सबसे सुरक्षित उपाय मानते थे, कहा।

'यार, काहे के पुण्यात्मा!' एक दिलजले ने कहा।

'क्यों भैया?'

'हमारा मूं न ही खुलवाओ सयाने।...'

'तो नहीं खोलो न राजा। बंद रखो। टाइट बंद रखियो।'

'फिर भी। काहे बंद रखो? बोलो न भैया। बताने तो दो। तुम बताओ यार। बताओ न। पुण्यात्मा क्यों न कहाए?'

'यार, हम तो यही कह रहे हैं कि यहां ऐसा भी झूठ न बोला जाए कि सुसरी चिता ही जलबे से इनकार कर दे..'

'चिता काहे न जलेगी भैया? '

'पुण्यात्मा को जलाने का पाप कौन सी चिता अपने सिर पे धरेगी?'

'यार, तुम तो भैंचो...ऐसे रिसा रहे हो मानो हमने बब्बा को पुण्यात्मा कह के घोर पाप कर डाला हो।...अरे, हमने तो कह दिया क्योंकि ऐसे टेम पे मरने वाले को पुण्यात्मा ही कहने का रिवाज है।...'

'अच्छा? तो बताओ कि पुण्यात्मा कहते किसे हैं?'

'देखो, भैया, जे पंडितन वाले सवाल तो तुम हमसे पूछो मती। पंडिताई-फंडिताई तो भैंचो हमें आती नहीं। हमें तो ऐसेई इत्ता पता है कि आत्मा तो भैया हर एक की पुण्यात्मा ही कहाती है। कहाती भी क्यों, वो तो होती ही है। जे तो स्साला शरीर है जो आत्मा को मैल में घसीटता रहता है। समझे कि नहीं?'

'शरीर को काहे दोष देते हो राजा? शरीर क्या करे? वो तो बेचारा आत्मा के कब्जे में रहता है।...अरे आत्मा के बिना भैंचो क्या तो शरीर और क्या उसकी मजाल। शरीर से सारे छल-छंदर कौन कराता है? आत्मा ही तो कराती है कि नहीं?...बताओ न?'

'एकदम्म सही बात कह गए आप,' बुजुर्ग सज्जन हमेशा की भांति सहमत हैं।

'यार, आप तो चुप ही रहो।...सही बात कैसे कह गए? यदि आत्मा ही बदमाशी कराती होती तब तो फिर हर शरीर ही बदमाशी न करता? आत्मा तो भैया हर शरीर में होती है कि नहीं? पर हर शरीर बदमाशी करता है क्या?...'

कुतर्क चल रहे हैं।

'यार, हर शरीर करना तो चाहता है पर बिचारा करे कहां से? उसे बदमाशी को मौका तो मिले। मिलेगा, तब न करेगा, कि ऐसेई? मौका ही कहां मिलता है? मौका न मिल पाए तो आदमी पुण्यात्मा न बने तो क्या बने?...बताओ? हां अब पांड़े बब्बा-सा असामी हो कि जिसको न तो पैसे का मूं देखना हो और न ही जिसकी जमीन जैजाद का ही ओरछोर हो, तब भी अगर उसकी आत्मा पुण्यात्मा बनी रहे, तब हम मानें कि भई जे हैं असली पुण्यात्मा...'

'फिर भी हर आदमी को यह कोशिश तो लाजिमी है कि वह पुण्य के कार्य करे...' बुजुर्ग सज्जन ने दोनों पक्षों की तरफ़ से एक ऐसा निरापद वाक्य कहने की कोशिश की जिस पर आमतौर पर कोई विवाद नहीं उठ सकता।

'भैया, यदि गांठ में बाबाजी का घंटा भी न हो तब आदमी कहां से और क्या पुण्य करेगा?'

'तुम्हारा मतलब जे कहाया कि गरीब आदमी तो फिर कभी भी पुण्यात्मा बन ही नहीं सकता है? क्यों? और अमीर बनेगा नहीं क्योंकि उसे अपनी आत्मा को मैला करबे से ही फुर्सत नहीं है।' 'बिलकुल, येई कह रहे हैं हम। पुण्य करबे के लिए भी जेब में नोटपानी चाहिए। गरीब की गांठ में घंटा है, बस।'

'यार, हम तो कहते हैं कि गरीब की गांठ में घंटा भी नहीं है, या चलो घंटा तो है पर बाबाजी वाला नहीं है...।'

'यार बाबाजी वालो कौन मांग रहा है? बाबाजी वाला न भी हो तो भी चलेगा। पर कुछ तो हो। तब न पुण्य कार्य कर सकोगे?'

'ठीक कहा! गरीब आदमी के पास तो ख़ैर जैसा भी मिल जाए वही ठीक है।'

'एकदम से सही कह रहे हैं आप,' बुजुर्ग ने कहा।

'यार हमें छिमा कर दो। हमने गलती करी जो बब्बा को पुण्यात्मा कह दिया। हमने पुण्यात्मा कहा क्योंकि मरते-मरते उन्हें कोई दैहिक कष्ट नहीं रहा और बाल

बच्चा भी ऐसे आज्ञाकारी मिले कि बब्बा रोज गरियाते रहे परंतु मजाल है कि कोई भैंचो पलट के एक दफे भी कुछ बोल दे।'

सभी ने माना कि जे बात तो ख़ैर एकदम सही है।

एक ने इसके पीछे के कारकों को उघाड़ते हुए बताया :

'वैसे सयाने, तुम तो जे बताओ कि संतान ऐसे में आज्ञाकारी न बने तो स्साली और करे भी क्या? सारा मालमत्ता तो रहा बब्बा के कब्ज़े में। अब वे गरियाएं, लतियाएं, चाहे पुचकारें, उनकी मर्जी। इसमें बाल-बच्चा लोग भैंचो क्या कर लेते? जो कहेंगे, सो सुनेंगे। मन मसोस के सुनेंगे। वरना बब्बा की हर भैंचो के जवाब में उनके दिल से मादरचो...न निकलता हो तो कहना।..'

सभी सहमत थे कि बाप के पास यदि मालटाल धरा हो तो आदमी चाहकर भी उसे गरिया नहीं सकता। बाप की गांठ में पैसा हो तो वह स्साला, ऑटोमैटिक ही आदरणीय हो जाता है।

'वरना तो सच्ची बात जे है भैया कि गरियाबे की तो ख़ैर छोड़ो, बाप को लतियाया भी जा सकता है...'

'यार, बाप तो जैसा भी हो, उसके आदर की परंपरा है हमारे समाज में...' किसी ने भारतीय संस्कृति का पाठ खोलने की कोशिश की।

'पर बाप हो भी तो वैसा कि उसे आदर लायक कहा जा सके।'

'वैसा हो? मतलब? कैसा हो?'

'यार, बाप, बाप टाइप तो रहे। जे नहीं कि अपने मोंड़ा की मुंडी पे चढ़ के मूतना चालू कर दे।'

'देखो, बुढ़ापे में वैसे भी किसी के मूंड़ पे चढ़ के मूतना थोड़ा कठिन है। बुढ़ापे का शरीर। घुटनन में गठिया। आंख में मोतियाबिंद। हाथ कांप रये। नाड़ा खोलबे की मुश्किल। मुंडी पे चढ़ना और मुश्किल। पेशाब का निकलना सबसे मुश्किल। निकले भी तो आधी धार तो खुद पे गिरती है। धार कमजोर हो जाती है न बुढ़ापे में। बूढ़े बाप को खुद ही समझ लेना चाहिए कि वह नाम भर के लिए बाप रह गया है—असली बापगिरी तो बच्चों की चलनी है अब। है कि नहीं? '

'एकदम सही कह गए आप भी, सयाने'

'सयाने इतें सही कहबे में लगे हैं और उतें इनकी जीप कढ़ी जा रही है—जीप निकल गई तो पैंया पैंया कढ़ुरते जाना पड़ेगा' एक ने पुल की तरफ़ इशारा करते हुए कहा।

जीप दचके खाती हुई पुल को पार कर रही थी।

'भैया ऐसा है कि किसी भी जीप वाले के वयोवृद्ध की भी हिम्मत नहीं है भैंचो कि रूइया जी को ऐसे छोड़ के जीप निकार ले जाए।'

सयाने ने पुल के इस सिरे तरफ़ को आती हुई जीप की दिशा में बगटुक चलते हुए अपना नाम ऐसे ठसके से बताया मानो इस इलाके की हर जीप वाले के पास उनका नाम सटीक मोटे हर्फों में दर्ज हो, और वे जब भी आपस में मिलते हों तो एक

दूसरे को चेताते रहते हों कि यार कभी रूइयाजी को लिए बिना जीप न निकाल ले जाना वर्ना अनर्थ हो जाएगा। ऐसे मुगालते इस इलाके में सभी के बीच आम थे। ग्राम लुगासी के भिखारी तक इस तरह के ही दावे किया करते थे। घमंड, ठसके और स्वयं को स्वयं ही द्वारा चूतिया बनाए जाने की हद तक अभिमान पालने वाले लोग। लुगासी में आप सब तरफ़ इस किस्म के वाक्य सुन सकते थे कि तुम उतें झांसी की कलट्टरी में पोंच के कहीं भी हमाओ नाम बता देइयो कि भैया हमें लुगासी के फलाने जी ने तुमारे पास भिजवाया है, बस्स, फिर वो सब जनों का काम एक किनारे फेंक-फांक के पहले तुमारा काम करेग, और तुमारे पांव भी छुएगा कि आप हमारे जीजाजी के गांव से पधारे हो तो पांव छूबे से आप हमें नहीं रोक सकते हैं।

धूल उड़ाती जीप तेजी से किनारे तक आई और फिर तेज आवाज के साथ अचानक रोक ली गई। इस चक्कर में रेत, धूल और कचरे के ऊपर किंचित् दूरी तक वह घिसटती चली गई। जीप पर सवार एक बुजुर्ग ने ड्राइवर को चेताते हुए कहा कि भैया, इत्ती स्पीड से न भगाओ क्योंकि जल्दी का काम शैतान का होता है। जीप चलाने वाला शख्स पंद्रह सोलह वर्ष का दुबला पतला, चितकबरा-सा लड़का है। धूल का बवंडर अब जीप के चारों तरफ़ बैठ रहा है। लड़के ने बिना पीछे की तरफ़ देखे ही हिकारत के स्वर में बूढ़े को चेताया कि तुम हमें पूरे रस्ते ऐसेई कह कह के नाक में दम करते रहे हो और अगर अब भी गम्म न खाओगे तो हम अब और आगे तुमारे बुढ़ापे का लिहाज न कर पाएंगे। बुजुर्ग ने उत्तर में यही कहा कि हमने तो भैया एक बात कही थी, बस।

इसी बीच रूइयाजी पहुंच गए।

जीप में बैठते-बैठते मरघट पर खड़े लोगों को पुकार के बोले कि भैया, हम पेटी घर पे पटक के तुरतै वापस लौट रहे हैं, ऐसा तुम गप्पू महाराज को बता देइयो।

'कहो तो तुमारे आबे तक मुर्दा न फूंका जाए, जे आदेश भी दे दिया जाए... ?' किसी ने कहा जिसे रूइयाजी ने सुना नहीं। जीप गुर्राती, धड़धड़ाती निकल गई।

धूल का गुबार पुन: उठा और उड़ता हुआ उस सड़क पर मंडराता रहा जिससे होकर थोड़ी देर में ही बब्बा की शवयात्रा यहां आएगी।

'प्राणी को बुलवा लिया जाए महाराज ?' खबास ने वैदेही प्रसादजी से आदरपूर्वक पूछा। वैदेही प्रसाद फिलवक्त बेहद व्यस्त हैं। वे बब्बा की शवयात्रा के हर पहलू को ठोक बजाकर देख रहे हैं। शवयात्रा, उनका 'वन मैन शो' है। उनका अपना शो। इसमें वे खबास तो क्या, स्वयं मुर्दे तक का दखल बर्दाश्त नहीं कर सकते। शव, जिसे यहां प्राणी कहा जा रहा है, उसे कब लाकर अर्थी पर लिटाया जाएगा और कब जाकर, किस तरह फूंका जाएगा, ये बातें अब वैदेही प्रसाद के एकाधिकार की बातें हैं और इस खबास की मजाल देखिए कि वैदेही प्रसाद को बता रहा है कि प्राणी को लाकर अर्थी पर लिटाने का समय हो चुका है!...अदना सा नऊवा यदि उन्हें सिखाने

की हिमाकत कर रहा है तो वे भी उसे सबक़ सिखाने से पीछे नहीं हटेंगे।

'प्राणी की छोड़ो...। तुम तो जे बताओ कि तुमने घट का इंतजाम कर लिया न खबास जी?' वैदेही प्रसादजी ने कहा।

'दोनों तरह के घट आ गए हैं महाराज-टोंटीदार भी और मरघटा ले जाबे वाला भी..' खबास ने उत्साहपूर्वक सूचना दी।

'और दीपक?'

'हओ।'

'अग्नि?'

'हओ...महाराज सारी तैयारी एकदम चौकस है। तब ही तो हमने पूछा कि प्राणी को...'

'प्राणी की तो मैयो की...। समझे खबास जी। हमने कहा न कि प्राणी के लिए परेशान मती हो। तुम अपने काम से काम रखो। जित्ता बताएं, उत्ता करते जाओ। खबास हो, खबास जैसे रहो। पंडित बनबे की कोशिश न करो। बीच में टांग न उलझाओ। उतें बैठ जाओ चुपचाप, कोने में। या उतें चबूतरा पे। जब तुम्हारा काम निकलेगा तो हम तुमें बुला लेंगे...'

'हमने तो महाराज बस एक बात कही थी कि प्राणी...'

'भैया तुम न तो एक बात कहो, न दो बातें। हम इतें फालतू फंड में तो बैठे नहीं हैं कि तुमाई बातें सुनें। कभी फुर्सत मिलेगी तो तुमाई ज्ञान की बातें भी सुन लेंगे। पर अभी नहीं। अभी तो तुम चुपचाप बैठ जाओ। उस्तरा तो लाए हो न? बिना उस्तरे के नऊवे कहां सजते हैं। तो उस्तरा निकाल के घिस घिसा लो। पैना कर लो। पांड़े बब्बा का खानदान इत्ता बड़ा है कि सबकी छौर-क्रिया करते-करते पैने-से-पैना उस्तरा भी फेल हो जाबे वाला है। धार कर डालो। हमारा मतलब है कि वो काम करो जो नऊवे को जंचता है। हमारे काम में उंगरिया न करो।...'

'नाराज न हों महाराज। अरे, हमने तो जे सोची कि महाराज ने विमान तैयार कर ही दिया है तो क्यों न प्राणी को ला के लिटा दें। बस।...'

'यार हमने अभी कही न कि प्राणी की मां की आंख और भेन की चू...। और तुम जे प्राणी-प्राणी क्या रटे जा रहे हो तब से?...तुमें पता भी है कि विमान का पूरा तैयार होना क्या होता है? जानते भी हो कि प्राणी को कब लाकर टिकटी पे लिटाना होता है?...'

खबास ने जीभ तक पहुंच चुकी गाली को बनावटी विनम्रता के तले दबाते हुए कहा, 'महाराज, हमारी ज़िंदगी भी मुर्दा फुंकवाते ही बीती है। लाखों सिर मूंड डाले हमने भी। थोड़ा हमें भी...'

'तुम्हें पता है घंटा'

'ऐसा नहीं है महाराज, हमने भी तीस साल से जेई काम करते हुए मैया नहीं चु...'

'अपनो मूं बंद ही रखियो खबासजी।'

'हमाई इत्ती औकात कहां महाराज कि आपके सामने मूं खोलें...'

'तो भी इत्ता बड़ा खोल रहे हो...'

'क्षमा करना महाराज।'

'समझदार हो...।'

वैसे नऊवे का नाम रामखिलावन है परंतु सभी उसे नऊवा नाम से ही जानते हैं। कोई संवेदनशील अवसर बन जाए तो खबासजी कह देते हैं। इसे ही आदरणीय संबोधन मान लिया जाने का आग्रह है। रामखिलावन जानता है वैदेही प्रसाद को। छोटा-सा गांव। हर अंतिम संस्कार में उनसे ऐसी ही भिड़ंतें होती रहती हैं। वैदेही प्रसाद इस पूरे एरिया में अंतिम संस्कार की विधियों और कर्मकांड को लेकर सुपर स्पेशलिस्ट की हैसियत रखते हैं। मौत के बाद, वैदेही प्रसाद का कब्जा-सा हो जाता है मुर्दे पर। वे इतने कर्मकांड कराते हैं तथा घर वालों को ऐसा नचाते हैं कि वे स्वयं को लानत भेजने लगें कि क्यों नहीं, हमने लाश को रात में ही नदी में चुपचाप बहा दिया? लोग उनसे डरते भी हैं। ठीक से किरियाकरम न किए तो प्राणी को मुक्ति नहीं मिलेगी। वैदेही प्रसाद मुक्ति विशेषज्ञ की हैसियत रखते हैं यहां।

बहरहाल, अब स्थिति यह बनी कि खबासजी को पराजित करने के बाद वैदेही प्रसाद जी हर कोण से विमान का निरीक्षण कर रहे हैं। देख रहे हैं कि अर्थी बनाने में कहीं कोई खोट रह गई हो तो वे अभी के अभी अर्थी बांधनेवालों की अर्थी बांध दें।

अर्थी को ही विमान कहा जा रहा है।

शानदार विमान मिलता है मृतक प्राणी को। यह विमान एक ही सीट वाला है। इसी पर चढ़कर प्राणी इहलोक से परलोक तक की यात्रा करेगा। अर्थी को उसका एक्सक्लूसिव चार्टर्ड विमान कह लें। पायलट रहित, स्वचालित विमान। अग्नि की लपटों की ऊर्जा से चलित यह इकतरफा उड़ान है। लंबी यात्रा। भवसागर के ऊपर से अंतर्महासागर यात्रा। इत्ती लंबी यात्रा में यदि विमान खराब हो गया तो? कहीं इसी कारण तो वैदेही प्रसाद इसका इतना सूक्ष्म निरीक्षण नहीं कर रहे हैं? नहीं भाई साहब, नहीं। खराब होकर यदि यह गिर गिरा भी गया तो कौन सा प्राणी के मरने का भय है क्योंकि वह तो पहले ही मर चुका है। मरने के बाद ही तो वह इस अनोखे विमान पर चढ़ा है। यह यात्रा अजीब है। उड़कर भी वहीं पहुंचना है, गिरकर भी वहीं पहुंचोगे और न चढ़ सके, यहीं धरती पर रह गए तो भी यात्री को अंततः पहुंचना उसी के दरबार में है।

विमान तो तैयार है।

विमान विशुद्ध देसी तकनीक से बना है। इसका कोई नया मॉडल सदियों से नहीं आया है। वही पुराना ढांचा। सात-सात फीट की लंबी लकड़ियां। फिर उनके बीच ढाई-ढाई फीट के तीन गिल्ले बांधकर एक नसैनी-सी बनाई गई है। सरग नसैनी कह लें—स्वर्ग पहुंचाने की नसैनी। वैसे, इसे गलत जगह टिका दो तो यह नरक में भी पहुंचा सकती है। धरती से स्वर्ग उतना ही ऊंचा है जितना कि नरक। प्राणी को इसी नसैनी पर चढ़कर परमात्मा तक पहुंचना है। लकड़ियों को गीली मूंज से बांधा गया है। वैसे नियम यह है कि मूंज भी उसी खटिया की हो जिस पर कभी प्राणी लेटा

करता था। पर बब्बा तो ज़िंदगी-भर सोते रहे तख्त पर। जब वैदेही प्रसाद को पता चला कि बब्बा तो कभी मूंज की खटिया पर सोए ही नहीं तो उन्हें बब्बा की इस अदूरदर्शिता पर बड़ा गुस्सा आया। कम-से-कम बुढ़ापे में तो आदमी को मूंज की खटिया पर कभी-कभी तो सोना ही चाहिए ताकि आगे उसके अंतिम संस्कार में कभी ऐसी तकनीकी उलझनें पैदा न हों। वैदेही प्रसाद का बस चले तो वे तो हर बूढ़े को मूंज की खटिया पर मूंज से ही बांधकर रखा करें। ख़ैर...अभी इस समस्या का तकनीकी हल यह निकाला गया कि पहले नई मूंज लाकर बब्बा के तखत पर लपेटी गई और फिर वापस निकाल ली गई। विमान में यही मूंज काम आई है।...नसैनी या टिकटी तैयार करके उस पर कांस बिछा दिया गया है। अब विमान लगभग तैयार है। विमान पर कपड़ा भर बिछना शेष है। फिर इस पर प्राणी को धरा जाएगा।

पंडितजी भी प्रतीक्षा में हैं कि कब वैदही प्रसाद अर्थी को फाइनल क्लीयरेंस दें तो वे अपना काम शुरू करें।

'वस्त्र लाइए, न पंडितजी। फाड़ के, चार टुकड़ा करके, इधर हमें दे दीजिए...' वैदेही प्रसाद ने आह्वान के स्वर में पंडितजी से कहा।

वस्त्र अर्थात कफन। सात मीटर लंबा कपड़े का टुकड़ा। इस वस्त्र के चार टुकड़े किए जाएंगे। ढाई मीटर का बिछौना, तीन मीटर का ओढ़ना, पौना मीटर का प्राणी का साफा और शेष रहे आधा-पौना मीटर में बनेगी प्राणी की लंगोट। सादा-सा साफा और अत्यंत सादी लंगोट। यही पहिनकर प्राणी अभी अपनी अंतिम यात्रा पर निकलेगा। इसी धज में। यही ड्रेस-कोड है उस परम यात्रा का। जीवन-भर सौ तरह के कपड़े पहिनते रहो, रंग-बिरंगे। इस उस फैशन के। तरह तरह की डिजाइनों के, छींटदार। लहरिया, इस काट के, उस काट के, परंतु जीवन के अंत में एक ही डिजाइन होती है सबके वस्त्रों की। एक ही नाप की लंगोट, एक ही काट; एक ही फैशन, एक ही रंग। एक ही वस्त्र। कफन की लंगोट और सिर पर कफन का ही साफा लपेटकर निकलेगी सवारी ठाठ की, सरकेगा विमान कंधों-कंधों, और पहुंचेगा उस अंतिम सरग पट्टी पर जहां चिता की अग्नि से होकर वह अदृश्य रास्ता जाता है जो धूम्र पंक्तियों और लपटों के बीच से गुजरकर परमपिता तक प्राणी को पहुंचाता है।

पंडितजी प्राणी के वस्त्र तैयार कर रहे हैं।

दोपहर गुजरी जा रही है।

रुदन के स्वर ठंडे हो चुके हैं।

यूं खूब हलचल है। किच-किच मची है, ऐसा ही कह लीजिए। खूब भागदौड़ चल रही है। शवयात्रा शुरू होने को है। सभी व्यस्त हैं। अंतिम यात्रा की तैयारी में बड़ा ताम-झाम लगता है साहब। यात्री बड़ी लंबी यात्रा पर जा रहा है। कहीं पीछे ऐसा कुछ भी न छूट जाए भैया जिसकी आगे यात्रा में ज़रूरत पड़े। प्राणी इस यात्रा पर एक बार जो गया तो फिर लौटकर नहीं आने वाला कि वापस आकर छूट गया सामान उठा सके। यह अंतिम यात्रा है उसकी। आखिरी समेटा-समेटी चल रही है। सब समेटकर यहीं सौंप जाना है। जो किया, बनाया, जीवन-भर इकट्ठा किया, सब यहीं रह जाना

है। पंडित, पोथी, पत्रा, परंपरा, लोकाचार, कर्मकांड–ये सब इसी समेटने की प्रक्रिया के इंतजाम ही तो हैं। एकदम 'मूवर्स एंड पैकर्स' जैसी व्यवस्था और बड़ी अजीब सी पैकिंग चल रही है इस सामान की। अजीब क्यों? क्योंकि यह सारा तामझाम, यह सारी पैकिंग भी, सब यहीं छूट जाना है। फिर क्यों कर यह तैयारी है? तैयारी इस बात की है कि किसी तरह, बस, बेदाग आत्मा और निर्मल प्राण लेकर गंतव्य तक पहुंच जाए यात्री। परमात्मा के दरवार में मुंह दिखाने लायक तो रहे। वैसे न तो आत्मा ऐसी बची, न ही मुंह कि वह ईश्वर का सामना कर सके। जीवन तो दाग–पर–दाग लगाते हुए बीत गया। अब जाते ले जाते, दागदार सामान को ही रगड़ा–पोंछा जा रहा है। पूजापाठ, दानधर्म। रगड़ के पोंछे जा रहे हैं आत्मा के दाग, जो प्राणी ने जीवनपर्यंत अपने तमाम खटकरमों द्वारा आत्मा में लगाए। सच तो यह है कि पूरा बाना ही दाग–दाग है। जीवन–भर इस बाने का ख्याल ही कहां आया? चदरिया को संभालकर रखना है, यह सोचा ही कब? खूब लोटे–पोटे, नालियों में घुसे, धूल में घिसटे। आत्मा की मूल डिजाइन क्या थी, उसका रंग कैसा था, अब तो यह पता ही नहीं चल पा रहा। दाग ही दाग हैं। जब आत्मा को वापस परमात्मा के पास लौटाने का समय आया है तो सभी के हाथ–पांव फूल रहे हैं। ऐसी मैली–कुचैली आत्मा देखकर ईश्वर क्या कहेगा? दुर्गत हो जाएगी प्राणी की, ईश्वर के समक्ष। तभी तो, अब ऐन आखिरी टेम पे, इतनी पूजापाठ, इतने विधि–विधान, ये सब दागों को रगड़कर मिटाने के प्रयास हैं। क्षमायाचना, प्रार्थना, हाथ जोड़ना। ईश्वर से अरज करना कि तेरी दी हुई चदरिया को ज्यों का त्यों वापस नहीं कर पा रहे हैं हम। छेद ही छेद। दाग ही दाग। यहां–वहां तक कटी–फटी। गुच्चड़–मुच्चड़ तो ऐसी कि क्या कहें। जैसी भी है, तुझे वापस अर्पित है। प्राणी ने अच्छी भली चदरिया को पोंछा टाइप बना डाला। पर है तो अभी भी तेरी ही। सो तेरी तुझको अर्पण। आत्मा तेरी, दाग हमारे। अब जो भी दंड दे, स्वीकार है। मोक्ष दे दे तो कृपा है तेरी। मोक्ष न देकर, वापस चौरासी लाख योनियों के सिलसिले में डाल दे तो भी तेरा ही आसरा। तेरा ही प्रताप। तू ही सर्वोपरि। तू ही सर्वोच्च। तू ही सहारा। तू ही सर्वशक्तिमान...। जान निकली जा रही है, जान निकल जाने के बाद। अंतिम समय में अचानक ही ईश्वर याद आया है।

बच्चे सहमे से खड़े हैं, डरे डरे से भी, उत्सुक भी। खदेड़ दिए गए बच्चे।...चलो रे! भागो यहां से।...बच्चों के देखने की चीज़ नहीं। समझने की भी नहीं। अभी तो जीवन देखें। उसका आनंद लें। बड़े लोग चाहते हैं कि मौत और बचपन के बीच एक झीना ही सही, परंतु परदा बना रहे। बच्चे अटारी तरफ़ भाग गए। कुछ देर बाद ही ऊपर अटारी से उनकी किलकारियों की आवाज़ें नीचे आने लगी हैं जो मृत्यु के इस सारे परिदृश्य की पृष्ठभूमि में अजीब सी लग रही हैं।

औरतें भी अंदर ही हैं।

आज घर में चूल्हा नहीं जलेगा। भोजन गांव के लोग भेजेंगे। नियम है ऐसा।

बब्बा के कमरे में, ज़मीन पर बब्बा का शरीर धरा है। प्राणी मानो हवाई अड्डे के प्रतीक्षालय में प्रतीक्षा कर रहा है कि विमान तैयार होने की घोषणा हो तो वह

बोर्डिंग के लिए निकले। इस देस में प्राणी का अब कोई काम नहीं। देस बेगाना हुआ। बब्बा के शरीर के पास गप्पू बैठे हैं—निश्चेष्ट, बल्कि ऊंघते भी कह दें तो बहुत गलत न कहाएगा। नन्ना फिलहाल कहीं दिख नहीं रहे। महंतजी भी वहीं गप्पू के पास बैठे हैं। रज्जन, चबूतरे पर बैठे विमान तैयार करने के कार्य-व्यापार पर बेचैन नज़र रखे हैं। वैदेही प्रसाद को गरियाने की इच्छा को वे किसी तरह दबाए बैठे हैं। वैसे वैदेही प्रसाद उनके पास ही खड़े हैं। किसी खुर्राट आलोचक की मुद्रा में सारी तैयारी पर कड़ी निगाह है उनकी। कप्तान और लल्ला को समझ नहीं आ रहा है कि वे क्या करें? इसी असमंजस में कप्तान तो एक बार अटारी पर जाकर बच्चों की कानकुच्ची भी कर आए हैं कि उधर बब्बा भैंचो...मरे पड़े हैं और इधर तुम लोगन को पकड़न-पकड़ाई सूझ रही है? सेठ विमान के ठीक पास खड़े हैं। बस, खड़े ही हैं।

अहाते में भीड़ है। सभी को प्रतीक्षा है कि शवयात्रा शुरू हो तो काम खत्म हो। थक गए हैं वे सब, प्रतीक्षा करते-करते। शुरुआती संकोच के बाद गप्पें चल पड़ी हैं। चुहुलबाजी तक हो रही है। समय तो काटना है न? एक दूसरे को आवाजें दी जा रही हैं। कोई हंसा भी। किसी ने ताली-सी मारकर किसी की बात के प्रत्युत्तर में यह तक कहा है कि यार, जे भी ऐन कही तुमने! तात्पर्य यह कि खासी चहल-पहल मची हुई है। शुरुआती औपचारिक चुप्पी और शोक के बाद लगभग एक उत्सव का वातावरण है। बातें! बातें!...कि उम्र भी तो इतनी हो गई थी।...कि मृत्यु का तो बहाना बनता है भैया।...कि चलो मुक्ति हुई उनकी भी। और घर वालों की भी।...कि भौत खेंच ले गए थे बब्बा। तरह तरह की बातें।

'उंगली से फारियो वस्त्र...' वैदेही प्रसाद ने पंडितजी को बताने की कोशिश की कि कफन को चीरकर तीन टुकड़े करने की ऑफिशियल विधि क्या है?

पंडितजी बुरा मान गए। बोले, 'अब हमें जे तो न बताओ वैदेही।...सारी ज़िंदगी जेई कपड़ा, ऐसेई फारते-फारते हमारी अंगुरिया टेढ़ी हो चली हैं।...और तुम हमें ही बता रहे हो?'

'हमने तो एक बात कही है कि नाप-नूप के ही वस्त्र फारियो।...बस, इत्ती सी बात...'

हमने बताया ही कि वैदेही प्रसाद पूरे दृश्य पर पूरा कब्ज़ा चाहते हैं। पंडितजी पर भी। मुरदे पर भी। वैदेही प्रसाद का बस चले तो वे मुरदे को भी फटकार लगाया करें कि यार, जे तुम अर्थी पे ऐसे कैसे पड़े हो-ठीक से लेटो न।

पंडितजी रुक गए। हाथ में वस्त्र लिए हुए वे वैदेही प्रसाद को घूरकर देख रहे हैं। देखते ही चले जा रहे हैं।

'फारो यार...इत्ती देर में तो एक थान चिर गया होता...' वैदेही प्रसाद ने बेचैन होकर कहा।

परंतु पंडितजी रुके हुए हैं। वैदेही प्रसाद को घूरते ही जा रहे हैं वे।

'फारो यार...!' वैदेही ने कहा।

'पहले तुम जा के बजाजे से गज उठा लाओ वैदेही... । या फिर बदरू मियां से इंचीटेप ले आओ। खुद ही नाप नूप भी लो। हमें भी सिखा दो कि कहां से कित्ता चीरना है।...'

वैदेही प्रसाद रज्जन की तरफ़ पलटे, फिर रज्जन तथा सारे ज़माने को सुनाते हुए स्थिति स्पष्ट करने लगे, 'हद है भाई...हमने तो तनिक सलाह भर दी थी और पंडितजी तो...'

'आप उंगरिया न करें तो पंडितजी अपनी उंगली से वस्त्र चीर लें? अबेर हुई जाती है...' रज्जन के स्वर में धमकीनुमा कुछ ऐसा था कि वैदेही चुप हो गए। चुप होकर उन्होंने अपना मुंह दूसरी तरफ़ कर लिया। दुनिया को सनद रहे कि यदि वस्त्र को ठीक-ठाक नाप कर नहीं फाड़ा गया तो वे इस अपराध में शामिल नहीं थे।

वस्त्र चिरने की आवाज़ के साथ ही वैदेही प्रसाद ने ऊंची आवाज़ में पुकार लगाई, 'रज्जन, प्राणी को लाकर विमान पर लिटा दो।...'

प्राणी को लाया ही जा रहा था कि एक मारुति कार धूल उड़ाती हुई गली में घुसी। रज्जन, सेठ, नन्ना और गप्पू प्राणी की देह को कमर, पैर, कंधे तथा सिर से पकड़कर ला रहे थे।

कार देखकर किसी ने कहा, 'ल्यो, गोपी भैया भी आ गए।'

मृत देह को लगभग छोड़ते हुए सेठ ने उत्साह से छलकते हुए कहा, 'गोपी चाचा की मारूति ऽऽऽ..'

रज्जन ने उन्हें घूरकर देखा और पते की बात बताते हुए कहा 'कार देख के तुम खुशी में नाचो मत। बब्बा हाथ से निकर गए तो तुम लात खा जाओगे।'

बाप के शरीर से लिपटकर रोते रहे गोपी।

गोपी, बब्बा की सबसे छोटी संतान हैं। रोएंगे ही। रोने की बनती भी है परंतु वे इतना ज़्यादा और लंबा रो लिए, और रोते ही चले गए कि बात संदेहास्पद, नाटकीय तथा हास्यास्पद सी हो चली। लोग मुस्काने तक लगे। किसी ने यह तो ख़ैर नहीं कहा कि अब रहने भी दो गोपी क्योंकि बाप मरने पर रोने की कोई मियाद तो कहीं फिक्स है नहीं, चाहो तो ज़िंदगी-भर भी रो सकते हो। हां, बब्बा यदि किसी तरह, थोड़ी देर को भी जीवित हो पाते तो उठकर यही कहते कि बंद करो ये डिरामेबाजी भैंचो...। पर अभी तो गोपी को रोकना कठिन हो रहा है। नन्ना और गप्पू भी पास बैठकर गोपी का साथ देने का प्रयत्न करते हुए रो रहे हैं।

इधर गोपी की पत्नी कार से निकलीं तो जल्दबाजी और आदतवश आंखों से धूप का चश्मा उतारना भूल गईं। लुगासी में धूप के चश्मे को धूप से बचाने का साधन नहीं माना जाता। यहां इसे फैशन की पराकाष्ठा में शामिल चीज़ मानते हैं-विशेष तौर पर महिलाओं में।...गोपी की पत्नी तो न केवल धूप का चश्मा लगाए हुए हैं, बल्कि ऊंची

एड़ी वाली सैंडिलें भी पहने हैं, साड़ी का उल्टा पल्ला तक लिए हैं, सिर को बस नाममात्र को ही तनिक सा ढंके हैं–वह भी गाड़ी से उतरने के बाद ढंक लिया था।

लुगासी में यह सब कुछ एक जघन्य अपराध जैसा सा था। भीड़ में उत्तेजना फैलनी ही थी। कानाफूसी शुरू हो ही जानी थी। हुई।

'काला चसमा देखे कि नहीं, कक्का?'

'हम क्या, सभी देख रहे हैं...'

'कानपुर की हवा ही ऐसी है भैया!...क्या कर लोगे?'

'उसी हवा में उड़ता हुआ कोई कचरा आंख में न पड़ जाए, सो पहिनना पड़ता है भाईसा'ब...'

'यार जे तो फैसन–पट्टी की हद्द है भैया। इधर तो ससुर मरा हुआ पड़ा है भैंचो और उधर बहू भैंचो काला चसमा लगाए डोल रही है...'

'सच्ची बात! शरम लाज घोल के पी गई हैं...'

'अरे, हमारी औरत होती तो हम तो मार मार के दारी को धुनक डालते...'

'सच्ची बात! यह सब तो घर के आदमी को देखना चाहिए। यदि आदमी उसे ठीक करके रखे तो महरारू की स्साली मजाल है कि...'

'हम भी तो जे ही कह रहे हैं कि जे गोपी भैंचो, अपनी लुगाई को बस में नहीं रख सकते क्या?...अभी दें मिला के दो करारी लातें तो स्साली की अक्कल ठिकाने आ जाए।...'

'कक्का, तुमें पता नहीं। पढ़ी लिखी लुगाई से तुम जो ज्यादा तीन पांच करो तो वह तुरंत अबे–तबे पे उतर आती है आजकल। उसकी अकल ठिकाने लगाबे निकलो तो वो आप ही की अक्कल ठिकाने लगा सकती हैं।...'

'कहते हैं कि ऐमे–फेमे पास किए है?'

'हओ...ऐसा ही बताते हैं।...पढ़ाती हैं उतें किसी अंग्रेजी स्कूल में।'

'ऐमे तो भौत ऊंची पढ़ाई कहाई भैया... ?'

'और क्या...तभी तो एकदम मेमसाब जैसी धज बनाए हैं।'

'अच्छा राजा, तुम तो जे बताओ, तुमें मेम सा'ब के मम्मे नकली नहीं दिखते क्या? छाती देखो...'

'अबे चुप्प...सरम नहीं आती? ऐसे मौके पे ऐसी बात...'

'जिनने लगा रखे हैं, उनने कौन से मौका देख के उतार दिए हैं?'

'चुप रहो रे...'

'वैसे, नकली मम्मे लगा के रोबे पर कोई पाबंदी तो है नहीं? क्यों सगे.. ?'

'रो रही हैं तो पता तो चल नहीं रहा।'

'काले चसमा का जे ही तो फायदा है। आंखन में आंसू आएं, चाहे न आएं— बस, काला चसमा पहिन लो, और फुर्सत।...'

'वैसे काला चसमा पहिन के रोने में कोई पाबंदी है क्या? आप पहिन के भी खूब रो सकते हो। आंसू ढलकेंगे तो चश्मे के नीचे से निकल ही आएंगे न। है कि नहीं?'

'यार अंसुवा ढरकावे की कौन कह रहा है?...बुड्ढा मरे तो काहे के आंसू ढरकाना? कौन ढरकाता है? बस, आंखन की तरैयां ही तनिक-सी भर आएं तो जेई भौत माना जाता है।...बब्बा की उमर वाला कभी कोई मरे तो आदमी आंखन से नहीं, गले से रोता है भैया...'

'पर मेम साब के तो गले से भी कछू नहीं कढ़ रहा?...'

गोपी की पत्नी का नाम रमा है।

बब्बा का मृत शरीर बाहर लाने के साथ ही घर की औरतें बरामदे में आ गई हैं। खूब रोना-धोना मचा हुआ है। इसी बीच रमा, सलीके से साड़ी समेटते हुए औरतों की भीड़ में जाकर बैठ गईं। सभी को ऐसा फूटफूटकर रोते हुए देख रमा भी फुसफुस-सी आवाज करती हुई रोने के उपक्रम में लग गईं। लोग मुस्काने लगे।

रमा के पीछे-पीछे उनकी बिटिया भी उतरी है। यही कोई तेरह चौदह साल की लड़की।

गोपी जब रोकर निबटे तो नन्ना ने धीरे से पूछ लिया, 'धीरेन्द्र को नहीं लाए?'

धीरेन्द्र, गोपी का सुपुत्र।

गोपी ने नज़रें चुराते हुए बताया, 'धीरेन्द्र की आई.आई.टी. की कोचिंग चलती है न, इसीलिए।...'

नन्ना चुप रहे। रज्जन को आग लग गई। उन्होंने जीवशास्त्र का यह नियम गोपी को बताया कि बब्बा तो जीवन में एक बार ही मर सकते थे, और वे मर चुके हैं। हां, कोचिंग-फोचिंग तो जीवन-भर चलेगी। गोपी ने चुपचाप सुन लिया और चुप रहे।

रज्जन से कौन तो बहस करे?

अम्मा अचानक ही महत्त्वपूर्ण हो गई हैं।

बाहर से जो भी रिश्तेदार आ रहा है, वो पहले अम्मा के पास आता है। किंचित देर तक उनके पास बैठकर रोता-गाता भी है। पौंर के अंधेरे में अम्मा की खटिया उसे ठीक से दिखती नहीं। दिखती भी है तो उस पर पड़ी अम्मा नहीं समझ में आतीं। कन्फ्यूज हो जाता है रिश्तेदार। क्या करे? वह थोड़ी देर तक अंधेरे में खड़ा शोक के कुछ शब्द बुदबुदाता है, अपना नाम भी बता देता है और वहीं कुछ देर को खड़ा ही रह जाता है। खटिया पर नहीं बैठता। कहीं गलती से भी अम्मा के लकवे वाली टांग पे बैठ-बाठ गए तो तमाशा खड़ा हो जाएगा। इसीलिए भी नहीं बैठता कि फिर कहीं अम्मा हाथ पकड़कर बिठाए ही न रखें। न जाने दें तो भी तमाशा रहेगा। कोई कितनी देर तक, अंधेरे में एक बीमार बूढ़िया की उपस्थिति को बरदाश्त करता बैठ सकता है? फिर एक परेशानी और भी है। मान लो कि अम्मा के पास पहुंचकर आप खड़े हो गए या टटोल-टटाल कर खटिया के पैंताने बैठ भी गए परंतु फिर मान लो कि आपको एकदम से रोना ही न आए, तब? अस्सी साल के बूढ़े के लिए रोना इतनी आसान विद्या है क्या? बड़ी कोशिशें करो तब जाकर कांख-कांखकर रुदन का एकाध स्वर

फूटता है। और आप मान लो कि इत्ता ही रोए कि अम्मा गों गों करके रोना शुरू कर दें तो? फिर आप तो मर गए न। अब अम्मा को पुचकारते फिरो। बैठे रहो। फंसे रहो। इसीलिए आदमी फटाफट, पहले ही निकलकर बरामदे या चबूतरे पर एकत्रित भीड़ में मिल जाता है।

पड़ोस की मन्नो मौसी ने तो रोते-रोते यह तक कह दिया कि अम्मा, जे कैसे हो गया? मरना तो तुमें था अम्मा और मर गए बिचारे बब्बा। पता नहीं कि अभी और कौन से दुख देखने बदे हैं तुमें अम्मा...। अम्मा इसका क्या उत्तर देतीं? मन्नो भी वही कह रही थीं जो बात अम्मा के मन को मथ रही है। अम्मा भी तो यही कहना चाहती हैं।

'और कौन से बुरे दिन दिखलाने वाला है रे करतार?..' अम्मा पड़ी-पड़ी सिसकती रहती हैं। रिश्तेदारों से मिलकर देर तक बेचैन रहती हैं।

धरती के इस अंधेरे कोने से गों गों की अनवरत ध्वनि उठकर सारी कायनात में बेचैन भटक रही है। पता नहीं कि करतार है कहां? वह है भी कि नहीं? और जो कहीं है भी तो वह कहीं बहरा तो नहीं?

प्राणी को लाकर विमान पर लिटा दिया गया है।

अब पंडितजी, प्राणी की रवानगी से पूर्व घर के द्वार पर होने वाले पिंडदान के कर्मकांड करवा रहे हैं। वैदेही प्रसाद सिद्ध आलोचक की पैनी दृष्टि से सारा कार्य व्यापार देख रहे हैं। वे शुरू से ही असहमत-सा चेहरा बनाए हुए हैं। जौ के चूर्ण में कितना तिल डालकर पिंड की लोई बनाई जानी चाहिए थी, यह महत्त्वपूर्ण रसायन विद्या वे पंडितजी को बताना चाहते थे परंतु पंडितजी ने पहले ही चेतावनी दे रखी है कि यदि वैदेही प्रसाद ने उनके काम के बीच तनिक भी मुंह खोला तो फिर प्राणी की आत्मा की तो मां की आंख और गप्पू महाराज की प्रतिष्ठा की भैन की...। ऐसा हुआ तो वे ईश्वर से क्षमा मांगकर, यहां से बिना कर्मकांड करवाए ही चले जाएंगे।

इसीलिए बैदेही प्रसाद कसमसा तो रहे हैं, पर चुप हैं। इधर रज्जन भी उन्हें सुनाकर किसी और को चेता चुके हैं कि ऐसे नाजुक अवसरों पर सबका चुप रहना ही स्वास्थ्य के लिए ठीक रहता है।

प्राणी की हथेलियों पर पिंड रख दिए गए हैं।

'डुकरो को उठा लाएं क्या?' अचानक ही गप्पू ने सबको अम्मा का स्मरण करा दिया।

'ऐं?' पंडितजी समझ ही नहीं पाए।

'अरे, अम्मा को उठा लाएं क्या?' उन्हें आखिरी दर्शन तो करा दें बब्बा के?' रज्जन ने कहा।

तय हुआ कि रज्जन, सेठ और कप्तान जाएं और डंडाडोली करके अम्मा को यहां उठा लाएं। अम्मा अंतिम दर्शन कर लें तो शवयात्रा शुरू हो।

अम्मा आज सुबह तक सधवा की धज में थीं।

उनकी दुबली कलाइयों में लाल हरी चूड़ियां होती थीं। लकवे वाले हाथ में भी। हरा हो या लाल, पौंर के इस अंधकार में रंग का वैसे तो कोई अर्थ नहीं था परंतु यह अवश्य था कि अम्मा का स्वस्थ हाथ जब भी हिलता तो चूड़ियों के खनकने की आवाज़ मानो पूरे घर पर ऐलान सा करती थी कि इस घर की मालकिन यहां रहती है। अम्मा को यह ख़बर कहां थी कि बब्बा के मरने पर वे स्वयं को ऐसी लाचार पाएंगी कि अपनी चूड़ियां फोड़ने के लिए भी उन्हें किसी को पुकारना होगा। लकवे वाला हाथ उठता ही नहीं और बब्बा की मौत ने दूसरी तरफ़ का भी हाथ मानो सुन्न कर डाला था।

'अरे हमारी चूरियां तो तोड़ दो बिन्नू...' वे 'गों गों' करती हुई सावित्री को पुकार रही थीं।

पौंर का यह अंधेरा कोना सुबह से सिसक रहा है। आंसू नहीं हैं इस रोने में। अम्मा के आंसुओं के सारे कूप तो इतने वर्षों में आंसू ढलका-ढलकाकर सूख चुके हैं। बड़ा उलटबांसी वाला सिस्टम है। दुख के कूप बहुत भर जाएं तो आंसू के कूप रीत जाते हैं। भांय-भांय करता हुआ खालीपन ही रह जाता है वहां। बस, यही तो परमदुख का रूप होता है—न रोना, न छाती कूटना, न पछाड़ें खाना, न ज़मीन पर लोट लोट जाना-बस एक सिसकी, दर्द भरी एक सांस, एकदम सन्नाटे भरी सूनी निगाह और उजाले में भी अंधेरा-सा। यह अलग बात है कि दुनिया प्राय: दुख के जंगी प्रदर्शन को ही याद रखती है। वह परमदुख के इस मौन को कभी देख ही नहीं पाती है।

अम्मा के हाथों की चूड़ियों को बेहद एहतियात से तोड़ रही हैं सावित्री। सधवा होने का जो रंगबिरंगा आत्मविश्वास अम्मा ने कलाइयों में पहिन रखा था, विच्छिन्न होकर अंधेरे में बिखर रहा है।

भूमि पर विमान धरा है, और इस विमान पर सवार हैं बब्बा।

ढंके। बंधे। फूल मालाओं से लदे।

लंबी यात्रा पर निकलने वाले यात्री को फूल मालाएं पहिनाकर विदा किया जाता है न? ठीक वैसे ही।

चुपचाप पड़े हैं बब्बा। यात्रा शुरू क्यों नहीं हो रही? बब्बा अपने ज़माने में बड़े बेचैन किस्म के यात्री होते थे। कभी मोंठ या जतारा भी जाना होता तो एक घंटा पहले से ही जाकर बस अड्डे पर बैठ जाते कि जीप कहीं निकल न जाए। उनकी जल्दी के चक्कर में घर के सभी लोग गरियाए जाते। बाहर चबूतरे पर खड़े होकर वे चिल्लाते रहते कि हमारी गाड़ी निकरबा दोगे क्या भैंचो...?

आज वे ही बब्बा कैसा एकदम चुपचाप पड़े हुए हैं। यात्रा में देर हुई जा रही है, पर वे चुप हैं। कायदे से तो शवयात्रा एक घंटे पहले ही घर से चल पड़नी थी। किसी-न-किसी कारण अबेर होती चली गई। अभी भी सब रुके हुए हैं। अम्मा की प्रतीक्षा हो रही है।

कोई और दिन होता तो बब्बा गुस्सा होकर विमान से उठ गए होते। आवाज़ देते नन्ना को कि भैंचो, चलते क्यों नहीं? क्या तुम लोग हमारी सरगलोक की गाड़ी भी निकरवा दोगे?

मर जाओ तो यही होता है। आदमी दूसरों के ह वाले हो जाता है। कुछ कह या कर नहीं पाता।...किसी को 'भैंचो' भी नहीं बोल सकता।

बब्बा के अंतिम दर्शन कर लिए अम्मा ने।

वर्षों बाद अंधियारी पौंर से बाहर निकलीं अम्मा। दुनिया में कितनी चकाचौंध मची है भैया?...आंखें चौंधिया गईं अम्मा की।...कितनी फालतू की रोशनी मचा रखी है दुनिया वालों ने? इस रोशनी में हमें तो कहीं कुछ सूझता ही नहीं। दरअसल अम्मा की दुनिया इतनी अंधेरी हो चुकी है कि वहां रोशनी कभी भूले-भटके आ भी जाए तो उसे रास्ते ही नहीं मिलते। कभी-कभी अंधियारे इतने सियाह होते हैं कि वहां रोशनी बेमतलब हो जाती है। अम्मा के अंधेरे भी ऐसे ही हैं। अब तो अंधेरे में ही देख पाती हैं अम्मा। बहुत प्रकाश हो तो चीज़ें धुंधला जाती हैं। अभी भी वही हुआ। चौंधियाती आंखों से अम्मा ने बब्बा के दर्शन कर तो लिए परंतु वास्तव में देखकर भी वे बब्बा को देख नहीं पाईं। देखा तो, पर देखा ही कहां?

...कितना हल्ला है यहां। कितना शोर, कितनी भीड़, किस कदर रोना, कितना झंझट और इस भीड़-भड़क्के के बीच कितने शांत पड़े हैं बब्बा।

अम्मा अर्थी के पास आकर लुढ़क-सी गईं। कुछ समझ ही नहीं आ रहा था कि क्या करें? गुमसुम सी। एकटक देख रही हैं, क्षितिज की तरफ। भावहीन चेहरा। सिसकियों की दबी-दबी हिचकियां। भीड़ से असंपृक्त। एकदम अकेली।

'आखिरी दर्शन कर लो अम्मा...,' अम्मा को बब्बा के चरणों तरफ़ धकेलते हुए किसी ने कहा। फिर किसी और ने अम्मा का हाथ पकड़कर बब्बा के पांव छुलवा दिए। अम्मा की दुबली-पतली देह बब्बा के चरणों में पड़ी रही। अम्मा अवाक् थीं। सचेत होते हुए भी अचेत-सी। वे बब्बा को देखने की कोशिश कर रही हैं परंतु रोशनी के रेले में मानो सारा परिदृश्य ही तेजी से बहे चला जा रहा है। देखना चाहा पर वहां कुछ दिखा ही नहीं। सब तरफ़ बस धुंधलका-सा था। सब कुछ धुंधला-धुंधला। इसी बीच किसी ने अम्मा को वहां से वापस उठा लिया।

अब वे अम्मा को डंडाडोली करके वापस ले जा रहे हैं। अपनी अंधियारी दुनिया में लौट रही हैं अम्मा। अम्मा को वे लोग वापस धर गए हैं पौंर की खटिया पर।

अम्मा पांच मिनट को पौंर से बाहर क्या गईं, मौका पाकर और ढेर-सा अंधेरा अंदर घुसकर बैठ गया है पौंर में। अम्मा वापस लौटीं तो पौंर में अंधेरा और भी बढ़ गया था। पौंर मानो और अँधियारी हो गई है।

बाहर, रुदन के स्वर अचानक ही तेज हो गए हैं। किसी ने तेज स्वर में नारा सा उठाया-'राम नाम सत्य है।' समवेत में मानो उत्तर मिला। प्रत्युत्तर में भी वही। 'राम

नाम सत्य है।' बार-बार। बार-बार। यही। यही। यही। बस यही कि राम नाम सत्य है।...हां है। हां है। है ही। बस, राम नाम ही तो सत्य है!

घर से निकले जा रहे हैं बब्बा। अम्मा का मन तो कर रहा है कि दौड़कर बाहर जाएं और रोक लें बब्बा को। पर क्या करें वे? बेचारी, लकवे की मारी। कैसे तो दौड़ें?

दूर जाती हुई आवाज़ों को सुनती हुई सुन्न-सी पड़ी हैं अम्मा।

और ऐसे दारुण पल में, न जाने क्यों, तथा न जाने कैसे, अम्मा को अपने विवाह का मंडप याद आ गया। उस दिन अपने लंबे घूंघट में से अपने दूल्हे को देखने का कितना प्रयास करती रही थीं वे। कितना चाहा था पर ठीक से नहीं देख पाईं थीं वे तब। तब भी आज जैसी ही भीड़ थी। ऐसा ही शोर था। ऐसी ही रोशनी। बस, 'राम नाम सत्य है' की जगह शादी के गीत थे और पंडितजी के श्लोक। तब भी तो वे बब्बा को ठीक से नहीं देख पाई थीं। आज भी नहीं देख पाईं उनको।

तब और आज में कुछ नहीं बदला है। बस विवाह गीतों की जगह 'राम नाम सत्य है' ने ले ली है।

अंततः चल ही पड़ी बब्बा की अंतिम यात्रा।

आदमी की अंतिम यात्रा यूं भी लंबी होती है। इहलोक से परलोक तक। इस रास्ते पर मील के पत्थर तो ख़ैर नहीं गड़े हैं, परंतु होती तो यह लंबी ही है। घर से मरघट तक की यात्रा भी वैसे कोई छोटी यात्रा नहीं है। फिर लुगासी में मरघट, गांव से कुछ ज़्यादा ही दूर बना है। इतनी दूर मुरदे को लादकर ले जाना कोई आसान काम नहीं है साहब, आदमी क्लांत हो जाता है। शक्ल वास्तव में दुखी टाइप निकल आती है जो भ्रम देती है कि आदमी मृतक की याद में दुखी है।

अभी शवयात्रा लुगासी के बाज़ार से गुजर रही है। यही एकमात्र रास्ता है श्मशान घाट तरफ़ के रास्ते तक पहुंचने का।

छोटा-सा बाज़ार है लुगासी का। संकरी सड़क के दोनों तरफ़ छोटी-छोटी दुकानें हैं। रोज़मर्रा के सामान की दुकानें। बड़ी खरीदारी के लिए तो यहां का आदमी मोंठ निकल जाता है, या कानपुर। दुकानों के सामने से नाली जा रही है। जा भी क्या रही है, कह लें कि जाने की कोशिश कर रही है। नाली जगह जगह रुकी हुई है। बजबजा रही है। नाली पर पटिए धरे हैं। पटियों पर आदमी हैं। इनमें भी ग्राहक बहुत कम हैं। ये तो बस यूं ही आ गए लोग हैं। घर में फालतू बैठे हुए थे तो सोचा कि दुकान पर फालतू बैठे गुप्ताजी से ही क्यों न कुछ फालतू बतिया लिया जाए। सो आ गए। यहां पटिया खाली मिला तो यहां खड़े हो गए। यदि यहां गुप्ताजी के पटिए पर भीड़ होती तो वे कहीं और खड़े हो जाते। मतलब तो समय काटने से है। गुप्ताजी न सही, बबेलेजी सही।...जो हो, पर इससे बाज़ार में चहल-पहल तो मची ही रहती है।

इसी संकरे से बाज़ार से होकर बब्बा की शवयात्रा निकल रही है। इस मायने में लुगासी देश की तरह है जहां बिना बाज़ार से गुज़रे आप मरघट भी नहीं जा सकते हैं।

शवयात्रा निकली तो यहां-वहां बैठे, अधलेटे और खड़े लोग आदरपूर्वक खड़े हो गए। पटिया हिल अवश्य रहा है परंतु नाली में गिरे बिना ऐसे खड़े होने का कौशल सभी को आता है।

खड़े-खड़े ही उनकी रज्जन आदि से इशारों में बातें भी हो गईं कि क्यों वे शवयात्रा में शामिल नहीं हो पा रहे हैं। हर एक के अपने कारण हैं। जैसे रामभरोसेजी ने बता दिया कि हम तो आ ही जाते परंतु पीछे दुकान देखने वाला कोई नहीं है क्योंकि हमारे सपूत, भैंचो, कल के जो कानपुर गए हैं तो वहीं के हो के रह गए हैं-आए ही नहीं।

सेठ के हाथों में चिल्लर की थैली है। चवन्नी अठन्नी का ढेर। थैली में, चिल्लर के अलावा मखाने भी भरे हुए हैं। सेठ का हाथ थैले के भीतर ही घुसा पड़ा है। वे, बीच-बीच में, जब तब, 'राम नाम सत्य है' के नारे के साथ हवा में कुछ सिक्के उछाल देते हैं जिन्हें साथ चल रहे बच्चे लूट लेते हैं। कभी साथ में चार छह मखाने भी उछाल देते हैं। कभी वे खाली हाथ को ही हवा में लहराकर केवल राम का नाम ही लुटा देते हैं। सेठ को जायज सी चिंता है। मरघट अभी दूर है। थैली में धरे सिक्के उन्हें वहां तक किफायत से चलाने हैं। सो वे मितव्ययिता से लुटा रहे हैं। यही बात वैदेही प्रसाद को नागवार गुज़र रही है। स्साली...इस मौके पर भी ऐसी कंजूसी! हद है! वे इस बारे में अभी रज्जन से बात करेंगे।

वैदेही प्रसाद ने शवयात्रा की भीड़ में रज्जन को तलाशना शुरू कर दिया। मिलें तो कहें। सेठ से तो कुछ भी कहने का मतलब ही नहीं। कल के लौंडे हैं। बहुत कहो तो कहने लगेंगे कि रज्जन ने ऐसा ही कहा है। कहना तो रज्जन से ही होगा। रज्जन मिल भी गए। किसी के कान में वे कुछ मज़ेदार बात कहकर उसको भेदभरी मुस्कान दे रहे थे कि उन्हें वैदेही प्रसाद ने पकड़ लिया :

'जे तुमारे सेठ क्या कर रहे हैं रज्जन?'

'पैसा लुटा रहे हैं—और क्या?'

'कित्ते की चिल्लर पकड़ाई है उन्हें?'

'अब खजाना तो ख़ैर पकड़ा न देंगे—जित्ते की कायदे से होनी चाहिए, उत्ते की है।'

'पर बे तो ऐसा बचा बचा के फेंक रहे हैं मानो किसी ने खाली थैली पकड़ा दी हो।'

'खाली तो ख़ैर नहीं है पर ऐसी ठसाठस भी नहीं है। जित्ते का कायदा है उत्ते की है।'

'फिर भी? पता तो चले कि तुमारा कायदा क्या कहता है?'

'मूं तक तो भरी ही है—और क्या चइये?'

'यार ज़रा सी बटुआ बराबर तो थैली पकड़ा दी है आपने?..'

'तो भैंचो क्या बोरी में भर के चिल्लर पकड़ा देते? आप भी वैदेही कक्का, बस! ऐसी ऐसी बातें करते हो कि...'

'बब्बा की हैसियत तो बोरी वाली ही थी रज्जन बाबू..'

'बब्बा की थी न, बिलकुल थी। पर हमारी तो नहीं है? हम तो अपनी हैसियत से ही चलेंगे न। वैसे बब्बा ने भी अपने बाप के मरबे पे बोरी नहीं लुटाई थी, जे पक्का है।...'

'यार हैसियत की बात तो तुम करो मती। कित्ती बड़ी हैसियत है पांड़े खानदान की, जे तुम भी जानते हो और हम भी।'

'नाई नाई बाल कित्ते? पूछी तो नाई ने कहा कि भैया जो भी हैं अभी सामने आ जाएंगे।...सो पांड़े खानदान की हैसियत का भ्रम जित्ते दिन भी टिका रहे वही अच्छा है। अभी बब्बा के मरबे के बाद घर में जब बंटवारा होगा तो जित्ते बाल हैं, सामने आ जाएंगे। दान देना, पैसे लुटाना बुरी बात नहीं है वैदेही कक्का, पर जे काम हैसियत के हिसाब से ही करे जाते हैं।'

'चलो, तुम अपनी जित्ती भी हैसियत मान लो, जे तुम्हारी मर्जी है पर थैली में जित्ते भी धरे हों कम-से-कम उन्हें फेकबे में तो कंजूसी न की जाए। तुमारे सेठजी तो ऐसी कंजूसी से फेंक रहे हैं मानो कि इस चिल्लर में से भी कुछ बचा-बचू के वापस घर ले जाना चाहते हों।'

'मान लो कि वे कछू घर वापस ले भी आए तो जे उनकी जेब में नहीं जाबे वाले। संपत्ति के बंटवारे के हिसाब में जे चिल्लर भी जुड़ जाएगी, आप चिंता न करें।'

'यार तुम तो बार-बार बंटवारा बंटवारा ऐसे जपे जा रहे हो मानो चिता फूंकबे के बाद, घर लौटते ही सारे लोग सबसे पहले मालमत्ते के बंटवारे को ही बैठेंगे।...'

'हां, यह भी हो सकता है। पैसा सामने दिख जाए तो आदमी कुछ भी कर सकता है। धीरे से उठा ले, झपट्टा मार दे, या दूसरे की आंख में धूल डाल के उठा ले—कुछ भी कहा थोड़ेई जा सकता है।'

'यार ऐसा तो न कहो रज्जन...'

'आप कहते हो तो, चलो, नहीं कहते हैं। पर है तो ऐसा ही।'

'भैया, आदमी अभी इत्ता कमीना भी नहीं हुआ है।'

'हो चुका है वैदेही कक्का। हो चुका है। बस,...आंख खोल के देखबे की ज़रूरत है। आदमी का बस चले तो इतें मरघट में ही बंटवारे को बैठ जाए।...और इसमें कमीनेपन की भी कोई बात नहीं है कक्का।...बाप अगर इत्ता लंबा जी जाए तो स्साली औलाद भी क्या करे? बाप यदि भौत देर करे तो बिचारी औलाद बंटवारे के लिए इसी तरह छटपटाने लगती है।'

'धन्य हो तुम भी, रज्जन...'

'धन्य कह लो तो धन्य हैं। सच्चाई स्साली यही है। हो सकता है कि हमारी बात तुमें कड़वी लगे, पर सच्ची बात तो जे ही है कक्का। मुसीबत जे है कि कभी सच्ची बात कहो तो आदमी 'धन्य हो' कहकर धिक्कारने लगता है।'...

'तो इसका मतलब जे हुआ कि तुम सेठ को कुछ न कहोगे?'

'उन्हें कुछ भी कहने का वैसे भी कोई मतलब नहीं है। पैदा होने के टाइम से ही उनमें कुछ डिफेक्ट है। वे किसी की भी नहीं सुनते। सुन लें तो समझ नहीं पाते और जो समझ लें तो जान लो कि सेठ नहीं हैं।'

'फिर तो हम ही जा के उन्हें बताते हैं।'

'बता लो। बताने पर तो कोई कानूनी बंधन है नहीं।'

शवयात्रा जारी है।

वैदेही प्रसाद नहीं माने। वे उस दिशा में जा रहे हैं जहां चिल्लर की थैली में हाथ घुसेड़े सेठ इस असमंजस से उभरने की नाकाम कोशिश कर रहे हैं कि मुट्ठी में भींचे सिक्कों को वापस थैली में छोड़ दें या बाहर उछाल दें? शवयात्रा के साथ साथ भागते गरीब बच्चों की निगाहें सेठ की मुट्ठी पर हैं। बच्चे एक दूसरे को धकियाते भाग रहे हैं। एक बच्चा, तेजी से लपकता हुआ सेठ की तरफ़ आया और वैदेही प्रसादजी की टांगों के बीच से तीर की तरह निकलकर सड़क पर लुढ़की चवन्नी पर झपट पड़ा।

'चवन्नी के पीछे अपनी जान न दे देना भैंचो...' वैदेही प्रसाद ने हवा में गुलाटियां खाते बच्चे को चेताया।

बच्चा चवन्नी हाथ में आ जाने का उत्सव मनाने में मगन है। वह अन्य बच्चों को चवन्नी दिखाता हुआ नाच रहा है। वैदेही प्रसाद ने उसे कान से पकड़ लिया और दोनों कानों को उनकी आखिरी सीमा तक मरोड़ते हुए कहा, 'भैंचो, चवन्नी लूटबे में जान दे दोगे क्या? जान चली गई तो तुमारे मरबे पे कोई एक पैसा भी लुटाबे वाला नहीं।...समझे?'

वैदेही प्रसाद की बात में कड़वा सत्य है, गरीब के प्रति उनकी हिकारत है और आमतौर पर गरीब की स्थिति पर एक टिप्पणी भी।

वैदेही की यह बात साथ चल रहे लोगों ने भी सुनी। सब चुप रहे। क्या कहें?...हां, किसी दिलजले ने पीछे से कहा, 'गरीब की चवन्नी तो बांभनों को खिलाबे में खर्च होबे वाली है, सो वो कहां से लुटा पाएगा?'

वैदही प्रसाद ने सुना नहीं। ऐसी फालतू की बातें सुनने लगें तब तो हो गया भैया। ज़माना तो स्साला वैसे भी बांभनों के खिलाफ चल रहा है। किस-किस की सुनें?

बाज़ार से गुज़रकर अब गांव के बाहर की सड़क पर आ गई है शवयात्रा।

'सुनो गप्पू,' महंतजी ने पीछे से गप्पू को पुकारा जो सिर झुकाए, मौन चले जा रहे हैं, भीड़ के बीच।

महंतजी बब्बा की मौत के बाद से ही बेचैन हैं। और यह बेचैनी बढ़ती ही चली जा रही है। उन्हें अपना, मठ का, मठ से जुड़ी जायदाद आदि का भविष्य खतरे में नज़र आ रहा है। बब्बा तो उनके मित्र भी थे और शिष्य भी। पर ये लोग? हे ईश्वर! महंतजी को समझ में नहीं आ रहा कि बब्बा की संतानें मठ और उससे जुड़े खेत का क्या करेंगी? सोच सोचकर बेहद परेशान हैं महंतजी। अवसर ऐसा है कि किसी से कुछ कहें भी तो कैसे? पर चिंता तो है। घबराहट भी। बेचैनी तो ऐसी है कि क्या कहें? पर चुप हैं। बब्बा की अर्थी के पीछे महंतजी ऐसे उदास चले जा रहे हैं मानो स्वयं उनकी ही मौत हो गई हो। कभी स्वयं की ही शवयात्रा में शामिल होना पड़ जाए तो कैसी घबराहट लगेगी आदमी को—बस उसी तरह की घबराहट और बेचैनी का आलम है महंतजी के मन में। किसी से कुछ भी बात करके वे अपना मन हल्का करना चाहते थे। इसी

चक्कर में उन्होंने गप्पू को पुकारा है। बगल में चलते-चलते महंतजी गप्पू से वार्तालाप की कोशिश करने लगे।

'कल सुबह हमें तुमसे कुछ आवश्यक बातें करनी हैं गप्पू।...बब्बा के बाद अब इस घर में तुम्हीं एक समझदार बचे हो।...रज्जन और नन्ना तो कब उजड्डई करबे पे उतारू हो जाएं यह भगवान भी नहीं बता सकता।...' महंतजी कान के पास आकर बोले।

गप्पू चुप रहे। चुपचाप चलते रहे।

वे तो यूं भी चुप ही रहते हैं। अभी भी चुप ही हैं। इस मौन को ही उनकी सहमति मानते हुए महंतजी फुसफुसाकर बातें करने लगे। रज्जन ने उन्हें कानाफूसी करते हुए देखा तो अवसर उचित न होते हुए भी खुलकर मुस्कुराने लगे। रज्जन ने साथ चल रहे अपने मित्र तथा इलाके के नामी लठैत परमबाबू के कानों में फुसफुसाते हुए कहा, 'फटी जा रही है महंतजी की।'

परमबाबू लठैती की फील्ड के सरताज भले ही हों परंतु दिमागी बातों में वे लगभग निःशस्त्र ही रहते हैं। बात की गहराई में जाने में असमर्थ वे बोले—'महंतजी बब्बा के दोस्त थे। उनकी छाती न फटेगी तो किसकी फटेगी?'

'हम छाती की बात नहीं कर रहे। बड़ी मजबूत छाती वाले हैं महंतजी। हम कछू और ही फटबे की बात कर रहे हैं।'

'अरे, वो काहे को फटेगी?।...उतें भी बड़ी मजबूती होती है साधू संतन के। उनका कछु नहीं फटबे वाला। ऐसे फटती होती तो साधु न बनते।'

'काहे के साधु यार।...भगल स्साली महंत की और करम ऐसे कि।...हमारा मूं ना खुलवाओ भैया।..'

'तो न खोलो। पर इनकी बड़ी मजबूती है उधर भी, जे समझ लो।'

'तुम जो भी कह लो पर अभी तो मजबूरी के आगे मजबूती हार रही है।'

'मजबूरी कैसी?'

'अब जे न पूछो राजा।...'

'तो न बताओ।...'

'...बस इत्ता जान लो कि फटी जा रही है महंतजी की..'

रज्जन और परमबाबू के बीच ये बातें फुसफुसाकर हो रही थीं फिर भी आगे चल रहे नन्ना ने आखिरी वाक्य सुन लिया। उन्होंने पीछे पलटकर रज्जन को आंखें दिखाईं। रज्जन मुस्कुराकर चुप हो गए। रज्जन कुछ देर तक चुपचाप ही अर्थी के पीछे चलते रहे। फिर अचानक ही गति पकड़कर वे अर्थी के पास पहुंच गए। रज्जन ने कप्तान के कंधे से अर्थी अपने कंधे पर ले ली।

रज्जन ने नारा लगाया, 'राम नाम सत्य है।' साथ चल रहे लोगों ने मरी-सी आवाज़ में प्रत्युत्तर दिया, 'सत्य बोलो मुक्ति है'। शायद थक गए हैं, सत्य के बारे में झूठे नारे लगा लगाकर। इन नारों पर स्वयं उनका ही विश्वास नहीं है। पता है कि यहां से निबटकर जिस दुनिया में वे वापस उतरने वाले हैं, वहां दिन रात झूठ का ही खेल चलना है। सही तो यह है कि दुनिया झूठ में ही मुक्ति खोज रही है। यही असली सत्य है।

शवयात्रा जारी है।

शवयात्रा अब गांव के बाहर धूल भरी कच्ची सड़क पर है।

धूप गुनगुनी हो चली। शाम उतरने से पहले मरघट पहुंचना है जो अभी आधा मील तो बचा ही है।

नन्ना ने शवयात्रा में चलते हुए ही अपने कुर्ते की जेब टटोली। जी धक्क रह गया। मुंह फक्क। चेहरा ऐसा निकल आया मानो बाप बिना कुछ भी छोड़े मर गया हो। वैसे इस फक्क मुंह के साथ शवयात्रा में चलना मौके के अनुकूल ही था। लोग देखते तो यही मानते कि बाप के मरने के धक्के में मुंह ऐसा निकल आया है, जबकि मुंह के यूं उतर जाने का कारण कुछ दूसरा ही है। नन्ना का मुंह कुछ देर पहले तक एकदम बढ़िया मुंह था। बढ़िया चमक रहा था बल्कि अभी तक बढ़िया ही था। वो तो अभी-अभी कुर्ते की जेब टटोलने के बाद ही उनका मुंह अचानक यूं उतरा है मानो फिसलता हुआ सीढ़ी से उतर गया हो। कारण? मुंह उतरने का कारण जेब में पड़ी कोई चीज़ थी जो कुछ देर पहले तक तो वहां थी परंतु अब जेब में उसका कहीं भी पता नहीं चल रहा था। पूरी शवयात्रा के दौरान वे बार-बार कुर्ते की जेब में सुरक्षित पड़ी किसी चीज़ को टटोलकर तसल्ली करते चले आ रहे थे। और थोड़ी ही देर पहले तक वह चीज़ पक्की तौर पर जेब में ही पड़ी थी। पर अभी टटोला तो मिल ही नही रही। कहां चली गई होगी?

इसी जेब में तो डाली थी उन्होंने। फिर?

याद करने की कोशिश कर रहे हैं नन्ना।

शवयात्रा जब बाज़ार से होकर निकल रही थी, तब तक तो, पक्के से वह जेब में ही थी। बल्कि दस मिनट पहले तो वह जांघ में गड़ रही थी तो नन्ना ने हाथ द्वारा उसे इधर-उधर करके एडजस्ट भी किया था। इसी बीच, जेब से निकलकर आखिर गई कहां?

नन्ना ने कुर्ते की दोनों जेबों में अंदर तक हाथ डालकर टटोल लिया। जेबों को उलट तक डाला। पर वह नहीं मिली।

शवयात्रा जारी है परंतु नन्ना किनारे होकर रुक गए। खड़े रहे, कुछ सोचते। पलटे। पलटकर सड़क देखने लगे। कहीं पीछे न गिर चुकी हो? शायद सड़क पर पड़ी दिख जाए। बहुत बड़ी साइज़ की चाबी है। पुराने ज़माने के ताले की लंबी-सी चाबी थी वह। सड़क पर गिरी हो तो शायद कहीं दिख ही जाए। पुराना अलीगढ़ी ताला है बब्बा के अंदर वाले कमरे का। यह उसी कमरे की चाबी थी।

बब्बा के मालमत्ते वाला कमरा एकदम अलग था। घर के ऐन अंदर बना हुआ, बिना खिड़की, रोशनदान वाला मोटी दीवार का कमरा। खज़ाना कह लें। बैंकों के स्ट्रांगरूम टाइप का। सबको पता है कि बब्बा का सारा मालटाल इसी कमरे में है। जब तक बब्बा जीवित थे, यह कमरा पूरी तरह से उनकी कस्टडी में रहा। उनका ताला।

उनकी चाबियां। केवल बब्बा ही इस कमरे को खोलते बंद करते थे। अपने जीते जी, उन्होंने इसकी चाभी कभी किसी को छूने भी नहीं दी। लंबी, मोटी सी चाबी। यह चाभी वे हमेशा अपने जनेऊ में बांधकर रखते थे। पेशाब करने के टेम पर जनेऊ को कान तक लाते तो चाबी खिसककर छाती पर आ जाती। लेटते सोते तो कभी-कभी गड़ती भी। परंतु बब्बा ने कभी भी इसे अपने से अलग नहीं होने दिया। यही वह चाबी थी जो थोड़ी देर पूर्व तक नन्ना की जेब में थी और अब वहां नहीं है।

अब आप यह मत पूछने बैठ जाना कि बब्बा की इतनी महत्त्वपूर्ण चाबी नन्ना के हत्थे कैसे लग गई? बब्बा के मरते ही यह चाबी कैसे हथिया ली नन्ना ने?

उसका किस्सा कुछ यूं है।

बब्बा सोते-सोते ही मर गए। उन्हें सबसे पहले देखा सावित्री ने। बब्बा मर गए हैं, ऐसा वे सोच ही नहीं सकीं। बब्बा भी कभी मरेंगे, ऐसा सोचना तो सभी ने, कभी का बंद कर दिया था। सावित्री तो सुबह ही चाय का लोटा लेकर वहां गईं थीं। उन्होंने बब्बा को बहुत आवाज़ें दीं। वे उठे ही नहीं। सावित्री घबरा गईं। उन्हें कुछ समझ ही नहीं आया। बेहोश हैं क्या? हुआ क्या है?...वे तुरंत ही तेजी से वापस गईं। आंगन में, तुलसीघरा के आसपास पेट पर हाथ फेर कर टहलते हुए नन्ना मिल गए। बीड़ी खींचते हुए, वे प्रेशर बना रहे थे। प्रेशर बन भी रहा था। रोज़ ही बनाते थे। बीड़ी और आंतों के बीच अटूट सा रिश्ता बना लिया था नन्ना ने। उसी रिश्ते को निभा रहे थे कि सावित्री घबराई हुई वहां पहुंचीं। नन्ना ने सब सुना। वे सावित्री के साथ बाहर की तरफ़ भागे। बब्बा का हाथ छूते ही वे सब जान गए। हाथ बर्फ-सा ठंडा पड़ा हुआ था। ऐसा ठंडा था कि नन्ना को यह समझते देर नहीं लगी कि बब्बा तो रात में ही अनंत यात्रा पर निकल गए हैं।

यहां सहृदय पाठक सहज जिज्ञासा कर सकता है कि फिर बाप को मरा पाकर नन्ना ने क्या किया? क्या वे पछाड़ खाकर गिर पड़े? क्या वे बुक्का फाड़कर जार जार रोने लगे? या कि वे 'हाय बब्बा' कहकर बिलखने लगे? क्या किया नन्ना ने?

नन्ना ने यह सब चुतियापा नहीं किया। दरअसल, उनका पैना तथा शातिर दिमाग तो आंगन से इस तरफ़ आते-आते ही सक्रिय हो चुका था। दिमाग शातिर हो तो आधुनिक कारों की भांति जीरो से साठ की रफ्तार पकड़ने के लिए मात्र पांच सेकंड ही लेता है। नन्ना ने तो मुश्किल से तीन सेकंड लिए। तीन सेकंड में ही नन्ना का पैनी धार वाला दिमाग अपनी म्यान से बाहर आ गया।

शांत स्वर में उन्होंने सावित्री को बताया कि भाभी, बब्बा तो स्वर्गवासी हो गए हैं। आप जाकर गप्पू भैया को ले आओ। हम यहां संभालते हैं।

और सवित्री के पीठ फेरते ही नन्ना ने संभाला भी। पहला काम उन्होंने यही किया कि बब्बा के जनेऊ से बंधी चाभी खोलकर अपने कुर्ते की जेब में डाल ली। बब्बा की बांधी सरफूंद गांठ खोलना कोई सरल काम नहीं था। पसीने छूट गए। एक बार तो लगा कि यदि नाख़ूनों या दांतों से गांठ न खोल सके तो दांतों से ही जनेऊ काटना पड़ सकता है परंतु नन्ना भी अंततः थे तो बब्बा की ही संतान। चाबी खोल ही डाली।

जब तक बदहवास से गप्पू वहां पहुंचे, तक तक नन्ना चाबी निकालने वाला काम पूरा करके दूसरा काम चालू भी कर चुके थे। दूसरे काम के तहत वे बब्बा की छाती पर अपना सिर धरे सिसक रहे थे।

तो ऐसे हाथ आई थी यह अनमोल चाबी। और अभी वही गुम हो गई है। वे उसी को खोज रहे हैं। कहां गई होगी?

शवयात्रा बेतवा के मरघटा घाट पे पहुंचने ही वाली है।

मान लो कि अगर चाबी गुम ही गई हो, तो? अगला कदम क्या हो? शवयात्रा भी तो स्साली सगे बाप की है भैया। किसी और की रही होती तो अभी उसे यहीं छोड़छाड़ कर पीछे जाते और रास्ते में तलाश लेते। पर अब क्या करें?...किससे सलाह लें? और जो बताएं भी तो किसी को बताएं क्या? कि चाबी चुराई थी, जो गिर गई है कहीं? ऐसा तो नहीं बता सकते न? वही तो। चलो, फिर से एक बार कुर्ते की जेब ही टटोली जाए। एक बार फिर से कुर्ते की जेबें टटोल डालीं। पर नहीं थी वहां, सो नहीं मिली।

हां, अचानक ही उनकी जांध में कुछ गड़ा। कुछ क्यों, वही तो गड़ा।

नन्ना खुशी से उछले तो नहीं। बहुत कोशिश करके उछलने की अपनी तीव्र इच्छा को उन्होंने दबा लिया।

गड़ती चीज़ को उंगलियों में दबोचकर नन्ना ने किसी विशेषज्ञ सर्जन की भांति उंगलियां चलाते हुए पड़ताल की तो पाया कि चाबी, कुर्ते में न होकर पाजामे की जेब में थी। नन्ना के कुर्ते, पाजामे, बनियान-सभी में जेब रहती है। याद ही नहीं रहा। ढीले ढाले पाजामे की लंबी जेब में चाबी थी। कब उन्होंने चाबी को कुर्ते से निकालकर पाजामे की जेब में डाल लिया था यह स्मरण ही नहीं आता है, पर चलो मिली तो सही। मिल तो गई। धूप खिल गई चेहरे पर। दमक उठा मुखमंडल। उत्साह ठांठें मारने लगा। क्या करें? अंदर छलकती उत्तेजना बाहर निकलने वे अब को बेचैन हैं। इसे कैसे दबाएं? समझ नहीं आ रहा। उत्साह से लबरेज़ नन्ना तेजी से आगे की तरफ़ गए और रज्जन को लगभग धकियाते हुए अर्थी में कंधा लगाकर यूं उत्साहपूर्वक चलने लगे मानो किसी की डोली उठाकर ले जा रहे हों। चेहरे पर चमक, होठों पर मुस्कान और आंखें हंसती हुईं-कोई देख पाता तो यही सोचता कि बाप के मरने पर नन्ना सिर्री हो गए हैं। 'राम नाम सत्य है' किसी ने थकी सी आवाज़ में कहा। नन्ना ने जोशपूर्वक इतने ऊंचे स्वर में 'सत्य बोलो मुक्ति है' कहा कि बब्बा के अलावा सभी उनकी तरफ़ देखने लग गए।

मरघटा अब सामने दिखने लगा था।

शवयात्रा जारी है।

घाट पहुंचने के पहले, यह सड़क अचानक ही टीलों के बीच तीव्र ढलान बन जाती है। सड़क के इस हिस्से से संभलकर निकलना होगा। अर्थी खिसक जाए, मुर्दा गिर जाए या अर्थी उठाने वाला आदमी ही रपट जाए—कुछ भी हो सकता है।

यहां संभलकर उतर रही है शवयात्रा, टीलों के बीच की ढलान से। बेतवा ठीक सामने ही बहती हुई दिख रही है। ढलान पर ऊपर की तरफ़ चढ़ते हुए चार पांच आदमी चले आ

रहे थे जो शवयात्रा आती हुई देखकर, सड़क को छोड़कर टीले पर जाकर खड़े हो गए। अब वे टीले से नीचे झांक रहे हैं। लाल अंगोछा, बालों से चूता नारियल का तेल, मुंह में ठांठें मारती लबालब भरी तंबाखू, पंप शू, और इतना सारा नील लगा हुआ सफ़ेद पायजामा कुर्ता मानो नीलगगन के थान में से चिरवाकर पाजामा कुर्ता सिलवाया गया हो। कानों में सुनहरी बाली। काढ़े गए बालों में एकाध ने फुग्गा भी बनाने की कोशिश की है।...शवयात्रा को गुजरते देख रहे हैं वे।

'देखा स्सालों को?' शवयात्रा में चल रहे किसी ने, टीले की तरफ़ सिर उठाकर देखते हुए किसी से कहा।

'कलियुग है भैया। क्या करोगे राजा। अब तो यही होगा।...जो भैंचो कमर में घंटी बांध के गांव में घूमते थे, कांपते थे कि छूबे की तो दूर, उनकी छाया भी बांभन पे न पड़ जाए वही देखो, कैसे ठाठ से खड़े हैं, टीले पे।...बताइए!' किसी ने अपना सवर्ण दुख प्रकट किया।

ज़ाहिर है कि टीले पर खड़े लोग दलित थे। शवयात्रा में दलित-सवर्ण राजनीतिक विमर्श चल पड़ा। सवर्णों ने जिन दलितों को सदियों तक रुलाया था, उनका नाम लेकर ही वे रोने लगे। उनकी बातों से जाहिर था कि अभी वे मात्र इसीलिए दुखी हैं कि जैसा अन्याय वे सदियों से करते रहे थे, आज क्यों नहीं कर पा रहे? बातें चल रही हैं :

'भैया, जे स्साले चुपचाप खड़े हैं, जे भी कोई कम एहसान नहीं है इनका...'

'जे तुमने ऐन कही!...चुपचाप न रहते तो क्या आग मूतते?...'

'आग न भी मूतते, पर मान लो कि ऐसे ही सादा-सादा मूत देते हमारे तुमारे पे, ऊपर से, तो? तुम भला क्या कल्लेते?'

'मजाक चल रहा है क्या?...ऐसे कैसे मूत देते यार?'

'मूतबे में 'ऐसे कैसे' की कौन सी बात है? मूतबो क्या ऐसो कठिन है?...बाहर निकार के काम चालू ही तो करना है।...मेहरबानी उनकी कि नहीं मूता...'

'...अरे हम तो कहते हैं कि बांभन की मिट्टी जा रही है भैंचो...सिर नवां के प्रणाम तो कर लो कमीनों।...पुण्य ही मिलेगा तुमें।'

'पुण्य करे होंगे, तभी तो इस जनम में हरिजन भये।'

'जे तो हद्द है स्साली...'

'और क्या...हद्द तो है ही।'

'पहले तो इन्हें गांधी बब्बा अपने मूंड़ पे बिठाए रहे। फिर जे माताजी, भेनजी, नेताजी आ गए। सब लोग अपनी मुंडी पे बिठाए घूम रहे हैं इन्हें। अरे, बिठाना ही है तो भैया खूब बिठाओ, यार। भैंचो, जे मुंडी तुम्हारी। इसका जो करना हो, सो करो। पर इन्हें अपनी मुंडी पे बिठाकर ज़माने भर पे मुतवाते तो न फिरो। है कि नहीं?'

'जे तो है।...'

'अरे, हम पे मुतवाओगे तो थोड़ी बहुत धार तो तुम पे भी गिरेगी। है कि नहीं?'

'जे तो है।...'

'हरिओम...'

‘भैंचो...’

‘घोर कलियुग आ गया है।...’

शवयात्रा ढलान पर उतर रही थी। इधर वे पांचों लोग टीले से उतरकर गांव तरफ़ निकल गए।

‘बे करिया महाराज कौन हते भैया?...अरे, बे ही, जो नील की टंकी में बुड़की मारके सीधे इतें आ गए थे?’

‘इसे नहीं जानते तुम?...भौत, ऐबी है स्साला। है तो स्साला छुटभैया परंतु ऐन ऐमेले जैसे ठाठ बनाए फिरता है भैंचो। पहले बहुजन समाज में रहा। फिर समाजवादियन के साथ। फिर कांग्रेस में। फिर...। सबको ही इसका सहारा चाहिए।...है स्साला भौत उपद्रवी। चाहे जिसका मूं काला करने में उस्ताद माना जाता है। ऐसा हरामी है कि क्या कहें। जिले के सब अफसर घबराते हैं। हाथ पोत के चुपचाप घुसेगा और कुर्सी पर इत्मिनान से बिराजे अफसर के मूं पे करिया हाथ घुमा देगा। भेनजी तक इसकी तारीफ पहुंची तो बताते हैं कि उनने जे ही कहा कि वाह मेरे शेर...’

‘तभी तो...कैसा तन के खड़ा था...छाती निकारे...’

‘भैया, ज़माना तो वैसे भी इनका...। तन के खड़े हों, चाहे ढीले। सीधे चलें, चाहें टेढ़े। रस्ता चलते जे तुम्हारी कांच बस, इसीलिए खोल सकते हैं क्योंकि तुम बांभन हो।...आग मूतें, अंगारे हगें।...इनकी मर्जी।’

‘सच्ची कही आपने।...’

‘कलियुग आ गया है भैया।...’

‘भैंचो...’

‘हरिओम...’

‘पर जे बात तो तुमें माननी पड़ेगी कि जब तक बब्बा ज़िंदा रहे, किसी नीच जात वाले की मजाल भैंचो के बिना उन्हें जुहार किए उनके सामने से निकल जाए...’

‘जे सब हैं, बस कहबे की बातें।...बब्बा तो खुदई समझदार थे। बे इन लोगन के सामने ही नहीं पड़ते थे।’

‘नहीं भैया, आपकी जे बात एकदम गलत है। बब्बा का तो अपना जलवा रहा...’

‘गांठ में नोट हों तो ख़ैर जलवा तो रहता ही है।’

‘तभी तो बब्बा की पेशाब से जो चिराग जलते थे उनकी रोशनी आखिरी तक तेज ही बनी रही।’

‘जे तो है।’

‘ब्राह्मण समाज के एकछत्र नेता रहे बब्बा।...’

‘अब उनके जाने के बाद?’

‘देखो, रज्जन से ही उम्मीद कर सकते हैं। रज्जन भी बब्बा से कहीं कम तेज नहीं। लुगासी की राजनीति में तो बांभनों के लिए अब रज्जन ही...’

‘जे तो है।...’

‘पर भैया, बब्बा की बात ही और थी।...’

'बब्बा जैसा बनबे में अभी रज्जन को पचास बरस लगेंगे।...'

'बब्बा की तो भैया बात ही दूसरी रही...'

'जे भी सही बात।'

'हरिओम...'

'भैंचो...'

'बब्बा का जलवा ही अलग था भैया। बे ऐसे हते कि अर्थी से उठ के खड़े हो जाते कि तुमने हमें जोहार क्यों नहीं की?...सच्ची।'

'पर अभी तो उठे नहीं।...'

'जे तो है...'

'हरिओम...'

'कलियुग है...'

'कलियुग है तो आदमी को कलियुग टाइप ही काम भी करना पड़ेगा। बब्बा बोई करते थे। कभी कोई गरीब-गुरबा नीच आदमी सामने पड़ जाए तो शुरू में ही उसकी मां-भैन कर लेते थे कि कहीं बाद में गरियाना भूलभाल न जाएं तो दिल कचोटता फिरे...'

'हम भी जेई फार्मूला करते हैं भैया।...'

'कलजुग में जेई फार्मूला चलता है भैया।'

'हम भी जेई करते हैं।...'

'खूब करो। पर याद रखियो कि ज़माना खराब है।...'

'ज़माना तो हमेशा खराब रहा है। अच्छा ज़माना तो न भैंचो हमने कभी देखा, न सुना...'

'पर आजकल कुछ ज्यादा ही खराब है भैया।...इन लोगों ने ही किशोरी लाल बनिया को नीम के पेड़ से टांग दिया कि नहीं? कोई कुछ कर पाया? कहते रहे कि नक्सली लटका गए। हद्द है।...काहे के नक्सली। जेई हते स्साले...'

'सही बात।...ज़माना इनका। मंत्री इनके। अफसर इनकी जात के। सरकार इनकी।... क्या कर लोगे?'

'हरिओम...'

'ज़माना ठीक नहीं भैया।...'

'जे भी सही है।...'

'घोर कलियुग है।...'

'हरिओम...'

'भैंचो...'

'देखो राजा, ज़माना भैंचो कित्ता भी खराब हो, चाहे कलयुग आ ही गया हो, पर आपका घंट कोई कुछ भी नहीं बिगाड़ सकता, बस, इसमें दम होना चाहिए।...' एक सज्जन ने मुट्ठी और हाथ के इशारे से उस चीज़ के विषय में इशारा किया जिसके रहते वे अपनी मर्दानगी के विषय में आश्वस्त थे।

'जे तो ख़ैर है ही...'

'बस्स, अपने इसमें दम बना रहे तो कोई आपका कुछ भी नहीं उखाड़ सकता।'

'पर मान लो कि जे लोग आपका जेई उखाड़ ले भगें, तो?'

'अरे मर गए यार, उखाड़बे वाले।'

'फिर भी...'

'उखाड़ने वालों भी को हम रखते हैं अपने इसी पे'

'जे भी आपने ऐन कही।'

'क्यों भला?'

'अरे जब वे लोग इसे उखाड़ ही ले जाएंगे तो फिर उतें धरबे की बात कहां से आती है?'

हमने गलत नहीं बोला है। ज़माना भौत खराब आ गया है भाईसाहब।'

'कलियुग है...'

'हरिओम...'

'भैंचो...'

शवयात्रा में सवर्ण किस्म का यह दलित विमर्श भी चल रहा था।

विश्रामस्थली पर पहुंचकर विमान को रोका गया है।

अर्थी को भूमि पर रख दिया गया। शवयात्रा ठहर गई। लोग यहां-वहां तितर-बितर होकर खड़े हो गए।

विश्रामस्थली वास्तव में श्मशान घाट से लगभग सौ कदम पहले बनी, चार खंभों पर टिकी, एक छप्परनुमा रचना है। पीछे की तरफ़ एक आधी-अधूरी-सी दीवार बनी है। छप्पर पीछे की तरफ़ इसी पर टिका है। दीवार पर जीवन की क्षणभंगुरता, नश्वरता, आत्मा, परमात्मा, मृत्यु, परलोक, पाप-पुण्य आदि की फिलॉसफी से तरबतर आप्तवाक्य लिखे गए हैं। लिखने वाले पप्पू पेंटर ने नश्वरता के घोषणापत्र के कोने में अपना नाम डालकर स्वयं को अमर करने की कोशिश की है। इन आप्त वाक्यों के ज़रिए मनुष्य को स्वार्थ तजने की सलाह दी गई है, यह बताया गया है कि जीवन के अंत में हर प्राणी को खाली हाथ ही वापस जाना है, पापकर्मों से बचने की सलाह दी गई है, ईश्वर को सदैव ही स्मरण रखने की बातें भी हैं क्योंकि ईश्वर ही अंतिम सत्य है, काल पर किसी ने कभी विजय नहीं पाई है—अर्थात वे सारी बातें जो सबको पता तो हैं परंतु यह पता नहीं होता कि इन बढ़िया-बढ़िया ज्ञानपूर्ण बातों का अचार आखिर किस मसाले में डाला जाए और यदि इनको हृदयंगम करके जीवन इनके अनुसार ही चलाने की कोशिश की जाए तो फिर इस कमीनी दुनिया में दो दिन भी किस प्रकार जिया जाए? भीड़ कदाचित् इसीलिए ही इस दीवार की तरफ़ पीठ करके खड़ी है। चुतियापे की बातें पीठ के पीछे ही बनी रहें तो बेहतर।

विमान फिलहाल भूमि पर धरा है। यहां भी कुछ कर्मकांड निबटाए जाने हैं। इनके समापन के बाद ही प्राणी को चिता पर धरने के लिए ले जाया जाएगा।

विश्रामस्थल के कर्मकांड शुरू हो गए। ये परमयात्रा से ठीक पूर्व की कार्यवाहियां हैं। इमीग्रेशन आदि की औपचारिकताएं होती हैं न, बस, कुछ वैसी ही बात है। गप्पू ने वैदेही प्रसादजी के निर्देशन में हथेलियों पर दो पिंड रखे। महंतजी वहीं आसपास ही मंडरा रहे हैं। इस सारे कार्य-व्यापार में वे उस शिद्दत से नहीं उतर पा रहे हैं जिसकी चाहत उनके मन में है।

गप्पू के कंधे पर अब पानी भरा कच्चा घड़ा रख दिया गया। गप्पू विमान की परिक्रमा कर रहे हैं—चारों तरफ़ जलधार गिराते हुए। परिक्रमा पूरी हुई। गप्पू ने घड़े को भूमि पर गिरा दिया। टुकड़े-टुकड़े होकर बिखर गया घड़ा। घड़ा जो अभी-अभी था, अब नहीं है। घड़ा अभी तलक साबुत था। जल से भरा। जीवन से भरा। अब वहां बस उसके टुकड़े हैं। जल बह गया। घट खत्म। ये टुकड़े भी शनैः-शनैः बिखरकर मिट्टी में मिल जाएंगे। देखो तो जीवन और मृत्यु का पूरा रूपक दिखेगा इस एक कर्मकांड में।

अर्थी को दोबारा उठा लिया गया है।

जो लोग पहले पीछे की तरफ़ थे, वे अब आगे आ गए हैं और आगे वाले पीछे।

शवयात्रा का अंतिम 'स्पैल' शुरू हुआ।

'राम नाम...'

'सत्य है...'

'सत्य में ही...'

'मुक्ति है...'

अचानक ही सबमें उत्साह-सा आ गया। नारे ऊंचे हो गए। प्रत्युत्तर में लगे नारे तो और भी ऊंचे। लोगों ने पूरे खुले दिल और खुले गले से स्वर उठाए हैं। कदाचित् शवयात्रा का समापन सामने देख रहे हैं सो एक अलग किस्म का जोश भर उठा है। पर ऊंचे स्वर में 'राम नाम सत्य है' सुनकर गलतफ़हमी न पालें। इसे तो बस यूं ही फेफड़ों से निकली हुई हवा मान लें। हवा ही तो है। स्वरनली से गुजर गई तो 'राम नाम सत्य है' बन गई। बस, मन में कुछ भी नहीं उठा था। काश कि ये स्वर उनके मन में भी उठते। एक बार आदमी जान जाए कि बस, राम नाम ही सत्य है। बस, एक बार। जानते ही पूरा बदल जाएगा वह। जान जाएगा कि ईश्वर ही परम सत्य है और उसी परम सत्य में उसकी मुक्ति है। उसी ने तो उसे इस संसार में भेजा था, उसी ने वापस बुला लिया। न अपनी खुशी आना हुआ था, न अपनी खुशी जा रहे हैं। हरि इच्छा। राम का भेजा विमान ही तो है यह अर्थी। हर मृत्यु मानो जीवित लोगों को यह संदेश देती है कि मृत्यु ही परम सत्य है। मृत्यु ही परम पद। विचार करने बैठो तो 'राम नाम सत्य है' के नारे में इतना कुछ है कि आपका मन विचलित हो जाए। इसके मर्म को ठीक से समझ लो तो मन संसार से ही उचट जाए। बब्बा के पीछे जा रही यह भीड़ अभी कितने जोर से यह नारा उछाल रही है। पर देखिए कि इनमें से कोई तनिक भी विचलित नहीं। किसी को वैराग्य नहीं जग रहा। हां, नारा खूब लगा रहे हैं। बार-बार, बार-बार। 'राम नाम सत्य है,' 'राम नाम सत्य है।' बार-बार, बार-बार। नारे। बस, नारे। मन में कहीं भी, कुछ भी नहीं घट रहा। हृदय में भी

नहीं। होठों पर राम नाम सत्य है का नारा आवश्यक है परंतु ठीक उसी समय मन में यह चिंता भी चल रही है कि कहीं यहां देर लग गई तो शाम को झांसी जाना स्थगित न करना पड़ जाए। राम का नाम वे एक एक 'रिफ्लेक्स एक्शन' की भांति बोले जा रहे हैं। 'राम नाम सत्य है।' रटे हुए शब्द। जैसे कोई फिल्मी गाना रट ले और यदा-कदा, यूं ही बिना सोचे दोहरा ले। 'सोलह बरस की बाली उमर को सलाम' या 'तेरा लाल दुपट्टा मलमल का (होजी, होजी), या 'एक दो तीन चार पांच छै सात आठ नौ दस ग्यारह...तेरा करूं गिन गिन मैं इंतज़ार..' या 'तेरे प्यार का आसरा चाहता हूं' गाते हुए मन में जिस प्रकार प्यार का आसरा पाने की कहीं कोई तमन्ना नहीं होती, और लाल दुपट्टे की कोई स्पष्ट या धुंधली तस्वीर तक मन में नहीं बनती-ठीक वैसे ही। ये सारे गीत भी तो एक रिफ्लेक्स की तरह ही गाये जाते हैं। इनको, रात में छत पर यूं ही फालतू खड़े होकर भी गाया जा सकता है, और सुबह-सुबह हाजत के समय उकड़ूं बैठकर समय काटने की गरज से भी गुनगुनाया जा सकता है। लगभग यही स्थिति शवयात्रा में बोले जा रहे 'राम नाम सत्य' की भी है। अन्यथा, 'राम नाम सत्य है' यदि एक बार भी उसके मर्म से निकले या उसके मर्म तक पहुंच जाए तो आदमी मरघट से फिर जोगी बनकर ही लौटे। और लौटे भी क्यों? जोगी बन गया आदमी कहां लौट पाता है संसार में?...एक लिहाज से यह अच्छा ही है कि आदमी श्मशान घाट जाकर भी सत्य से अछूता ही लौट आता है। वह श्मशान घाट से भी मौत को बिना समझे ही वापस लौट आता है। मृत्यु से साक्षात्कार होता ही नहीं उसका। श्मशान में भी वह जीवन से मुठभेड़ में इतना व्यस्त रहता है कि मौत की सोच ही नहीं पाता।

अब बेतवा की रेत पर चल रही है शवयात्रा।

जीवन की चिंताएं भी साथ चल रही हैं। एकदम साथ साथ।

'क्या हुआ कल की पेशी में?'

'होना क्या था—घंटा बाबाजी का।'

'क्यों? कल तो भरोसे की गवाही होनी थी न?'

'मेडिकल लगा दिया हरामियों ने।'

'अरे, फिर?'

'फिर क्या? अब अगली सुनवाई होगी अप्रैल में।'

'तो क्या तब तक मोंड़ा जेल में ही... ?'

'जैसी हरि इच्छा...'

'कहो तो जेलर से बात करें? अपनी ही बिरादरी के हैं।'

'बिरादरी-फिरादरी से क्या होता है सयाने। जेल में तो भैया नोट चलते हैं। यहां नोट ही बांभन, नोट ही क्षत्रिय। नोट की अपनी ही बिरादरी होती है।...बल्कि तुम कभी बिरादरी और पहिचान निकालकर वहां पहुंचो तो कोई नोट तो ख़ैर न मांगेगा पर काम भी न करेगा।...हमने तो चुपचाप से सही जगह पे नोट पहुंचा दिए हैं। मोंड़ा सुखी है जेल में। उधर की चिंता नहीं है।'

'जे सही बात।...जेब में नोट लेकर जाओ तो सब अपनी ही जात के निकल आते हैं।'

'अच्छा छोड़ो, तुम तो जे बताओ कि जेब में तंबाखू धरे हो कि बस ऐसेई ?'

'धरे काहे न होंगे ? जबसे हमारी जेब सिली है तबसे उसमें तंबाखू ही धरी है। बिना मूं में तंबाखू दबाए हम एक कदम भी नहीं उठाते।...पांव न उठें तो हम तुरंत समझ जाते हैं कि जेब में तंबाखू खत्म हो गई है।'

'तुम कदम उठबे की बात कर रहे हो ? अरे, इतें तो सांसें रुकी जा रही हैं।...चुपके से, जेब से निकार के तनिक दे तो दो हमें। मूं में धर लें तो चैन आ जाए।'

'देखियो कि वैदेही प्रसाद न देख लें। ऐबी आदमी है भैंचो..। हल्ला करने लगेगा। कहेगा कि मरघटा में तंबाखू की मुमानियत है।'

'वैदेही की मैय्यो की...। समझे न। आदमी उनके हल्ले से डरे कि अपने प्राणों की रक्षा करे ? यार, दो घंटा से तंबाखू नहीं खाई है भैंचो। तुम तो निकारो यार...'

चुपके-चुपके तंबाखू मली जा रही है। इधर वैदेही के निर्देशन में कर्मकांड भी चल रहे हैं।

'भैंचो, जे स्साला अभी दो घंटे और लगाएगा...'

'वैदेही प्रसाद का यदि बस चले तो मरने वाले प्राणी की मरते मरते भी मइयो कर डालें।' तंबाखू मुंह में धरते हुए कहा गया।

सारा परिवार तो शवयात्रा में गया हुआ है।

सूने घर में बस, अभी औरतें और बच्चे।

सूना, बियाबान-सा हो गया है घर। अभी तक तो कैसी चहल-पहल थी। मृत्यु के अवसर की चहल-पहल भी वैसी ही तो होती है जैसी शादी-ब्याह पर। पर अभी घर में सन्नाटा है। बब्बा का सुनसान सूना कमरा। खाली चबूतरा। सन्नाटे भरा बरामदा। अभी तो रोने की आवाज़ें भी नहीं आ रहीं। कहीं से भी। उदास अकेलापन घूम रहा है, सब तरफ। पौंर के अंधेरे में आज और भी अंधेरा है। वहां चुपचाप पड़ी हैं अम्मा। अवाक् सी, पास ही ज़मीन पर बैठी हैं सावित्री।

सुनसान घर।

पंछी उड़ गया। खाली पिंजरा पीछे छूट गया है, लुगासी के ब्रह्मांड में।

हां, बच्चे अलबत्ता यदा-कदा यहां-वहां शोर मचाते निकल भागते हैं।

खंड़ेरा में भी कुछ खुसफुस चल रही है। वे वैसे, ऊंची आवाज़ में भी बोलें तो अभी वहां कौन सुन लेगा ? घर के सब लोग तो शवयात्रा में। पर इन चारों को तो वैसे भी दबी आवाज़ में ही बातें करने की आदत है। बब्बा की हवेली के भृत्यनुमा कामगार। बब्बा के घर और खेत में काम देखने वाले गरीब मजदूर।...खुसफुस के साथ ही खी खी, ही ही, ठी ठी भी। कच्चे फर्श पर पड़ी पुआल पर बैठकर चिलम फूंकी जा रही है। ऐसे तनावहीन तो वे वर्षों से नहीं बैठे। अभी न तो नन्ना का भय,

न रज्जन की 'मां भैन' का खतरा, न ही बब्बा का आतंक। वर्ना तो सारा जीवन इसी घर में होम कर दिया–बातों, लातों और भूखे पेट के बीच भटकते। मानो चलते ही रहे हैं वे हरदम। कभी रुके ही नहीं। आज मौका मिला है तो बैठ लिए हैं। बातें चल पड़ीं।

ज़ाहिर है कि बब्बा की ही बातें चल रही होंगी। फिर आज तो बब्बा मरे हैं। आज की बातों का मुख्य विषय होना तो उनका अधिकार भी बनता है।

'खूब जिये भैया,' बात कही गई।

'जे तो है,' सहमत होने में अपने बाप का क्या जाता है।

'माल खाबे मिले तो तुम भी इत्ते ही जियो।'

'सच्ची बात'।

'तारीफ तो भैया तब कहाए कि आदमी सूखी रोटियां तोड़ के भी इत्ता लंबा जीकर दिखाए। क्यों सगे?'

'वैसे सूखी रोटी खा-खा के जीबे वाले भी तो होते हैं भैया...। खुद हमारे चच्चा जिए थे, पूरे सौ साल।'

'अच्छा?'

'और क्या!'

'फिर बे मरे कैसे?'

'बहू ने जहर दे दिया था शायद, तब जाकर मरे।'

'वैसे जे भी एक बात तो है भैया। अरे, आदमी इत्ता भी न जिए कि लोग जहर की पुड़िया लेकर उसके आगे पीछे घूमबे लग जाएं।'

'यार, जीना मरना कौन सा आदमी के हाथ में होता है? यह सब तो ऊपर वाले की इच्छा...'

'ठीक कही तुमने। पर ऊपर वाले के भरोसे तो यह दुनिया नहीं बैठ सकती है न। आखिर बहू ने जहर दिया कि नहीं? कब तक बैठती बिचारी ऊपर वाले के लिए?'

'जहर देना तो ख़ैर, भैंचो महापाप कहाया पर जे भी सही बात है कि इत्ता जीना भी गलत है।'

'यार, तुम ही तुम खेंचते रहोगे कि हमें भी चिलम मिलेगी? हम तो जे कह रहे हैं कि इत्ता जीना काहे को बेकार है भैया?...मान लो कि खूब ठाठ से जी रहा हो आदमी, तो? बब्बा जी रहे थे कि नहीं? ठाठ वाली ज़िंदगी। तो ऐसा आदमी काहे को मरे? क्यों हल्के?'

'हां, जे भी सही बात।'

'ठीक कह रहे हो भैया। अगर बढ़िया जी रहे हो तो ऐन ठाठ से जियो। पर आदमी ऐसा न जिए कि कांख रहे हैं, कूल रहे हैं, चार आदमी डंडाडोली करके पेशाब टट्टी कराबे ले जा हैं और ऐसे में भी कहीं मरबे की कितऊं से निकल आए तो जे रोबे बैठ जाएं कि भैया, कहीं हम मर तो न जाएंगे?...'

'हओ, हमारे एक फूफाजी ऐसे ही रहे।...बुढ़ापे में लकवा खा गए थे। चलबे फिरबे को मोहताज। खटिया पे लावारिस घांई पड़े रहते थे। घर में भी न तो उन्हें कोई पूछे, न देखे। गू मूत में पड़े हैं तो पड़े हैं। मोंड़ा-मोंड़ी ऐसे नालायक कि कुत्ता बिल्ली घांई छोड़ दिया था कि रोटी डाल दी, बस पड़े रहते थे। न कोई पूछे, न चीते। टट्टी पेशाब को मुहताज। ज़िंदगी ऐसी कि मौत से भी बुरी पर ऐसे में भी उन्हें कभी तनिक चक्कर भी आ जाएं तो रोने लगते थे कि भैया, किसी कंपोडर-बैद को दिखलवा दो-हम कहीं मर न जाएं।'

'जे भी सही कही आपने...'

'तुम यार, बस 'जे भी सही,' 'जे भी सही' बोल के चुप हो जाते हो। हम तो चूतिया टाइप बोल बोल के मूं चलाएं और तुम अपने मूं से चिलम खेंचते चलो-जे खूब रही। हमें भी चिलम दो यार। इत्ती चिलम न खेंचो कि धुआं तुमारे नीचे तक आ जाए।'

'आदमी की गांठ में पैसा हो तो फिर वो चाहे जित्ता जिये, सब माफ है। सारे मोंड़ा-मोंड़ी पीछे-पीछे बब्बा, कक्का, दद्दा कहते फिरेंगे। मूतोगे तो चुल्लू में लेने को पचासों लोग लाइन लगा के तैयार खड़े रहेंगे। धक्का-मुक्की करेंगे कि तुम हमारे चुल्लू में मूतो, हमारे में मूतो। लड़ेंगे कि उनके चुल्लू में दो बूंदें ज़्यादा गिरा दीं आपने। आदमी का मूतना मुश्किल कर देंगे। सबको उम्मीद रहेगी कि तुमाई पेशाब का छींटा भी उन पे पड़ गया तो मरते-मरते तुम ज़रूर उन्हें कछु दे के ही जाओगे...। तो भैया, जेई दस्तूर है स्साली दुनिया का।...'

'सही कह गए आप।...'

'अब बब्बा को ही देख लो।...'

'दिखाओ।...'

'यार, तुम तो चिलम खेंचो। इससे तुमारा मूं भी बंद रहेगा।...तो बब्बा के पीछे कैसे लगे रहते थे सब लोग-नन्ना, गप्पू, रज्जन, उनके भी मोंड़ा मोंड़ी। बब्बा, बब्बा। चरणों में पड़े रहते थे। बब्बा जो कभी खेंच के लात भी मार दें तो उतें ही लात पकड़ के चरण स्पर्श कर लें कि जय हो।'

'चूतड़ के नीचे इत्ता मालमत्ता धर के जियो तो संतान भैंचो अपने आप ही श्रवनकुमार हो जाती है।'

'वर्ना तो आजकल की औलादें ऐसी हैं कि इनके कंधे पे मां बाप की कांवर धर दो तो जे भईं पे कांवर पटक दें। दो लात लगाएं कि जे धरी तुमारी डंडा डोली। कहें कि मां की आंख ऐसी पितृभक्ति की...'

'जे तो है।'

'सही कह गए, हल्के राजा।'

'मालमत्ता तो बब्बा भी खूब छोड़ गए हैं।...'

'और क्या।'

'सोने, चांदी की ईंटें और...'

‘तुमें कैसे पता ?...तुम तो ऐसे कह रहे हो, मानो बब्बा के बही खाता तुमईं लिखते-पढ़ते रहे हो ?’

‘हमें क्यों, जे बात तो पूरे गांव को पता है...’

‘और सबको जे भी पता है कि अब बीच में जूता धर के तीनों भाइयों में बंटवारा होने वाला है।...’

‘यदि बंटवारे में भी जूता न चला तो फिर स्साला बंटवारा कैसा ?’

‘एक बार बंटवारा तो होन दो, इतें ऐसी मां भैन मचेगी कि चीज़ देखबे वाली भी होगी और सुनबे वाली भी...’

‘मां-भैन तो वैसे आज भी हो ही गई थी।...’

‘अरे !...’

‘और क्या ?...वो तो बब्बा की मिट्टी उठनी थी सो बात आई गई हो गई। नईं तो सुबे-सुबे ही जूतम पैजार हो गई होती।...’

‘काहे ?’

‘पता नहीं।...बब्बा के कमरे की चाबी की कुछ बात चल रही थी। नन्ना, रज्जन और मंझली के बीच चिक-चिक मची थी...।’

‘और गप्पू महाराज ?’

‘बे हते तो उतें पर बस, एकदम चिमाने खड़े रहे। फटती है उनकी।’

‘साधु आदमी।’

‘साधु होना कोई बुरी बात नहीं, पर साधु की बात-बात पर फटती फिरे वो तो फिर काहे का साधु ?’

‘जे बात भी है।...’

‘फिर भी तुमने कछु सुना तो होगा ? क्या बातें हो रही थीं ?’

‘रज्जन न होते तो हम जरूर सुन पाते। पर रज्जन ठहरे महा हरामी। ताड़ गए। हकाल दिए हमें। कहा कि जाके चबूतरे पर देखो।...हमने तो बस नन्ना को जे भर कहते सुना कि चाबी का हमें क्या पता ? बे कह रहे थे कि यदि किसी ने उनके बारे में ऊंची-नीची बात करी तो बे उसी भैंचो को छत से फेंक देंगे-बब्बा की तेरहवीं के खर्चे में उसकी भी तेरहवीं निबट जाएगी।...’

‘हद्द है भैया।’

‘सही कह गए आप, हद्द तो है। बल्कि बेहद्द है..’

‘बताइए ! क्या ज़माना आ गया है भैया !’

‘यार तुम पहले जे चिलम तो इतें करो, फिर ज़माने पे अपने आंसू ढरकाइयो।...’

चिलम का दौर जारी है।

बतरस भी चल रहा है।

ज़माने भर की फिलॉसफी और भी अन्य फालतू बातें।

कि बाहर से उनका एक साथी तेज़ी से अंदर आया।

‘आओ हल्के राजा, तुमहूं तनिक चिलम खेंच लो। बैसे तुम हते कहां ?’

'दालान में मां चु...रहे थे।...भाग्य में जब हलब्बी बदा हो तो चिलम कहां से मिलेगी?'

'तो अब तो पकड़ लो।...'

'वो तो पकड़ेंगे ही। चिलम न पकड़ेंगे तो और क्या पकड़ेंगे?...अब जे चिलम तो तुम वैसे भी इतें दे दो। तुमें भेनजी बुला रही हैं...'

भेनजी का मतलब है, छोटी बहू। गोपी की पत्नी। कानपुर के स्कूल में पढ़ाने वाली। सभी भेनजी कहते हैं उन्हें।

'काहे बुला रही हैं भैया?'

'हमें का पता? हमें तो उनने जेई कही कि तुमें बुलाओ तो हम तुरत इतें चले आए।...'

'तुम भी तो उतें ही थे?'

'थे तो पर भेनजी को काम इनसे ही कराना रहा। लोटन प्रसाद को ही बुला रही हैं। हम हते भी तो, इससे क्या होता है?'

'भैया होगा कोई ऐसा काम जो बस जे ही बढ़िया कर पाते होंगे। काहे सगे? सही बात कही हमने कि नहीं?'

किसी ने आंख दबाकर वह वाली बात कही जो आंख दबाकर कहे जाने कहने पर ही अपना सही अर्थ प्रकट करती है।

'सही बातें सुनते-सुनते तो यहां, भैंचो, हमारी सारी उमर निकल गई,' कहते हुए एक सज्जन उठकर बाहर को चल दिए। ज़ाहिर है कि वे लोटन प्रसाद थे। जाते जाते एक बार वे पलटे और बोले, 'हम अभी लौट के आते हैं।...चिलम का पूरा माल न खेंच डालना...'

अलीगढ़ी ताला।

वैसा ही जैसे कि पुरानी अलीगढ़ी ताले होते थे। बड़ा-सा। कई किलो का। ताला देखकर उस आदमी तक का दिल बैठ जाता है, जिसके पास उसकी असली चाबी हो। तोड़ने की तो शायद कोई सोच भी न पाए।

यह, बब्बा के उस तिलिस्मी कमरे का तिलिस्माती ताला है जिसमें बब्बा अपना मालमत्ता धरते थे। इस ताले की बात हम पहले भी कर चुके हैं, बल्कि इसकी चाबी की। अभी तो वहां लटके हुए इसी ताले पर किसी पुराने ब्लाउज का कपड़ा सिल दिया गया है। वह भी कई तहों में। चारों तरफ़ से ताले को घेरघार के। सिलाई बड़े करीने से की गई है। ऐसी सिलाई तो वही कर सकता है जिसने सिलाई-कढ़ाई का काम कानपुर की किसी क्राफ्ट वाली बहिनजी से सीखा हो।

अब स्थिति यह है कि किसी का बाप भी बिना सारा कपड़ा उधेड़े इस ताले को नहीं खोल पाएगा।...अच्छा मान लो कोई कपड़ा उधेड़कर खोल ले और फिर वापस सिल दे, तो?...भैया, वो काम तो किसी के बाप का बाप भी नहीं कर सकेगा क्योंकि

सिलाई के ऊपर लाख की सील भी चिपका दी गई है।...इस ताले के ऊपर एक और ताला भी जड़ दिया गया है। दूसरे ताले की चाबी को अब ऐसी जगह धरने की योजना भी है कि जहां किसी के बाप-के-बाप का बाप भी हाथ डालने में सौ बार शरमाएगा।

ये सारे पुख्ता इंतज़ाम गोपी की बहू ने खड़े रहकर स्वयं अपने निर्देशन में करवाए हैं।

लोटन प्रसाद भाग-भागकर ये ही सारे काम करते रहे।

अब छोटी बहू इस प्रोजेक्ट के अंतिम चरण को अंजाम देने अर्थात् चाबी को सुरक्षित जगह रखने के लिए पौंर में जा पहुंची हैं। वहां, अम्मा की खटिया से टिकी सावित्री, ज़मीन पर बैठी हुईं ऊंघ रही थीं। बहू ने उन्हें हिलाकर जगाया। इशारे से बाहर बुलाया। पौंर से बाहर निकल आईं सावित्री। आंगन की उतरती धूप में खड़ी सावित्री घूरकर देखती रहीं छोटी बहू को।

'चैन पड़ गया तुमें बिन्नू, क्लेश मचा के?...' सावित्री ने कहा।

'चैन पड़ने, न पड़ने की बात ही नहीं है जिज्जी।...अभी का यह छोटा-सा क्लेश बाद में पूरे घर को बड़ी चिक-चिक से बचाएगा।'

'चिकचिक का तो बिन्नु ऐसा है कि जे सारी ज़िंदगी ही चिकचिक देखते बीती है। कहां तक बचोगी उससे?'

'जितना बच सको जिज्जी...उतना ही अच्छा।'

'पर जे, तुमने जो अभी किया, क्या वो ठीक था बिन्नू? घर के मामले में कोर्ट कचहरी जैसा काम करबे का क्या मतलब?'

'देखो जिज्जी, जे तो तुम भी मानोगी कि किसी ने तो बब्बा के जनेऊ से चाबी निकाली है। बताओ?...और चाबी निकालबे का कुछ कुछ मतलब भी होता है न? बब्बा की निशानी के लिए तो कोई चाबी निकालेगा नहीं।

'जे भी तो हो सकता है कि चाबी बब्बा से ही इतें उतें गिर गई हो?'

'आप भी बहुत भोली हैं जिज्जी।'

'इसमें भोलेपन की कौन सी बात बिन्नू?'

'भोली न होतीं तो बब्बा की चाबी हिरा जाने पर भी आराम से ऐसी ऊंघती न बैठतीं।'

'तुम जो भी कह रही हो न, वह हमें तो समझ में नहीं आता है बिन्नू।...दुनिया इत्ती खराब थोड़ेई है।'

'दुनिया इससे भी ज़्यादा खराब है जिज्जी।...दुनिया बड़ी खराब है।...'

'पता नहीं। हमें तो ऐसा नहीं लगता।...'

'दुनिया इतनी खराब तो है ही जिज्जी कि इसमें यदि कभी चाबी गुम जाए तो समझ जाना चाहिए कि किसी की नज़र उस ताले पर है।'

'जो भी हो...'

'हम जे कह के तो नहीं छोड़ सकते न कि जो भी हो।

...इसीलिए तो हमने ताले को मुहरबंद करा दिया है और सांकल में एक ताला अलग से और जड़ दिया है।...जे रही उस ताले की चाबी...,' छोटी बहू सावित्री को वह चाबी देने लगीं।

'बिन्नू, तुम हमें फालतू के पचड़न में तो डालो मती।'

'कैसी बातें करती हो जिज्जी? बताओ, तुमें न दें तो क्या हम जे चाबी जा के मंझली को दे दें?...'

'बो तुम जानो।'

'मंझली को दे दें? सच्ची?'

'क्यों? इसमें बुरा क्या है? उनके दिल में ठंडक रहेगी।'

'अब हमारा मूं तो खुलवाओ न जिज्जी।...आपको भी पता है कि चाबी किसने किधर करी है?'

'मौका तो देखो बिन्नू।...गमी के टेम में जे बातें शोभा देती हैं क्या?'

'शोभा की तुमने ऐन कही जिज्जी।...उनने जो मरे बाप के गले से चाबी खेंच ली, वो? उससे किसकी शोभा बढ़ी?...'

'जे सब हमें न बताओ बिन्नू...'

'तुम्हें न बताएं तो फिर किसको जाकर बताएं?...बताना तो पड़ेगा न। तुम्हें पता होना चाहिए। वरना हम लोग बब्बा की अस्थियां बटोरते रहेंगे और समझदार लोग बब्बा के कमरे का मालमत्ता बटोर ले जाएंगे। साफ़ कर डालेंगे सब।...तब?'

'अगर दुनिया में जेई बात समझदारी है तो धन्य है उनकी समझदारी।...'

'दुनिया में तो समझदारी यही कहाती है जिज्जी।...'

'तो फिर तो हम मूरख ही भले...।'

'पर दुनिया मूरख नहीं है जिज्जी...।'

'दुनिया की दुनिया जाने।'

'दुनिया में रहना है तो हम दुनिया को छोड़कर भी तो नहीं रह सकते न? और दुनिया तो ऐसी ही है, जिज्जी। चोर कहीं बाहर से नहीं आते हैं। हमारे तुमारे बीच ही रहते हैं।'

'धीरे बोलो बिन्नू...अम्मा सुनेंगी तो...'

'अरे जिज्जी, बे भी तो अपनी औलादों को जानती पहिचानती हैं न?...वैसे भी अम्मा का ही लिहाज होता तो बे ऐसा कभी न करते कि इधर तो बाप मरा और उधर चाबी अपनी मुट्ठी में...'

'ऐसी बातें करबे में क्या धरा है बिन्नू?'

'तुम सच्ची में ही बड़ी भोली हो जिज्जी...'

'इसमें भोलेपन की क्या बात?'

'तुम इतनी भोली हो जिज्जी कि भोलेपन वाली यह बात भी ठीक से न समझ पाओगी। बस, यह जान लो कि यह दुनिया बड़ी कमीनी है। उसमें आप जैसा भोलापन लेकर ज़िंदा रहना बड़ी कठिन बात है...'

'पर हम तो ज़िंदा हैं कि नहीं बिन्नू... ?'

'पर ऐसी ही भोली बनी रहीं तो आगे यह दुनिया तुम्हें जीने नहीं देगी जिज्जी, अब तो चेत जाओ...।'

'तुम न जाने क्या क्या कहे जा रही हो...हमरी खुपड़िया में तो ऐसी बातें घुसती ही नहीं...।'

'अच्छा तुम तो एक काम कर दो जिज्जी।...बस, जे चाबी ले जा के अम्मा की कमर में बांध दो।...देखें तो कि कौन वहां हाथ डालने की कोशिश करता है...'

'नहीं बिन्नू,...। इस उपद्रव में बिचारी अम्मा की फजीहत न कराओ।'

'हम तो सबको फजीहत से बचाने की कोशिश कर रहे हैं जिज्जी।'

'तो तुमई बांध दो न बिन्नू।...जे हमारे बस की बात नहीं।'

'बांधे तो हम दे रहे हैं पर आगे गवाही आपकी रहेगी।'

'गवाही की बात कर रही हो तो हम तो कहेंगे कि मंझली को भी बुलवा लो। उनके सामने ही बांध दो न। सबको पता रहे...'

'वे तो कोपभवन में मुंह ढंककर लेटी हैं।...बुरा मान गई हैं कि हमने ताले को सील मोहर से क्यों बंद कर दिया? कहने लगीं कि घर में सबको चोर समझ रखा है क्या? इसके जवाब में हमने इतना भर कह दिया कि चोर के माथे पे थोड़े ही लिखा रहता है कि वो चोर है।...बस, इसी पर रूठ गईं।'

'फिर भी...।'

'आप उनके रूठने की फिक्र न करो। अभी मरघटा से उनके दसरथजी वापस लौटेंगे तो उन्हें मना ही लेंगे।...तो हम अम्मा की कमर में बांध दें जे चाबी?'

'जो करना है सो करो बिन्नू।...पर हमें कांटों में मत घसीटो।'

छोटी बहू ने आगे कुछ नहीं कहा। वे अम्मा के पास जाकर उनके पेटीकोट के नाड़े में चाबी बांधने लगीं। अम्मा ने कोई भी प्रतिक्रिया नहीं दी। वे बिना हिले-डुले पड़ी रहीं। वे शायद घूरकर देख रही थीं छोटी बहू को? या आंखें मूंदकर कुछ सोच रही थीं? या कुछ भी नहीं सोच रही थीं? छोटी बहू को पता नहीं चला। पौंर में अंधेरा है। इस अंधेरे में हर अंधेर चलता है।

जब सुबह-सुबह बब्बा के शरीर पर पड़े जनेऊ में उनके कमरे की चाबी नहीं मिली तो सबसे ज़्यादा हल्ला तो नन्ना ने ही शुरू किया था। यह एक किस्म का सुरक्षात्मक हमला था। चाबी के गुम हो जाने को लेकर उन्होंने इतना हल्ला मचाया, चिंता प्रकट की और उद्विग्नता बघारी-और फिर बघारते ही चले गए कि हर समझदार को पता चल गया कि चाबी किसके पास है?

वे 'चाबी-चाबी' करते रहे। कहते रहे कि चाबी किसी को मिल-मिला गई तो कहीं वो बब्बा का कमरा न खोल ले। घबराते रहे कि बब्बा का कमरा खोलने पर क्या क्या अनर्थ हो सकता है? सब उनकी बातें सुनते रहे। कोई कुछ भी बोला नहीं। न तो

गप्पू ने चाबी गुमने की बात को बहुत तूल दिया, न ही सावित्री ने। रज्जन सब कुछ समझ गए थे पर अवसर ऐसा था कि वे भी चुप ही रहे। वे यदि चाह लेते तो अभी नन्ना की लंगोट में हाथ डालकर, चाबी निकालकर सबको दिखा भी देते। अपने हरामीपन पर उन्हें इतना तो विश्वास है ही। पर मात्र चाबी गायब करके कोई भला क्या उखाड़ सकता है यार? वे मानते हैं कि यह नन्ना का मूर्खतापूर्ण हरामीपना है। यह बात तो पता चल ही जानी थी और जो पता चल गया तो फिर उस चाबी को इस्तेमाल तो कर न पाओगे। रज्जन चुप रहकर नन्ना की मूर्खता पर तरस खाते रहे। इधर नन्ना अवश्य लगातार यह कहते रहे कि चाबी जरूर ही किसी ने गायब कर दी है। उन्होंने तिरछे ढंग से एक बार यह तोहमत सावित्री पर भी डालने की कोशिश की। कहने लगे कि बब्बा को सबसे पहले सावित्री भाभी ने ही मृत देखा था तो वे ही ठीक से बता सकती हैं कि तब चाबी बब्बा के जनेऊ में बंधी थी या नहीं? वैसे ऐसा कहते-कहते वे स्वयं ही शर्मिंदा से हो गए और बोलते-बोलते उनकी ज़ुबान लड़खड़ा गई। फिर वे बिना पूछे ही बताने लग गए कि हम तो वह चाबी ठीक से पहिचान भी नहीं सकते-मान लो कि हमें यह कहीं पड़ी भी मिल जाए तो हम तो समझ ही न पाएं कि जे इत्ती लंबी लोहे की चीज़ आखिर है क्या? वे बस यही कहते-कहते भर रह गए कि वे तो ऐसे अनाड़ी हैं कि यदि कोई उनके हाथ में भी चाबी थमा दे और ताला खोलने की कहे तो वे खोल ही न पाएं क्योंकि अलीगढ़ी ताला खोलना तो उन्हें आता ही नहीं है।

अलबत्ता नन्ना का यह दांव गोपी की बहू के आने पर एकदम उल्टा पड़ गया। गोपी की बहू ने सारा मामला तुरंत ताड़ लिया। उसने स्पष्ट कहा कि नन्ना को अवश्य पता होगा कि चाबी किसने उठा ली।

गोपी की बहू बाद में सोचती रहीं। देर तक विचारमग्न भी रही। फिर, काफी चिंतन के बाद गोपी की बहू ने तय कर लिया कि बब्बा के ताले को मोहरबंद कर दिया जाए। नन्ना को उनकी इस हरकत की ख़बर ही नहीं। वे तो अभी शवयात्रा में हैं और संतोषपूर्वक पाजामे में पड़ी चाबी से खेल रहे हैं। उन्हें पता ही नहीं है कि गोपी की बहू उनके लगाए पत्ते कब के बिखेर चुकी है।

मृत देह को नहलाया जा रहा है बेतवा में। जीवन का अंतिम स्नान कर रहे हैं बब्बा। वैसे इसे जीवन भी कैसे कहें?...

तैरने में बड़ा ही आनंद आता था बब्बा को। टीलों के उस ओर, जहां बेतवा खासी गहरी है और स्थिर भी—वे वर्षों तक नियमित तैरने जाते रहे। घंटों तैरते। पानी में चित्त पड़े हुए तैरते रहते। किसी पत्ते की भांति धीमे-धीमे बहते। कभी लुगासी के बेहद अच्छे तैराकों में शुमार होते थे वे। बारिश में उफनती बेतवा में मात्र मौज के लिए कूद जाते और चढ़ी नदी में तैरते रहते थे।

बब्बा अभी बेतवा में चित्त ही पड़े हैं। श्मशान घाट तरफ़ के उथले जल में अर्थी को धर दिया गया है। बब्बा का शरीर पानी में आधा ही डूब पाया। यहां बेतवा बेहद

ही उथली है। टखने भी बमुश्किल डूब सकें, बस, इतनी। इसी उथले प्रवाह में विमान को धर दिया गया है। पानी में आधे-अधूरे से डूबे पड़े हैं बब्बा। बेतवा बह रही है अर्थी के चारों तरफ।

अब यहां बब्बा को नहलाने का कर्मकांड होगा। गप्पू, नन्ना, गोपी, रज्जन, कप्तान, सेठ तथा घर के कुछ अन्य नाती-पोतेनुमा सदस्य मिलकर बब्बा को स्नान कराने का नेग पूरा कर रहे हैं। उन के शरीर पर पानी उलीच रहे हैं।

स्वयं बेतवा भी चारों तरफ़ से उनको नहला रही है।

देहरूपी चादर पड़ी हुई है बेतवा के जल में, धुलने के लिए। पंचतत्वों के तागों से बुनी हुई चादर यहां धुल रही है। इस जनम के कर्मों, कुकर्मों के दागों से बड़ी ही बदरंग हो चुकी है चादर। दागों को धोने की आखिरी कोशिश हो रही है ताकि इसे ठीक-ठाक सी हालत में ईश्वर को वापस सौंपा जा सके। विचार है कि क्या पता, मां बेतवा की कृपा से जाते जाते, शायद प्राणी निर्मल हो ही जाए।

वैसे भी बड़ी लंबी यात्रा पर निकलने वाला है प्राणी। अभी नहा धो लेगा तो ठीक रहेगा। जीवन-भर की जद्दोजहद से थका मांदा शरीर है उसका। अभी नहा धो ले तो शायद थकान मिटे।

मूलतः तो गप्पू ही बब्बा को स्नान करा रहे हैं। बड़ा पुत्र कराता है यह नेंग। अन्य लोग मात्र टोटके के लिए पानी फेंक रहे हैं।

किसी बच्चे ने पानी को ऐसा कसकर उलीचा कि ढेर सा पानी नन्ना के मुंह पर जा गिरा। नन्ना ने उसे घूरकर देखा। यह मारने-पीटने का मौका नहीं है वर्ना धुनक कर रख देते। रज्जन ने अवश्य धीमे से उस बच्चे के कान मुट्ठी में लेकर, मरोड़ते हुए धीमे से कहा कि नन्ना के इस तरह के स्नान में अभी सालों बचे हैं। ऐसी उतावली मत दिखाओ। रज्जन ने फुसफुसाकर यह चेतावनी भी दी कि अब ज़्यादा लौंडहाई की तो फिर मइयो चु...गई शवयात्रा और भाड़ में गई दुनिया, हम तुम्हें यहीं बेतवा के किनारे दचक के वो मार मारेंगे कि अपनी पुरानी वाली पिटाइयों को तुम तो चूमाचाटी जैसा मानने लग जाओगे।

इधर चिता तैयार हो गई थी। वैदेही परसाद ने एक-एक लकड़ी ऐसे करीने से सजाई है मानो कोई कलाकार अपनी कलाकृति में रंग भर रहा हो। वे किसी विशेषज्ञ की भांति चिता को संवारते रहे। वैसे जब वैदेही प्रसाद इधर शवस्नान के सुपरविजन में व्यस्त थे। तभी कुछ उत्साही लोगों ने चिता तैयार करनी शुरू कर दी थी। फिर वैदेही प्रसाद बनती चिता के पास आए। सबको वहां से हटाया। उनकी बनाई चिता का सूक्ष्म निरीक्षण किया। इस चिता को उन्होंने एकदम उथल पुथल कर डाला। फिर वैदेही प्रसाद ने मोटी लकड़ियों को दाएं से हटाकर बाईं तरफ़ जमा दिया। छोटी लकड़ियों को टांगों तरफ़ से हटाकर सिर की तरफ़ एडजस्ट किया। इस कंडे को उधर किया। उस कंडे को इधर लगाया। इस तरह उन्होंने सारी चिता को मथकर धर दिया। वे साथ साथ सबको यह भी बताते रहे कि चिता सजाना कोई हंसी ठट्ठे का काम नहीं।

नहलाए प्राणी को लाकर अब चिता पर रख दिया गया है। गप्पू फूट–फूटकर रोने लगे। शेष सभी लोग एकदम शांत हैं। नन्ना ने भी गप्पू की देखादेखी सिसकियां भरने की कोशिश तो की परंतु फुसफुस जैसा ही कुछ करके रह गए।

चिता की लकड़ियों पर बब्बा का शरीर धरा है।...बहुत ढीठ होता है यह शरीर भी। यूं, आसानी से राख नहीं होने वाला। इसे शुद्ध घी का लेप चाहिए। चंदन का बुरादा भी लगेगा। कपूर का लेप लगेगा। सारा तामझाम किया जा रहा है। बब्बा के वक्षस्थल, माथे, आंखों, नासिकापुट, कंठ तथा खोपड़ी पर शेष रह गए बालों पर इनका गाढ़ा लेप किया गया। बचे हुए शरीर पर शुद्ध घी का पूरा पीपा ही पलट दिया गया। बड़ा आदमी तो मरने के बाद भी बड़ा ही रहता है। कि नहीं! घी का पूरा पीपा उलटकर यही बात घोषित की जा रही है।

एक तरह से देखें तो यह सब मेकअप सा चल रहा है, बब्बा का। संसार के रंगमंच पर खूब नाटक खेला। जीवन के नाटक में प्रहसन के पल भी आए और ट्रेजेडी के भी। बब्बा ने सारे रोल खूब कस के निभाए भी। अब आखिरी शो वाला मेकअप चल रहा है प्राणी का। अंतिम खेल। आखिरी शो। फिर बस पटाक्षेप।

अब प्राणी के कफ़न ढके शरीर को चिता की लकड़ियों से ढांका जा रहा है। लकड़ियां पांवों की तरफ़ से रखी जा रही हैं। कफन के वस्त्र को खींचते गए और निर्वस्त्र होते जा रहे शरीर को लकड़ियों से ढंकते चले गए हैं। धीरे–धीरे संपूर्ण प्राणी लकड़ियों के ढेर के नीचे बिला गया है। चिता की लकड़ियों में पूरे ढंक गए हैं बब्बा।

चिता में दम साधे पड़े हैं बब्बा। लकड़ियों के नीचे दबे, चुपचाप। कहीं गड़ती तो न होंगी ये ठूंठनुमा लकड़ियां, बब्बा को? दब तो नहीं रहे होंगे बब्बा? इतने मोटे लट्ठों के नीचे दबी छाती से दम तो नहीं घुट रहा होगा बब्बा का? मान लो कि अभी बब्बा सारी लकड़ियों को ठेल–ठालकर उठ बैठें, तो? गरियाने लगें गप्पू को कि किस भैंचो ने हमारे ऊपर इत्ती भारी भारी लकड़ियां धर दी हैं? जब ये रख रहे थे तो तुमने इन भैंचो को रोका क्यों नहीं? जगाया हमें क्यों नहीं?

पर ऐसा नहीं होगा। सभी को पता है। गरियाने वाला बाप जा रहा है। अब लौटेगा नहीं। कवि कहता है कि पंछी ऐसा उड़ा है कि अब लौटकर इस डाल पर वापस नहीं आने वाला। वह तो हमेशा को गया। उड़ गया बेगाने देस। या शायद वह अभी तक बेगाने देस में था। आज अपने देस लौट रहा है। प्राणी की गाड़ी निकल रही है। परलोक का चुंगी नाका। बैरियर उठ चुका। डिराइवर साहब बैठ चुके। हॉर्न बजा रहे हैं कि यात्री गाड़ी में आकर बैठे तो इसे स्टार्ट करा जाए।

लो, अब तो यात्री भी गाड़ी में बैठ गया। चिता की गाड़ी।

चिता पर लेट गया है प्राणी।

गाड़ी स्टार्ट होने को है। चिता में अग्नि छुलाई जाने वाली है। परलोक धाम का यात्री चिता पर सवार प्रतीक्षारत है कि देखो, कब चालू होती है यह गाड़ी?

बड़ी देर से निश्चल तथा निश्चेष्ट पड़ी हैं अम्मा।
न कराह, न गों गों।

एक ही करवट।

शरीर में कोई हलचल ही नहीं। खटिया भी बहुत देर से चरमराई नहीं है। सावित्री अचानक ही चौंककर उठ बैठीं। अम्मा की खटिया से टिके-टिके, ज़मीन पर बैठी सावित्री को झपकी आ गई थी। अब अचानक ही उनकी नींद टूटी है। कुछ देर तक तो उनकी समझ ही नहीं पड़ा कुछ। अंधियारी पौर में कहीं कुछ दिखा ही नहीं। आंखें मिचमिचाकर सब तरफ़ देखती रहीं सावित्री। पौंर में अंधेरा है। घर में सन्नाटा है। अज्ञात-सा भय व्याप्त है पौंर की हवा में, जो सांस के जरिए सावित्री के मन में भरने लगा। तभी सावित्री ने पाया कि अम्मा एकदम ही चुपचाप पड़ी हैं। वे घबरा गईं। अम्मा हिल क्यों नहीं रहीं? क्यों वे एकदम ऐसी निश्चेष्ट और चुपचाप पड़ी हैं? कराह-करूह भी नहीं रहीं?

उनकी श्वास चलने की आवाज़ भी कहां सुनाई पड़ रही? अनिष्ट की आशंका से भर उठीं सावित्री।...क़िस्सों में पढ़ा है। साथी मरे तो दूसरा भी उसके साथ...। कहीं बब्बा के पीछे-पीछे अम्मा भी तो...। भय से भर गईं सावित्री। डरते-डरते, उन्होंने, धीरे से अम्मा का हाथ छूकर देखा।

'नहीं नहीं, हाथ तो गर्म है।...गर्म हैं हाथ।'

फिर सावित्री ने धीरे, से अपनी दो उंगलियां अम्मा के नासपुटों के पास रखीं। नहीं, नहीं, श्वास भी है। अम्मा की श्वास की गर्मी अपनी उंगलियों पर महसूस की, सावित्री ने।

कि तभी अचानक ही अम्मा हिलीं और गों गों करके रोने लगीं।

सावित्री की मानो जान में जान आ गई।

नहीं, नहीं। अम्मा एकदम ठीक हैं।

सावित्री की आंखें भर आईं। अम्मा की 'गों गों' में अपनी सिसकियां जोड़कर सावित्री भी अम्मा के साथ रोने लग गई।

कहते हैं कि पंचतत्व मिल बना शरीरा, पर बात इतनी आसान भी कहां? पांच तत्वों को मिलाकर ही यदि शरीर बन जाता तो शरीर बनाने की दुकानें खुल जातीं सब तरफ। यह ऐसी ही सरल विधि है क्या? इन पांच तत्वों को मिलाकर आप लोटे या किसी भी बर्तन में ढंककर धर दें तो क्या कभी कुछ बनेगा? चलिए, लोटे का ही उदाहरण ले लीजिए। लोटे में वायु तो रहती ही है। खाली लगता हो, तब भी। तो उसमें वायु तो हुई एक तत्व। आपने लोटे को मिट्टी से मांज दिया। तो मिट्टी हुई दूसरा तत्व। अब लोटे में पानी भर के आप दिशा मैदान को चल पड़े हैं और मैदान में पेट पर हाथ फेरते बैठे हैं। बैठकर बीड़ी पीने लगे। तो जल हुआ तीसरा तत्व।...(बीड़ी की) अग्नि बनी चौथा तत्व।...पांचवें का हमें खुद पता नहीं। शायद, आकाश। तो दिशा-मैदान के लिए आप आकाश के नीचे ही तो लोटा धर के बैठे हैं।...इस तरह

लोटे में पांचों तत्व हो गए पर नया तो कुछ नहीं बना। भरा लोटा लेकर आए थे, खाली लोटा लेकर वापस चल पड़े। तो पांच तत्व मिल जाने भर से तो कुछ होता नहीं भैया। खेल तो उससे कहीं बहुत बड़ा है भैया। पंचतत्वों से परे का कुछ अबूझ रसायन है। यह रसायनशाला अपने ही कुहासे में गुम-सी है। अब जो भी नाम दे दें आप इसे। और नाम में भी क्या रखा है? पंचतत्व भी बिखर जाते हैं। नाम भी बिखर कर गुम हो जाता है। अजब कारगुजारियां हैं जीवन की जो मरघट में पहुंचकर ही समझ आती हैं। और सच कहो तो यहां आकर भी कहां समझ आ पाती हैं भैया?

यहां लेखक ने वह फिलॉसफी झाड़कर बताई है जिसे नन्ना किसी को थोड़ी देर पहले ही बता रहे थे। उन्हें भी पता था और हमें भी पता है कि यह सब बेमतलब की फिलॉसफी है, पर है। फिलॉसफी के मजे ही ये हैं कि वह जितनी बेमतलब की हो उतनी ही महत्त्वपूर्ण प्रतीत होती है।...

बहरहाल जब एक तरफ़ नन्ना की यह फिलॉसफी चल रही थी तब वहीं पंचतत्व बिखर रहे थे। पंचतत्वों का बना शरीर जल रहा है। बब्बा की चिता जल रही है। वैसे शुरुआत में तो चिता ने अग्नि ही नहीं पकड़ी। इस पर वैदेही प्रसाद ऐसे बौखला गए मानो उनके विरुद्ध चिता ने कोई षड्यंत्र रच डाला हो। उन्होंने इसे अपना व्यक्तिगत निरादर माना। वे बड़बड़ाने लगे कि लोगों ने शुरुआत में ही चुतियापे की चिता सजा दी थी सो यह सब उसी का नतीजा है भैंचो। अरे, जब तुम हवा के लाने घुसबे-निकलबे की जगह ही न छोड़ोगे, तो फिर चिता क्या घंट आग पकड़ेगी? कंडे कहीं, पतली लकड़ियां किधर और मोटी किधर—जब तुम यही चीज़ ठीक से नहीं जानते तो किस मादर...ने कहा तुमसे कि चिता सजाओ। अब जलाते बने तो जला लो न।...बड़बड़ाते हुए वे चिता को नए सिरे से एडजस्ट करने लगे। लकड़ियां यहां-वहां हटाते, धरते हुए वे नौगांव, पलेरा, मऊरानीपुर के उदाहरण देने लगे जहां ऐसी ही चिताओं को पूरा बिखराकर जब तक वैदेही परसाद के कुशल नेतृत्व में दोबारा नहीं बनाया गया तब तक चिता ने आग ही नहीं पकड़ी।...चिता को अपने लिहाज से तकनीकी तौर पर ठीक करने के बाद वे रज्जन से बोले कि यह जो तुम लोग चुटकी में भर-भरके चिता में राल टुंगा रहे हो, उसमें तो ठीक ढंग से एक बीड़ी तक प्रज्वलित नहीं होने वाली-चिता की तो फिर बात ही क्या है! वैदेही प्रसाद ने मुट्ठियों में भर भर के चिता में राल फेंकी। राल की बौछार पड़ते ही अग्नि का बवंडर-सा उठा और चिता की लकड़ियों के बीच मचलता, उठता, गिरता गुम हो गया। आग आखिर कब तक न पकड़ेगी? देखते हैं न दारी को। वे लगे रहे। धीरे-धीरे लकड़ियों ने आग पकड़ ली। चिता प्रज्वलित हो चली।

चैन आया वैदेही प्रसाद को। वे अब विजेता की मुद्रा में खड़े हैं। सर्दी की उतरती दोपहर। धूप ढल रही है। ठंडक है। मौसम, धूप और घाट पर चल रही सारी गतिविधियों से निर्लिप्त बेतवा अपनी धुन में बहे जा रही है। रेत का विस्तार। उस पर प्रज्वलित यह चिता। उतरती धूप। 'निबट लिए'—के भाव चेहरे पर लिए खड़ी भीड़।

कहीं से ठंडी हवा का तेज झोंका आया। बेतवा के शीतल जल पर से गुजरता हुआ यह झोंका ठिठुरता आया। कांपता हुआ ठंडी हवा का यह झोंका, चिता की गरम

लपटों के पास तनिक रुका और मानो आग तापने लगा। चिता की लपटें हवा के साथ झूमती हुई अचानक बाहर को लपकीं। आसपास के लोग कूदकर दूर हट गए।

पंचतत्वों का मेला लगाकर बैठा था जीवन। आज वह उखड़ गया। दुकानदार तो सुबह-सुबह ही दुकान बढ़ा चुका है। अब तो पीछे कुछ मलबा, कचरा, पैकिंग मेटेरियल आदि पड़ा रह गया है, जिसे बटोरकर जलाकर दुनिया वाले 'डिस्पोज़' कर रहे हैं। पंचतत्वों का रसायन तो ब्रह्मांड में कब का बिखर चुका। यहां तो पंचतत्वों का खोखा पड़ा हुआ था। अभी यही खोखा जलाया जा रहा है। जो बचा था अब तो वह भी वायुमंडल में विलीन हुआ जा रहा है। कुछ देर बाद ये लपटें भी शांत हो जाएंगी। पीछे, बस राख, कोयले और कंकड़ रह जाने वाले हैं। यह सुलगती चिता अंततः राख में तब्दील हो जाएगी।

राख बन जाता है एक जीवन। देखते-ही-देखते, आदमी एक क़िस्से में तब्दील हो जाता है। फिर, बस, उसकी यादें। उसके क़िस्से। शुरू में तो रोज ही उसका जिक्र। फिर कभी-कभार ही। फिर उसकी यादें भी धुंधली। फिर तो उसका कहीं कोई ज़िक्र ही नहीं। कभी कोई ज़िक्र करे भी तो पूछने वाले पूछते हैं कि यार, यह किसकी बात कर रहे हैं आप?...ज़िक्र भी खत्म। फिर ज़िक्र करने वाले भी खत्म। जिक्र करने वाले भी इसी रास्ते से आकाश में विलीन, राख में तब्दील।...हर जीवन ऐसे ही अनगिनत क़िस्सों का सिलसिला होता है। क़िस्से-ही-क़िस्से। कितने तो क़िस्से। कितने सारे क़िस्सों को सुनाने वाले। कितने सारे किस्सों को सुनने वाले भी।...फिर एक-एक करके यूं ही सब तिरोहित। इसी बेतवा के किनारे, इसी मरघट में, न जाने कितने सारे क़िस्सों के प्रेत अभी भी घूमते होंगे। अब उन्हें कोई पहिचानता ही नहीं।...बब्बा का किस्सा भी आज खत्म हो रहा है।

चिता ने बढ़िया आग पकड़ ली। वैदेही प्रसाद गर्व से भर उठे। अवसर अनुचित न होता तो वे खुशी से तालियां बजाने लगते। अभी वह अवसर नहीं। तो ये तो हुए वैदेही प्रसाद। अन्य लोग? नन्ना, गप्पू, गोपी, रज्जन आदि? क्या चल रहा है इनके दिमाग में?...अभी यह बताने का अवसर नहीं है। बस इतना भर कहा जा सकता है कि जो भी इनके दिमाग में चल रहा है, उसी से हमारी कहानी आगे बढ़ेगी, आदमी के कमीनेपन और दुनियादारी के क़िस्सों के परदे उठेंगे, गिरेंगे। किसी की मौत हमेशा दुख ही देती हो, ऐसा भी नहीं है। यह, कहानी को ऐसा मोड़ भी दे सकती है कि कहानी के पात्रों के व्यवहार पर विश्वास ही नहीं होता। ये क्या सोच रहे हैं और कहानी में आगे कैसा व्यवहार करेंगे—इस बंद मुट्ठी को हम अभी न ही खोलें तो बेहतर।

बब्बा की चिता धू-धू जल रही है। लकड़ियों की चिटखने की आवाज़, लपटें। लपटों से निकलकर उड़ते हुए धुएं के कण। ढलती हुई दोपहर। पीली धूप। चमकती रेत। बहती बेतवा। दूर पुल पर से कोई जीप गुजरी है। किसी ने पीठ खुजाई। कोई कांखा। किसी ने किसी के कान में कुछ कहा।

गप्पू उघारे बदन खड़े हैं। वे अभी कपाल क्रिया करेंगे। धू-धू करके जलती चिता में सुषुम्ना फट्‌ट की आवाज़ करेगी। सुषुम्ना की 'फट्‌ट' आवाज़ के साथ कदाचित् शरीर

का अंतिम रिश्ता भी इस संसार से समाप्त। प्राणी इस संसार के चुंगी नाके से बाहर। आत्मा जिला बदर। बल्कि देसनिकाला। कि जाओ अब परलोक।...किस्सा खत्म।

गप्पू को लकड़ी पकड़ा दी गई है।

मुखाग्नि देने वाले को लकड़ी दी जाती है।

गप्पू ने चिता के सिर की तरफ़ की रेत पर लकड़ी से तीन लकीरें खींच दीं। ब्रह्मा, विष्णु, महेश के नाम की तीन लकीरें। यह जीवन इस त्रिमूर्ति ने ही दिया और इसी ने वापस भी ले लिया। इन तीन पंक्तियों में व्याप्त देवताओं में ही वापस विलीन हो जाए यह जीवन ताकि परमपिता ईश्वर तक पहुंच सके। प्राणों की वापसी की थ्री-लेन रोड जैसी हैं ये तीन पातें इसी रास्ते से चलकर बब्बा के प्राणों को मुक्ति मिले, मोक्ष हो, शांति मिले। कुछ ऐसा हो कि जनम-जनम के फेरों का यह अनंत खेल अब खत्म हो। समाप्त हो यह चौरासी लाख योनियों में निरंतर भटकने की अहर्निश यातना। प्राणी अपने असली घर पहुंच जाए, परमात्मा के पास। आत्मा मिल जाए परमात्मा में। मुक्त हो जाएं बब्बा।...प्रार्थना कर रहे हैं गप्पू। प्रार्थना में शामिल हैं सकल जन।

बेतवा का बहता जल। उस पर उतरती शाम की सुनहरी धूप।

एक जीप गुजरी है पुल पर। तेज़ आवाज़ में कैसेट पर गाना बज रहा है—'तेरी गलियों में न रखेंगे कदम, आज के बाद...'। कि अचानक गाना बंद हो गया है। ड्राइवर ने चिता जलती देख ली है शायद।

पुल के उस ओर से कोई ट्रक आकर चुंगी पर रुका है।

एक कुत्ता दूर से दौड़ता चला आ रहा है, रेत पर कि भीड़ के पीछे आकर रुक गया। फिर पलट कर भागा; फिर लौटा; रुका; दौड़ा; दूर जाकर खड़ा हो गया। देखता रहा। अब वह चुपचाप पीछे खड़ा देख रहा है सारा व्यापार।

चिता जल रही है।

कुत्ता शनैः-शनैः पास आकर खवास के ठीक पीछे खड़ा हो गया है। खवास ने, बिना पीछे देखे, मात्र अंदाज़ तथा पुराने अभ्यास से ही पीछे की दिशा में लात मारी है जो कुत्ते को सटीक जगह लगी भी।

कुत्ता भाग निकला।

खवास मन ही मन मुस्का रहा है। श्मशान घाट पर, जहां ठीक सामने चिता जल रही हो वहां खवास क्यों मुस्काए जा रहा है, यह बात खवास और कुत्ते के सिवाय शायद ही और किसी को समझ आ सके।

रोने के बाद मानो हल्की हो गईं अम्मा। चुपचाप पड़ी रहीं।

पौंर का उदास और बोझिल अंधेरा।

अम्मा ने अचानक ही सावित्री का हाथ पकड़ लिया, कसकर। साफ़ बोल नहीं पाती हैं। अटकती, अटपटी, लटपटी, 'गों गों' मिश्रित घरघराहट भरे स्वर में अबूझ-

सा बोलती हैं जिसे सावित्री अलबत्ता पूरा समझ लेती हैं। अम्मा ने उनका हाथ नहीं छोड़ा। पूछने लगीं, 'तुम हमारी सांस जांच रहीं थीं न? हमारी नाड़ी देख रही थीं न तुम?'

सावित्री अवाक्। क्या कहें? क्या उत्तर दें? चुप रह गईं।

'क्या लगा?...तुमें जे डर लगा न कि कहीं मर वर तो नहीं गईं अम्मा? क्यों?'

सवित्री की आंखें भर आईं।

अम्मा ने हाथ को और जोर से पकड़ लिया। भींच ली हथेली।

'बिन्नू, इतने पुन्य नहीं किए हैं अम्मा ने।...अभी नहीं मरबे वाली तुमारी जे अम्मां...।...कभी मरेंगी भी कि नहीं, जे भी कहना कठिन है बिन्नू!...कारे कव्वे खा के जन्मी हैं।...ऐसे कैसे मर जेहें?...अरे, मरना ही होता तो उस दिन ही मर गई होतीं जब गू मूत के लिए दूसरों के सहारे हो गईं।...ऐसे नहीं मरबे वाले हम। मौत को इत्ती आसान चीज़ समझ बैठी हो का?...मरना बड़ो कठिन कारज है बिन्नू। बड़ो कठिन। जान बड़ी मुश्किल से कढ़ती है, जे बात जान लो। सच्ची बताते हैं।...भाग्य वालों को ही नसीब होती है मौत।...अभागे तो यहीं धरती पे टांगें रगड़ते रह जाते हैं।...'

सवित्री सिसकियां लेने लगीं। अम्मा के हाथ पर अपना सिर रख दिया। बोलीं, 'ऐसा न कहो अम्मा...मरें तुमारे दुश्मन'। अम्मा की आंखों में आंसू सूख गए हैं पर सिसकती तो हैं। सिसकती हुई बोलीं, 'दुश्मन मरेंगे न। सच्ची कही। सब मरेंगे, बिन्नू!...दुश्मन भी, दोस्त भी। हमारे भी, तुमारे भी।...बस, हम ही न मरेंगे कभी।...कारे कव्वा खा के आए हैं न हम तो।...जमराज सबको बुला लेंगे, पर हमें नहीं।...हमारे कागज पत्रा तो जमराज के दफ्तर से न जाने कहां हिरा गए हैं। उनके हिसाब में हमारा कहीं नाम ही नहीं है।...अब बब्बा जरूर उतें पहुंच गए हैं। वे हमारे लाने कछु पूछताछ करके, हमारे कागजात निकरवा के हमें वहां बुलवा लें तो शायद हमें मुक्ति मिल जाए।.. नहीं तो हमें तो इतें ही अपने गू मूत में सड़ते हुए जीते रहना है।...तुमारी अम्मा नहीं मरबे वाली सावित्री।...हम तुमाई अम्मा थोड़ेई हैं। चुड़ैल हैं, चुड़ैल। सच्ची।...चुड़ैल काहे को मरबे वाली? जे चुड़ैल तो सबको खा जाएगी, तब जाके शायद मरे।...अम्मा नहीं मरबे वालीं।...ऐसो भाग्य ही कहां उनका।'

अम्मा की सिसकियां जोर-जोर से रोने में बदल गईं।

अम्मा रोती जा रही हैं। गों गों की आवाज़ में कहती जा रही हैं कि अम्मा नहीं मरबे वालीं। सावित्री भी साथ में रो रही हैं। कहती जा रही हैं कि तुम मरबे की बात तो न करो अम्मा।

खंडेरा के आंगन में कुआं बना है।

बहुत पुराना कुआं है। कहते हैं कि इसे बब्बा के भी बब्बा ने खुदवाया था।

घर में खुद का कुआं होने के अपने फायदे हैं। पीने, स्नान आदि का सुभीता तो ख़ैर हो ही जाता है। फिर घर में बहसबाज़ी हो, या कोई रूठ ही जाए तो वह कुएं में

कूद जाने की धमकी भी दे सकता है। न कूदे, पर धमकाता हुआ कुएं की तरफ़ चल तो सकता है। कोई-न-कोई तो उसे रोकेगा ही। यह धमकी देने का मार्ग भी खुल जाता है कि ज़्यादा तीन पांच करोगी तो कुएं में फेंक देंगे तुम्हें।

यह पुराना कुआं प्रायः सूना पड़ा रहता है परंतु अभी इसके आसपास बड़ी चहल-पहल है। घर के सभी मर्द एकत्रित हैं कुएं पर।

कुएं की जगत पर उघारे बदन बैठे हैं नन्ना।

गप्पू उनसे तनिक दूर, कुएं की जगत पर ही दूसरी तरफ़ बैठे हैं। वे हमेशा की तरह विचारमग्न हैं। क्या विचार कर रहे हैं, कहना कठिन है। किसी को इस बात से मतलब भी नहीं। जो करना है, करें। अपने बाप का क्या जाता है। जो सोचना है, सोचो। जो विचार करना हो, सो करो। रज्जन, कप्तान तथा अन्य बच्चे-सभी पटलेदार चड्ढी और अंगोछा लिये आसपास घूम रहे हैं। इतने लोग एक साथ नंगे बदन यहां घूम रहे हैं कि कुएं के आसपास फैशन शो जैसा माहौल बन गया है। सभी नहाने की तैयारी में हैं। बब्बा के क्रियाकर्म से लौटे हैं तो सभी को नहाना है। नहाकर ही घर में प्रवेश कर सकेंगे।

दो नौकर कुएं के दो तरफ़ पड़ी गिर्री से बाल्टी डालकर पानी खींचने के उपक्रम में हैं। ठंड और बढ़ गई है। अंधेरा हो चुका। ठंडे पानी से नहाने में सबकी नानी मरने वाली है। पर क्या करें? नहाना तो पड़ेगा।

चिता फूंककर सभी वापस आ गए हैं। वहां किसी ने भी पीछे लौटकर नहीं देखा। मना है। जलती चिता के पास से लौटो तो पीछे लौटकर देखने को मना किया जाता है।

निकल लो चुपचाप, हौले से। पीछे देखो तो चिता तुम्हें पुकारती है, टेरती है। सो पीछे मत देखो। पलटकर देखा कि संसार से गए। फिर तो मृत्युयोग, या वैराग्य। कौन जोखम उठाए भाई साहब। पलटो ही मती। जलती चिता की तरफ़ पीठ करके उस संसार की तरफ़ निकल आओ जो तुम्हें बांहें पसारे पुकार रहा है। संसार की सुनो। आदमी संसार की सुनता भी है। यही रीत है। इसी से संसार चल रहा है। चिता वैराग्य सिखाना चाहती है परंतु आदमी पलटकर भी उसकी ओर नहीं देखता। चिता उसे पुकारती रह जाती है। आदमी उसकी सुनता ही नहीं। आदमी मरने वाले की आत्मा की शांति और मुक्ति की प्रार्थना और कामना तो करता है परंतु स्वयं की आत्मा के इस तरह से मुक्त हो जाने की आशंका से ही घबराया रहता है।

घर पहुंचते-पहुंचते अंधेरा हो आया। सेठ अचानक ही आगे-आगे सरपट दौड़ गए। घर के अहाते में उगे नीम के पेड़ पर वे उतने ही सरपट चढ़ भी गए। चढ़कर नीम की डालियां तोड़-तोड़कर नीचे गिराने लगे।

रज्जन पहुंचे, तब तक नीम की पत्तियों का खासा ढेर अहाते में पड़ा हुआ था तथा सेठ, पेड़ पर अभी भी चढ़े हुए तय कर रहे थे कि अभी और कितनी डगालें तोड़ी जाएं?

जो भी बब्बा की किरिया से लौटा है, उसका शुद्धीकरण होगा। हर शख्स नीम की पत्तियां चबाएगा, ठंडे पानी से स्नान करेगा और तब ही घर में प्रवेश होगा। सेठ

उसी की व्यवस्था में लगे हैं। 'हाथियों के लिए तोड़ रहे हो क्या?' रज्जन ने नीचे से आवाज़ दी।

'क्यों?' सेठ ने ऊपर से ही पूछा।

'पूरा पेड़ ही गिरा दोगे क्या? ऐसा किया तो तुम भी साथ में टपक जाओगे चूतियाचंद।'

सेठ ऊपर से कूद आए और शिकायती मुद्रा में रज्जन के समक्ष खड़े हो गए।

'पूरा खानदान छह महीने तक दिन-रात भी चबाए, तब भी इत्ती पत्तियां न चबा पाएगा।...यार, तुम इत्ते चूतिया क्यों हो?' रज्जन ने कहा।

'इसमें चूतिया होबे की बात कहां आती है?'

'चूतियों को यदि अपना चुतियापा ही समझ आ जाए तो फिर वे चूतिया ही क्यों कहाएं?'

'अभी अगर हम कम पत्ती तोड़ते तब भी आप यही कहते कि इत्ती कम काहे को तोड़ीं?'

'तो भैया न कम तोड़ो, न जादा...।'

'हमसे जे हिसाब नहीं बनता...।'

'सही कहा। तुम भैंचो हो ही ऐसे। या तो ब्रह्मचारी, या फिर बलात्कारी। बीच का हिसाब ही नहीं। क्यों?'

गप्पू नहाने की प्रतीक्षा में वहीं खड़े हैं। कुछ सोचते हुए। बलात्कार शब्द सुनकर गप्पू का चिंतन टूटा। आंखें खोलकर रज्जन को घूरकर देखा। बोले कि यही अवसर मिला है तुम्हें इस तरह की अश्लील बातें करने का? 'यह अवसर निरर्थक बहस करने का नहीं है'-कहकर गप्पू ने पुनः आंखें मूंद लीं। रज्जन ने पूछा तो नहीं परंतु उनका यह मन अवश्य किया कि पूछ लें कि फिर यह अवसर किस तरह की बहस करने का है ताकि वैसी ही बहस की जाए।

'बहुत ठंड है'—रज्जन ने अब एक ऐसी बात कही जिस पर किसी के ऐतराज की संभावना नहीं थी। इसके जवाब में बस मौसम की बात ही की जा सकती थी। ठंड का ज़िक्र रज्जन ने श्मशान घाट में भी किया था। मन में इच्छा थी कि यहां से लौटकर जब नहाना पड़ेगा तो क्यों न गर्म पानी से नहाया जाए? रोज़ तो गर्म पानी से ही नहाते हैं। पर अभी जाकर ठंडे से ही नहाना होगा। गर्म पानी की बात भी की तो गप्पू बुरा मान जाएंगे। बिफर ही जाएंगे। कहेंगे कि बब्बा मर गए हैं और तुम्हें उनके लिए ज़रा-सा, ठंडे पानी से नहाना भी भारी पड़ रहा है?...तब रज्जन उनसे यह भी नहीं पूछ सकेंगे कि बब्बा के मरने का गर्म-ठंडे पानी से क्या संबंध है? क्या जब तक ठंडे पानी से नहाकर हमें निमोनिया न हो जाएगा, तब तक बब्बा की दिवंगत आत्मा को शांति नहीं मिलेगी?...रज्जन नहीं पूछेंगे। वे यूं ही समझदार नहीं कहाते। वे खूब जानते हैं कि किन बातों पर यहां बेवजह जूते चल सकते हैं।

नौकर लोग कुएं से पानी खेंच रहे हैं।

सब लोग एक एक करके ठंडे जल से स्नान करेंगे।

नीम की पत्तियां चबाकर प्रतीक्षारत हैं सब। छोटे-बड़े।

'यार तुम भैंचो, ऐसे नाजुक मिजाजी से, धीरे-धीरे बाल्टी काहे खेंच रहे हो... ?' रज्जन ने नौकर को फटकारा।

नन्ना ने भी रज्जन का साथ दिया।

'सही बात..., पाताल का पानी खेंच रहे हो क्या?...तुमारी बाल्टी के इंतजार में खड़े-खड़े हमारी मइयो...' नन्ना ने कहा।

'जोर-जोर से हाथ मारो रे...' गप्पू ने भी कहा।

अब रज्जन सेठ की तरफ़ मुड़े। बोले, 'अभी ठंडे पानी से भरी बाल्टी जब तुमारी खुपड़िया पे उलटेगी न, तो...'

सेठ फिलॉसफिकल हो चले। बोले :

'क्या कर सकते हैं भैया?...ठंड में मौत हो तो नहाने के लिए गर्मियों का इंतजार तो किया नहीं जा सकता न।'

सेठ एक बड़ी प्रैक्टिकल बात बता रहे थे परंतु रज्जन ने इसे मुंहजोरी माना।

'भौत बोलने लगे हो बेट्टा!'

सेठ चुप हो गए।

सेठ को परिवार की परंपरा का ज्ञान है। इस खानदान में बाप बेटे को, और बड़ा भाई छोटे को कब लतिया दे यह बता पाना स्वयं ईश्वर के लिए भी संभव नहीं है। यह परंपरा ईश्वर ने नहीं, आदमी ने बनाई है। ईश्वर के भरोसे रहना ठीक भी नहीं। आदमी को अपनी रक्षा स्वयं करनी होती है। सेठ का चुप रह जाना इसी सोच का नतीजा है। सेठ चुप हुए तो रज्जन ने इसे अपने प्रति उनका आदर माना। उन्हें अच्छा लगा। उन्हें इतना अच्छा लगा कि उन्होंने सेठ को जोरदार लात मारने का अपना इरादा मुल्तवी कर दिया। सहज हुए तो वे मौसम तथा मौत के चल रहे प्रसंग पर आगे अपने विचार प्रकट करने लग गए। रज्जन ने कहा :

'आजकल, ठंडी के मौसम में लोग कुछ ज्यादा ही मरने लगे हैं। सब भैंचो ठंड में ही मर रहे हैं आजकल।...याद करो? पंद्रह दिन पहले ही तो जमुना कक्का मरे। अरे, बे जतारा वाले। है कि नहीं? वैसे तब तो ठंड भी थोड़ी कम ही थी। उनके घर में तो गरम पानी का बढ़िया इंतजाम था। जिसको जैसा पुसाये वैसा नहा ले। हम खुद, वहां गर्म से ही नहाए थे। भैया, आदमी खूब मरे ठंडी में। पर जे बिलकुल नहीं होना चइये कि तुमारे मरबे के बाद जो भैंचो मरबे से बच गया है उसे ठंडे पानी से नहाना पड़ेगा। जतारा में सब गर्म पानी से ही नहाये थे। ऐन ठाठ से। पर इतें अगर हमने गर्म पानी मांग लिया तो पिताजी हमें कुएं में फेंक देंगे।

थोड़ी देर तक चुप्पी रही।

बस, कुएं की घिर्री पर रस्सी के घूमने की आवाज़ है। बाल्टी ऊपर को आ रही है।

'वैसे बूढ़े आदमी के लिए क्या तो ठंड, क्या गर्मी, मरने का बस, बहाना चाहिए। जो भी मौसम सामने पड़ जाए।...' रज्जन ने विचार सागर में और गहरा उतरते हुए

बुढ़ापे और मौत के संदर्भ में मौसम को बाइज्जत बरी करते हुए निर्णय दिया। वे आगे शायद कुछ और भी बताते कि तभी पीठ पीछे कुएं की जगत पर जोर-जोर से 'हो, हो, हो, हो' की ध्वनि होने लग गई।

लोटनप्रसाद ने नन्ना के सिर पर ठंडे पानी की बाल्टी उड़ेल दी थी। सारे ज़माने को ख़बर हो गई कि ठंड कितनी है और ऐसी ठंड में जान पर खेलकर भी लोग ठंडे पानी से मात्र इसीलिए नहा रहे हैं ताकि बाप की मृतात्मा बुरा न मान जाए।

इधर रज्जन की बात पर सेठ ने भी माना कि आप एकदम ठीक कह रहे हैं। बूढ़े आदमी का भरोसा नहीं कि वह किस मौसम में, किस बहाने से मर जाएगा। ठंड में निमोनिया, गर्मी में लू लपट और बरसात में कब कौन बूढ़ा फिसलकर अपनी हड्डी तुड़वाकर मर जाएगा, यह कह पाना बहुत कठिन है।

रज्जन ने सेठ की तारीफ करते हुए कहा तुम अभी इतनी बढ़िया बातें कर रहे हो कि इनाम के तौर पर हम तुम्हें यह सुअवसर देते हैं कि नन्ना के बाद पहले तुम्हीं नहा लो।

देर तक नहाने का कर्मकांड जारी रहा।

नहाकर, नन्ना खंडेरा से बाहर निकल ही रहे थे कि पीछे से लोटनप्रसाद भागते आए।

'क्या है बे?' नन्ना ने उन्हें इज्जत देते हुए पूछा।

लोटन प्रसाद तथा उनके वर्ग को वे इसी इज्जत का हकदार मानते हैं। गांव के गण्यमानो द्वारा 'अबे,' 'क्यों बे,' 'काहे सरऊ,' आदि संबोधनों द्वारा ही गरीबों और वंचितों को सामान्य तौर पर पुकारा जाता है। इससे इन हरामियों के दिमाग ठिकाने रहते हैं-यह सोच है उनकी। पूछा जा सकता है कि यदि इनको इज्जत देना यही है तो फिर बेइज्जत कैसे किया जाता होगा? उसके लिए सीधे लात ही मार दी जाती है या जूते से ठेल देते हैं। वैसे तो दलित और गरीब को लात मारना भी यहां बेइज़्ज़त करना नहीं माना जाता। यदि वंचित आदमी ही लात खाने से घबराएगा या इत्ती सी बात का बुरा मानेगा तब तो घोर कलियुग ही आ गया मानना होगा। 'क्या है बे' कहते हुए नन्ना चौखट पर ही रुक गए और पलटकर लोटनप्रसाद को देखने लगे। लोटन प्रसाद उनका ख़ास सेवक है।

'छोटी बहू ने बुलवाया था हमें...' लोटन ने धीरे से बताया।

'तो?' नन्ना ने पूछा।

इसके जवाब में लोटन प्रसाद अपना मुंह नन्ना के कानों के इतने करीब ले आए कि अब यहां तक आकर चुंबन ले लो, गाल काट लो या कान में फुसफुसा लो-जैसी परिस्थिति तथा अवसर बन रहा हो, वैसा किया जा सकता था। वे फुसफुसाने लगे। उन्होंने फुसफुसाकर पूरा ताला-प्रसंग नन्ना को सुना डाला।

नन्ना के तनबदन में मानो आग लग गई। अभी-अभी तो एकदम ठंडे पानी से नहाकर निकले हैं। बदन अभी भी गीला ही है। क्रोध में यह गीला बदन ऐसा तप

गया कि शरीर पर यहां–वहां छितरे जलकण छुन्न–छुन्न करने लगे। नन्ना उस मानसिक तथा शारीरिक अवस्था में आ गए जहां वे किसी को भी थपड़िया या लतिया सकते थे परंतु सामने बस लोटनप्रसाद थे जिनको लतियाना इस समय शास्त्र विरुद्ध कहलाता। लोटन ने ऐसी महत्त्वपूर्ण सूचना निश्चित ही यह मानकर उन्हें दी थी कि बब्बा की मौत के बाद अब नन्ना ही घर के मालिक की भूमिका निभाने वाले हैं। 'क्यों बे, तूने उनसे कहा क्यों नहीं कि जब तक नन्ना मरघटा से वापस नहीं आ जाते हैं, हम जे ताला–फाला सीलबंद न करेंगे,' नन्ना ने लोटन से वह बात पूछी कि जिसका उत्तर उन्हें स्वयं भी पता था।

'हम कैसे कहते मालिक?'

'मूं से कहते।...तुम और किधर से बोलते हो सरऊ?'

'हम कैसे मना करते?'

'मना कैसे किया जाता है?'

'हम भौत छोटे आदमी हैं सरकार.., आप लोगों के तलवे झाड़ के खाने वाले लोग। कैसे किसी से मुंहजोरी कर सकते हैं मालिक?'

'अबे, तू कितना घुटा हुआ इनसान है, यह हमसे न कहलवा। चलो, जो भी हुआ पर आगे से याद रखना कि कोई कुछ भी ऐसा उल्टा सीधा काम करने को कहे तो साफ़ नटेर जाना और कहना कि पहले नन्ना से कहलवा दो हमें, तभी हम ऐसा काम करेंगे।'

'हम कहेंगे भी तो हमारी कौन सुनेगा?'

'तू हमारा नाम लेना न?'

'और जो बे इसी बात पे हमें मारने लगें तो?'

'तो?...मारें कूटें, तो कुट लेना।'

लोटन सिर झुकाए खड़े रहे।

मात्र अंगोछा पहने, उघारे बदन खुपड़िया पर चिपके बाल, बदन पर यहां–वहां पानी की बूंदें, बालों से टपकता पानी–नन्ना लगभग नंगे खड़े हैं। लोटन प्रसाद को घूरकर देख रहे हैं। देखते–देखते अचानक ही मुस्काने लगे। मुस्काते हुए वे बोले,

'अबे, तू कब से कुटने–पिटने को डरने लगा? क्यों बे?'

नन्ना ने एक सार्वभौमिक सच की तरफ़ इशारा किया था जिसे लोटन प्रसाद जैसे गरीब लोग खूब जानते हैं। गरीब ही यदि इस तरह कुटने–पिटने से घबराने लगेगा तो फिर बड़े लोग किसी को मारने कूटने के लिए कहां जाएंगे?

मौत के बाद जो पहली रात उतरती है, उस रात कभी वह घर देखने की कोशिश कीजिएगा जहां दिवंगत ने अपना सारा जीवन बिताया था। घर, अचानक ही, मानो एकदम खाली हो जाता है। उस एक आदमी के न होने का एहसास ही इतना ज्यादा खालीपन पैदा कर जाता है कि आश्चर्य हो सकता है कि इस एक शख्स ने इस

घर की कितनी जगह छेंक रखी थी! घर का हर कोना उसके न होने का मातम-सा मनाता दीखता है। फिर बब्बा की तो बात ही क्या थी! अपने जीते जी भी बब्बा ने, इस घर के छोटे-से-छोटे क्रियाकलाप में भी इतनी जगह घेर रखी थी कि अभी कदम-कदम पर घर एकदम ही खाली लग रहा है। मानो कि कोई बहुत बड़ा परिवार अचानक ही सारा सामान समेटकर घर खाली कर गया हो। कितना वीरानापन, शोर के बीच भी कितना सन्नाटा।

उसी पहली रात का ज़िक्र कर रहे हैं हम। मकान मानो एकदम सकते में है। बब्बा के न होने के साथ सामंजस्य ही नहीं बिठा पा रहा है वह!

आधी रात से भी ज्यादा का समय बीत चुका है। तेज़ ठंड की हाड़ कंपा देने वाली सर्द रात में उकड़ूं होकर धरती पर पड़ा हुआ है घर। अंधेरे में डूबा हुआ। घुप्प अंधेरे से वैसे तो डूबी है दुनिया ही। सब तरफ़ अंधेरा है। शायद लुगासी की बिजली चली गई है। अक्सर जाती रहती है। गांव का मामला। चांद भी कहीं दीखता नहीं। सितारे अलसाए से। अंधेरा, कोहरा, निःशब्द वातावरण, कुत्ते तक चुप।

इस अंधेरी रात में घर एकदम चुपचाप तथा स्तब्ध खड़ा है। बब्बा की मृत्यु पर दो मिनट का जो मौन होना था, वही बहुत लंबा खिंच गया लगता है।

अब उसी रात के दो दृश्य।

बब्बा की मृत्यु के बाद की यह पहली रात है। रजाई में लिपटे पड़े हैं महंतजी। गुड़ी-मुड़ी मार के सोया करते हैं वे। जैसे-जैसे ठंड बढ़ती जाती है वैसे-वैसे वे और भी गुड़ी-मुड़ी होते चले जाते हैं।

अंधेरी रात। लुगासी के बाहर के इलाके में तो ऐसा निचाट अंधेरा है कि मुंह के बल गिरो तो यह भी न दिखे कि जिसके बल गिरे थे अपना वह मुंह है किस तरफ? इसी इलाके में एक छोटी-सी मढ़िया बनी है। चबूतरा। चबूतरे पर छोटा-सा मंदिर। मंदिर में सीताराम की सुंदर सी मूर्तियां। चबूतरे पर ही, एक छोटा-सा कमरा। यही कमरा है महंतजी की रिहाइश। मंदिर में पूजा का पाठ काम और कमरे में विश्राम। मान लें कि उनका ऑफिस-कम-रेज़ीडेंस। महंतजी इसी कमरे में रजाई ओढ़कर सो रहे हैं अभी।

मंदिर में मूर्तियों के सामने प्रज्वलित किए गए दिए भी कब के बुझ चुके हैं। चबूतरे पर धरी लालटेन भी भभककर कब की बुझ चुकी। पूरी मढ़िया अंधेरे में डूबी है। इसी मंदिर के नाम इससे लगा हुआ खेत है। उसमें एक कच्चा कुआं भी है। इसी खेत से मंदिर का खर्च चलता है, और महंतजी का जीवन भी। खेत अंधेरे में डूबा है अभी। अंधेरे का काला कंबल-सा ओढ़े पड़ा है खेत। मुंह बाये सो रहा है कच्चा कुआं।

अंधेरे में डूबा कमरा। रजाई लपेटे, गहरी नींद में महंतजी।

अभी तक तो यह महंतजी की मढ़िया ही है। यह खेत भी उनका। यह कुआं उनका। उसमें खड़ी फसल भी उनकी।... वैसे कानूनी तौर पर तो सब कुछ अभी भी बब्बा का ही है। कभी बब्बा ने यह सब महंतजी को सौंप दिया था कि ठाठ से पूजापाठ

कीजिए और खेत से अपना जीवन चलाइए। माया और आध्यात्म का एक साथ इंतज़ाम पकड़ा गए हैं बब्बा, परंतु भक्ति और माया को आप जीवन-भर भी आपस में मिलाते, रांधते रहें-वे मिलते नहीं। महंतजी यही कोशिश जीवन-भर करते रहे। माया में सने मन और तन से वे पूजापाठ करते रहे, जीवन-भर। माया को पीठ पर लादे हुए राम के पीछे भागते रहे। तो इस विधि से तो राम नहीं मिलने थे, न मिले। और माया ?...माया के रूप में मंढ़िया से जुड़ा यह खेत अवश्य था, परंतु अभी बब्बा की मौत के बाद तो यह भी हाथ से निकलता दिख रहा है। राम मिले नहीं और माया भी हाथ में न रही, तब तो खूब चूतिया बने महंत जी। लग तो अभी यही रहा है।

बहुत पहले की बात है। अब सोचो तो लगता है कि मानो सदियां ही गुजर गईं। महंतजी ने युवावस्था में ही संत का बाना धारण कर लिया था। गांव-गांव भिक्षाटन किया करते, प्रवचन देते, ज्ञान बांटते, आशीर्वाद बांटते। जहां जो मिला, सो खा लिया। कहीं भी रात गुजार ली। अलख जगाते घूम रहे थे कि यह करते-करते एक बार वे बब्बा के गांव जा पहुंचे। बब्बा को वे ऐसे भाये, या कहें कि बब्बा उन्हें ऐसे भाए कि फिर वे लुगासी के और बब्बा के होकर ही रह गए। बब्बा के व्यक्तिगत धार्मिक सलाहकार के पद पर अनौपचारिक नियुक्ति-सी हो गई, महंतजी की। बब्बा ने बाकायदा गुरू बना लिया उन्हें। एक मंढ़िया बनवा दी। यह खेत दे दिया। बब्बा उनका साथ पाकर कितना आध्यात्मिक हो पाए यह तो ऊपर से कभी किसी को भी पता नहीं लगा और शायद अंदर से बब्बा को भी नहीं, परंतु महंतजी अवश्य सांसारिक होते चले गए। भगल साधु की ही रही परंतु चिंताएं और चित्त गृहस्थ का होता गया था। संत का बाना, परंतु गृहस्थी के सारे तामझाम। बब्बा के साथ दिन-रात का उठना बैठना। उनके बीच आध्यात्मिक बातों से ज़्यादा तो सांसारिक बातें होतीं। बाद के वर्षों में तो बब्बा उनसे अलीपुरा की राजनीति से लगाकर अलीपुरा की औरतों तक की आत्मीय चर्चा किया करते थे। हर बात में उनकी राय लेते। बब्बा वैसे तो स्वयं भी कम गुरू नहीं थे परंतु अपने गुरू को राय की टेक मिल जाती थी तो उनको गलत निर्णय लेने का नैतिक साहस बना रहता था। इसीलिए वे महंतजी को बहुत मान देते थे।...हां, परिवार में अन्य कोई भी उन्हें संत का मान नहीं देता था। सभी की बहुमत से राय थी कि संत कहाता है पर है एक नंबर का हरामी। परिवार में अन्य किसी ने भी महंतजी को हृदय से नहीं स्वीकारा था। गप्पू उन्हें भक्ति पथ से विचलित संत मानते थे। बाकी लोग उन्हें संत ही नहीं मानते थे। बब्बा ने उनको अपना गुरू मान रखा था सो सभी चुप रहते थे वर्ना तो नन्ना से लेकर रज्जन तक सभी को यह परम विश्वास था कि महंतजी बब्बा को चूतिया बनाकर नाजायज़ फायदा उठाते रहते हैं गो कि उनको स्वयं यह स्पष्ट नहीं था कि आखिर यह फायदा है क्या ? फ़ायदे का पता नहीं था परंतु फ़ायदा उठाते हैं, इसका पक्का पता था। नन्ना गेरुवे वस्त्रों तथा बब्बा का लिहाज़ करके रह जाते थे। वे मानते थे कि बाप के गुरू के पिछवाड़े पर लात मारने की आपकी कितनी भी बलवती इच्छा हो रही हो, इसे दबाना ही उचित है। बाप के प्रति सम्मान दिखाने का यह भी एक तरीका है। इसके बरखिलाफ़, रज्जन अवश्य बब्बा के सामने

भी महंतजी को बर्दाश्त नहीं करते थे। यह बात महंतजी समझते और जानते थे। फिर भी बब्बा के रहते हुए अभी तक महंतजी के हित हमेशा ही सुरक्षित रहे थे।

बब्बा कभी मर भी सकते हैं, यह उन्होंने कभी सोचा ही नहीं था शायद। शरीर नश्वर है यह वे जानते थे परंतु बब्बा का शरीर भी नश्वर है, यह विचार ही महंतजी के मन में नहीं आया कभी, इसीलिए किसी भी अन्य सांसारिक व्यक्ति की भांति वे इस मौत से दुखी थे और चिंतित भी। रजाई में गुड़ी-मुड़ी पड़े महंतजी न जाने कब तक अंधेरे कमरे में छनकर आते लालटेन के झीने प्रकाश में खटिया पर उलटते-पलटते रहे। न जाने क्या क्या सोचते-सोचते कब गहरी नींद में चले गए पता ही नहीं चला। महंतजी अभी उसी गहरी नींद में हैं। अंधेरी रात का यह कौन-सा प्रहर है यह बताना भी कठिन है।

तो यह हुआ आज की रात का पहला दृश्य।

अब इस दूसरे दृश्य को देखिए। चाहें तो इसे भी पहले दृश्य के साथ मिलाकर देख सकते हैं क्योंकि इस दृश्य में पहले दृश्य की चिंताओं का ही विस्तार है। बहरहाल। यह दृश्य भी रात का ही है। रात बीत चली है। अलसभोर हुआ चाहती है। अंधेरा भी और कहीं उजास का आभास भी। अंधकार में उजास की छाया है। अलसभोर का आभास क्षितिज पर है। यदि पाठक की आंखों में महंतजी की तरह कच्चा मोतियाबिंद नहीं उतर आया है तो उसे खेतों के बीच एक पगडंडी दिखेगी। इसी पगडंडी पर अपनी ही धुन में जाते हुए महंतजी भी देखे जा सकते हैं। रास्ता सुनसान है। ठंड की इस कोहरे भरी अलसभोर में भला कौन निकलेगा इधर? इसी सुनसान डगर पर बड़े आत्मविश्वास से चले जा रहे हैं महंतजी। यूं भी सुनसान रास्तों पर चलने में महंतजी कभी भी घबराए नहीं। जीवन की शुरुआत में तो उनको सुनसान, अंजान रास्तों पर चलने में ही मज़ा आता था। बचपन से ही सुनसान रास्ते मानो पुकारते थे उन्हें।

होंगे वे दस-ग्यारह साल के कि जब उन्होंने गृह त्याग दिया था। गृहत्याग ही कह लो क्योंकि साधुओं की जीवनगाथा में इसे गृहत्याग ही कहने का रिवाज है। वर्ना सांसारिक शब्दावली में कहें तो एक रात वे घर से भाग निकले थे। पढ़ने में एक धेले का भी मन नहीं लगता था। अजब वैराग्य-सा छाया रहता था बालक के मन पर। उनके पिताजी उन्हें कभी समझ न सके। मान्य परंपरा है कि बाप यदि बेटे को न समझे तो उसकी ठुकाई करता है। महंतजी रोज पिटते। ऐसी ही एक किसी करारी ठुकाई के बाद वे घर से भाग गए। भागकर साधुओं की एक मंडली में शामिल हो गए। गांव-गांव भटकते फिरे। फिर भटकने में ही मज़ा आने लगा। रास्ते-ही-रास्ते। रुकना कहीं भी नहीं। सोचा तो यही था कि यूं ही भटकते हुए यह जोगी जीवन बीत जाएगा। तब यह पता ही कहां था कि भटकते हुए एक दिन बब्बा मिल जाएंगे। बब्बा ने उन्हें रोक लिया। क्या था बब्बा में जो उस युवा जोगी को भा गया था? पता नहीं। पर जोगी रुक गया। महंतजी को एक ठीया दे दिया था बब्बा ने। उनसे सुनसान रास्तों पर चलने की आदत छुड़ा ली। अंजान रास्तों के प्रति भय तथा शंका पैदा कर दी, मन में। बब्बा ने धीरे-धीरे महंतजी को गृहस्थ जैसा ही डरपोक आदमी बना डाला।

पगडंडी सुनसान तो है पर जानी पहिचानी-सी भी है। पगडंडी के दोनों तरफ़ खेत हैं। अलसभोर की जादुई रोशनी में चने के खेत की हरीतिमा ऐसी सम्मोहक लग रही है कि विभोर होकर महंतजी रुक गए। निहारने लगे खेत को। वाह!...धन्य है! क्या कहने!...महंतजी गेरुआ धोती डाले हुए हैं। ऊपर का पूरा बदन नंगा। इतनी ठंड में भी नंगे बदन हैं? क्या पता कि क्यों हैं? पर हैं तो। दृश्य में तो कुछ ऐसा ही नज़र आ रहा है। जो हो। पेट बाहर की तरफ। चर्बी से भरा शरीर। थुलथुला, खाया पिया। सूजे-सूजे से घुटने। चलते हैं तो घुटनों से कट-कट की आवाज़ें आती हैं। कदाचित् बुढ़ापा दस्तक दे रहा है। यूं उम्र ऐसी भी नहीं है। बब्बा से तीसेक साल कम ही रहे होंगे महंतजी।

लो, चिड़ियों ने चहचहाना भी शुरू कर दिया है। अलसभोर का जो धुंधला-सा प्रकाश था अब तेज़ हो चला है। खेत में उगा चना मानो उनके हाथ पकड़कर महंतजी से आग्रह कर रहा है कि पगडंडी छोड़कर खेत में उतर आओ। तभी दो स्त्रियां भी निकली हैं। उनके साथ में एक आदमी है। 'पालांगी महाराज' कहा आदमी ने। हाथ उठाकर आशीर्वाद दिया महंतजी ने, 'जीते रहो'।...आशीर्वाद देने को हाथ उठाया तो स्वतः ही सिर की तरफ़ चला गया। खुजली हो रही है। साधु की धज रखो तो बड़े बाल रखना पड़ते हैं। साथ में बड़ी दाढ़ी भी धर लो तो साधुपना और भी निखर आता है। पर बड़े बालों की अपनी मुसीबतें।...महंतजी सिर खुजाते हुए चिंतित हुए। कहीं, फिर से जुंवे तो नहीं पड़ गए? पड़ जाते हैं तो सारी महंताई की ऐसी तैसी हो जाती है।

खुजली करते-करते ही अचानक, न जाने क्यों, महंतजी को लगा कि 'पालांगी' करने वाले लोग लुगाई उनसे थोड़ी दूर निकले तो उन पर हंस रहे थे। क्या यह उनका भ्रम मात्र था? या सच भी हो तो आश्चर्य कैसा? गांव बदल रहा है। लोग साधु-संतों को अब वह आदर नहीं देते। आदमी कमीना हो चला है। ज़्यादा दुनियादार भी। कलियुग है। धार्मिक भाव तो मानो समाप्त ही हो गया है समाज में।...एक हरामी लौंडे ने तो उस दिन एक कुत्ते को ही उनके पीछे छू कर दिया था। वो तो वह कुत्ता ही कुछ कम कुत्ता निकला था या कह लो कि किंचित धार्मिक टाइप निकला कि उसने थोड़ी दूर तक पीछे-पीछे भौंककर ही उन्हें छोड़ दिया था।

थोड़ी देर रुककर महंतजी फिर चल पड़े हैं पगडंडी पर।

भोर हो गई है। अब सारा दृश्य एकदम साफ़ है।

पगडंडी से थोड़ी दूर पर ही एक मंढ़िया दीख रही है। तिकोनी ध्वजा फहरा रही है मंढ़िया पर। चबूतरा। सोने का कमरा। लालटेन। कोने में धरा घड़ा।...अरे, यह तो अपनी ही मंढ़िया है। हद्द है। सही तो है। अपना ही तो चबूतरा है।...पर वे तो अभी-अभी कमरे में रजाई ओढ़कर सो रहे थे न? अभी कुछ देर पहले तक तो आधी रात थी न? फिर यह भोर कैसी? फिर वे इस पगडंडी पर कैसे? वे उठे कब? कब रजाई से बाहर निकल आए? इतनी ठंड में? और ऐसे नंग धड़ंग से?...महंतजी समझ ही नहीं पा रहे हैं कि यह किस बात का संकेत है? क्या वे आजकल ऐसे ही रास्तों पर

जा रहे हैं कि जिनका उन्हें स्वयं पता नहीं होता? क्यों सारे ही रास्ते इसी मंढ़िया, इसी खेत और चबूतरे पर खत्म होते हैं? उनका जीवन खेत, मंढ़िया और चबूतरे की संपत्ति की चिंता में ही उलझकर क्यों रह गया है? वे तो बहुत बड़े उद्देश्य और स्वप्न लेकर साधु बने थे न? फिर वे कब इन पगडंडियों पर निकल आए जो लौट लौटकर इसी खेत और मंढ़िया तक ही पहुंचती हैं? कभी मोक्ष की राह पर चलने की ठानी थी न? फिर ये कौन से रास्ते पकड़ लिए उन्होंने? क्यों उन्हें खेत और मंढ़िया की संपत्ति में ही अपना मोक्ष नज़र आने लगा? सोचते-सोचते अचानक ही उनका पांव गोबर में पड़ गया। किसी भैंस या गाय ने दिल खोलकर गोबर किया था वहां। खड़ाऊं, पंजे और टखने तक घुस गया उनका पांव। छीऽ-छीऽ।...वे जोर से झटकने लगे पांव को, हवा में। गोबर उड़ने लगा आसपास। पांव को कुछ और जोर से झटका तो खड़ाऊं पैर से निकलकर हवा में उड़ी और चने के खेत में जा गिरी। खड़ाऊं उठाने हेतु वे खेत में घुस गए।

चने के पौधों के बीच पड़ी खड़ाऊं अभी वे उठा ही रहे थे कि मुंह के बल चने की फसल के बीच में जा गिरे। किसी ने पीछे से लतिया दिया था महंतजी को।

महंतजी जैसे तैसे उठे। खड़े हुए। पलटकर देखा तो एक लठैत वहां खड़ा था। ऊंचा कद। मुछाड़िया। बारीक, जीरो कट बाल कटाये। पूरी धज ही पहलवान कट। पहिचान में नहीं आ रहा है। कौन है यह दुराचारी? लुगासी में ऐसा कौन दुस्साहसी पापी है जो महंतजी को लात जमा दे? जमा भी दी तब भी, चलो कोई बात नहीं, परंतु लात ज़माने के बाद ठाठ से कैसा ढीठ की तरह खड़ा भी है? हिम्मत तो देखो कि इतने के बाद भी महंतजी की आंखों में आंखें डालकर देखे जा रहा है!

'क्यों बुढ़ऊ, चना चोरी कर रहे हो?'

महंतजी क्रोध से लाल हो चले। भोर की लालिमा में तो एकदम लाल भभूका दीखने लगे।

'तू कौन होता है रे पूछने वाला?...'

'मैं बताऊं कि कौन होता हूं?...खसम होता हूं तुम्हारा।...जान लिया? खसम तो समझते हो न?...खसम समझ लो अपना। बुढ़ापे का ख्याल कर रहा हूं नहीं तो एक लाठी तुम्हारी चूतड़ पे लगाऊंगा तो अबकी बार ऐसे गिरोगे कि उठबे का मन न करेगा।...भैंचो, एक तो ब्रह्ममुहूर्त में चोरी करते हो और हमसे पूछते हो कि तुम कौन?...'

महंतजी अवाक्। क्या इतना कलजुग आ गया है? एकदम ठेठ कलजुग। क्या रातोंरात ही पूरा-का-पूरा कलजुग यहां आ पहुंचा? अरे, खेत हमारे। चने हमारे। फसल हमारी। अपनी मंढ़िया से लगे अपने ही खेत में खड़े हैं हम और यह पूछ रहा है कि...।

'मूर्ख, ये हमारे खेत हैं। हम इसमें जो भी करें। तू पूछने वाला कौन होता है?'

लठैत हंसने लगा। बोला :

'पगला गए हो क्या महाराज? कौन कहता है कि जे खेत तुमारे हैं?...'

'हमारे ही तो हैं...'

'चूतिया हो क्या?'

लठैत की बातों और संपूर्ण व्यक्तित्व में कुछ ऐसा आत्मविश्वास है कि महंतजी उसकी इस बात का तुरंत कोई उत्तर नहीं दे सके। अवाक् से रह गए। इस आदमी का साहस तो देखिए। हमसे पूछ रहा है कि तुम चूतिया हो क्या?...

बताइए! महंतजी ने कभी यह कल्पना भी नहीं की थी कि कोई उनसे यह भी पूछ सकता है। दुनिया वास्तव में ही बेहद कमीनी है—वे ही चूतिया थे जो इसे जान नहीं पाए।

'खेत हमारे हैं—इसमें...' महंतजी ने कहने की कोशिश की।

'फिर वही चूतियाचंद वाली बात... ? तुम तो जे बताओ कि मंढ़िया वाले खेत की रजिस्ट्री तुमारे नाम हती क्या?' लठैत ने हंसी उड़ाने के अंदाज़ में पूछा।

महंतजी सकते में आ गए। यह क्या पूछ रहा है? वैसे तो सही बात ही पूछ रहा है। सच ही कह रहा है। बब्बा ने तो कभी यूं ही कह भर दिया था कि ये खेत आपका। दशकों पहले। तबसे वह खेत महंतजी का हुआ। न लिखा-पढ़ी। न कागज़-पतरी। न रजिस्ट्री। खेती भी बब्बा के कारिंदे ही करते थे। महंतजी कभी आते-जाते पूछपाछ लेते थे। बस। इसी से जीवन चलता रहा अभी तक उनका। इसी से भगवान की पूजा अर्चना भी चलती थी।

'खेत की रजिस्ट्री तो ख़ैर बब्बा के नाम रही...' महंतजी ने लड़खड़ाते हुए स्वर में माना।

'फिर?'

'फिर क्या... ?'

'देखो महाराज, बब्बा के तो टंट फोर उठ गए हैं। तुमें पता ही है। तो जे खेत तो फिर से वापिस उनके बच्चों के पास ही चला गया कि नहीं?'

'कैसे?'

'नहीं समझे, कैसे? तभी तो हम बता रहे थे कि तुम चूतिया हो।'

'क्यों? बब्बा के मोंड़ा-मोंड़ी भी तो हमारे शिष्य हैं। सो खेत तो हमारे ही कब्जे में कहाया न।' महंतजी की आवाज़ में मानो ताप ही नहीं बचा है।

'घंट धरा है कब्जा तुम्हारा।...अबे, जे खेत अब तुमारा नहीं बचा है। कब्जा-कब्जा क्या जपे जा रहे हो?

'क्यों?...'

'क्योंकि बब्बा के बच्चों ने, जिन्हें तुम अपना शिष्य समझे हो-पीछे से अपने गुरूजी की लंगोटी खेंच ली है। बब्बा मरे और जे खेत हमें बेच दिया उन्होंने। हमने उनसे खरीदा है।...अब जे खेत तुमारा नहीं रहा। तुमारा तो बस वो चबूतरा और मंढ़िया। और जे खड़ताल। इसे बजाओ। भीख मांगो। भजन गाओ।...लौ लगाओ सीताराम से।...बस। अब खेत की तरफ़ भूलकर भी आंखें न उठाइयो।...नहीं तो हम तुम्हारी ऐसी पूजा करेंगे कि तुम खड़ताल बजाने लायक भी न बचोगे।'

लठैत बोलता ही चला गया। वह, वे सब बातें बोल रहा था जिनकी आशंका में महंतजी के प्राण, बब्बा के मरने के बाद से सूखे जा रहे थे। सुनते-सुनते कानों ने मानो

सुनना बंद कर दिया। कानों में घुन-घुन सा कुछ होने लगा। गन्नाटा आने लगा महंतजी को। आंखों के सामने चिंगारियां उड़ने लगीं।

महंतजी धड़ाम से गिरे। पगडंडी की मिट्टी जटाओं में भर गई।

और नींद खुल गई महंतजी की।

तो क्या यह सब सपना था? हां, सपना ही तो था। गहरी नींद का सपना था। टूटा, तो बहुत देर तक तो महंतजी को कुछ सूझा ही नहीं। चारों तरफ़ अभी गहन अंधकार था। आधी रात का समय रहा होगा। सब तरफ़ निपट अंधेरा है। तेज ठंड है। फिर भी पसीने से नहा गए हैं महंतजी! भयभीत। था तो सपना परंतु कितना साफ़। दिल अभी तक तेज-तेज धड़क रहा है। बेचैन होकर रजाई हटा दी महंतजी ने। खटिया पर उकड़ूं बैठ गए। कुछ सूझ ही नहीं रहा।...क्या भवितव्य माना जाए इस सपने को?

ठीक यही रात।

बब्बा की मृत्यु के बाद की पहली रात। उधर महंतजी की नींद टूट गई है और इधर गप्पू की। बब्बा के कमरे में, भूमि पर सो रहे थे गप्पू। अचानक ही चौंककर उठ बैठे हैं।

भूमि पर क्यों सो रहे हैं गप्पू? आज ही नहीं, अभी तो तीन दिनों तक उनको इसी तरह, यहीं सोना है। इसी कमरे में, ज़मीन पर। यही रिवाज़ है। जो शख्स मुखाग्नि देता है उसे प्राणी के कमरे में ही सोना पड़ता है। प्राणी की मृत्यु के स्थान पर दीपक जलाते हैं। वहीं ज़मीन पर बिस्तर लगता है। रात जितनी सर्द है, उतनी ही सर्द ज़मीन भी। मानो ठंडी पैनी बरछियों पर बिछा हुआ है उनका गद्दा। गद्दे को चीरती हुई ठंड की बरछियां गप्पू की हड्डियों में गहरे उतर गई हैं। कांपने लगे हैं वे।

कमरे में गहन अंधकार है। दीपक कब का बुझ चुका।

गप्पू उठे। टटोलकर, ताक में से माचिस उठाई। दीपक को दोबारा जलाया। शास्त्रों में यही लिखा है कि दीपक तीन दिन तक अहर्निश जलना है। जिन्होंने पढ़ा है, वे यही बताते हैं। पता नहीं कि उनने भी पढ़ा है कि नहीं।...किसी ने तो कभी ख़ैर पढ़ा ही होगा। तभी न कहते होंगे।...दीपक जल गया तो कमरा, धीमी सी मद्धम रोशनी में, आंखें मलता हुआ मानो सामने बैठ गया लगता है। अचानक ही गप्पू को उस दीपक का ख्याल आया जिसे वे पीपल के नीचे जलाकर छोड़ आए थे। उस दीपक का क्या हुआ होगा?...वह तो कब का बुझ ही चुका होगा। वह तो उन्होंने वैसे भी शाम को धरा था। पीपल के नीचे दीपक रखने का भी रिवाज है। श्मशान से लौटकर, सूर्यास्त के समय, गप्पू ने नाई तथा पंडित के साथ नदी जाकर, मिट्टी के घड़े में जल भरा था और वहीं पर, पास के टीले पर उगे पुराने पीपल पर यह जल चढ़ाया था। पीपल को और भगवान आशुतोष को चढ़ाते हैं यह अर्ध्य। फिर एक बड़ा-सा दीपक जलाकर मिट्टी की एक खाली गगरी की तली में धरा गया था। इस गागर में छेद ही छेद थे। प्रकाश के लिए इतने सारे मोखे। छेदों वाला प्रकाशित यह घड़ा हाथ में लेकर गप्पू

ने पीपल की परिक्रमा की और प्रकाशित घड़े को पीपल के नीचे धर दिया था। फिर बिना पीछे की तरफ़ देखे सभी लोग घर लौट आए। पंडितजी की यही चेतावनी थी कि पीछे पलटकर पीपल को बिलकुल न देखना कोई भी।

'पीछे क्यों नहीं देखना?' साथ गए कप्तान ने साथ गए रज्जन से पूछा था। रज्जन ने बताया था कि कहीं पीछे की तरफ़ देखा भी तो पीपल के भूत तुम्हारी चूतड़ पर लात मार सकते हैं। इसलिए।

गप्पू ने भी कप्तान का यह प्रश्न सुना। रज्जन ने अपना उत्तर फुसफुसाकर दिया था सो वे रज्जन का उत्तर तो नहीं सुन सके थे। गप्पू कप्तान को समझाने लगे कि यह प्राणी की आखिरी विदाई की रस्म है। अब वो हमसे अलग दुनिया में जा रहा है। न हमें उससे कोई मोह बांधना है, न उसे हमसे। दोनों को मुक्त होना है इस मोह से। पीछे देखोगे तो मोह जागेगा–न वह परलोक में सुखी, न हम इस लोक में। इसीलिए जाने वाले को पलटकर नहीं देखना है।

कहने को तब कह तो दिया था पर मोह इस तरह कहीं टूटते हैं क्या? अभी गप्पू रजाई ओढ़कर बब्बा के बारे में ही तो सोच रहे हैं। क्या बब्बा वास्तव में मर गए? क्या वे अब उनके जीवन में नहीं ही रहे? ऐसा कैसे होता है कि एक पल पहले तक जो आपके होने का अभिन्न हिस्सा था, यूं अचानक कहीं रह ही नहीं जाता? यही सब सोचते हुए वे देखे जा रहे हैं खाली कमरे को। दीपक की कमज़ोर रोशनी में मानो कमरे का अंधकार ही और स्पष्ट दिखने लगा है।

गप्पू ज़मीन पर बिछे गद्दे पर उकड़ूं होकर सो रहे थे। बचपन से ऐसे ही सोने की आदत है उनकी। घुटनों को पेट से चिपका लेते हैं। बब्बा हमेशा ही टोकते रहे कि सोया तो ठीक से कर...। कहते कि तुमने जीवन में कोई भी काम तो कभी ढंग से किया नहीं, कम-से-कम सोया तो आदमियों की तरह करो। कई बार तो बब्बा लात से ठेल देते कि चूतियाचंद, जे अपनी गठरी तो खोल दो! पर वह आदत उम्र भर कभी गई नहीं।

गप्पू अभी भी उकड़ूं लेटे हुए ही बब्बा को याद कर रहे हैं। बब्बा की इतनी स्मृतियां मन में खलबली मचा रही हैं कि नींद तो आने से रही। लग रहा है कि अभी वहां से बब्बा निकलेंगे और लात से ठेलकर उन्हें जगा देंगे कि आदमियों की तरह सीधे क्यों नहीं लेटता है रे भैंचो...। गप्पू बब्बा की लात तथा भैंचो की याद में हैं या प्रत्याशा में, कहना कठिन। बब्बा की यादें...। यादें, और और यादें।

गप्पू कब सिसककर रोने लग गए पता ही नहीं चला। अंधियारे कमरे में घुटनों को छाती से और ज़्यादा भींचकर फफककर रो रहे हैं गप्पू।

अब इसी रात में तनिक नन्ना को भी देख लिया जाए।...सो चुके होंगे, शायद। ...नहीं, नहीं। सोए नहीं हैं। नींद तो नन्ना को भी नहीं आ रही। परंतु पाठक इस भ्रम में कतई न रहें कि गप्पू की भांति नन्ना भी बब्बा की याद में विव्हल होने के कारण नहीं सो पा रहे हैं। नन्ना यूं कभी फालतू में भावुक नहीं होते हैं। उनका

मन भावुक होने की चेष्टा भी करे तो नन्ना का दुनियादारी वाला दिमाग मन को फटकार देगा कि तू किस चूतियापे में भावुक हुए जा रहा है रे ?...क्या तू अस्सी साल के एक बूढ़े की मौत पर भी छाती कूटेगा ? अस्सी साल का बूढ़ा न मरेगा तो फिर कौन मरेगा ? बब्बा को तो मरना ही था। बल्कि सही कहें तो वास्तव में तो इस मामले में बब्बा सात आठ साल लेट ही हो गए थे। उनके साथ के कितने ही लोग उचित समय पर निकल लिए थे। यार, बब्बा को तो मरना ही था। आज न मरते तो कल मरते। आखिर कब तक जीते रहते ? ईश्वर हर बूढ़े को मारता ही है। तभी तो सब लोग ईश्वर पर आस्था रखते हैं। तो नन्ना को, बब्बा की याद के कारण नींद न आ रही हो, ऐसा नहीं है।...उनकी नींद तो गोपी की बहू के चतुराई भरे व्यवहार के बारे में सोच सोच कर उड़ी हुई है।...दारी की हिम्मत तो देखो कि... । हद है कि नहीं ? इसने बब्बा के कमरे के ताले को मोहरबंद कर दिया! न किसी का डर, न कोई लिहाज। है तो कल की छोकरी परंतु खरकरम तो देखो स्साली के!...पता नहीं कि दुर्वासा कैसे गुस्सा होते थे और गुस्सा होने पर क्या क्या करते थे। नन्ना का गुस्सा दुर्वासा टाइप ही होता है। उनकी पत्नी का तो यही मानना है।

बहुत गुस्से में हैं नन्ना। हृदय एकदम धधक सा रहा है। छाती से धुआं उठ रहा है। दम जैसा घुट रहा है। मन कर रहा है कि उठें और जोर-जोर से गरियाएं। पर किसे ? और किसे ? गोपी की बहू को ही। और किसे ? वैसे वे जब भी गरियाते हैं तो व्यक्ति विशेष के अलावा सारे ज़माने को भी साथ साथ बताते जाते हैं कि उन जैसा कमीना और मादर...कहीं नहीं मिलेगा सो उनसे कोई भिड़ने की सोचे भी नहीं तो बेहतर है।...

'क्या हुआ ?...सोए नहीं ?' पास की खटिया पर लेटी पत्नी ने पूछ लिया।

छत के एक कमरे में लेटे हैं नन्ना। रेल के डिब्बे जैसा लंबा-सा कमरा है यह। फिलवक्त अंधेरे से भरा हुआ है कमरा। नन्ना आंखें भींचे पड़े रहें या खोलकर, फर्क नहीं पड़ता और आंखों की भी क्यों कहें। उथल-पुथल तो मन में मची हुई है। समझ नहीं आ रहा कि करें क्या ? छोटी सी तो इच्छा थी उनकी कि बब्बा के मरने के बाद वे जितना ज्यादा मालमत्ता हड़प सकें उतना बढ़िया रहेगा। इसी मासूम तमन्ना के तहत उन्होंने बब्बा की चाबी मार दी थी कि किसी को पता भी नहीं चलेगा और वे आज की रात, बब्बा के कमरे से जितना माल मार सकते हैं, मार लेंगे और गोपी की बहू ने यह दुष्टता की है कि सारा मामला ही उलझा डाला। पढ़ी-लिखी औरत को घर में ला दो तो यही होता है भैंचो... ।

नन्ना ने कोई जवाब नहीं दिया। बस, गहरी श्वास ली।

'हुआ क्या ?' पत्नी ने पुनः पूछा है। ये भी ऐसे पूछ रही है मानो कि कुछ पता ही न हो ?...क्या बताएं नन्ना कि क्या हुआ है ? यहां तनबदन में दमार फुंकी जा रही है और जे महारानी पूछ रही हैं कि क्या हुआ ? अगर इसने एक बार भी और पूछ लिया न तो गोपी की बहू को तो बाद में देखा जाएगा पहले वे इसे एक करारी लात लगा सकते हैं। नन्ना बेचैन होकर बैठ गए और बोले, 'कुछ नहीं। तुम सो जाओ। हम तनिक मूत कर आते हैं...'

पत्नी चुप रही। कहने को वह कह सकती थी कि तनिक क्यों, पूरा ही मूतकर आओ न क्योंकि जब एक बार मूतना शुरू कर ही दोगे तो फिर इसमें क्या तो तनिक और क्या पूरा? परंतु वह खूब जानती हैं कि मामला पेशाब लगने का नहीं है। यह छटपटाहट पेशाब लगने या रुकने की नहीं है।...और पेशाब कर के आने से समाप्त भी नहीं होने वाली।

नन्ना उठने लगे।

पत्नी ने फिर पूछा, 'नींद नहीं आ रही न?'

नन्ना बिफर गए।

'कोई भैंचो मुझे चूतिया और खुद को हुशियार समझ रहा हो और तुम पूछती हो कि नींद क्यों नहीं आ रही?...अरे, जे तो स्साला गमी का मौका पड़ गया है वर्ना तो हम शाम को ही उसकी हुशियारी उतार डालते...'

'फालतू ही अपना माथा गरम न करो...।' पत्नी ने कहा। और क्या कहती?

'अभी हमारा माथा ठीक से गरम कहां हुआ है? गरम ही हो गया होता तो हम तो दारी के झोंटा पकड़ के...'

'जो भी करना हो सोच-समझ के करियो। पढ़ी-लिखी औरत है। चार कानून जानती होगी...।' पत्नी ने समझाया।

'कानून?...कौन सा कानून? मां की आंख कानून की...!'

'औरतन के लाने आजकल दस कानून...'

'कानून को हम धरते हैं इस पे।...ऐसी औरतों को भी यहीं धरते हैं।'

'फिर भी...'

'तो हम कौन सी गैरकानूनी बात कर रहे हैं यार? जे भी कोई बात हुई कि कोई हमारे घर में इत्ता बड़ा नाटक खेल जाए और हम उसके झोंटा पकड़कर उसे चार लातें भी न लगा सकें? लानत है भैंचो ऐसे कानून पर जो मर्दों को खस्सी बनाता हो।'

'देखो, हम फिर तुमें बरज रहे हैं। कुछ भी करबे से पेले जे ध्यान रखियो कि वो कानून-कायदे जानने वाली औरत है। कह रही थी कि अब तो बाहर के चार गवाहों के सामने ही कमरा खुलेगा और मालमत्ते की लिस्ट बनेगी...।'

नन्ना अवाक् रह गए।

'क्या बोली वो भैंचो?'

'जे ही कि अब जे सील चार गवाहों के सामने ही टूटेगी।'

'इतनी हिम्मत स्साली की।' नन्ना हैरान हैं। पूछने लगे :

'और तुमने सुन लिया?...'

'हम क्या कहते?...'

'कहबे की कौन कह रहा है? अरे, लगातीं चार लातें।...लगातीं दो थप्पड़।...लातन के भूत हैं जे तो।...'

नन्ना बताने लगे कि कुछ बातों का उत्तर लात से ही दिया जाता है। उनके लिए मूं खराब करने का कोई मतलब नहीं होता।

पत्नी ने फिर सलाह दी कि गुस्सा होबे से कुछ नहीं होना है। जब वो गवाहों की बात कर रही है तो अपने को भी...।

'अरे, गवाहन की तो हम मां चो...' नन्ना बताने लगे कि उनका इरादा गवाहों की मां से ठीक वही व्यवहार करने का है जो कभी उनके बाप ने किया होगा, जिसके फलस्वरूप ये गवाह कभी पैदा हुए थे।

'देख लेइयो।...कुछ ऊंच नीच न हो जाए...।' पत्नी आज लात खाने पर ही उतारू प्रतीत होती है।

'सामने वाला नीचता पर उतारू हो और हम ऊंचाई पर बैठे रहें, तुम जे चाहती हो क्या? हमसे जे सब फालतू की उम्मीद न रखना। हम ऊंचे से अभी इत्ता नीचे कूदेंगे कि...'

पत्नी चुप रही। नीचता का सबसे पहला प्रदर्शन तो पति पहले उस पर ही कर सकता है।

पत्नी चुप थी पर नन्ना बड़बड़ाते रहे।

'अब इस घर के आंगन में अदालत बैठेगी? गवाह आएंगे?...और जज की कुर्सी पे कौन भैंचो बिराजेगा? जे गोपी की बहू?'

बड़बड़ाते हुए नन्ना छत की तरफ़ खुलने वाले दरवाजे की तरफ़ अंदाज़ से बढ़ रहे थे। दरवाजा खोला तो अंधेरे में छुपा हुआ, तेज ठंड का बेहद सर्द झोंका नन्ना के मुंह पर थप्पड़-सा मारता हुआ कमरे में आ गया।

'शांति से काम लेना तुम।...भड़भड़ाने से कुछ नहीं मिलना है।' पीछे से पत्नी ने कहा।

नन्ना भी खूब जानते हैं कि भड़भड़ाने से कुछ नहीं मिलने वाला। परंतु क्या करें? अंदर इतनी सारी भड़भड़ाहट मची हुई है कि बिन भड़भड़ाए रहा भी तो नहीं जा रहा।

छत पर मोरी बनी हुई है।

बिना और कुछ कहे वे कंपकंपाती ठंड में मोरी की तरफ़ चल दिए। अमावस की रात है। अंधकार पूरी छत पर लहरा रहा है अंदाज़ से ही मोरी तक पहुंच गए नन्ना। पहुंचते-पहुंचते वे जोर-जोर से किसी अनाम शख्सियत को गालियां देते गए। वे उस अनाम की मां और बहिन के अलावा स्वयं उसके साथ भी आत्मीय शारीरिक संबंध बनाने के इरादे बताते रहे।

मोरी पर बैठ गए नन्ना।

परंतु पेशाब थी कि उतरी ही नहीं।

पेशाब की कोशिश करते हुए वे ऊंची आवाज़ में, धमकी के स्वरों में तुलसीदास जी की वह विख्यात-कम-कुख्यात चौपाई बोलने लगे जहां ढोर, गंवार, शूद्र तथा पशु के साथ साथ गोपी की बहू टाइप की नारी को ताड़ना देना एक जायज़ काम बताया गया है।

तुलसीदास जी का सहारा मन को मिला तो मन की भड़भड़ाहट कम हुई। पेशाब उतर चली।

अब इसी रात में अपने पाठक को हम क्यों न बब्बा से भी मिलवा दें ? इतनी रात में चलकर देखें तो कि वहां बब्बा की चिता का आखिर क्या बना ?

बेतवा भी अंधकार में बह रही है। बेतवा का वही किनारा। विस्तृत मैदान में अंधकार का सरोवर-सा है दूर तक। गहन सरोवर। बेतवा उसी में कहीं बह रही है। अंधेरा बह भी रहा है और ठहरा भी प्रतीत होता है। ऊपर आसमान तक घुप्प अंधकार ही भरा हुआ है। कृष्णपक्ष की रात। न चांद। न तारे। कायनात पर काला चंदोवा-सा ढंका हुआ है। इक्का-दुक्का तारे यहां-वहां से चोरी चोरी झांक रहे हैं।

अंधकार के इस विस्तार में वह कोना भी है जहां बब्बा की चिता अभी भी सुलग रही है। अंधेरी रात ने रात भर देखा है बब्बा की चिता को धधकते, सुलगते, बुझते और राख की धीमी-धीमी आंच में तब्दील होते हुए। रात के कंधे से बच्चों की तरह झांककर देखते रहे हैं जलती बुझती चिता को, वे इक्का-दुक्का तारे भी।

धधकती चिता छोड़ कर गए थे सब। बाद में भी चिता धू-धू करके काफी देर तक जलती रही। फिर सूर्य डूब गया। चिता की आग भी मद्धम हो चली। चिता की लकड़ियां जलकर भुरभुरी हुईं और नीचे खिसक गईं। टुकड़ों में टूटकर, धसककर, राख बनकर बिखर चलीं। राख में दबी अधजली लकड़ियां, राख से झांकती हुई अभी भी सुलग रही हैं। झांककर न जाने क्या ताक रही हैं? बब्बा को तलाश रही हैं शायद।...बेतवा ने ही उन्हें बताया कि मूरख जन, तुम किसे तलाश रही हो ? अरे, बब्बा की हड्डियां, पसलियां, मांस मज्जा-सब कुछ, तुम्हारी लपटों में ही तो भस्म हो गया। बब्बा तो धुआं बनकर मेरी लहरों पर उड़ते हुए निकल चुके हैं, न जाने किस तरफ। बब्बा तो अब राख बनकर कब के पड़े हैं तुम्हारी ही राख में। उनकी ही तो अस्थियां सुलग रही हैं न, वहां। शरीर नहीं बचा परंतु फिर भी वे ही तो सुलग रहे हैं न वहां।

रात आधी से ज़्यादा बीत चुकी है। बेतवा के इस किनारे पर अभी भी सुलग रही हैं बब्बा की अस्थियां, गर्म राख में।

अंधेरी रात के इस अनंत विस्तार में, यहां, धरती का एक कोना बिना रोशनी पैदा किए ही, सुलगे जा रहा है। मानो अंधेरा ही सुलग रहा हो। मानो गहन दुख में कोई सुलगे और बिना किसी को पता चले ही राख हो जाए।...

अंधेरी रात को मानो अंधेरे के कारण यह सूझ ही नहीं रहा हो कि उससे होकर बेतवा भी बह रही है। कच्चा पुल खाली पड़ा-पड़ा कच्ची नींद में उनींदा हो रहा है। किनारे खड़े पहाड़ी टीले भी ऊंघ रहे हैं। लहरें आपस में फुसफुसाती हुई बतिया रही हैं ताकि कहीं रात की नींद में खलल न पड़ जाए। चुंगीघर के बाहर धरी टिमटिमाती लालटेन इस सारे परिदृश्य में यूं धरी है मानो आसमान से कोई तारा टूटकर यहां लावारिस पड़ा हो।

बियावान अंधेरी रात है। बेतवा किनारे, इस सर्द रात में, स्वयं की ही चिता की आग तापते हुए पड़े हैं बब्बा के अवशेष। गर्म राख में बिखरी पड़ी हैं अधजली अस्थियां। यह कहना कठिन है कि बब्बा अब यहां हैं भी कि नहीं ? कहीं मृत्यु के साथ ही तो किस्सा खत्म नहीं हो गया उनका ? और अब जो यहां बचा है, कहीं वह मात्र लकीर

ही तो नहीं जो हम पीट रहे हैं? पर मान लो कि शरीर समाप्त हो जाने के बाद बब्बा इस संसार में कहीं हों तो वे अभी कहां मिलेंगे? गप्पू वाले कमरे में? या यहीं, अपनी चिता के पास? क्या पता कि अकेले बैठे हों यहां, सूक्ष्म प्राण बनकर कि परलोक से अभी कोई आएगा और ले जाएगा उस तरफ़ जहां का न तो रास्ते का ठीक से किसी को पता, न ही गंतव्य का? या कहीं वे धुआं बनकर पहले ही तो वायुमंडल में विलीन नहीं हो चुके? आदमी मरने के पश्चात् आखिर कहां चला जाता है? क्या वह मृत्यु के बाद भी कहीं रहा आता है या कि मृत्यु के साथ ही उसका किस्सा खत्म? जो चिता के साथ भस्म हो गया, बब्बा क्या बस वही थे? या फिर शरीर तो उनका पैकिंग का सामान मात्र था-असली बब्बा तो कोई और ही शख्स था जो कि जलकर भी नहीं जला? पर जो वे यदि जले ही नहीं तो उन्होंने जलाने की कोशिश करनेवालों को भैंचो कहकर डांटा क्यों नहीं? धमकाया क्यों नहीं कि हमें जलाया तो मैयो...देंगे?

सदियों से यह बात बहस, चिंतन तथा गप्पसड़ाके का विषय रही है कि मरने के बाद भी आदमी जीवित रहता है, या कि उसका किस्सा मौत के साथ खत्म हो जाता है? बब्बा के बहाने हमने भी अभी थोड़ी देर तक फिलॉसफी झाड़ ली वर्ना हम भी मानते हैं कि बब्बा न केवल मर चुके हैं वरन् उनकी अस्थियां तक अब राख हो गई हैं।...गर्म राख बनकर यहां पड़े हैं बब्बा। या कहें कि गर्म राख में अधजली अस्थियों के रूप में दबे पड़े हैं बब्बा, बस! हां, बब्बा उन कानूनी कागज़ों में अभी भी जीवित हैं जो मकान, खेत, ज़मीन, जायदाद के हैं। अभी भी सब कुछ उनके नाम है।...अभी तो कुछ दिनों तक ही सही पर उनका नाम तो जीवित रहेगा इन कागज़ों में। फिर बंटवारा होगा। बब्बा का एक 'ब' नन्ना का हो जाएगा तो एक 'ब' गोपी, आधा 'ब' गप्पू को मिलेगा और 'ब' पर बड़े 'अ' की मात्रा किसके हिस्से पड़नी चाहिए, इस पर जूते भी चल सकते हैं। जूते चले तो बीच बचाव करवाने वाले लोग यही समझाएंगे कि बब्बा का नाम ख़राब मत करो।...बंटवारा कब होगा?...कब इन कागज़ों से भी बब्बा का नाम बेदखल हो जाएगा? अभी कहना कठिन है। हो सकता है कि कल सुबह ही यह प्रक्रिया दबे-खुले ढंग से शुरू हो जाए। दरअसल, अब कल से, बब्बा की एक और चिता सजनी शुरू होगी। उनके बेटे ही तिकड़मों, जोड़तोड़, स्कीमों तथा खींचतान की चिता तैयार करेंगे। यह चिता घर के आंगन में तैयार होगी। फिर एक दिन इसे बंटवारे की जलती लकड़ी छुलाई जाएगी।...उस दिन ही बब्बा पूरी तौर पर बिदा होंगे घर से और हर आदमी बंटवारे की चिता से, अपने हिस्से की अस्थियां बटोरकर सहेज लेगा। तब तक, इस अंधेरी रात में, बेतवा के इस सुनसान किनारे पर बब्बा हैं भी, और नहीं भी हैं।

जो एकत्रित हुए उनमें
गौरैया भी हैं और गिद्ध भी

तीसरा दिन है आज।

बब्बा की मृत्यु के बाद से ही घर में उत्सव सी चहल-पहल है।

ढेर सारे रिश्तेदार। लोग। लुगाई। अंडी-बच्चे। बूढ़े। जवान। भर गया है घर, रिश्तेदारों से। बल्कि छलके जा रहा है। खूब हल्ला-गुल्ला। खूब चें-चें, पें-पें। खूब चिल्ल-पों। विकट हो हल्ला। और रोना गाना? वह तो बहुत ही कम। ही-ही, ठी-ठी ही ज़्यादातर। फिर भी, बीच-बीच में रुदन के स्वर भी हैं। क्या करें? मौका ही ऐसा बन जाता है कि बीच-बीच में रोना भी लाजिमी। रोना न भी आए, तो भी रोओ और रोने के मामले में एक बात तो है। एक बार झूठ-मूठ भी रोना शुरू कर दो तो फिर कुछ देर में एक सही-सा, काम चलाऊ रोना भी आ ही जाता है। अन्यथा तो ऐसा उत्सवी माहौल है कि पहले से पता न हो तो बताना कठिन ही होगा कि घर में शादी की भीड़ मची है, कि गमी की? जब-तब रोना गाना हो जाता है तो बात साफ़ हो जाती है।

जैसे ही कोई नया रिश्तेदार क्षितिज पर प्रकट होता है, बल्कि प्रकट होना शुरू ही करता है वैसे ही इधर अच्छे भले बतियाते, हंसते, खिलखिलाते, मस्त बैठे परिवारजन अचानक ही तड़प कर यूं बिलखने लगते हैं मानो किसी ने बर्छी घुसेड़ दी हो। रोने का काम, परिवार की औरतों के ज़िम्मे है। उन्हें ही इसका विशेषज्ञ तथा प्राकृतिक हकदार माना जाता है। दूर से पधारा हुआ रिश्तेदार, रोते हुओं के बीच मुंह लटकाए-लटकाए प्रवेश करता है। वह जानता है कि उससे, कम-से-कम, मुंह लटकाने की तो उम्मीद की ही जाती है। वह आता है और रोतों-सिसकतों के बीच मुंह लटकाए बैठ जाता है। यदि वह ज़्यादा ही दुनियादारी वाला निकला तो साथ में स्वयं भी थोड़ा बहुत सिसक लेता है, या कम-से-कम आंखों की तरैंया ही भर लेता है वर्ना प्राय: तो वह कुछ देर तक बस सिर झुकाए, यूं ही बैठा रहता है। वह भी आश्वस्त रहता है कि यह सारा तमाशा मात्र कुछ मिनटों का ही मामला है। सभी को जल्दी है। लंबा नहीं खिंचने वाला। अभी थोड़ी देर तक रो-धोकर सारे लोग अंतत: अपनी वाली पर आ ही जाएंगे। और यही होता भी है।

वैसे तो परिवार की सभी औरतें बढ़िया ही रो लेती हैं परंतु नन्ना की पत्नी अर्थात घर की मंझली बहू इसकी उस्ताद मानी जाती हैं। रूदाली करने में उसकी हैसियत लुगासी में ही नहीं, वरन् आसपास के इलाकों में भी एक मिथक जैसी बन चुकी है अत: औरतों को उनसे ईर्ष्या हो जाए तो आश्चर्य की कोई बात नहीं।...

मंझली, मानो रोने वाली ऑटोमेटिक मशीन जैसी है। अच्छी भली, बैठी बतिया रही हैं। हंस बोल रही हैं। तभी दूर से कोई नया रिश्तेदार आता दिखाई दे गया कि

बस! मानो अंदर कोई खटका टाइप चीज़ दब जाती है। वे अचानक ही पछाड़ें खाने लगती हैं। सभी चकित होते हैं कि वे ऐसा, आखिर करती किस तरह है? सारे इलाकों में उनकी इस प्रतिभा का ज़िक्र आदर, आश्चर्य, ईर्ष्या तथा मज़ाक की मिलीजुली भावना के साथ होता है। वे एकदम अजनबी की मौत पर भी यदि संयोगवश या किसी के साथ पहुंच जाएं तो वहां भी रोने का सारा उत्तरदायित्व ऐसी तत्परता तथा कुशलता से अपने हाथों में ले लेती हैं कि घर के मूल-वासी तथा मृतक के बाल-बच्चे आदि शर्मिंदा रह जाते हैं कि वैसे बाप तो हमारे मरे हैं, परंतु हमें इत्ता रोना क्यों नहीं आ रहा है जित्ता इनको आ रहा है?...कोई कल ही मंझली की इस बात की प्रशंसा करते हुए इसे ईश्वर के चमत्कार का दर्जा दे रहा था जिसने मंझली में आंसुओं की टंकी फिट करके इस संसार में भेजा है, और टंकी भी ऐसी चमत्कारी कि मंझली जब तब इसके सारे नल एक साथ खोल देती हैं, परंतु टंकी फिर भी भरी-की-भरी ही बनी रहती है।...साथ में उनके गले में भी ईश्वर ने कुछ अनोखा यंत्र फिट किया है। तभी तो वे ऐसे ऊंचे स्वर में रोती हैं कि लोगों ने उनके रुदन पर छत के कबेलू तक खिसकते पाए हैं। किंवदंतियां सुनाई जाती हैं उनके बारे में।... और वे केवल रोती ही नहीं हैं। रोते हुए, वे जिस ताबड़तोड़ तरीके से दसों दिशाओं में हाथ-पांव फेंकती हुई पछाड़ें खाती हैं उसे तो केवल देखकर ही समझा जा सकता है। कभी उनकी तरह आप स्वयं अपने हाथ-पांव एक मिनट को भी फेंक कर देखो—दस दिनों तक अपने हाथ-पांव दबवाते फिरोगे। मज़ाक की बात नहीं कह रहे हैं हम। मंझली जब इतें से उतें, और उतें से इतें गिरती हैं और औचक लातें चलाती हैं तो आसपास के रोने वाले लोग भी उनसे चार फीट हट कर ही रोते हैं। जो ऐन वक्त पर हट न पाए वे फिर उनकी करारी लात खाके रोते फिरते हैं।

वैसे लुगासी की अन्य महिलाएं हमेशा ही मंझली की रूदाली का साथ देने का भरसक प्रयास करती तो हैं परंतु उनके जैसा दिव्य स्तर का प्रदर्शन प्रत्येक नश्वर जीव के बस का ही नहीं। यदि उस्ताद अलाउद्दीन खां साहब शहनाई पेश कर रहे हों तो फिर हर ऐरा गैरा तो तबले पर उनकी संगत नहीं दे सकता न? हर शख्स गुदंई महाराज, ज़ाकिर हुसैन या अल्लारख्खा तो हो नहीं सकता न? औरतें साथ नहीं दे पातीं। हांफ जाती हैं। चक्कर आने लगते हैं। थक जाती हैं। शुरुआत में, कुछ उत्साही नादान औरतें मंझली के साथ उस स्तर पर रो भी लें परंतु कुछ देर में ही वे सिसकने पर आ जाती हैं और उनका रुदन मंझली के मुख्य स्वर के पीछे पार्श्व संगीत की हैसियत का बन कर रह जाता है।

फिर यहां तो मंझली के स्वयं के घर का मामला है। उनके अपने घर में मौत हुई है। सो मंझली रोके नहीं रुक रहीं। तनिक-सा भी मौका मिला कि रह-रहकर भड़भड़ाकर रोने लगती हैं। विगत तीन दिनों में मंझली ने रूदाली के नए आयामों को स्पर्श किया है। वे नए सिरे से घर की औरतों के लिए ईर्ष्या का विषय बन गई हैं। सभी चाहती हैं कि मंझली को कैसे नीचा दिखाया जाए। पर चाहने मात्र से क्या होगा?...मंझली का रुदन तो मानो सारे परिदृश्य को अपने कब्जे में किए हुए है। उनका आप क्या कर लोगे?

भीड़ बहुत है। हमने बताया ही।

ढेर सारे रिश्तेदारों की भीड़ है। बब्बा के चचेरे, ममेरे, फुफेरे भाई। सभी मय पत्नी तथा बाल-गुपालों के आए हैं। बब्बा की चचेरी, ममेरी, फुफेरी बहनें। जीजा लोग। उनके भी बाल-गुपाल। समधी लोग। फिर ऐसे ही सारे रिश्तेदार नन्ना, गोपी, गप्पू आदि की ससुराल तरफ़ के भी। सबके साले। सबके ससुर। सबकी सालियां, सरहजें, नंदें, भौजाइयां। उन सबके भी बच्चे। उनके पिताजी, दादाजी और अन्य नाना किस्म के वयोवृद्ध भी। मित्रगण भी। यूं समझ लें कि जिसने भी बब्बा की मौत का सुना वही उठकर यहां लुगासी चला आया है और ऐसे उत्साहपूर्वक आया है मानो सदियों से इस घटना की प्रतीक्षा में बैठा रहा हो।...और अभी भी कोई अंत नज़र नहीं आ रहा है। नित्य नए रिश्तेदार आते चले जा रहे हैं। खानदान बहुत बड़ा है। रोनेवालों की कोई कमी नहीं।

जिसे जहां जगह मिलती गई है, वहीं जगह पकड़कर पड़ा, बैठा, खड़ा या लेटा है। बरामदे में बड़ी-बड़ी दरियां बिछा दी गई हैं। चबूतरे पर बड़ा-सा फर्श फैला दिया गया है। बीच अहाते में एक आधी अधूरी सी टेंटनुमा रचना भी खड़ी की गई है। टेंट में भी दरियां, तकिए पड़े हैं। आओ। बैठो। बतियाओ। टाइम काटो। लोग बतिया भी रहे हैं।...और बताओ? कौन सी गाड़ी से पधारे? जीप पकड़ी कि टेम्पू? राठ तक तो पहुंचबे में परेशानी नहीं हुई पर उतें से इतें पहुंचबे में मैयो हो गई। जे तो है।...सड़क भैंचो बड़ी खराब है और हरामी लोग जीप की सीटों में से स्पंज नोच के ले गए हैं। सीट में इतें उतें से स्प्रिंग के तार निकरे पड़े हैं। सच्ची।... आप तनिक से चूके या गाड़ी ने दचका खाया कि तार स्साला सीधे आपकी चूतड़ में।...अच्छा, अच्छा, तभी तो आपके मुंह पे इत्ता दर्द दिख रहा है। वोई तो हम कहें! हमें भी जेई लग रहा था कि बब्बा की मौत का तो इत्ता दर्द होना नहीं चाहिए। अब बात साफ़ हुई न। पिछवाड़े में लोहा गड़ जाए तो कल्लाएगा ही।...

लोग, समूहों में यहां-वहां बैठे हैं। हँसी-ठट्ठा चल रहा है। गप्पें चल रही हैं। चाय चल रही है। नाश्ते का जुगाड़ बनाया जा रहा है। औरतें यह पता करती फिर रही हैं कि उनके आदमी और बच्चों ने खा पी लिया कि भूखे प्यासे ही भटक रहे हैं? शिकायत की जा रही है कि रात वाली सब्जी में बड़ी मिर्ची गेर दी थीं बिन्नू सो आज तनिक देख लेना।...यार इत्ती मिर्ची तो ख़ैर नहीं थीं।...हमें तो भौत लगीं भैया।...सच्ची कह रहे हैं। इत्ती मिर्ची हतीं कि सुबे-सुबे जब निस्तार को गए तो नीचे तो मानो लंकाकांड मच गया।...सच्ची यार, हंसबे की बात नहीं है। जो हम पे गुजरी है, वही बता रहे हैं।...बातें, बस बातें।...भैया, हमारी धुतिया देखी किसी ने? नहाबे के बाद हमने इतें ही, तार पे डाली थी, अब दिख नहीं रही? ठीक से देखो, मामाजी। इतें-उतें ही कहीं पड़ी होगी। पुरानी-धुरानी धुतिया को भला कौन चूतिया ले जाएगा?...आप तो ऐसे घबराए हो जैसे लाख दो लाख रुपये उठा लिए हों किसी ने? हद्द है भाई।...हद्द काहे की?...धुतिया चाहे कित्ती भी पुरानी रही हो पर नंगेपन को तो ढकती थी कि नहीं?...फिर?...जे तो सही बात कही मामाजी ने।...मामाजी

तो सही ही कहते हैं।...तभी तो शायद किसी ने धुतिया उठा ली कि बेटा भौत जादा सही बातें कहते फिरते हो न, अब देखियो।...बातें। फालतू की टिप्पणियां।...तुम कितें जा रये? अरे हम पंडित के उतें रज्जन के साथ जा रहे हैं। कल अस्थिसंचय के लिए जाना है न।...भइया, जा रहे हो तो लौटते में हमारे लाने बीड़ी का बंडल जरूर लेते आना। भूल न जाना भइया जी। बिना बीड़ी खेंचे अपनी उतरती ही नहीं। एकदम भाप के इंजन वाला मामला मान लो।

धूप के टुकड़े। छांव के चहबच्चे। लोग यहां-वहां धूप पकड़ के बैठ गए हैं। कुछ लोग छांव में बैठे सिहर भी रहे हैं। पर कौन तो उठकर धूप तलाशे? ठंड के दिन। सुबह की हवा। जो जहां बैठा है, इत्मिनान से बैठकर मजे से गप्पें मार रहा है। इधर-उधर की बातें। दुनिया का हर विषय।

मौत के उपलक्ष्य में जीवन का मेला लगा हुआ है।

रज्जन दो दिनों में ही अघा गए।

हर नया मेहमान पूरे विस्तार में जाकर उनसे जानना चाहता है कि बब्बा मरे तो आखिर मरे कैसे? हर नया व्यक्ति इस मसले की गहराई में उतरना चाहता है। चाहता है कि रज्जन अपनी पीठ पर उन्हें बांधकर उस गहराई तक ले चलें। प्रश्न सारे वही के वही हैं। वही प्रश्न बार-बार हैं। प्रश्न चारों तरफ़ से हैं। जो आता है, वही रज्जन को पकड़ता है। करता है वही वही बातें। वही पूछताछ।...तो कब मरे बब्बा? कैसे मरे? हो क्या गया था? पहले से ही बीमार रहे क्या? वोई तो, हमें खुद दो महीने पहले ही झांसी की जज्जी में मिले हते। झांसी की अदालत में हमारे पांच केस लगे हैं। हम गए थे लालाराम मर्डर केस में, गवाही देबे। उतें हम क्या देखते हैं कि जज्जी के भरांडे में, दीवार से टिके बब्बा ठाठ से बीड़ी पी रहे हैं। तब तो बढ़िया हते। बल्कि हमने तो उन्हें जर्दे का पान बनाकर भी खिलाया। एकदम फस्सकिलास धरे थे। ऐसे बढ़िया लग रहे थे कि अभी लाठी पकड़ा दो तो अदालत के भरांडे में ही ऐसी कस के घुमाएं कि सारे फैसले दो मिनट में निबटा दें। सच्ची।...और कल पता चला कि बे ही बब्बा!...ज़िंदगी का भैंचो, कोई भरोसा नहीं है, भैया।...ऐसी बातें या इस तरह की बातों की प्रस्तावना के पश्चात् वे असली मुद्दे पर आते हैं कि तुम तो जे बताओ रज्जन कि बब्बा को हुआ क्या था? हर आदमी अलग-अलग तरह से यह बात पूछना चाहता है, और पूछते हुए भी पूछता कम, बताता ज़्यादा है। वह जीवन और मृत्यु की फिलॉसफी बताता चलता है। 'कैसे मरे होंगे'—इसके बारे में अपनी राय भी देता है। यह आश्वासन भी देता है कि बब्बा नहीं रहे तो भी क्या हुआ, हम तो हैं, तुम चिंता न करना।...रज्जन किस किस की सुनें? अघाना ही था। अघा गए। हां, पूछने वाले अवश्य नहीं अघाये। वे पूछते ही रहे। खामोंखां भी पूछते रहे।

घर में रज्जन ही एक ऐसे सदस्य हैं जो उम्र, हैसियत, कार्यशैली तथा रिश्तेदारी में मशहूरी के कारण ऐसी पोज़ीशन में हैं, जहां से सभी को गुजरना है। हर काम में

वे ही तो आगे दिख रहे हैं। हर बात उनसे ही पूछकर हो रही है। वे परम सक्रिय हैं। हर शख़्स को वे ही सामने दिखते सभी को पता है कि खानदान में रज्जन महत्त्वपूर्ण भी हैं और हरामी भी। हरामीपन का इस तरफ़ बड़ा सम्मान है। समाज में हर तरफ़ होता ही है। जो भी नया रिश्तेदार अवतरित हो रहा है वो ही अपना बिस्तर, पेटी खटिया के नीचे सरका के सबसे पहले रज्जन को ही खोजता है। वे वहीं मिल भी जाते हैं। चबूतरे पर। या टेंट के आसपास डोलते। चाय पीते। काम वालों को फटकारते। रज्जन को पाते ही मेहमान बेहद आत्मीयता से उनका हाथ पकड़ लेता है। कोई कोई गले भी लगाता है। कोई तो रोने तक की कोशिश करता है परंतु फिर रज्जन को एकदम सामान्य पाकर वह यह निरर्थक कोशिश छोड़ देता है। वह बस यही पूछता है कि भैया जे हुआ कैसे?...शुरू-शुरू के दिनों में तो रज्जन भी भरपूर रुचि लेकर विस्तारपूर्वक सारा विवरण देते थे। उत्साहपूर्वक बताते थे कि कैसे पहले तो बब्बा को खांसी-खखार में ख़ून आता रहा, कैसे बब्बा ने कभी दवाई नहीं ली, कैसे बब्बा डॉक्टरों द्वारा मना करने के बाद भी बीड़ी को परम आवश्यक तथा परम आदरणीय मानकर अंत समय तक खेंच के पीते रहे, कैसे बब्बा ने आखिरी पल तक हमें ख़बर ही नहीं होने दी कि ऐसे धोखा

देकर अचानक हमें छोड़कर जाने वाले हैं और फिर कैसे उस सुबह जब बब्बा उठे ही नहीं तब जाकर हम लोगों को पता चला कि...।

तो पहले दिन तो रज्जन को भी खूब उत्साह रहा। वे बब्बा की मृत्यु का किस्सा कुछ ऐसी नाटकीयता तथा विस्तार से बयान करते कि मुर्दा खड़ा कर देते। वे सूक्ष्म विवरणों में जाते। यह बताते हुए कि बब्बा कैसे 'सुबे-सुबे' एकदम 'मूं बाये' पड़े मिले, रज्जन बाकायदा अपना मूं बाकर बताते। बब्बा किस तरह चित्त पड़े मिले थे, इसके लिए वे चित्त तो ख़ैर नहीं होते थे पर खड़े-खड़े ही चित्त होने का सटीक पोज़ बना देते और वाकई चित्त होने टाइप ही सीन खींच देते।

फिर अगले दिन से रज्जन इस सबसे थकने लगे, फिर अघाने लगे। फिर उनका मन सामने वाले खड़े प्रश्न पूछने वाले को थपड़ियाने तक का होने लगा जो संभव नहीं था। पर कब तक, वे वही वही घटना पचास लोगों को सुनाते? तो एकरसता तोड़ने के लिए वे अब कथा में अपने ही बनाए नाटकीय मिर्च मसाले डालने लगे। एक दो को तो यह तक बताया कि बब्बा ने तो हमें दो तीन दिन पहले ही बातों बातों में इशारा कर दिया था कि रज्जन, भैंचो तुमें हमारी गाली-गलौज पे बड़ा एतराज होता है न? तो जान लो कि तुम जल्दी ही इस गाली-गलौज को सुनने को भी तरस जाओगे, अब हमारी चलाचली की बेला आय गई है।...ऐसी बात कह रहे थे, जबकि हते एकदम फस्सकिलास। हमने कही भी कि काहे हमें डराते हैं? काहे चूतिया बनाते हैं? तो लगे जोर-जोर से हंसने।...इस तरह रज्जन यह नाटकीय तत्व डालकर कहानी को रोचक बना देते थे कि बब्बा को अपनी मृत्यु का पूर्वाभास हो चुका था। क्यों हो गया था?...पुण्यात्मा थे न! सभी पुण्यात्माओं को हो जाता है। सुनने वाला गद्गद हो जाता। वह भी इस सिलसिले में अपने अनुभव बताता कि कैसे उनकी माताजी

ने उन्हें पहले से बता रखा था कि इस साल की बसंतपंचमी को ठीक दस बजे उनके प्राणांत हो जाएंगे। तो नौ बजे तक तो बे ऐन बढ़िया मुस्काती रहीं और देखिए कि दस बजे एकदम मूं बा दिया! जैसा तुम अभी बब्बा का मूं बता रहे थे न, ठीक वैसा ही। रज्जन बब्बा की भी असलियत जानते हैं और इनकी अम्मा के क़िस्से की भी। असलियत यही थी कि बब्बा को मरने से कदाचित् दो पल पहले भी यह पता नहीं था कि वे मर जाएंगे। परंतु क़िस्से तो ऐसे ही बनते हैं भैया। तो कुछ टाइम तक रज्जन यह किस्सा ही चलाते रहे। पर वे इस क़िस्से से भी शीघ्र ही बोर हो गए। अब ?...नए-नए रिश्तेदार तो अब भी आ ही रहे थे। 'बब्बा कैसे मरे' वाला किस्सा सुनने की इच्छा भी सभी रखते थे। तो अब अगले पांच रिश्तेदारों को उन्होंने यह बताया कि बब्बा तो मरने के बाद भी मुस्कुराते दिख रहे थे। जरूर ही उन्होंने हंसकर यमदूतों का स्वागत किया होगा। यह भी उनके पुण्यात्मा होबे की निशानी ही कहाई।...क्यों न फूफाजी ?...फूफाजी क्या कहें ? वे भी हां में हां मिलाते। कहने लगे कि मरे आदमी का मूं देख के ही पता चल जाता है कि मरते टेम उसके मन में क्या खेल चल रहा था ?...रज्जन इस पुण्यात्मा वाले कोण से भी धीरे-धीरे त्रस्त हो गए। अब उन्होंने बब्बा की मौत के क़िस्से में जासूसी तत्व घुसेड़ दिया। बताने लगे कि सुबे-सुबे, शुरू-शुरू में तो जब हमने उनका शरीर देखा तो भैया, हमें तो उनके होंठ नीले लगे। हमने जेई कही कि कहीं बब्बा को जहर-फहर तो नहीं खिला दिया किसी ने भैया ? या रात में सांप-आंप ने काट-कूट लिया हो ? पिताजी ने कहा कि बब्बा जैसी पुण्यात्मा को कौन जहर देबे वाला है ? नन्ना कहने लगे कि बुढ़ापे में तो दुश्मन भी जहर नहीं देता है। बूढ़ा तो वैसेई मरने वाला प्राणी होता है तो फिर काहे को कोई जहर खराब करेगा ?...फिर हमने ही अच्छी तरह लाइट-फाइट जला के देखा तो असलियत पता चली। रात में बब्बा ने जामुन खाए थे सो उसी का रंग होंठो पर था। गुठलियां तखत के नीचे पड़ी हुई थीं।...रिश्तेदार जानता है कि विशुद्ध गप्प है यह। सर्दी के मौसम में जामुन की बात कर रहे हैं रज्जन। पर कौन तो बोले ?

रज्जन इससे भी ऊब गए। बल्कि वे बब्बा की मृत्यु कैसे हुई, इस प्रसंग से ही ऊब गए। अब यदि कोई नया आदमी अपनी तरफ़ आता दिखता तो उनके मन में उबाल-सा उठने लगता कि अब यह पूछेगा कि बब्बा आखिर मरे कैसे ? वे अंदर तक चिढ़ जाते। पर क्या करें ? जवाब तो देना ही पड़ेगा न। देते परंतु अब उत्तर बेहद संक्षिप्त होते।

दृश्य कुछ यूं बनता।

कोई रिश्तेदार अभी-अभी पहुंचा है। सबसे मिल-मिलाकर वह दरी पर बैठ गया है। उसी दरी पर कुछ दूरी पर रज्जन भी बिराजे हुए हैं। रज्जन ने उन्हें देखकर किसी को फटकारा है कि बे पलेरा वाले चच्चा आकर इतें दरी पर बैठे-बैठे कब से सूख रहे हैं, कोई उन्हें चाय पानी को भी पूछेगा कि नहीं ? फटाफट, उनके लिए चाय आ गई। चमत्कारिक रूप से, साथ में, सेब-मठरी की प्लेट भी। अंतःपुर में जैसी जितनी रिश्तेदार की हैसियत आंकी जा रही है वैसा ही उसकी आवभगत का स्तर भी चल

रहा है। चाय पीते हुए रिश्तेदार रज्जन की तरफ़ अर्थपूर्ण नज़रों से झांक रहे हैं। मन में कुछ उथल-पुथल है। चाय खत्म करके वे एक निर्णय पर पहुंच गए लगते हैं। निर्णयानुसार ही वे रज्जन की तरफ़ खिसके जा रहे हैं। रज्जन भी शुरुआत से ही उन पर एक तिरछी नज़र रखे हुए हैं। वे खूब जान रहे हैं कि जब तक ये बब्बा का पूछ नहीं लेंगे तब तक इनका पेट पिराता रहेगा। रिश्तेदार खिसकते खिसकते रज्जन के पास पहुंच गए हैं। वे सीधे ही मूल मुद्दे पर आ गए हैं कि बब्बा आखिर मरे कैसे ?...रज्जन का हृदय तो यही कह रहा है कि कह दें कि चच्चा, क्या तुम्हें नहीं पता कि चौरासी साल का एक बूढ़ा आदमी कैसे तथा क्यों मरता है ? इतने बूढ़े आदमी को भी मरने के लिए क्या किसी की परमीशन लेनी पड़ेगी ? बूढ़ा आदमी बुढ़ापे से ही मरता है—और क्या! बूढ़े थे, सो मर गए। पुरानी मशीन थी। फेल हो गई। बस्स! पुराना इंजन एक दिन बैठ जाता है कि नहीं ? वैसे ही परंतु नीतिवश यह सब कहा नहीं जा सकता था। उत्तर तो सामाजिक दायरे में ही देने होंगे। रज्जन देंगे पर बेहद संक्षिप्त। लगभग सूत्र वाक्य से। बात कुछ यूं चलती है :

'और भैया रज्जन... ? कैसा क्या ?'

'देख ही रहे हैं आप...'

'सब ठीकठाक से निबट गया ?'

'निबटना ही था।'

'चार की रात को मरे न ?'

'हमने चिट्ठी में लिखा ही था।...'

'हओ, हमें पोस्टकारड कल मिला।...डाकिये के हाथ में फटे कोने वाला कारड देख के हमारे मन में सबसे पेले जे ही बिचार आया कि देखो, न जाने किसके निबटबे की ख़बर निकलती है।'

'सच्ची कही आपने।'

'वोई तो भैया, इत्ते तो बैठे हैं खानदान में। वयोवृद्ध ही वयोवृद्ध।...कब चल दें, पता थोड़े ही चलता है। है कि नहीं ?'

'जे तो ख़ैर है।'

'वयोवृद्ध की तो जे मान लो कि सामान बांध के बैठा हुआ यात्री है। इधर गाड़ी आई कि उधर चल दिए तुरंत।'

'सही कह गए।'

'पर बब्बा को क्या हुआ था ?'

'होना क्या था ?'

'मतलब जे कि तुमें कुछ पता चला कि कैसे ?'

'कहां से पता चलना था ?'

'फिर भी'...

'आप जानते ही हैं। सी.आई.डी. को तो आदमी इस काम पे लगा नहीं सकता। ऐसा मानिए कि बुढ़ापा था, बस। हम तो जेई मान रहे हैं।'

'बुढ़ापा तो था ही। हमारा मतलब है कि बुढ़ापे के अलावा कुछ और भी हुआ था क्या?'

'बुढ़ापा हो तो और क्या होना है?'

'जे भी सही है। बुढ़ापा ही काफी होता है, बुढ़ापे में।'

'जेई तो।...बस, बूढ़े तो थे ही, मर गए। ऐसेई।'

'ऐसेई?'

'हां, बस, ऐसेई।'

'मतलब जे, कि बस, एकदम ऐसेई? सुबे-सुबे?'

'एकदम सुबे-सुबे।'

'रात में?'

'एकदम ठीक सोए...'

'और सुबे मरे मिले?'

'जेई तो'...

'अरे!'

'और क्या...'

'हद है'...

'वोई तो...'

'रात में बिलकुल आवाज़ भी नहीं दी? कुछ बोले भी नहीं?'

'क्या बोलते?'

'ऐसेई...कुछ तो भी।...आवाज़ देता है न आदमी? है कि नहीं? कुछ नहीं तो जेई कहता है कि हम मर रये, हमें बचा लो।...तुम कह रये हो कि आवाज़ ही नहीं दी?'

'देनी तो चइये थी, पर दी नहीं।...क्यों नहीं दी, जे अब कहना कठिन है। हमने तो जब देखा तब तक बे मर चुके थे। अब मरे आदमी से कैसे पूछते कि काहे नहीं दी?'

'नहीं नहीं, वो बात नहीं है। हमने तो इसीलिए जे बात पूछी क्योंकि मरते मरते आदमी आवाज़ तो देता है—ऐसा कहते हैं।'

'कौन कहता है?'

'कहबे वाले कहते हैं।'

'क्या कहते हैं, कहबे वाले?...कि मरबे वाला चिल्लाता है कि 'मरे, मरे?'

'अरे, यार, जे बात नहीं है। कहा जाता है कि मरबे वाला दुनिया को पुकारता है। इसीलिए हमने पूछी कि बब्बा ने आवाज़ दई थी कि नहीं?'

'सर्दी की रात रही। बब्बा रजाई दबाके पड़े थे, और हम सब भी। कोई रजाई ओढ़ के आवाज़ भी दे तो उसका सुनना मुश्किल...'

'फिर मरबे वाले की आवाज़ भी तो दबी-दबी निकलती होगी? क्यों रज्जन?'

'हमें नहीं पता चच्चा। कभी सुनी नहीं हमने। हम तो पहले भी हमेशा तभी पहुंचे हैं जब आदमी मर चुका होता है।...और खुद हमें ऐसी आवाज़ निकालबे का मौका अभी मिला नहीं है।...'

'तुम काहे ऐसी आवाज़ दोगे भैया? ऐन बढ़िया धरे हो।...अशुभ बात न कहो।'

'हमने तो ऐसेई कही।...वैसे सच कह रहे हैं आप। मरता आदमी बोलेगा भी तो आवाज़ दबी-दबी ही निकलेगी। जे ही लाजमी भी है। अरे इत्ते ही प्राण होते कि प्राणी तेज बोल पाता तो फिर वह मरता ही क्यों?

'सच्ची कह गए...'

इस तरह वार्ता का पहला दौर संपन्न हुआ। पर बात अभी खत्म हुई न मान लें। रज्जन यह बात जानते हैं। रज्जन को पता है कि अभी तो एकदम प्राथमिक बातों का ही खुलासा प्राप्त किया गया है। जिज्ञासाएं अभी शेष हैं। अब चच्चा ने रज्जन का हाथ, जिसे उन्होंने जर्दा मलने के लिए तनिक देर के लिए छोड़ दिया था, पुनः पकड़कर मामले की अंदर की तहों तक जाने का अभियान शुरू किया। चच्चा को कदाचित् पता नहीं है, और पता है तो शायद परवाह नहीं है कि रज्जन के जरिए अब अंदर की तह तक नहीं जाया जा सकता। गए भी तो तलहटी तक जाने की संतुष्टि तो अवश्य मिल जाएगी कि हम तह तक पहुंचे थे, परंतु अब रज्जन की तलहटी में मात्र कीचड़ ही बचा है। पहले से पधारे रिश्तेदार लोग कब का सब कुछ उलीच चुके हैं।

बातें फिर शुरू हुईं। चच्चा ने एक बार पुनः सारे तथ्यों को सिलसिलेवार समझना उचित समझा। आदमी एकदम फालतू बैठा हो तो यही होता है।

'तो वैसे बब्बा एकदम ठीक ही थे? बुढ़ापे के अलावा और कुछ था नहीं? है न?'

'एकदम कुछ भी नहीं था...।'

'अच्छा?'

'और क्या?...एकदम फसकिलास हते।'

'वैसे, बुढ़ापे में क्या तो फसकिलास, क्या सेकंडकिलास?'

'जे भी सही बात...'

'पर तुम बता ही रहे थे कि कुछ भी नहीं था। है न? कुछ भी नहीं? न बुखार, न खांसी-खुर्रा?'

'बस, जेई, कभी बुढ़ापे वाली खांसी।...और कुछ नहीं।'

'सही बात। वैसे भी, बुढ़ापे में, बुढ़ापे वाली खांसी तो ख़ैर रहती ही है। इसे कोई बीमारी थोड़ेई मानता है।...बुढ़ापे में कभी खांसी ले के डॉक्टर के पास पहुंच भी जाओ तो वो भी भगा देता है कि बुढ़ापे में खांसी न आएगी तो फिर कब आएगी?'

'सही बात'...

'हमारे पलेरा के डॉक्टर साब, जो खुद भी खूब बूढ़े हो गए थे, हमेशा कहते थे कि खांसी तो बुढ़ापे की पहिचान है भैया। बूढ़ा होगा तो खांसेगा ही, बल्कि जो बूढ़ा हो और खांसता न दिखे तो ध्यान से पड़ताल करो उसकी। हो सकता है कि वो सही में बूढ़ा न हो और नकली दाढ़ी-मोंछा लगाके बैठा हो।...सच्ची।'

'वैसे तो बिना दाढ़ी मोंछा के भी आदमी बूढ़े होते हैं चच्चा...'

'हमने तो एक बात कही।...'

'वोई तो...। पर बब्बा तो ठीक ही रहे।'

'अच्छा, ऐसा तो नहीं कि इसी बीच बब्बा की खाना खुराक गिर गई हो?'

'अरे, ऐन डट के खाते रहे।...ऐसा खाते थे कि बनाबे वाला चीं बोल जाए।...'

'भला बताओ...'

'क्या बताओ?'

'अरे हमने कही कि भला बताओ तो कि ऐसी बढ़िया खुराक वाला आदमी, और ऐसे एकदम...है कि नहीं?'

'और क्या।'

'अच्छा, ऐसी कोई कमज़ोरी फमजोरी भी नहीं रही?'

'अरे, ऐन मजबूत रहे। अस्सी साल का आदमी जित्ता मजबूत होना चाहिए उससे ज्यादा ही रहे।...'

'पुरानी बिल्डिंग वाला मामला...'

'बिल्डिंग चाहे अस्सी साल पुरानी हो, पर पुताई-मुताई ठीक ठाक चलती रहे तो उसकी मजबूती तो बनी रहती है।'

'अस्सी के रहे कि नब्बे के?'

'आदमी चौरासी का हो या नब्बे का, बुढ़ापा तो कहाया ही न? कहाएगा कि नहीं?'

'वोई तो कह रहे हैं हम कि बुढ़ापा तो आ ही गया था।'

'बुढ़ापा तो ख़ैर भौत सालों से आ के पड़ा हुआ था।'

'बुढ़ापा आ जाए तो जाता थोड़े ही ही है, पड़ा ही रहता है।'

'बुढ़ापा आ के एक बार कहीं पड़ जाए तो बुढ़ापे के कारण ही वह फिर कहीं जा नहीं पाता। चलबे फिरबे की परेशानी।'

'बुढ़ापे में आदमी ढीला हो जाता है।'

'...खाट की अदवाइन की तरह।'

'बब्बा भी ढीले हो गए होंगे?'

'न होंगे क्या?'

'वोई तो...पर देखिए कि कैसी शांत मौत मरे।'

'हमने बताया ही कि रात में सोए और...'

'सुबह शांत...'

'ऐसी शांतिपूर्ण मौत किसे मिलती है भला?'

'पुण्यात्मा थे।...मरते टाइम न तो खुद कोई कष्ट भोगा, न ही किसी को कोई कष्ट दिया।...सोए, और बस सोते ही रह गए।...'

'वाह...धन्य है परमात्मा कि तेरी माया अपरंपार। जे तो ईश्वर की ही कृपा रही वर्ना तो बुढ़ापे में जो न बिगड़ जाए, सोई थोड़ा है। ढीला शरीर जिस तरफ़ से भी ढील छोड़ दे।...अरे, लकवा पड़ जाए, आदमी अपने ही गू मूत में पड़ा रहे-कुछ भी हो सकता है। कान काम न करें। कुछ पता ही न चले कि कौन प्रणाम कह रहा है और कौन मां भेन की गाली दे रहा है? मूं हिलता हुआ तो दिखे पर कुछ सुनाई न

दे। बात बात में 'ऐं ऐं' करते फिरें। आंखन से टिपे न। इतें टपके कि उतें टपके।...बुढ़ापे में तो बिना दलिद्दर के आदमी शांति से मर जाए जे चीज़ बस पुण्य वाले के साथ ही होती है।'

'सही बात चच्चा...'

'बुढ़ापा भौत खराब चीज़ होती है रज्जन।'

'हमने कहां बोला कि शानदार चीज़ होती है?'

'हमारे ताऊजी की तो बुढ़ापे में ऐसी सांस फूलती थी मानो सारे ब्रह्मांड की हवा अपने अंदर खेंच लेंगे। सांस फूलती ही रही उनकी बुढ़ापे भर।...आखिरी सांस तक, आराम की एक सांस को तरस गए थे बे।'

'तभी तो कहते हैं कि बब्बा बढ़िया जिए।'

'पुण्यात्मा थे, तुमने बताया ही।'

'अकेले पुण्यात्मा होने से कहीं कुछ भी नहीं उखड़ता चच्चा।...बब्बा, बढ़िया शुद्ध घी खाते थे और खा के पचाते भी थे, इसीलिए।'

'देसी घी की तो बात ही अलग है रज्जन। और जे स्साले अंग्रेजी डॉक्टर कहते हैं कि अगर देसी घी खाओगे तो हार्ट अटैक हो जाएगा।...अरे, घंटा हो जाएगा। सब चूतियाटिक बातें।...अभी हम कानपुर के मेडिकल में दिखाबे गए कि चलबे में हमारी छाती पिराती है तो उतें के एक बड़े डॉक्टर साब अपनो ज्ञान निपोरने लगे कि तुम घी छोड़ दो, मक्खन बंद कर दो, मलाई की तरफ़ देखियो भी मती। बताओ!...हमने भी मन में कहा कि हम तो न छोड़ेंगे घंटा। हम तो अभी भी रोज देसी घी चुपड़ के और दाल में कटोरी भर घी गेर के खा रहे हैं। अभी तक तो हम मरे नहीं। और जरा तीन चार साल ठीक से निकल जाएं तो एक दिन उतें कानपुर जा के, तब तक अगर बे डॉक्टर साब ही सरऊ खुद हार्ट अटैक से न मर गए होंगे तो उन्हें बता के आएंगे कि तुम्हारी अंग्रेजी किताबों का ज्ञान हिंदुस्तानी आदमी पे न चलाया करो चूतियाचंदजी।...'

'अरे, जे सब अंग्रेजी डॉक्टरी के चोंचले हैं चच्चा। बब्बा तो इनपे भरोसा ही नहीं करते थे। कहते थे कि अंग्रेजी मौसम की दवाइयां हमारे गरम मौसम में कहां से काम कर सकती हैं?.. हर देस का अपना खाना-पीना और दवाइयां होती हैं, चच्चा।'

'बब्बा तो वैदक पे भरोसा करते थे न?'

'बब्बा अपने अलावा किसी पे भरोसा नहीं करते थे। कहते थे कि आजकल के जे वैद लोग भी स्साले सटक चूतिया हैं। अभी इनको एक जड़ी बूटी पकड़ा के उनसे पूछो कि जे धनिया है कि मुलैठी तो मूं बा के बैठ जाएं।'

'पर गुसांई वैद तो बब्बा के लंगोटिया यार रहे उनका तो इलाज लिया होगा—है न?'

'बे खुद दो साल पहले, अपनी लंगोट इतें लंगोटिया यार के पास छोड़कर, परलोक सिधार गए...'

'अरे, कैसे?'

'वोई, बुढ़ापा। और क्या ? बुढ़ापे में तो कब आदमी की लंगोटी निबक जाए और वह अपने लंगोटिया यारों को छोड़ के कब चल दे, इसका कोई पता चलता है क्या ?'

'बीमार रहे होंगे... ?'

'और मरे तो अपनी खुद की दवाई खा के...'

'बताओ, आदमी किस पर भरोसा करे ?'

'खुद पे करे, जैसा कि बब्बा करते थे।'

फिर दोनों जन कुछ देर मौन बैठे रहे। धूप खिसककर दरी से दूसरी तरफ़ जा रही है।

मेहमान ने दरी को तनिक बचाते हुए तंबाखू थूका और यह पाकर कि अभी-अभी खाई तंबाखू का मन और शरीर पर वह यथोचित असर महसूस नहीं हो रहा है जिसकी प्रत्याशा में आदमी तंबाखू खाया करता है, दोबारा तंबाखू मलनी शुरू कर दी।

तंबाखू बनाते हुए उन्होंने रज्जन से पूछा :

'तुमारे लिए भी बना दें ?'

'इतें तो चच्चा, बाबा छाप के सिवाय और कुछ नहीं चलती।'

बड़े आदमीयन की बड़ी बातें।'

'जेई समझ लो...।'

पूरे मनोयोग तथा तन्मयता से तंबाखू मलकर, हथेली से झटककर, चुटकी में उसे एहतियातपूर्वक दबा के और फिर मुंह खोलकर उसे गाल और मसूड़े के बीच रखकर, परमतृप्त अवस्था में पहुंचे चच्चा ने बताया :

'पलेरा में तो भैया, जिन्ने भी बब्बा की सुनी तो जेई कहा कि जे तो भौत बुरा हुआ...'

'जे तो ख़ैर कहा ही होगा।'

'अरे जिन्ने भी सुनी, वोई रोने लगा।'

'अब ऐसी भी मत कहो चच्चा...'

'सही बता रहे हैं तुम्हें।...अरे हमारे डुकर तो खुद ऐसे फूटफूट के रोए कि क्या कहें...'

'वैसे, बे तो खुदई होंगे अस्सी के आसपास के ?'

'अस्सी के तो कब के हो चुके भैया, न जाने कब के।'

'तभी तो और घबरा गए होंगे कि जैसे बब्बा मरे हैं, हम भी मर मरा न जाएं।'

'नहीं, नहीं, हमारे डुकर नहीं डरते, मरबे से।...कहते तो हमेशा जेई हैं कि अब और नहीं जीना।...बात बात पे, और अकेले बैठे-बैठे भी जोर-जोर से चिल्लाते रहते हैं कि हे प्रभु, अब तो उठा लो।...नींद में भी बड़बड़ाते हैं कि हे कृपानिधान, अपनी शरण में बुला लो।...और इत्ती जोर-जोर से चिल्ला के प्रभु और कृपानिधान को पुकारते हैं कि बात प्रभु तक पहुंचती है कि नहीं, जे हमें नहीं पता पर सारे गांव के लोग सुन के यही सोचते हैं कि बेटा बहू, बुढ़ऊ को न जाने कित्ते कष्ट दे रहे हैं।

अरे, तुम्हें तो भगवान को पुकारने का शौक है पर हमें काहे को फालतू में बदनाम करते हो?'

'तो जे बात आपने उनसे कही कि नहीं?'

'खूब कही। रोज़ कहते हैं। बे मानें तब न? ऐसा आदमी बूढ़ा हो जाए जो पैदाइशी ही जिद्दी रहा हो तो फिर उसे वह भगवान भी कभी नहीं समझा सकता जिसे वो पुकारता फिरता है...'

'ऐसा है तो एक दिन बता दो न कि दद्दा, मरबे की ऐसेई बलवती तमन्ना उठ रही हो तो तुम भगवान का मूं न ताको। भगवान के पास तो और भी पचासन काम हैं। तुम तो भगवान का ही बनाया जहर उठा लो। पहुंच जाओगे भगवान के पास...'

'ऐसे कैसे कह दें, रज्जन...? मन में चाहे जो भी चलता रहे परंतु घर में वयोवृद्ध बैठा हो तो उसकी इज्जत तो भैंचो करनी पड़ेगी कि नहीं? तुम्हीं बताओ...?'

'जे तो ख़ैर है।...हम खुद भुगते बैठे हैं। मजाल है कि हमने कभी बब्बा से ऐसी-वैसी बात करी हो। बे कित्ती भी चूतियापे की बातें करते रहे, फिर भी,...बुजुर्ग तो भैंचो बुजुर्ग ही है न...?'

'और बुढ़ापे में तो आदमी वैसे भी चुतियापे की बातें करता ही रहता है...'

'पर हमें वयोवृद्ध के मूं पे अच्छी अच्छी बातें ही करनी चाहिए क्यों कि जेई रिवाज है।'

'हमारी संस्कृति में भी जेई कहा गया है कि बूढ़े का आदर लाजमी है...'

'सो हम सब करते हो हैं...'

'वरना असलियत सबको पता है...'

'सही बात...और करें भी क्या?'

'समझदार की मौत है...'

दोनों कुछ देर को फिर चुप रह गए। समझदार की मौत पर वे दो मिनट का मौन नहीं रख रहे थे। वो तो तंबाखू की गमक में चच्चा मगन हो गए थे सो वार्तालाप रुक गया।

चच्चा पेट पर हाथ फेर रहे हैं। रज्जन ने उनके पेट के अंदर की बात पकड़ ली।

'टट्टी हो आते?' रज्जन ने कहा।

'प्रेसर ही तो बनाबे बैठे हैं। बने, तो हम निकलें। दो दो बार तंबाखू दाब चुके, पेट पे इत्ता हाथ फिरा लिया कि स्साला गरम हो चला पर...'

रिश्तेदार पेट में समुचित प्रेशर न बन पाने की राष्ट्रीय समस्या से जूझ रहे थे।

रज्जन ने सांत्वना दी, '...बनेगा, बनेगा। तंबाखू खाई है तो प्रेसर तो स्साला बनेगा ही। काहे न बनेगा?'

राष्ट्र को तंबाखू पर पूरा भरोसा है। सबको विश्वास है कि तंबाखू खाए बिना पाखाना हो नहीं सकता, और तंबाखू खाई हो तो पाखाने को झक मारकर होना ही पड़ेगा।

चच्चा उसी विश्वास के तहत बोले, 'प्रेसर क्या, प्रेसर का बाप भी बनेगा। मुर्गा छाप तंबाखू है कि मजाक!...'

'बने तो खंडेरा के पीछे की छोटी पहाड़ी पे निकल जइयो। घर की खुड्डी में ऐसो घिनापन मचो है कि...अब का करें? इत्ते रिश्तेदार...'

'भैया, हम तो वैसे भी घर में बने पाखाने पे बैठ ही नहीं पाते हैं। जे घिनोंची जैसी खुड्डी पे, मुर्गा घांई बैठ के हमारी तो उतरती ही नहीं।...हंसो मती। सच्ची कह रहे हैं। हम तो खेतन तरफ़ निकल जाएंगे और वहीं ऐन ठाठ से...'

'अपने घर से खेत भौत दूर हैं चच्चा...'

'तो?'

'तो जेई डर रहेगा कि रास्ते में ही ठाठ खड़ा न हो जाए...।'

'चलो, देखते हैं। अभी से निकल जाते हैं। खेतन तक पहुंचते-पहुंचते प्रेसर भी बन जाएगा...।'

'जैसी आपकी मर्जी...।'

'...और सुनो रज्जन.., हमारे लायक कछु काम हो तो तुरंत बतइयो।'

'पहले निवृत्त तो हो लो...।'

'अपने को अकेला मत समझियो...।'

'इत्ती भीड़ में कैसे समझें?'

'फिर भी...'

'वैसे आप लोगन का ही तो सहारा है...।'

'अरे, आदमी ही आदमी के काम आता है...।'

'...वैसे आदमी औरत के काम भी आ सकता है...।'

'हम कहबे भर के लिए नहीं कह रहे रज्जन, कभी आज़मा के देख लेना। जितें कहोगे उतें ही खड़े मिलेंगे। सच कह रहे हैं...।'

'वो तो है चच्चा। यह तो प्यार है आपका...।'

'अरे, आदमी तो चला जाता है। पीछे बस प्यार ही रह जाता है...।'

'ख़ैर, आदमी चला जाए तो पीछे मालमत्ता भी रह जाता है...'

'तुम भी यार रज्जन...।'

'हमने तो एक बात कही...'

'तुम कभी-कभी सीधे कलेजे में उतरने वाली बात कह देते हो भैया।'

'कलेजे से और नीचे उतर गई तो प्रेसर बनाने में काम आएगी।'

'भौत मजाक करते हो यार'...

'सच्ची बात कहते हैं। दुनिया स्साली ऐसी ही हो गई है कि सच्ची बात को भी जब तक मजाक बना के न बोलो, लोग सुनते नहीं।'

सांसारिक, दैहिक, दैविक, आध्यात्मिक, दार्शनिक तथा ऊल-जुलूल बातों से भरा उक्त वार्तालाप उन भोले लोगों को भारी धक्का पहुंचा सकता है जो उम्मीद करते हैं कि घर में मौत हुई है तो बातों में दुख, गंभीरता और कष्ट भरा होगा। ऐसा है नहीं।

बूढ़े की मौत पर तो ऐसा होता ही नहीं। अति बूढ़े की मौत पर तो बिलकुल भी नहीं। उत्सव-सा माहौल है। 'ही ही' 'ठी ठी' वाली बातें हो रही हैं। गालिब ने कहा ही है कि शादी का मौका बने या गमी का-घर में बस कुछ ऐसा चलता रहे कि चहल-पहल बनी रहे। यह शेर कहते हुए किसी अति बूढ़े की मौत वाला ऐसा ही घर उनके ज़ेहन में रहा होगा।

जैसा कि बताया कि खूब चहल-पहल है।

कि अचानक ही कोहराम सा मच गया।

बैठकर बढ़िया गप्पें मारती हुई औरतें जोर-जोर से रोने लग गईं।

जानने वाले जान गए कि कोई नया मेहमान आता देखा गया है।

अब कौन आ गया? किसे देखकर इतनी सक्रियता?

दरअसल एक तांगा अभी-अभी आकर घर के अहाते के सामने, गली में रुका है।

एक तो यह तांगा पहले ही ऐसा जीर्ण-शीर्ण है कि जहां भी इसे खड़ा कर दो वहीं आसपास सौ कदम तक उदासी और मनहूसियत फैल जाए। तांगा ज़्यादा मरियल है कि घोड़ा, यह कहना कठिन है। घोड़ा, घोड़े जैसा मुंह लटकाए है। बूढ़ा घोड़ा। वानप्रस्थ की उम्र वाला। शक्ल ऐसी कि मानो संन्यास लेने की ठान तो ली हो परंतु गृहस्थी से छूट न पा रहा हो। आदमी होता तो रात-बिरात वन की तरफ़ निकल जाता, पर रईस मियां रात में उसे बांध देते हैं। तांगा और घोड़ा, दोनों के वर्तमान खंडहरों को देखकर यही पता लगता है कि यह इमारत कदाचित् शुरू से ही खंडहर रही होगी।...इसी इमारत के ड्राइंगरूम में कह लें, या कहें कि तांगे की आगे की तरफ़ की लकड़ी पर, घोड़े के पिछवाड़े से एकदम सटकर, पटिए पर स्वयं के पिछवाड़े का चंद दशमलव भाग का भी अति संक्षिप्त हिस्सा टिकाये रईस मियां बिना टपके ही यदि तांगा हांके ले जाते हैं तो यह घोड़े की सदाशयता पर उनका भरोसा तथा खुदा के करिश्मे पर अगाध विश्वास का ही नतीजा है। इसमें, 'जो होगा सो देखा जाएगा' वाली भावना को पतली संटी के साथ मिला दो तो तांगे के मालिक तथा चालक रईस मियां की तस्वीर बन जाती है।...इन्हीं रईस मियां का तांगा गली में आकर अभी-अभी रुका है। रईस मियां घोड़े के पुट्ठे पर हाथ फेरकर उसे शाबाशी-सी दे रहे हैं जिसका वह वास्तव में हकदार भी है। तांगे तथा स्वयं की ऐसी गिरी हालत में भी इतनी सवारियों को यहां तक लाना किसी चमत्कार से कम बात नहीं। शाबाशी तो बनती है भाईसा'ब।

सवारियों में दो महिलाएं, एक अधेड़ से सज्जन, एक अति बूढ़े व्यक्ति तथा एक किशोर शामिल है। औरतें तांगे से उतरकर अभी नीचे खड़ी हुई हैं। अधेड़ सज्जन भी। अति बूढ़े सज्जन तो अभी तांगे में ही हिलगे हुए हैं। हां, वह किशोर अलबत्ता सबसे पहले कूद कर अलग खड़ा हो गया है।

पर ये सवारियां उतरकर यूं अवाक्-सी क्यों खड़ी हैं? क्योंकर आगे ही नहीं बढ़ रहीं? यूं प्रतीत होता है मानो कि वे न तो यह घर ही पहिचान रही हों, न ही एकत्रित

भीड़ को जिसके बीच उनको देखकर रोना शुरू था। वैसे, इधर के रोते हुए लोग भी सवारियों को पहिचानने की कोशिश में ही हैं। धीमें-धीमें रुदन के साथ औरतों के बीच खुसफुस भी चल रही है :

'कहीं जे चरखारी वाले मौसी मौसा तो नहीं?'

'अरे, मौसाजी तो धरे ऐन ऐंचकताने! जे नहीं हैं।'

'वैसे तो जे भी कम ऐंचकताने नहीं है...'

'अरे, जे काहे के ऐंचकताने।...अपने चरखारी वालों के सामने इनका ऐंचकतानापना तो शर्म से जमीन में गड़ जाए-सच्ची...'

'सच्ची कही। उन जैसे ऐंचकताने तो भगवान ने अब बनाने ही बंद कर दिए हैं। कहते हैं कि एक अंग्रेज कलेक्टर तो ख़ास उन्हें देखबे के लाने चरखारी पहुंचा था। कहने लगा कि बड़ा नाम सुना है आपका।'

'बताते हैं कि उल्टे पैदा भए थे?'

'अकेले उल्टे पैदा होबे में आदमी इत्ता टेड़ा नहीं हो सकता। इसे तो बस ऊपर वाले की माया का ही नाम दे सकते हैं,'

'तो फिर जे कौन उतरे हैं तांगा से?'

'और ऐसे खड़े हैं, मानो करंट मार गया हो...।'

'रोना पीटना सुन के भौंचक से रह गए हैं।'

'जे कैसी बात? अरे, गमी वाले घर में आए हो तो रोना पीटना तो मचेगा ही न... ?'

इधर वे सवारियां गली में वहीं खड़ी होकर मामले का जायज़ा सा ले रही हैं। न इधर आ रही है, न कुछ भी समझ ही पा रही हैं। हां, रईस मियां अवश्य बड़े इत्मिनान से पटिए पर टिके हैं। घोड़ा घोड़े जैसा खड़ा है। इधर रुदन के स्वर शनैः-शनैः तेज होते जा रहे हैं। साथ ही खुसफुस भी जारी है। जितना ही रोना तेज हो रहा है, तांगे से उतरी सवारियां और भी सकते में आ रही दीखती हैं। अतिवृद्ध सज्जन तो घबराकर तांगे को पकड़कर ही बैठ गए हैं मानो किसी आगत की आशंका हो। घोड़ा अवश्य निर्लिप्त-सा खड़ा है। वह जीने मरने के प्रश्नों से ऊपर उठ चुका लगता है।

कि अचानक ही अंदर से निकलकर मंझली बहू रोती हुई दृश्य में प्रकट हुईं।

रोती हुई कहना भी अल्प कथन कहाएगा। कहिए कि पछाड़ें खाती हुई आईं। तड़पती। छाती कूटती। माथा पीटतीं।...जब तांगा रुका था तब वे घर में अंदर थीं। उन्हें वहीं पता चल गया कि कोई नए लोग आए हैं। वे मानो उत्साह से भर गईं। वे जोर से रोती हुईं, छलांगें मारतीं, भीड़ को चीरतीं, तीर की तरह बाहर आईं। तांगे की तरफ़ तो वे इतनी तेजी से बढ़ीं कि घोड़ा तक चौंक उठा। मंझली आईं तो मानो आती ही चली गईं। सामने ही अधेड़ महिला पड़ गई जो उनको अपनी तरफ़ आता देखकर भी पीछे नहीं हट पाईं क्योंकि तांगा बीच में आ गया। मंझली रोती हुई, उस अधेड़ महिला से लिपट गईं। दहाड़ें मारकर रोने लगीं। साथ वाली महिला कहती ही रह गईं कि 'सुनिए, सुनिए तो बहिनजी।' स्वयं अधेड़ महिला ने भी ऐसा ही कुछ कहकर मंझली की जकड़ से स्वयं को मुक्त करने का प्रयास किया। रईस मियां घोड़े को पुचकारने

लगे कि यह करुण दृश्य देखकर घोड़ा, कहीं भावनाओं में बहकर, खाली तांगा लेकर ही जंगल की तरफ़ न निकल भागे।...परंतु मंझली पर इन सब बातों का कोई भी असर नहीं हुआ। वे तो किसी पेशेवर कलाकार की भांति रूदाली में तल्लीन थीं।

फिर रोते–रोते ही मंझली ने यह नोट किया कि वे तो इतना खुलकर रूदाली कर रही हैं परंतु आने वाली पार्टी द्वारा ऐसा कोई भी वांछनीय व्यवहार किंचित भी प्रकट नहीं किया जा रहा है। 'कहीं कुछ गड़बड़ है क्या?'...मंझली संभल गईं। फिर वे अचानक चुप ही हो गईं। मंझली ने पाया कि वह स्वयं आगंतुकों में से किसी को भी नहीं पहिचान पा रहीं।

'यह गोविंददास अग्रवाल जी का घर है?' पुरुष ने पूछा तो ये बात है!

तांगे वाली यह सवारी इस घर की है ही नहीं। ये लोग तो गोविंददास जी के पाहुने थे। गोविंददास इसी गली में आगे की तरफ़ रहते हैं। अग्रवाल बनिए की ये सवारियां गलत जगह पर उतर गई थीं और रूदाली के बवंडर में ऐसी फंसी कि बड़ी कठिनाई से ही अपने कपड़े लत्ते बचा पाई। मंझली अवाक् खड़ी थीं। झेंपती हुई। उन्होंने रईस मियां की तरफ़ शिकायती नज़रों से देखा जिनकी मेहरबानी से ये सवारियां यहां उतार दी गईं और इतना तमाशा बना।

पर रईस मियां भी क्या करें? घोड़े के अलावा खुद भी बुढ़ापे की चपेट में हैं। ऊंचा सुनते हैं। घोड़े से भी कम तो उन्हें दिखता है। गन्नाटे से आते रहते हैं। अंदाज़ से ही सारे काम करते हैं। टटोलकर तांगा चलाते हैं। टाप की ध्वनि से तांगे की स्पीड का अनुमान करते हैं। हिचकोलों के कोण तथा तीव्रता से पता करते हैं कि तांगा किस गली से गुजर रहा है। बाकी सब कुछ वे सवारी और घोड़े की निर्णय क्षमता तथा सदाशयता पर छोड़ देते हैं। बस, इसी तरह अनुमान लगाकर तथा सवारी द्वारा गुहार करने पर वे कहीं भी तांगा रोक देते हैं। अग्रवाल बनिया के यहां सगाई का कार्यक्रम है। ये सवारियां उसी के लिए लुगासी आई थीं। तंबू, दरी, कनात आदि देखकर सवारियों ने हल्ला किया तो रईस मियां ने तांगा रोककर उन्हें यहां उतार दिया।

रज्जन ने आकर उतरी हुई पार्टी से क्षमा मांगी। बताया कि हमारे बब्बा गुजर गए हैं। हमें लगा कि आप हमारे इतने बड़े खानदान में से, न जाने किस के क्या हों जो शायद हमें पता न हो, सो गलतफहमी में ऐसा तमाशा खड़ा हो गया। उतरी हुई सवारियों ने बस यही कहा कि अपने वयोवृद्ध की मौत पर आप लोग जितने दुखी हैं उतना आजकल कौन होता है? इसके लिए उन्होंने रज्जन को बधाई तो ख़ैर नहीं दी परंतु, कहने के भाव लगभग यही थे। तांगे में सवारियां वापस बैठ गईं तो रज्जन ने रईस मियां को दूर ले जाकर उन्हें फटकारना शुरू कर दिया :

'चच्चा, यदि तुम ऐसेई कहीं की भी सवारी, कहीं भी उतारते रहे न, तो जरूर एक दिन मंदिर की सवरी मरघटा में उतार आओगे।'

रईस मियां दार्शनिक हो चले। बोले कि मियां, मरघट से बड़ा कोई भी इबादतखाना नहीं होता सो वो तो तुम कहो मत। इसके बाद उन्होंने यह भी कहा कि इनकी बात सुनने में हमसे भूल हुई होगी। हम समझ ही नहीं पाए। ऊंचा सुनते हैं न। फिर पास ही रेडियो भी बज रहा था।...हमारे घोड़े की भी आदत नाफरमानी की है। तांगे को

कहीं भी खुद रोक लेता है।...यह घोड़ा हमारी ताबेदारी में नहीं है। बल्कि हमें ही इसकी ताबेदारी में जानिए। यह भी तो बूढ़ा हो गया है। किसी की सुनता नहीं। सो हमसे न पूछें कि तांगा यहां कैसे रुक गया? यदि घोड़ा आपको बता सके तो उससे ही पूछिये।...हां, हम आपसे मुआफी जरूर मांग सकते हैं।...रज्जन क्या कहते?

रईस मियां माफियां मांगते हुए वापस तांगे पर बिराज गए। पटिए पर बैठकर वे घोड़े से आगे चलने का निवेदन करने लगे। तांगा चला गया।

इधर तांगा निकला ही था कि वहां मौजूद, तमाम लोग जोर-जोर से हंसने लगे। खूब ठहाके चले।...वाह साहब, यह तो खूब रही कि मंझली, बिना देखेभाले, जा के उनसे सीधे ही लिपट गईं और लगीं रोबे।...मंझली खिसियाती रहीं। लोग हंसते रहे। एक अनुभवी बुजुर्ग अपने अनुभवों के प्रकाश में बताने लगे कि आदमी की समझदारी इसी में है कि किसी से भी लिपटकर रोना शुरू करने से पहले हमेशा यह देख लेना चाहिए कि घर आया हुआ व्यक्ति कहीं डाकिया, बेलिफ, तगादे वाला या कोई भटका हुआ मुसाफिर तो नहीं है? वे और भी विस्तार में जाकर यह समझाने लगे कि देखो, यदि गली बनी हुई है तो लोग तो उसमें आएंगे जाएंगे ही। हो सकता है कि आने-जाने वालों में से वहां कभी कोई रुके भी। हो सकता है कि वह आदमी वहां मात्र सुस्ताने के लिए ही रुका हो, या जूते का तस्मा बांधने की सोच रहा हो, या फिर वहां, बस यूं ही रुक गया हो, इसीलिए गली में किसी को भी रुका देखकर एकदम से रोना शुरू नहीं कर देना चाहिए। पहले रुको। देखो। पहिचानो। जे नहीं कि कोई बेचारा तो गली में मूतने के लिए रुका है और आप पीछे से झपट्टा मारकर उससे लिपट गए; और लगे 'भें भें' करने। उनकी बात सुनकर कुछ दिलजले, जो मंझली की रुदन प्रतिभा से ईर्ष्या रखते थे, जोर-जोर से हंसने लगे। सभी ने कहा कि बात तो एकदम पते की कहते हैं रिछारियाजी।

तभी वहां खड़े एक सज्जन बताने लगे कि तुम अपने इन रईस मियां को भी कम न समझना—बड़ा ही ऐबी आदमी है स्साला। बड़ा ही हरामी बुड्ढा है। जानबूझ के ऐसी बदमाशियां करता है वरना ऐसा बहरा और अंधा भी नहीं है। म्लेच्छ जाति का है न। हरकतें भी स्साले की वैसी ही हैं। बांभन के घर पे मौत हुई है, इसी खुशी में उसकी छाती में हुलक उठ रही होगी। जानबूझकर ही रोका था ससुरे ने तांगा इस घर के आगे। सच्ची। वर्ना तो जब बब्बा के मरबे का गांव भर में सभी को पता है तो क्या रईस मियां को पता न होगा? अरे, जे बात तो उनके घोड़े तक को पता होगी, पर वही बात है न, कि बस बदमाशी!...इस पर एक और सज्जन ने रईस मियां का पक्ष लेते हुए कहा कि ऐसा बिलकुल नहीं है भैया कि रईस मियां मुसलमान होने के कारण ऐसा कर रहे थे-बे तो बेचारे बूढ़े हो गए हैं। अरे, ऐसी उम्र में तो आदमी खुद को ही भैंचो खेंच नहीं पाता और ये बिचारे तांगा खेंच रहे हैं। हमें तो कभी रईस मियां के लौंडे कहीं मिल जाएं तो स्सालों को जुतिया दें कि तुमने इत्ते बूढ़े आदमी को तांगे के काम में कैसे को जोत रखा है।

किसी ने इस पर यह कहा कि इससे बस यही शिक्षा मिलती है कि बूढ़े घोड़े से तो आप तांगा चलवा सकते हैं परंतु बूढ़े आदमी को तांगे में कभी नहीं जोतना चाहिए

और बूढ़े घोड़े वाले तांगे को तो बूढ़ा आदमी भूलकर भी न चलाए। बूढ़ा घोड़ा और बूढ़ा आदमी एक दूसरे को समझ नहीं पाते। दोनों में से कोई एक तो जवान हो।

एक सज्जन ने सारा दोष सवारियों का माना। उन्होंने रईस मियां के वयोवृद्धपन को क्यों नहीं देखा जो इस कदर उजागर था। ऐसे वयोवृद्ध चालक के हाथों में जिस तांगे की कमान हो, उस पर आप ऐसे बेखटके कैसे बैठ सकते हो? क्या अंधे हो? पागल हो? मज़ाकिया हो? या कि बूढ़ों के उत्थान की कोई संस्था चलाते हो?

एक और ने सारा दोष घोड़े पर ही मढ़ने की कोशिश की। कहा कि तांगा चालक को ठीक से देख-गुनकर फिर तांगे पर चढ़ना तो ख़ैर एक अच्छी बात है ही परंतु यात्री को चाहिए कि वह घोड़े को भी एक बार ठीक से देख ले। घोड़े आजकल वैसे भी मरियल आने लगे हैं। खाने को असली चना मिलता नहीं। आजकल बस कहने भर को ही घोड़े हैं। वरना उनमें घोड़े वाली कोई बात ही नहीं। चाहें जहां खड़े होके सुस्ताने लगते हैं। ढीठ भी हैं आजकल के घोड़े। आदमी की सुनते नहीं है। हो सकता है कि यह घोड़ा रईस मियां की सुनता ही न हो। हो सकता है कि हर पचास कदम पर पांच मिनट के लिए रुकता ही हो। तब एक ने कहा कि यार, तांगे में तो ऐसे ही घोड़े जोते जाएंगे न? कोई चेतक को लाकर तो जोत न देगा?...तरह तरह की बातें। फिर सारी बातों पर तरह तरह की राय भी। परंतु सभी इस मामले में एकमत थे कि घर के सामने तांगा रुके और उसमें से, कोई अपरिचित सा आदमी (या औरत) उतरे तो सबसे पहले उसका पूरा नाम, पता आदि पूछने में बुराई नहीं है। जे नहीं कि बिना आगा-पीछा देखे उससे लिपट जाओ और रोने लग जाओ, या लिपट जाओ और चूमाचाटी शुरू कर दो। लिपटने के बाद जो भी करने की तुमारी इच्छा हो, खूब करो, पर लिपटने के पहले, लिपटने वाले के बारे में पूरा पूरा पता तो कर लो।...सभी इस बात पर एकमत थे और एकमत होकर 'ही-ही, ठी-ठी' भी कर रहे थे।

और मंझली?

वे कुछ देर तक तो अहाते में ही किंकर्तव्यविमूढ़ सी खड़ी रहीं। ये सारी अनर्गल टिप्पणियां, हंसी, ठिठोली...वे जानती थीं कि इन सबका निशाना न तो रईस मियां थे, न घोड़ा, न तांगा, न सवारियां।...वे खड़ी-खड़ी सबके वार झेलती रहीं।...फिर अचानक ही तेजी से अंदर आंगन की तरफ़ भाग गईं। उनके अंदर जाते ही बरामदे में उपस्थित औरतें लहालोट होकर खिलखिलाने लग गईं। खिलखिलाहट के ये स्वर मानो तालियां बजाते हुए अंदर तक मंझली का पीछा करते हुए वहां पहुंच रहे हैं।

'पालांगी कक्का' किसी ने किसी से कहा।

'जीते रहो' उस किसी ने, प्रत्युत्तर में उस किसी से कहा।

एकत्रित लोगों के बीच चरणस्पर्शों और आशीर्वादों का दौर जारी है। रिश्तेदारों के बीच अनिवार्य चरणस्पर्शों की होड़-सी मची है। लोग झुक रहे हैं। लोग दंडवत् हो रहे हैं। लोग बगल में बैठे-बैठे ही चरणों की तरफ़ हथेली करके वायुमंडल में ही

चरणस्पर्श कर रहे हैं। लोग सब तरफ़ चरणस्पर्श कर रहे हैं। चरणस्पर्श हो रहे हैं। चहुंओर इतने प्रणाम तथा आशीर्वाद बिखर गए हैं कि कहीं वे दीखते होते तो अभी तो झाड़ू लेकर दरी झाड़नी पड़ती।...नया रिश्तेदार आता है तो वह सर्वप्रथम वहां पहले से ही एकत्रित भीड़ का सूक्ष्म निरीक्षण करता है। वह अपने रथ को रिश्तेदारों की सेना के बीच घुमाता हुआ देखता है कि वे कौन कौन हैं जिनके चरण स्पर्श करने पड़ेंगे? यह भी तय करता है कि किनके पहले न किए तो वे बुरा मान जाएंगे। सबके चरण छूने के बाद फिर वह स्वयं अपने चरण उघाड़कर बैठ जाता है। उसके भी तो किसी के द्वारा छुए जाएंगे। सिस्टम ऐसा है कि आदर का एक सिलसिला है जो चलता है तो चल ही पड़ता है।...रिश्तेदारों के बीच यह एक बेहद महत्त्वपूर्ण कर्मकांड है जिस पर मानो सभी का मनोजगत टिका है। 'हम भी, कहीं तो आदरणीय हैं' के भाव के जीवनपर्यंत पोषण की आंतरिक सामाजिक व्यवस्था है यह।

यूं तो ये आदरणीय लोग आराम से बैठे बतिया रहे हैं, या ऊंघते से लग रहे हैं परंतु वास्तव में एक तिरछी और पैनी निगाह सब तरफ़ रखी जा रही है। किसने छुए, किसने नहीं छुए?...बाद में शिकायतें की जाएंगी। दुश्मनी पाल ली जाएगी कि बे तो, भैया, अब ऐसे बड़े आदमी हो गए हैं भैंचो कि हमारे पांव छूबे में उनकी इज्जत घटती है! कई बुजुर्ग तो ऐसी भेदक दृष्टि से हर शख्स को देख रहे हैं और देखते ही जा रहे हैं कि वह घबराकर वैसे ही पांव छू लेता है। ये हुई न बात! पांव नहीं छू रहा था तो एक बेचैनी तथा तनाव था। छू लिए तो 'अरे-अरे' करते हुए आशीर्वाद देकर ऐसे तनावमुक्त हुए कि मानो वर्षों की कब्जियत के बाद आज अचानक ही बढ़िया पेट साफ़ हुआ हो!...बुजुर्गों का तो पूरा टाइम ही पांव छुलवाने में जा रहा है। वे टांगें चौड़ी करके, उन्हें फैलाकर बैठ गए हैं ताकि चरण छूनेवालों को न केवल सुभीता रहे वरन् लोगों को इस पोज़ द्वारा खुला आमंत्रण भी मिलता रहे। आते-जाते लोग पांव छूते जाते हैं। 'खुश रहो,' 'जीते रहो' कह-कहकर इनका मूं नहीं दुख रहा। हां कई बार ऊंघते में ही यदि कोई चरण छू गया तो अवश्य आशीर्वाद पेंडिंग रह गया! समझदार लोग भी बुजुर्ग को ऊंघते में ही निबटाते हैं। ऊंघता बुजुर्ग, जाग्रत बुजुर्ग की तुलना में कम खतरनाक है—ऐसा मानते हैं वे। मान्यता है कि जागता बुजुर्ग आपसे चिपट सकता है। इस मान्यता में कुछ दम तो है। एक दृश्य जो उधर कोने में बैठे अति बुजुर्ग के आसपास बन रहा है, उससे तो यही बात सिद्ध होती लग रही है। वहां किसी ने उनके पांव छुए ही थे कि उन्होंने उसे वहीं दबोच लिया :

'कौन हो भैया?' बुजुर्ग ने पूछा।

'जे अपने भांडेर वाले नारायणदास के बड़े मोंड़ा हैं,' किसी ने बुजुर्ग के कान के पास जाकर ऊंची आवाज़ में बताया है।

'अच्छा, अच्छा, क्षमा करना बेटा, हमें ठीक से दिखता नहीं। बे ग्वालियर के बड़े वाले डॉक्टर रस्तोगी हैं न भैंचो, उन्ने हमारा मोतिया का ऑपरेशन गोड़ दिया।...कैंप लगाए थे बरूआसागर में।...कित्तन की फोड़ के चले गए इसका हिसाब ही नहीं भैया।...हम तो ग्वालियर तक भगे-भगे गए कि डॉक्टर साब हमें तो आपके ऑपरेशन

के बाद कछू दिख ही नहीं रहा। शुरू में तो चूतिया बनाते रहे कि हम बढ़िया मोटा वाला चश्मा लगाए देते हैं, धीरे-धीरे सब दिखने लगेगा। पर काहे को भैया। घंट कुछ नहीं हुआ। हम अंधरे हो गए बेटा।...कछु नहीं दिखता। बस, छाया घांई डोलती दिखती है।...' बुजुर्ग उस विषय पर आ गए हैं जिस पर वे अभी लुगासी आने के बाद से हजारों से चर्चा कर चुके हैं।

'जे तो बुरा हुआ...।'

'तो हम कहां कह रहे हैं कि अच्छा हुआ?...बुरा तो हुआ ही।...पर अब का तो कहें? और का करें?...हमारी किस्मत ही ऐसी थी कि रस्तोगी जी के हत्थे फंस गए। सूरदास बना के छोड़ दिया उन्ने, भैंचो।...अभी तो साक्षात नारायणदास जी भी खुद आ के सामने खड़े हो जाएं तो हमें छाया घांई ही लगें, बस्स..'

'आपकी आंखें ठीक भी होतीं तो भी वे छाया घांई ही लगते...।'

'काहे भैया?'

'क्योंकि बे पिछले साल मर गए।...हमने क़ार्ड भी तो भेजा था।...मरबे के बाद अब अगर बे आए तो भूत-प्रेत या छाया बनके ही तो दिखेंगे।..'

'हओ, जे भी ठीक कही तुमने। कारड आया तो था।...का करें बेटा। आंखें भी खराब हैं और दिमाग भी काम नहीं देता।...अब तो बस, मरबे की प्रतीक्षा है।..'

'ऐसा न कहें।...अभी भगवान आपको सौ साल की उम्र दे।...'

'हम अठानबे के हो चुके..'

पास बैठे भतीजे ने पांव छूने वाले सज्जन को बताया है कि इन्हें सुनाई देता नहीं और आंखें दोनों जा चुकीं हैं परंतु ये किसी की मानते ही नहीं। सबने खूब मना किया था कि घर पे ही बैठो। माने नहीं। कहने लगे कि बब्बा की किरिया में तो जाना ही होगा। अब हमसे पूछो कि बबीना से हम इन्हें लाद के लाए कैसे! कहने को तो बस से आए हैं पर एक तरीके से कहो तो हम ही टांग के लाए हैं इन्हें।

पांव छूने वाला चुपचाप खड़ा सब सुन रहा है। क्या तो बोले? सयाना है। सयाना होने के कारण ही निकलने की फिराक में भी था कि वे फिर शुरू हो गए।

'और भैया, मैट्रिक में हो कि इंटर में?'

'जे पढ़ थोड़ेई रहे...' भतीजे ने स्पष्ट करने का प्रयास किया।

'अरे! भैया, फेल कित्ते भी बार हो जाओ पर पढ़ना न छोड़ना।...पढ़ काहे नहीं रये?'

'अरे, जे पूरा पढ़ चुके।...अब तो खुद कॉलेज में पढ़ाते हैं। अब तो जिसे जे चाहे, उसे खुद फेल कर दें..'

'कलेक्टर हैं?'

'प्रोफेसर हैं..'

'वॉ भई वॉ...कित्ती तनख्वाह पे लगे हो भैया?'

'मिल जाती है...ठीकठाक मिल जाती है..'

'भैया, जित्ती मिले, संभाल संभाल के खरचियो।...बुढ़ापे के लाने जरूर बचा के रखियो नहीं तो मोंड़ा मोंड़ी तो भैंचो...'

सुनने वाले में खीजने के लक्षण आ रहे हैं। वह वयोवृद्ध का लिहाज अब शायद और आगे न कर सके ऐसा उसके उत्तर से प्रतीत हो रहा है। उसने कहा :

'तब की तब देखी जाएगी...अभी तो खरच कर लें।'

'देख लो बेटा।...खूब देख लो क्योंकि बुढ़ापा आ गया और हमारी तरह फूट फाट गईं फिर न देख पाओगे...'

पांव छूने वाला चुप है पर कसमसा रहा है। बुजुर्ग ने उसका हाथ पकड़ रखा है। भागना भी कठिन। बुजुर्गवार बड़बड़ा रहे हैं-'लो बताओ! एक तो तुम हो, और एक हमारे सपूत हैं भैंचो..., दो धेला भी नहीं कमाते।...बस, हमारे मरबे की बाट जोह रहे हैं। बुड्ढा मरे तो खेत मकान बेच-बाच के महरारू के साथ कानपुर जा के ठाठ की ज़िंदगी काटें।...अरे, माना कि हमें भैंचो दिखता नहीं तो भी क्या हम ऐसे चूतिया हैं कि हम जे छलछंदर भी न समझ पाएंगे?...'

साथ बैठा भतीजा उन्हें चुप रहने को कह रहा है। पांव छूने वाला व्यक्ति अपना हाथ छुड़ाने की जुगत में है। उधर बुजुर्ग ने हाथ और भी जोर से पकड़ लिया है। अभी तक तो उद्वेलित थे। अब अचानक ही शांत रस पर आ गए हैं। हाथ को और भी शिद्दत से निचोड़ते हुए अपनी तरफ़ खींचकर वे बोले-

'तुम तो भैया, ऐन सही घुस गए सरकारी नौकरी में।...अरे, कछू हमारे सपूत की भी सिफारिश लगवा दो न कहीं।...नौकरी लग जाए तो सबका दलिद्दर कटे।...अपने ही स्कूल में घुसवा दो न बेटा।...सच्ची।...कुछ न हो तो घंटा बजाबे के काम पे ही लगा दो। बैठे-बैठे बजाते रहेंगे। हैं तो चूतिया, पर घंटा ठीक से बजा लेंगे। जे गारंटी हमारी।...सच्ची।'

क्या कहें? पांव छूने वाला भी हां हूं करता हुआ बैठा हुआ है।

'घंटा बजाबे के कित्ते कलदार मिल जाते होंगे?'

वह चुप ही रहा। भतीजे ने किसी तरह उसका हाथ छुड़वाया।

'तुमारी शादी हो चुकी भैया?'

'दो बच्चों के बाप हैं जे।' भतीजे ने बताया और इनको इशारा किया कि आप तो निकल लो।

पांव छूने वाला धीरे से निकल गया है। पीछे से वे पूछते रहे, 'भैया, तुम कानपुर शहर से तो लुगाई ले के नहीं आ गए?...हमारे सपूत उतें से ही लाए हैं।...उतें से तो लानी ही नहीं चाहिए।...आई नहीं कि सबसे पहले उसकी नज़र अपने सास-ससुर पर पड़ती है कि जे स्साले मर काहे नहीं रहे?...हम नहीं मर रहे तो इसमें हमारी गलती क्या है, जे तो बताओ?'

वह क्या बताए? और कोई भी क्या बताए? वैसे, अब उनके पास कोई है भी नहीं। भतीजा भी मौका देखकर निकल गया है। वे अकेले में ही बड़बड़ाए जा रहे हैं।

चबूतरे पर दरी। सुबह की धूप।

गावतकिए की टेक। अधलेटे महंतजी को कब झपकी लग गई, पता ही नहीं चला।...भला हो चरण स्पर्श आंदोलन का जिसके चलते किसी ने ऊंघते में ही उनके पांव छू लिये तो वे चैतन्य हुए। जब सब तरफ़ ही चरण स्पर्श चल रहा हो तब साधु की भगल से झांकते चरण तो कभी भी खाली नहीं रह पाने वाले। रह-रहकर कोई-न-कोई छूता ही रहता है। पुण्य मिलेगा। न भी मिले, तो कम-से-कम साधुजन के श्राप से तो बचेंगे। साधुजन आशीर्वाद दें, न दें, श्राप तो दे ही सकते हैं-सो सभी पालांगी करते हैं। साधु के चरणों को तो जिसने भी छुआ वही भवसागर के पार हुआ। कौन कहता है यह? खुद महंतजी ही अभी गुपालजी को बता रहे थे। वो तो झपकी लग गई अन्यथा ज्ञान की बढ़िया-बढ़िया बातें चल रही थीं। ज्ञान बांटते-बांटते नींद आ गई। अभी झपकी टूटी तो पाया कि गुपालजी अभी भी उनके निकट ही बैठे हुए हैं और प्रत्याशा में अभी भी उनकी तरफ़ श्रद्धा से ताक रहे हैं।

गुपालजी इसी गली में आगे रहते हैं। रिटायर्ड आदमी हैं। पहले शायद पंचायत डिपार्टमेंट में कुछ थे। क्या थे-यह वे स्वयं भी आज तक ठीक से नहीं बता सकते। उन्हें अपनी नौकरी के आखिरी दिनों तक खुद पता नहीं चल सका कि वे पंचायत विभाग में क्यों थे और विभाग उनसे करवाना क्या चाहता था? अब तो पैंसठ साल के होंगे। तीन लड़कों के पिता। तीनों ही उन्हें टके गज नहीं पूछते। वे जवानी से ही कुछ कुछ बैरागी भाव के थे। बुढ़ापे में लड़के बहुओं ने मिलकर उन्हें भगवान की तरफ़ ऐसा झुकाया है कि पीसा की मीनार की तरह भक्ति मार्ग की तरफ़ झुके ही चले जा रहे हैं। खुद भी सबसे कहते हैं कि हम तो भैया, एकदम धार्मिक हो गए हैं। लड़के बताते हैं कि सिर्रिया गए हैं। सच इन दोनों के बीच कहीं स्थित है। बहरहाल, गुपालजी हर गेरुवे वस्त्रधारी को ज्ञान की टंकी मानते हैं। कहीं कोई साधुनुमा व्यक्ति दिख भर जाए, वे तुरंत ही उसके ज्ञान की टोंटी के नीचे अपना भी बर्तन लगा देते हैं। बब्बा के समय में भी, गुपालजी चाहे जब उस समय पहुंच जाते थे जब बब्बा और महंतजी के बीच ज्ञान चर्चा चल रही हो। चुपचाप एक तरफ़ बैठ जाते। ज्ञान के छींटों में विभोर होकर भीगते रहते। कभी ज्यादा ही भीग जाते, तो वहीं देर तक बैठे रहते। फिर उनके घर से ही कोई उन्हें खोजता हुआ आ जाता। कहता कि अम्मा पूछ रही हैं कि झक्क में आके कहीं इतें-उतें न भटक रये हों सो जहां पे भी मिलें पकड़ के ले तो आओ। गुपालजी प्रायः चुप रहते हैं। बस, बीच-बीच में अचानक ही 'हरिओम' चिल्लाते हैं, और यह इतना अचानक तथा ज़ोर से चिल्लाते हैं कि उनसे नित्य ही 'हरिओम' सुनने वाले भी चौंक जाते हैं। उन्हीं गुपालजी को आज महंतजी ऐसे अकेले, बल्कि फ़ालतू ही उपलब्ध हैं, यह सोच-सोचकर गुपालजी उत्तेजित हुए जा रहे हैं। उनके झपकी से निकल आने के प्रतीक्षा में बैठे थे गुपालजी। मानो अभी ही आए हों और सार्वजनिक नल को खाली पड़ा देखकर सबसे आगे अपना बर्तन लगाकर बैठ गए हों।

महंतजी के एकदम पास ही 'गरुड़ पुराण' धरा है। इसे पढ़ते-पढ़ते ही सो गए थे वे। चैतन्य हुए तो पोथी को झाड़ते हुए गुपालजी की तरफ़ देखा जो प्रणाम की मुद्रा

में उन्हें ताक रहे थे। अवसर बब्बा की मृत्यु का है। 'गरुड़ पुराण' सामने है। ज्ञान चर्चा मृत्यु, यमलोक, परलोक तथा स्वर्ग नरक की तरफ़ जानी ही थी। वैसे मूल प्रश्नाकुल प्राणी तो वहां गुपालजी ही थे परंतु जल्दी ही आसपास बैठे लोग भी अपने अपने बर्तन लेकर नल पर आ गए और माहौल सार्वजनिक नल पर मचने वाली अनिवार्य कांय कांय का बन चला।

'बब्बा तो इस टेम सरग लोग में विचर रहे होंगे, महाराज?' किसी ने पूछा।

'मजाक समझ रखा है क्या? 'गरुड़ पुराण' में लिखा है कि...' किसी और ने प्रतिवाद किया।

'जब महंतजी स्वयं बैठे हैं तब तुम हमें गरुड़पुराण बताओगे?'

'भैया, महंतजी को बताने दो। आप बताएं महाराज।'

महंतजी बताने लगे-'...इत्ती जल्दी सरग-नरक का फैसला कहां होता है? इहलोक से परलोक का रास्ता बड़ा पेंचदार है। अभी तो इसी पर भटक रहे होंगे बब्बा...'

'जमदूत जब प्राण निकालते हैं तो कोई कष्ट तो नहीं होता है महंतजी?'

'क्यों भाई, क्यों न होगा? भौत कष्ट होता है गुपालजी। प्राण क्या ऐसेई कढ़ जाएंगे?...अरे पहले तो जमदूत की शक्ल देख के ही प्राणी भय से कंपित हो जाता है। फिर प्राण भी ऐसे कष्ट में कढ़ते हैं कि एक एक क्षण भी एक-एक कल्प के समान बीतता है। प्राण वायु तो कढ़ती ही है, साथ में पांचों तरह की वायु भी शरीर से निकल भागती है।'

'हरेक के प्राण क्या ऐसेई कष्ट में निकलते हैं?'

'बिलकुल...यमदूत किसी का लिहाज नहीं करते। पुलिस के सिपाही टाइप मामला मान लो। पता है न कि पुलिस का क्या सिद्धांत होता है? वह संत को पकड़े या शैतान को, पहले तो पुलिस उसकी बढ़िया ठुकाई लगाती है। महंतजी, हम ठीक कह रहे हैं न?' किसी ने कहा।

महंतजी चुप रहे।

'परंतु महंतजी, भौतन के प्राण तो बड़ी शांति से कढ़ जाते हैं? सोते-सोते मर गए। नींद में ही मर गए।...बब्बा का ही देख लो। हम भी तो यही कहते हैं न कि बब्बा बड़े पुण्य वाले हते कि ऐसी शांति से प्राण कढ़ गए। पर आप कहते हो कि...'

महंतजी ने प्राण निकलने की फिलॉसफी समझाई और बताया कि यमदूतों की तो धज ही इतनी डरावनी होती है कि प्राणी मान लेता है कि अब मेरे प्राण बड़े कष्ट से ही निकलने- वाले हैं। महंतजी बताने लगे—

'बब्बा ने पुण्य के भौत काम करे, जे सच बात है पर प्राण तो उनके भी कष्टपूर्वक ही कढ़े होंगे क्योंकि प्राण निकरबे में तो भैया सभी को कष्ट भोगना पड़ता है। और प्राण तो ख़ैर बाद में निकलते हैं, पहले तो प्राणी को जब लाल नेत्र, नग्न शरीर, पैने दांतों को पीसते, ऊपर को उठे केश वाले, काकों से भी काले, विशाल नखरूपी शस्त्र वाले यमदूत दिखते हैं तो भय से उसका मलमूत्र तक निकल सकता है।...प्राण निकलने में बड़ा कष्ट होता है भैया।'

सुनकर गुपालजी बेहद घबरा गए। फिर उन्होंने स्वयं को सांत्वना दी कि चलो, जैसे-तैसे भी, एक बार जब कष्टपूर्वक प्राण निकल गए तो प्राण निकलबे के बाद तो आराम हो जाता होगा। कम-से-कम, इस दुष्ट दुनिया से तो मुक्त हुए। महंतजी से इस सिलसिले में आश्वासन लेने के लिए गुपालजी ने अगला प्रश्न किया,

'महाराज, प्राण कढ़बे के बाद तो सीधे चित्रगुप्त के दरबार में पेशी लग जाती होगी?'

बीच-बीच में अपना ज्ञान छांटने वाले सज्जन महंतजी से पहले ही बोल पड़े,

'भइया, जब मृत्युलोक की अदालत में पेशी होबे में महीनों लग जाते हैं तो तुम तो चित्रगुप्तजी की सबसे बड़ी कचहरी की बात कर रहे हो जहां अरबों-खरबों प्राणियों का केस लगा रहता है।...बाप का राज समझा है क्या कि मरे और पोंच गए सीधे ही चित्रगुप्तजी कने कि हमारा हिसाब कर दो?...यमदूतों को चूतिया समझ रखा है क्या? उन्हें चित्रगुप्त ने फालतू फंड में भेजा था क्या? जब यमदूत घसीटते हुए डंडा मारते ले जाएंगे न, तब तुमें पता चलेगा।...है न महंतजी?'

महंतजी ने माना कि सज्जन एकदम ठीक बात कह रहे हैं। 'गरुड़पुराण में स्पष्ट लिखा है। जमदूत जब प्राणी के शरीर से जीव निकालते हैं तो वह अंगुष्ठ मात्र वाला शरीर धारण कर लेता है। छोटा-सा। अंगूठे बराबर। जमदूत इसी छोटे से शरीर के गले में रस्सी बांधकर, तगड़ी मार कुटाई करते हुए उसे अपने साथ परलोक की यात्रा पर ले चलते हैं...।'

'मार कुटाई काहे?'

'जे तो भैया जमदूतों का नियम कायदा है। किसकी हिम्मत कि उनसे कछु पूछे?'

'सबकी ठुकाई करते हैं महाराज?'

'बिलकुल।...सबकी। जो पकड़ा उसी की बढ़िया कुटम्मस करते हैं...'

'भैंसे पे बैठने के चक्कर में जमदूत को टांगें चौड़ी करके बैठना पड़ता है न। तो उन्हें कष्ट होता होगा। उसी कारण गुस्सा आता होगा। और गुस्सा आएगा तो आदमी को ठोकेगा ही। है न महंतजी?' बीच में ज्ञान छांटने वाले सज्जन ने कहा।

अब महंतजी बुरा मान गए। ये बीच-बीच में ज्ञान छांटने वाले सज्जन कुछ ज़्यादा ही बीच में आ रहे हैं जबकि इस एरिया में आध्यात्मिक ज्ञान बांटने का लायसेंस महंतजी का है। वे फटकारते हुए बोले—

'गुप्ताजी, जीवन के रहस्य इतने सरल भी नहीं हैं।'

'पर हमने क्या गलत बात कही?'

'बिलकुल।...गलत ही तो कही। तभी न। तुम्हारी बातन से तो ऐसा लग रहा है कि इस लोक में पाप कर्म करो, चाहे पुण्य-यमदूत तो तुम्हें ठोकते-पीटते ही यमपुर ले जाएंगे। ऐसा नहीं है। गरुड़पुराण में स्पष्ट लिखा है कि यदि आदमी जीवन-भर धर्मकर्म में रत रहे, तो पूरब, पश्चिम और उत्तर के द्वारों में से किसी से भी यमपुर में प्रवेश कर सकता है। हां, पापी पुरुष केवल दक्षिणी द्वार से ही प्रवेश पा सकते हैं। वहीं भीड़ मची रहती है। विलंब होता है। ठुकाई होती रहती है। पापी पुरुषों की...'

'और पापी स्त्रियों का क्या?' किसी ने पूछा।

'पापी स्त्रियां भी उसी द्वार से...' महंतजी ने कहा।

'सही बात है। वैसे भी पुरुष लोग बिना स्त्रियों के अकेले-अकेले तो पाप कर भी नहीं सकते न? पाप कर्म करने में स्त्री तो लगती ही है भैया...' बीच में ज्ञान छांटने वाले बोले।

महंतजी क्रोधित तथा क्षुब्ध होकर बोले-'श्रीमान, गंभीर आध्यात्मिक चर्चा में छिछोरापन न लाएं...'

'हमने तो एक बात कही...। क्या करें। संसार की यही वास्तविकता है।'

'आप हमें संसार न समझाएं...। वैसे भी, मृत्योपरांत प्राणी न तो स्त्री रह जाता है, न पुरुष...। आत्मा का कोई लिंग नहीं होता।...' महंतजी ने कहा।

इस बहस से चर्चा को हटाते हुए किसी ने पूछा, 'महाराज, जे दक्षिणी द्वार वाली बात तो आपने ऐन बताई।...पापियों के लिए बस एक द्वार? तब तो भभ्भड़ मचा रहता होगा यमपुर के दक्षिणी द्वार पे? और बाकी के दरवाजे सूने क्योंकि हमें तो यहां भैंचो कहीं कोई पुण्यात्मा दिखता नहीं। जिसे भी धर्मात्मा समझा, वोई हरामी निकल आता है।'

'आप इतनी जल्दी दक्षिण द्वार पर कहां से पहुंच गए भैया! इस लोक से यमपुर तक की यात्रा ही भौत लंबी है। उसकी बताओ न महंतजी...' ज्ञान छांटने वाला ऐसे मुद्दे उठा रहा है जिससे पता चले कि उसे भी महंतजी से कम ज्ञान नहीं है परंतु उदारतावश, मात्र सम्मान देने के लिए ही वह उत्तर देने का अवसर महंतजी को दे रहा है।

महंतजी के पास उत्तर देने के सिवाय कोई चारा भी नहीं। महंतजी मृत्युलोक से यमलोक तक की यात्रा का विवरण देने लगे, 'ऐसा जान लें कि वैतरणी को छोड़कर पूरा यमलोक छियासी हजार योजन में फैला हुआ है।...और कित्ते ही योजन की तो वैतरणी ही ठहरी। फिर इत्ते हजार योजन की और यात्रा। बीच में सोलह गांव और प्राणी तो रह गया है अंगुष्ठमात्र का। इत्ता चलो तो जाकर बित्ता भर का रास्ता निकल पाए। फिर रास्ते भर में यमदूत ठुकाई-पिटाई भी कर रहे हैं। बीच में जो गांव पड़े तो यमदूत वहां के कुत्तों से भी कटवाते हैं।...'

'यमदूत ऐसा क्यों करते हैं?' गुपालजी ने पूछा।

'थानेदार काहे ठुकाई लगाता है, यह कभी पूछते हो क्या? वो न लगाएगा तो कौन लगाएगा? ऐसेई जमदूतों का है। क्यों महाराज?'

'यार, आप बीच में न बोलें।...और महाराज, रास्ते में जीव के भोजनादि की व्यवस्था?' गुपालजी पूरा ट्रेवलिंग अरेंजमेंट समझने को उत्सुक हैं। यमदूत यदि खाली पेट पर ऐसी पिटाई करेंगे तो फिर जीव कैसे सह सकेगा? चिंता है उनकी।

महंतजी समझाने लगे-'भैया, तभी तो हमारे धर्म में, संस्कार विधियों में पुत्र द्वारा पिंडदान तथा अन्य दान देने का विधान रचा गया है। यहां आपने जो भी पिंडदान दिया तो यह मान लो कि आप जमलोक की यात्रा के रास्ते के लिए जीव का भोजन

बांध के दे रहे हो। जो कृतघ्न पुत्र दाहसंस्कार के विधि-विधानों में कोताही करते हैं उनके मां-बाप का अंगुष्ट मात्र शरीर भूखा प्यासा ही इस लंबी यात्रा में घिसटता है। ब्राह्मण को लोभी न मानें। उसे दान देकर तुम अपने मृत बाप की आत्मा को ही शांति पहुंचाते हो।'

'मान लो महंतजी कि कोई बांभन को दान न देकर किसी गरीब गुरबा को दान दे दे तो इसका पुण्य जीव को मिलेगा कि नहीं?' किसी पापी ने पूछ लिया। गांव की राजनीति और बदले समय ने ऐसे प्रश्न पूछने की हिम्मत भी भी दे दी है लोगों को।

महंतजी तमतमा गए, 'भैया, जिसे जो करना है सो करे परंतु जो विधि विधान हमारे वेद पुराणों में बनाए गए हैं वे कोई मूरख जनों के बनाए हुए तो हैं नहीं। जब वेदपुराण ब्राह्मण को सर्वोपरि कह रहे हैं तो क्या वेदवाणी मिथ्या है?...वैसे भी, दक्षिण द्वार पर एकत्रित पापियों में सबसे पहला नंबर तो उन्हीं पापियों का लगता है जो ब्राह्मण की निंदा करते हैं, ऐसा गरुड़ पुराण में ही लिखा है।'

महंतजी कहने वाले को घूर रहे हैं।

'सच्ची बात कही महंतजी ने।...अरे, बांभन तो भैया बांभन ही है।...' किसी ने महंतजी का समर्थन किया। जाहिर है कि वह स्वयं भी ब्राह्मण ही होगा।

इसके समर्थन में एक स्वर और उठा जो ऐसे सज्जन का था जो मात्र ब्राह्मण होने के कारण ही गांव भर से आदर सम्मान की प्रत्याशा करते हैं अन्यथा उनके कार्यकलाप ऐसे थे कि उनकी रोज भी ठुकाई हो तो कम थी। वे बोले, 'जे तो एकदम सही कह गए महंतजी। बांभन को यदि बांभन वाला सम्मान न दोगे तो तुमें घोर कुंभीपाक नरक में जाना पड़ेगा।...'

'महाराज, और कौन से पापकर्मों से बचना चाहिए हमें? किन पापों के कारण प्राणी इस महामार्ग में जाते हैं, किनसे वैतरणी में गिरते हैं और किन पापों से नरक जाते हैं? गरुड़ पुराण में क्या लिखा है महंतजी?' गुपालजी ने पूछा।

'हां महाराज...जे न हो कि हम कोई काम पुण्य समझ कर किए चले जाएं और वह उधर परलोक में पाप की लिस्ट में हो...' किसी ने मसखरी भरे गंभीर स्वर में पूछा।

महंतजी बताने लगे, 'गौवध करने वाले पातकी, स्त्री को मारने वाले...'

किसी ने आपत्ति उठाई—'महाराज, स्त्री को मारने वाले यदि पापी की लिस्ट में आ गए तब तो हमारे लुगासी गांव के सारे मर्द वहीं दक्षिणी द्वार पर ही खड़े मिलेंगे।...सभी अपनी महरारू की ठुकाई करते हैं।...औरत को न मारें तो यह संसार कैसे चलेगा?...क्यों सगे?...'

इस पर उपस्थित लोगों के बीच स्त्री विमर्श चल पड़ा। कई तरह की बातें तथा संवाद एक साथ होने लगे।

'महाराज का मतलब स्त्री की ठुकाई से नहीं था। क्यों न महाराज?'

'स्वयं तुलसीदास जी लिख गए हैं कि ढोर, गंवार, शूद्र, पशु, नारी—इन सबको पीटना चाहिए क्योंकि पिटना उनका अधिकार है और...। तुलसी बब्बा गलत न बोलेंगे...।'

'महंतजी का मतलब स्त्री के वध से है। स्त्री वध नहीं करना चाहिए।'

'ख़ैर, स्त्रीवध की तो सोचना भी पाप है। पीट-पाट लो। बस। वध करोगे तो ज़रूरी नहीं कि तुम्हें दूसरी स्त्री मिले। दूसरा विवाह न हो पाया तो फिर किसको मारोगे भैया?...'

'ख़ैर, जे तो पाप ही कहाया कि वो बिचारी आपसे चुपचाप कुटकुटा भी ले और आप उसी का वध भी कर दो।..'

'स्त्री को भी जीने का हक है भाईसा'ब।...परंतु स्त्री को पीटने को पाप न माना जाए तभी ठीक रहेगा। क्यों हल्के राजा?'

अकेले हल्के राजा ही क्यों, सभी सहमत हैं। महंतजी की भी इसमें मौन सहमति सी है क्योंकि उपरोक्त अनर्गल संवादों के बीच वे मुस्कुराते बैठे रहे।

महंतजी ने इस विषय पर अपनी तरफ़ से कुछ भी नहीं कहा। वे गरुड़ पुराण में दी गई पापकर्मों तथा पापियों की लिस्ट आगे सुनाने लगे।...

'गर्भपतन करने-करवाने वाले, गुरू तथा ब्राह्मण का द्रव्य चांपने वाले, ब्राह्मण को दान देने के बाद उससे वापस मांगने वाले या छीनने वाले या दान देकर पछताने वाले, या कोई ब्राह्मण को दान दे रहा हो तो उसे रोकने वाले, आचार्यों पूज्यजनों का अपमान करने वाले, याचक ब्राह्मण को रसोई तैयार होने पर भी भोजन को मना करने वाले तथा ब्राह्मण या गुरु को उसकी भूमि से बेदखल करने का प्रयास करने वाले...'

लिस्ट में आखिरी बात महंतजी ने रज्जन को देखकर बोली। रज्जन अभी-अभी आकर सामने बैठे हैं। रज्जन ने बैठते-बैठते यह आखिरी बात भी सुनी और मानो बस यूं ही पूछ लिया, 'और महंतजी, मान लीजिए कि बांभन-ही-बांभन की जमीन चांप ले, या जमीन से बेदखल कर दे तो?...'

महंतजी चुप हो गए। कौन तो रज्जन के मुंह लगे। उनकी बात का सीधा उत्तर न देते हुए उन्होंने एक सूत्र वाक्य कहा, 'जिसकी आत्मा जैसी गवाही दे, वह वैसा ही करे। सच्चा बांभन होगा तो अपनी आत्मा की सुनेगा।...और जो आत्मा की न सुनेगा वह तो नरक में जाएगा ही।'

रज्जन मुस्कुराते हुए चबूतरे पर पसर गए।

'जे भी ठीक बात...,' कहकर ऊंघने लगे वे। रज्जन के साथ दो नौजवान टाइप के छिछोरे भी आकर बैठ गए हैं। दोनों अपनी लौंडहाई तथा आवारापन के लिए पूरे लुगासी में बदनाम हैं। महंतजी जान गए कि उनकी आध्यात्मिक चर्चा के यज्ञ में विघ्न पहुंचाने वाले राक्षस आश्रम में प्रवेश कर चुके हैं। गुपालजी ने कहीं से आत्मा की चर्चा निकालने की कोशिश की तो आत्मा राक्षस के चंगुल में आ गई।

'महाराज, जब मृत्यु हो जाए तो शरीर से आत्मा तो कढ़ जाती है न?' एक राक्षस ने पूछा।

ऋषि महंत ने सतर्क होकर उत्तर दिया, 'सच कह रहे हो..।'

'तो जे आत्मा निकलती किस छेद से है?'

महंतजी तमतमा गए। घूरकर देखते रहे उसे।

'अच्छा, चलो जे ही बता दें कि आत्मा, शरीर में रहती कहां है?'

'हर जगह...' महंतजी बात बढ़ाना नहीं चाहते।

'हर जगह?' वे बात को बढ़ाना चाहते हैं।

'हां भैया...,' महंतजी ने कहा।

'अब गुरूजी हर अंग का नाम लेकर थोड़ेई बताते फिरेंगे कि इतें भी, और इतें भी, और उतें भी। खुद समझ लो यार...' उनमें से एक बोला।

'क्यों रज्जन भाई साहब?' दूसरा बोला।

रज्जन ऊंघने का स्वांग करते हुए इस वार्तालाप का मज़ा ले रहे थे। आंखें खोलकर बोले, 'यार जे आत्मा-वात्मा की बातें तो भैया तुम गुरुजी से ही पूछो। हम क्या बताएं? हमें तो स्साला जे भी नहीं पता कि आत्मा शरीर में घुसती किस छेद से है तो फिर तुमें जे कैसे बताएं कि निकलती किस छेद से है?...'

'हम वोई बात तो महंतजी से पूछ रये थे। जे निकलती किस छेद से है? और मान लो कि हम उसी छेद में अगर कोई ठेंपी लगा दें, तो? फिर आत्मा तो निकल न पाएगी? आदमी की जान बच जाएगी। हैं कि नहीं?'

महंतजी का मुंह लाल हो गया। आध्यात्मिक बातों को यूं अश्लील दिशा देने वाले यदि रज्जन नहीं होते तो महंतजी अभी के अभी उसका नाम नरक जानेवालों की लिस्ट में डालकर लिस्ट को सार्वजनिक भी कर डालते, परंतु फिलहाल वे रज्जन से भिड़ने की स्थिति में नहीं हैं। खेत और मढ़िया से बेदखली का भय उनके सारे आध्यात्मिक ज्ञान पर भारी पड़ रहा है। महंतजी चुप रहे। चुप रहकर लोगों को घूरते रहे। प्रतीक्षा करते रहे कि धर्मप्राण श्रोताओं में से ही कोई इन्हें फटकारे। गुपालजी तो वहां थे ही। उनसे बरदाश्त नहीं हुआ।

'इत्ती अच्छी ज्ञान की बातें चल रही थीं, और तुम लोग..! भैया जिन्हें न सुनना हो, बे लोग इतें से चले जाएं,' गुपालजी ने कहा। गुपालजी तो यूं भी हर नौजवान को चरित्रहीन, आवारा तथा अज्ञानी मानते हैं। वे मानते हैं कि उनके अपने ज़माने में जैसी आदर्श नौजवानी कभी आई थी फिर बाद में तो वैसी जवानी की दुकान ही बंद हो गई है।

'भइया, जिन्हें न सुनना हो उन पे कछु जबरदस्ती नहीं हैं।...और जो इतें बैठना हो हो तो ज्ञान की बातन में विघ्न न डाला जाए...' गुपालजी ने कहा।

'हम तो रज्जन भइया के साथ हैं।...जे उठे नहीं कि पीछे-पीछे हम भी भगे...,' एक ने कहा।

'पर जे तो सोचो गुपाल कक्का कि अगर जे लोग ज्ञान की बातें न सुनेंगे तो फिर सीखेंगे कैसे? फिर आप ही कहते फिरोगे कि आजकल के लौंडे तो ऐसे हैं, कि वैसे हैं...' रज्जन ने कहा और उठ गए।

'एकदम सही कहा हमारे रज्जन भाई सा'ब ने...,' एक लौंडे ने उनकी पीठ थपथपाई। तीनों लोग गुपालजी की दिशा में मुस्कुराकर इस प्रत्याशा में देखने लगे कि अब गुपालजी

अवश्य ही कोई ऐसी चुतियापे की बात कहेंगे जो ज्ञानवर्धक तो ख़ैर क्या होगी परंतु आनंद-दायक अवश्य निकलेगी।

पर गुपालजी ने रुआंसे से होकर, बस इतना कहा 'हमें सब पता है। तुम लोगों को न तो खुद सीखना है, न ही किसी को कुछ सीखने देना है।'

सारी बातचीत के दौरान महंतजी एकदम चुप रहे। बल्कि आंखें और मूंद लीं ताकि लगे कि हम चिंतन में हैं तथा इस तरह के निरर्थक विवादों से परे हैं।

'आपको इत्ता ही बुरा लग रहा है तो हम चले जाते हैं...' रज्जन ने कहा और चलने को हुए।

'हमारे बुरा लगने की चिंता तुम्हें कब से सताने लगी?' गुपालजी ने कहा।

'हमें तो हमेशा रहती है। आपको पता न चले तो हम क्या करें?' कहते हुए दोनों रज्जन के पीछे-पीछे जाने लगे कि तभी वहां बौखलाए से नन्ना पहुंच गए। आते ही रज्जन समेत सबको फटकारने लगे।

नन्ना ने सबको फटकारते हुए कहा, 'यार, उतें इत्ता सारा काम पड़ा है और तुम सब इतें जे चुतियापे की बातें सुनबे में टेम खराब कर रहे हो? जे तो हद्द है भाई।...'

महंतजी, जो ऊंघते हुए चिंतक का पोज़ बनाए पड़े थे, यह बात बरदाश्त नहीं कर पाए। चुतियापे की बातें! यह सुनकर उनके तन बदन में आग-सी लग गई। नन्ना से भिड़ना ठीक नहीं होगा, यह जानते हैं वे, पर अब तो चुप रहना भी कठिन था। महंतजी बोले और उनके स्वर की वितृष्णा छुपाए नहीं छुप सकी।

'ज्ञान की बातों को चुतियापा तो न बताओ नन्ना...' वे बोले।

नन्ना इस समय इतने क्रोधित हैं कि इस समय सांसारिक झंझटों के बीच ज्ञान ध्यान की बातें करने वाले की चड्ढी तक उतार सकते हैं।

'इन अज्ञानियों के सामने ज्ञान की बातें करना चुतियापा ही कहाएगा गुरूजी।' नन्ना ने कहा और रज्जन को पास बुलाकर कुछ निर्देश देने लगे।

नन्ना ने महंतजी की मानो परवाह ही नहीं की।

महंतजी तिलमिला गए।

सार्वजनिक रूप से ऐसा अपमान। बरदाश्त कर जाएं कि कुछ बोलें? एकदम चुप रहना भी ठीक नहीं कहाएगा। आवाज़ को समझाइश का स्वर देते हुए वे बोले : 'अज्ञानियों को यूं छोड़ा भी तो नहीं जा सकता नन्ना।...'

'छोड़िए मत। परंतु अभी नहीं, फिर कभी पकड़ लेना..।' अभी जाने दो इन्हें...' नन्ना ने महंतजी को बीच में टोका।

'...ज्ञान की बातें अज्ञानियों पर भी अपना प्रभाव डालती हैं...' महंतजी ने टोकने के बावजूद अपनी बात पूरी की।

नन्ना को बार-बार 'ज्ञान' 'ज्ञान' की यह रट नागवार गुज़री; खासकर तब, जब वे रज्जन को कुछ काम समझा रहे थे।...खुद तो भैंचो कुछ करना धरना नहीं। और जो करने वाले लोग हैं उनको बेफालतू के ज्ञान की बातों में उलझा के बैठे हैं।

नन्ना ने कड़वे स्वर में कहा, 'जे प्रभाव आप बाद में डाल देना न? कहीं भगे नहीं जा रहे जे अज्ञानी लोग। अभी तो इन अज्ञानियों से हमें जरा काम करा लेने दीजिए, बस। इनसे हमें जो काम कराना है उसमें कोई ख़ास ज्ञान नहीं लगता है।...और एक बात आपको बताएं गुरूजी? हमारी तो पूरी ज़िंदगी ही बब्बा के साथ आपकी ज्ञान चर्चा सुनते-सुनते बीती है पर मजाल है भैंचो कि हममें एक धेले का भी फर्क पड़ा हो। जैसे पहले थे, वैसे ही अब हैं।...हां, एक बात और।...ज्ञान की बातें सुनने-सुनाने का भी एक टेम होता है। कभी कोई फालतू बैठा हुआ आदमी पकड़ में आ जाए तो आप खूब ज्ञान धांस दीजिए। पर जब इत्ता सारा काम करबे को पड़ा हो, तब कोई ज्ञान की बातें ले के बैठ जाए तो फिर बुरा लगे, चाहे भला, इसे हम कहेंगे तो चुतियापा ही।'

महंतजी उनके इन कड़वे वचनों का क्या उत्तर देंगे, इसकी प्रतीक्षा तक नहीं की नन्ना ने। अपनी बात बोलकर वे फटाफट रज्जन के साथ बाहर की तरफ़ निकल गए।

महंतजी का मुंह लाल हो गया। वे उस दिशा में ही देखते रहे जिधर नन्ना गए थे। गुपालजी को तो और भी बुरा लगा। वे महंतजी से बोले-'देखा आपने?'

महंतजी क्या कहते। वे चुप थे। चुप ही रहे। सारी स्थिति को वे खूब समझ रहे थे परंतु अभी गुस्से में कुछ भी बोलकर वे बात को और बिगाड़ना नहीं चाहते थे। मौन रहकर ही इस अपमान को पचाने की कोशिश कर रहे थे। धीरे-धीरे ही सही, अंततः महंतजी प्रकृतिस्थ हुए। खिसियाहट तो खूब थी। वह रही भी। पर उन्होंने हंसने का प्रयत्न करते हुए सारी घटना को मज़ाक का रूप देते हुए कहा, 'रज्जन, नन्ना, गोपी-जे सब लोग घर के ही बच्चे हैं। हमारा बड़ा सम्मान करते हैं पर कभी लाड़ में आ जाएं तो कुछ भी अटरम सटरम बोल देते हैं।...वैसे हैं बड़े अच्छे। भौत मान सम्मान...'

कहते-कहते, स्वयं को ही, स्वयं का स्वर बड़ा खोखला लगने लगा। जुबान ने मानो साथ देने से मना कर दिया। उसकी बहुत लल्लोचप्पो करी तब जाकर तो जुबान तनिक हिली। मुंह पर इतनी खिसियाहट एक साथ आ गई थी कि चेहरा तो बचा ही नहीं, सब तरफ़ बस खिसियाहट-ही-खिसियाहट दिखने लगी थी। महंतजी ने अपने मुंह के भी बड़े हाथ-पांव जोड़े कि भैया, यह अवसर खिसियाने का नहीं है, और इत्ता ज्यादा खिसियाने का तो बिलकुल भी नहीं है।...माना कि रज्जन आदि बड़े हरामी हैं परंतु जब, बस हरामियों का ही सहारा रह जाए तो यह सब खिसियाने-विसियाने का ठनगन नहीं चलने वाला।...पर गप्पू तो आपके भक्त हैं? हैं न। तो? उनके होने, न होने से क्या होना है? शरीफ आदमी; न लीपने के, न पोतने के। बस, मुंडी जरूर ऐसी विकट हिलाएंगे कि मुंडी गर्दन से ही अलग हो जाए।...नहीं, गप्पू से कुछ नहीं मिलना है। पकड़ना तो अंततः इन हरामियों को ही पड़ेगा। महंतजी चुप होकर सोचने लगे कुछ।

किसी ने उनके चरण छुए। महंतजी ने आशीर्वाद दिया, 'सुखी रहो...।'

महंतजी को लग रहा है कि काश, नन्ना या रज्जन में से अभी कोई आए और उनसे ये आशीर्वचन कहे 'सुखी रहो!' चैन नहीं है महंतजी को।

'क्या हुआ मंझली?' सावित्री ने पूछा।

मंझली आंगन में बने तुलसीघरा के पास खड़ी हांफ-सी रही हैं। गुस्से से लाल। आंखों की तरैयां भरीं-भरीं। रुआंसा चेहरा।

मंझली के पीछे-पीछे भागती हुई सावित्री भी आंगन में आई हैं। सावित्री तो बहुत देर से पौंर में अम्मा के पांव दबा रही थीं कि तभी अचानक ही मंझली बाहर से तमतमाती, पांव पटकती हुई, लगभग दौडकर पौंर को पार करती हुई आंगन की तरफ़ भागीं। सावित्री ने यह अबूझ नजारा देखा तो पांव दबाना छोड़कर मंझली के पीछे जाना उचित समझा।

अभी बदहवास सी खड़ी हुई मंझली से सावित्री पूछ रही हैं कि आखिर हुआ क्या है मंझली? मंझली तुलसीघरा से ही टिकी रहीं। बोलीं कुछ नहीं। वे मौन अवश्य हैं परंतु उनका रोम-रोम बोल रहा है। कुछ तो अनर्थ हुआ है। पर क्या?

'किसी ने कछू ऊंच नीच बोल दिया क्या?...हुआ क्या बिन्नू? कुछ तो बोलो...' सावित्री ने एकदम पास जाकर मंझली के हाथ पकड़ लिये।

मंझली ने हाथ छुड़ाते हुए ऐसा गूढ़ सा उत्तर दिया जिसे वही शख्स समझ सकता था जिसने पांच मिनट पहले मंझली को तांगे वाली सवारी से लिपटकर रोते देखा हो। सावित्री उस सारी घटना से एकदम अनजान थीं। जब यह सब हुआ था वे तब पौंर में थी। सो वे क्या समझ पातीं?

मंझली ने कहा, 'कोई हमारे अकेले के ही सगे नहीं मरे हैं जिज्जी। हम ही काहे को रो रो के अपना जी हलकान करते फिरें...?'

'जे क्या बात?...ठीक से तो बताओ...'

'हमसे न पूछो।...उतें बाहर तुम्हारी छोटी बहू बैठी है न? वोई तमाम औरतन के बीच मों दबा के हम पर हंस रही है—उससे ही पूछो न।...वो ही बताएंगी...।'

'छोटी बहू काहे हंसेगी? जे भला कोई हंसबे का मौका भी है?'

'मौके-बेमौके का पाठ हमें न सिखाओ। जा के अपनी गोपी बहू को बोलो जो उतें पछाड़ें खा-खा के हंस रही हैं।...हम रोए तो उन्हें हंसी आ रही है।...बे ठहरी अंगरेजी पढ़ी लिख्खी।...हम निरच्छर!...उतें उनसे ही पूछो। बे अंगरेजी में गिटपिट करके बताएंगी तुमें कि क्या हुआ?...'

'पर गोपी की बहू काहे हंसेगी भला?'

'काहे न हंसेगी भला?...अरे, घर में हम जैसे गंवार जो बैठे हैं, हंसबे के लाने।...जिज्जी, आज बब्बा ज़िंदा होते तो दारी के झोंटा खेंच के दरवाजे के बाहर खड़ा कर देते कि बिन्नू तुम अपने मायके तो सिधारो, जिन्ने तुमें इत्ती भी शिक्षा नहीं दी कि घर में कहीं गमी हो जाए तो हंसना नहीं, रोना पड़ता है।'

सवित्री बात का सिर पैर ही नहीं समझ पा रही है।

'बात तो बताओ न...?'

'बात हमसे नहीं, उनसे ही पूछियो। तुमई अब इस घर की बड़ी हो। बब्बा तो अब रहे नहीं। अम्मा जैसी हैं, वैसी नहीं हैं।...अब तुममें अगर हिम्मत हो तो

अपनी अंगरेजन से जे पूछ लो कि घर में बुजुर्ग के मरबे पे अंगरेज लोग हंसते हैं कि रोते हैं?'

'नादानी है छोटी बहू की।...हम फटकारते हैं न अभी।...

'उन्हें फटकारबे की हिम्मत है किसी की?'

'अरे, फालतू न रिसाओ मंझली...'

'जिज्जी, न तो हम फालतू में रिसाएंगे, न ही अब फालतू में रोएंगे-धोएंगे। अब जे न चलेगा कि जो भी रिश्तेदार आए तो रोबे के लाने तुरत मंझली को आगे कर दो। हम अकेले-अकेले काहे को अपनी आंखें फोड़ते फिरें? सब लोग रोएं न। एक बार रो के तो देखें। कभी ऐसा रो के देखें तब पता चलेगा कि रोबे में कैसी छाती फटती है...'

'दुख में तो सभी रोते हैं मंझली...।'

'तो क्या सारा दुख हमारे ही मूंड़ पे आके पड़ा है?'

'जे बात नहीं है बिन्नू।...अरे, हम वहां होते तो हम भी रोते ही।...पर हम इतें अम्मा के पांव दबा रहे थे ना। हमें पता ही नहीं चला कि क्या हो गया, और तुम हमें बता ही नहीं रहीं...'

'तुम तो इतें पांव दबा के पुण्य कमाओ और हम? हम छाती कूट कूट के रोएं भी और तुमारी ज्ञानी बहू रोबे पे हमारी हंसी भी उड़ाये?...वाह रे विधाता। धन्य है रे तू...' कहकर मंझली ने सारे मामले में ईश्वर को भी घसीट लिया।

सावित्री चुप है।

समझ ही नहीं पा रहीं तो क्या तो बोले? तांगे वाली घटना का उन्हें पता ही नहीं। क्या पता कि वे देखतीं तो शायद वे भी हंस पड़तीं। सभी हंसे थे परंतु मंझली इस सारे क़िस्से को, 'छोटी बहू विरुद्ध बब्बा की आत्मा' के सनसनीखेज केस में बदलने की कोशिश कर रही हैं। कोशिश की सफलता में कोई संशय न रह जाए इसके लिए ही मंझली बातें करती करती हुई अचानक ही आंगन में धड़ाम से गिर पड़ीं और दहाड़ें मारकर रोती हुई आंगन में चारों तरफ़ लोटने लग गईं।

नन्ना टहलते हुए से बाहर से आंगन में पहुंचे और मंझली का तमाशा देखते खड़े हो गए। जब मंझली के धड़ाम से गिरने की ख़बर आंगन से निकलकर बाहर पहुंची तब नन्ना किसी को गरियाने के बाद किसी और को गरियाने की तैयारी कर रहे थे। मंझली की इस तरह की बीमारियों की शर्तिया दवा केवल नन्ना के पास है। पहले भी वे गिरी हैं। नन्ना ने ही हमेशा उनको लात मारकर उठाया है। यही इलाज करने वे आंगन में पहुंचे हैं और फिलहाल मरीज का दूर से ही निरीक्षण कर रहे हैं।

इधर मंझली का तमाशा उत्कर्ष पर है। यदि वे दूसरों के लिए रूदाली कर सकती हैं तो स्वयं के लिए तो वे क्या नहीं कर सकतीं? उनकी पछाड़ों में इतनी पछाड़ है कि आंगन संकरा पड़ रहा है। और टेढ़ा भी। जितने ही तमाशबीन बढ़ रहे हैं, पछाड़ खाना, लोटना, हाय हाय करना, मुंह से फसूकर निकालना और गला फाड़कर भें भें

करना ऐतिहासिक-सा होता जा रहा है। इधर तमाशबीनों की भी कमी नहीं। रिश्तेदारों की भीड़ ऐसे किसी मौके को छोड़ने वाली भी नहीं। सारे ही आ गए लगते हैं। औरतें, बच्चे, मर्द, सब। बूढ़े भी कूलते, कराहते पहुंच ही गए हैं। सभी लोग मंझली की तमाशा प्रतिभा से चकित तथा अभिभूत हैं।

सभी यह तमाशा देखने में मगन हैं। किसी को नहीं पता कि तमाशा मचा क्यों है? नन्ना ही समझ सकते हैं। नन्ना ही समझ भी रहे हैं। रोते-रोते मंझली जो भी उल्टा-सीधा उच्चार रही है, उसको समझने की कूबत, बस नन्ना में है। भीड़ को यह जानने की तमन्ना भी नहीं। एक औरत अगर रो रही है तो उनके लिए यह कोई आश्चर्य की बात तो थी नहीं। औरतें तो रोती ही रहती हैं भाई सा'ब। सबके घरों में रोती हैं। अरे, हो गया होगा कुछ। अपुन को क्या कि क्यों रो रही है? अपुन को तो तमाशे से मतलब। जिसकी महरारू है, वो जाने। है कि नहीं सा'ब? वैसे भी मंझली तो रोबे के लाने विख्यात और कुख्यात हैं। अभी-अभी, बाहर, तांगे वाली सवारी से लिपटकर ही कैसा विकट रोई थीं? वही तो। यह भी तो हो सकता है कि वे मात्र अपनी रुदन कला को परिमार्जित करने के लिए अभी आंगन में रियाज़ कर रही हों?

नन्ना के अलावा सावित्री को भी अवश्य कुछ कुछ पता है। छोटी बहू भी पूरा मामला समझ रही हैं। नन्ना ने भीड़ में खड़ी छोटी बहू को देखा और तय किया कि इस तमाशे पर अब कुछ इस तरह परदा गिराया जाए कि लगे हाथों छोटी बहू का भी तमाशा बन ही जाए।

नन्ना आगे बढ़े और लोटती हुई मंझली के लोटन-पथ में टांग अड़ाकर कुछ यूं खड़े हो गए कि उनके और आगे लोटने के लिए चक्काजाम-सा हो गया। मंझली ने लोटना बंद कर दिया। नन्ना की टांग के पास ज़मीन पर पड़ी-पड़ी ही वे हाय-हाय करती रहीं। अब नन्ना ने वही टांग उठाकर एक करारी लात मारने का उपक्रम करते हुए मंझली को धमकाया कि तू उठती है या मैं लगाऊं एक लात?

किसी ने भी नन्ना को नहीं रोका। आदमी अपनी ही पत्नी को लात न मारेगा तो क्या लात मारने के लिए पड़ोस में जाएगा? पति पत्नी के बीच की तो यह रूटीन-सी गतिविधि है। किसी के घरेलू कारोबार में कोई कैसे बोले?...किसी ने कुछ भी नहीं कहा। ज़्यादातर लोग तो लात मारे जाने की प्रतीक्षा में आतुर होने लगे। जब तमाशा हो ही रहा है तो फिर मज़ा पूरा ही क्यों न आए? पर नन्ना ने उठी हुई लात नहीं मारी। इधर मंझली भी नहीं उठीं। वे मरे हुए शेर की तरह नन्ना के पांव के पास पड़ी हुई थीं जैसा कि शिकार कथाओं की फोटुओं में दिखता है।

नन्ना, पत्नी को लात मारने की धमकी देकर दरअसल अपनी अगली और असली धमकी के लिए आड़ तैयार कर रहे हैं। इसी आड़ के पीछे खड़े होकर अब नन्ना ने छोटी बहू की तरफ़ अपनी वह वाली अदृश्य लात घुमाई जो दिखती तो नहीं है परंतु करारी उतनी ही होती है।

ऊपरी तौर पर अभी भी नन्ना पत्नी को ही गरियाते रहे परंतु कुछ इस कौशल से गरिया रहे थे कि 'क्रॉस फायर' की चपेट में मूलतः छोटी बहू बनी रहे।

नन्ना ने लात से मंझली को तनिक सा, लगभग सांकेतिक-सा ठेलकर चिल्लाते हुए फटकारा कि तू स्साली, किसके लिए इत्ता रोना धोना मचा रही है? तुझे पता भी है कि किधर रोना, और किधर नहीं रोना?...अरे, तू ठहरी अंगूठा छाप!... और रोबे बैठ जाती है तू विद्वानों के सामने!...रोबे के पहले देख तो लिया कर मूरख कि कहीं विद्वान जन तो नहीं बैठे हैं उतें?...लोग तो भैंचो, चार अंग्रेजी किताबें पढ़कर अपने को विद्वान समझ लेते हैं। मानने लगते हैं कि मरबे पे रोना धोना तो ज़ाहिलों और गंवारों का काम है!...वैसे हम गंवार लोग तो बांधते हैं ऐसे विद्वानों को, इधर...इन्हीं बालों में।...पर हम तो तेरे से परेशान हैं। तू तो हमसे भी निपट गंवार।...बब्बा के मरबे पे तू तो हर एक से लिपट-लिपट के रोए जा रही है और इधर, तुझे देख-देख के जे हंसे जा रहे हैं कि बूढ़ा ससुर ही तो ससुरा मरा है जिसे तो वैसे भी मरना ही था।...बूढ़ा मर भी गया है तो कौन सा जुलम हो गया? इसमें इत्ता रोना क्यों? तनिक फुसफुस कर लो, तनिक ऐसेई सूखी आंखें ही पोंछते रहो और जे भी न बने तो काला चश्मा लगाके बैठ जाओ, बस!...जे रोना, जे छाती कूटना, जे अंसुवा ढरकाना-जे सब गंवारों की निशानी है।...गंवारपना मत कर।...उठ जा।...अब तो तू उठ ही जा वर्ना हम तेरे से भी बड़े गंवार हैं जे सबको पता है।...और जिनको नहीं पता हो सो वे भी जान लें।...हम निपट गंवार हैं। एकदम्म।...हम बस लातन की भाषा के जानकार हैं। हमें जे अंगरेजी की गिटपिट नहीं आती। पर जब हमारी लात बोलती है तो अच्छे अच्छे अंग्रेजन को हमारी बात तुरंत समझ में आ जाती है।...हम सीधे लात उठाते हैं।...अब तू उठ जा, नहीं तो देंगे मिला के एक लात तुझे और एक उनको भी जो हमारे बाप के मरबे पे हंसबे की भूलकर रहे हैं।...हम लात तो मारेंगे गांड़ पे, पर बंद हो जाएगा मूं। हमारी लात का ऐसा ही असर होता है, यह जान लो।

नन्ना देर तक, मंझली के बहाने छोटी बहू को दुत्कारते, गरियाते और धमकाते रहे। बब्बा के कमरे के ताले को मोहरबंद करने का दुस्साहस करने वाले को सटीक उत्तर देने का यह मौका वे अपने हाथ से कैसे जाने दें?

वे गरियाते रहे।

तमाशा चलता रहा।

मंझली अभी उठी नहीं हैं। वे प्रतीक्षा में हैं कि नन्ना उन्हें एक बार ठीक से लतिया दें तो वे उठें।

दिन-भर की गहमागहमी में उलझा रहा यह दिन शाम होते होते बुरी तरह थक चुका था। फिर तो रात आ गई।

अब रात है। वह भी, सर्दी की रात।

सर्दी तेज हो तो रात कुछ ज़्यादा ही रात लगती है।

पौंर में रात का अंधेरा कुछ ज़्यादा ही अंधकारमय है।

वैसे, पौंर में तो अठारह साल से रात-ही-रात है, बस। दिन और रात का हिसाब तो अम्मा की उंगलियों से कब का छूट चुका है। बल्कि सभी चीज़ों का हिसाब छूट

गया। अंधेरे-उजाले का, सुख-दुख का, जीने और मरने तक का। सारे हिसाब निरर्थक हो चुके। उनके जीवन का गणित ही गड़बड़ा गया है। अब अम्मा वहां है जहां यथार्थ और सपनों का हिसाब भी कोई मायने नहीं रखता क्योंकि यथार्थ बेमतलब हो चुका होता है और सपने देखना नामुमकिन। लकवे में पड़कर, वर्षों से बिस्तर से ही लगे व्यक्ति से कभी पूछो कि तुम्हें किस बात का इंतज़ार है? उत्तर में वह कभी भी नहीं कहेगा कि उसे ठीक होकर चल पड़ने का इंतज़ार है। ऐसे चमत्कार की आशा करके वह स्वयं की नज़रों में ही दयनीय नहीं बनना चाहता। पर वह यह भी नहीं कहता कि मैं मृत्यु की प्रतीक्षा में पड़ा हूं।...वास्तव में तो वह स्वयं ही नहीं जान पाता कि वह है क्यों और पड़ा पड़ा इस संसार में कर क्या रहा है? वह, बस होता है। बेमतलब ही सही, पर रह रहा है।

अम्मा अभी सुन्न पड़ी हैं। रहतीं तो वे पहले ही सुन्न-सी ही थीं, पर बब्बा की मौत के बाद तो आजकल बहुत ज़्यादा हैं। जितने भी रिश्तेदार आ रहे हैं वे सभी एक बार तो पौंर में पड़ी अम्मा तक आते ही हैं। वे अंधेरे में किसी छाया की भांति आते हैं। कुछ पल अम्मा के पास कसमसाते से बैठे रहते हैं। पूछते हैं कि 'अम्मा तुम कैसी हो?' पूछते हैं और पूछते-पूछते ही बिना उत्तर की प्रतीक्षा किए उठ भी जाते हैं। डरते हैं कि अम्मा कहीं सचमुच ही यह बताने न बैठ जाएं कि वे कैसी हैं? समय ही नहीं है किसी के पास। उठते-उठते वे यह बात अवश्य बड़बड़ाते जाते हैं कि बब्बा की सुन के हमें भौत बुरा लगा अम्मा। इसके आगे पौंर से निकलते-निकलते वे यह कहना भी नहीं भूलते कि ईश्वर की मर्जी के आगे किसकी चली है और एक दिन तो सभी को जाना है।...फिर वे खटाक से बाहर निकल जाते हैं।...अम्मा कुछ भी उत्तर नहीं देतीं। जानती हैं कि उनके उत्तर की किसी को प्रतीक्षा भी नहीं।

सभी को एक दिन जाना है तो हम क्यों नहीं जा रहे? हम यहां क्यों नरक भोग रहे हैं? सोचती हैं अम्मा।

गू-मूत के लिए यूं दूसरों का मोहताज होना? नरक और क्या होता है? यह कुछ ऐसा जीना है जिसमें अम्मा रोज मरती हैं और रोज नरक से गुजरती हैं। ऐसे जीने से तो मौत अच्छी, पर मरना भी कौन सा ऐसा आसान।...कुछ लोगों को तो मौत भी नहीं पूछती। यूं तो उनकी हर रात काली ही थी पर बब्बा की मौत के बाद की रातें तो और और काली होती जा रही हैं।

कितनी गाढ़ी काली रात है, आज भी। एकदम स्याह। निचाट काली। पौंर में इतना गाढ़ा अंधेरा है कि चाकू से भी न कटे। अम्मा को नींद नहीं आ रही।

आंखें खोले पड़ी हैं। अंधेरे को ताक रही हैं।...बब्बा कहां होंगे अभी? सरग पहुंच गए होंगे, या रस्ते में ही कहीं होंगे? कहीं चित्रगुप्त की कचहरी में दूसरे मुवक्किलों के साथ बेंच में न बैठे हों, नंबर आने की प्रतीक्षा में? उस लोक में सुनवाई तुरत-फुरत होती है कि यहां की तरह उधर भी बिठाए रखते हैं? बब्बा तो बड़ी बेचैन आत्मा हैं। इत्ता इंतजार उनके बस का नहीं। देर तक नाम न पुकारा तो चित्रगुप्त की मां-भेन न करने लगें। उन्हें एक बेर गुस्सा भर आ जाए तो ऊंच-नीच और अच्छा-बुरा कहां

सोचते हैं ?...अम्मा, अंधेरे में पड़ी हुई बब्बा के बारे में ही सोच रही हैं।...कहां होंगे बब्बा अभी ?...कहीं होंगे भी ? या कि कहीं भी नहीं होंगे, अब ? रहे, कि मरबे के बाद एकदम बिला ही गए ? शरीर न सही, आत्मा तो अजर अमर हैं। बब्बा की आत्मा का कोई चेहरा तो होगा ? अगर वह चेहरा बब्बा जैसा न हुआ तो मरबे के बाद जब अम्मा परलोक जाएंगी तो कैसे पहिचानेंगी उन्हें ?

बहुत देर से पेशाब लगी है अम्मा को। रोके हुए हैं। कौन तो नींद से जगाए सावित्री को। एक लंबा कर्मकांड है अम्मा का पेशाब करना भी। यहीं, बिस्तर पर ही लेटे-लेटे तो करनी है। क्या करें भैया ? नरक है। यहीं, बिस्तर पर ही, उनका नरक है। आवाज़ देती हैं सावित्री को तो वो खटिया के नीचे धरा बर्तन उठाकर उनके नीचे लगा देती हैं। रात में दो तीन बार नींद से उठकर पेशाब का बर्तन लगाती हैं सावित्री। अम्मा को स्वयं बहुत ही बुरा लगता है, यूं सावित्री की नींद में खलल डालना। इसीलिए भौत देर तक रोके ही रहती हैं अपनी पेशाब। जित्ती देर भी रोक सकें। पर यह डर भी लगता है कि रोकबे के चक्कर में कहीं निकल ही न जाए। तब सावित्री को उनके कपड़े भी बदलने, धोने पड़ जाते हैं। सो अम्मा सतर्क रहती हैं। कहीं गड़बड़ न हो जाए। जब रोकना एकदम कठिन होने लगता है तो पुकारती हैं, 'बिन्नू, बर्तन लगा देतीं तनिक...'।

बर्तन लगाकर सावित्री पलंग से दूर चली जाती हैं। दूर कोने में खड़ी हो जाती हैं। ख्याल रखती हैं कि अम्मा को लाज न आए। जब तक अम्मा पेशाब करती हैं, सावित्री दीवार की तरफ़ मुंह करके कोने में खड़ी रहती हैं। अम्मा की 'हओ' की प्रतीक्षा में। पेशाब पूरी होने पर अम्मा जोर से 'हओ' कहकर पुकारती हैं। 'हओ' का मतलब हां, मतलब यह कि वे निवृत्त हो चुकीं। तब आकर सावित्री बर्तन हटाती हैं।

ऐसा होते सालों बीत गए हैं।

नित्य का ही किस्सा। रोज का नरक। हर बार पेशाब का बर्तन लगता है और अम्मा शर्म से मर-मर जाती हैं। अभी भी उतनी ही लज्जित होती हैं जितनी पहली दफे हुईं थीं।...क्या दिन दिखाए हैं परमात्मा ने भी। पर किसे दोष दें ? जब परमात्मा ही लाज हरने पर उतारू हो तो फिर किससे गुहार लगाएं अम्मा ? प्रभु की माया। हरि इच्छा! परमात्मा ने माथे पर जो कुछ इबारत लिख दी, सो ही आपका भाग्य। कौन मिटा सका है उसका लेखा ?

फिर बर्तन ले जाकर मोरी पर धोती हैं सावित्री। वापस आकर खटिया के नीचे एहतियात से बर्तन को धरती हैं। वापस सोने से पहले वे अम्मा के सिर पर हाथ फेरकर पूछ लेती हैं कि अम्मा, और कुछ तो नहीं चाहिए ? बताती हैं कि अभी तो बस आधी रात ही हुई है—तनिक सोबे की कोशिश करो अम्मा। अम्मा चुप रहती हैं पर आशीषों से भरी रहती हैं।...फिर सावित्री सो जाती हैं।...और अम्मा ? वही खाट। वही रात। वही अनिद्रा। वही अंधेरा। वही अंतहीन समय। वही अगली बार फिर से पेशाब लगने का भय और आतंक।

'बिन्नू, बर्तन लगा दो तनिक...' अम्मा ने आवाज़ दी है।

सावित्री खटाक से उठ गईं। फिर 'हओ'। फिर मोरी पर बर्तन। फिर वापस। 'सो जाओ अम्मा'...। सावित्री का फिर लेट जाना।...पर नींद तो दोनों को ही नहीं आ रही अब। सावित्री को न जाने क्यों लगा, मानो, अम्मा कुछ कहना चाह रही हैं।

'क्या सोच रही हो अम्मा?' सावित्री ने पूछा।

'...क्या सोचें? क्या न सोचें? पता है बिन्नू कि जब हम ठीकठाक हते तो जित्ती बार भी टट्टी जाते थे, लौट के उत्ती ही बार नहाते भी थे।'

'हमें पता है। कभी दिन में दस बार दस्त लग जाएं तो आप दस बार ही नहाती भी थीं।'

'पता है क्यों? क्योंकि हमें लगता था कि ऐसा न करो तो पाप लगेगा।...और आज देखो कि गू मूत में ही पड़े रहते हैं। सोचो हमें कित्ता पाप चढ़ता होगा रोज? और तुमसे अपना गू मूत कराबे का पाप तो अलग।'

'कैसी बातें करती हो अम्मा!...ऐसी बातें न किया करो।.. हमें भौत घबराहट होती है।'

अम्मा चुप हो गईं।

अब अंधेरे में उनकी श्वासों की आवाज़ है, बस।...और जब सन्नाटे में बस श्वास की ही आवाज़ सुनाई दे रही हो तो कैसा डर लगने लगता है?

अम्मा ने अचानक ही पूछा, 'बिन्नू, जे तो बताओ कि घर में बंटवारा होबे वाला है क्या?'

सावित्री ने गोलमोल-सा जवाब देना ही उचित समझा, 'तुमें क्या करना अम्मा?...जो हो, सो हो।'

'फिर भी?'

'तुमें किसने कही?'

'हमें कौन बताबे वाला है? अरे, हमने खुद सुनी। इतें, पौंर तक जित्ता सुनाई दे जाता है उत्ते से तो कान नहीं मूंद सकते न बिन्नू। सुना, तो कुछ तो समझ आया, पर बहुत सा समझ ही नहीं पड़ा। आवाज़ें टूट टूट के आती हैं न। सिर में चकरी-सी भी चलती रहती है हमारे। पूरी बात तो समझ नहीं आई।...आज आंगन में जब मंझली रोना मचाए थीं तब नन्ना भी चिल्ला-चिल्ला के कछू बंटवारे की ही बात तो कर रहे थे। तुम बताओ।...सच्ची-सच्ची बोलना।' बोलते-बोलते हांफने-सी लगीं अम्मा।

थोड़ी देर चुप्पी रही। अंधेरा। बस, अंधेरा। अम्मा की हांफने की आवाज़। सन्नाटा। ठंड।

'जो न हो जाए सो थोड़ा ही मानो अम्मा!' सावित्री ने उसांस भरकर कहा। घर में जो कुछ भी चल रहा है, उस पर और क्या कहें वे?

'अभी तो बब्बा को गुजरे हुए तीन दिन ही हुए हैं, और जे लोग अभी से...' अम्मा सिसकने लगीं।

'तीन दिन में कर लें, या तेरह दिन बाद करें, बंटवारा तो जब भी होगा, बंटवारा ही कहाएगा न?...पर कोई कर क्या सकता है अम्मा?...'

'इतें बब्बा की सांसें बंद भईं, के उतें मोंड़ा लोग बंटवारे के लाने लड़न लगे?...बब्बा के मरबे के लाने ही बैठे थे क्या?'

अम्मा की आवाज़ में न तो अचरज है, न दुख–बस क्षोभ है, या शायद वितृष्णा भी।

अम्मा चुप हैं।

अम्मा सिसकने लगीं।

'मत रो अम्मा...' सावित्री उठ बैठीं।

पर अम्मा कैसे रुकतीं? रोती ही रहीं। रोते–रोते ही अम्मा ने अचानक पास बैठी सावित्री का हाथ पकड़ लिया और पूछा, 'बंटवारे में, जे हमारा पेशाब का बर्तन किसके हिस्से में आने वाला है बिन्नू?...'

'ऐसी बातें न करो, अम्मा...'

'...बताओ न?...जे तो नहीं होगा न कि कोई भी हमारा जे पेशाब का बर्तन लेने को राजी न हो?...सब एक दूसरे की तरफ़ फेकें कि जे हमें नहीं चइये, तुमीं धरो?'

रो रही हैं अम्मा।

भींचे हुए सावित्री का हाथ।

सावित्री का गला रुंध आया।

'रो मती अम्मा...' और क्या कहें सावित्री?

अम्मा रोती ही जा रही हैं और अपनी रौ में वही वही बात कह रही हैं। 'कोई भी न लेगा तो जे पेशाब का बर्तन तो मारा–मारा फिरेगा न बिन्नू?...फिर तो हम गू–मूत में ही भिड़े पड़े रहेंगे?...'

सावित्री भी जोर–जोर से रोने लग गई।

'तुम भी हमारे पेशाब के बर्तन को मना मत कर देना, सावित्री।...हमें पता है कि जे तुम्हारे हिस्से में ही पड़ेगा।...मना मत करियो।...मना तो न कर दोगी?'

अम्मा ने सावित्री का हाथ इतना जोर से पकड़ लिया मानो कहीं डूब रही हों।

सावित्री ने अपना दूसरा हाथ उनके हाथ पर सांत्वना भरे स्पर्श से रखा हुआ है।

दोनो रो रहे हैं।

दोनों ही देर तक रोते रहे।

यही रात।

मंझली छत की मोरी पर निस्तार करने गई थीं तो बड़ी देर से वापस आईं।

उनका कमरा छत पर है।

मोरी पर बैठे–बैठे ही उन्होंने, नीचे पौंर में हो रही सावित्री और अम्मा की बातें सुनीं। कुछ समझीं। ज़्यादातर तो समझ ही न पाईं। यह माना कि रात के सन्नाटे में बातें साफ़ सुनाई पड़ती हैं, पर एक तो अम्मा की 'गों गों,' फिर बीच–बीच में दोनों जन का रोना–धोना।

'बड़ी देर लगा दी... ?' नन्ना ने पूछा।

आधी रात का समय।

पर नन्ना भी अभी कहां सोए हैं। ऊपर से बीड़ी की तलब और लग आई। मंझली निस्तार को उठीं तो नन्ना ने भी उठ के बीड़ी जला ली। अभी वे रजाई ओढ़े ओढ़े ही बीड़ी पी रहे हैं।

मंझली ने नीचे पौंर में अम्मा और सावित्री के बीच चल रही बात, बातों के बीच बंटवारे की कुछ चर्चा और रोबे-धोबे की नौटंकी की बात विस्तार से बताई। नन्ना चुपचाप बीड़ी पीते रहे। पूरी पी लें तब प्रतिक्रिया देंगे। इधर मंझली ने बात खत्म की, उधर उन्होंने बची हुई बीड़ी का आखिरी जोरदार सुट्टा खींचा और खींचते ही चले गए। तब तक खींचते रहे जब तक कि खांसी का जोरदार दौर शुरू नहीं हो गया। फिर वे देर तक खांसते रहे। फिर बलगम वहीं खटिया के बगल में थूकते हुए नन्ना ने कहा, '...अम्मा के कान भरे जा रहे हैं।... भाभी ऊपर से तो बड़ी संत बनती हैं पर तैयारी जे है कि बंटवारा हो तो एक हिस्सा अम्मा का भी निकलवा के उस पे, सेवा के नाम पे अपना कब्जा बनाया जाए। जे रोबे सिसकबे का खेल क्या हमें नहीं समझ आता?...चूतिया समझ लिया है नन्ना को सबने, भैंचो! अरे हम भी तो देखते हैं न! होन तो दो बंटवारा।...'

नन्ना ने फिर से खटिया के पास थूका। पता नहीं कि बलगम गले में आ गया था, या उन्होंने गुस्से से थूका था, या फिर वे सावित्री की 'तिकड़म' पर थूककर अपने पापी इरादे स्पष्ट कर रहे थे।

वही रात।

बेहद सर्द रात है।

बिस्तर में घुसे लोगों की भी ऐसी तैसी हुई जा रही है ठंड है इतनी।

रिश्तेदारों की भीड़ घर में यहां-वहां सो रही है। जहां भी जगह मिल सकी, वहीं।

जिसके हाथ जो भी रजाई-गद्दा-कंबल आया, वही लेकर। जिसे जो भी खटिया या जगह मिली, वहीं। रात निकालनी है भैया। सोने की कोशिशें जारी हैं। लेटकर गप्पें भी चल रही हैं। इधर-उधर की बातें। लेटे-लेटे ही बच्चे आपस में लड़ भी रहे हैं। पास लेटे मां बाप उनको धमका रहे हैं कि सोते क्यों नहीं हो स्सालो। क्या बिना लात खाए नहीं सोओगे?... एकाध तो लात भी खा गया है।...एक बूढ़े रिश्तेदार बड़बड़ा रहे हैं कि इंतजाम ठीक नहीं किया है भैया। किसी ने उत्तर दिया है कि लुगासी में इससे बढ़िया और क्या हो सकता है? चैतवारा की भूल गए का? गनेसी चच्चा की तेरहवीं वाली रात? परकी साल? पीपल के पेड़ के नीचे, चिल्ला जाड़े के बीच दरी बिछा के कंबल पकड़ा दिए थे कि सो जाओ या मइयो चु...। अभी जे भी आपको गद्दा न देते या रजाई की जगह मोटी तुलाई पकड़ा देते तो आप क्या कर लेते?...जो है, उसमें खुश रहो।

'खुश ही हैं भैया...पर बुढ़ापे का शरीर है भैंचो।...पुरानी मशीन।...काम कम करती है, आराम ज़्यादा मांगती है। क्या करें?' बताया गया।

'दद्दा, बुढ़ापे के शरीर का तो ऐसा है कि ऐन मलमल और सनील की रजाई में भी इसे धर दो पर जे स्साला तो हाय, हाय ही करता रहेगा।...इंतजाम बुरा नहीं है। बुढ़ापा बुरा है।...' किसी ने कहा।

'सही कह रहे हो बेटा।...पर जब तुम पे खुद बीतेगी तब पूछेंगे हम तुमसे...'

'अभी तीस साल नहीं आना अपना बुढ़ापा।...तब की तब देखेंगे।'

'जवानी जाते अबेर नहीं लगती बेटा।...आंखें झपकीं कि निकर गए तीस साल।...'

'देखेंगे।...अभी से काहे रोएं?'

'जे भी सही बात।'

बातें, बातें, और, और भी बातें। रात भौत है। सर्दी तो इत्ती कि क्या कहें।...पर क्या करें? बातें भी तो भौत सारी करनी हैं।

वही रात।

गोपी का कमरा।

सोते-सोते गोपी ने छोटी बहू की छाती पर हाथ रख दिया। फिर उन्हें करीब खींचकर भींच लिया। लिपट गए जोर से। इरादे नेक थे और स्पष्ट भी परंतु छोटी बहू अचानक ही जोर-जोर से हंसने लगीं। हंसती ही रहीं।

'क्यों?' गोपी ने पूछा।

पर हंसती ही चली गईं गोपी बहू। बल्कि खिलखिलाती कह लें।

हंसते-हंसते ही उसने गोपी को परे धकेलते हुए कहा, 'तनिक देखभाल के लिपटा करो! ये नहीं कि आंखें मींच के किसी से भी लिपट गए।'

गोपी कुछ समझे नहीं। वे धकेले जाने और खिलखिलाने को शृंगार रस की क्रिया मानकर उत्तेजित होकर फिर से लिपट गए और चूमते हुए बोले, 'क्यों?...ऐसा क्यों कह रही हो? अरे हम तो अंधेरे में भी जान जाते हैं कि तुम हो और कहां हो-इसमें देखना भालना कैसा?'

गोपी की बहू को हमेशा ही इस बात पर बड़ा लाड़ आता है कि गोपी इतने भोले हैं कि तिरछी कही गई बात को कभी समझ ही नहीं पाते। गोपी की बात सुनकर वह और भी हंसने लगीं। सोचा, बता ही दें अपने मिट्टी के माधो को।

'नहीं पता तुम्हें? अरे लुगासी में ऐसी कुछ हवा चली है कि लोग बिना आगा पीछा पहिचाने, किसी से भी लिपट जाते हैं। न तो घोड़े का लिहाज करते हैं, न तांगे का।...'

गोपी इतने भी चूतिया नहीं हैं। समझ गए। अब लाड़ आने का नंबर उनका था। पत्नी के हास्यबोध पर वे वारी-वारी हो जाने को उतावले हो गए। यूं भी उन्हें अपनी पत्नी की हर बात पर बड़ा नाज़-सा रहता है। पत्नी-भक्त कह लें। अंग्रेजी वाले इसे 'हेनपेक्ड' कहते हैं। और बुंदेलखंड में इन्हें पींदा कहा जाता हैं। गोपी यहां पींदा के रूप में ही कुख्यात हैं-जिसे वे स्वयं का विख्यात होना मानते हैं। बब्बा कहते ही थे

कि महरारू के पेटीकोट से जब भी वे बाहर निकलें, तो फिर वापस वहीं घुसबे से पहले उस स्साले पींदा को बता देइयो कि बब्बा ने बुलाया है। गोपी के पींदा होने पर कहीं कोई विवाद नहीं है। सर्वसहमति है कि वे हैं, और आला दर्जे के हैं। बब्बा उन्हें चूतियाचंद भी कहते थे। पूछा करते थे कि बे चूतियाचंद पींदा क्या तुमें कहीं दिखे?

तो ऐसे प्रमाणित पींदा को पत्नी से ऐसी बात सुनकर उस पर ऐसा जोरदार प्यार आया कि उन्होंने पत्नी को जोर से भींच लिया तथा यहां-वहां चूमाचाटी करने लगे।

छोटी बहू गोपी को प्यार तो करने देंगी परंतु खूब छका-छकाकर।...

वह गोपी से आलिंगनबद्ध होकर नायिकोचित नखरे करने लगीं।

रात न जाने कितनी बीत चुकी है परंतु इस मकान को नींद ही नहीं आ रही। अंधेरे आसमान तले, आंखें फाड़कर पड़ा हुआ है बब्बा का मकान।

दीवारें बेचैन खड़ी हैं। छत करवट लेना चाहती है। शायद करवट से नींद आ जाए। पर छत के तो हर तरफ़ ही दीवारों की विकट जकड़न है। दरवाजों की पलकें, पल्लों के साथ ही उघड़ी-सी हैं। खिड़कियां उनींदी हैं। शाम से ही फर्श का सिर भारी है। मानो फटा जा रहा है फर्श। मुंडेर ने उंगलियां चटखाईं तो जुगनू चौंक गए। आंगन तो कितनी ही बार मोरी तक हो आया। नींद न आए तो फिर रात भर मूतते रहो। बरामदों को प्यास लगी है। किसे पुकारें? गेट बंद हैं। छत के कुंडों से बब्बा की स्मृतियां झूल रही हैं।

मकान सोने की कोशिश तो कर रहा है पर उसे नींद ही नहीं है। एक एक ईंट को, रह-रहकर बब्बा याद आ रहे हैं। मकान में एक बेचैन सा शून्य व्याप्त हो गया है।

इस मकान में रहनेवालों को बब्बा के ना रहने से कितना फर्क पड़ा, यह बात तो ख़ैर मकान को पता नहीं। अम्मा और काफी हद तक गप्पू और सावित्री-इनके सिवाय और कोई तो उसे बेचैन दीखता या लगता नहीं। हां, मकान स्वयं खूब जानता है कि उसने क्या खो दिया है।

यह मकान बब्बा के नाम से ही तो आसपास जाना जाता था।...बब्बा की हवेली।

और अब जो मकान बब्बा के बाद बंटवारा होने की आहटें सुन रहा है तो उसकी बेचैनी खूब समझी जा सकती है।

बंटवारा होता है तो ईंट-ईंट बिखर जाती है घर की।...और लोगों की भी।

तालाब। तीन तरफ़ से उसका कच्चा किनारा। इस एक तरफ़ के किनारे पर अवश्य पक्का घाटनुमा-सा कुछ बना है। इसी किनारे पर बना हुआ है नक्की बाबा का मंदिर।

लुगासी में परंपरा है कि मरने के बाद, घर वालों का सिर इसी घाट पर घुटता है। यहीं क्षौर क्रिया होती है, सिर के बाल उतरते हैं।

नक्की बाबा के मंदिर से उतरती हुई सीढ़ियां नीचे जाकर तालाब के घाट की सीढ़ियों में मिल गई हैं। सर्दी की सुबह की इस गुनगुनी धूप में इन्हीं सीढ़ियों पर, बब्बा के खानदान के पुरुष लोग यहां-वहां बैठे या खड़े देखे जा रहे हैं। बच्चे, किशोर, नौजवान, अधेड़ और बूढ़े। सभी तितरबितर शैली में एकत्रित होकर अपनी बारी की प्रतीक्षा कर रहे हैं। नाई, जिसे प्यार, दुलार, आदर तथा गाली-गुतार में खबास कहा जाता है या मात्र नउवा कहकर भी जिसका लुगासी में ज़िक्र होता है, उसकी प्रतीक्षा है। वह है तो वहीं, पर अकेला है। नाई एक है, सिर घुटवाने वाले अनेक। अभी खबासजी पूरी तन्मयता से एक बच्चे के सिर पर उस्तरा चला रहे हैं और एक कलाकार की भांति मानो उसी में खो गए हैं। एक एक सिर को मूंड़बे में यदि इत्ता टेम लगाएंगे तब तो हो गया! जे तो हद हो रही है यार!

'क्यों खबासजी, उस्तरे में धार-वार भी है कि ऐसेई?' किसी ने विलंब के तकनीकी पक्ष की पड़ताल करते हुए, हो रही देर की तरफ़ कुछ यूं इशारा किया।

खबास ने इशारा पकड़ लिया। बोला, 'अंगुरिया फेर के तसल्ली कर लो न महाराज...' खबास ने यह बात हंस कर ही कही ताकि कहीं बांभन महाराज बुरा न मान जाएं कि उनकी चूतियाटिक बात का इतना सटीक उत्तर किसी छोटी जात वाले ने आखिर दे कैसे दिया?

'हमने तो इसलिए पूछा है क्योंकि तुम इत्ती देर से एक ही खुपड़िया पर उस्तरा घुमा घुमा के अपना उस्तरा पैना कर रहे हो...'

'देर तो लगती है महाराज।...आगे से पीछे तक पूरी खुपड़िया घोंटबे में टेम तो लगता है न।...'

'खबासजी ने सही बात कही है फूफाजी..., बिचारे लगे तो हैं-हम सुबे से देख ही रहे हैं। पर हम अपने गांव की कहें तो ढभौरा के खबास इत्ती सही बात कहबे की ऐसी हिम्मत नहीं करते हैं...' किसी को नउवे द्वारा यूं उत्तर देना गवारा नहीं हुआ।

'सब, आप जैसे बड़े लोगन के चरणन में बैठ बैठ के ही सीखा है मालिक...' नाई ने उस्तरा चलाते हुए, सिर झुकाए-झुकाए कहा।

'देखा भैंचो? छोटी जात वाले को बस एक बार अपने मूं क्या लगा लो, स्साला जे ही होता है। लुगासी वालों ने अपने खबास को ऐन मूंड़ पे चढ़ा रखा है।' मुरैना तरफ़ से आए एक रिश्तेदार ने अपनी राय प्रकट की।

एक बुजुर्ग रिश्तेदार ने खबास को बताया कि वैसे, बाल उतरबावे की इतें किसी को भी कोई जल्दी नहीं है। तुम चाहो तो अपनी सारी ज़िंदगी भी इसमें लगा सकते हो परंतु क्या है कि आदमी को सिर घुटवाने के सिवाय भी बहुत से काम हुआ करते हैं। वह तो अपना सारा जीवन इसी काम में नहीं लगा सकता है न? अभी इतें से निबट के सब लोगों को बब्बा की अस्थियां चुनने भी निकलना है। इतें अबेर भई तो समझो कि उतें भी अबेर होगी।...'है कि नहीं?' बुजुर्गवार ने बात बड़ी साफ़ की थी फिर भी पूछ लिया कि न समझ पाए हो तो वे इस बात को दोबारा भी बता सकते हैं क्योंकि उनके पास समय ही समय है।

'जेई तो हम भी बता रहे थे खबासजी को...' किसी ने कहा।

एक रिश्तेदार, जो तालाब किनारे की विशुद्ध वायु के सेवन से बचने के लिए बीड़ी पी रहे थे, बोले, 'लुगासी में तो ख़ैर जे सब धक जाता है, पर हमारे झांसी में कोई नउवा इत्ती देर लगा दे तो गाहक पैसे काट लेता है।'

'महाराज, इतें लुगासी में तो गाहक पहले ही इत्ते कम पैसे देता है कि काटबे के लाने कछू बचता ही नहीं।...' खबास ने कहा।

'यार, तुम लुगासी को बदनाम तो न करो भैया...'

'बदनाम तो हम झांसी को कर रहे हैं। खबास लोग उतें बाल काटबे की रेट इत्ती ऊंची रखे हैं कि बिचारा आदमी लंबे बालों का फैशन ही नहीं छोड़ पा रहा है।...' खबास ने झांसी वाले रिश्तेदार के लंबे बालों को निशाना बनाकर अपनी बात कही।

इधर झांसी वाला रिश्तेदार, झांसी वाले नउवों के खिलाफ कुछ भी सुनने को तत्पर नहीं। कहने लगा, 'यार, कहां तो झांसी के खबास, और कहां जे लुगासी।...अरे, झांसी का नउवा अगर पैसे लेता है तो इत्ती देर में अंग्रेजी कट के बाल काटकूट के एकदम से आमिर खान टाइप मूं भी निकाल देता है।...'

'महाराज, अंग्रेजी कटिंग करबे में धरा क्या है?...एक कैंची इधर, एक कैंची उधर। इतें खचखच उतें खटरपटर, बस, हो गई कटिंग। उठो भैया...। उसमें काहे की देर।...' खबास ने कहा।

खबास ने अपनी बात को और स्पष्ट करते हुए कहा..., 'जहां सिर घुटाबे की बात आती है तो कभी आमिर खान के बाप मरे तो उस्तरे से उनकी भी घुटमुंडी करवाने में इत्ता ही टेम लगेगा। सारे बाल निकालबे में टेम तो लगता है महाराज।...'

'यार, आमिर खान ठहरा मुसलमान। तुम भैंचो, उसके बाल काटबे न बैठ जाना। बाप के मरबे पे बे लोग बाल नहीं उतरवाते...'

'हमने तो एक बात कही..'

'हमने भी एक बात ही बताई है।...पर तनिक अपनी जुबान की तरह ही जल्दी-जल्दी हाथ भी चलाओ, हम बस इत्ता ही कह रहे हैं...'

'अगर भौत जल्दी जल्दी हाथ चलाया तो खुपड़िया में उस्तरा लग जाएगा।...तनिक गम्म खाओ...,' खबास ने तकनीकी दिक्कत बताई।

'हमने सुनी है कि परसों तुमने रिछारियाजी के नाती के मुंडन में ख़ून निकाल दिया?... बच्चों की खुपड़िया तो स्साली बेसेई इत्ती नाजुक...' किसी ने पूछा।

अपनी नउवागिरि के दामन पर कोई भी दाग खबास जी को गवारा नहीं। उन्हें गुस्सा आ गया। कोई उसकी मुंडन कला को यूं बदनाम नहीं कर सकता है। नाई की गरिमा की रक्षा में खड़े होकर खबास ने कहा, '...हमारा मूं न ही खुलवाओ महाराज...'

'तो न खोलो।...हम कौन सा तुम्हारे मूं में हाथ घुसेड़ के कोई बात निकाल रहे हैं। हमने तो कहीं सुनी थी सो पूछ ली...'

'प्रभुजी, अगर हम ऐसे ख़ून निकाल देते तो क्या इतें ज़िंदा भी खड़े मिलते?... रिछारियाजी हमें पटक-पटक के न मारते...?' खबास का स्वर कड़वा है।

'जे तो है।...मारबे के मामले में बे कभी पीछे नहीं हटते हैं।...मर्डर के तीन केसों में तो बाइज़्ज़त ही बरी हुए हैं। चौथे में होबे वाले हैं। मर्डर में बाइज़्ज़त बरी होबे वाले की अपनी तरफ़ जो इज़्जत है सो आपको पता ही है—सो बड़ी इज़्जत है इधर रिछारियाजी की। सच्ची कही तुमने। बे तुमें न छोड़ते ...उनके नाती का ख़ून निकाल देते तो बे...' किसी ने खबास का समर्थन किया।

'वैसे छोटे-छोटे बच्चन की घुटमुंडी करो, तो भैया, थोड़ा बहुत ख़ून तो कढ़ भी सकता है। मोंड़ा तनिक सा हिल जाए, एकदम से मचलने लगे, लात ही मार दे-इत्ते में तो उस्तरा इतें का उतें।...बस।...इसमें खबास भैंचो क्या कर सकता है...?' किसी और ने भी नाई कर्म की पेचीदगियों का ज़िक्र करते हुए खबास का समर्थन किया।

'पर जब ख़ून निकरा ही नहीं तो रिछारियाजी फिर काहे को दस जगह कहते फिर रहे हैं कि खबास ने ख़ून... ?'

खबास ने अंततः वह मूं खोल दिया जिसको न खुलवाने का इसरार वह शुरू में कर चुके थे। खबासजी ने कहा, 'महाराज, मन में यदि गरीब नऊबे के नेंग मारबे की इच्छा हो तो आदमी ऐसेई बातें करता है।...अब और क्या कहें?...हमने कही कि नाती के मुंडन का नेंग तो सौ का पत्ता होता है तो भड़क गए। कहने लगे कि भैंचो, धरे हैं जे बीस, लेना हो तो लो नहीं तो मइयो...'

'बड़े आदमियन की बड़ी बातें...' किसी ने कहा।

'पर बड़े आदमी का मतलब जे तो नहीं कि आप गरीब आदमी का नेंग ही मार दो।...जिसका जो बनता है, सो तो देना ही चाहिए...' किसी और ने कहा।

'एकदम सही बात कह गए आप।.. हमारा भी जेई मानना है कि कभी भी गरीब आदमी के पेट पे लात न मारो।'...

बात गरीब के साथ न्यायपूर्ण व्यवहार की आवश्यकता पर आ गई।

'बड़प्पन है आपका...' खबास ने कहा। और क्या कहे?

'...सही बात! हमने भी कभी गरीब के पेट पर लात नहीं मारी है जब भी मारी है, उसकी गांड़ पर ही मारी है...' कहकर एक सज्जन हंसने लगे।

'...यह भी बड़प्पन है आपका।...क्यों खबासजी? सही है कि नहीं ?...' पेट छोड़कर चूतड़ पर लात मारते हैं, यह तो गरीबन पे किरपा कहाई। क्यों?' खबास से पूछा जा रहा है।

खबास चुप ही रहा। चुपचाप बाल उतारता रहा। वह भी गरीब है। उसके पास भी पेट है। एक अदद चूतड़ भी है। गण्यमानो की लात भी खाली है। उसका चूतड़ तो खाली है ही। चुप रहना ही बेहतर।

खबास मौन रहकर बाल उतारता रहा।

इधर उपस्थित जनों के बीच गरीब विमर्श चल पड़ा। निरर्थक किस्म के विचार-विमर्श के लिए गरीब तथा गरीबी से बेहतर और क्या हो सकता है? एक रिश्तेदार ने कहा कि गरीब आदमी को ऐसा दूध का धुला भी न मान लिया जाए, वह भी भैंचो आजकल भौत हरामी निकल आया है। कई तो ऐसे हरामी हैं कि एक क्या, दस लातें

मार लो, उसकी चूतड़ पर इत्ता सा भी असर नहीं होगा। इन जैसों की तो जब तक थानेदार से ही ठुकाई न कराई जाए, या फिर खुपड़िया ही न खोल दी जाए, जे कभी सुधरते नहीं।...इस बयान के समर्थक भी निकल आए। मौसाजी कहने लगे कि गरीबों और नीच जात वालों का, खासतौर पर नीच जात वाले गरीबों का तो बस एक ही इलाज है—वो है जूता। फूफाजी सहमत नहीं थे। बोले कि जूते से भी तब तक कुछ नहीं होना है जब तक कि आप जूते को भिगोकर न मारो। जब फचाफच आवाज़ होगी, और यह दूसरे गरीबों को भी सुनाई देगी तब तक गरीबों को यह शिक्षा नहीं मिलेगी कि किसके मूं लगना चाहिए, किसके नहीं? सभी ने माना कि भिगोए गए जूते से गरीब ही क्यों, किसी को भी मारने में जो बात है, वह सूखे जूते में कभी आ ही नहीं सकता। चाचाजी कहने लगे कि वो सब तो ठीक है परंतु भीगने पर जूता तनिक भारी हो जाता है। भीगा जूता चलाने में आदमी थक जाता है। उतने नहीं मार पाता जितने कि मारने थे।

पते की बात यह भी उद्घाटित की गई कि यदि गरीब आदमी अपनी औकात में रहना सीख ले तो यहां किसके पास फालतू टाइम है कि जूता खोले, उतारे, भिगोये और मारे? सभी ने माना कि गरीब की ठुकाई तो आदमी मजबूरी में करता है वर्ना इस के अलावा भी दुनिया में बहुत से ज़रूरी तथा मनोरंजक काम हैं।

नाई चुपचाप सारी चर्चा सुन रहा था। वह जानता है कि ये बातें किसको सुनाई जा रही हैं। पर वह भी तो गरीब है। जानता है कि कहां चुप रह जाना चाहिए। वह अपनी औकात में रहना जानता है। वह यह भी जानता है कि जूते सबके पांव में हैं। और तालाब में जूते भिगोने लायक खूब पानी है।

अभी नन्ना का सिर घुट रहा है।

वैसे तो वे पहले से ही लगभग गंजे हैं। गप्पू भी गंजे ही हैं। बस, चैंथी के पास सफ़ेद बालों का एक सिलसिला है जो अभी तो ठीक से यह भी नहीं बता पा रहा कि यह इमारत कभी बुलंद थी भी या नहीं? उस्तरा घूम रहा है। नन्ना की गंज पूरे वैभव के साथ निकली आ रही है।

दूर, सीढ़ी पर बैठे-बैठे, तालाब के पानी में कुछ निहारते हुए फूफाजी ने रज्जन से कहा, 'नन्ना तो पहले से ही गंजे धरे हैं। जे खबास भैंचो और क्या उखाड़ लेगा?'

इसके जवाब में रज्जन ने बस एक पत्थर उठाकर तालाब की तरफ़ इस कौशल से सन्ना दिया कि वह दूर तलक पानी की सतह पर उछलता हुआ चला गया।

पत्थर को अंततः डूबना ही था। रज्जन उसका डूबना देखते रहे।

वह डूबा तो रज्जन ने बड़े फिलॉस्फिकल अंदाज़ में कहा, 'कोई कित्ता भी उछल ले, आखिर में तो डूबता ही है...'

पता नहीं कि उनका यह चिंतन मौत को लेकर था या पत्थर को या कोई और ही बात वे कह रहे थे। इधर फूफाजी को यह लगा कि रज्जन ने उनकी कही हुई

शानदार बात तो सुनी ही नहीं। सो उन्होंने फिर से कहा कि नन्ना तो पहले ही पूरे गंजे हैं—खबास इसमें...। रज्जन ने बात पूरी नहीं होने दी, कहा, 'पहले ऐसे गंजे नहीं थे।...वो तो बब्बा इतना लंबा खेंच ले गए कि इस दिन के इंतजार में अपने बाल नोच नोच के नन्ना ने खुद अपनी गंज निकाल ली है।...'

कहकर रज्जन हंस भी दिए ताकि बात मज़ाक में कही गई मानी जाए।

'यार, ऐसे कुबोल तो न बोलो...'

'चलो हम न भी बोलें पर सच्ची बात तो जेई है फूफाजी। बाप अगर टेम पे न निकले तो कई बार बेटा लोग इसी तरह गंजे निकल आते हैं।...नन्ना की तो हम पक्की कह सकते हैं।...'

फूफाजी क्या कहें? बात को अलग मोड़ देने की कोशिश करते हुए बोले, 'वैसे, वे आज न भी घुटवाते तो भी काम चल जाता।...चैंथी पे चार बाल लटके भी रहें तो...'

'ऐसा नहीं है फूफाजी।...रिवाज तो फिर भैंचो, रिवाज ही है। बाल चाहे चार हों, या चार हजार–उतरवाने तो पड़ते हैं वर्ना इस दुनिया को पता कैसे चलेगा कि बाप मरा है...?'

'हम तो इसीलिए कह रये थे क्योंकि जे स्साले चार सफ़ेद बाल भी नन्ना की खुपड़िया पे खूब फबते हैं रज्जन...'

'जे तो है...'

'रात में कहीं निकलें तो ऐन चमकते होंगे अंधेरे में।'

'यदि किसी के बाल अंधेरे में चमकें तो लुगासी में जे ठीक बात नहीं कहाएगी।...अंधेरे में कौन आदमी लाठी लिए बैठा हो, पता चलता है क्या...?'

'भैया, सही लठैत का तो जे कारनामा कहाता है कि खुपड़िया चमके, न चमके, लाठी सही जगह पर ही लगेगी। पहली बार चूके भी, तो दूसरी बार में तो पक्का...'

इस तरह बात लठैती कौशल पर आ निकली। रज्जन ने कहा कि आजकल के लठैतों में वो बात ही नहीं रही। कांख-कांख के लाठी चलाते हैं भैंचो। या तो निशाने पर लगती ही नहीं, या बस गूमड़ा डाल के रह जाते हैं। एक बार में ही पूरी खोपड़ी खोल देने वाले लठैत अब कहां बचे हैं फूफाजी? आप जिन लठैतों की बात कर रहे हो न, वे होते थे एकदम सच्चे लठैत। उनकी तो लाठी ही अपना निशाना पहिचानती थी। कहीं भी घुमाएं, लगतो निशाने पे ही थी।...खुपड़िया चमके, मां चुदाये न चमके...।

लठैती पर अपने विचार प्रकट करने के बाद रज्जन पुनः मूल विषय पर लौटे, बोले, 'वैसे, सबके ऐसे ही चैंथी भर बाल होते तो जे स्साली क्षौर क्रिया का टंटा जल्दी निबट जाता।...बाल उतर जाएं तो अभी अस्थियों के फूल बटोरबे के लाने मरघटा भी तो जाना है।...चिकचिक मची है स्साली। इतें का काम देखो तो उतें का छूट जाता है। काम करबे वाले हैं गिने चुने, तमाशबीन, भैंचो पचास! गप्पू महाराज हमारे बाप हैं सो हम कुछ कह नहीं पा रहे वर्ना...'

फूफाजी बोले, 'यार, उनकी न कहो! गऊ आदमी...'

रज्जन ने कहा, 'यार, अगर, भगवान ने तुमें आदमी बनाकर पैदा किया है तो आदमी की तरह ही रहो न? काहे गऊ बने फिरते हो? क्या ऐसा करने से दूध देने लग जाओगे?...देखो फूफाजी, ऐसा आदमी न तो लीपने का होता है, न ही पोतने का। जिनके बाप गऊ कहाते हैं, कभी उनसे पूछ के देखना।...चलिए, हम नहीं कह रहे कि आप सांड हो जाइए। पर गऊ तो न हो जाओ यार।'

फूफाजी ने भी माना कि गप्पू ऐसे मौकों पर बहुत काम नहीं संभाल पाते हैं। उन्होंने साथ ही यह भी जोड़ा कि ऐसे कामों के लिए तो नन्ना सक्षम हैं।

रज्जन हंसने लगे।

बोले, 'सक्षम तो खूब हैं।...पर इन दिनों उनका मन कुछ भटका हुआ-सा है। उनका मन बंटवारे की चिंता में लग गया है। अभी उस्तरे के नीचे दबी खुपड़िया में भी बंटवारे का हिसाब ही चल रहा होगा। कित्ता मिलेगा? किसका कित्ता दबा पाएंगे? जेई सब! ऐसे में उनसे काम की बात भी कहो तो कैसे कहो?...'

'और गोपी चाचा?' फूफाजी ने मुस्कुराकर पूछा।

'उनकी तो पूछो ही मती।...शहराती हो गए हैं। गांववालों को उजड्ड और चूतिया मानते हैं।...पींदा हैं सो अलग।...जो भी छोटी चाची उन्हें सिखा दें, वैसा ही करने लगते हैं।...बे तो ख़ैर क्या काम करेंगे।...ऊपर से, अभी सुबे-सुबे उनकी ससुराल से संदेशा आ गया कि उनके चचिया ससुर गुजर गए हैं। बिचारे बड़े धर्मसंकट में हैं। बाप की अस्थियां चुनबे को हमारे साथ मरघटा जाएं कि अपनी ससुराल को निकलें? हमने तो उनसे जेई कही कि आप तो ससुराल जाओ क्योंकि मरा हुआ बाप तो कुछ बिगाड़ नहीं सकता पर ज़िंदा पत्नी आपको खा जाएगी।...मुसीबत है बेचारे गोपी चाचा की भी।...आदमी एक बार पींदा हो जाए तो फिर उसकी दुर्गति तो होनी ही है फूफाजी। है कि नहीं?...'

'यह बात तो है...' फूफाजी ने कहा।

दोनों कुछ देर को चुप हो गए।

रज्जन खबास को देखते रहे। फूफाजी ने बीड़ी सुलगा ली।

नन्ना के बाल लगभग उतर चुके हैं।

घुटी खोपड़ी पर फिटकरी की गिप्पी फिराई जा रही है। उनके पास ही गप्पू बैठे हैं।

इन दोनों ही आदरणीयों की तरफ़ अपनी पीठ करके और इस प्रकार एक किस्म की नैतिक आड़ बनाते हुए रज्जन फूफाजी से यूं निवेदित हुए :

'...बीड़ी को इस तरह अकेले-अकेले न धोंका जाए फूफाजी।...स्वास्थ्य पर प्रतिकूल असर पड़ेगा। हम आपका नुकसान बरदाश्त नहीं कर सकते।...बीड़ी पीने का सही तरीका जे है कि दो सुट्टा तुम लगाओ, दो सुट्टा हम लगाएं। मिल बांटकर पीना चाहिए। इससे आपके फेफड़ों में बस आधा धुंवा ही घुसेगा।...कुछ नहीं तो अपने स्वास्थ्य का ही ख्याल करें। कृपया बीड़ी इधर बढ़ा दें। हम चुपचाप बैठकर अपने फूफाजी का पूरा फेफड़ा खराब होते नहीं देख सकते।...'

फूफाजी ने हंसते हुए बीड़ी हस्तांतरित की और कहा, 'चाचा का न सही, अपने बाप का तो थोड़ा लिहाज कर लो।'

'उनके लिहाज में ही हमने अपनी पीठ घुमाइ है। वैसे तो ज़माना ऐसा बेमुरब्बत आ चुका है कि बेटा, बाप के मूं पे ही बीड़ी का धुंवा फूंक सकता है। और इसी बात के लिए बाप से पैसे भी मांग सकता है कि धुंवा तो तुम्हारे मूं में भी गया कि नहीं?' रज्जन ने बीड़ी का धुंवा फूफाजी के मुंह पर उड़ाते हुए कहा।

'...बाप का लिहाज तो ख़ैर करना ही चाहिए,' फूफाजी ने कहा।

'जरूर करना चाहिए परंतु भौत लिहाज भी कोई ठीक बात नहीं। बाप के बिगड़ने का डर रहता है।...' रज्जन ने कहा। फूफाजी हंसने लगे पर बीड़ी वापस लेना नहीं भूले।

रज्जन बाप, चाचा तथा अन्य वयोवृद्धों का लिहाज करने, न करने की थ्योरी को आगे बढ़ाते हुए बोले, '...फूफाजी, आप लिहाज करबे की चिंता न करो।...नन्ना की तो खुपड़िया ही चिनमिना रही होगी, पिताजी की खुपड़िया खबासजी ने ऐसी टाइट दबा के नीचे कर रखी है कि उनको यह देखना मुश्किल है कि पीछे बैठा उनका बेटा बीड़ी पी रहा है, कि उस्तरा ले के बाप की गर्दन उतारबे चला आ रहा है...'

'भला कोई बेटा बाप की गर्दन क्योंकर उतारने लगा?' फूफाजी ने कहा।

'क्यों नहीं उतार सकता?...कई तो बाप ही ऐसे होते हैं। कई बेटे भी ऐसे हरामी होते हैं। वे मालमत्ते वाले बाप को रोज ज़िंदा देख-देख के उकता जाते हैं। बाप के पास भौत सारा माल हो, या राजगद्दी टाइप मामला हो तो बेटा, बाप की गर्दन क्यों नहीं उतार सकता? अरे, वो कौन-सा मुसलमान राजा था न जिसकी कहानी इतिहास वाले मास्साब पढ़ाते रहते हैं? अरे वोई भैंचो, अलाउद्दीन हते कि जलालुद्दीन? जौन भी रहे हों, पर थे इनमें से ही एक। तो बे कोई लड़ाई जीत के दिल्ली लौटे थे। नाव पे बैठ के ठाठ से चले आ रहे थे। जमुनाजी के बीच धार में ही उनका इस्तेकबाल करबे की ख़ातिर उनका लौंडा या भतीजा अपनी नाव ले के उतें पोंच गया। कूद गया उनकी नाव में। जे हते चूतियाचंद। भौत प्रेम से उसके गले मिले। सिर नीचा करके उसका माथा चूमने को हुए कि लौंडे ने तुरंत तलवार निकाल के गर्दन काट डाली भाईसा'ब की। तो बाप का लिहाज एक बात है, गर्दन उतारना एकदम दूसरी बात। लिहाज ही तो था कि सामने से सीधे छाती में तलवार नहीं घुसेड़ी। बाकायदा गले मिला, वयोवृद्ध का आशीर्वाद मांगा और फिर उनकी गर्दन उतारी। जे कहलाता है लिहाज। हम तो भैया, बीड़ी भर पी रहे हैं। उनकी गर्दन तो उतार नहीं रहे न?'

रज्जन ने हरामीपने वाले अपने वार्तालाप को एक अपने ही किस्म का दार्शनिक स्पर्श दिया और हंसने लगे।

फूफाजी भी हंसते रहे। और कोई चारा भी नहीं।

नक्की बाबा का मंदिर।

तालाब।

बच्चों की भी क्षौर क्रिया हो रही है। परिवार बहुत बड़ा है। बच्चों की भरमार है। अलग-अलग उम्र के इतने सारे बच्चे तालाब की सीढ़ियों पर दीख रहे हैं कि पांडेय खानदान के समस्त रिश्तेदारों के लिए एक अलग ही परिवार नियोजन कैंप आयोजित करने की इच्छा बलवती हो उठे।

और बच्चे तो फिर बच्चों जैसा ही व्यवहार करेंगे। उनके लिए यह भी मानो खेल का एक सुनहरा अवसर है। भागम-भाग, धक्केबाजी, लुकाछिपी तथा पटकम पटकाई के खेल साथ साथ चल रहे हैं। अपने अपने बापों से गालियां खाकर भी वे बाज नहीं आ रहे। एकाध तो थप्पड़ भी खा चुके हैं। एकाध को लतियाया भी गया है। पर वे इसे एक उत्सव ही मानकर चल रहे हैं। खूब सारे बच्चे हैं। हर रिश्तेदार अपने साथ दो तीन लाया प्रतीत होता है। रिश्तेदारी में गमी के अवसर को भी टूरिज़्म की भावना से लेने वाले लोग हैं ये। फिर बूढ़े की मौत का ऐसा भी क्या शोक? आगे पीछे इतवार और कोई सरकारी छुट्टी भी थी शायद। सभी लोग बच्चों को लेकर इधर आ गए।

इन बच्चों में कुछ तो लुगासी तथा अन्य गांवों के हैं। कुछ हैं जो शहर से आए हैं। शहरी बच्चों को, ग्रामीण बच्चे ईर्ष्या, प्रतिद्वंद्विता तथा हीनताबोध के मिले-जुले भावों से देख रहे हैं। सबने, एकजुट होकर, पिछले दिनों में, शहरी बच्चों को हर बात में सबक सिखाने का प्रयास किया है

गांव के बच्चों का गैंग लीडर है किट्टू। उसका व्यक्तित्व ही कुछ इस तरह का है कि वह घर में एकत्रित हर बच्चे से 'चीं' बुलवा चुका है। वह इस प्रजा का चक्रवर्ती सम्राट है। दादा है। सभी का ऐसा पथप्रदर्शक है जो, आप चाहो न चाहो, आपको घसीटकर अपने तय किए पथ पर ले जाता है। बच्चों की ठुकाई करता रहता है। शरीर से मजबूत है। है तो बस ग्यारह साल का। पर है पहलवान टाइप।

रज्जन का बिगड़ैल बेटा है किट्टू। बचपन में ही हर तरह से पूरा बड़ा हो चुका है। चुन-चुनकर ऐसी मौलिक गालियां देता है कि सीधे सरल बच्चे भय तथा आदर से भर जाते हैं कि उनके किसी हमउम्र में पिताजी जैसी गालियां देने की ऐसी चमत्कारी प्रतिभा तथा हिम्मत है। सारे बच्चे उसके कृपाकांक्षी हैं। सब बच्चे उसके आस-पास मंडराते हुए उसकी लल्लो-चप्पो करते रहते हैं।

अभी वो नीली निक्कर पहने, कमर पर हाथ धरे हुए खड़ा है। यह निक्कर वह विशेष अवसरों पर ही पहनता है। ठंड की उसे परवाह नहीं। बड़ों की नहीं। बड़ों को वह वहां पे रखता है, जहां बड़े लोग बड़ों-बड़ों को रखते हैं।

बहुत से बच्चों के सिर घुट चुके हैं। किट्टू ने घोषणा कर रखी है कि वह अपना मुंडन सबसे अंत में कराएगा। अभी दस दिन पहले ही तो उसने एकदम नई काट की जोरदार कटिंग कराई थी। बब्बा ने मर के सब गुड़ गोबर कर दिया। किट्टू नई फैशन की अपनी इस कटिंग को जितनी देर तक सुरक्षित रख सके, रखेगा। वह, इस कटिंग का प्रदर्शन शहराती बच्चों के समक्ष करके पहले ही बता चुका है कि लुगासी के नउवे

भी नई काट की अंगरेजी कटिंग में माहिर हैं। लखनऊवा कट की ऐसी वाली कटिंग तुम्हारे कानपुर–फानपुर वाले चूतिया भी नहीं कर सकते। वैसे, यह कटिंग है भी जोरदार। लुगासी के स्थापित तथा उभरते लफंगों के बीच यह बड़ी लोकप्रिय हेयर स्टाइल है। इस कटिंग के तहत, चैंथी से आधी खुपड़िया तक मशीन चला के आगे की तरफ़ बालों का बड़ा–सा गुच्छा यूं छोड़ दिया जाता है मानो कि बढ़िया मशीन घुमाते–घुमाते अचानक ही नाई को सारा काम छोड़कर घर जाना पड़ गया हो, या आधे काम के बीच ही किसी ने उसका मर्डर कर डाला हो, या कि बीच काम में उसका मन उचट गया हो और वह मशीन फेंक–फांक के आगे की तरफ़ के बाल बिना बनाए ही, सब कुछ छोड़कर बैरागी बन गया हो। ऐसी काट के बालों से किट्टू की लफंगई में जो चार चांद लग गए थे, वे आज के इस चुतियाई के घुटमुंडन में नुच जाने हैं–यह सोचकर ही वह दुखी भी है, गुस्सा भी। ऐसे में वह किस बच्चे के साथ क्या कर बैठे, स्वयं भी नहीं बता सकता।

हमारे विमर्शवादी बुद्धिजीवी प्राय: फासीवादी शासन की बड़ी चर्चा किया करते हैं। बिना उसे देखे–भुगते ही उसके बारे में खूब बोला करते हैं। उनसे नम्र निवेदन है कि वे यहां आकर, किट्टू ने बच्चों पर जो शासन स्थापित कर रखा है, उसे एक बार देखें। ऐसा होता है फासीवादी शासन। कुछ दिनों पूर्व तक तो बस घर तथा मोहल्ले पड़ोस के बच्चे ही उसकी प्रजा होते थे परंतु अभी तो उसके आसपास इतनी प्रजा नतमस्तक खड़ी है कि चयन करना कठिन हो रहा है कि किसे लात से मारें, किसे घूंसे से? वह सभी को कूट चुका है। कुछ बच्चों को तो तीन–चार बार तक। एकत्रित बुजुर्ग एकमत हैं कि इत्ता हरामी लौंडा उन्होंने सालों से नहीं देखा है। वे मानते हैं कि रज्जन की औलाद होने के कारण इसमें कुछ तो हरामीपना आना ही था परंतु जैसा हरामीपना इस लड़के में है वह तो कुछ इतना दिव्य किस्म का है कि इसे ईश्वर का चमत्कार ही कहा जा सकता है। ईश्वर ही तो हिरण्यकशिपु टाइप की चीज़ें भी पैदा करता है। सभी का मानना था कि किट्टू वाल्मीकि की भांति कभी स्वयं ही बदल जाएं तो अलग बात होगी वर्ना मां, बाप, बुजुर्ग, मास्टर तथा समाज के बस का तो वह दीखता नहीं। घर में भी सबका यही विचार है, सिवाय किट्टू की मां के, जो किट्टू को एकदम भोला भाला बच्चा मानती है।...वो तो बस, तनिक मजबूत शरीर का होने के कारण किसी को ज़रा सा हाथ भी लगा देता है तो चोट जरा ज़्यादा पहुंच जाती है और लोग बात का बतंगड़ बना देते हैं। यदि दूसरे बच्चों का शरीर कमजोर है तो इसमें किट्टू बेचारे का क्या दोष?...लुगासी में आम राय यह है कि सांड़ हो चुके हैं किट्टू।

अभी–अभी एक बच्चा घुटमुंडा होकर वहां आया है। किट्टू ने उसे 'इधर आना बे' कहकर पास बुलाया और पूछा 'हो गया?'

'हओ...'

'खुपड़िया चिनमिना रही है न?'

'भौत चिनमिना रही है...'

'खबासजी उस्तरा चलाने के बाद खुपड़िया पे फिटकरी की गिप्पी घुमा देते हैं, तभी चिनमिनाती है। हम तो खबासजी को पहले ही ख़बरदार कर देंगे कि हमें फिटकरी न लगइयो...' किसी और लड़के ने बताया।

किट्टू को यह दखल नागवार गुजरा। बोले, 'बेटा, फिटकरी तो सबको लगवानी पड़ेगी। खुपड़िया चिनमिनायेगी तभी न तुम बब्बा की याद में रोओगे...'

पास खड़े सेवादारनुमा बच्चे हंसने लगे। एक शहराती बच्चा बेहद चिंतित और रुआंसा खड़ा है। दो तीन बार पास खड़े बाप के पास जाकर मना कर चुका है कि वह अपनी घुटमंडी बिलकुल नहीं कराएगा। बाप ने झिड़ककर भगा दिया। 'देख नहीं रहे? सारे बच्चे करा रहे हैं।'...किट्टू ने दूर से ही सारा मामला समझ लिया। शहराती बच्चे से किट्टू ने पूछा :

'काहे न घुटायेगा बे?'

'स्कूल जाऊंगा तो सब बच्चे हंसेंगे।'

'तुम्हारे स्कूल में कभी किसी का बाप नहीं मरा?'

'स्कूल में तो हमने किसी का भी सिर घुटा नहीं देखा...'

'सब स्साले बिना बाप की संतानें हैं...' किट्टू ने घोषित कर दिया।

शहराती बच्चा अपनी बारी आने की आशंका में रुआंसा खड़ा है।

'अबे, वहां कोई भैंचो जो तुम्हारी घुटमुंडी पे हंसे तो लगाइयो स्साले को दो जूता।...हमारे बब्बा मरे हैं और तुम भैंचो हंस रहे हो?...सिर घुटाना हमारे धर्म का मामला है। अंग्रेजी स्कूल में पढ़बे का मतलब जे नहीं है कि हम भी म्लेच्छ हो गए।...'

'हमारे फादर प्रिंसिपल ही डांटेंगे।...'

'उनकी ऐसी की तैसी...'

'फादर प्रिंसपल को तुम नहीं जानते। बड़े स्ट्रिक्ट हैं।'

'यार, तुम स्साले हेडमास्टर को फादर तो बोलो मती...'

'सभी कहते हैं...'

'कहने दो न सभी को। तुम न बोलो। याद रखो, बाप बस एक ही होता है। तुम्हारा भी एक ही बाप है न?...तो अपने बाप को ही बाप बोलो न? हर रस्ते चलते आदमी को फादर बोलोगे तो फिर कितने बाप संभालते फिरोगे?' किट्टू ने कहा।

किट्टू इसी कच्ची उम्र में ही पक्का हिंदूवादी बन चुका है। लुगासी में पिछले चार पांच वर्षों में अचानक ही हिंदू होने पर गर्व करने का माहौल पैदा हुआ है। इस रुझान के सबसे पहले शिकार हुए हैं गांव के बच्चे जो कच्ची उम्र में ही हिंदू और हिंदुत्व की बातें करने लगे हैं।...किट्टू ने तो इसे अपनी लफंगई को नया आयाम देने का सुनहरा मौका बना लिया। छोटी सी चुटिया रख ली है। मुसलमानो को म्लेच्छ मानता है। कोई देख न रहा हो तो मस्जिद पर पत्थर सन्नाकर भाग जाता है और ऐसा करके अजीब सा संतोष महसूस करता है।

'इस भैंचो फादर को जरूर चेता देना। तुमारी घुटमुंडी को लेकर ज़्यादा तीन-पांच करी तो हम वहीं पोंच के उनकी मइयो कर देंगे।' किट्टू ने कहा।

'नहीं समझे?' किट्टू ने पूछा।

बच्चा रुआंसा ही खड़ा रहा। चुपचाप। वह न तो फादर की तरफ़ है, न ही किट्टू की तरफ। बस, काश, कि उसका मुंडन किसी तरह रुक पाता।

'मान लो कि कोई अपने बाल न उतरवाये, तो?' उसने अपनी इच्छा को जिज्ञासा बनाकर पेश किया। किट्टू भड़क गया।

'चूतिया टाइप बातें न करो।...' किट्टू ने कहा।

'नहीं, नहीं, मान लो कि कोई...'

'चार लातें तो घर वाले ही मारेंगे। फिर बब्बा भूत बन के स्साले से ऐसा चिपटेंगे कि भागते गेल न मिलेगी।...बब्बा कहीं गए थोड़ेई हैं। बब्बा का भूत लुगासी में ही कहीं घूम रहा होगा। तुमने ऐसी फालतू बातें करीं तो बब्बा का भूत तुमारी चड्ढी उतार लेगा। नंगे फिरोगे।...'

'भूत-फूत कुछ नहीं होता...' बच्चे ने असमंजस में होते हुए भी कहा।

'जे भी तुमारे फादर ने ही सिखाया होगा, क्यों?'

बच्चा चुप हो गया।

'अभी बब्बा ने कहीं तुमारी बात सुन ली तो सीधे शहर पहुंच के तुमारे फादर की चड्ढी उतार लेंगे। भूत के लिए कौन सी मुश्किल। बस तो पकड़नी नहीं है, टिकिट कटवानी नहीं है। बस, जे उड़े और पहुंच गए शहर। जाके दई फादर की गांड़ पे एक लात...' किट्टू ने बताया।

'भूत तो होते ही नहीं...' बच्चे ने पूर्ण आत्मविश्वास से कहा तो किट्टू को मानो आग लग गई।

'हम बताएं तुमें?...बताएं कि भूत तुमारा क्या हाल करेगा?...भूत तो बाद में उतारेगा, अभी हम ही तुमारी चड्ढी उतारते हैं...'

किट्टू ने लपक के उस बच्चे को पकड़ लिया और चेलों को आदेश प्रसारित किया। वे फड़फड़ाते, चिल्लाते, रोते हुए बच्चे की पेंट जबरिया खोलने की कोशिश करने लगे।

शोर मच गया।

'बच्चे 'हो हो' करके हंस रहे हैं। बच्चा अधनंगा खड़ा रो रहा है। रिश्तेदार, एक दूसरी की तरफ़ अर्थपूर्ण दृष्टि से देख रहे हैं कि देखा, इस लौंडे का हरामीपना? उधर से रज्जन ने चिल्लाकर किट्टू को चेताया कि किट्टू भैंचो..., क्या बाप से जूता खाए बिना तेरी कोई सुबह पूरी नहीं होगी?

किट्टू ने मानो सुना ही नहीं। वह तो अधनंगे बच्चे के आसपास घूम-घूमकर भूत डांस कर रहा है।

गोपी के चचिया ससुर को भी अभी ही मरना था।

देर रात, उनकी ससुराल से इनके मरने की ख़बर आई। चचिया ससुर निसंतान आदमी थे। संयुक्त परिवार में रहते रहे। गोपी के ससुरजी के परिवार के साथ ही।

ससुराल में काफी खेती-बाड़ी है। चाचीजी बहुत पहले हैजा से मर चुकीं। चाचाजी अकेले रह गए थे। जीवन अकेले काट दिया। गोपी की ससुराल ही उनका भी परिवार था। साथ रहते रहे। बूढ़े हो गए। फिर अति बूढ़े हो गए। फिर इतने बूढ़े हो गए कि देखकर भय, आश्चर्य और आदर एक जागता था। उम्र हो गई। कित्ती हो गई कहना कठिन था। उम्र इत्ती हो चुकी थी कि लोगों ने, और स्वयं उन्होंने भी गिनती ही करनी बंद कर दी थी। सभी कहते थे कि खूब खिंच गए हैं भइया।...वे ही अब मर गए हैं। अब इनके मरने पर उन के नाम की सारी जमीन जायदाद का मालिकाना हक गोपी की ससुराल का हो जाना था। गोपी का बस एक ही साला था और उस परिवार की बस एक ही लड़की थी अर्थात गोपी की पत्नी। ऐसा संभावनापूर्ण चचिया ससुर यदि कभी मर जाए तो आदमी की समझदारी यही कहाती है कि वह तुरंत से पेश्तर मौके पर पहुंच जाए ताकि साले साहब कहीं अकेले-अकेले ही चाचाजी की सारी दौलत न हड़प लें।

गोपी बेचारे की तो अग्निपरीक्षा-सी हो गई। यहां तो सगे बाप मरे ही पड़े हैं, उतें ऐसे वाले चचिया ससुर मर गए। गोपी की पत्नी तो तबसे, घर में सबको सुना-सुनाकर यही कह रही हैं कि चाचाजी हमें इत्ता बेटी जैसा मानते रहे कि यदि हम उनकी किरिया में नौगांव न पहुंचे तो सारा ज़माना थू-थू करेगा। ज़माना, मतलब नौगांव की बिरादरी। परंतु एक दुविधा लुगासी की बिरादरी की भी तो है। इधर बाप मरा है। अभी तो बाप के भी बहुत से संस्कार होने बाकी हैं। आज ही क्षौर-क्रिया और अस्थि-संचयन होना है। यदि यह काम छोड़ के गोपी नौगांव चले गए तो भी ज़माना थू-थू करेगा कि बाप की अस्थियों को दूसरों पे छोड़ के सपूतजी ससुराल भग गए हैं। ज़माना, मतलब लुगासी के लोग।

गोपी रात भर असमंजस में रहे। क्या करें कि सांप भी मरा टाइप लगे और लाठी भी न घुमानी पड़े? गोपी की पत्नी ने तो उन्हें रात में ही चेता दिया था कि सुबह नौगांव तो चलना ही है।...और यहां?...लुगासी में? बा़की के सब हैं तो यहां। कौन से तुम उनके इकलौते पुत्र हो? दूसरे लोग जा के अस्थियां न ला पाएंगे क्या? इसमें सोचना क्या है?...पर गोपी सोचते रहे। रात में ही उन्होंने गप्पू को सारी बात बताकर सलाह मांगी कि क्या करा जाए? गप्पू ने वही कहा जो वे हर समस्या के जवाब में हमेशा, हर एक को कहते रहे हैं अर्थात यह कि भैया, जैसा तुमें पुसाये वैसा कर लो। गोपी ने नन्ना से भी पूछा। उन्होंने एकदम दुनियादारी वाली सलाह दी। कहा कि तुम तो हो ही आओ। न गए तो बाद में यहां छोटी बहू किलकिल करेगी। गमी वाले घर में फालतू ही क्लेश मचेगा।

सो गोपी, सुबह-सुबह ही कार लेकर अपनी ससुराल निकल गए हैं। पत्नी तो साथ में होंगी ही? यह भी कोई पूछने की बात है?

ग्यारह-बारह के आसपास चचिया ससुर की किरिया होनी है। उससे पहले वे पहुंच जाएंगे।...गोपी के जाने की ख़बर हर आदमी ने अपनी तरह से सुनी और प्रतिक्रिया दी है। गप्पू ने मात्र 'हरिओम' कहा। वे हर बात पर यही बोलते हैं। कल ठीक से पाख़ाना

नहीं उतरा, तब भी शाम तक 'हरिओम' कहते रहे। मंझली मात्र मुंह बिचकाकर मुस्कुराती रहीं। सावित्री ने कहा कि छोटी तो बता ही रही थी कि चाचाजी, गोपी को अपने सगे पुत्र जैसा ही मानते थे सो उनका जाना ज़रूरी ही कहाया। बुआ ने इस पर पूछा कि इतें क्या गोपी सगे पुत्र नहीं थे? रज्जन ने नन्ना से यही कहा कि जब आदमी, अपनी लुगाई के पेटीकोट के घेरे को ही पूरी दुनिया का घेरा मानने लगता है तो वह गोपी चाचा हो जाता है! नन्ना ने भी माना कि पींदा ऐसे ही होते हैं। नन्ना ने आगे भी कहा कि जिसे भी खालिस पींदा देखना हो तो उसे गोपी को देख लेना चाहिए। पास खड़े फूफाजी ने कहा कि हमारा बस चले तो हम तो गोपी पे टिकिट लगा दें क्योंकि ऐसा पींदा तो टिकिट लेकर ही दिखाया देखा जाना चाहिए कि यहां तो बाप मरा हुआ पड़ा है और भाईसा'ब अपनी ससुराल...।

रज्जन ने सारे प्रकरण का एक नया ही कोण प्रस्तुत किया। कहने लगे कि कोई भी पींदा कभी इत्ता पींदा नहीं हो सकता कि बाप की अस्थियां छोड़कर यूं...। तो? रज्जन ने बताया कि गोपी चाचा जो सुबे-सुबे, गदबद दे के, भगे-भगे नौगांव गए हैं और कार तो ऐसी भगा के ले जा रहे थे मानो फर्स्ट आबे पर उतें इनाम मिलबे वाला हो-सो भला क्यों?...भैया, बात तो सारी मालमत्ते की है। कहीं चचिया ससुर का सारा माल साले साहब ही न चांप के बैठ जाएं? चचिया ससुर गोपी को सगे पुत्र टाइप मानते रहे न? तो क्या ऐसे 'सगे पुत्र' का फर्ज नहीं बनता है कि वहां पहुंचकर अपने हिस्से के मालटाल पे कब्जा करे?...सभी ने माना कि गोपी बड़े ही सौभाग्यशाली हैं! इतें बब्बा मरे तो इतें की जायदाद का हिस्सा मिलेगा, और उतें चचिया ससुर की संपत्ति में भी हिस्सा मिलबे वाला है। भगवान जब देता है तो छप्पर फाड़कर देता है, भगवान का यह पुराना सिस्टम धरती पर आज भी खूब चल रहा है--यह मानकर किसी बुज़ुर्गवार ने आसमान की तरफ़ देखकर 'जय हो' भी कहा।

नन्ना ने कहा कि वैसे गोपी जैसे पींदे के बस को जे बात नहीं है कि वहां जाकर अपना हिस्सा ले सकें परंतु उनके साथ छोटी बहू भी गई है जो अच्छे-अच्छों के कान काट सकती है। वहां भी वो मोहरबंद ताला ठुकवा के ही लौटेगी। वैसे, तो गोपी का साला भी भोत ही हरामी आदमी है पर याद रखो कि अपनी छोटी बहू उसी की बड़ी बहिन है।

मंदिर की सीढ़ियों पर बैठे नन्ना, छोटी बहू प्रसंग खोलकर अपने दिल के छाले फोड़ रहे हैं।...समय काटने के लिए, वैसे भी, यह अच्छा विषय है।

नौगांव से पधारे मौसाजी ने सारा वार्तालाप सुना। यह बात उनको बड़ी नागवार गुजरी कि कोई शख़्स गोपी या उनके साले की किस्मत से यूं रश्क करे। उसको पता है कि चचिया ससुर की यह संपत्ति इन लोगों को बैठे-बिठाए, बिना मेहनत या परेशानी के नहीं मिल गई थी।

नौगांव वाला मौसाजी गोपी के साले से परिचित है। उनके चचिया ससुर से भी। उसने बताया कि गोपी के साले को यह ज़मीन जायदाद कोई मुफ्त में नहीं मिल रही।

बेचारे ने वर्षों तक एक टांग पर खड़े हो के तपस्या करी है। गोपी के चचिया ससुर को इतने सालों तक बरदाश्त करना कोई छोटी मोटी तपस्या नहीं थी। वे घर वालों को परेशान करने की स्पेशल ट्रेनिंग-सी लिए हुए प्रतीत होते थे। उनका कोई सगा बेटा भी होता तो उन्हें कब का हाथ-पांव बांधकर नहर में प्रवाहित कर आया होता।...गोपी के साले ने, जो कुछ सहा है उसे बताने बैठूं तो... । बात रोचक हुई जा रही थी। सभी के पास समय ही समय था। सभी ने आग्रह किया तो नौगांव वाले मौसाजी ने गोपी के चचिया ससुर का जीवन-चरित्र कुछ यूं सुनाया :

गोपी के चचिया ससुर खासे वयोवृद्ध थे। जिसने भी, जब से उन्हें देखा था, इतना ही वयोवृद्ध देखा था। और वे उस किस्म के वयोवृद्ध थे जिनके साथ रहने के लिए आदमी का बहरा होना, दिमागी तौर पर कमज़ोर होना अथवा स्वयं उनसे भी ज़्यादा वयोवृद्ध होना अनिवार्य था। उन्हें लगातार बरदाश्त करना बड़े से बड़े संयमी के लिए भी असंभव-सा था। कहते हैं कि राहू के प्रभाव में जेलखाना, आदमी दवाखाना या पागलखाना जा सकता है परंतु जब घर की बैठका में ही वयोवृद्ध राहू बैठ जाए तो आदमी भला क्या करे?

परंतु धन्य है गोपी का साला! वह न तो बहरा था, न ही पागल, और न ही वयोवृद्ध-और कई बार तो उसके आसपास चक्कू, डंडा तथा सब्बल भी पड़े रहते परंतु उसने हमेशा ही अपनी भावनाओं पर काबू रखा।

गोपी के चचिया ससुर हरदम, बैठका में पड़े हुए तख्त पर बिराजे मिलते। घर में घुसने या निकलने का यही एक रास्ता था। जब तक कि कोई इनसे बचने की फिराक में, छत पर चढ़कर बाहर ही बाहर घर से न कूद जाए या कि पिछली दीवार में सेंध मारकर बाहर न निकल जाए, या शिवाजी महाराज की तरह सब्ज़ी-फल की किसी डलिया में बैठकर फरार न हो जाए आदमी इनसे टकराए बिना घर से न तो निकल सकता था, न ही अंदर आ सकता था। चाचाजी स्ट्रेटेजिक पोज़ीशन में बैठकर पूरी गतिविधियों पर पैनी नज़र रखे रहते थे गो कि उनकी आंखें कमज़ोर हो चुकी थीं, फिर भी। क्या मजाल थी कि चिरैया का पूत भी बिना उनकी टोकाटोकी के उस तरफ़ से निकल जाए। वे हरदम रास्ता छेंक कर वहीं बैठे मिलते। हर आने-जाने वाले से वे यही दरियाफ्त करते कि वह कहां जा रहा है? हर एक से पूछते, 'भैया, तुम कितें जा रये?'

वैसे तो वे आमतौर पर तख्त पर ऊंघते ही मिलते परंतु उनके इस ऊंघने में भी एक किस्म की फौजी सतर्कता का भाव रहता। उन्हें ऊंघता पाकर, कभी कोई चुपके चुपके वहां से निकलने का नादान प्रयास करता तो ये बैठे-बैठे ही झपट्टा सा मारकर उसे वहीं दबोच लेते। अब वह लाख फड़फड़ाए, ये उसे छोड़ते नहीं। पूछते कि भैया, तुम कितें जा रये हो?...पास बिठा लेते। कहते कि पहले इतें बैठ के इत्मीनान से सोच के बताओ कि तुम कितें जा रहे हो? सबको पकड़ते। उम्र में बड़े लोग खूब चिड़चिड़ाते। कहते कि अभी तो बैठका में पहले हमारी चुंगी कटेगी, तब फिर हम बाज़ार जाएंगे। बच्चे अलबत्ता मज़ा लेते। वे जानबूझकर, बार-बार बैठका से निकलते। ये हर बार

उनसे यही बात पूछते कि भैया, तुम कितें जा रये? बच्चे हंसते हुए आंगन में भाग जाते ओर वहां पहुंचकर इनकी नकल करते हुए एक दूसरे से पूछते कि भैया तुम कितें जा रये? ऐसा कह के वे खूब हंसते। घर की महिलाएं इन बच्चों को फटकारतीं कि घर के बुजुर्गों की नकल करना बड़ी गलत बात है। ऐसा कहते-कहते वे स्वयं ही ठठाकर हंसने लगतीं। कभी बाहर का कोई बच्चा इस घर में आ जाए तो मानो एक खेल सा चला पड़ता। वे उस बच्चे को अपने साथ लेकर बैठका से गुजारते। ये तो ख़ैर पूछते ही कि कितें जा रये भैया?...यह सुनते ही सारे बच्चे, उस बच्चे के साथ किलकारियां मारते हुए बाहर भागते कि देखा बेट्टा, हमने तुमसे कही थी के नईं?

और अपने इस प्रश्न का उत्तर भी उन्हें बहुत विस्तार से चाहिए। छोटे उत्तर से काम नहीं चलेगा कि हम तो बस, बाहर चबूतरे पर बैठने के लिए जा रहे हैं। यह भी कोई बात हुई! वे मामले की पूरी गहराई में उतरेंगे। गहन पड़ताल करेंगे, सलाहें देंगे। चेतावनी जारी करेंगे। बीच-बीच में भूल भी जाएंगे कि आपने क्या बताया था और वे क्या कह रहे थे। दोहराएंगे। तिहराएंगे। भटकेंगे। लौटेंगे। भटकाएंगे। कुल मिलाकर, सारे माहौल को एकदम चकरघिन्नी कर डालेंगे।...चलिए, चबूतरे वाली बात का उदाहरण देकर ही आपको समझाते हैं। आपने उनके 'कितें जा रये' के जवाब में बताया है कि हम कहीं नहीं जा रये, बस, बाहर जाकर चबूतरे पे बैठेंगे।...अब वे कहेंगे कि तुम सुबे-सुबे से काहे को चबूतरे पे बैठ रहे हो? लोग स्साले सोचेंगे कि तुमें कोई काम ही नहीं है। फालतू हो, सो चबूतरे पे बैठ रहे हो। आप बताओगे कि जे सुबह नहीं है, शाम हो चुकी है तो वे विश्वास नहीं करेंगे। कहेंगे कि ऐसे कैसे? अरे, अभी तो हमने दातौन करी थी, लोटा भर के सुबे की चाय पी थी और तुम बता रहे हो के जे सुबे नहीं है? हमें चूतिया काहे बनाते हो?.. पता नहीं कि कौन सी, कब की सुबह की याद पकड़े हुए बैठे हैं।...अब वे आगे कहेंगे कि ख़ैर, चलो, तुमारा इत्ता ही मन कर रहा है तो तुम बैठ लो, पर चबूतरे पे ऐसेई न बैठ जइयो। दरी-फरी बिछा लेना। चबूतरे पे चींटा घूमते हैं। एकाध चींटा-फींटा जो कहीं तुमारे पाजामे में घुस गया तो स्साला ऐसा काटेगा और ऐसी जगह काटेगा कि तुम कहीं भी बैठने लायक न बचोगे।...और भैया, तुम चबूतरे के ऐन किनारे पे जाके न बैठ जइयो कि तनिक से टेड़-मेड़ भए कि फटाक देनी से एकदम नाली में घुसे।...चबूतरे पर बैठने की ट्रिक ही यह है कि आदमी तनिक अंदर की तरफ़ खिसककर बैठे।...अब आप चिढ़कर कह सकते हैं कि ठीक है, फिर हम चबूतरे पर बैठते ही नहीं हैं। हम बाज़ार चले जाते हैं। पर यह तो व्यर्थ ही एक नया मोर्चा खोल दिया आपने। चाचाजी अब एकदम नयी तोपों का मुंह आपकी तरफ़ कर देंगे। कहेंगे...भैया, बाज़ार तो खूब जाओ पर अपने कलदार संभाल के ले जइयो। हम तो कहते हैं कि पहले तुम सारे कलदार अपने पाजामे के नेफे में घुसेड़ लो। अच्छे से अच्छा चोर भी पाजामे में वहां तक हाथ न डाल पाएगा।...आप अब तक चिढ़ चुके हैं। पूछेंगे कि वहां दुकान पे भुगतान करते समय क्या हम अपना पाजामा उतारते फिरेंगे?...आपने फिर एक नया मोर्चा खोलने की मूर्खता की है।...वे कहेंगे कि पाजामे के नीचे लंगोट-वंगोट तो पहिनते हो कि नहीं? फिर

तुमें काहे का डर? ठाठ से कहीं भी अपना पाजामा निकाल सकते हो। इसमें क्या धरा है? अरे, कलदार गुम गए तो आदमी तो स्साला वैसेई नंगा हो गया। जब तलक पाजामे में कलदार हों तो कोई आप को नंगा नहीं कह सकता। तुमीं बताओ पैसे वाले आदमी को भला कोई नंगा कह सकता है क्या? समझे कि नहीं? न समझे हो तो हम और भी समझाबे को तैयार हैं।

माना कि जीवन प्रवाह ने चचिया ससुर को एकदम किनारे पटककर छोड़ दिया था, परंतु उन्होंने इस किनारे को ऐसा रपटीला बना दिया था कि लोगबाग वहां से निकलने तक में घबराने लगे थे। गोपी के ऐसे खतरनाक चचिया ससुर का सबसे ज़्यादा लगाव गोपी के साले से ही था। बचपन में कभी वे चाचा की गोद में खेले थे-इस अपराध की सजा अब वे रोज पाते थे। 'कितें जा रये?' कहकर उनको वे जो पकड़ते तो फिर ऐसा जकड़कर पकड़े रहते जिसे हम आम भाषा में दबोचना कहते हैं। वे गोपी के साले के लिए मानो घात सी लगाकर बैठका में प्रतीक्षा करते रहते। निकले कि दबोचा।

'कितें जा रये भैया?'

'तनिक इतें ही...' बार-बार कोई क्या बताए। पर वे तो बात का रेशा रेशा उधेड़कर देखेंगे।

'इतें कितें?'

'बस, तनिक इतें तक ही होके आ रये...'

'जे भी कछू बात भई!...अरे, ठीक-ठीक बताओ न। कितें जा रये तुम? छुपा काये रहे?'

'छुपा कौन रहा है?'

'छुपाते हो और कहते हो कि कौन छुपा रहा है? जे तो ठीक लच्छन नहीं कहाए भैया।'

'बताओ कि हम का बताएं?'

'पहले इतें तखत पे तो बैठो।...हां, अब बताओ कि...'

'हम बद्री के घर तक जा रये...'

'घर तक का क्या मतलब भैया?...घर तक जा के क्या उतें से बाहर-ही-बाहर लौटबे का विचार है?'

'बाहर से काहे लौटेंगे...?'

'वोई तो।...किसी के भी घर तक जाओ तो मिल मिला के ही वापस आना चाहिए...। वर्ना आदमी बुरा मान जाएगा। है कि नहीं?'

'हम बद्री से मिल के ही आएंगे...। अब हम जाएं?'

'खूब जाओ, पर भैया, बद्री के नाम से याद आया-जे तो चिरगांव वाले मोतीलाल के नाती हैं न?'

'हओ...'

'भैया, तुम इन बद्री-फद्री के चक्करन में बिलकुल न पड़ना...'

'क्यों?'

'अरे, भौत ऐबी मोंड़ा है जे बद्री।...'

'बद्री अब मोंड़ा नहीं बचे–पचास के ऊपर निकल चुके।...खुद चार मोंड़ा–मोंड़ी के बाप हैं...'

'अच्छा, पर हमारे लाने तो मोंड़ा ही कहाए न।...'

'ख़ैर, आपने अपनी ऐन कही।...आपके सामने तो चाचा नेहरू भी मोंड़ा ही कहाए...।'

'कौन से चाचा?'

'हते एक...अब तो मर मरा गए।'

'अरे अरे...!'

'बद्री ऐसे ऐबी नहीं हैं...'

'तो कैसे हैं?'

'देखो चाचा, ऐसे तो इस दुनिया में कौन भैंचो ऐबी नहीं है?'

'काय भैया, तुमने का सारी दुनिया देखी है?'

'कौन बहस करे तुमसे?'

'तुम करो न। और कौन करेगा? इत्ती सी बात के लिए वकील करोगे क्या?'

'आपसे जो बहस में एक बार भी फंस गया न तो वो स्साला वकील भी वकालात छोड़ देगा...।'

'रामभरोसे वकील ने भी तो वकालात छोड़ के बजाजे की दुकान डाल लई थी। याद है?'

'हम जा रहे।...देर हो रही है...।'

'तनिक रुक तो लो।...'

'तो जल्दी बताओ...।'

'भैया, देखो, जे जल्दी की बात तो करो न। जल्दी का काम शैतान का।...तनिक गम्म खाओ।...जल्दी न किया करो। जल्दी करी कि मरे। समझे...?'

'चलो, जल्दी नहीं करते। हम जे खड़े, अब बताओ..।'

'का बताएं?'

'जो भी बताबे के लिए तुम हमें रोक रये थे, वोई बताओ...।'

'हमने तुमें कब रोका?'

'तो हम जाएं?'

'रुको तो...'

'बोलो...'

'क्या बोलें?...अपुन क्या बात कर रहे थे?'

'बद्री की...'

'हओ, ठीक बताई। जे वे ही बद्री हैं न जिनके बाप गबन के केस में पकड़े गए थे? हमें याद है। हमें तो वो सन तक याद है कि कौन से सन में?

'दफा भी याद होगी?...'

'वो भूल गए। पर जे याद है कि गबन में फंसे थे बद्री के बाप...'

'तो... ?'

'अब उनकी संगत में जा के तुम और न फंस जइयो भैया।'

'उनके बाप की संगत में तो अगर कोई चाहे भी, तो भी नहीं फंस सकता।...बे दस साल पहले मर चुके...।'

'अरे!'

'और क्या..'

'कैसे मरे?'

'ख़ूनी पेचिश से।'

'हैजा रहा होगा।'

'वोई समझो...।'

'भैया, तुम जरा बचियो। बाहर जाओ तो कटा-फटा तरबूज न खइयो।...हैजा बड़ी खराब चीज़ होती है...।'

'हमें पता है चाचा..।'

'होगा पता पर हमें जित्ता पता है उत्ता तुमें नहीं पता। कभी बाहर निकलो तो बाहर की कछू भी चीज़ न खाओ, न पियो...।'

'पहले हम बाहर तो निकल पाएं...।'

'क्यों? बाहर काहे नहीं निकल पा रहे? बाहर निकरबे की मनाही चल रही है क्या?...ऐसो होये तो हमें पहले बता के रखियो भैया। ऐसा न हो कि मनाही चल रही हो ओर हम बाहर निकर पड़ें। पुलिस पकड़ के ले जाएगी।...'

'अरे, मनाही भला कौन लगाएगा चाचा?'

'मान लो कि अंग्रेजन ने ही रोक लगा दी हो, तो?...जे गोरा लोग, भैंचो भौत ही हरामी।'

'अब गोरे नहीं बचे हिंदुस्तान में...।'

'चूतिया न बनाओ भैया...।'

'हम क़्यों बनाएंगे?'

'जे भी सही बात।...पर सच्ची बतइयो भैया, अंगरेज भग गए का?'

'और क्या?'

'कौन भगा सकता है उन्हें?'

'अब तो सालों से, कांग्रेस का राज चल रहा है चाचा...'

'अरे!'

'और क्या।'...

'अंगरेजन को भगा दिया?'

'हओ..'

'कैसे? कौन भगाया?'

'बे खुद ही भाग गए...।'

‘अरे... !’

‘और क्या... ।’

‘ऐसे काहे भग गए भैया ?’

‘पता नहीं।...शायद किसी ने उनके कान में जे बोल दिया कि बेट्टा, बे आ रहे चच्चा! अभी तुमसे पूछेंगे कि तुम कितें जा रये... ? बस इत्ता सुनते ही अंग्रेजन ने उठाई अपनी डंडा डोली और दई गदबद... ।’

‘मजाक न करो भैया...’

‘हम काहे मजाक करेंगे ?’

‘हमसे करियो भी पर अंगरेजन से तो बिलकुल भी न करियो। बे सीधे घर की कुर्की करा देंगे।...और हमारो नाम काहे ले रये भैया ?...बे हमें भी उठाके जेल में पेंड़ देंगे। इस उमर में तो हमसे जेल की चक्की भी न पिसेगी।...’

‘डरबे की बात नहीं है चच्चा। अंग्रेज अब नहीं बचे।’

‘उन्हें कौन भगा सकता है ?’

‘भग गए, बस, इत्ता समझ लो।...अब हम जाएं ?’

‘पर अभी तो तुमईं कह रये थे कि बाहर जाबे की मनाही चल रही है ?’

‘बाहर से कोई मनाही नहीं है... ।’

‘फिर ?’

‘कोई अंदर से तो बाहर जाने दे... ?’

‘अंदर तुम्हें कौन भैंचो रोक रहा है ? हमें बताओ।...हम इस घर के बुजुर्ग हैं।’

‘जो रोक रहा है, उसका आप भी कुछ नहीं कर सकते... ।’

‘जे तो तुमने एकदम्म सही बात कही भैया। इस बुढ़ापे में हम किसी का क्या कर सकते हैं ? सांस फूल जाती है। घुटने सूजे पड़े हैं।...आंखों से टिपता नहीं। पेशाब रुक रुक के निकलती है, और टट्ठी कांख-कांख के। क्या करें। भौत ही खराब चीज़ होती है बुढ़ापा। सही बात बोली तुमने। हम भैंचो किसी का भला क्या बिगाड़ लेंगे ?...भैया, तुम हमारे भरोसे मती रहियो।...हमारे भरोसे तुम उनसे न लड़ जइयो जो तुमें रोक रये हैं... ।’

‘उनसे लड़बे की तो हिम्मत हमारी भी नहीं है। हमें कोई पागल कुत्ते ने काटा है ?’

‘भइया, तुम पागल कुत्ते की तो बात न करो।...काट ले तो चौदह इंजेक्शन ठुकते हैं।...बच के चलियो। कभी कोई कुत्ता तुमारे पीछे लगा हो तो जे पता करना कि वो कहीं पागल तो नहीं ? देखबे में पागल कुत्ता भी एकदम सही कुत्ते टाइप लगता है... ।’

‘हमें जाने दो चाचा।...कहीं बद्री अपने घर से कढ़ गए तो हमारा काम कल के लिए टल जाएगा।’

‘नहीं भैया, जे चीज़ तो तुम कभी न करियो। आज को काम कल पे कभी न टालियो। बे अपने संत, अरे बेई, क्या तो नाम था उनका अच्छा सा, हओ याद आया, कबीरदासजी, पता है कि बे क्या कह गए थे ?’

'हमें क्या पता। बे हमसे पूछ के तो कुछ कहते नहीं थे।'

'ख़ैर, पूछे तो बे हमसे भी कछु भी नहीं, पर थे बे भौत बड़े गुनी संत। इत्ती अच्छी अच्छी बातें कह गए हैं कि हम क्या कहें।'

'तो न कहो...।'

'हम कहते तो तुमें ज़रूर पर अभी याद ही नहीं आ रहा कि बे क्या कह गए हैं...।'

'हमें भी नहीं पता...।'

'तुम रुको। हम अभी सोच के तुमें बताते हैं।...'

'तुम सोचो, तब तक हम हो के आते हैं।'

'ऐसे कैसे? अरे, हमारी न सुनो पर कबीरदासजी की तो सुन के जाओ। देखो, हमें खूब याद था।...अभी बताते हैं। बढ़िया सी बात कह गए हैं बे...। हओ, याद आया। बे कहते हैं कि आज करे सो अब्ब, पल में परलय होयेगी, तो भैंचो, बहुरी करेगा कब्ब...।'

'अब हमें जाने दो। नहीं तो यहीं खड़े-खड़े प्रलय हो जाएगी। हमारा जाना धरा रह जाएगा।'

'काय भैया, प्रलय होबे बारी है का?'

'एक बार हो ही जाए तो टंटा कटे...।'

'ऐसी असगुनी बातें न करो भैया...। प्रलय हो गई तो हम तो मर जेहें?'

'तुम क्या, सब मर जाएंगे।..'

'अभी हम मरना नहीं चाहते...।'

'कोई नहीं मरना चाहता चाचा! कौन मरना चाहता है? मरना तो मजबूरी में पड़ता है।'

'भैया, तुम जे मरबे की बातें तो करो मती। तुम तो कछू भी अंटशंट कह के इतें से निकल जाओगे, पर बाद में सोच-सोच के अकेले में हमाई जान खिसकती रहेगी।'

'तो हमें जाने दो।...अच्छा, हम जा रये...।'

'तुम कितें जा रये?'

'अभी तो इतें ही ठांड़े हैं...।'

'ठांड़े काहे हो, बैठ लो...।'

'हम जा रये...।'

'तुम कितें जा रये?'

'बताना मुश्किल है...।'

'काय भैया? कौन सी मुश्किल पड़ गई?'

'तुम न समझोगे...।'

'चूतिया समझे हो क्या?'

'बात आपके चूतिया होबे, न होबे की नहीं है चाचा।...हम ही चूतिया हैं कि आपको अपनी बात समझा नहीं पा रहे। तब से कोशिश तो कर रहे हैं कि बता सकें कि हम कितें जा रये?'

'तुम भी ऐसे चूतिया तो नहीं हो भैया। याद रखियो आदमी कित्ता भी चूतिया हो पर उसे खुद को चूतिया नहीं समझना चाहिए। समझे?'

'हम चूतिया ही तो हैं कि हमने इस घर में पीछे का दरबज्जा नहीं बनवाया...।'

'पीछे का दरबज्जा कभी न बनवाना भैया। घर में चोर घुस जेहें।'

'एकदम सही बात कही। घर में आगे तो आप बैठे हैं। चोर भैंचो, कभी आ भी गया तो ऐसा सबक ले के यहां से जाएगा कि फिर ऐसे घरों में घुसना ही बंद कर देगा जहां वयोवृद्ध रहते हों।'

'जे तो ख़ैर है। चोर हमारी नज़रों से बच के थोड़ेई निकल सकता है...।'

'आप तो उसे पकड़ के तुरत पूछ ही लोगे कि तुम कितें जा रये?, बिचारा बता भी न पाएगा कि चोरी करने जा रये...।'

'सही बात...'

'तो हम जाएं?'

'तुम कितें जा रये?'

'हम बता तो चुके...। बद्री के घर जा रये...।'

'कौन बद्री?'

'वही जो भौत बड़े ऐबी है...।'

'कौन भैंचो तुमें बोला है कि बद्री ऐबी हैं?'

'है एक भैंचो...'

'तुम किसी भैंचो के कहने पे मत जइयो, खुद पता करो कि...'

'घर से निकल पाएं तब न पता कर पाएंगे... ?'

'निकलबे से कौन भैंचो रोक रहा है तुमें?'

'है एक भैंचो...'

'तुम किसी भैंचो से न डरो। ठाठ से जाओ।...पर हमें इत्ता भर बताते जाओ कि तुम कितें जा रये?'

'बद्री के घर..'

'कौन बद्री?'

'बेई बद्री जिनके बाप गबन के केस में पकड़े गए थे...।'

'अरे! कित्ते का गबन कर डाला?'

'हमें जाने दो। हम पुलिस वालों से जे सब पता करके अभी आते हैं...।'

'वापिस आके हमें बतइयो जरूर।'

'पहले जाएं तो, तब न आएंगे?'

'खूब जाओ,' पर हमारी मानो तो पुलिस से कछू भी पता फता न करियो बेटा।...पुलिस के चक्कर में न ही पड़ो तो अच्छा है। और उनसे तुम हमारा नाम तो बिलकुल न बतइयो। तुमारे साथ बे हमें भी अंदर न बेंड़ दें।'

'तुमें तो बे गलती से भी पकड़ ले गए तो घंटा दो घंटा में ही, रोते-रोते, भगे-भगे वापस कर जाएंगे। नाक रगड़ के माफी मांगते फिरेंगे कि इन्हें तो आप लोग ही धरो...।'

'अच्छा? वाह भैया! पुलिस हमसे इत्ता डरती है क्या?'

'और नहीं तो क्या।...आपको ले गए तो उतें थाने में, सरियों के पीछे बैठे-बैठे पूछते रहोगे कि तुम कितें जा रये? सब स्साले, इस घबराहट में कहीं भी जाबे की बजाय थाने में ही बैठे रहेंगे कि चच्चा को बताना पड़ेगा कि कितें जा रये? थानेदार दबिश पे न निकल पाएगा। आप उसकी सीटी या बेल्ट पकड़ के पूछने लगोगे कि तुम कितें जा रये?'

'पूछेंगे, तब ही न हमें पता चलेगा कि थानेदार सा'ब दबिश पे जा रये कि कितें जा रये?'

'पता करके तुमें क्या मिलेगा?...बंदूक उठा के, तुम तो उनके साथ चल न दोगे...?'

'देखो, बंदूक की बात तो तुम हमसे करियो मती। कहो तो अपने निशाने की बात सुनाएं तुमें? तुम भी कहोगे कि...।'

'अब तुम अपना वोई किस्सा न सुनाने लग जाना जब तुमने अपनी भरतल बंदूक चला के शेर को भगा दिया था...'

'अरे!...तुमें जे बात कैसे पता?'

'पूरी दुनिया को पता है चच्चा। कोई नहीं बच पाया है कि जिसे न पता हो...।'

'अरे! वाऽऽ भैया...!'

'और क्या।'

'सबको पता है?'

'सबको पता है।'

'किसने बताई होगी जे बात, सबको?'

'कहीं शेर ने ही खुद न बताई हो।'

'शेर काहे बताएगा?'

'मान लो कि वो आपकी चलाई हुई गोली ही वापिस करने आया हो? लोगों ने तभी पकड़ के पूछा हो कि भैया जे गोली लिए तुम इतें कहां फिर रये?...और उसने न भी बताई हो, पर लोग ही पहचान गए होंगे कि हो, न हो, जे गोली तो चच्चा की भरतल की ही लग रही है।...'

'लोग क्या हमारी गोली तक पिचानते हैं?'

'सब पहचानते हैं तभी तो जे तुमारा शेर और भरतल वाला किस्सा ऐसा फैला...।'

'जे तो ठीक है पर शेर क्यों वापस आएगा? यार, ऐसी तो न फांको। हमें चूतिया समझे हो का?'

'आपको हम क्यों समझेंगे? चूतिया तो हम हैं जो सौ बार जे किस्सा तुमारे मूं से सुन सुन के भी फिर से सुनते रहते हैं।'

'अच्छा, तो जे बात हम तुमको पहले भी बता चुके हैं?'

'सबको बता चुके हो। रट चुका है सबको। पचास साल से बता रहे हैं आप। जे ही किस्सा। इत्ते साल हो गए हैं इस क़िस्से को कि अब तक तो वो शेर भी अपनी मौत मर चुका होगा।'

'पचास साल हो गए क्या भैया?'

'पचास साल हुए भी सौ साल हो गए चच्चा।'

'टेम स्साला, भौत तेज भाग रहा है।'

'तुम जिसके भी पीछे लग जाओ वो ही ऐसा भगा भगा फिरता है...।'

'अभी कौन सा साल चल रहा है? सन् सत्तावन, कि अट्ठावन?'

'सत्तावन गुजरे तो हजार साल हो चुके।'

'भैया जे चक्कर तो हमें समझ ही नहीं आ रहा।...अभी कौन सा साल चल रहा है?'

'चल कहां रहा है?...रुका पड़ा है...।'

'काहे रुका है भैया... ?'

'तुमने उससे पूछ लिया होगा न कि तुम कितें जा रये भैया, सो रुक गया।...और अब उसके बाप में भी हिम्मत नहीं कि कहीं जा सके।'

'अरे!'

'और क्या?...अब तो जाएं हम?'

'तुम कितें जा रये?'

'तो ऐसे खतरनाक वयोवृद्ध के गोलोकवासी हो जाने में आप किस बात को सौभाग्य मानेंगे?' नौगांव वाले मौसाजी ने क़िस्से का समापन करते हुए पूछा।

'चाचाजी की जायदाद मिलने से भी ज्यादा तो गोपी के साले का यह सौभाग्य माना जाएगा कि वे अब बेखटके घर से आ जा सकेंगे,' सभी की एकमत राय यही रही। कुछ लोगों ने इसे गोपी के चचिया ससुर का भी सौभाग्य माना जो ऐसे लानत भरे बुढ़ापे से मुक्त हुए जहां लानत और नियामत का फर्क करने का भी आदमी का होश खो जाता है।...'यह तो मुक्ति ही कहाई उनकी,' किसी ने कहा। उसने ही आगे अपनी यह राय व्यक्त की, 'ज़िंदगी से ततैया को माफिक चिपककर रहने से आखिर क्या फायदा?...ततैया चिपकी हो कभी? चिपकी है तभी समझ पाओगे। आदमी बूढ़ा हो, और उसे पता ही न चले कि वह क्यों जी रहा है? जिसे देखकर ज़माना आश्चर्य करे कि वह मर क्यों नहीं रहा? उसका होना ततैया के चिपकने जैसा बन जाता है। उसका होना वातावरण में, उसके स्वयं के जीवन में, और दूसरों के जीवन में भी एक बेचैनी भरी चिनमिनाहट पैदा कर देता है मानो कि उनसे ततैया चिपट गई हो। बूढ़े आदमी के लिए किसी के पास भी समय नहीं। वह पुकारे तो यह कहकर निकल जाएं कि अभी तो हम काम से कहीं जा रहे हैं।...और जो कभी कोई सहृदय व्यक्ति उसके रोकने पर रुक ही जाए और पूछे कि बताइए, क्या बात है, तब तक स्वयं बूढ़े को स्मृति लोप हो जाए। वह बता ही न पाए कि उसने उन्हें रोका क्यों था? दो मिनट पहले की बात याद नहीं रहे और सन् बत्तीस में, स्कूल में ठेले पर खाई गजक का स्वाद आज तक याद रहे, तब?...तब हालत गोपी के चचिया ससुर

वाली हो जाती है जहां आपको प्यार और आदर करने वाले भी आपसे आजिज आ जाते हैं। तो ऐसे दलिद्दर भरे जीवन से छुटकारा पाना तो चाचा का भी सौभाग्य ही कहाया।

फिर गोपी के चचिया ससुर की मौत किसी का दुर्भाग्य भी कहाया कि नहीं? क्यों नहीं? दुर्भाग्य कहाया न। दुर्भाग्य तो हुआ स्वर्ग के देवताओं का। कैसे? क्योंकि वहां पहुंचकर भी चाचा कोई ठीक सी जगह पकड़कर बैठ जाएंगे और आते-जाते देवदूतों और देवताओं को रोककर पूछा करेंगे, 'भैया, तुम कितें जा रये?'

'स्सालों ने इत्ती दूर मरघटा बनाया है कि आदमी कमजोर हो तो शवयात्रा में चलते-चलते खुद मर जाए भैंचो...' रज्जन ने कहा।

पांड़े परिवार बब्बा के फूल चुनने जा रहा है, साथ में रिश्तेदार और मित्रगण। बब्बा के फूल अर्थात् दाह संस्कार के बाद शेष रह गई राख में बिखरी अधजली अस्थियां। आज इन फूलों को ही चुनना है। सभी लोग अस्थि संचय करने मरघटा जा रहे हैं।

अस्थियों को किसने नाम दिया होगा कभी फूलों का? आखिर क्या बात आई होगी उसके मन में? मृत्यु की क्यारी में जीवन के फूल उगते हैं। यहीं बिखर भी जाते हैं। इन्हीं को बटोरकर, जल में प्रवाहित करके वापस मिट्टी को सौंप देने की फिलॉसफी ही अस्थियों को फूल का नाम दे सकती है। हम लाख कहें कि बस्ती में जीवन होता है परंतु वास्तव में तो जीवन का असली रूप श्मशान में ही दिखता है। यह बात अलग है कि हम आंखें मीचकर श्मशान से गुजर जाते हैं। जीवन से सबसे बड़े साक्षात्कार का अवसर तो हमें श्मशान ही देता है। जिसने भी कभी चिता की गर्म राख में दबे इन फूलों को अपने हाथों से चुना हो, वह शख्स जीवन को समझने का एक अनूठा अवसर पाता है। हर मौत, हमें हर बार कुछ समझाना चाहती है। हम ही नहीं समझते और ऐसे नासमझ भी नहीं हैं हम। जीवन हमें ज़्यादा ही समझदार बना देता है। और ज़्यादा समझदारी की भी एक नासमझदारी होती है।

वो तो सर्दी की दोपहर है सो गनीमत कह लें, वर्ना धूप तेज है। सद्यघुटमुंडित खुपड़िया पर बरछी-सी लग रही है। खुपड़िया चिनमिना रही है। मूं सूख रहा है। रज्जन का मन कर रहा है कि किसी को बिना कारण के ठोंक डालें।

घर से निकलने में ही अबेर हुई। क्षौर क्रिया में ही खबासजी ने इत्ता टाइम लगा दिया। फिर अस्थि संचय के लिए सहेज कर धरी मिट्टी की चुकरिया (मटकी) सेठ महाराज के हाथ से गिरकर टूट गई फिर नन्ना की ढुंढाई मचती रही। फिर फूफाजी ने पतले दस्तों के कारण अपनी आंखें नटेर दीं-कुल मतलब यह कि देर होती ही चली गई। जल्दी निकल पाते तो इस तेज धूप से बच भी सकते थे पर मरघटा के लिए निकलने वालों की भीड़ इत्ती सारी थी कि किसी के भी बाप के बस की बात नहीं थी कि सब लोगों को घर से समय पर निकाल पाता।

भीड़ जा रही है मरघटा की तरफ, टुकड़ों-टुकड़ों में। एक ग्रुप बुजुर्गों का, एक अधेड़ों का, एक रज्जन के हमउम्रों तथा किशोरों का। रिश्तेदार की भीड़। बब्बा के बेटे गोपी का आज यहां न होना इतना मुखर है कि बुजुर्गों के ग्रुप में उसी की चर्चा है, बब्बा के फूफाजी, मामाजी, चाचाजी, मौसाजी, जीजाजी, साले, ममिया ससुर, चचिया ससुर-इन सबकी संतानें और उन संतानों की भी संतानें। फिर बब्बा के वे दो तीन हमउम्र दोस्त जो अभी तक मरे नहीं है परंतु बब्बा की मौत से अंदर तक हिल गए हैं। तिवारी वकील, फिर जान पहिचान के ऐसे लोग भी जो हर भीड़ में इस प्रत्याशा में शामिल हो जाते हैं कि मामला कदाचित् दिलचस्प भी निकल सकता है। फिर खबासजी, पंडितजी।...कुल मिलाकर पचीस तीस लोग तो हो ही गए हैं।

'इत्ते सारे लोग हो गए हैं, मानो डकैती पे निकले हों,' रज्जन ने कहा।

घर से निकले थे धूप इतनी तेज नहीं थी, बल्कि तब तो मौसम कुछ ऐसा सुहावना-सा था कि शुरुआती रास्ते में तो रज्जन खुले गले से 'तू कहां, मैं यहां' वाला गाना गाते गाते रह गए। अवसर की गरिमा के चक्कर में मात्र गुनगुनाकर ही रह जाना पड़ा। गरिमा का तकाजा ही तो है अन्यथा तो अगर अस्सी-पचासी साल का बूढ़ा मर जाए तो मृत्यु के अगले दिन ही रोना कठिन हो जाता है। दो दिन बीतते बीतते तो यहां-वहां के क़िस्से तथा चुटकुले चल पड़ते हैं। पांचवें दिन तक स्वयं मृतक की बदमाशियों तथा बुराइयों के क़िस्से खुल जाते हैं। सातवें दिन तक बात का विषय मृतक न होकर सिनेमा, राजनीति, डकैती, पुलिस, नई पीढ़ी की नालायकी, मूली के पराठें बनाने में कल नमक ज़्यादा पड़ गया था से लगाकर आयुर्वेद तथा कोकशास्त्र तक फैल जाता है। आठवें दिन तक इस बात पर चखचख शुरू हो जाती है कि खर्चा भौत हो रहा है भैया, थोड़ा टाइट रक्खो क्योंकि बाप तो जरूर मरा है परंतु इसका मतलब जे नहीं कि हम घर लुटाबे को बैठे हैं। नौंवे-दसवें दिन से हिसाब के बिल धरे जाने लगते हैं और किसके सिर पर कितना खर्चा आएगा, इसकी बातें तय की जाने लगती हैं। जहां तक बूढ़े की संपत्ति के बंटवारे की बातें हैं, वे तो पहले दिन से ही चल पड़ती हैं और तेरहवीं तक तो खुलकर इस बात की चर्चा चल पड़ती है कि मरने वाला बूढ़ा जो कुछ छोड़ गया है, उसकी लिस्ट विस्तार से अभी तैयार कर ली जाए तो अपुन त्रयोदशी के ठीक अगले दिन बैठकर यह टंटा भी निबटा ही लेते हैं।...मृत्यु की परछाईं हर दिन छोटी होती जाती है और उसमें जीवन का प्रहसन चल पड़ता है। यही किस्सा कमोबेश, हर ऐसी मौत में साफ़-साफ़ या ढंके-छुपे चलता रहता है। जीवन की यही कहानी है और मृत्यु का यही यथार्थ।

'जे स्साले, घाम इत्ती तेज करा के ही माने भैंचो।...हम तो सुबे से लगे रहे कि जल्दी जल्दी निकल लो पर ऐसे कैसे? इतें तो किसी को टट्टी लगी है तो कोई पराठा खाबे में लगा है...' रज्जन बड़बड़ा रहे हैं।

रज्जन के साथ नौजवान लड़कों का ग्रुप है—उनके हमउम्र रिश्तेदार तथा वे स्थानीय मित्र जो उनके साथ हरदम रहते ही हैं। रज्जन फिर भुनभुनाये तो एक मित्र ने असहमत होते हुए कहा कि इत्ती सर्दी में कौन भैंचो इत्ती सुबे मरघटा की तरफ़

चल देगा यार? सुबे-सुबे में उठने में अच्छे अच्छों की मइयो हो जाती है भैया'- उसने कहा। उसकी इस बात से, बात ब्रह्ममुहूर्त में उठने के फायदे-नुकसान की तरफ़ मुड़ गई। किसी ने कहा कि सर्दी हो चाहे गर्मी, ब्रह्ममुहूर्त में उठ जाओ तो फिर मन, दिनभर बड़ा ताज़ा ताज़ा रहता है। इस पर कोई बोला कि हमने तो तुम्हारा मन कभी भी ताज़ा नहीं देखा भैंचो।...किसी ने अपने पिताजी का उदाहरण दिया कि हमारे डुकर तो रोज सुबे ठीक चार बजे उठ जाते हैं। मानते ही नहीं। पूरा घर उनकी इस आदत पे रोता है। खटपट कर करके सुबे-सुबे घर भर को जगा डालते हैं। उठ जाते हैं पर घंट ऐसा कुछ करते भी नहीं। उनके सुबे उठने का बस जे ही फायदा होता है कि बे, बाद में पूरे गांव को गर्व से बताते फिरते हैं कि हम तो चार बजे सुबे उठ जाते हैं।...इस बात पर एक जन उखड़ गए कि सुबह जल्दी उठनेवालों की हंसी-ठट्ठा करना ठीक बात नहीं क्योंकि सुबह उठो तो स्वास्थ्य एकदम सौ टंच ठीक रहता है।

'किसने कहा?'

'बुजुर्ग लोग कह गए हैं...'

'यार, येई केते केते हुए कित्ते बुजुर्ग मर गए कभी जे हिसाब भी तो लगा लो।...रोज सुबे उठके कौन से भैंचो अमर हो गए बे लोग? अपनी नींद भी खराब करी और मर भी गए।'

'यार, मरना तो सभी को है।'

'तो कम-से-कम ठीक से सो तो लो...'

'मरबे या अमर होबे की बात बे नहीं कह रहे। बुजुर्ग तो कह रहे हैं कि...'

'अच्छा जे बताओ कि जे बात बुजुर्ग ही क्यों कहते हैं? कोई जवान आदमी क्यों नहीं कहता। बल्कि उसे तो कभी सुबे उठा दो तो वह गरियाता ही है। सोचा है कभी, कि क्यों?'

'क्यों?'

'क्योंकि बुजुर्गों को भैंचो खुद तो नींद आती नहीं। रात रात भर जगे रहते हैं और सोबे वालों से चिढ़ते हैं।'

'ऐसा नहीं है...'

'ऐसा ही है। ब्रह्ममुहूर्त की क्या कहो, बे तो आधी रात को भी उठ जाया करें।...हमें तो लगता है कि बुजुर्ग लोग इसीलिए सुबह उठबे की ट्रेनिंग देना चाहते हैं ताकि उनकी अस्थियां बटोरबे वाले टेम पे मरघटा पोंच जाएं...'

'चुतियापे की बातें तो यार तुम करो मती।'

'काय भैया?'

'यार, एक बार आदमी मर गया तो फिर वह अस्थियों की चिंता काहे करेगा? अरे, जिसको जब उठाना हो, तब उठाए।...है कि नहीं?'

'चुतियापे की बात तो यार आप खुद कर रये हो और हमें के रये हो कि...'

'हम एकदम सही बात कह रये हैं।'

'भैया, असल में तुमारा सोच है कि जब शरीर जला दिया तो मान लो कि प्राणी समाप्त।...अरे, शरीर जलबे से क्या होता है? आत्मा तो अस्थियों में बिराजती है। प्रतीक्षा करती है कि बटोरबे को कब आ रये हमारे श्रवनकुमार?'

'हम जे बात नहीं मानते...।'

'इसका मतलब जे हुआ कि तुमारे हिसाब से अस्थियां बस, दाहसंस्कार के बाद बचा हुआ कचरा हैं, क्यों?'

'नहीं, हम तो जे कह रहे हैं कि मरबे के बाद आत्मा तुरंत कढ़ जाती है, शरीर से।...वो अस्थियों में थोड़ेई बैठी रहेगी?'

'तुम तो यार, ऐसे कह रहे हो मानो आत्मा से तुमारी डायरेक्ट बात चलती हो...?'

'भैया, तो डायरेक्ट बात तुमाई भी कहां हुई है?...'

'मान लो कि हुई हो, तो?'

'तो मान लो कि हमारी भी हुई है।'

'आत्मा इत्ती चूतिया भी नहीं होती कि चूतियन से बतियाती फिरे...।'

'देखो यार, अब न तो अपने लिए ही हमसे कछू कहलवाओ, न ही आत्मा के लिए।'

'इस बहस से कुछ नहीं मिलना भैया। दोनों जन चुप हो जाओ।...'

'मिलना होगा तभी तो लगे हैं।'

'क्या मिलना है?'

'बाबाजी का घंटा।...और क्या?'

'बाबाजी की चीज़ है, बाबाजी के पास ही रहने दो।'

'धर लो, कभी काम आएगा।...'

'हमारे पास हमारा खुद का है और अभी तक बढ़िया काम कर रहा है।...'

'यार, तुम बहस के चक्कर में जे मटकी न टपका देना...।'

'...मटकी तो भैया हम छाती से लगा के चल रहे हैं, और का करें?'

फालतू किस्म की बातें। पर क्या करें? श्मशान अभी दूर है और समय काटना है।

इन लोगों की बातें सुनकर गाड़रवारा से पधारे एक भाईसाहब बड़े बेचैन हो रहे हैं। हैं तो वे भी इन लड़कों की उम्र के ही पर काफी गंभीर टाइप के हैं। मुंह पैदायशी ही लटका-सा है जिसके चलते चेहरे पर शोक का एक स्थायी भाव बना रहता है। ऐसी अनर्गल बातें उनकी सोच से परे हैं।...

'रज्जन भैया, जे सब क्या चल रहा है?' उन्होंने क्षोभ प्रदर्शित करते हुए कहा।

'कहां क्या चल रहा है?'

'ऐसे अवसर पर ऐसी बातें!'

'कैसी बातें?' किसी ने कहा।

'हमें मृतात्मा का आदर करना चाहिए...,' गाड़रवारा वाले बोले।

'इसमें कहने की कौन सी बात है, करना ही चाहिए।'

'पर कर कहां रहे हैं?'

'वोई तो कर रहे हैं?'

'ये आपका आदर है?'

'यह भी अपनी तरह का आदर ही है, वैसे रो रो के भी आदर किया जाता है। अपना अपना तरीका है।'

'यह कौन सा तरीका हुआ?'

'लुगासी में तो हम मृतात्मा क्या, ज़िंदा आत्मा का भी आदर इसी तरह से करते हैं।...सबका खूब आदर करते हैं। फिर भी हमसे कहीं कुछ छूट रहा हो तो बताइएगा-वो भी कर डालेंगे। लुगासी में तो हम भैंचो इत्ता आदर देते हैं कि आदरणीय आदमी भगा भगा फिरता है।

'अब हम क्या कहें?...यदि आप लोग ही...'

'हम लोग ही, क्या?'

'रहने दो।'

'आप कहते हो तो रहने देते हैं वर्ना हम तो इतनी आसानी से रहने भी नहीं देते हैं।'

'मुझे आपकी बातों पर आश्चर्य हो रहा है...'

'आश्चर्यचकित करने वाली बातें अभी आपने सुनी ही कहां है भाईसा'ब। सुनेंगे तो...'

'मुझे तो आपकी बातें सुनकर ऐसा लग रहा है मानो हम सब किसी मेले में जा रहे हों...यह तो हद है भाई।'

'इसे मेला ही समझो भाईसा'ब...वो गाना था ना?...क्यों रम्मू?...अरे वोई कि जे ज़िंदगी के मेले, जे ज़िंदगी के मेले। आप भी सुने होंगे?...भाईसा'ब ने न सुना हो तो तुम तनिक गा के तो सुना दो रम्मू।...'

'क्या मतलब?'

'निकालेंगे तो मतलब भी निकल आएगा।...ज़िंदगी यदि एक मेला है तो हर जगह, जहां भी हम जाएं मेला ही तो चल रहा है। है कि नहीं? क्यों बद्री?'

'ठीक बोल रहे हो रज्जन...'

'हमारी तरफ़ नहीं, भाईसा'ब की तरफ़ मूं करके बोलो।...इस मेले की तंबू-कनातें तो मरघट में भी तनी हैं। जीवन का मेला तो यहां तक फैला है। मेला यदि मरघट में है, तो है। उसमें रोना कैसा?...जीवन-भर आदमी हर तंबू में घुसा कि नहीं? सारे खेल देखे? मेले का मज़ा लिया? झूला झूले? ज़िंदगी के जादू तमाशे देखे?...तो मरघट का तमाशा भी उसी तरह देखो न। इसमें रोबे छाती कूटबे की कौन सी बात? अकाल मृत्यु हुई हो तो अलग बात, पर बब्बा ने तो सारे तंबू पचासों बार घुस-घुस के देखे कि नहीं? खूब घूमे पूरे मेले में। अब बे मरघटा के तंबू में हैं तो हम हंसे कि रोएं? रोएंगे, तभी आदर देना कहाएगा भैंचो?'

'आप जैसा समझदार आदमी...'

'अच्छा, समझदार आदमी से आप क्या उम्मीद करते हो? वो इतें रो-रो के धूल में लोटने लगे तभी जाकर कहोगे कि खूब आदर दिया?'

'आदर न भी दें, निरादर तो न करें।'

'मरने वाले का हम क्या निरादर करेंगे? यार, हम तो उनका भी आदर करते हैं जिनको ज़माना टके गज नहीं पूछता।...परेशान न हों भाईसा'ब यहां सबका खूब आदर चल रहा है। आपने अभी असली आदर होते तो देखा ही नहीं है। बंटवारे के टेम तक रुकियो और अपनी आंखों से देखियो कि इधर कैसा आदर चला करता है।...'

गाड़रवारा वाले भाईसाहब चुप हो गए।

चुप रहना ही ठीक। लटका हुआ मुंह थोड़ा और लटक गया, बस। लटके हुए मुंह से ही उन्होंने रज्जन को बताया कि आप लोग आगे चलिए, हम तनिक पेशाब करके आते हैं। रज्जन ने कहा कि आप तनिक नहीं, दिल लगाकर, इत्मिनान से मूत लें और जब तक मन न भर जाए, मूतते रहें।...खूब टाइम है अभी। पीछे परिवार के बहुत से बुजुर्ग तथा आदरणीय धीरे-धीरे आ ही रहे हैं, और बुढ़ापे के कारण बीच-बीच में, आपकी ही तरह पेशाब करते चले आ रहे हैं। टाइम तो उन्हें भी लगेगा आते-आते। तब तक खूब पेशाब करिए। हम आगे आपको मिल जाएंगे। यहां रास्ता खोने का डर भी नहीं है। ये एक ही रास्ता है। मरघट को ही जाता है। चाहो, न चाहो, इस रास्ते पे चलते चले गए तो आप मरघट ही पहुंचेंगे।... भाईसाहब ने कुछ तो सुनी, कुछ नहीं सुनी। वे एक झाड़ी की आड़ पकड़कर पेशाब टाइप कुछ करने लगे और तब तक करते ही चले गए, जब तक कि रज्जन वाला गुट बहुत आगे नहीं निकल गया। बहुत पीछे बुजुर्गों का गुट आ रहा है। किसी के घुटने पिरा रहे हैं, तो किसी को तेज चलने पर सांस फूलने लगती है। किसी के कदम सही नहीं पड़ते तो किसी का कच्चा मोतियाबिंद सारे दृश्य को धुंधला बनाए हुए है। सौ तरह की बातें हो जाती हैं भाईसाहब, बुढ़ापे में। अभी आपको हमारी बात शायद फालतू, तथा एक हद तक मजेदार भी प्रतीत हो सकती है परंतु कभी तो इस उम्र में आप भी पहुंचोगे ही। तब हमारी यह बात याद करिएगा कि ऐसे बुढ़ापे में जीवन एक अंतहीन त्रासदी तथा फालतू खिंच गए चुटकुले के बीच की कोई असहनीय चीज़ हो जाता है। बहरहाल। फिलॉसफिकल होने से भी क्या हासिल। किस्सा सुनते रहिए आप तो।

रज्जन ने पीछे देखा तो भाईसाहब को अभी भी झाड़ियों के पीछे ही पाया।

'न उतर रही हो तो हम इधर से 'श्श्श' बोलें?' रज्जन ने मित्रों से पूछा।

'कहीं झाड़ी में न उलझ गए हों?' एक ने कहा।

'हिलाए जा रहे हैं, हो कुछ नहीं रहा,' किसी ने कहा तो सभी हंसने लगे।

'चूतिया हैं...' किसी ने बात की जड़ तक पहुंचते हुए कहा।

'जे भी भला कोई बतावे की बात है?' रज्जन ने कहा।

आगे का रास्ता खेतों की बागड़ के बीच से है। सामने से कुछ गरीब, अधनंगे मजदूरों का समूह चला आ रहा है। नंगे पांव। सिर पर पुटलियां। ऐसे लोग-लुगाई, जो ईश्वर के उस मजाक या लापरवाही की शिकायत भी ईश्वर से नहीं कर पाते जिसे गरीबी कहते हैं।

रज्जन का गुट उनके पास से गुजरा। गरीब लोग, आदरपूर्वक ख्रेत की बागड़ से लगकर खड़े हो गए। हाथ में मटकी और घुटमुंडी खुपड़ियां देखकर सहज सहानुभूति में एक बूढ़ी अम्मा ने पूछ लिया–

'कौन गुजर गया, बाबूजी?'

'महात्मा गांधी मर गए अम्मा,' रज्जन ने गंभीर स्वर में बताया। सब हंसने लगे। वह औरत भी।

आगे चलते हुए रज्जन ने कहा—

'सिर घुटाबे में स्साली जे ही परेशानी है।...हर ऐरा गैरा पूछने लगता है कि कौन मर गया भइया?...अपने चरखारी वाले चच्चा ने गर्मी के दिनों में एक बार ऐसेई बाल उतरवा लिए तो लोगों ने घर से बाहर जाना मुश्किल कर दिया था। स्साला जो भी मिले सो जेई पूछे कि कौन गुजर गए भैया?...चच्चा ने चिढ़ के जेई कहना शुरू कर दिया कि अभी तो ख़ैर कोई भी नहीं मरे हैं, पर किसी की जिनगी को कोई भरोसा है? हमने एडवांस में सिर घुटा लिया है—अब देखो, कौन मरता है?...

खेतों की बागड़ से गुजरकर यहां रास्ता तनिक सर्पीला-सा हो जाता है। दूर इमली का पेड़ दिख रहा है।

'तनिक रुक लें?' किसी ने कहा।

'हओ, वैसे भी बाकी लोग भौत पीछे रह गए हैं। हम उतें पहले पोंच भी गए तो कोई ख़ज़ाना नहीं मिल जाने वाला,' एक ने माना।

'तब तक अपने गाड़रवारा वाले भाईसाहब भी पेशाब पूरी कर लेंगे।' रज्जन ने कहा।

तय हुआ कि घाम इतनी तेज है कि तनिक देर इमली की छाया में खड़े हो लिया जाए तो पाप न कहाएगा। सभी रास्ता छोड़कर इमली के पेड़ की तरफ़ चल दिए।

इमली की छाया में आकर रज्जन ने सबसे पहले अपना हाफ स्वेटर उतार दिया।

'हम इसीलिए स्वेटर पहिन के ही नहीं आए...' एक ने कहा।

'हम चूतिया हैं न, क्या करें!...' रज्जन ने कहा।

'बीड़ी निकालो यार, जल्दी जल्दी में हम घर में ही बिंडल छोड़ आए,' रज्जन ने आगे कहा।

अवसर धूम्रपान के एकदम अनुकूल था। पीनेवालों के बीच में बीड़ियां बांट दी गईं। कुछ लोग ज़मीन से बटोर के इमली खाने लग गए।

'कैसी हैं राजा?'

'खट्टी धरीं...'

'सच्ची बोलो?...हम मांग थोड़ेई रहे...'

'हम दे भी नहीं रहे।...पर खट्टी हैं।...एकदम।...'

'फिर तो देखभाल के खइयो।...कहीं दस्त फस्त न लग जाएं भैया।...खट्टी चीज़ का कोई भरोसा नहीं भैंचो।...आपने एक बार खट्टी चीज़ गुटक लई तो मान लो कि हाथ से निकर गई। अब पेट में जा के वो क्या करेगी, क्या न करेगी, भगवान भी नहीं बता सकता।'

'देखो सगे, हम तो अब खा रये हैं।...दस्त लगें तो लगें।...दस्त भी तो आखिर लगवे की चीज़ है। लगन दो।'

पर इतें ही लग गए तो अभी मुसीबत हो जाएगी।...'

'क्यों भैया, इतें काहे की मुसीबत? इत्ते तो खेत हैं।...बगल में ही नदी भी बह रही है। दस्त करबे के लिए इससे बढ़िया और क्या चइये? इत्ती सहूलियत मिल रही हो तो दस्त तो भैंचो ऑटोमेटिक होने लगते हैं।'

'नदी तो है, पर याद रखियो कि जे मरघटा के पास वाली धारा है।'

'इस धारा में चूतड़ धोना मना है क्या?'

'धोने को खूब धो लो पर कभी कोई भूत-प्रेत बुरा मान जाए तो...'

'तो?'

'तो तुमारी चड्ढी उतार लेगा..।'

'यार जब धोबे को बैठेंगे तो चड्ढी तो पहले ही उतरी कहाई?...भूत, और क्या उतार लेगा?...और हम तो चड्ढी पहिनते ही नहीं।'

'चड्ढी तो भैया भूत-प्रेत भी नहीं पहिनते।'

'तो फिर उतार के बे क्या करेंगे?'

'क्यों? चड्ढी उतार के क्या किया जाता है? बस, वही करेंगे।'

'ऐसे कैसे करेंगे?...भूत की तो मां की...। भूत नंगे हैं तो हम तो उनसे भी बड़े नंगे उहरे।...'

'वो तो तुमें तब पता चलेगा जब भूत तुमारे सामने आ के खड़ा हो जाएगा।'

साथ में किट्टू और दूसरे बच्चे भी चल रहे हैं।

किट्टू को मौका मिला। उसने शहराती बच्चे का हाथ पकड़कर खींचा और रज्जन के पास ले आया। बोला, 'जे भाईसा'ब कहते हैं कि भूत-प्रेत नहीं होते।'

'क्यों भाईसाहब?' रज्जन ने पूछा।

शहराती लड़के ने कहा, 'हां, हमें पता है। भूत-प्रेत होते ही नहीं।'

'अच्छा!'

'हां, यह सच है।'

'सच्ची?...वा भइया!...इत्ती सच्ची-सच्ची बातें तुमें बताता कौन भैंचो है?

'हमारे टीचर ने खुद बताया था कि ये सब अंधविश्वास है, और कुछ नहीं।'

'जे कौन से मास्साब हैं भैंचो?'

'हमारे साइंस टीचर हैं...।'

'चूतिया हैं। इत्ता भी नहीं जानते और साइंस पढ़ाते हैं। दो किताबें पढ़ लीं और निपोरने लगे कि भूत नहीं होते।...'

'भूत नहीं होते हैं। हमें पता है।'

'यार, तुम मरघटा के आसपास ऐसी चूतियाटिक बात तो बोलना भी मती। कहीं भूत बुरा मान गया तो तुमारे मास्साब ने तो उतें दूर बैठ के कुछ भी सिखा दिए तुमें, पर मरोगे तुम।'

'इधर भूत कहां दिख रहा है?'

'दिखने ही लगे तो फिर भूत क्या? अरे, भूत तो हवा है भैया।...वो उधर पत्ता हिला न अभी? क्या पता कि भूत ने हिलाया हो।...वो कुत्ता देख रहे हो? कित्ते ध्यान से तुमें घूर रहा है? हो सकता है कि वो भूत हो। क्या पता कि हमीं भूत हों। भूत को क्या मुश्किल? जिसका भी चोला धारण करना चाहे, कर ले।'

'सब अवचेतन मन के भ्रम हैं-ऐसा कहती है साइंस।'

'अभी भूत चिपट गया न, तो निपोरचंदजी, तुमारे चेतन से अवचेतन तक खलबली मचा देगा।...भूत लग गया तो तुमारी जे साइंस है न, यह वहीं घुस जाएगी जहां शराफत जाकर घुस गई थी।...पता है न कि शराफत कहां जाकर घुसी थी?'

'पर भूत भी किसने देखे हैं? सब लोग सुनी हुई बातें करते हैं।'

'अच्छा!...जे मोहन बाबू ऐन तुमारे सामने खड़े हैं। इनने खुद देखे हैं। बताओ रे भैया जी को, वो अपने खेत वाले कुएं का किस्सा। सुनोगे तो सारी साइंस निपुर जाएगी तुमारी...' किसी ने मोहन बाबू से वह प्रेतकथा सुनाने का आग्रह किया जो लुगासी में अमर तथा लोकप्रिय है। पर वे सुनाते, उससे पूर्व ही भूतों के अस्तित्व के कई पक्षधर खड़े हो गए और अपने अपने अनुभव एक साथ बताने लग गए :

'तुम जे खेत वाली बात तो ख़ैर छोड़ो। इन्हें तो अपने नौगांव वाले फूफाजी से मिलवा दो न? बे प्लेनचेट पे जौन कहो तौन भूत बुलवा दें। हजारों आत्माओं से वे डायरेक्ट बात कर चुके। क्या उसे भी तुम फालतू फंड की बात कहोगे?'

'और हमारे खंडेरा में, चाहे जब, रात बिरात, हमारे बाप का भूत आकर खपरैल गिरा जाता है—उसका क्या? पूजापाठ करवा करवा के हम हार गए पर पिताजी की आत्मा को शांति नहीं मिल पाई।...कल हम इन भाईसाब को ले जाकर रात में अपने खंडेरा में खड़ा कर देते हैं। वहां जे तनिक बोल के तो दिखाएं कि भूत होबे की बातें चुतियापे की चीज़ है, तब इन्हें पता चलेगा। हमारे बाप भौत गुस्सैल थे। उनका भूत इनकी खुपड़िया पे खपरैल न फोड़ दे तो हम अपने उसी बाप की असली औलाद नहीं।'

'यार, हम तो खुद प्लेनचेट चला लेते हैं। सात दिन पहले ही हमने राधे चाचा का भूत बुलाया था।'

'फिर तुम इन महाराज को आज राधे चाचा से ही मिलवा दो यार...?'

'बार-बार से आव्हान किया तो राधे चाचा दो लातें हमारी चूतड़ पे और दो इनकी पे मारेंगे। बे कहते कि कभी ऐन जरूरी बात हो, तभी प्लेनचेट पे बुलाओ। जे नहीं कि मूं उठाया और कभी भी...। भूतों को एकदम, फ्री फालतू मान लिए हो क्या स्साले कि जब चाहे बुला लिया?'

सच्ची बात। भूतों को भी अपने काम होते होंगे।...बैठे थोड़ेई रहते हैं।'

'भैया, भूतों का सबसे बड़ा काम तो है चिपटना। आज इससे चिपटे हैं, तो कल उससे चिपट गए। अब मान लो कि बे कहीं चिपटे पड़े हैं, और बढ़िया चिपटे हैं। चिपटबे में मज़ा भी आ रहा है कि उधर कोई भैंचो प्लेनचेट चलाकर उनका

आव्हान शुरू कर दे तो भूत का नाराज़ होना भी एकदम लाजमी कहाया कि नहीं? क्यों सगे?'

'तभी तो राधे चाचा ने तुमसे कही कि अगली दफा ऐसेई फालतू में बुलाया तो हम प्लेनचेट से निकल के तुमारी मइयो...'

'तब बे किसी ठीकठाक जगह चिपके रहे होंगे। तुम भैंचो उन्हें डिस्टर्ब कर दिए तो...'

'भूतप्रेत तो वैसे भी औरतों से ही ज़्यादा चिपटते हैं।'

'राधे चाचा तो जब भूत नहीं भी हुए थे तब भी औरतन से ही चिपटते रहे।'

'सबको पता है यार।'

'इसी चक्कर में तो उनका मर्डर हुआ था।'

'यार, इसीलिए तुम राधे चाचा का तो रिस्क न लो। तुम तो आज रात बब्बा को ही बुलवा के सीधे इन भाईसाब से बात करा दो।'

'बब्बा तो जब तक ज़िंदा रहे तब भी हर पूनम और अमावस की रात, मरघटा में खीर पूड़ी की थाली धर के आते थे। कहते थे कि भूतों को पंगत देते रहो तो वे परेशान नहीं करते।...अब तो ख़ैर, बे खुदई भूत हो गए हैं। इनने जे चुतियापे की बात कहीं उनसे कह दी तो समझो कि उनने वहीं पे दइ इनकी गांड़ पे लात।...'

तय किया गया कि आज ही रात में, छत वाले कमरे में प्लेनचेट चलाई जाएगी और लुगासी की कुख्यात चुड़ैल कल्लो नाइन का आह्वान किया जाएगा। बीस साल पहले वह कुएं में कूद कर मरी थी। कल्लो नाइन रात विराम लुगासी में घूमती फिरती है। गांव में होने वाली बहुत सी अच्छी बुरी घटनाओं में लोग कल्लो नाइन की छाया देखते हैं। राधे चाचा से भी विकट है यह कल्लो नाइन। उसे कहीं इनकी जे बात न बता देना कि जे भूत-प्रेतन को नहीं मानते। कहीं गुस्सा हो गई तो इनके कहां से क्या डालकर कहां जाकर क्या निकालेगी, जे इनको भी तब पता चलेगा जब चीज़ गले में अटक जाएगी। लोगों ने लूले मामा, भूरी चुड़ैल, पुलिया वाले लचकें चच्चा और बद्री पांडे के सिर्री भूत को भी बुलवाने की सलाह दी। सभी एकमत थे कि यदि गलत भूत आ गया तो इन भाई साहब के साथ साथ, प्लेनचेट चलाने वाले के शरीर में भी कहीं कुछ चीज़ ऐसी फट सकती थी, जिसकी सिलाई फिर कभी कोई भूत भी नहीं कर पाएगा।

रज्जन ने सबको चेताते हुए कहा, 'यार, तुम जे भूतप्रेतन की बातें छोड़ो। फटाफट निकल चलो।'

सब तेज-तेज चल पड़े।

अब तक मटकी पकड़ने वाले लड़के ने मटकी को अपने से छोटी उम्र वाले अन्य एक लड़के को थमाते हुए कहा—

'अब थोड़ी दूर तक तो तुम भी उठाओ।'

'तुम काहे नहीं?'

'क्योंकि हमारे अकेले के बब्बा नहीं मरे हैं भैंचो।...' उसने कहा और तेजी से आगे निकल गया।

मटकी उठाने वाले छोटे बच्चे ने साथ चल रहे हमउम्र बच्चे से शिकायत की और बड़बड़ाता चल दिया, 'न जाने स्सालों ने मटकी में लोहा घुसेड़ दिया है कि पीतल डाल दिए हैं–इत्ती भारी मटकी पकड़ा दी है भैंचो...'

यात्रा जारी है।

मरघट पहुंचने ही वाले हैं।

छत पर मठरियां, नमकीन, सेब और चाय चल रही है।

औरतें और बच्चे।

मर्द अभी तक अस्थियां चुनकर मरघट से नहीं लौटे हैं। शाम उतर रही है। धूप फिर गुनगुनी हो गई। छत पर दरी बिछाकर इधर-उधर की बातें करना बड़ा भला लग रहा है।

और इन सबकी बातों तथा ध्यान का केंद्र है वह गबद्दू-सी बच्ची, जो तीन चार तकियों की टेक लगाकर कैसे ठाठ से बैठी हुई है! मुश्किल से तीन चार माह की बच्ची है। मोटे, लटकते गाल। गोल मुंह। रेशम से बाल। पनीली आंखें। आंखों में हैरत भरे भाव हैं मानो संसार की हर शै को पहली बार देखकर आश्चर्यचकित हो। अभी इतनी छोटी है कि स्वयं बैठ भी नहीं सकती। लुढ़क जाएगी। तकियों का सहारा। दो पीछे, दो बगल में, सामने भी एक। एकदम बादशाह की ठसक से बैठी हुई है। वैसे गाव तकिए लगाकर तो बादशाह भी ऐसे ही बैठता है, पर वह डरा रहता है कि पीछे वाले तकियों के भी पीछे से छुपकर कोई उसकी गर्दन न उतार ले। इस मायने में बादशाह से भी एकदम अलग इस बच्ची के ठाठ हैं। हर तकिए के आगे और पीछे उसके लिए बस प्रेम ही है। छत पर प्रेमसागर लहरा रहा है। ठाठ से तैर रही है बच्ची।

सर्दी की गुनगुनी धूप हो, आत्मीयजनों का ऐसा जमावड़ा हो, चाय चले, मठरियां हों, नमकीन हो, गप्पें हों, बच्चे हों, किलकारियां हो, धमाचौकड़ियां हों, और इस उत्सव के बीच एक नन्ही-सी जान को छत ने अपनी हथेली पर यूं संभालकर रखा हो, स्वर्ग कदाचित् ऐसा ही होता होगा! बब्बा मर के स्वर्ग पहुंचेंगे कि नहीं, बताना कठिन है परंतु यहां उनकी ही हवेली की छत पर फिलवक्त स्वर्ग बना हुआ है।

टुकर-टुकर निहारती हुई बच्ची। मुख ऐसा निर्दोष कि सीधे ईश्वर को देख लो उसमें। दरी पर मानो साक्षात ईश्वर ही बिराजा है। संसार को यदि हम मंदिर मान लें तो इस समय छत का यह कोना इस विराट मंदिर का गर्भगृह बन गया है।

यह घर अभी बब्बा की मृत्यु के अंधेरे में है परंतु इसी अंधेरे में इस बच्ची के रूप में जीवन ने मानो अपना नन्हा सा दीपक बाल कर धर दिया है। छत पर शाम की धूप है या इस दीपक की उजास फैली हुई है, यह कहना मुश्किल है।

चाय है, गप्पें हैं, क़िस्से हैं। बूढ़ी नानी। कुछ अधेड़ स्त्रियां। किशोरवय की कुछ लड़कियां। बहुत छोटे लड़के। छोटे बच्चे।...मौत वाले घर में जीवन का उत्सव चल रहा है।

बहुत बूढ़ी नानीनुमा स्त्री अचानक ही ठठाकर हंस उठी है। न जाने क्यों। कारण कुछ भी नहीं। बस, यूं ही। बच्ची सी निर्दोष हंसी। सब देखने लगे उन्हें, फिर एक दूसरे को इशारा करते हुए मुस्कुराने लगे। इशारा कि सठिया गई हैं, बल्कि सठियाये हुए तो मानो सदियां हो चुकीं, अब तो सिर्रिया गई हैं। अपने में ही मगन रहती हैं। अभी भी स्वयं में मग्न हैं। कुछ भी सोच लें। कुछ भी देख लें। अभी भीड़ देखकर कदाचित् यह विचार मन में आया हो कि शादी वाले घर की भीड़ है यह। तभी हंसने लगी हों, या शायद अपनी इस मूर्खता पर हंसी हों कि बताओ तो हम तो इसे शादी की भीड़ समझे बैठे थे!

गप्पें चल रही हैं। इतने रिश्तेदार इकट्ठे हो जाएं तो और क्या होना है?

'हमने तो सावित्री को अभी से चेता दिया है कि भाभी, तेरवीं की पंगत तुम डाल्डा घी में न करा देना...' एक अधेड़ स्त्री बता रही हैं।

'क्यों भला?' किसी ने कहा।

'क्यों की तुमने ऐन कही।'

'हमने इसीलिए ऐन कही क्योंकि आजकल की पंगतों में तो डाल्डा ही चलता है। सब जानते हैं।...'

'डाल्डा खा के हमारे पेट में तो अफारा उठता है...'

'तुमारे ही उठता होगा। पूरा ज़माना तो ठाठ से पचाता है।...'

'बब्बा की तेरवीं तो वैसे भी देसी घी में ही होनी चइये...'

'चाहे लुट जाएं?...'

'लुटबे की तुमने ऐन कही।...अरे जब घर का मुखिया ही सरग सिधार गया तो घर तो लुटा ही कहाया।...'

'तो लुटे घर को और न लुटवाया जाए।'

'बब्बा ने ज़िंदगी-भर देसी घी के अलावा और कुछ न तो खुद बरता, न अपनी रसोई में घुसने दिया-उनकी तेरवीं में डाल्डा चला तो उनकी आत्मा कैसी कल्पेगी, जे भी सोचा है? बिरादरी में जो नाक कटेगी, सो अलग..।'

'बिरादरी का चक्कू तो बिन्नू, हर नाक पे धरा ही रहता है। मान लो कि देसी घी की पंगत भी कर दी तो भी बिरादरी शक ही करेगी। जेई बोलेगी कि डाल्डा में ही तनिक देसी घी मिला दिया होगा, खुसबू के लिए...।'

'फिर भी...'

'और बब्बा की आत्मा काहे कष्ट में पड़ेगी? तेरवीं के लड्डू कौन से बब्बा को खाने हैं...'

'फिर भी...'

'देसी घी के चक्कर में जो खर्चा होयेगा और नाती पोता मन में गरियाएंगे, उससे बब्बा की आत्मा को बड़ी शांति मिल जाएगी?'

'देखो, गाली गलोज की परवाह न तो बूढ़े जन को करना चाहिए, न ही मरबे वाले को।...जीते जी कोई मूं पे गाली न दे, जेई भौत है।...'

'सही बात, मरबे के बाद आत्मा को गाली गलौज की परवा नहीं करनी चाहिए।...'
'न ही बुढ़ापे में।...'
'तुम भी एक दिन बूढ़ी होगी बिन्नू।...'
'जब हम होंगे, तब हमें गाली दे लेना।...'
'बड़े बूढ़ों का आदर न हुआ तब तो धरती पे धर्म का सत्यानाश हो जाएगा।
'डाल्डा घी से धर्म का सत्यानाश हो जाएगा? जे खूब कही आपने।'
'तुम लोग पढ़े लिखे जन हो, हम का कहें? हम तो इत्ता कहते हैं कि बड़न का आदर हो, बस।'

बातें। बातें। फालतू बातें। बतकही। यूं ही। बेमतलब।

नानी ने चेताया है, 'इत्ती सी बच्ची को इत्ती देर तक बिठा के धरे रहोगे तो उसकी कमर के गुरिया टेड़े हो जाएंगे।...लिटा दो बिन्नू।'

बुढ़ापे में नानी झुक गई हैं।

एक किशोर लड़के ने नानी को छेड़ते हुए पूछा है, 'काय नानी, छुटपन में तुमें भी ऐसेई बिठा के छोड़ा था क्या?'

नानी छेड़छाड़ का मज़ा ले रही हैं।

'बेटा, हमारे गुरिया तो बुढ़ापे ने टेड़े कर दये।...तुमाई उमर में देखते हमें।...ऐसे सतर हो के घूमते थे कि...'

सब हंसने लगे।

नानी फिलॉसफिकल हो चलीं।

'एक दिन सब के गुरिया ऐसेई टेड़े हो जाने हैं भैया।...बुढ़ापा किसी का लिहाज नहीं करता! उमर किसी पे रहम नहीं करती है। सच्ची बता रये हम।'

किशोर लड़के को यह बात मंजूर ही नहीं कि कभी वह भी बूढ़ा होगा। उसे पता है। उसके गुरिया कभी टेड़े नहीं होंगे।

'मान लो कि हम पहले ही मर गए तो?...फिर हमारे गुरिया कैसे टेड़े होंगे नानी?' कहकर लड़का हंसने लगा। मानो बातों में जीत गया हो।

नानी उद्वेलित हो उठीं।

गाली देकर बोलीं, 'नासपीटे,...मरबे की बात न करियो रे।...मरें तुमायें दुश्मन।...तुम तो खूब जियो बेटा। जुग जुग जियो। हमसे भी ज़्यादा बुढ़ापा देखो।...गुरिया टेड़े हो जाएं, घूम जाएं, घुटने पिराएं, सूज जाएं—जो भी हो जाए पर बेटा, ज़िंदा रहबे में जो आनंद है उसका बरनन का करें हम। तुमारी उमर जैसे जैसे बढ़ेगी, तुम खुद ही जान जाओगे बेटा।...तुमने आज जो कही सो कही, आगे जे मरबे की बात कबहूं न करियो...'

नानी, मौत के घर में जीवन की महिमा गा रही हैं। कदाचित, मौत ही यह अवसर देती है जब आदमी को जीवन की व्यर्थता का विचार और जीवन के प्रति मोह, एक साथ उपजता है।

नानी की फिलासफी भरी बातें। क्या तो असर होना था बच्चों पर। हां, वे मजे लेते रहे।

'काय नानी, सबके गुरिया ऐसेई टेड़े होएंगे?' एक बच्चे ने पूछा।

'ऐसे हों, चाहे वैसे, होंगे तो।...'

'और जो तकिया लगाए महारानी बैठी हैं, इनके भी... ?'

नानी उत्तर देती इससे पहले ही किसी ने उस बच्ची को गोद में उठा लिया और जी भर के प्यार करने लगी उसे...।

'हमारी महारानी को तो कभी भी, कछू भी नहीं होबे बाला।...जे तो भोत प्यारी है भइया।...जे तो हमारी राजकुमारी है।...जे तो परी है।...' बच्ची की अनगिनत चुम्मियां ले डालीं। उससे तृप्ति ही नहीं मिली। चूमती ही चली गई। साथ ही उसे बाहों में लहराते हुए पूरी छत पर झुलाती रहीं। पेट पर गुदगुदी भी करे जा रही है।

'पटक न देना बिन्नू...' नानी ने कहा।

'जे है ठाठ की ज़िंदगी नानी। चढ़े हैं गोदी में। है कि नईं?'

'...और उतें ठाठ से मूत भी रये हैं...'

बच्ची ने पेशाब कर दी तो गोद उठाने वाली लड़की ने छीऽऽ' करके उसे एकदम वापस दरी पर लुढ़का दिया।

बच्ची रोने लगी।

'...खेलबे के लिए लाड़ किया है तो गू मूत से काहे भाग रईं बिन्नू?...अरे उसके गीले कपड़े तो उतार देतीं? दरी तकिया मूत में न भींज जेहें?...' किसी ने फटाक से बच्ची को दरी से उठा लिया और उसके गीले कपड़े निकालने लगी।

नानी देखती रहीं सारा कार्य व्यापार। बोलीं, 'वैसे गोदी में चढ़ना ऐसी ठाठ की बात भी नहीं है बिन्नू...'

'काहे भला?' किसी ने पूछा है।

नानी ने ज़िंदगी देखी है। गोदी में चढ़ने के सुख और दुख उनसे ज़्यादा और किसे पता?

कहने लगीं, 'उनकी सोचो बिन्नू जो बुढ़ापे में बेटा बहू की गोदी के सहारे हो जाते हैं।...उनके कौन से ठाठ?...लकवा पड़ गया। हड्डी टूट गई। कमर सरक गई। घुटनन से मोहताज हो गए। सांस उखड़ गई। उठबे-बैठबे की नंई बन रई। हगबे-मूतबे के लाने बच्चन का मूं तक रये।...और ऐसे में कपड़न में पिशाब सरक गई तो मारे शरम और घबराहट के मरे जा रहे है के अब कितें जाएं? जा तो सकते नहीं। अरे ऐसे ही चलबे फिरबे वाले होते तो मोरी पे जा के निस्तार न कर लेते।...तो गोदी में चढ़बो कौन सी ठाठ की बात है।'

नानी की बातें सुनकर बच्चों पर तो क्या असर होता पर बड़ों ने भी उसे कोई विशेष तवज्जो नहीं दी।

'हमें का बता रईं नानी?...अम्मा का किस्सा देख ही रहे हैं...' एक रिश्तेदार ने कहा।

'एकई दिन में देख के थक गईं बिन्नू? उनकी सोचो जो सालों से अम्मा का गू मूत कर रहे हैं?...सावित्री से पूछियो कभी कि पिसाब से भींजा पेटीकोट धोबे के ठाठ क्या होते हैं?...' नानी कड़वी हो चलीं।

'का पूछना नानी।...जेई जिनगी है। जेई जिनगी का किस्सा है।' किसी ने कहा।

'सच्ची बात। किस्सा जेई है। ऐसेई तकियन पे टिकते लुढ़कते शुरू होता है। तकियन में लुढ़कते-पुढ़कते हुए ही खत्म भी हो जाता है।...' कोई और भी है जो नानी की तरह फिलॉसफिकल हो रहा है।

'इत्ता भी न डराओ चाची...'

'डराबे की बात ही नहीं। सच्ची बात है। जे बात अलग है कि सच की तरफ़ खुलबे वाली पलकों की खिड़की बुढ़ापे में ही जाकर खुलती हैं...' नानी ने कहा।

'जैसे कि तुमाई खुल गईं? काय नानी?...' किसी ने हंसकर छेड़ा।

'तुमाई भी खुलेंगी बिन्नू।...सबकी खुलती हैं।...' नानी भी पोपले मुंह से हंस रही हैं।

छत पर जीवन अपने सारे रंगों और भदरंग में बिखरा पड़ा है। बचपन, जवानी, बुढ़ापा। सुख-दुख। सब। एकदम धरती की भांति। धरती का टुकड़ा ही तो है यह छत। सब कुछ एकदम सामने और साथ साथ है पर कोई देखता नहीं, कोई सीखता नहीं। शायद, देखकर भी कुछ नहीं देखता।

आसपास लिथड़े इतने दुख के बीच कोई कैसे सुखी रह सकता है? बुढ़ापे के बीच से आंखें मींचकर गुजरती जवानी ने कभी उसकी तरफ़ देखने की जेहमत ही नहीं उठाई तो फिर सीखती क्या?...कोई कुछ भी नहीं सीखता है। समय ही नहीं। फुर्सत ही नहीं। जीवन का खेल इतना तेज चल रहा है कि सब तरफ़ सर्र-सर्र मची है। सब भाग रहे हैं, यहां-से-वहां। खड़े होने की भी फुर्सत नहीं। दौड़ता ही रहता है आदमी। फिर एक दिन बुढ़ापा आकर सारी सर्र-सर्र, सारी झन्न ठन्न एक झटके में रोक देता है।...खेल थम जाता है। जीवन का प्रेक्षागार एकदम सुनसान हो जाता है। उन पड़ावों की बस उड़ती-उड़ती सी यादें ही रह जाती हैं जिनसे होकर बचपन से लेकर अब तक भागते रहे। ये यादें भी धुंधली-सी ही होती हैं। धुंधली ही होगी क्योंकि कभी रुककर किसी पड़ाव को ठीक से देखा ही कहां? रुके ही कब?

अब बुढ़ापे में जाकर रुके हैं। अब, सब कुछ धुंधला-सा याद आ रहा है। वे यात्राएं। वे पड़ाव। वह बचपन। वे खेल। वह बेतहाशा भागना। उन सीढ़ियों पर खटाखट चढ़ जाना कि जिन पर आज चार सीढ़ियां भी चढ़ने चलो तो चालीस मिनट लगते हैं। सांस साथ नहीं देती, घुटने धमकाते हैं और कोई अदृश्य शै लगातार पीछे से धक्का देकर सीढ़ियों से गिराने की धमकी देती रहती है। बचपन की यादें, सबसे मीठी। कड़वा तो कुछ याद ही नहीं। था, कड़वा भी था पर अब सोचो तो वह भी मीठा ही लगता है। वे रेलगाड़ी के खेल। चोर सिपाही। वो छुपन-छुपैया। वो यूं नादान सा छुपना कि कोई भी मुझे इस पर्दे के पीछे खोज ही नहीं पाएगा। मां की गोद। उसकी चुम्मी। उसकी रोटी।...स्कूल। गणित वाले मास्साब। दवात, संटी, मुर्गा। दोस्त, सड़कें, बगीचे, पेड़,

डालियां, फिर वह जवानी। वह बेफिक्री। वह दुनिया को हथेलियों के बीच निचोड़ सकने का मूर्ख विश्वास। जवानी के दिनों का वह आसमान जहां सपनों के बादलों के बीच हम स्वयं भी उड़ते फिरते थे। उन बादलों में नित बदलती तस्वीरें। तब तो रोज ही पूरी धरती को एक पग में नाप लेते थे। पूरा आसमान मुट्ठी में होता था। जवानी के वे अजब और ग़जब दिन थे कि जब हर तरफ़ मेला था और समय का बटुवा ऐसा ठसाठस भरा प्रतीत होता था कि खर्चते चले जाओ, रीतने का नाम ही न लेगा। लगता था कि ये दिन कभी खत्म ही न होंगे। यह मेला जीवनपर्यंत यूं ही चलने वाला है।...पर बुढ़ापे की बेला आई और मेला उखड़ गया। सपनों के तंबू ज़मीन पर पड़े हैं। आनंद की कनातें उल्टी पड़ी हैं। जीवन का मलबा-सा पड़ा है, बुढ़ापे के मैदान में। प्रतीक्षा है कि अभी, कभी भी ईश्वर की भेजी गाड़ी आएगी और यादों के इस मलबे को उसके साथ साथ उठाकर ले जाएगी।

इस पड़ाव पर बैठा बुढ़ापा प्रायः समझ ही नहीं पाता कि यहां से आगे अब उसकी यात्रा का होने क्या वाला है? आगे रास्ता जाता कहां है? बियावान में? नखलिस्तान में? या ऐसा तो नहीं कि आगे रास्ता ही बंद हो? इस पड़ाव पर देर तक बैठना भी कितना कठिन है। घुटने मुड़ते नहीं, कमर चटखती है और देर तक बैठो तो पांवों पर सूजन आ जाती है। रुकना कठिन। और चलने को मानो रास्ते ही नहीं बचे। मंजिलें बची नहीं। रास्ते नापे जा चुके। कब तक उन्हीं रास्तों से बार-बार गुजरना? कोई ऐसी आशा शेष नहीं कि जिसकी बाट जोहें। दिन आते हैं और चले जाते हैं। बस, यही चलता रहता है। 'बुढ़ापे में तो भैया येई भौत है कि कल का दिन ठीक से आ जाए।' नया दिन उतरे, सुबह आखें खुलें और पाएं कि सब ठीक है, अभी तक। कि लकवा पड़ा नहीं, चक्कर आ नहीं रहे, हाजत ठीक से उतर गई और पेशाब रुकी नहीं। इत्ता हो गया तो कहेंगे कि सुख से कट रही है ज़िंदगी। यहां तक आते-आते जीवन से मानो कोई शिकायत ही नहीं रही। हो भी तो करने की हिम्मत नहीं बची। बस, कभी-कभी मन करता है कि इस जीवन से शिकायत करें कि क्यों इतनी झट्टी में बीत गया। जैसे कि अभी। इसी छत पर। आसपास बचपन और जवानी की रंग बिरंगी चकरियां घूम रही हैं और बूढ़ी छाती में 'हाय' सी भले ही न घुमड़े पर इन्हें देखकर कुछ तो होने लगता है। मानो हाथ से गिरकर कुछ गुम गया हो।

बच्ची अचानक ही रोने लगी। फिर रोती ही चली गई। उसकी मां नीचे कहीं आंगन में है। बच्ची रोई तो सारे बच्चे इस रोते खिलौने को छोड़कर अलग खड़े हो गए। नानी ने कहा कि इसे, इतें, हमें दे दो। नानी की गोद में बच्ची को पटककर सारे बच्चे सीढ़ियों से धड़धड़ाते हुए उड़न-छू हो गए हैं। नानी मना रही है रोती हुई बच्ची को। पोपले मुंह से अनोखी मधुर ध्वनियां। सूखी, टेढ़ी हो चुकी उंगलियों से उसके कोमल, गबदुल्ले गालों पर स्नेहपूर्ण हस्ताक्षर कर रही है नानी।...और देखिए कि बच्ची चुप भी हो गई। बल्कि खेलने लगी उनकी गोद में। ज़रूर ही कोई जादू है नानी के पास। नानी अपनी मोतियाबिंद वाली धुंधली आंखों से बड़े प्यार से निहार रही हैं, अपनी गोद में पड़े ईश्वर के उस अंश को जो मानो छिटककर धरती पर आ गिरा है।

अचानक ही नीचे से शोर उठा। आंगन में हो रही 'तू तू मैं मैं' की आवाज़ें ऊपर छत तक आने लगीं।

'क्या हुआ?' किसी ने पूछा।

'होना क्या है? वही बिलहरी वाली और चरखारी वाली में रोज़ की चखचख...'

'कुतियन घांई झपटती हैं एक दूजे पे।...'

'धीरे बोलो बिन्नू।...चरखारी वाली की बिटिया उतें छत से नीचे झांक रई है। तुम्हारी बात सुन पाई तो जान लो कि वो भी चरखारी वाली की ही संतान है...'

'उसकी चिंता न करो जिज्जी, चरखारी वाली अगर भौंक सकती है तो हम तो काट भी सकते हैं।'

नीचे, आंगन में मामला तूल पकड़ता जा रहा है। तूल पकड़ता मामला दिलचस्प होता ही है। बचे हुए लोग, एक एक करके छत से नीचे उतरने लगे।

अब, बस, राख का ढेर ही रह गया है वहां।

बेतवा के किनारे बने मरघट की रेत पर राख, अधजली लकड़ियों के शेष टुकड़े, अस्थियां और जले कोयले जैसे टुकड़ों का ढेर पड़ा है। चिता जल जाने के बाद अब यही कुछ शेष बचा है।

यही वह स्थान है जहां से बब्बा का विमान, अग्नि पर सवार होकर गोलोक की दिशा में उड़ा था। जैसे अंतरिक्ष की तरफ़ रॉकेट उड़ता है न? रॉकेट में पीछे आग की लपटों का बड़ा-सा पुंज होता है। प्राणी की अंतिम यात्रा का दृश्य करीब-करीब वही होता है। तो क्या रॉकेट छूट जाने के बाद भी पीछे राख छूट जाती है? हमें ठीक से पता नहीं। प्राणी की अंतिम यात्रा का विमान उड़ता है तो ज़रूर पीछे यह राख छूट जाती है। प्राणी के परलोक प्रक्षेपण की यह पारंपरिक तकनीक बहुत पुरानी है, शायद इसीलिए। बहरहाल, बब्बा के परलोक प्रस्थान के बाद अब, बस यह राख ही शेष है।

शरीर फुंक चुका। मांस धुंवा हुआ। मज्जा भक्क हुई। अस्थियां जल गईं। जलकर भुरभुरा गईं, टूटकर बिखर गईं। राख में मिल गया सब कुछ। इस राख में यदि बब्बा को खोजने निकलो तो हाथ में बस मुट्ठी भर अस्थियां ही आएंगी। बस, यही कुछ पीछे छूट गया है। इसे भी यूं छोड़ा न जाएगा। राख से अस्थियां बटोरकर पवित्र नदियों में विसर्जित कर दी जाएंगी। राख बेतवा में बहा दी जाएगी। और बब्बा, इस तरह, वापस चराचर जगत में, प्रकृति में मिल जाएंगे जहां से वे प्रकट हुए थे। अस्थि विसर्जन के ही साथ मानो आवागमन का एक चक्र पूरा होगा।

इसी के लिए ये सब मरघट पहुंचे हैं आज।

'भैया, राख में एकदम्म से, सीधे-सीधे हाथ न घुसेड़ देना।...भौत गर्म होगी। चेंक जाओगे।...' पंडितजी ने उन कमउम्र छोकरों को चेताया जो सारे कर्मकांड को एक खेल की तरह ले रहे हैं और लगभग दौड़ते हुए वहां सबसे पहले पहुंचे हैं।

'आप चिंता न करें पंडितजी। हमने पहले ही, इन सबको लक्ष्मी परसाद वाली कथा सुना दी है।' रज्जन ने पंडित से कहा।

इस कथा पर पंडितजी अपना कॉपीराइट जैसा मानते हैं। वे बुरा मान गए कि रज्जन ने उनसे पहले ही यह किस्सा सुना डाला। खिसिया-से गए वे। रज्जन ने यह भी चेता दिया कि आप इन्हें दोबारा लक्ष्मी प्रसाद वाला किस्सा न सुनाने बैठ जाना क्योंकि किस्सा ऐसा भी दिलचस्प नहीं है, और उससे जो शिक्षा मिल सकती है वह हम इन्हें दे चुके हैं।

किन्हीं लक्ष्मी प्रसादजी ने, कभी अस्थियां चुनने की जल्दी में चिता की गर्म राख में ही अपना पंजा डाल दिया था। उसी का किस्सा पंडितजी रस ले लेकर सुनाते हैं।

किस्सा कुछ यूं है :

कभी इसी लुगासी में कोई लक्ष्मी प्रसाद रहते थे। इनके बाप मरे। बाप पहली बार मरे थे सो लक्ष्मी प्रसाद का अस्थिसंचय का कोई पुराना अनुभव तो था नहीं। बढ़ चढ़कर, अंतिम संस्कार का हर काम खुद ही दौड़दौड़ कर रहे थे। फटाफट कर रहे थे। ऐसे उत्साह से कर रहे थे मानो कि बाप ने जब उन्हें यह नायाब सुनहरा मौका दिया ही है तो क्यों न इस अनुभव का पूरा ज्ञान बटोर लिया जाए? इसी चक्कर में, मरघटा पहुंच के, जब तक कि कोई समझ पाता और उनको रोक पाता, लक्ष्मी प्रसाद ने आगे हो के, आव देखा न ताव, बस, गर्मागर्म राख में अपना पूरा हाथ ऐसे जोर से घुसेड़ दिया मानो कि एकदम चिता की तली तक जाने की ठाने हों। उन्होंने ऐसा क्यों किया, बाद में अलग-अलग लोगों की इस बारे में अलग-अलग राय रही। एक ने कहा कि लक्ष्मी प्रसाद को डर था कि जल्दी ही न उठाया गया तो अस्थियां वहां से भाग भी सकती हैं। किसी ने कहा कि लक्ष्मी इसीलिए जल्दी में थे ताकि काम खत्म करें और टंटा निबटे। एक को संदेह था कि लक्ष्मी को शायद यह पता था कि बाप अपनी वसीयत में यह लिख गए हैं कि जो भी जित्ती अस्थियां बटोरकर दिखाएगा, संपत्ति के बंटवारे में भी उसे उत्ता ही ज्यादा हिस्सा मिलेगा। कारण जो भी रहा हो परंतु तथ्य यही रहा कि लक्ष्मी प्रसाद ने एकदम गर्मागर्म राख में अपना पूरा हाथ डाल दिया। जित्ती तेजी से डाला था, उत्ती ही तेजी से निकाल भी लिया परंतु इत्ती देर में ही पूरा हाथ ऐसा चेंक गया था कि पहले तो वे मरघटा में ही इधर-उधर कूद-कूदकर नाचते फिरे, फिर छलांग लगाकर पास बह रही बेतवा में कूद गए। पानी में हाथ डुबोए वहीं लोटते रहे और वहीं से उन अनाम लोगों को गरियाते रहे जिन्होंने उन्हें गर्म राख में हाथ घुसेड़ते देखा परंतु रोका नहीं। उनकी यह हालत देखकर कुछ तो अपनी हंसी नहीं रोक पाए तो कुछ ने साफ़-साफ़ कहा कि तुमने हमें रोकबे का मौका ही कहां दिया? तुम्हारी चाल और चेहरे पर तो सतियों जैसा वह तेज था कि आज ठान ही बैठे हो कि गर्म राख में कूद के दिखाओगे! रोकबे की हिम्मत किसकी थी?

बाद में पंडितजी ने यह किस्सा विभिन्न अवसरों पर इतनी बार दोहराया तिहराया था कि वह श्मशान घाट पर सुनाई जाने वाली लुगासी की दंतकथाओं में शामिल हो गया था।

रज्जन और साथ आए लड़के पंडितजी से तनिक दूर हटकर खड़े हो गए। पंडितजी यहां होने वाली गतिविधियों के मुख्य कार्यकारी अधिकारी हैं। कम-से-कम, स्वयं उनको तो ऐसा ही लग रहा है। ऐसे में, इन लोगों का यूं निठल्ला खड़ा रहना उन्हें अखरने लगा।

'तब तक नदी से बाल्टी ही भर लाओ।...' पंडितजी ने कहा।

'भर लाएंगे।...नन्ना को तो आने दो।' रज्जन ने बेपरवाही से कहा।

'पहले ही जा के भर लाओगे तो क्या हो जाएगा?' पंडितजी ने कहा।

'मान लो कि पहले ले भी आए तो क्या हो जाएगा?' रज्जन ने पूछा।

फिर रज्जन ने ही सांत्वना-सी देते हुए पंडितजी से कहा, 'पंडितजी, न तो बाल्टी चोरी होबे वाली है, न ही बेतवा सूखबे वाली है—आप चिंता न करें।'

पंडितजी रूठ गए। आज उनका यह अधिकार बनता भी था कि वे रूठें और बाक़ायदा मनाये जाएं। रज्जन ने अपनी ही तरह से उन्हें मनाया भी।

रज्जन ने कहा, 'अरे, आप तो रिसा गए पंडितजी?...कप्तान, तुम फटाफट तनिक बाल्टी तो भर लाओ भैया!...और ला के, पंडितजी को दिखा भी देइयो। उनके दिल को तसल्ली होनी चहये।'

पंडितजी ने कहा, 'तुम चिंता न करो रज्जन।...हमें तसल्ली है।'

रज्जन ने बेशर्मी से कहा, 'हमें भी है। जे बड़ा अच्छा रहा कि दोनों को ही तसल्ली है।'

इधर कप्तान उत्साहपूर्वक बाल्टी लहराते हुए, बेतवा की तरफ़ भाग चले। रज्जन मुस्कुराते हुए उन्हें देखते रहे।

'ऐसे जा रहे हैं मानो पूरी बेतवा ही भर लाएंगे बाल्टी में..' रज्जन ने कहा।

पंडितजी चुप रहे। क्या कहते?

स्थिति को सहज करते हुए बुजुर्गों की टोली वहां आ पहुंची तो पंडितजी सक्रिय हो उठे।

अस्थि संचय का कार्यक्रम शुरू हुआ। बाल्टी के पानी में दूध डाला गया। इस दूधिया जल को, हाथों से, चिता की राख पर उलीचा जा रहा है। गर्म राख पर जल गिरता है तो भाप सी उठती है। गिराया जल, राख के ढेर पर यहां-वहां इकट्ठा होकर उबलने सा लगता है। नन्ना आदि की देखादेखी सेठ और कप्तान भी जल उलीचने लग गए। उबलता, भाप देता हुआ जल, जज़्ब होता जा रहा है राख में।

पीछे, पीपल पर कौव्वे ही कौव्वे बैठ गए हैं। कौव्वों की पंगत।

पास ही बेतवा इससे बेख़बर बह रही है।

पानी फेंकते ही चले जा रहे हैं कप्तान।

'इत्ता जल न फेंको...' पंडितजी ने कप्तान को समझाया। इससे आगे समझाने और पाठ पढ़ाने का काम रज्जन ने संभाल लिया।

रज्जन ने कप्तान से कहा, 'क्या आज इतें गिलाव मचाबे का संकल्प ले के आए हो?'

'हम तो कछू भी करें आप उसी काम में कीड़ा निकालने लगते हो।'

'तुम्हारे करम तो होते ही ऐसे हैं।'

'करमन की बात तो आप खोलियो मती रज्जन भाईसाहब...'

'काहे न खोलें?'

'क्योंकि हम जो खोल के बैठ गए तो फिर किसी से ढंकते न बनेगा। किसके करम कैसे हैं सो न ही खुलवाओ तो अच्छा।...ढंकी चीज़ ढंकी ही रहे, जेई ठीक रहेगा।...'

'अब तुम भैंचो हमें बताओगे कि क्या ठीक, और क्या ग़लत?'

'आप हमें न भी बताने दें पर जानते तो हम भी हैं...'

'इत्ता जानते हो, और इत्ता भी नहीं जानते कि रज्जन से बेफाल्तू मूं लगबे का मतलब क्या होता है?'

नन्ना ने आंखें तरेरकर बीच में देखा भी, परंतु बहस जारी रही। चिता की गरम राख पर नन्ना दूधिया पानी डाल रहे हैं। अंतिम चुल्लू उलीचते हुए नन्ना ने दोनों को चेतावनी दी कि अभी हम भैंचो मरे नहीं हैं–बब्बा का लिहाज न रहा हो तो कम-से-कम हमारा ही कर लो। बब्बा की चिता के पास खड़े हो के ऐसा कुकरहाव करते हुए तुमें शर्म नहीं आ रई? कप्तान को अलग से चेतावनी जारी करते हुए उन्होंने आगे कहा कि अब हम श्मशान-फ्मशान का लिहाज न करेंगे, और यहीं गीली राख में पटक के तुमें दो लात मारेंगे, जे साफ़ बताए देते हैं। लात तक बात पहुंच जाए तो शांति स्थापित हो ही जाती है, सो हो गई।

कुछ देर तक राख के ठंडा होने की प्रतीक्षा चली।

रज्जन को बीड़ी की तलब हो रही है। यह तलब लिए वे एकदम शर्मिंदा तो ख़ैर नहीं हो रहे पर कुछ कुछ वैसा ही महसूस कर रहे हैं। वे बीड़ी के ऐसे तलबगार शख़्स भी नहीं हैं, फिर भी, न जाने अभी क्यों लग रहा है कि पी जाए। इसे आप जो भी कह लें। कमीनापन भी कह सकते हैं। कमीनापन ही हुआ कि ऐसे मौके पर बीड़ी की तलब लग बैठी। यह अवसर बीड़ी पीने का तो नहीं ही है। पर बीड़ी का विचार है कि रह रह कर, मन में आ रहा है। रज्जन ने बीड़ी से हटाकर मन को कहीं और लगाने के लिए उन कव्वों पर ध्यान केंद्रित किया जो पीपल से उतरकर एकदम आसपास आ गए थे। श्मशान के कव्वों को सब पता है। अभी पूजा होगी। चिता के आसपास जो पिंड, फल-फूल धरे जा रहे हैं, पूजा के पश्चात् कव्वों को ही मिलेंगे बशर्ते कि कुत्ते बीच में आकर पूरा माल न झपट ले जाएं। कुत्ते भी योजनाबद्ध तरीके से टोह लगाते घूम ही रहे हैं।

रज्जन ने हवा में हल्के से हाथ घुमाया तो कव्वे उड़ गए। न जाने क्यों, संतोष से भर गए रज्जन।

अब अस्थि संचयन शुरू हुआ।

पंडितजी के कुशल निर्देशन में सभी लोग अस्थियां बटोर रहे हैं।

अस्थि समझकर कोयला, लकड़ी, जली हुई मिट्टी की ढेली न उठा ली जाए, पंडितजी इस बात पर अपनी पैनी नज़र रखे हुए हैं। बीच-बीच में इशारे करते जा रहे हैं कि ये जो आपने अभी उठाया है उसे अस्थि समझने की भूल कतई न की जाए।

राख है, पानी है, जली लकड़ियों के टुकड़े हैं। इनके बीच ही अस्थियां हैं। 'पहिचानो और उठाओ' का काम कब एक प्रतियोगिता और खेल में बदल गया पता ही नहीं चला। सभी, किसी दक्ष प्रतियोगी की भांति यहां-वहां से अस्थियां उठा रहे हैं। तथाकथित अस्थि के अस्थि ही निकल आने पर प्रसन्न हो रहे हैं और ऐसे उत्साह में हैं कि एक दूसरे के हाथ से अस्थियां छीनते-छीनते रह जाते हैं। चुनी हुई अस्थियां दूधिया पानी की बाल्टी में डाली जा रही हैं। एक बार उसकी राख धुल जाती है तो इस धुली हुई अस्थि को फिर दूसरी बाल्टी में डाल दिया जाता है। दूसरी बाल्टी शनैः-शनैः भर रही है। तली में अस्थियों के छोटे बड़े टुकड़े पड़े हैं। टूटी हड्डियां, दांत, पीठ के गुरिया, हाथ-पांव की हड्डियों के टुकड़े, घुटने की कटोरी। खोपड़ी की हड्डियां, गर्दन के गुरिया, आत्माराम।...पुर्जों की तरह बिखरा पड़ा है आदमी यहां बाल्टी में। बेकार हो चुकी मशीन का कबाड़ पटका जा रहा हो मानो। मशीन ऐसी टुकड़े-टुकड़े हुई है कि दोबारा जोड़कर 'असेम्बल' करना असंभव। बब्बा की छह फीट की काया अस्थियों के एक छोटे से ढेर में तब्दील हो गई है।

'अरे, जे क्या उठा लिया?' रज्जन ने टोका।

'काहे?' कप्तान बाल्टी में डालते-डालते रुक गए और तथाकथित अस्थि की गौर से पड़ताल करते हुए पूछने लगे।

'इसमें काहे की कौन सी बात है? यार, देखभाल के उठाओ न। जे अस्थि नहीं है।' रज्जन ने निर्णयात्मक स्वर में कहा।

कप्तान असहमत हैं। बोले, 'ऐसे कैसे? लग तो एकदम अस्थि घांई ही रही है...।'

'लगबे को तो कोई भी चीज़ कैसी दिखे और क्या निकल आए, पता चलता है क्या? तुमें देख के कोई कह सकता है क्या कि तुम इत्ते चूतिया हो-पर तुम हो। ऐसा ही इधर अस्थियन का मामला है।'

'जे अस्थि ही है।...काय नन्ना?' कप्तान जनमत संग्रह पर उतर आए।

'यार, नन्ना कौन से ऐसे अस्थि विशेषज्ञ हैं? रोज-रोज अस्थियां बटोरते फिरते हैं क्या? तुमने पूछ लई-'काय नन्ना' और उनने कह दई कि एकदम सही कह रहे हो बेटा?'

'रोज-रोज तो आप भी नहीं बटोर रहे?...'

'हमने तुमें अभी चेताया था न?'

'क्या?'

'कि हमारे मूं न लगियो?'

'मूं कौन लग रहा है? अस्थि को अस्थि कहना मूं लगना नहीं कहाता। नन्ना से पूछ लो।'

'तुम किसी भी चीज़ को अस्थि कहने लगोगे तो क्या कोई मान लेगा? क्यों न पंडितजी?' रज्जन ने पंडितजी को आदरपूर्वक अपनी तरफ़ करते हुए कहा।

पंडितजी ने टुकड़े को कप्तान के हाथ से लेकर देर तक उसका ऐसा गहन अध्ययन किया मानो उसका डीएनए टेस्ट करके तय कर रहे हों, और निर्णय दिया कि यह टुकड़ा

अस्थि का नहीं है। पंडितजी ने टुकड़े को वापस राख में फेंक दिया। कप्तान को बुरा तो लगा परंतु फिलहाल धार्मिक पीठ का निर्णय उनके खिलाफ चला गया था सो वे कुछ भी कर पाने की हैसियत में नहीं थे।

'ऐसे तो फिर हो गया भैया!...' कप्तान ने कहा। और कहते भी क्या!

'हो ही गया...' रज्जन बोले।

'पर ऐसा थोड़ेई होता है।...'

'ऐसेई होता है बेट्टा।...' रज्जन ने आंख दबाकर कहा।

नन्ना ने दोनों को आंखें दिखाईं। दोनों चुप हो गए। कप्तान ने इसी बीच राख से पुनः जो उठाया वह भी अस्थि नहीं निकला तो उसी से, पास आकर ताक में बैठे कव्वे को मारने की कोशिश की। बहुत से कव्वे उड़ चले। पंडितजी ने कप्तान को फटकारा...

'चिता की राख की हर चीज़ पवित्र होती है कप्तान। आखिरी में हर चीज़ को नदी में सिराना है। इतें उते न फेंको।...'

'हमने तो समझी कि...' कप्तान स्पष्टीकरण देने लगे।

'तुम न समझा करो कप्तान...' रज्जन ने कहा।

'और तुम कव्वे को मार रये हो?' पंडितजी ने कहा।

बात को आगे बताते हुए पंडितजी ने कहा, ' भैया, जे श्मशान के कव्वे हैं। पवित्रात्माएं कहाती हैं। इनका निरादर किया तो प्राणी नरक में जाता है।...'

नन्ना ने कप्तान को निर्देश दिया कि तुम तुरंत ये बीनना- बानना छोड़ के उतें चुपचाप खड़े तो हो जाओ जितें वो कुत्ता बैठा है। कप्तान रूठकर काम से हट गए।

काम कुछ देर तक चुपचाप चलता रहा। आदमी की लंबाई के बराबर का राख का ढेर पड़ा है। आदमी, जो जीवन-भर कुछ-न-कुछ बटोरने में लगा रहा, अब खुद बटोरा जा रहा है कि अचानक राख में कुछ चमका। सोने के दांत पड़े हैं राख में। बब्बा के दो दांत सोने के होते थे। वही पड़े हैं। सोना भले ही चिता की राख में पड़ा हो, पर है तो सोना ही। सोने का यही तो है। गले में रहे, उंगली में, कानों में, पेटी में, लॉकर में, हंडिया में, जमीन में गड़ा रहे, राख में या नाली में भी पड़ा हो—वह रहता सोना ही है। नाली में भी वह उतना ही महत्त्वपूर्ण और ग्राह्य होता है। सोना हर स्थिति में आदरणीय बना रहता है। फिर यह तो चिता की अग्नि में शुद्ध हुआ सोना था।

पंडितजी की पैनी नज़र ने सोना देख लिया। उन्होंने लपककर सोने के दोनों दांत हथियाकर मुट्ठी बंद कर ली। आंखें भी बंद कर लीं। मंत्र सा जपने लगे। आंखें बंद करके उन्होंने मान लिया था कि किसी ने यह सब देखा ही नहीं।

रज्जन ने यह सारा कार्यव्यापार देख लिया। वे मुस्काए तो नहीं, गो कि मामला खुलकर मुस्काने का बन तो रहा था। पंडितजी, कब से जीवन की निस्सारता, तथा मायामोह को त्यागने में ही मोक्ष मिलने की बातें कर रहे थे, और इतने दिल से कर रहे थे कि मानो स्वयं ही अभी चिता की राख मलकर जंगल को निकल जाएंगे और यह देखो। रज्जन मन ही मन हंसे। पंडितजी की आंखें मिची हैं। आंखें मिलाने को

राजी नहीं। आंखें खोलें और कोई सोना वापस मांगने लगे, तो ?...सोने के ये दांत अगर अभी सही जगह लगे होते तो पंडितजी को देखकर वे भी मुस्काते। पूछते कि जीवन निःस्सार है और धन व्यर्थ का मायामोह, तो फिर मुट्ठी में जो है वह क्या है ? इसी बीच पंडितजी ने सोना अंगोछे में बांध लिया। आंखें मूंदे-मूंदे, महज अभ्यासवश बांध लिया। खेंच खेंचकर तसल्ली भी कर ली कि गांठ ठीक बंधी है।

पंडितजी अब धीरे-धीरे प्रकृतिस्थ हो रहे हैं। शुरुआती भय जाता रहा। किसी ने देखा भी हो तो यह ऐसा अवसर है कि ऐसे में अच्छे-से-अच्छे हरामी जिजमान की भी बोलने की हिम्मत नहीं।

कपड़े में गठरी सी बांध के, घड़े में धर दी गई हैं अस्थियां। जिसने कभी इस धरती को नापने के सपने देखे थे और जो अपने कद को इतना बड़ा मानता रहा, वही शख्स कैसा एक छोटी सी पोटली में बदल जाता है ? अब चिता की राख ही शेष है, उसे भी फावड़े से समेटा जा रहा है। बोरे में भर रहे हैं सारी राख। वह भूमि, जहां बब्बा का अंतिम संस्कार हुआ, उसे एकदम साफ़ कर देना है। पूरी राख बटोर ली गई। जगह साफ़ हुई। बब्बा की आखिरी रिहाइश भी खाली हुई। अंतिम अवशेष भी समेटकर खाली कर जाना है यह जगह। मानो किराये का मकान रहा हो। बब्बा इसे खाली कर चले। अब कोई और यहां आएगा। उसकी चिता सजेगी। फिर किसी और की चिता। फिर किसी और की। सिलसिला चलता रहेगा।

राख से भरी बोरी उठा ली है गप्पू ने। बड़े बेटे का कर्तव्य है कि इसे उठाकर बेतवा में प्रवाहित कर दे। वही करने चले हैं गप्पू। मकान खाली किया है तो कबाड़ को भी साथ नहीं रखना है। प्राणी तो गया। अब उसका कुछ भी यहां नहीं रहना है। नेमप्लेट तक उखाड़कर फेंक देनी है।

इधर गप्पू ने बोरी उठाई कि उधर एक और शवयात्रा वहां आ पहुंची। वही भीड़। वही अर्थी। वही शोक। वही 'राम नाम सत्य है' के नारे!...और इन सबमें सम्मिलित होकर भी एकदम निर्लिप्त लोग।

बेतवा भी निर्लिप्त ही बह रही है। इस सारे जगत व्यापार से किंचित भी असर नहीं पड़ा है बेतवा के प्रवाह पर। ऐसा ही जीवन का भी है।...जीवन भी निर्लिप्त होकर पूरे प्रवाह से चल रहा है।...

रपटे पर से एक जीप गुजरी है। तेज गाना बज रहा है जीप में। कव्वे मंडराते हुए पूजा के पिंडों को उठाने की जुगत में हैं। कुत्ते घूम रहे हैं।

गप्पू ने बोरा उठाया। बेतवा के साथ साथ चलने लगे। चले, तो चलते ही चले गए। साथ के लोग चकित कि आखिर वे जा कहां रहे हैं ? बेतवा सामने ही तो बह रही है ? ये गप्पू बोरा उठाए न जाने कितें चले जा रहे हैं ? रेत में पांव धंसाते हुए, बेतवा के किनारे-किनारे चले ही जा रहे हैं गप्पू।

'जे कितें चले जा रये ?'

'गप्पू का कुछ भरोसा नहीं...'

'...क्या पता कि झांसी जाके उतें की बेतवा में सिराबे का कौल न उठाया हो।'

'चलत-चलत बंबई न पहुंच जाएं...'

'...यार, ऐसी चूतियाटिक बात न बोलो। बेतवा बंबई नहीं जाती।'

'भैया, हमारे हिसाब से तो यहां-वहां का सारा पानी, घूमघाम के बंबई के समुद्र में ही मिलता है।'

'वा रे तुम्हारा हिसाब! भूगोल में कित्ती बार फेल भये थे?'

'फेल काय होंगे राजा? चाचाजी हेडमास्टर रहे। कौन भैंचो फेल कर सकता था?...वैसे बेतवा न भी जाए पर आदमी तो रेल पकड़ के बंबई पहुंच सकता है न?'

'पूरी चूतियाई आज ही पटकोगे क्या? बंबई क्यों जाएगा आदमी?...रेल में?...मुडी पे जे बोरा धरे? वाह!'

'क्यों? रेल में आदमी सामान ले के नहीं चढ़ता है क्या? आदमी बोरी ले के नहीं चढ़ सकता क्या?'

'...खूब चढ़े, पर उतें रेल्वे पुलिस ने दई चूतड़ पे दो लातें कि तनिक खोल के तो दिखाओ कि तुमारी बोरी से जे स्साला झर क्या रहा है, तो? राख जब्त करके जांच करी और एकाध टुकड़ा, हड्डी-फड्डी का मिल गया तो दफा तीन सौ दो में पेंड़ देंगे कुठरिया में, फिर?'

विशुद्ध निरर्थक बातें। कुछ तो भी। परंतु आदमी कब तक अर्थपूर्ण बातें करे? अर्थपूर्ण बातों से समय नहीं कटता। कहीं अर्थपूर्ण चर्चा चल रही हो तो आदमी बार-बार घड़ी देखने लगता है। समय काटना हो तो निरर्थक गप्पें और बकवास ही काम आते हैं। इनमें तो पता ही नहीं चलता कि कब समय बीत गया। वही हो रहा है यहां।

उक्त वार्तालाप की निरर्थकता से इतर गप्पू कुछ और ही सोच रहे हैं। वे बब्बा की राख को आगे वहां प्रवाहित करना चाहते हैं जहां बेतवा बेहद गहरी है। यही वह जगह है जहां जवानी के दिनों में बब्बा घंटों तैरा करते थे। प्रिय स्थान था यह उनका। यहां का पाट तो वैसा चौड़ा नहीं परंतु बेहद गहरी है बेतवा यहां। मिट्टी और चट्टानों की कगार को काटती हुई बेतवा यहां बेहद सूनी भी है। यहीं तैरा करते थे बब्बा। यहां तक आकर रुक गए गप्पू। थोड़ी देर तक वे यूं ही खड़े रहे। बेतवा को ताकते। कंधे पर राख का बोरा लादे।

बोरा उतारकर एक चट्टान पर धरा। स्वयं पास की दूसरी चट्टान पर बैठ गए। कुछ देर यूं ही बैठे रहे। देखते रहे बेतवा को। बैठे रहे। फिर बोरी की गांठ खोली और उसे उठाकर बेतवा में उतर गए। किनारे पर ही कमर तक पानी है। इससे आगे गए तो बोरी लिए ही डूब जाएंगे।

यहीं रुक गए गप्पू।

बोरी की राख पलट दी, बेतवा के जल में। जल की सतह पर बब्बा की राख बह चली। कभी, इसी सतह पर चित्त होकर तैरा करते थे बब्बा, यहीं। आज उनकी राख तैर रही है। मानो आखिरी बार तैर रहे हैं बब्बा, बेतवा में। पर यह भी कितनी

देर तक? कहानी तो खत्म हुई। राख बहती, डूबती, छितरती हुई अंततः विलीन हो गई जल में।...अब गप्पू के सामने बेतवा का साफ़ पानी बह रहा है। बिला गई बब्बा की राख। अब, मानो पूरी तरह ही बिला गए हैं बब्बा।

गप्पू बहुत देर पानी में खड़े रहे। प्रवाहित होती बेतवा को ताकते रहे। फिर उन्होंने धीरे से बोरी को भी बेतवा में प्रवाहित कर दिया। कुछ दूर तक बहकर, बोरी भी जल में समा गई।

श्मशान से लौट रही है पार्टी। अस्थियों वाला घड़ा रज्जन ने एक अन्य लड़के को थमा दिया।

'जे तो बड़ो भारी है भैया?'

'तुम क्या समझे? हम तुमें फूलन की टोकरी पकड़ा रये हैं?'

'फिर हम, उतें पीपल के पेड़ तक ही ले जाएंगे, बस। उतें तुम किसी और को पकड़वईयो।...'

'तो हम इसकी डंडा डोली न करा दें भैंचो?...चूतिया घांई बातें न करो। तुम्हें पता है न कि हम...चूतियन से लात से ही बात करते हैं।...'

'आप हर बात में लात मारबे की बातें काहे को करते हो भैया?...'

'लातन के भूत, चाहे घर में हो या मसान में, मानते लातन से ही हैं।'

रज्जन ने ठेल दिया पीछे से। लड़का भुनभुनाता हुआ अस्थियों के घड़े को लिए चल दिया।

घर लौट रहे हैं सारे।

गप्पू की आंखों में अभी भी, बब्बा की राख शनैः-शनैः डूब रही है, पर डूब ही नहीं रही।

थके कदमों से लौट रहे हैं सब।

'तेज-तेज न चलो भैया, हमारी सांस उखड़ जे हे! घुटना अलग पिरा रये।' एक वयोवृद्ध बोले।

'हमने तो तुमसे घर पे ही कही थी कि चैन से घर में बैठो, हम होके आ रहे। तुम ही नईं मानें।...ऐसे भगे चले आए मानो शादी की भांवरे छूटी जा रही हों।...' साथ चल रहा नौजवान भुनभुनाया।

'भैया, तुमें अभी कुछ नईं पता।...अरे, एक बार भांवरे छूट जाएं पर आदमी की मिट्टी पर पहुंचना भौत जरूरी होता है।...'

'अपनी मिट्टी पलीद कराके भी?'

'तुम अभी न समझ पाओगे।...हमारी उम्र में पहुंचोगे तब समझोगे।...तब ही समझ में आती है सबको।...'

'तब की तब समझेंगे।'

'पर हमें तो अभी समझना पड़ेगी न।...'

'अब तुमसे क्या कहें हम? घुटना पिराएं, चाहे कमर सरके, चले चलो।'

लौट रहे हैं सब।

कहीं मोर बोला।

धूप कमज़ोर हो चली है। सर्दी फिर लग चली। हवा का झोंका आया और घुटी हुई खुपड़िया को चपतियाता हुआ चला गया।

गप्पू ने जोरदार आवाज में 'हरिओम तत्सत' कहा। सभी ने चुपचाप सुन लिया। हरिओम तो तत्सत ही है।

पंगत दोपहर में बैठनी थी। शाम होते होते बैठ पाई। अस्थि कलश लाने के बाद बिरादरी की पंगत आयोजित थी। हुई, पर देर से। आनेवालों को भी जैसे पता था। सभी, देर से ही आए। पंगत निबटते निबटते शाम खत्म हो आई।

बहरहाल, अस्थि संचय करके लौटे तो इधर पंगत की तैयारियां हो चुकी थीं।

वैसे पंगत छोटी सी ही थी पर बड़ी हो गई। घर के रिश्तेदार ही खूब थे। फिर बिरादरी के लोग।

लौटे तो सबसे पहले तो अस्थि कलश को विधि विधानपूर्वक गौशाला में रखा गया। फिर सभी मंदिर पहुंचे। पुजारी जी ने सभी का शुद्धीकरण किया। कैसे किया? यह न पूछें। हर पुजारी का अपना तरीका होता है। हो सकता है कि हम यहां कुछ लिखें और पाठक के इलाके में पुजारी किसी और ही स्टाइल से यह कार्य करता हो, तो उसकी धार्मिक भावनाओं को ठेस पहुंचने का डर रहेगा। लेखक को यह भी ख्याल रखना होता है। धार्मिक भावनाएं तो मानो आहत होने को ही आतुर रहती हैं। हम इतना ही बताएंगे कि पुजारीजी ने दस बारह सेकंड का कोई मंत्र पढ़कर पवित्र जल के छींटे मारे और समुचित दक्षिणा वसूलकर सबको शुद्ध घोषित कर दिया।

फिर पंगत शुरू हुई।

पहली पत्तल तो प्राणी को समर्पित।

प्राणी के लिए सजाई गई यह पत्तल गप्पू पीपल के नीचे धर के आए।

इधर कुछ तो लोग ही बहुत भूखे थे, फिर देर भी कुछ ज़्यादा ही हो गई थी- पंगत ऐसे तेजी से खत्म हुई कि लुगासी के मापदंडों पर यह आश्चर्य का ही विषय कहाएगा। इस पंगत के बाद बची कोई भी भोजन सामग्री घर में रखना वर्जित माना जाता है—सो बचा हुआ भोजन गरीबों में बंट गया। लुगासी में ग़रीबों की कौन सी कमी! खाना सौ बार खत्म हो जाएगा पर ग़रीब खत्म न होंगे।

इस तरह पंगत खत्म हुई और खाना भी। अब एक टुकड़ा भी शेष नहीं, टेक्नीकली ऐसा कहा जा सकता था।

अब कहीं कोई गुंजाइश नहीं बची थी कि किसी और गरीब को 'एडजस्ट' किया जा सके।

शाम हो रही थी। सर्दी की शाम में आसन्न रात्रि का जो अंधकार पहले ही झांकने लगता है, वही था। एक किस्म का मायावी धुंधलका। इसी धुंधलके से अचानक एक गरीब प्रकट हुआ। संयोगवश रज्जन उसके एकदम सामने ही पड़ गए। रज्जन पंगत की देखरेख और उससे उपजी चिढ़ को निकालने का रास्ता खोज ही रहे थे। इसके लिए उस गरीब से बेहतर और कौन हो सकता था?

ग़रीब ने बिना बोले, बस पेट तथा मुंह की तरफ़ इशारा करते हुए प्रार्थना की कि अगर उसे भी खाने को कुछ मिल जाता तो बड़ी कृपा होती मालिक की।...रज्जन ने भी कुछ श्लील तथा बाक़ी अश्लील इशारों द्वारा गरीब को अप्रिय घटना का समाचार सा देते हुए सूचित किया कि तुम भौत देर से पधारे हो, खाना पूरा निबट चुका है। अब यहां बाबाजी का घंटा भी नहीं बचा है—यदि बाबाजी खुद भी अभी मांगने लगें तो हम उन्हें उनका ही घंटा भी न दे सकेंगे।...गरीब इतना मूर्ख था, या शायद इतना भूखा था कि ऐसी स्पष्ट बात, तथा लगभग खोलकर किए गए इशारे भी नहीं समझ सका। वह अपनी भूख का शाश्वत रोना रोने लग गया। रज्जन उसे अपनी तरह से पुचकारने लगे। रज्जन बोले कि इसमें दोष तुम्हारी गरीबी, भूख या स्वयं तुम्हारा नहीं है। देखा जाए तो दोष किसी का भी नहीं है। ग़रीब ने भी रज्जन की इस बात से सहमति प्रकट की यह तो बस किस्मत का खेल, कर्मों का फल तथा ईश्वर की इच्छा है कि वह ग़रीब और भूखा रहे। ऐसा समझदार ग़रीब पाकर रज्जन को भी सांत्वना मिली कि समाज ठीक रास्ते पर है जहां गरीब को न केवल अपनी हैसियत का पता है बल्कि वह इसी में जीना सीख चुका है।

रज्जन संतुष्ट होकर उससे गरीबी, भूख, अवसर चूकने तथा किस्मत की फिलासफी पर बात करने लगे :

'यार, तुम इत्ते समझदार ग़रीब हो कि यदि हमारा बस चलता तो हम तुमें छप्पन भोग जिमा के ही वापिस भेजते, पर क्या करें, सारा माल उठ चुका है।'

'सरकार, थोड़ा-भौत ही मिल जाता?...' गरीब गिड़गिड़ाया।

'भौत क्या, थोड़ा भी नहीं बचा भैया; तुमें बता तो दिया।..'

'गरीब आदमी हैं मालिक...'

'अमीर होते तो भी न दे पाते। बचा ही नहीं है। का करें? तुम्हीं बताओ?'

'भौत दूर से आए हैं...'

'...पर भौत देर से आए हो। इसमें अब हम का करें, का न करें तुम तो जे बताओ?'

'भूख लगी है सरकार...'

'पंगत के तो टंटफोर उठ चुके भैया।...अभी तो खुद सरकार को भी अगर एक पूड़ी की भी तलब लगे तो भट्टी जला के फिर कढ़ाई चढ़ानी पड़ेगी। समझे कि नईं? निबट चुकी संक्रांत। पंगत उठ चुकी।...'

'जी मालिक...'

'पर यार, तुम तो जे बताओ कि तुम इत्ती देर से काय आए?...कितें फंस गए थे?...'

'गरीब गुरबा हैं मालिक...'

'तो?...गरीबी से इसका क्या संबंध? ऐसा तो नहीं है न कि तुम अमीरी के आबे के इंतजार में बैटे रहे हो?...इसमें भी देर हो जाती है। ऐसे में, होता जे है कि अमीरी तो आती नहीं और बैठे-बैठे गरीबी और जड़ पकड़ लेती है। इसीलिए गरीब आदमी को तो खूब चलते फिरते रहना चाहिए।...'

'वो बात नहीं थी मालिक...'

'फिर?...कहीं गवरमेंट ने जे आर्डर तो नहीं निकाल दिया है कि गरीब आदमी तेज-तेज न चला करे?'

'नहीं सरकार...'

'वोई तो।...हमने भी सोचा कि हमने तो जे आर्डर देखा नहीं। फिर सोचा, कहीं सरकार ने ऐसा वाला आर्डर सीधे ग़रीब को ही तो नहीं थमा दिया कि तेज चले तो चालान काट दिया जाएगा?...सरकार की तो पॉलिसी भी है कि ग़रीबी तेजी से न बढ़ने पाए।...'

'महाराज, हम तो भूख के कारण तेज नहीं चल सके। भूखे पेट तेज नहीं चला जाता, क्या करें?'

'सही बात! तुम क्या कर सकते हो?...ऐसा किया करो कि तभी चलना शुरू कर दो जब तुमें कम कम भूख लगी हो?'

'कम भूख क्या होती है मालिक, यह हमें पता ही नहीं।'

'अरे...?'

'हमें तो हमेशा तेज ही भूख लगी रहती है सरकार।...भरपेट खाना तो हमने कभी खाया ही नहीं...'

'तुम गरीबन में यार जेई बात तो भौत खराब है। बस, ज़रा-सा पेट भर जाए तो आधी भूख को ही भरपेट मान के खटिया पे सो जाते हो।'

'हमारे पास खटिया नहीं है मालिक।...एक टूटी मचिया हती सो बिक गई।...'

'...अरे खटिया पे न सही, जमीन पे तो सो जाते होगे? थोड़ी भूख में तो तुम उठते ही नहीं। फिर तेज भूख से जब तुमारा पेट पिराने लगता है तब तुमसे तेज-तेज चला नहीं जाता।...जेई हो रहा है न?'

'जी मालिक...', गरीब और क्या कहे?

'अगली दफा जब तुम्हें भूख लगनी शुरू भर हो कि तुम चल देना।...'

'हम तो हरदम ही भूखे रहते हैं सरकार।...'

'तो हरदम ही चलते रहा करो।...'

'तब तो और भी ज़्यादा भूख सतायेगी मालिक?'

'चलोगे तो रास्ते में कहीं-न-कहीं ऐसी पंगतें भी तो मिल जाया करेंगी? तेरवीं की पंगतें आजकल इतें उतें खूब हो रही हैं।'

'जी सरकार।...'

'हम तो कहते है कि इतें आदमी मरे, और उतें तुम तुरंत चल पड़ो।'

'तब की तो तब होयेगी मालिक, पर अभी तो खाबे को कछू मिल जाता?...'

'सब खाना खतम हो चुका है। हमने बताया तो। हमारी बात पे भरोसा न हो रहा हो तो उतें पड़े बर्तन भांड़े देख लो। खाना तो खत्म हो चुका।...हां, अब इतें का राजपाट भर बचा है। और वो हम तुम्हें दे नहीं सकते।...'

'अरे राम राम सरकार, राजपाट का हमें क्या करना।...'

'तुम उसका कुछ करते भी, तो भी हम अभी तुमें कुछ न दे पाते क्योंकि अभी घर का बंटवारा नहीं हुआ है। जब होगा, तब ही हमें भी पता चलेगा कि किसके हाथ में कित्ता राजपाट आया। तब तक के लिए क्षमा करो।'

गरीब आदमी खड़ा रहा। चुपचाप।

रज्जन को दया आई या पता नहीं कि क्या हुआ, अचानक ही रज्जन ने कप्तान को टेरा और गरीब को पांच रुपये देने को कहा। कप्तान ने दे तो दिए पर शुरु में समझे नहीं कि चल क्या रहा है? फिर गरीब को देखकर समझ गए कि यहां चूहे बिल्ली का शाश्वत खेल खेला जा रहा है। कप्तान हंसते हुए वापस चले गए।

रज्जन ने गरीब से कहा कि खाना तो ख़ैर नहीं बचा है परंतु न जाने क्यों हमारा मन तुम्हें अपने हिस्से के राजपाट में से पांच रुपये देने को कर रहा है। इससे कुछ मिले तो खा लेना वर्ना इसे जेब में धरे रहोगे तो खुद को पहले से कम गरीब महसूस करोगे।

गरीब पांच रुपये लेकर भी खड़ा रहा।

रज्जन ने पुराने उपदेश को पुनः दोहराना उचित समझा। एकाध बार बोले गए उपदेश का तो वैसे भी असर नहीं होता। रज्जन ने कहा कि आगे से हर जगह टेम पे पहुंचा करो। यही बात तुलसीदास, कबीरदासजी या शायद भक्त रैदास भी कह गए हैं कि अब पछताये होत का जब चिरियां चुग गईं खेत...। उनने जे बात कब और क्यों कही, हमें नहीं पता। बे कहीं खुद देर से पहुंचे हों, या उनने किसी और मौके पर जे बात कही हो तो हमें ज्ञान नहीं। उन दिनों वैसे भी मौके पर ऐसी ही पते की बातें कहने का रिवाज था। बात का सत्व ये है कि टाइम पे पहुंचो। गरीब को वैसे भी कौनसा काम है कि टेम पे न निकल सके। है कि नहीं?...गरीब कुछ कह पाता कि तभी किसी ने आवाज दी कि नन्ना आपको बुला रहे हैं। रज्जन को यह दरिद्र संवाद यहीं बंद करना पड़ा। गरीब को लावारिस छोड़कर वे अंदर चले गए।

वहां नन्ना ने रज्जन को बताया कि चिरगांव वाले फूफाजी का पेट पिरा रहा है। फूफाजी को दो दिन से पाखाना साफ़ नहीं हो रहा जो उनके लिए किसी गहन राष्ट्रीय चिंता से कम चीज़ नहीं। सभी को पता है कि फूफाजी को ठीक से पाखाना न हो तो वे किस कदर परेशान हो जाते हैं। फूफाजी मात्र इसी उद्‌देश्य से जी रहे लगते हैं कि उनका पाखाना नित्य ठीक से उतरता रहे। बस। वह हर दिन इसी चिंता में निकालते हैं कि अगले दिन की टट्टी ठीक से उतरेगी कि नहीं और न उतरी तो उनका क्या होगा? उनको जो भी खाद्य पदार्थ परोसा जाए उसके बारे में वे सबसे पहले यह आकलन करते हैं कि कल होने वाले पाखाने पर इसका सकारात्मक असर पड़ेगा कि नकारात्मक?

पेट ठीक से साफ़ न होने को वे जीवन का व्यर्थ हो जाना मानते हैं। रज्जन जान गए कि समस्या गंभीर है। उन्हें फूफाजी की पूरी मातमपुर्सी तो करनी ही होगी, साथ ही समस्या का उचित समाधान भी देना होगा।

रज्जन ने जाकर फूफाजी से स्वयं बात की। वे बताने लगे कि तुमने रात में कद्दू की सब्जी खिलवा दी और हमने मुरव्वत में खा भी ली। फिर वही हुआ जिसका हमें डर था–आज सुबे की टट्टी में वो बात ही नहीं है जो होनी चाहिए। वे इसी के तारतम्य में यह भी कहने लगे कि ज़माना बड़ा ख़राब है। फिर यह भी बोले कि वैसे कद्दू की सब्जी खाबे में भी कोई बुराई नहीं थी यदि बाद में सोते टेम हमें ईसपगोल मिल गया होता। ईसपगोल रामबाण का काम करती है। रात में ही यह रामबाण चल जाता तो सुबह पाखाना भी सही निशाने पर लगता। पर रात में हमने देखा तो हमारे झोले में ईसपगोल ही नहीं था। यात्रा में हम एक बार टिकिट धरना चाहे भूल जाएं परंतु ईसपगोल धरना कभी नहीं भूलते। पर ज़माना इतना ख़राब आ चुका है कि इस बार बहू झोले में ईसपगोल धरना ही भूल गई। फूफाजी अब चाहते थे कि कोई अभी बाज़ार जाकर तुरंत ईसपगोल ले आए जिसे वे अभी के अभी ले लें तो कल सुबह की टट्टी जरूर ही ऐसी दिलकश तथा दर्शनीय होगी कि आदमी की एक बार तो उसे पलट के देखने की इच्छा हो उठेगी।

रज्जन ने सारी बातें सुनीं और उन्हें अभी ईसपगोल मंगाने का आश्वासन देकर नन्ना से बातें करने लगे जो इसी बीच कोने में जाकर बीड़ी पीने लगे थे।

'ईसपगोल से ज़्यादा असरकारी तो यार जे बीड़ी होती है—इधर पियो कि उधर पेट साफ़...' नन्ना ने कहा।

'बुढ़ापे में मशीन ऐसी ढीली हो जाती है नन्ना कि फिर कुछ भी असर नहीं करता...' रज्जन ने कहा।

रज्जन ने बुढ़ापे और कब्ज़ियत की ही थीम को और आगे बढ़ाते हुए कहा कि वैसे बुढ़ापे में ही क्यों, किसी भी उम्र में कहीं यह कानून तो है नहीं कि आदमी की रोज–रोज ही ठीक से उतरा करे। मान लो कि एक दो दिन न भी उतरी और पेट में बिना किराया चुकाए पड़ी रह गई तो आदमी को इत्ती सी बात का ऐसा बुरा नहीं मानना चाहिए। अरे, कब तक वहां पड़ी रहेगी ? झक मारकर अपने आप बाहर आएगी ही। कहां जाएगी स्साली ? और उसे भी कौन सा तुमारे पेट में ऐसा मज़ा आ रहा है यार।...है कि नहीं ? रज्जन ने पूछा तो नन्ना को 'हां' कहना पड़ा। इसके बाद इस क्रिया के आर्थिक पक्ष को पकड़ते हुए रज्जन ने बताया कि भगवान ने जेई चीज़ तो ऐसी बनाई है दुनिया में कि जिसका एक पैसा नहीं लगता। लगता होता तो गरीब गुरबा तो मर जाते। रोज की अठन्नी भी लगती और कई लोग तो दो तीन बार जाते हैं तो इस फिजूलखर्ची में ही वे लुट जाते। कित्ती रकम तो इसी में ठुक जाती पर जो चीज़ भगवान ने मुफ्त की बनाई थी उसी में आप ईसपगोल की आदत डाल दो तो ? चालीस पचास रुपये का एक डिब्बा आता है। अभी ठुक जाएंगे, पर ला के देना तो पड़ेगा। न मिला तो फूफाजी तो बेहोश तक हो सकते हैं। जे बात चिरगांव से लगाकर भांडेर तक सभी जानते हैं।

लाना तो पड़ेगा। नन्ना ने रज्जन से कहा कि भैया, तुम तो ईसपगोल मंगा दो नहीं तो कांख कांख के कहीं इनने प्राण दे दिए तो एक और तेरहवीं यहीं करनी पड़ जाएगी जो कहीं ज्यादा खर्चीली साबित होगी। रज्जन ने कप्तान को पकड़ा। वहीं खड़े थे। वे यूं ही खड़े मिल जाते हैं। कहीं भी। रज्जन ने कहा कि तुम ऐसेई न खड़े रहो बल्कि लपक के बाजार जाओ और ईसपगोल का डिब्बा खरीद लाओ। कप्तान ने कहा कि हमें जाबे में तो कोई परेशानी नहीं, बस जे बता दो कि जे ईसपगोल क्या होता है और किस दुकान पर मिलेगा?

रज्जन ने अर्थपूर्ण निगाहों से नन्ना को देखते हुए कहा, 'देखा आपने? भैया ऐसे भोले हैं कि बेचारों को ईसपगोल का नहीं पता कि जे क्या चीज़ होती है? हद्द है। खूब पता होगा हमें चूतिया बना रहे हैं।'

नन्ना सहमत नहीं हुए।

नन्ना ने कहा, 'इसमें चूतिया बनाबे की बात नहीं है। हो सकता है कि इन्हें वास्तव में न पता हो। हर आदमी को ईसपगोल के बारे में पता होना ही चाहिए—कहीं ऐसा कानून तो है नहीं। ओर हो, तो हमें पता नहीं। दुनिया में कुछ लोग ऐसे भी हो सकते हैं, जिन्हें ईसपगोल का पता न हो।'

'घर में जब पचीस बूढ़े इकट्ठे हो गए हों तब ईसपगोल के विषय में न जानना गैरकानूनी ही कहाएगा,' रज्जन ने कहा।

'चलिए, हम गैरकानूनी और गैरजिम्मेदार ही सही, पर अब तो बता दें कि जे ईसपगोल स्साली चीज़ क्या होती है?' कप्तान ने पूछा।

'इस बात का टाइम किसके पास है कि तुमें ईसपगोल का आयुर्वेद समझाये और बताए कि शरीर में कितें जाकर जे कैसा चमत्कारी काम करती है।...तुम तो इतना भर जान लो कि मुन्नालाल किराने की दुकान पे जा के ईसपगोल का डिब्बा मांग लेना। वो दे देगा।' रज्जन ने कहा।

'बड़ा डिब्बा, कि छोटा?'

'सबसे छोटा।...और तुम उतें मुन्नालाल से जे न पूछने बैठ जाना कि ईसपगोल क्या चीज़ होती है?...फालतू ही घर की बदनामी होगी।'

'और कुछ?' कप्तान ने पूछा।

'और जे कि ईसपगोल का डिब्बा ला के, या तो नन्ना के हाथ में देना, या फिर हमारे। हम सबमें थोड़ा थोड़ा बांट देंगे, पुड़िया बना बना के।...पूरा डिब्बा सीधे फूफाजी को ही न पकड़ा देना। बे एक बार में पूरा डिब्बा ही भसक सकते हैं। शौकीन हैं ईसपगोल के।...और सबकी नज़र बचा के लाना। वर्ना हमारे पास आने से पहले ही सारा लुट जाएगा। समझे कि नहीं?'

'कित्ते का आएगा?'

'येई चालीस पचास का।...'

'तो कलदार तो दो।...'

'क्यों? तुम्हारी जेब में नहीं धरे हैं?'

'हमारी जेब में कौन सी ट्रेज़री खुली है। बीस रुपैया हते। उसमें से पांच आपने उस गरीब को दिलवा दिए...'

'पांच रुपये देबे में तुम गरीब हो गए क्या?'

'हम तो आपको हिसाब दे रहे हैं।'

'तुम नन्ना से पैसे ले लो। और लौट के हमें पूरा हिसाब देना। जो पैसे बचें, वे भी ठीक से वापस करना।...' रज्जन ने कहा।

कप्तान बुरा मान गए। बोले, 'हिसाब की आपने ऐन कही। लुगासी में रसीद कौन भेंचो देता है कि हम तुमें लाके रसीद दें कि ईसपगोल इत्ते का मिला? रसीद नहीं मिलेगी। हम जो बताएं, उसी में संतोष कर लेना। जे नईं कि बाद में चिकचिक करो।'

'यार तुम निकलो तो! बेकार में लात खाबे वाली बातें तो करो मती,' रज्जन ने कप्तान को लगभग ठेल कर बाहर किया।

नन्ना इसी बीच किसी गहन विचार में पड़ गए लगते थे। दरअसल वे अचानक ही इस हिसाब में पड़ गए थे कि सुबह से कितनी बार इस उस को वे इसी तरह बीस पचास रुपये दे चुके हैं और यह सिलसिला बब्बा की मौत के दिन से ही चला जा रहा है। कितने दे चुके, इसका कहीं लिखित हिसाब नहीं रखा। माना कि कभी बाप मरे तो ऐसा हिसाब रखना ओछापन कहाएगा परंतु याद रखने वाली बात यह भी है कि बाप तो तीनों भाइयों का मरा है। हिसाब तो रखना ही होगा। गोपी तथा गप्पू से बात करके कोई सिस्टम तो बनाना पड़ेगा। अभी तो तेरहवीं तक खर्चा ही खर्चा चलना है। नन्ना ने तय किया कि इस बारे में कुछ करेंगे और जल्दी ही करेंगे। रज्जन बाहर चले गए। नन्ना इन्हीं विचारों में मगन छत पर आ गए थे कि नीचे से एक बच्चा भागता हुआ आया कि चाचा आपको अर्जेंट में बुलवा भेजे हैं। नन्ना उल्टे पांव, सीढ़ियों से उतरकर पुनः आंगन में पहुंचे तो रज्जन को चरखारी वाले फूफाजी की मातमपुर्सी में व्यस्त पाया। पता चला कि चरखारी वाले दद्दा चक्कर खा के गिर पड़े थे। वैसे अभी तो, इसी बीच वे उठ गए थे। लड़खड़ा से अवश्य रहे थे परंतु बताया जा रहा था कि इत्ता लड़खड़ाना तो इनका रूटीन जैसा है। कैसे गिर पड़े? पूछा तो वे स्वयं बताने लगे कि मोतियाबिंद के कारण हमारी नज़र कमज़ोर हो गई है जो रतौंधी के कारण पहले ही ठीक नहीं थी। फिर दर्द के मारे घुटने भी ठीक से मुड़ते नहीं हैं और मुड़ जाए तो सीधा होना मुश्किल। इसके अलावा चक्कर भी लगे ही रहते हैं। आसपास की चीज़ें घूमती लगती हैं। कभी-कभी खुद ही घूमते से लगते हैं। पांव सुन्न रहते हैं। टांगें कांपती हैं। कुल मिलाकर शरीर के सामने, आगे और पीछे इतनी चुनौतियां रहती हैं कि चक्कर खाकर गिरने पर किसी को आश्चर्य नहीं होना चाहिए बल्कि वे हमेशा ही गिरे हुए क्यों नहीं रहते, आश्चर्य इस बात पर होना चाहिए। अभी तो वे एक बाल्टी से टकराकर गिर पड़े थे जो किसी ने लापरवाही से बीच आंगन में छोड़ रखी थी।

लड़खड़ाते हुए वे रज्जन को समझा रहे थे कि जिसे भी तुम ईसपगोल लेबे के लाने भेजो तो उससे हमारी जे चक्कर की दवाइयां भी मंगवा देइयो। यह कह कर उन्होंने दवाइयों का एक पर्चा कुर्ते की जेब से निकालकर रज्जन को पकड़ा दिया।

रज्जन ने नन्ना को धीमे स्वर में कहा, 'अंगुली पकड़ के पोचा पकड़ रहे हैं।...इनसे तभी ईसपगोल के लाने कलदार मांग लेते तो जे दवाइयन की लिस्ट न पकड़ाते...'

'अब तुम कह देइयो कि इतें लुगासी में जे दवाइयां नहीं मिलीं। मोठ में मिलती हैं-ऐसा बता रहा था दवाई वाला।...' नन्ना ने रास्ता सुझाया। दोनों बातें करते हुए बाहर आ गए। तमाशबीन भी इधर-उधर चल पड़े।

'और जो बे कहीं मोंठ से दवाई मंगाबे की जिद करने लगें?' रज्जन ने कहा।

'यार, तब की तब देखेंगे।...काहे को आए? चक्कर आ रये, पेशाब ऊपर को चढ़ी जा रई, टट्टी नीचे नहीं निकल रही-ऐसे में आदमी को अपने घर में रहना चईये कि...' नन्ना ने कहा।

'इन्हें कौन लाता? जे तो खुदई चले आए हैं...'

'घर के लोग भी ज़रा-सा नहीं सोचते हैं कि...'

'...सब जेई सोचते हैं कि कछु दिन को ही सही, पर जे इतें से तो टरें।'

'फिर भी...'

'...हमें तो लगता है कि घर वाले इन्हें इस आशा में भेज देते हैं कि रास्ते में निमोनिया या टायफायड पकड़ लेंगे तो...'

'...यार, ऐसी गलत बातें तो ख़ैर न करो।...सभी को एक दिन बूढ़ा होना है। बुजुर्गों की छत्रच्छाया बनी रहे। यह तो सौभाग्य की बात कहाई। है कि नहीं?' दोनों जन की बातें सुनकर पास खड़े किसी तीसरे ने कहा।

'छाया छाया की भी तो बात होती है साहब।...' किसी और ने कहा। उसी ने आगे बताया, 'आप छत्रच्छाया और उसके सौभाग्य की बात कर रहे हैं न? हो सकता है कि आपको बटवृक्ष की न भी मिली हो परंतु कम-से-कम पीपल की छाया तो मिली ही होगी, परंतु उस पेड़ की छाया को आप क्या कहोगे जिस पेड़ से कांटे गिर रहे हों?...ऐसे पेड़ की छाया में बैठोगे तो दुर्भाग्य और सौभाग्य का अंतर समझ में आ जाएगा। चूतड़ में इत्ते कांटे एक साथ गड़ जाएंगे कि...'

'नहीं भाई, ऐसा मत कहो।...छाया तो छाया ही होती है।...' किसी ने फिलॉसफी झाड़ी।

'हम दिखाते हैं न तुमें असली छाया। उस छाया में हम तुमें दस मिनट भी बिठा दें तो हाथपांव जोड़ते फिरोगे। कहोगे कि चाहे जीवन-भर कड़ी धूप में बिठा देना, चाहे घाम में खड़े-खड़े हम लू लगबे से मर जाएं पर इतें से उठवा दो हमें।' दिलजले ने कहा।

'यार, ऐसे कुबोल न बोलो।...बुजुर्गों की बातें बड़े गहरे अनुभव वाली होती हैं, यह भी जान लो।...'

'सही कही।...गहरी होती हैं। एकदम गहरे घुस जाती हैं। कांटे जैसी लौंकती भी हैं...' दिलजले ने कहा।

'बूढ़ा आदमी तनिक सठिया जाता है, जे भी सही बात है पर इन कांटों से तनिक हटके बैठो तो इस छाया में बड़ा सुख है।...' किसी ने कहा।

'...मान लो कि ऐसी छाया हो जहां कांटों का गलीचा टाइप बिछा हो, तो फिर?'

'यार, तुम तो बड़े दुखी लगते हो?'

'कभी हमारे डुकर से मिलना, तब समझोगे।' दिलजले ने कहा।

सब चुप रह गए। क्या कहें!

रज्जन ने कहा, 'आप भी सही कह रहे होंगे पर हम जो कह रहे हैं जे भी एकदम सही है। यहां कोई भी बुजुर्गों के खिलाफ नहीं है। बुजुर्ग तो आदरणीय होता ही है। उसकी कद्र करना हमारा फर्ज है। पर जब बुजुर्ग इत्ता डग्गर-मग्गर हो रहा हो कि इतें का पांव उतें पड़ रहा हो तो उसे रिश्तेदारी में ला के ईसपगोल का अलख नहीं जगवाना चाहिए-हम तो बस इत्ता जानते हैं।...'

नन्ना ने रज्जन को आंखें दिखाईं।

'यार, इत्ता जोर से तो न बोलो। कहीं उनने सुन ली तो तमाशा हो जाएगा।' नन्ना ने कहा।

'चिंता न करें। वे ऊंचा सुनते हैं और हम नीचा ही बोल रहे हैं...' रज्जन ने सांत्वना दी।

सामने से गप्पू आ रहे हैं।

रज्जन ने उन्हें देखा तो नन्ना से कहा, 'अब हम निकलते हैं।...पिताजी आते दिख रहे हैं। उनके सामने कहीं ऐसी एकाध बात भी मूं से निकल गई तो उनका दिल बैठ जाएगा। कहेंगे कि भारतीय संस्कृति किधर जा रई है?...'

रज्जन हंसते हुए निकल गए।

गप्पू आए तो नन्ना ने उनसे वह बात की जो उन्हें तब से कचोटे जा रही थी। नन्ना ने कहा कि आज रात, या जब भी आप कहें तब, हम बैठ कर तय कर लें कि तेरहवीं तक के खर्चे का हिसाब अपुन कैसे रखें ताकि बाद में चिक चिक न होती फिरे।

गप्पू कुछ देर तक तो सोचते रहे, फिर बोले, 'देख लो...।'

ऐसी हर स्थिति में गप्पू यही कहते हैं कि देख लो।

मंझली चूक गई।

महंतजी को बब्बा दिख गए। मंझली चूक गई।

वैसे मंझली को भी प्रायः मरे हुए लोग दिख जाते हैं। पर इस बार उनसे पहले बब्बा, महंतजी को दिख गए। मंझली चूक गई।

एक और सुबह हो चुकी है। बब्बा की मौत के बाद की एक और सुबह।

सुबह भी अब बब्बा के न होने की आदी सी होती जा रही है। फिलॉसफी झाड़ने वाले कहते भी हैं कि आदमी चला जाता है पर दुनिया वैसी ही चलती रहती है। कुछ भी नहीं बदलता। सब वही रहता है। वही सुबह। वही शाम। वही रात। वही दुनिया। वही तमाशे। वही हाय हाय। वही मौसमों का आना जाना। वही दोस्तियां। वही दुश्मनी। वही आहें। वही नाले। वही रोना। वही हंसना। सब कुछ वही रहता है। बस, वही नहीं

रह जाता जो चला गया। बब्बा चले गए पर दुनिया ठाठ से चल रही है न? एकदम पहले जैसी ही सुबह है यह। रत्ती भर भी अंतर नहीं।

उसी सुबह की धूप में, वही चबूतरा, वही 'बब्बा का कमरा।' कुछ भी नहीं बदला है। बस, वहां दरियां, फर्श बिछ गए हैं और धूप में अलसाते रिश्तेदारों, घरवालों की भीड़ है। इसे यदि नई चीज़ कहना चाहो तो कह लो वर्ना तो इसमें भी नया कुछ नहीं है। हर मौत पर ऐसी ही, बल्कि यही भीड़ सदियों से इसी तरह इकट्ठी होती रही है। हर घर में। हर शहर में। वही सदियों पुरानी भीड़ है यह।

अहाते में बच्चे क्रिकेट खेल रहे हैं।

पटा खड़ा करके विकेट बना दिया गया है। अहाते की छोटी सी बाउंड्री। खूब चौके छक्के उड़ाये जा रहे हैं। नन्ना वहीं बीड़ी पी रहे हैं। सुबह उठते ही वे चबूतरे पर आ जाते हैं। एक के बाद एक बीड़ी पीते चले जाते हैं जब तक कि वह बहुप्रतीक्षित प्रेशर न बन जाए जिसकी नित्य कर्म में बड़ी अहमियत मानी जाती है। और लोग भी बैठकर धूप सेंक रहे हैं। लोग एकदम फ्री-फालतू से बैठे हैं। इससे बेहतर मौका और नहीं हो सकता था। महंतजी ने इस भीड़ के समक्ष बब्बा दिखने की घोषणा कर दी।

'कल रात, बल्कि ऐन सुबह के टाइम बब्बा हमारे सपने में आए। कहने लगे कि...'

महंतजी बब्बा के दिखने का किस्सा बयान करने लगे।

हमने शुरू में ही कहा कि मंझली चूक गईं। बब्बा को सबसे पहले देखने का श्रेय महंतजी ले उड़े।

महंतजी अभी बब्बा मिलन का विस्तृत विवरण दे रहे हैं। सभी लोग उन्हें रुचिपूर्वक सुनने लगे हैं।

इधर तीन कुत्ते, एक दूसरे का पीछा करते हुए अहाते के सामने की गली से गुजरे। तभी अंदर से रज्जन बाहर आए। झुंझलाए-से हैं। चबूतरे के पास यूं ही खड़े हो गए। फिर, यूं ही, जमीन से एक नुकीला-सा पत्थर उठाकर कुत्तों पर सन्ना दिया। देखा भी नहीं कि पत्थर लगा भी, या नहीं? लगा हो तो ठीक, न लगा हो तो भी ठीक। कुत्ते की किस्मत। अपुन ने तो मार दिया, बस। 'कर्मण्येवाधिकारस्ते'... वाली थ्योरी। कुत्तों को पत्थर मारने से भी जब झुंझलाहट कम नहीं हुई तो वे क्रिकेट खेल रहे बच्चों की तरफ़ मुड़े। बाउंड्री पर ही फील्डिंग करते बच्चे को, जो यूं भी एकदम करीब ही था, अचानक उसके कान से पकड़ लिया। शेष बच्चे क्रिकेट खेलते रहे। मामूली मारपिटाई से खेल में व्यवधान नहीं पड़ना चाहिए। ऐसी खेल भावना से भरे हुए बच्चे हैं ये। जो पिटते पिटाते न बीता तो फिर वह काहे का बचपन? बहरहाल, रज्जन ने कान मरोड़ते हुए कहा कि हमने, भैंचों, तुमसे सौ बार कहा है कि खेल खेल के जे नई वाली हाफपेंट खराब न करियो पर तुम भैंचो रोज-रोज जेई नीली पेंट निकाल के पहिन लेते हो? याद रखियो। खेलते में अगर जे कहीं फट फटा गई तो फिर हम तुमें ऐसा कूटेंगे कि फटी पेंट के साथ भागते गेल न मिलेगी।...बच्चे ने सिर को टेढ़ा मेढ़ा करके अपने कान को 'डिसइंगेज' किया और बिना फालतू की बहस

में पड़े, बाउंड्री से हटकर फॉरवर्ड शार्टलेग की तरफ़ चला गया।...चिड़चिड़ाते हुए रज्जन चबूतरे पर बैठ गए।

गप्पू ने रज्जन को देखा तो उत्साहपूर्वक उन्हें महंतजी द्वारा सपने में बब्बा को देखने की बात बताने लगे।

'सुनी तुमने?' गप्पू ने रज्जन से कहा।

रज्जन उखड़े हुए हैं। गप्पू को घूरकर रह गए।

तभी अंदर से गोपी भी बाहर निकले। शाल ओढ़े हैं। बाल बिखरे हुए। चेहरे पर तनाव। लगभग रज्जन की तरह ही चिड़चिड़ाते हुए। पता नहीं कि अंदर कहीं चिड़चिड़ाहट की मशीन लगी है क्या? जो भी वहां से निकल रहा है, चिड़चिड़ाता ही चला आ रहा है। गोपी तो देर रात को लौटे थे ससुराल से। वहां से भी वे उखड़े उखड़े से ही लौटे हैं। लोग कयास लगा रहे हैं कि शायद चचिया ससुर के मालटाल में हिस्सेदारी का वैसा डौल नहीं जम पाया जैसा सोच के गोपी और उनकी लुगाई भगे भगे वहां गए थे।

चिड़चिड़ाये गोपी भी आकर वहीं चुपचाप बैठ गए। चबूतरे पर। रज्जन से दूर। तनिक हटकर।

'सुनी तुमने?' गप्पू ऐसे उत्साहित हैं कि इन दोनों के चेहरे देखने समझने की फुर्सत ही नहीं उनको।

रज्जन भी वैसे तो उखड़े ही थे। बार-बार 'सुनी तुमने' के इसरार से और उखड़ गए।

'क्या क्या सुनें हम? तुम तो जे बताओ?' रज्जन ने कहा।

'काय भैया?' किसी ने पूछा।

'...अरे सुन सुनकर ही तो भैंचो, इधर ऐसी तैसी हुई जा रही है। सुबे से, सुने ही तो जा रहे हैं...' रज्जन ने झुंझलाकर कहा।

अब जाकर नन्ना ने गौर से रज्जन को देखा। गोपी को भी। वे तुरंत जान गए कि घर में अंदर कुछ ऐसा घटा है जिसकी धमक दोनों के तमतमाये चेहरों पर है।

नन्ना ने बीड़ी के कश को आधे में ही, लावारिस छोड़ते हुए पूछा, 'काय रज्जन, का हुआ?'

रज्जन चबूतरे पर और भी उकड़ूं होकर बैठ गए।

जोर से श्वास खींची और सुबह की ठंडी हवा में श्वास छोड़कर वे चुपचाप यह देखते रहे कि भाप कितनी दूर तक जाती है? ऐसी ही दो तीन धुंयेंदार सांसें लीं, रज्जन ने।

नन्ना ने दोबारा पूछा, 'कछू बताओगे भी कि सांसें ही खेंचते रहोगे?...हम तुमसे पूछ रये हैं कि हुआ क्या?'

रज्जन ने कहा, 'होना क्या है! वोई रोज की बात।...ऐसा समझ लो कि कुकुरहाव से निबट के चले आ रये हैं। सुबे-सुबे फिर से कुकुरहाव मचा है।'

'अरे, कैसे?'

'क्या बताएं कि कैसे? कुकुरहाव मचाबे के लाने कारन चइये क्या?'

'कैसो कुकुरहाव?' गप्पू भोले हैं। ऐसे प्रश्न पूछ बैठते हैं कि उन्हें कोई क्या तो कहे।'

'वोई, रोज-रोज का क़िस्सा।' रज्जन ने सूत्र में बात कही थी पर सबको समझ में आ गई। सबको पता था कि कुकुरहाव किनके बीच हुआ होगा। जिज्ञासा बस यह थी कि आज क्या तथा कैसे हुआ?

'आज का हो गओ यार?' नन्ना ने पूछा।

'रोज क्या होता है?'

'फिर भी...'

'फिर भी का हम क्या बताएं।...कहीं कुछ कारण होबे की ज़रूरत है क्या?'

धीरे-धीरे गप्पू की भी समझ में आ गया कि बात किस संदर्भ में हो रही है।

'बहुओं को मर्यादा में रहना चाहिए। यह सब नहीं होना चाहिए भाई।' गप्पू के ऐसे सात्विक वचन का कोई क्या जवाब दे? तुमने बोल दिया, हमने सुन लिया। बस। आपको उच्चारना था सो उच्चार लिया। पेट की गैस थी। वही सात्विक वचन बनकर बाहर निकल गई। बस। डकार लेते हो तो कोई बुरा मानता है क्या?

अलबत्ता गोपी का मुंह इस दौरान और और लाल हुआ जा रहा था। लगता है कि वे कुछ कहना चाहते हैं पर जब्त किए बैठे हैं। इसी चक्कर में मूं भभूका हुआ जा रहा है।

'तुमें भी कछू कहना है का?' नन्ना ने गोपी से पूछा।

'हम क्या कहें? इतें तो चुप रहना ही ठीक...' गोपी ने रूठे हुए स्वर में कहा।

'रामराज चल रहा है भैंचो।...' रज्जन ने मानो स्वगत कहा।

'सही बात, वर्ना बहुअन् की इत्ती हिम्मत कि...' नन्ना ने बिना पूरा मामला जाने समझे ही अपनी बात कही। वे जान रहे हैं कि अंदर औरतों में कुछ चिकचिक हुई है। चिकचिक में भी वैसे कोई ऐतराज नहीं है उन्हें। पर यह सुबह-सुबह ही शुरू न हो जाए, ऐसा चाहते हैं वे। और हुई है तो औरतों की गलती से ही हुई होगी जिसकी भर्त्सना आवश्यक है। वही कर रहे हैं वे।

'बात रामराज की भी नहीं है। बात जे है कि सबको अपनी इज्जत प्यारी है सो चुप रहना पड़ता है।' रज्जन ने कहा।

नन्ना ने कहा, 'सही बात। अभी आप किसी को समझाबे बैठो या डांटो फटकारो तो पता नईं के कौन पलटकर आपकी चड्ढी उतार दे। औरतन का कोई भरोसा?...किसी ने आपको कछू ऊंच-नीच कह दी तो बाद में फालतू में अपना ही कलेजा कल्लाता फिरेगा। सो चुप रहना ही बेहतर।'

महंतजी चुप थे। चुप ही रहे। ऐसे में अभी क्या कहें?

उन्होंने बब्बा के दिखने की बात निकाली थी तो उसके पीछे भी एक उद्देश्य था। सोच रहे थे कि बात निकलेगी तो इसमें किसी तरह मंड़िया, मंड़िया से जुड़े खेत की बात भी लाई जा सकती है। बब्बा से कुछ ठीकठाक सी बात भी कहलवाई जा सकती थी। पर अभी तो बात कुछ ऐसी दिशा में मुड़ती जा रही है, और रज्जन के रहते ऐसी

ही और भी मुड़ती ही जाएगी कि फिर वापस उस जगह लौटानी मुश्किल ही है जहां गप्पू ने उनसे पूछा था कि सपने में बब्बा ने उनसे और क्या क्या कहा?

'आज कौन सी बात पे लड़ाई छिड़ गई?' नन्ना ने पूछा।

गप्पू ने भी पूछ डाला, 'हुआ क्या?'

'हम बताएं?' गोपी ने लाल मुंह से पूछा।

गोपी का मुंह लाल है और सूज सा गया है। रूठ जाने पर आम तौर पर मुंह ऐसा ही निकल आता है। निश्चित ही, उनके पास भी कहने को बहुत कुछ होगा। वे भी तो अंदर से ही आ रहे हैं। रज्जन के बाद ही बाहर निकले हैं। कुकुरहाव के कारणों से वे भी परिचित होंगे, बल्कि ज़्यादा ही जानते होंगे क्योंकि उनकी शक्ल से ऐसा लग रहा है कि उस कुकुरहाव के बीच फंसकर वे अपनी फजीहत करा के लौट रहे हैं। काफी नुचेखुचे से लग रहे हैं। गोपी की कौन सी फ़जीहत हुई होगी? इस तरह की फजीहत को समझने के लिए पाठक को उस स्थिति की कल्पना करनी होगी जहां ढेर सारे कुत्ते आपस में लड़ रहे हों, लड़ते ही चले जा रहे हों, लड़ते लड़ते यह भी भूल चुके हों कि झगड़ा किस बात से शुरू हुआ था, तथा किन दो कुत्तों के बीच शुरू हुआ था? मुद्दा क्या था? टॉमी ने शेरू को हड्डी के लिए रगेदा था या शेरू ने कालू की टांग में काट लिया-अंततः मामला यह नहीं रह जाता। अंत में तो बस, लड़ने के लिए ही लड़ना होता है। विशुद्ध कुत्तापना। कुकुरहाव में न तो कहीं कोई पक्ष रह जाता है, न विपक्ष-सारे कुत्ते, सारे कुत्तों से लड़ना शुरू कर देते हैं। सभी लोग सभी पर भौंकते हैं। जो भी सामने पड़ जाए, उसे ही काट-कूट लेते हैं। इसी चक्कर में कई बार वह शरीफ कुत्ता भी फंस जाता है जो अन्य किसी कारण से, या कि बस यूं ही गुजर रहा था और कुकुरहाव देखकर वहां रुक गया। ऐसे कुत्ते को भी अचानक ही कुकुरहाव में खींच लिया जाता है। खासी कुत्ता फजीहत के बाद उसकी शक्ल तथा हालत गोपी टाइप हो जाती है। गोपी का सारा व्यक्तित्व अभी उसी कुत्ते जैसा उखड़ा, उड़ा-उड़ा, बिखरा तथा तितर-बितर सा नज़र आ रहा है जो ऐसे किसी कुकुरहाव में अपनी कुत्ता फ़जीहत करवा के आया हो और जिसे अभी तक अपने घावों को सहलाने, चाटने तक का समय न मिला हो।

'हम बताएं?' गोपी ने फिर कहा। इस बार यह बात उन्होंने रज्जन की तरफ़ देखते हुए कही मानो कि वे कुछ ऐसा बताएंगे जो रज्जन को रास नहीं आने वाला।

रज्जन पहले ही बौखलाए से हैं। तिलमिलाकर बोले, 'आप क्या बताएंगे?...हम बताते हैं न।...'

'जब गोपी बोलबे की के रये हैं तो पेले उनें बोल लेने दो।' गप्पू ने शांतिदूत की पारंपरिक गरिमा के साथ रज्जन से कहा।

'खूब बोलें, पर अपना ही बोलें।' रज्जन ने कहा।

'अपना ही तो बोलेंगे, और क्या?...' गप्पू ने कहा।

'ज़िंदगी में जे कभी अपना भी कुछ बोले हैं क्या?...जे तो हमेशा वोई बोलते रहे हैं जो इन्हें चाची सिखाती-पढ़ाती हैं।...' रज्जन ने कहा।

गोपी भड़क गए, यद्यपि उस तरह नहीं भड़क पाए जो रज्जन को डरा पाता।

'हमें किसी के भी सिखाबे-पढ़ाबे की जरूरत नहीं है रज्जन।...हम तो खुदई वहां थे। जे तुमको भी पता है।...' गोपी ने कहा।

'अरे होबे, न होबे से क्या होता है चाचा?...अंधा कहीं भी खड़ा हो जाए, चश्मदीद गवाह थोड़ेई बन जाएगा।' रज्जन ने हंसते हुए कहा।

'हम इन्हें अंधे लगते हैं।' गोपी ने गप्पू की तरफ़ देखते हुए शिकायती स्वर में कहा।

गप्पू ने भी रज्जन के तेवरों को ग़लत माना। भतीजे को अपने चाचा का आदर करना चाहिए। चलो, आदर न भी करे, पर अपमान तो न करे। अपमान न करना भी एक तरह का आदर देना ही है।

'रज्जन, बड़ों का आदर करना सीखो...'

'इज्जत तो हम बड़े, छोटन, सबकी करते हैं और ऐसी करते हैं कि क्या बताएं। पर सच्ची बात को भी कब तक न कहें?...अगर आदमी दुनिया की हर बात को अपनी लुगाई की आंखों से ही देखे तो फिर उसकी आंखें एक लिहाज से फूटी ही कहाईं कि नहीं?' रज्जन ने कहा।

'तमीज से बात करो रज्जन...' गोपी ने कहा।

'हमारी तमीज की चिंता छोड़ दी जाए। हमें खूब तमीज है। इधर तमीज ही तमीज भरी है भैंचो। हां, लोगबाग घर की औरतों को भी तमीज की तनिक ट्रेनिंग दे दें तो ठीक रहेगा।' रज्जन ने कहा।

गोपी चुपचाप होकर रज्जन को घूरते रहे।

अन्य लोग इधर-उधर ताकने लगे मानो कि किसी ने कोई बात सुनी ही न हो। इज्जत देने का यह भी एक तरीका है।

गप्पू को अपना रोल पता था। शांतिदूत और घर के बड़े का रोल निभाने की कोशिश करते हुए गप्पू ने लगभग लड़खड़ाते स्वर में रज्जन को फटकारते हुए कहा कि गोपी तुम्हारे चाचा हैं, तथा चाचा उम्र में चाहे आठ दस साल ही बड़ा हो, हमारी संस्कृति कहती है कि उसका भी वही आदर किया जाए। गप्पू ने यह बात उस अभिनेता की तरह रुक रुककर कही जिसे ऐन मौके पर संवाद भूल गए हों और परदे के पीछे से जिसका प्राम्पटर भी नदारद हो गया हो।

रज्जन ने गप्पू को पूरी इज्जत देते हुए उन्हें अपनी बात पूरी कर लेने दी।

रुक कर ही सही, रज्जन ने उत्तर में जिज्ञासा प्रकट की कि संस्कृति की बात करना अपनी जगह एकदम उम्दा है, और कहने सुनने में बढ़िया भी लगती है परंतु संस्कृति में ऐसा कहां लिखा हुआ है कि चूतियाटिक बातों को भी पूरे आदर से सुना जाएगा तथा साफ़ बात कहने पे पाबंदी रहेगी?

गप्पू क्या जवाब देते?

उनने यही कहा कि कोई बात कहने से यहां किसने किसको रोका है? बल्कि हम तो तब से ही पूछे जा रहे हैं कि भैया हुआ क्या है? तुमंई नई बता रये...।

'तुम ही बोल लो यार...। राजा हरिश्चन्द्र के बाद तुम ही तो हुए हो जो...' गोपी ने कहा।

रज्जन ने तुरंत ऐतराज जताया, 'राजा हरिश्चन्द्र को बीच में न घसीटा जाए। बे तो बिचारे पहले ही भौत कष्ट भुगत चुके। यदि राजा हरिश्चन्द्र, पांड़े खानदान के टंटों में और फंस गए तो उनकी ऐसी फजीहत होयेगी कि सच तो क्या, झूठ बोलना तक भूल जाएंगे।...'

नन्ना, रज्जन-गोपी विवाद से उठकर या कहें नीचे जाकर असली किस्सा जानना चाहते थे। वे रज्जन से बोले, 'भैया रज्जन, कम-से-कम तुम तो जे बता दो कि हुआ क्या है?'

रज्जन ने पहले तो गहरी श्वास खींची, फिर एक ही सांस में सारा मामला कुछ यूं बयान किया '...अरे, वोई सुबे-सुबे, नहाबे की बात।...मताई ने कल ही लक्स की एकदम नई बट्टी धरी थी—ऐन इत्ती मोटी। और आज नहाबे के लाने स्नानघरा में घुसीं तो देखती हैं के वोई मोटी बट्टी घिसघिसा के एकदम पीपल के पत्ता घांई पतरी निकर आई है।...इस पे, मताई ने बस जे बात कही और किसी एक से नहीं, सबसे ही अरज करी कि बिन्नू, इत्ता घिसघिस के मती नहाओ कि पूरी बट्टी एकई दिन में गल जाए। बेजा बात तो कछू नहीं कही न? पर उतें उनने कही और इतें ऐसी चिकचिक चल पड़ी मानो सब स्साले वकालत पास करके ही मां के पेट से निकरे हों।...'

नन्ना ने कहा, 'ख़ैर, सावित्री भाभी ने कोई बेजा बात तो बोली नहीं। सब लापरवाह हैं। नहा धो के साबुन को पानी में ही छोड़ जाते हैं। टिकिया स्साली उतें पड़ी गलती रहे, तो गलती रहे-हमारे बाप का क्या जाता है?'

रज्जन ने कहा, 'बात अकेले टिकिया गलबे की नहीं है नन्ना। यहां तो रगड़ रगड़ के बट्टी घिसी जा रही है। सब माधुरी दीक्षित बन रहे हैं। मौका गमी का है पर सारा जोर सजबे धजबे पे है। बस।'

'कलजुग आ गया है भैंचो...' एक बुजुर्ग ने कहा।

'कलजुग तो कब का आ चुका है। आपको अब जा के पता चला?' रज्जन ने कहा।

गोपी ने हल्का प्रतिरोध प्रस्तुत किया, 'तो कलियुग में क्या आदमी नहाना-धोना बंद कर देगा?'

रज्जन ने कहा, 'खूब नहाये। हम तो कहते हैं कि मन करे तो सतयुग से भी जादा मल मल के नहाये। बस, लक्स

की टिकिया पे, तनिक रहम खाया जाए। सतयुग में तो लक्स की बट्टी होती नहीं थी। जे तो सब कलजुग के ही खेल हैं भैंचो।...'

'सही बात कह गए रज्जन बाबू। अरे, नहाबे के लाने लक्स की बट्टी काय को चइये? ऐसेई काहे नहीं नहा सकते?' एक रिश्तेदार बोले।

'साबुन धरा है तो उससे नहाया भी जाएगा...' गोपी ने तर्क दिया।

'खूब नहाओ पर साबुन को रेगमाल घाईं तो न घिसा जाए।' रज्जन ने कहा।

'मगर साबुन से रगड़कर नहीं नहाया तो फिर मैल कहां से निकलेगा?' यह राय उस शहराती नौजवान की है जो अचानक ही प्रकट हुआ है और अयाचित राय प्रकट करने का दुस्साहस कर रहा है।

रज्जन ने उसे घूरकर देखा।

'चुप रहबे का तुम कित्ता लोगे?'

'आप सबको ही चुप क्यों कराते रहते हो रज्जन भाईसाहब?'

'चूतियों को चूतियाटिक बात करबे से रोकने का और कोई बढ़िया उपाय आपके पास हो तो हमारा ज्ञानवर्धन करें,' रज्जन के स्वर में व्यंग्य है।

महंतजी चाहते हैं कि क्यों न अभी रज्जन के पक्ष में ऐसा कुछ बोल दें जो गोपी को भी बुरा न लगे। बना के तो दोनों से रखनी होगी। प्राचीन भारतीय संस्कृति का सहारा लेना सबसे निरापद था। वही लेकर महंतजी बोले, 'ये साबुन-फाबुन तो भैया अंग्रेजों के चोंचले थे वर्ना तो स्नान की हमारी एक उज्ज्वल परंपरा है, सदियों पुरानी। आज भी यदि रीठे से अपने बालों को धो लें और बेसन का उबटन लगाकर स्नान करें तो हमारी मातायें-बहनें पौराणिक देवियों की भांति कांतिपूर्ण तथा दिव्य दिखें।...'

रज्जन ने महंतजी को अर्थपूर्ण नज़रों से देखा।

रज्जन बोले, 'सुंदर होबे का तो ऐसा है महंतजी कि नहाने, न नहाने से भी कोई भौत फर्क नहीं पड़ता है। मान लो कि मूं ही टेड़ा हो, या कमर हिडिंबा टाइप हो तो फिर चाहे जित्ता बेसन लगाना हो लगा लो, या लक्स की पूरी बट्टी भी घिस दो तो भी मूं तो टेड़े का टेड़ा ही रहबे वाला है न? बाकी, आजकल की माताओं बहनों के पास आपके इस रीठा-बेसन वाले फामूर्ले के लिए फालतू टेम ही कहां है? जे करेंगी तो फिर टीवी पर सास बहू वाला खेल कब देखेंगी बिचारी।...' रज्जन का इशारा गोपी की बहू की तरफ़ है। मशहूर है कि वे एक भी सीरियल नहीं छोड़ती हैं। वे सभी सीरियलों से भावनात्मक रूप से ऐसी जुड़ी हैं जैसी कभी गोपी से भी नहीं जुड़ीं।

'चारित्रिक पतन हो रहा है चहुंओर।...सारी बातें उसी की द्योतक हैं।' महंतजी ने कहा।

'घोर कलिजुग आ गया है।' उन्हीं बुजुर्ग ने पुनः घोषणा की ताकि पहले जो लोग सुनने से चूक गए ये, वे भी इस सूचना से लाभान्वित हो सकें।

रज्जन ने इस पर अपनी ही किस्म की जिज्ञासा प्रस्तुत की, 'काय कक्का, स्साला पांच मिनट में ही कलजुग से घोर कलिजुग हो गया?'

नन्ना ने सारी चर्चा को फालतू के आध्यात्मिक, सात्विक और शिक्षाप्रद मार्ग से सीधे व्यावहारिक अर्थव्यवस्था के मार्ग पर लाते हुए कहा, 'यार, न तो हमें चारित्रिक पतन से कोई मतलब, न ही कलयुग से कि वो पहुंचा है कि अभी बाहर ही खड़ा

है—हम तो एक ही बात कहते हैं कि इस चक्कर में साबुन की बट्टी न गलाई जाए, बस। चरित्र का पतन करने के लिए दुनिया में और भी बढ़िया तथा सस्ती चीज़ें उपलब्ध हैं—आदमी उनसे काम चलाए। बट्टी घिसता न बैठे।'

रज्जन ने भी चारित्रिक पतन, कलियुग आदि की बातों पर ऐतराज प्रस्तुत किया। कहने लगे, 'साधु महात्माओं की जेई बात हमें नहीं पुसाती कि बे हगी मुती बातों में भी चरित्र को घसीट लाते हैं।'

गप्पू ने फटकारते हुए कहा, 'महंतजी से तनिक आदर सम्मान के साथ बात करो रज्जन।...'

'आदर-सम्मान की भी आपने ऐन कही।...हम तो बचपन से ही साधु संतन को देख-देख के बड़े भये हैं। हम न आदर करेंगे तो फिर कौन करेगा?...खूब आदर करेंगे। करते ही हैं। हम तो इत्ता करते हैं और ऐसा करते हैं कि कराबे वाला 'हा हा' खाने लगता है कि और न करो। आप कहें तो हम अभी महंतजी के चरण पकड़ लें?'

रज्जन ने ऐसा कहते हुए महंतजी के पांवों की तरफ़ झपट्टा-सा मारा। महंतजी ने घबराकर अपनी धोती ऊपर कर ली और टांगें भी खींच लीं।

महंतजी ने खिसियानी हंसी हंसते हुए यही कहा, 'अभी भी बालक ही हैं रज्जन।...' और क्या कहते!

गप्पू ने अवश्य भर्त्सनापूर्वक रज्जन को घूरा, जिसका, हमेशा की भांति रज्जन पर कोई भी प्रभाव नहीं पड़ा। उल्टे, रज्जन और भी जोर से खुलकर मुसकाने लगे।

'बालक है...' महंतजी ने वही बात गप्पू की ओर देखकर उनसे भी कही।

गोपी के पास कहने को बहुत कुछ था पर वे चुप रहे। क्या कहते?

गप्पू चुप हैं। उनका मुंह बेचैनी, लाचारी और क्रोध के मिले-जुले रंग से चितकबरा टाइप निकल आया है। वे रज्जन की हरकत से नाराज़ दिखने की कोशिश कर रहे हैं।

'रिसा तो नहीं गए आप?' रज्जन ने गप्पू से पूछा।

'हम क्यों किसी से गुस्सा होंगे? पागल हैं क्या कि यूं ही रिसाएंगे?' गप्पू ने चिढ़कर कहा।

'आपके रिसाबे का कोई पता थोड़ेई चलता है। किसी भी बात पे रिसा सकते हैं; आखिर आप बड़े हैं घर के।'

'तुमें बड़न की इत्ती परवाह है! अरे, वे रिसाएं चाहें भाड़ में जाएं।...' नन्ना ने भी उन्हें फटकारते हुए कहा।

'जे बात नहीं है नन्ना।...हम तो बस, जे पता कर रहे थे कि रिसाये हैं कि ऐसेई बैठे हैं? अगर हम पूछेंगे नहीं तो हमें पता कैसे चलेगा? मूं देखबे से तो पता चलता नहीं और पूछो तो जे कुछ बताते नहीं।' रज्जन ने कहा।

'तुमें बताबे से भी क्या होगा?' गप्पू ने कहा।

'जे भी कोई बात हुई? घर के बुजुर्ग यदि रूठे बैठे हैं, तो जे बात तो ठीक न कहाएगी।...' रज्जन ने कहा।

'भौत खयाल धरते हो यार बुजुर्गन का? वा भई!' नन्ना ने कहा।
'और कोई चारा भी तो नहीं।' रज्जन ने कहा।
महंतजी चुप रहे।
रज्जन महंतजी की ओर देखते हुए मुस्कुरा रहे हैं।
'बुजुर्गों का आदर न किया तो यह बात हमारी संस्कृति के खिलाफ़ चली जाएगी,' रज्जन ने कहा।
संस्कृति का उल्लेख करके वे महंतजी को ऐसी मुंदी चोट पहुंचा रहे हैं, जो खुली भी है।
गप्पू रज्जन को घूरते रहे। रज्जन महंतजी को। महंतजी क्षितिज को।
'यार, तुम अपनों मूं बंद रखबे का क्या लोगे, रज्जन?' नन्ना ने कहा।
'हमने तो बस एक बात कही।..'
कह ली न? अब चुप रहो।'
'हमें क्या, हम एकदम चुप हो जाते हैं।' रज्जन ने कहा।
और रज्जन वास्तव में ही चुप होकर बैठ गए।
कुछ देर यहां-वहां, इस उस की ओर ताकते रहे।
परंतु रज्जन बहुत देर चुप रहें तो बेचारे बीमार ही पड़ जाएं। चुप रहना उनके बस की बात नहीं। उन्होंने अचानक ही गप्पू से पूछ लिया।
'आप हमें कछू बता रहे थे?'
'हम कछू नईं बता रये थे...,' जाहिर है कि गप्पू अभी भी रूठे हुए हैं।
'कछू तो?...'
'कछू नईं।...'
'अरे, बताइए न...।'
'बे तो खूब बताएंगे पर तुम दूसरन की भी कछु सुनो, तब न?...' नन्ना ने गप्पू के रूठने को जायज़ बताते हुए कहा।
'क्यों न सुनेंगे? खूब सुनेंगे। न सुननी होती तो फिर हम इनसे काहे पूछते?'
'चलो छोड़ो! वैसे भी ऐसी कोई ख़ास बात है नहीं...' नन्ना ने कहा।
'इसका मतलब तो जे हुआ कि आप वो बात सुन चुके।...फिर आप ही हमें बता दें। पिताजी तो एक बार रिसा गए तो इत्ती जल्दी मानबे वाले नहीं।' रज्जन ने कहा।
'बात जे है कि अपने महंतजी के सपने में कल रात बब्बा पधारे थे। भौत देर तक उनसे बतियाते भी रहे।...खूब बातें करीं। महंतजी वोई सब बता रये थे कि तुम आ गए और...'
'अच्छा? तो जे बात है...।' रज्जन ने भेदभरी दृष्टि से महंतजी को देखा।
रज्जन ने दोहराते हुए आगे कहा, 'तो जे बात है! कल हमें भी सुबह-सुबह नींद में जे लगा कि बब्बा आबे वाले हैं सपने में। महंतजी के सपने से निकल के बब्बा शायद हमारे सपने में घुसबे की कोशिश कर रहे थे। तभी हमारी नींद खुल गई। बब्बा

आबे से रह गए। न तो सुबे-सुबे हमारा पेट फूलता, न झाड़े जाबे की हाजत लगती, न ही हमारी नींद टूटती। हम भी बब्बा से मिल लेते। पर बब्बा ने महंतजी के पास भौत टेम लगा दिया न। भौत बातें हुई होंगी। क्यों महाराज?'

रज्जन ने जिस लहजे में ये बातें कही थीं वह इस बात का द्योतक था कि वे सपने में बब्बा के दिखने की बात को कितना महत्त्वपूर्ण या हास्यास्पद मानते हैं। महंतजी असहज होकर अपनी धुतिया की किनारी से खेलने लगे।

रज्जन को पता था।

बल्कि प्रतीक्षा थी। वे पहले ही जानते थे। उन्हें पता था कि किसी-न-किसी को तो बब्बा अवश्य दिखेंगे। मरने वालों के बीच एक शगल सा है यह, लुगासी में। मरने वाला शख़्स लुगासी में ही मंडराता रहता है। इस उस को दिखता रहता है। किसी को सपने में, किसी को रात के अंधेरे में, तो किसी को छायावत। एक बार किसी एक को दिखता है तो फिर बहुतों को दिखता चला जाता है। आज इसको दिखा, तो कल उसको। जिसको दिखता है, वह स्वयं भी एकाध दिन के लिए चर्चा में आ जाता है। लोग उससे आकर पूछते हैं। लोग मृतात्मा से हुई मुलाकात का सारा विवरण जानना चाहते हैं। बताने वाले को भी मज़ा आता है। दोनों आनंद लेते हैं। समय बढ़िया कट जाता है। मरने वाले ने क्या क्या कहा, इस बात से परिवार की राजनीति को भी दिशा दी जा सकती है, और गड़े मुर्दे भी उखाड़े जा सकते हैं।

मरने वाला व्यक्ति सपने में दिखे तब तो वह खूब बातें करता है, परंतु कई बार वह जागती आंखों से भी देखा जाता है। तब वह किसी छाया सा दिखता है, बस। अचानक रात-बिरात दिखता है और गायब हो जाता है। अंधेरे में आता है और दिखकर चला जाता है। कुछ भी बोलता नहीं। कई बार घूरता रहता है। कई बार स्वयं में मग्न रहता है और देखने वाले की परवाह नहीं करता। जो हो, जैसा करें पर लुगासी में मरनेवालों के बीच यह परिपाटी-सी चली आती है कि वे मरने के बाद भी लोगों को दिखते रहते हैं। मृत्यु के बाद भी उनसे लुगासी नहीं छूटती। लुगासी वालों से भी दिवंगत का साथ इतनी आसानी से नहीं छोड़ा जाता। तभी तो किसी के दिवंगत होते ही लुगासी में इस बात की प्रतीक्षा शुरू हो जाती है कि देखो, जे अब किसे, कब दिखलाई देते हैं? माना कि 'मरना' एक महत्त्वपूर्ण ख़बर है पर उससे भी बड़ी ख़बर यह बनती है कि मरने के बाद वे किसको, कहां, किस तरह से दिखे? खासकर बूढ़ा मरे तो उसके मरने की तो कोई बड़ी ख़बर बनती नहीं। बूढ़े के मरने की कैसी ख़बर। बूढ़े थे, मर गए। मरना ही था। बल्कि हम तो अभी तक यही सोचते रहे कि बे तो पिछले पूस में मर चुके हैं। अभी आप बता रहे हो कि बे कल मरे! तो इनके धोखे में पूस में कौन मर गया?...अरे, बे तो फलाने कक्का थे भैया जबकि ये ढिकाने बब्बा मरे हैं। हद्द है यार।...तो मरने वाले बूढ़ों की चर्चा तो आमतौर पर इस तरह ही होती है। हां, उन बूढ़ों की चर्चा लीजेंड्स की तरह होती है जो मरने के बाद भी दिखाई देते रहें। मरना इत्ता बड़ा समाचार नहीं। मरने के बाद कोई दिखे तो समाचार बनता है।

बब्बा मरे तो सभी मानते थे कि जल्दी ही वे मंझली को दिखेंगे। मंझली की इस मामले में विशेषज्ञता-सी है। परिवार, रिश्तेदारी में कहीं भी, कभी कोई मरे तो मंझली को वह जरूर दिखता है। इस बार वे चूक गईं। महंतजी ने उनसे पहले देख लिया। मंझली रह गईं।

'सुबे-सुबे देखा होगा आपने?' रज्जन ने महंतजी को घूरते हुए पूछा।

'हओ, एकदम सुबह की बेला में...।' महंतजी ने बिना नज़रें मिलाए कहा।

'भिनसारे का सपना इकदम सच्चा कहाता है महाराज...,' एक भृत्य ने कहा जो कहीं जाते हुए वहां खड़ा हो गया था।

रज्जन को उसकी यह टिप्पणी नागवार गुजरी। बोले, 'अब तुम जैसे लोग भी महंतजी को ज्ञान दोगे भैंचो? तुमईं बचे थे जे बताबे को कि सुबे का सपना सच्चा होता है कि मिथ्या? तुम ज्ञान बांटन लगे तो फिर बांभन भैंचो कितें जाएंगे?...कामधाम छोड़ के इतें काय खड़े हो? अंदर जाके देखो। पचासन काम पड़े हैं। ज्ञान निपोरबे के लाने इतें भौत इंतजाम है।'

महंतजी क्या कहें? वे 'ज्ञान निपोरने' की बात का इशारा समझते हैं। पर मौन रहना ही ठीक।

भृत्य के जाने के बाद भी रज्जन बोलते रहे।

'...वैसे सही कह रहा था गनेसी, क्यों महंतजी?...सुबे का सपना एकदम सच्चा होता है। और आपने देखा तब तो और भी सच्चा कहाया। महात्माओं का सपना तो बंबास्टिक सच्चा। मतलब जे कि बब्बा की आत्मा अभी तक लुगासी के चक्कर लगा रही है। क्यों महंतजी?'

महंतजी चुप रहे। भलाई इसी में है। पता नहीं कि रज्जन बात को किस दिशा में मोड़ने की तैयारी में हैं? सामने न पड़ना ही बेहतर।

पर रज्जन छोड़ने को राजी नहीं।

'हमें तो जे ही फिकर खा रही थी कि बब्बा को गुजरे इत्ता टेम हो गया और बे किसी को अभी तक दिखे क्यों नहीं? चक्कर क्या है? कहीं आत्मा इतें उतें तो नईं भटक रही? कहीं बे हम लोगन से नाराज हो के, मरबे के बाद तुरंत सरग की तरफ़ तो नईं निकल लिए?' रज्जन बोले।

नन्ना ने कहा कि ऐसा भी नहीं है कि बब्बा बस, सीधे महंतजी को ही दिखे हों। हमने तो किसी को यह बात बताई नहीं वर्ना आज रात में ही मंझली ने भी आंगन में कछू छाया टाइप देखी थी। बे रात में निस्तार के लाने उठीं तो क्या देखती हैं कि आंगन में घिनोची के पास एक छाया खड़ी है। एकदम बब्बा घांई।

'फिर?' किसी ने पूछा। न भी पूछता तो भी नन्ना कथा को इस सनसनीखेज मोड़ पर तो वैसे भी न छोड़ते। वे यह भी सिद्ध करना चाहते थे कि मंझली को तो बब्बा पहले ही दिख गए थे।

'फिर क्या?...मंझली को देखा तो छाया उतें से तुरंत गायब हो गई। हते बब्बा ही। पक्के से।' नन्ना ने कहा।

‘कछू बात फात नहीं करी?’ उनने ही पूछा जो पहले पूछ चुके थे।

जवाब गप्पू ने दिया।

‘बहू से क्या बतियाते? ससुर होबे की कोई मरजादा होती है कि नहीं?’

‘आदमी एक बार मर गया तो प्रेतयोनि में आदमी वाली मरजादा थोड़ेई लागू होती है। भूतन में काहे का ससुर, काहे की बहू? क्यों महंतजी?’ किसी बुजुर्ग ने इतने विश्वासपूर्वक कहा मानो वे नित्य ही भूतों के बीच उठते-बैठते रहते हों और उनकी मर्यादा संहिता से परिचित हों।

‘जे बात नहीं है चच्चा। मरजादा तो मर के भी निभानी ही पड़ती है। क्यों महंतजी?’ किसी और ने कहा।

महंतजी ने निर्णय-सा देते हुए कहा, ‘हमारी हिंदू संस्कृति में तो मृत्यु उपरांत भी सामाजिक नियमों के पालन की परंपरा है।...’

‘तभी तो बब्बा तुरंत अंतर्धान हो गए।’ रज्जन ने महंतजी का समर्थन करते हुए कहा।

किसी ने सारी घटना को एकदम ही नए कोण से देखते हुए कहा, ‘कहीं कोई चोर ओर न रहा हो जिसे मंझली ने बब्बा समझ लिया?...एक बार ऐसा ही हुआ था। हमारे घर में चोर घुस गए। हमारी महतारी को छाया सी दिखी। बे जे समझीं कि जे दादाजी का भूत है।’

‘फिर?’ किसी ने पूछा।

‘फिर क्या?...थोड़ी देर में जब वोई छाया पेटी खोलने लगी तब जा के उनने आवाज दई कि कौन है? चोर भी स्साला ऐसा स्पष्टवादी रहा कि तुरंत बोला—‘चोर,’ और भाग गया।’

‘भगना तो ख़ैर लाज़मी कहाया। चोर भला काहे रुकेगा?’

‘इसका मतलब तो जे कहाया कि कभी, किसी को भी ऐसी छाया कहीं दिखे तो आदमी को तुरंत उसी से पूछ लेना चाहिए कि भैया, तू कौन? चोर होगा तो कहेगा चोर, और कछू न बोले तो मान लो कि भूत है।’

‘और मान लो कि वो कहे कि हम भूत हैं, तब?’

‘तब हनुमान चालीसा पढ़न लगो, बस।...ऐसे में बजरंगबली का बड़ा सहारा रहता है।’

नन्ना को यह चर्चा नागवार गुजरी। वे बोले, ‘यार, क्या मंझली भी न पहिचानेंगी बब्बा को?...बे बब्बा ही रहे। पक्का।’

‘मरजादा के चक्कर में चाची से न बतिया सके, पर महंतजी से तो मरजादा का कछू चक्कर भी नहीं रहा, सो बे इनसे तो खूब बतियाये होंगे? क्यों महाराज?’ रज्जन ने महंतजी से पूछा।

रज्जन की इस बात पर अभी तक मुंह फुलाकर बैठे गप्पू अचानक ही उत्साहित हो उठे।

गप्पू ने कहा, ‘तुम बतियाबे की कह रहे हो?...अरे, खूब देर तक बोले, बतियाये।...’

'काहे न बतियाएंगे। महंतजी उनके गुरू ठहरे।' किसी ने गप्पू की बात पर सहमति दी।

सब बात कर रहे हैं पर महंतजी चुप हैं।

गप्पू तो ख़ैर भोले भंडारी हैं परंतु रज्जन की बातों के असली मर्म को महंतजी खूब समझ रहे हैं। ऐसे में चुप रहना ही बेहतर।

पर उन्हें चुप रहने दिया जाए तब न। किसी ने उनसे पूछ लिया,

'कैसे हते बब्बा?'

'बढ़िया हते।' महंतजी और क्या कहें?

'सरग मिल गया होगा, अब तक तो?' किसी ने पूछा।

'बिलकुल!...बब्बा को न मिलेगा तो और किसे मिलेगा?...क्यों महंतजी?' गप्पू को महंतजी पहले ही बता चुके हैं कि बब्बा को स्वर्ग मिल गया है।

रज्जन सारी बातें बड़ी दिलचस्पी से सुन रहे हैं।

'इतें उनके प्राणपखेरू उड़े और उतें तुरंत सरग भी मिल गया? जे तो भौत तेजी से काम चला कहाया महंतजी। है कि नहीं?' रज्जन ने कहा।

महंतजी की जगह गप्पू ने उत्तर दिया, 'हओ, बब्बा का मामला था सो काम तेजी से ही चला होगा।...महंतजी को तो खुद बब्बा ने बताया।...रज्जन को बताइए न महंतजी... ?'

महंतजी चुप रहे। इन गप्पू महाराज को कब अक्ल आएगी?

'चलो, जे भी बढ़िया रहा!...इतें भी स्वर्ग जैसा ही जीवन काटा और उतें भी पहुंचते से ही स्वर्ग अलॉट हो गया-मरबे के बाद आदमी को और क्या चइये भैया? है कि नहीं?' किसी ने कहा।

'सही बात...' किसी ने हामी भरी।

'जे तो ख़ैर होना ही था।...'

'वा रे बब्बा की माया।..'

'बड़े पुण्यात्मा हते...।'

'तुम हमें बता रये?'

'हमने तो ऐसेई कही! आपके तो ख़ैर बब्बा ही ठहरे। आपसे जादा उन्हें और कौन जान सकता है? आपको हम क्या बताएंगे।'

'पुण्यात्मा तो थे ही, राजा आदमी भी थे...।'

'दानवीर...'

'पुण्य काम करबे में कभी भी पैसे का मूं नहीं देखा। जीवन-भर दोनों हाथों से लुटाया।' महंतजी बोले।

दरअसल महंतजी को सारी बातचीत अब जाकर सही दिशा में जाती लगी थी तो वे भी संवाद में उतर आए। रज्जन उड़ती चिड़िया पहिचान जाते हैं। पहिचान गए। महंतजी और आगे कुछ बोल पाते उससे पहले ही रज्जन पूछने लगे :

'आपके सपने में बब्बा कहीं और जादा लुटाबे की चर्चा तो नईं कर रये थे?'

महंतजी लड़खड़ा कर चुप हो गए। किसी और ने ही रज्जन के प्रश्न के उत्तर में कहा—'उनने ऐसी चर्चा करी भी हो तो इसमें कौनसी बड़ी बात? ज़िंदगी-भर धर्मकर्म में लुटाते रहे। मरबे के बाद आत्मा का स्वभाव थोड़ेई बदलता है।'

'हम तो जे साफ़ करना चाहते थे कि बब्बा पहले ही इत्ता लुटा चुके हैं कि और अधिक लुटाबे की गुंजाइश उनने छोड़ी नहीं है।...जो थोड़ा भौत छोड़ गए हैं—अभी उसके लिए यहां घर वालन के बीच मार तमाम बड़ी मारकाट मचनी है—जे भी समझ लिया जाए।' रज्जन ने कहा।

'ऐसे अवसर पर बंटवारे का प्रसंग उठाना शोभा देता है क्या?' गप्पू को जब उपदेश देना होता है तो वे बुंदेलखंडी की आत्मीयता छोड़कर खड़ी बोली की औपचारिक गली में प्रवेश कर जाते हैं।

'हमने तो एक सच्ची बात कह दी।...अब वो शोभा दे, कि न दे।' रज्जन ने बेपरवाही से कहा।

'कैसी सच्ची बात, भैया?'

'जेई कि बब्बा के मरबे के अगले मिनट से ही घर के हर कोने से बंटवारे की बात उठ रई है। हर कोना परेशान है कि बंटवारे के बाद हम किसके हिस्से में पड़बे वाले हैं।...जेई तो बात अभी कही हमने।...' रज्जन ने कहा।

'अगर हृदय विशाल रखो तो ईश्वर भी छप्पर फाड़ के देता है।' किसी ने कहा।

'अभी जो कहीं छप्पर फट गया तो छप्पर की मरम्मत की रकम पे चिकचिक चलेगी कि जे रकम सब भाइयों को बराबर बराबर बराबर देनी पड़ेगी...' रज्जन ने कहा।

'ख़ैर, तुम जो कह लो पर जे भी सही है कि दिल तो बब्बा का भौत ही बड़ा रहा...' एक बोले।

'मोंठ वाले डॉक्टर साब भी जेई कह रये थे...' कप्तान ने कहा जो न जाने कबसे चर्चा में प्रवेश करने की जुगत में वहीं खड़े थे।

'तुम तो यार चुप ही रहो चूतियाचंद।...जे कोई डॉक्टर वाले दिल की बात नहीं कर रहे हैं...' रज्जन ने फटकारा।

'हमें पता है। हम भी तो तबसे सबकी बातें सुन रहे हैं...'

'तब तुम भी जे समझे भैंचो?...रज्जन ने कहा।

गोपी ने बीचबचाव-सा करते हुए, दिल के विषय में अपनी सहमति देते हुए कहा कि बब्बा का दिल वास्तव में बहुत बड़ा था।

रज्जन को ऐतराज़ था। वे बोले, 'बड़ा दिल होबे पे यहां किसी को कोई उज्र नहीं हैं? बस, आदमी का दिल इत्ता बड़ा न हो कि सारे खानदान को भी उठाना भारी पड़ जाए।'

रज्जन की बातों का निहितार्थ बड़ा-साफ़ था। महंत जी चुप रहे।

गप्पू ने रज्जन की बात को अनसुना करते हुए महंतजी से अत्यंत श्रद्धापूर्वक पूछा, 'और क्या बातचीत भई बब्बा से?'

महंतजी का मन तो खूब है कि खेत की रजिस्ट्री उनके नाम कराने की बात की तरफ़ कुछ इशारा किया जाए पर वे चुप ही रहे।

उसकी बात छोड़कर महंतजी ने एक निरापद सी बात ही कही, 'नहीं, कछू विशेष बात तो नहीं, बस इतें उतें की ही बातें करके कढ़ गए बब्बा।'

रज्जन ने मुस्कुराकर कहा, 'झट्टी में रहे होंगे वे। इतें मृत्युलोक में टाइम खराब हो गया तो उतें परलोक में, सरग के फार्म मिलबे की खिड़की न बंद हो जाए।'

महंतजी ने रज्जन की बात को अनसुना करना ही उचित समझा।

महंतजी मौन हैं और विचारमग्न भी।

अगले दो दिनों में बब्बा और भी लोगों को दिखे।

कुछ को तो महंतजी की भांति स्वप्न में ही मिले। हर एक का सपना एकदम सुबह-सुबह का था। हर एक के पास वे इतनी देर तक रहे मानो मरने के बाद वे एकदम फ्री बैठे हों। एक हलवाये को गौशाला में कल रात एक छाया-सी दिखी जो एकदम बब्बा टाइप थी। 'वो तो गइया जोर-जोर से रंभाने लगी और उसने खूब पांव पटके तो हमें लगा कि चल के देखें तो कि बात का है? जाकर देखा कि...।' सभी ने माना कि जब आदमी तक घबरा जाता है तो भूत देख के बिचारे चौपाये का डर जाना तो एकदम लाजमी कहाया। इधर मंझली बहू को बब्बा फिर से दिखे और इस बार तो साक्षात, एकदम्म आमने-सामने दिखे। कैसे, कैसे? ठीक से बताओ न।...'हुआ जे कि हम तो बढ़िया सो रये थे कि तभी हमें लगा, सोते सोतेई लगा कि कोई पैताने पे खड़ा है।...होगा, जेई रात के दो ढाई बजे का टेम। अरे, कौन सी हमने घड़ी देखी! फिर?...फिर का होना था। घबरा के हमारी तो नींद खुल गई। मान लो कि घिग्घी बंध गई। देखा तो पैताने पे बब्बा खड़े हैं, अंधेरे में। इत्ता अंधेरा भी नहीं हता के हम पिचान न सकें। हते तो बब्बा ही।...ऐसे खड़े हते।...एकदम ऐसे। चुपचाप। निर्विकार।...भूतन टाइप ही। हम तो चाची, ऐसे घबरा गए के हमारे मूं से बक ही न कढ़े। चीखबे-चिल्लाबे की कोशिश करी तो गले से आवाज ही न निकरे। कंठ में सांस अटक गई। भौत देर तक तो सांस ऐसेई अटकी रही फिर अटकी सांस ऐसी जोर की निकरी कि चीखें सुन के सब लोग भगे भगे आए कि का हो गया?...लोग आ गए तो बब्बा तुरतै वहां से गायब हो गए।...' मंझली बता रही हैं।

'ख़ैर, इत्ती भीड़ इकट्ठी हो जाए तो भूत के लाने भी लाजमी है कि वो फिर उतें न ठहरे।' किसी ने भीड़ आ जाने पर बब्बा के अदृश्य हो जाने को भूत-संहिता के किसी नियम से जोड़ते हुए एकदम उचित कार्यवाही ठहराया जिसके अंतर्गत भीड़ आ जाने पर भूत का वहां ठहरा रहना कानून सम्मत नहीं माना जाता है।

'कछू कह रये थे कि ऐसेई चुपचाप खड़े रये?' किसी ने पूछा।

जब वहां भीड़ इकट्ठी हुई तब तो मंझली पसीने में नहाई हुई थीं और पैताने की तरफ़ उंगली दिखा दिखाकर इशारा कर रही थीं। बाद में पीठ पर हाथ फिरवाने तथा

पानी वानी पीकर वे प्रकृतिस्थ हो पाई थीं। इसके बाद उन्होंने सारा किस्सा बताया। पूरा किस्सा सुनाने के बाद अब वे श्रोताओं के अन्य प्रश्नों का जवाब दे रही थीं।

'तुमसे बे कछू बोले कि नईं?' किसी और ने भी पूछा।

मंझली बताने लगीं।

'बब्बा कछू बताबे की ट्राई तो कर रहे थे पर कह नहीं पाए। उनके मूं से बक ही नहीं कढ़ रहा था। उनने कछू कोशिश भी करी पर मूं से 'गों गों' की आवाज भर निकरी। बस।...हम तो पहले ही घबराए हुए थे। इत्ते पास से भूत कभी देखा ही नईं था। ऊपर से बब्बा ऐसी आवाज़ें काढ़ने लग गए। हमाई तो सिट्टी-पिट्टी निकर गई।...पर बे बोल काहे नंई पा रये थे?...अब हम का कहें? हमने जे भी देखा कि बब्बा का मूं एकदम टेड़ा रहा। बे ठीक से खड़े नहीं हो पा रये थे। बस, डग्गर मग्गर करें और टेड़े मूं से 'गों गों, गों गों'—ऐसो करें। सच्ची। भौत डर गए हम तो। लगे कि करेजा बाहर कढ़ आएगा। हमें तो लगा कि डग्गर मग्गर करते, जे इतें हमायें पलंग पे ही न गिर जाएं। हमें जे कष्ट भी हो रहा था कि जे का हो गओ बब्बा को? जे तो अच्छे भले मरे थे? मरबे के बाद अब इनके जे हाथ-पांव मूं कहां से टेढ़े हुए जा रहे हैं?'

'...हमें तो तबसे बड़ी चिंता लगी है बब्बा की। पता नहीं कि मरबे के बाद भी उन्हें शांति मिली है कि... ।'

'पर महंतजी तो बता रये थे के बब्बा एकदम फसकिलास हैं... ।'

'हओ, बे तो जे भी कह रये थे कि बब्बा को तो डायरेक्ट से सरग मिल गया है?'

मंझली ने यही कहा 'महंतजी की बातें!...हम का कहें।'

किसी ने मंझली की बात का समर्थन करते हुए कहा, 'अरे, महंतजी ने कह दी और तुमने मान ली?...सपने में क्या देखा, कित्ता याद रहा-कौन कह सकता है? सपने में किसे देख लिया और कित्ता समझे, कित्ता नईं समझे जे भी तो कहना मुश्किल है।'

'महंतजी तो रोज ही बब्बा के पास घंटों बैठे रहते थे; बब्बा को वे ना पहिचानेंगे क्या?'

'तो क्या मंझली न पहिचानेंगी? बे तो चौबीसों घंटे इसी घर में रहबे वाली।'

'फिर मंझली ने तो उनको साक्षात आमने-सामने देखा है, बिन्नू! सपने और साक्षात में भौत फरक होता है—जे भी जान लो।'

'महंतजी की नज़र बेसेई भौत कमजोर है।...कानपुर वाले डाक्टर ने कब से उन्हें कह रखा है कि मोतिया का ऑपरेशन करवा लो।'

'भईया, सपना देखबे में नज़र की कमज़ोरी का क्या मतलब?'

'फिर भी।'

'सही बात! साक्षात् सामने आ जाते तो महंतजी ठीक से देखई न पाते।...हो सकता है कि बब्बा एक दो बार महंतजी के सामने साक्षात् भी पड़े हों और इन्ने उन्हें देखई न हो, तभी बब्बा को उनके सपने में आना पड़ा।'

'तो तुमाओ कहना क्या जे है कि फिर मंझली ने ही ठीक से नहीं देखा होगा?'

'हम जे तो नहीं कह रये। हमने तो जे भर कही कि हो सकता है कि मंझली ने कछू गलत देख लिया हो। अंधेरे में घबरा ही गई हों।...' बुआ ने कहा।

बुआ की बात सुनकर मंझली रिसा गई। महंतजी सपने में मिले जबकि उनने साक्षात साक्षात्कार किया फिर भी दोनों चीजों की तुलना की जा रही है—इससे वे पहले ही चिढ़ रही थीं। मंझली ने रिसाकर कहा, 'एकदम्म सच्ची बात कह रही हो बुआ। हम तो हमेशा गलत काम ही करते हैं। हमें सही देखना भला कहां आता है? हम बिलहरी बालन को क्या पता कि अंधेरे में कैसे साफ़ देखा जाता है।'

'हमने कोई जे तो नहीं कहा बिन्नू...।'

'कहबे का मतलब तो तुमारा जेई था।'

'हमारा मतलब तो जे था कि अंधेरे में मंझली ने कछु और न देख लिया हो, बस!' बुआ ने कहा।

'हमने ऐसा क्या गलत देख लिया होगा बुआ? छह हाथ के आदमी को देखबे में कोई क्या गलती करेगा?'

बुआ चुप हो गईं। क्या कहें?

पर तभी किसी को और भी दूर की कौड़ी सूझी। उनका विचार था कि तमरिहाई मोहल्ले के मंगलदीन भी तो चार दिन पहले मरे हैं। लकवा पड़ गया था उन्हें, परकी साल। टेड़ा मूं लिए घर में डग्गर मग्गर घिसटते थे। मान लो कि उनकी भी आत्मा लुगासी में भटक रही हो, तो? भूत की जैसी धज मंझली बता रही हैं वो तो हमें मंगलदीन टाइप लगती है। हो सकता है कि मंझली के पास मंगलदीन आए हों।...क्यों चाची?

'मंगलदीन को भटकना है तो अपने घर जाके भटकेंगे, इतें काहे आएंगे?'

'मरबे के बाद भी अपने घर जाबे की हिम्मत नहीं है मंगलदीन की!...जानते हैं कि बहू हाथ पकर के तुरंत बाहर निकार देगी। जब तक ज़िंदा रहे तब भी तो उनका बुढ़ापा मंदिर और घर के चबूतरे पर ही तो कटा।...'

'भूतन पे वैसे कोई रोक-टोक नहीं होती है कि इतें न जाओ, उतें न आओ।...मंगलदीन तो बब्बा के मिलबे वाले भी हते, मन किया होगा तो इतें निकल आए। इसमें क्या?'

मंझली ने बब्बा को क्या देखा, अनर्गल बातों, तर्कों आदि का सिलसिला चल पड़ा।

मंझली रूठकर सो गईं बाद में भी उनका मुंह फूला ही रहा।

सबने ने यह भी माना कि ऐसे में मंझली का रूठना एकदम जायज़ है। इस बात पर भी न रूठेंगी तो फिर कब रूठेंगी? उनने बब्बा को देखा और लोग हैं मान ही नहीं रहे-जे तो न्याय न कहाया बिन्नू।

सुबह होने को है। अलसभोर।

रात का हल्का अंधेरा अभी शेष है। अंधेरे का पर्दा खिसकाकर सुबह झांक रही है। वैसे, पौंर के अंधेरे में यह सब कहां पता चलता है।

अम्मा हिलीं। खटिया चरमराई।

सावित्री ने पूछा, 'कछू चइये अम्मा?'

'निस्तार करा दो बिन्नू...' अम्मा ने कहा।

सावित्री ने तत्परता से नीचे पेशाब का बर्तन लगा दिया। अम्मा निवृत हुईं। अम्मा को खटिया में ठीक से व्यवस्थित करके सावित्री बर्तन को मोरी पर खाली करके लौटीं। अब यदि अम्मा जाग ही गई हैं तो अम्मा को भी यह बात बता ही दें।

सावित्री उत्साहपूर्वक अम्मा को बताने लगीं कि कल रात को मंझली ने बब्बा को देखा। जब महंतजी ने बब्बा को देखा था तब भी ऐसे ही उत्साह से उन्हें बताया था सावित्री ने।

अम्मा ने सुना पर चुप रहीं।

सावित्री अभी भी विस्तार से सारा किस्सा उन्हें सुना रही हैं।

अम्मा ने जब प्रत्युत्तर में हां, हूं भी नहीं कहा तो सावित्री चिंतित हुईं।

'क्या हुआ अम्मा?' सावित्री ने पूछा।

अम्मा ने स्वयं में खोये खोये ही कहा, 'बब्बा सबके पास आ रहे हैं फिर वे अभी तक हमें क्यों नहीं दिखे बिन्नू? जैसे और लोगों को हमारे पास बैठबे की फुर्सत नहीं है, क्या वैसेई बब्बा के पास भी हमारे लाने फुर्सत नहीं मिल पा रही?...बे भी कहते होंगे कि कौन तो जाए बीमार, लाचार बुढ़िया के पास?...फालतू में गों गों करेगी।...बे ही पुरानी बातें करेगी। वोई रोना गाना करेगी।...जेई बात है न बिन्नू? तब ही तो बब्बा हमारे पास आबे से हिचकिचा रहे हैं। है न बिन्नू?'

अम्मा सिसकियां भर के रोने लगीं।

सावित्री ने उनकी सूखी हथेली को अपने हाथों में लिया और जोर से भींचकर बैठ गईं।...

सुबह की बात है।

बब्बा को गुजरे चार दिन ही हुए हैं। इतने से अंतराल में ही यह घर, बब्बा के न होने की आदत डालने लगा है। घर में काम, बातें, चिंताएं और ऐसे ही अन्य मुद्दों से बब्बा का संदर्भ लगभग ग़ायब होता जा रहा है। चबूतरे पर बैठे लोग हों या रसोई में खटती औरतें-सभी लोगों की बातों का त्रिषय अब न तो बब्बा होते हैं, न ही उनकी मौत। दुनियादारी की ढेरों अन्य बातें हैं, बातें करने के लिए। फिर रोज-रोज के ढेर अन्य काम भी हैं। यहां-वहां के पचीसों रसीले क़िस्से भी हैं। विशुद्ध गप्पें हैं। कमीनी चिंताएं हैं। खेती, नौकरी, बालबच्चे, बेइमानियां, धर्म, अध्यात्म, जादू, तंत्र, एवं सेक्स। फलाने ने नाइन को घर बिठा लिया से लगाकर फलानी की कुंवारी लड़की

को झांसी ले जा के चुपचाप पेट गिरवाने के गोपनीय क़िस्से भी हैं जो इतने गोपनीय होते हुए भी सार्वजनिक हैं।

सो ऐसी ही अलसाई, गपियाती, ऊंघती, अलाली-भरी सुबह थी वह जिसे गली में अचानक ही बढ़ गई हलचल ने चौंका दिया है। अन्यथा ऐसी सुबहें, यूं आसानी से कभी चौंकती नहीं। चौंक भी जाएं तो तनिक देर बाद ही पुनः ऊंघने लगती हैं।

चौंकी क्यों?

दरअसल एक छोटी-सी भीड़ बब्बा की गली में घुस रही है।

गली के कुत्ते सहम कर भाग चले। साइकिल से निकल रहा एक व्यक्ति फटाफट साइकिल से उतरा और सादर प्रणाम करने लगा। गली की हवा कुछ गाढ़ी सी हो आई। सत्ता की ताकत की आंच से गली मानो दमकने लगी। स्थानीय एमेले ने, एमेले को ही शोभा देने वाली भीड़ के साथ बब्बा के अहाते में प्रवेश किया।

सुरक्षित सीट है लुगासी की।

यह पिछड़ी जाति के लिए सुरक्षित सीट है। कहने को पिछड़े वर्ग का आदमी ही यहां से चुनाव लड़ सकता है परंतु वस्तुतः हर पिछड़े के पीछे किसी अगड़ी जाति की ताकत खड़ी होती है। 'प्रौक्सी वार' कहते हैं न जिसे, वह मान लें। स्थानीय ऐमेले चंदूलालजी हैं। इन पर लुगासी क्षेत्र के बांभनों का वरदहस्त है।...और लुगासी में बांभनों के सर्वमान्य नेता बब्बा होते थे। लुगासी के बांभन मूलतः कांग्रेसी हैं। वैसे बब्बा कभी उस तरह की सक्रिय राजनीति में नहीं रहे कि कांग्रेस के चवन्निया मेंबर बनते, परंतु थे वे कांग्रेसी ही। वे नेहरूजी के प्रति एक अनाम तथा अबूझ से कर्तव्यबोध से बंधा महसूस करते थे। वे मानते थे कि इस देश पर राज करने का हक केवल कांग्रेस का है। उनका बस चलता तो वे अन्य पार्टियों को गैर कानूनी घोषित करा देते तथा उनको वोट देना राजद्रोह होता। बब्बा तो ख़ैर कभी नहीं बने परंतु गप्पू तो बाकायदा कांग्रेस के चवन्निया मेंबर भी हैं। आज़ादी की लड़ाई के समय के उनके बलिदानी टाइप के अपने क़िस्से भी हैं जिन्हें अब कोई सुनना नहीं चाहता। फ़िलवक्त, स्थानीय कांग्रेस में गप्पू की हैसियत पूजा की वस्तु जैसी है। अपने दायरे में रहो, मंदिर में गर्भगृह से बाहर रखी हुंडी, प्रसाद, चंदा आदि को पंडे पुजारियों में बंटता देखकर चुप भी रहो तो कांग्रेसी भी तुम्हें माला टीका करते रहेंगे। राजनीति में कुछ पूजनीय व्यक्ति भी रखे ही जाते हैं। लुगासी की कांग्रेस में गप्पू कुछ वैसे ही हैं। सभी उन्हें पूजनीय बताते हैं। उनकी सुनते कोई नहीं। सुनते वे बब्बा की थे जिनकी बांभनों के वोटों पर पकड़ थी।

चंदूलाल ऐमेले को बब्बा का आदमी माना जाता है।

छह माह बाद ही चुनाव हैं। चंदूलाल को पता है कि राजनीति में यदि लाश को ठीक से काम में लाया जाए तो वह जीवित आदमी से भी ज़्यादा काम की चीज़ साबित हो सकती है। आने वाले चुनाव में, मरने के पश्चात् भी बब्बा काफी लाभदायक सिद्ध होने वाले हैं। बब्बा के नाम का सिक्का इस चुनाव में तो अभी चलेगा बशर्ते टकसाल के वर्तमान मालिक रज्जन बब्बा के नाम के सिक्के चंदूलाल की झोली में

डालने को राजी रहें। बब्बा की मौत के बाद कहीं पहले वाले समीकरण बिगड़ न जाएं, इसी चिंता में वे अभी पधारे हैं। वे रज्जन को जानते हैं। बब्बा की मृत्यु के बाद इस इलाके की ब्राह्मण राजनीति की तूती अब रज्जन के पास रहने वाली थी।

चंदूलाल स्थानीय बसोर जाति के हैं।

उन्होंने मंत्री बनने के लिए बड़े हाथ-पांव मारे। पिछड़े वर्ग का कार्ड खेलते हुए खूब पत्ते फेंटे, छटपटाए, फड़फड़ाए, गिड़गिड़ाए, रूटे, मने, दौड़े। रेंगे, दंडवत् हुए, ऐंठे, यह सब करके भी वे मंत्री तो ख़ैर नहीं बन सके परंतु आलाकमान तक यह संदेश पहुंचाने में अवश्य सफल रहे कि आदमी पर्याप्त कमीना है और बिना कुछ बने यह मानेगा नहीं। मुख्यमंत्री ने इसी पृष्ठभूमि में उन्हें लुगासी विकास परिषद का अध्यक्ष बना दिया। यह परिषद है क्या शै, कहां रहती है, क्या करती है, किधर बैठती है, कैसी दिखती है, गौर वर्ण है या गेहुंवा, और है भी तो इसके अध्यक्ष बन जाने पर, अध्यक्ष बन जाने वाले को क्या काम करने पड़ते हैं-यह बात औरों को तो ख़ैर पता थी ही नहीं, स्वयं मुख्यमंत्री को भी पता नहीं थी-और खुद चंदूलालजी ने यह पता करने की कभी कोशिश नहीं की। उनके लिए यही काफी था कि इस बहाने से उन्हें जिला सिविल लाइंस में एक बंगला अलॉट हो गया था, एक सरकारी कार मिल गई थी, एक दो कर्मचारी मिल गए थे, कुछ बजट मिल गया था जिसका वे जो चाहे सो कर सकते थे। क्षेत्र में रुआब अलग से बढ़ गया था क्योंकि क्षेत्र में हर उस आदमी को रुआबदार माना जाता था जो बत्ती लगी सरकारी गाड़ी में घूमता हो। स्वयं चंदूलालजी भी मात्र सरकारी गाड़ी में घूमने के कारण यह मानते थे कि वे ही सरकार चला रहे हैं। लोगों को उनके ऐसा मानने में कोई ऐतराज भी नहीं था। आखिर कोई भैंचो तो सरकार को चलाएगा ही। चंदूलाल ही सही।

सरकारी कार को गली में दूर खड़ा करवा दिया है चंदूलालजी ने।

बब्बा के शोक में तनिक दूर पैदल जाना ही उचित होगा। ऐसे टोटकों का अलग ही असर होता है। कार से सीधे घर के समक्ष जाकर उतरेंगे तो कदाचित् शोक उतना न माना जाए। हमारे देश में शोक, श्रद्धा, भक्ति, प्यार जतलाने के उन तरीकों को अतिरिक्त आदर दिया जाता है जिनमें आदमी की पूरी ऐसी-तैसी न भी हो पर लगभग उसी तरह की कोई चीज़ हो जाए। लोग ज़मीन पर लोटकर, पूरे रास्ते दंडवत होते हुए भी धर्मस्थानों तक की यात्राएं करते हैं कि नहीं ? प्रेमी भी सीधी रोड न पकड़कर, कांटों भरे रास्ते पर चलकर गंतव्य पर पहुंचे तो उसका प्यार सच्चा माना जाता है। वैसे ही। कार से सीधे घर के सामने उतरे तो फिर चाहे आप खूब रोते-धोते भी रहो, आपके शोक में वह बात पैदा नहीं होगी। चंदूलालजी इसीलिए बब्बा की गली में पैदल ही चल पड़े थे।

चंदूलालजी का मुंह सूजा सूजा सा है। एकदम गोल। चर्बीशुदा। कभी चेहरे पर बरैया काट ले तब भी इस तरह की दिव्य सूजन पैदा होना मुश्किल है। चर्बी की तलहटी में पड़े चेहरे के भाव नीचे ही रह जाते हैं, सतह पर उनका पता ही नहीं चलता। आंखें मिचमिची। मारकीन की बढ़िया पतली धोती। रुई भरी रेशमी सदरी, छाती पर।

शाल। केश कल परसों में ही रंगवाये लगते हैं–एकदम चटख काले। मुंह में तंबाखू वाला पान था जिसे कार से उतरते–उतरते उन्होंने गली में भलभलाकर थूक दिया। तीन चेले तो घर से साथ चले थे। ऐमेले की कार देखकर कुछ और आ गए। बाक़ी ने गली में आते देखा तो अपने काम छोड़कर साथ चल दिए। कुछ बच्चे, कुछ तमाशबीन। कुछ यूं ही। कुछ खामोखां। कुछ दिल्लगी में। कुछ फालतू। कुछ फ्री फंड में, कुछ चलते–चलते रुक गए। कुछ पहले से रुके हुए थे।...इस तरह, जब तक वे अहाते में पहुंचे, चंदूलाल के आसपास छोटी सी भीड़ चल रही थी।

सामने ही नन्ना और रज्जन पड़ गए।

पीछे गोपी किसी से बतिया रहे हैं। गप्पू भी वहीं दरी पर बैठे हैं। वैसे ही बैठे हैं जैसे बैठा करते हैं।...चंदूलालजी ने तेजी से बढ़कर गप्पू के पैर छुए, नन्ना के गले मिले, रज्जन से हाथ जैसा मिलाया, गोपी को दूर से ही नमस्कार का इशारा टाइप किया और आसपास एकत्रित लोगों को, नेताओं को ही शोभा देने वाले अंदाज़ में नमस्कार करके वहीं चबूतरे पर बिछी दरी पर बैठ गए।

भीड़ यूं ही खड़ी है। खड़ी रही।

रज्जन ने तमाशबीन भीड़ का जायज़ा लिया।

इस भीड़ के यहां रहते हुए तो ऐमेले से वे सब बातें नहीं की जा सकेंगी जो वे करना चाहेंगे। ऐमेले घर आया हुआ है और सारा समय मात्र मातमपुरसी की फालतू बातों में ही नष्ट हो जाए यह बात रज्जन को बरदाश्त नहीं थी। ऐमेले से यदि ऐमेले वाली बातें ही न हो सकीं तो फिर उसका ऐमेले और उनका रज्जन होना भला किस काम का कहाया?

इस भीड़ को यहां से जाने के लिए तो कहना ही होगा। रज्जन अवश्य कहेंगे। अपने तरीके से कहेंगे। लोगों से सीधे सीधे प्रस्थान का निवेदन करना रज्जन की तासीर के विरुद्ध है। बात समझाने के लिए उन्होंने सामने ही खड़े एक गरीब बूढ़े को चुना। यह बूढ़ा बस यूं ही आकर वहां खड़ा हो गया था क्योंकि उसे कहीं तो खड़ा होना ही था। वह, दिनभर, गांव में यहां–वहां खड़ा रहता है। किसी तरह समय तथा जीवन काटने का यही उसका तरीका कह लें। लुगासी में समय काटना ऐसा सरल काम भी नहीं। यहां समय काटना, गरीबी काटने जैसा ही कठिन काम है। और गरीब का समय तो काटे ही नहीं कटता और यदि वह गरीब बूढ़ा भी निकल आया तब तो समय भी उसे दुत्कार देता है। ऐसे ही गरीब बूढ़े, लुगासी में यत्र–तत्र फालतूफंड में खड़े, बैठे, या लेटे पाए जा सकते थे। समय की धार से छिटककर, ज़माने की रेत पर कचरे की तरह पड़े हुए लोग।

रज्जन ने बूढ़े के ज़रिए, भीड़ को समझाना शुरू किया। रज्जन ने पहले तो यह स्पष्ट किया कि यहां ग़मी का मामला चल रहा है, इसे कोई और फंक्शन न समझ लिया जाए। दरी, कनात और रिश्तेदारन की भीड़ देखकर किसी को यह भ्रम हो सकता है कि इतें शादी ब्याह टाइप कोई तमाशा चल रहा है, खाबे–पीबे का डौल बन सकता है। ऐसा नहीं है। मामला गमी का है। तेरवीं अभी दूर है। तेरहवीं के लड़ुवन

में भौत टेम है। तब तक खड़े रहे तो पांव पिराने लगेंगे। घुटने सूज जाएंगे। सो हमारा सबसे करबद्ध निवेदन है कि अपने अपने घर-दुकान जाएं। बब्बा की आत्मा को शांतिपूर्वक निकलबे की गेल दे दी जाए।

रज्जन की इस प्रार्थना का भीड़ पर कोई ख़ास असर नहीं हुआ। कुछ लोग तो हंसने लगे। बूढ़े को ऊंचा सुनाई देता था परंतु वह भी बिना सुने समझे ही मुंडी हिलाता हुआ हंसने लगा। रज्जन ने अब अपनी बात में राजनीतिक पक्ष जोड़ा।

रज्जन ने कहा कि चंदूलालजी आपके ऐमेले जरूर हैं परंतु अभी वे ग़मी में पधारे हैं। ऐमेले को भी कभी-कभी आदमी बनने का अधिकार है कि नहीं? अभी चंदूलालजी आदमी हैं, ऐमेले नहीं। यहां कोई पार्टी पॉलिटिक्स भी नहीं चल रही है कि भीड़ लगे। चंदूलालजी को अभी अकेला छोड़ दिया जाए। आपकी मेहरबानी। आप चंदूलालजी को आदमी मानकर हगबे-मूतबे के टेम पर कभी-कभी अकेला छोड़ देते हो कि नहीं? बस, वैसे ई छोड़ दो। हगते टेम तो तुम उन्हें नारा लगाते हुए नहीं घेरते हो न कि चंदूलाल संघर्ष करो, हम तुम्हारे साथ हैं? ग़मी का मामला वैसा ही है। चंदूलालजी अभी यहां बैठेंगे तथा ग़मी मनाएंगे। आप लोग यहां से निकल लो।

लोग छंटने लगे।

थोड़ी देर बाद वहां बस रज्जन, घर के कुछ लोग, ऐमेले तथा ऐमेले के साथ वाले वे लोग ही रह गए थे जो स्वयं को ऐमेले की लंगोट की डोरी मानते थे।

चंदूलाल चबूतरे पर दरी पर बिराजे गए थे। मातमपुर्सी के प्रथम कदम के तौर पर उन्होंने मुंह को ठीकठाक सा लटका लिया। हर मातमपुर्सी वाले में यह शुरुआती दुविधा रहती है कि बात कहां से शुरू की जाए? सो आदमी मुंह लटकाकर बैठ जाता है। लोग एक दूसरे का मुंह देख रहे थे। कोई तो बात शुरू करे। उसी से बातों का सिलसिला चल निकलेगा। पर कोई भी नहीं बोला। सभी चंदूलालजी का मुंह ताक रहे थे। पहले वे तो बोलें। तब तो उनके चेले बढ़ें। इधर इसी बीच उनका मुंह इतना लटक गया था कि दरी को लगभग छूने लगा था। पर यह लटका हुआ मुंह अभी बंद था। बात कहां से शुरू हो? कहें कि साहब, यह तो बड़ा बुरा हुआ? इसी के साथ यह भी जोड़ने का रिवाज है कि मरने वाले की अभी उम्र ही क्या थी। बब्बा के केस में यह कहना उचित न कहाता। उनकी उम्र इतनी रही थी कि बेशर्म तथा वाचाल आदमी भी ऐसी बात कहने में शरमा जाता। चंदूलालजी ने 'बहुत बुरा हुआ' जैसे निरापद वाक्य का सहारा लिया। उन्होंने लटके हुए मुंह को थोड़ा और लटकाते हुए और इस तरह मानो दरी के कान में बोलते हुए रज्जन से कहा कि भैया, जे तो भौत बुरा हो गया। चंदूलालजी ने बात में वज़न डालते हुए यह भी जोड़ दिया कि बब्बा तो हमारे भी पिता समान थे। यह कहते हुए उन्होंने मुंह को चमत्कारिक ढंग से और भी इतना लटका लिया कि जिसके आगे और लटकाना तभी संभव हो पाता जब वे स्वयं दरी पर मुंह के बल लेटकर इसकी कोशिश करते। इस तरह अपनी बात को नई ऊंचाइयों और नीचाइयों तक एक साथ ले जाते हुए वे कहने लगे कि हमारे सगे बाप तो अरसा हुए गुजर चुके हैं पर अब बब्बा के मरबे के बाद

हम सच्ची में ही अनाथ हुए।...कहते हुए उनका गला भर आया तथा नेत्रों की तरइयां छलछला उठीं। अभी हमने बताया था कि उनके मुंह को और लटकाने की कोई गुंजाइश नहीं बची थी, पर हम गलत थे। थी। काफी गुंजाइश निकाल ली उन्होंने। अब तो उन्होंने मुंह ऐसा लटका लिया कि उनके नीचे से झांककर भी यह पता करना असंभव था कि वे अभी इत्ता मुंह लटकाकर रो रहे हैं कि मुस्कुरा रहे हैं? रज्जन सहित सभी प्रतीक्षारत थे कि कब इस भावुकता में पगे नाटक पर परदा गिरे और वे असली बातें हों जो ऐमेले नामक प्रजाति के कहीं भी बैठने पर शुरू हो जाती हैं। इधर चंदूलालजी अपने ही अभिनय की रौ में ऐसे बह रहे थे और ऐसी भावुकता बघार रहे थे मानो बब्बा की असली औलाद तो सीन पर अब आई हो। अनाथ हो जाने वाली बात को तो उन्होंने मानो दिल से ही लगा लिया। स्वयं को अनाथ कहते-कहते दो मोटे आंसू निकलकर, उनके मोटे गालों से ढलकते हुए, पहली तथा तीसरी ठुड्डी के बीच जाकर कहीं जज़्ब हो गए। आंसू बहाते हुए जब उन्होंने चौथी बार भी यही कहा कि 'भैया, जे तो बड़ा बुरा हुआ,' तब रज्जन ने निर्णय लिया कि अब श्रीमान स्वयं तो रुकने से रहे सो इन्हें और शोक प्रदर्शन से रोकने हेतु उचित कदम उठाने ही पड़ेंगे।

रज्जन बोले, 'इत्ते भी दुखी न हों ऐमेले साब, जे तो होना ही था। बब्बा की उम्र ही इत्ती हो गई थी कि...'

चंदूलालजी ने लटके हुए मुंह को पूरा उठाते हुए कहा, 'जे बात भी ठीक ही कही तुमने भैया। जे तो होना ही था क्योंकि जे तो होता ही है।...वैसे, अस्सी-एक के तो रहे ही होंगे बब्बा? क्यों रज्जन?

'अरे नब्बे के भी रहे हों तो किसे पता? पैदाइश का ऐसा पक्का रिकार्ड तो कहीं नहीं धरा कि...' रज्जन ने कहा।

ऐमेले के साथ आए पटवारी ने कहा, 'अभी दो महीना पहले ही हमारे डुकर गोलोकवासी भये। बे हते अस्सी के आसपास के। बब्बा उनसे भी दो चार साल ऊपर के ही रहे।'

'पर हुआ भौत बुरा...' चंदूलालजी ने इस बात को एक बार और कहना उचित समझा।

'पर बुढ़ापे में कोई कर भी क्या सकता है भैया,' फिलॉसफी झाड़ने का मौका पाकर किसी ने फिलासफी झाड़ी।

'बुढ़ापे में ही क्यों? हम तो कहते हैं कि जवानी में भी कोई क्या कर सकता है? अरे, जिसकी आ गई है वह तो जाएगा ही। है कि नहीं सयाने?' किसी सयाने ने फिलॉसफी का जवाब फिलॉसफी से देते हुए अपनी बात कही।

'एकदम सही बात! जिसकी आ गई, उसे तो जाना ही है। जवान मोंड़ा हो कि वयोवृद्ध। सही बात कही तुमने। पर भैया, जे भी है कि बुढ़ापे का मामला ही दूसरा होता है। ऐसा जान लो कि टिकिट कटा धरा है गाड़ी दरवाजे पर लगी हुई है। यात्री को बिठा के गाड़ी कब परलोक निकल ले, पता थोड़ेई रहता है। बूढ़े के घर के सामने खड़ी परलोक की गाड़ी हार्न बजाती रहती है कि चलो भैया, टेम हो गया चलबे

का। भौत उमर काट चुके। अब निकल लो। सामान का भी चक्कर नहीं। सामान बांधना ही नहीं है। खाली हाथ जाना है।...' सयाने ने सयानापन झाड़ा।

'सबको जाना है भैय...' कोई बोला।

'आया है सो जाएगा, राजा, रंक...' कोई और बोला।

'...फकीर...' तीसरे ने संवाद पूरा किया।

मौत का अवसर हो तो आदमी को दार्शनिक का चोला पहिनते देर नहीं लगती। सभी बड़ी-बड़ी बातें करने लगते हैं। फिलॉसफी की बातें छूत की बीमारी की तरह फैलती हैं। वही हो रहा था।

'सही कह गए आप।...यह जो ज़िंदगी का मेला और खेला है न... ?' किसी ने कहा।

'वह कब उखड़ जाए कोई बता सकता है क्या?' किसी और ने बात पूरी की।

'सही बात...।' किसी और ने बात को रेखांकित किया।

'बुजुर्गों की छाया तो भैया जब तक भी आपके सिर पर बनी रहे, भाग्य की बात कहाएगी।' किसी ने बात को पुनः बुढ़ापे की तरफ़ मोड़ा।

'बुजुर्गन की छाया की तो अपनी ही महिमा है...'

'भैया, बुजुर्ग तो पुराने छायादार पेड़ जैसे होते हैं। जित्ते दिन भी इस छाया में बैठबे को मिल जाए उत्ता ही भाग्य...'

'पुराने पेड़ की छाया में बैठबे के खतरे भी होते हैं राजा।...

'खतरा कैसा?'

'खतरा जे कि आप तो आराम से छाया में बिराजे हैं और पेड़ गिर पड़ा आपकी ही खुपड़िया पे, तो?'

'सही बात, पुराने पेड़ का क्या भरोसा? पूरा पेड़ न भी गिरे, पर उसकी कोई डगाल फगाल ही गिर पड़े तो?...पुराने पेड़ के नीचे बैठने में छाया चाहे जित्ती मिले पर ऐसा आसान भी नहीं है उतें बैठना।...भौत देखभाल लगती है भैया।...'

'अब बुजुर्ग को देखभाल तो लगेगी ही।...'

बातें और बातें।

इधर चंदूलालजी अभी भी भावुक बैठे हैं। वैसे वे कोई भावुक टाइप के व्यक्ति हैं नहीं। होते तो भला राजनीति में टिक पाते?...उनके इस भावुकता प्रदर्शन में भी राजनीति थी, यह बताने की आवश्यकता नहीं है। रज्जन समझ रहे हैं। कुछ कह नहीं पा रहे। उसी भावुकता की झोंक में चंदूलालजी बोले—'पवित्र आत्मा थे बब्बा...'

'सो तो थे ही...,' रज्जन और क्या कहें?

'जिसका किया, भला ही किया।' चंदूलालजी ने उदाहरण देकर उनकी पवित्रता स्थापित की।

'और नहीं किया तो नहीं ही किया।' रज्जन ने उनकी पवित्रता की सीमाएं स्वीकारते हुए कहा।

'अब हर एक का तो ख़ैर करते भी कैसे?' चंदूलाल ने कहा।

'जे भी सही बात।' किसी ने कहा।

रज्जन चुप रहे।

चंदूलाल बब्बा के सामाजिक व्यवहार की तारीफ पर उतर आए।

'सबकी शादी ब्याह और सबकी मिट्टी में शामिल होते थे।' चंदूलाल बोले।

'इससे उनका टेम भी बढ़िया कट जाता था।' रज्जन ने कहा।

'बुढ़ापा आ गया था परंतु सारी इंद्रियां एकदम सही सलामत हतीं—जे भी कोई छोटी बात नहीं है रज्जन बाबू,' चंदूलालजी ने कहा।

'किसने कहा कि छोटी बात है?' रज्जन ने कहा।

बातचीत में कोई तीसरा उतरा। वह उस दारुण स्थिति की बात करने लगा जब बुढ़ापा तो हो, साथ-साथ ऐसा भी हो जाए कि इंद्रियां साथ छोड़ दें।

'भैया, जे वास्तव में भौत बड़ी बात थी कि बब्बा की इंद्रियां आखिरी टेम तक सलामत रहीं। हमारे फुफिया ससुर की इंद्रियों का किस्सा आपको बताते हैं। बुढ़ापे में उनकी इंद्रियां एकदम सरकारी बाबू टाइप हो गई थीं। ड्यूटी पे हैं पर काम बंद। आंखन से सूझे नहीं। कछू बोलो तो कहें कि का कह रये हो बेटा? टट्टी चार चार दिन न ७होय। ऐसी हाय हाय करें कि टट्टी डर के मारे और दुबक जाए स्साली। पिशाब चाहे जब रुक जाए। जोर लगा लगाके बड़ी मुश्किल से मूतें और दो चार बूंदें टांगन पे गिर पड़ीं तो चिल्लाने लगें कि भैया, देखो तो, जे साला पानी कितें से टपक रहा है? छाता तो ले आओ। बरसात चालू होबे वाली है।...'

अचानक ही रज्जन ने चंदूलालजी का हाथ पकड़ा और बोले, 'जे बातें तो चलती रहेंगी ऐमेले साब। चार दिन से हम जेई-जेई बातें सुन रहे हैं। आप तो जे बताओ कि हमारा काम करवा रहे हो कि यूं ही फालतूफंड का हल्ला मचाये बैठे रहोगे?'

'कौन सा काम हल्के राजा?' चंदूलाल को काम भी याद था और वह काम क्यों नहीं हो पा रहा, यह भी खूब पता था परंतु उन्होंने वही कहा जो ऐसे प्रश्न के उत्तर में कोई भी मंझा हुआ राजनीतिज्ञ कहता है।

रज्जन मुस्कुराने लगे। मुस्कुराते ही रहे। इतना मुस्कुराये कि चंदूलाल असहज हो उठे।

'सच्ची, बताओ तो? कौनसा काम?'

रज्जन हंसने लगे।

'बब्बा के गम में क्या जे भी भूल गए ऐमेले साब?'

चंदूलाल सोचने का उपक्रम करने लगे।

सोचने का काम वे कभी करते नहीं हैं।

सोचने का काम किया तो उनका चेहरा अजीब तथा अजनबी सा निकल आया।

'याद आया?' रज्जन ने तिरछी मुस्कान के साथ पूछा।

चंदूलालजी माथे पर ऐसा ज़ोर लगाने लगे कि एकदम स्पष्ट हो गया कि वे नाटक कर रहे हैं।

'सच्ची बता रहे हैं रज्जन बाबू, कछु याद ही नहीं पड़ रहा।...सच्ची।' वे बोले।

'ऐमेले को वैसेई इत्ते काम रहते हैं।...' रज्जन ने व्यंग्यपूर्वक कहा।

'वो बात नहीं है रज्जन बाबू...' चंदूलाल ने कहा।

'वोई बात है श्रीमान।...आपके आसपास तो रज्जन जैसे पचासों पड़े हैं। किस किस का काम याद रखेंगे? आप सच कह रहे हैं।...' रज्जन बोले।

'वो बात नहीं है।...रज्जन भैया का काम हो तो वो तो खुद हमारा ही काम कहाया।'

'हम याद दिलाएं कि आपको ही याद आ जाएगा?'

'नाराज़ न हों रज्जन बाबू। तुमारा कोई भी काम रुका है कभी?'

'यार, जब तुमें काम ही याद नहीं तो क्या तो उसका रुकना, और क्या उसका चलना?'

'आजकल भूल जाते हैं हम...' ऐमेले ने माफ़ी के बनावटी स्वर में कहा।

'...जे न भूल जइयो कि छह महीने में ही चुनाब होबे वाले हैं। तब तुमारी गाड़ी में रज्जन के आदमी ही दुनाली ले के चलेंगे।' रज्जन ने कहा।

चंदूलालजी का चेहरा अचानक ही तनावमुक्त हो गया।

अभी-अभी वह काम याद आ गया है उन्हें, वे ऐसा जताने की कोशिश कर रहे हैं।

'भैया, तुम उस काम की बात तो नहीं कर रये?' उन्होंने पूछा।

उन्होंने काम नहीं बोला पर रज्जन भी समझ गए।

'उस झंटियल काम के लिए कौन परेशान होगा यार?...वो काम तो हो ही जाएगा। तुम तो इसकी बताओ...' रज्जन ने कहा।

चंदूलालजी भी 'इसे' समझ गए।

'अच्छा जे?...जे भी बस हुआ ही समझो।..'

'वोई समझ के तो इत्ते दिन से चूतिया टाइप बैठे हैं।...पर कोई कित्ते दिन बैठेगा?'

'सरकारी पैसा है रज्जन भैया। निकलते निकलते निकलता है।'

'यहां सरकारी पैसा निकरवाते ही हमारी ज़िंदगी बीती है चंदूलालजी।...आप हमें ही समझा रये हो?'

'आपको कौन समझा सकता है भैया? हम तो जे कहबे की कोशिश कर रये थे कि अपना जे काम भी बस हुआ ही समझो।'

'हम तो कलदार गांठ में आने पर ही मानते हैं कि काम हो गया।'

'बे भी आ जाएंगे।...'

'जेई सोच सोच के तो चूतिया घांई बैठे हैं।'

'अरे, आपको कौन चूतिया बना सकता है?'

'करबे वाले कोशिश तो करते ही हैं।'

'हम ऐसा काय करेंगे राजा... ?'

'जेई ठीक रहेगा।...काम होये, चाहे मां चुदाये, पर रज्जन को चूतिया न समझा जाए। बस, इत्ता ख्याल रहे।'

'तुमें कोई चूतिया क्यों समझेगा भैया?'

'आदमी का एक बार कोआपरेटिव पर कब्जा हो जाए तो फिर वो पूरी दुनिया को चूतिया समझने लगता है। तुमारी गलती नहीं है चंदूलालजी।'

'उतें का कब्जा भी तो आप लोगन के सहयोग से ही चल रहा है।'

'तो आप भी तो कछू सहयोग करो न?'

'हम बैठे हैं न, काम तो होगा ही होगा।'

'तुम्हारे बैठबे से हमें क्या मिल रहा है यार? बैठे रहो। हमें क्या?'

'वो बात नहीं है।'

'वोई तो बात है।...हमारा नंबर भैंचो क्या तब आएगा जब सारा कोऑपरेटिव लुट जाएगा?' रज्जन ने स्थानीय कोऑपरेटिव आंदोलन की दुखती रग पर हाथ रखा।

'ऐसे कैसे लुट जाएगा?' चंदूलाल बुरा मान बैठे।

'कैसे लुटेगा? अरे कोऑपरेटिव है तो लुटेगा भी।...लूट करने के लिए आदमी क्या मंदिर मस्जिद जाएगा? जो काम जहां होना लाजिमी है, वहीं करेगा न?' रज्जन ने भारत में सहकारिता आंदोलन के पीछे काम कर रही फिलॉसफी की बात की।

'चलिए, तुरंत आपका पैसा रिलीज़ कराते हैं।...लौटाबे की कोई परवाह न करना।...'

'लौटाना किस चूतिया को है? यार, हम लेबे की बात कर रहे हैं और तुम लौटाबे की जे बात बीच में डाल के सारा मज़ा खराब कर रहे हो? आज तुमें क्या हो गया है एमेले सा'ब? कोऑपरेटिव के पैसों की बात करते हो और साथ में उन्हें लौटाबे की बात भी करते हो?...जे तो हद्द है कि नहीं?' रज्जन ने कहा।

'हमने तो एक बात कही।'

'हम आपकी बात खूब समझ रहे हैं।...अरे, नोट तो दिलाओ। जो भी हिस्सा आपका बनता है वह भी पूरी ईमानदारी से दिया जाएगा।...'

'कैसी बात कर रहे हो यार...?'

'...देखो भैया, रज्जन ने न तो कभी किसी का जायज़ हिस्सा मारा है, न ही ऐसा हिस्सा देते टेम उनकी जान कल्लाती है।...सरकारी पैसा है। यदि हमें खाबे का हक है तो आपका भी पूरा हक है कि आपका हिस्सा आपको मिले।...क्यों भैया, हम सही कह रहे हैं कि नहीं?'

रज्जन ने उपस्थित लोगों के बीच एक त्वरित रायशुमारी कर डाली।

सभी ने मुंडी हिलाकर सहमति व्यक्त की कि सरकारी पैसा तो खाने के लिए ही बना है। एक ने तो यहां तक कह डाला कि यदि कहीं सरकारी पैसा है, और उसे खाया नहीं जा रहा तो इसकी जांच बिठाई जानी चाहिए कि ऐसा क्यों हो रहा है और आखिर यह षड्यंत्र क्या है? यह राय भी एकमत से दी गई कि जो आदमी आपको सरकारी पैसा खिलवायेगा वह अपना हिस्सा न भी मांगे तो भी उसे देना ही चाहिए। उसका हिस्सा न देना एक तरह से पाप ही कहाएगा।

चंदूलाल शरमा गए।

'यार, जे हिस्सा देबे वाली बात तुमने ऐन कही रज्जन बाबू।...अरे, हमने कभी भी तुमसे हिस्से बांट की बात करी हो तो बताओ?...जे तो एकदम घर की बात ही कहाई।'

'देखो ऐमेले साब, जे स्साली 'घर की बात,' 'घर की बात' में ही काम रुक जाता है।...आदमी संकोच में पड़ जाता है कि 'घर के काम' में पैसा कैसे मांगे? इसी चक्कर में घर की बात तो धरी रह जाती है, बाहर वालों के काम सटासट होते चले जाते हैं। बाहर वालों से पैसा मांगबे में शरमा शरमी आड़े नहीं आती।...इसीलिए हम कह रहे हैं कि भैया, तुम इसे घर की बात मानना चाहो तो खूब मान लो, पर अपना हिस्सा मांगबे में शरमाइयो मती। अरे जब हम नहीं शरमा रहे तो फिर आपको काहे शरमाना चाहिए? वैसे भी, पॉलीटिक्स, दलाली और भड़ुआगिरी में शरमाने वालों का कोई स्थान नहीं।'

'यार, वो बात नहीं है रज्जन...' ऐमेले खिसियाकर हंसने लगे।

'बात है ऐमेले साब। बात तो है। पैसे की बात हो तो वह पैसे की बात ही होती है। पैसे के मामले में कोई भी बात घर की बात नहीं कहाती। और जो तुम 'घर की बात,' 'घर की बात' कह ही रहे हो न तो हम तुमें घर की बात भी बताते हैं। बताएं?' रज्जन बोले।

चंदूलाल क्या कहते? चुप रहे।

रज्जन बोलते गए।

'घर की ही बात सुनाते हैं तुमें।...बब्बा को मरे अभी कित्ते दिन हुए हैं? बताओ? चार दिन ही न? और इतें चुपके-चुपके घर के बंटवारे की बातें चल पड़ी हैं। तो भैया, जब पैसा रुपैया की बात उठे तो आदमी को शरमा शरमी नहीं करनी चाहिए। जो है, सो है। इसमें शरमाना काहे का?...'

'फालतू की बातें न बघारो रज्जन,' गप्पू ने घर के बंटवारे के बार-बार यूं सार्वजनिक ज़िक्र पर अपना विरोध जताया।

'सच्ची बात चाहे कित्ती भी फालतू हो, पर रहती वो सच्ची बात ही है पिताजी।...आप जे बात शायद न समझें।...आप ठहरे महात्मा आदमी। महात्मा टाइप के आदमियन की जेई तो दिक्कत है। बे लोग आंखें मूंद के इस संसार को देखते हैं। आंखें मूंदे मूंदे ही बड़ी-बड़ी बातें सोचते रहते हैं।...पर खुली आंखों वाला संसार स्साला ऐसा ही है। इसमें यहीं सब चलता है हिस्सा, बंटवारा...' रज्जन ने कहा।

'अच्छा?...अपनी खुली आंखन से आपने ऐसा क्या देख लिया भैया?' नन्ना ने भी विरोध किया।

'वही जो आपको भी दिख रहा है। सभी को दिख रहा है। जे बात अलग है कि इस दिख रहे को ढांके हैं लोग। हमने तो बस तनिक उघाड़ के दिखला दिया तो पिताजी नाराज हो रहे हैं।...वैसे भी, अभी तो हमने बंटवारे का बस उदाहरण ही दिया था ताकि ऐमेले साब समझ जाएं कि 'घर की बात' कहकर...' रज्जन बताने लगे।

'हमें साब तो मत कहो रज्जन भैया।...' ऐमेले ने इसरार किया।

'देखो चंदूलालजी, किसी को भी साब कहने में अपनी गांठ से तो कुछ जाता नहीं। सामने वाले का आध-एक छटांक ख़ून जरूर बढ़ जाता है।...' रज्जन ने कहा।

ऐमेले साहब अब जाकर खुल कर हंसे।

'काम पक्का मान लें रज्जन बाबू,' चंदूलालजी ख़ून बढ़ जाने के कारण, या शायद यूं ही बोले।

'वोई मान के तो इत्ते टेम से चूतिया बने बैठे हैं।'

'बार-बार तो ऐसा मत कहो भैया...'

'अच्छा, चलो, तुम तो बस जे बताओ कि हम कब आ जाएं?'

'आप तेरवीं से निबट-निबटू लो, बस फिर...'

'वो तो बस निबटी ही समझो।'

'बस, तो फिर आप पधारो।...निकलते हैं एक दिन साथ साथ। टीकमगढ़ से काम निबटा के ही लौटेंगे।...'

'चलो, जे भी देख लेते हैं।...नाई नाई, बाल कित्ते? नउवे ने कही कि अभी सामने आ जाते हैं मालिक।'

'बिलकुल।...खूब देख लियो।...'

कुछ देर शांति रही।

चूंकि चर्चा का रुख दूसरी ही तरफ़ मुड़ चुका था तो बातें फिर इधर-उधर की ही चलती रहीं जिनमें बब्बा या उनकी मृत्यु का संदर्भ दूर तलक नहीं था। 'ही ही,' 'ठी ठी' तक हो चली। एकाध धौल धप्पा भी हुआ।

चंदूलालजी भी अपनी वाली पर उतर चुके थे।

'गप्पू महाराज, इस बार के चुनाव में तनिक हमाओ टिकिट पक्को करा देइयो। आपके कहे बिना तो किसी को टिकिट मिलबे से रहा।...' ऐमेले ने गप्पू को यूं ही, बैठे-बैठे, अतिरिक्त सम्मान देने की ठान ली वर्ना वे तथा अन्य सभी लोग जानते हैं कि गप्पू इतने जूने-पुराने कांग्रेसी हो चुके हैं कि कांग्रेस दफ्तर वाले एक बार शायद चरखे को तो पहिचान भी लें परंतु गप्पू सरीखे पुराने, सिद्धांतवादी कांग्रेसी को वहां अब कोई भी पहिचानने को तत्पर नहीं होता है। इस तरह के सीरियस किस्म के सच्चे कांग्रेसी वहां मात्र मज़ाक का विषय रह गए थे। गप्पू को वहां कोई टके गज भी नहीं पूछने वाला था। वे चुनाव का टिकिट तो क्या, वहां से एक रसीदी टिकिट भी नहीं दिला सकते थे। ऐमेले सा'ब भी यह सब खूब जानते हैं परंतु ऐसी बातों से एक तरफ़ तो गप्पू का ख़ून बढ़ेगा और ऐसा कहने से उधर ऐमेले के बाप का कुछ जाएगा भी नहीं। रज्जन ने अभी हाल ही में उनका ख़ून बढ़ाया था। ख़ून का बदला ख़ून टाइप काम करते हुए उन्होंने भी ख़ून बढ़ाने वाली बात गप्पू से बस यूं ही कह डाली।

नन्ना ने भी अवसर उचित जानकर गप्पू का ख़ून बढ़ा दिया। बोले, 'भैया, लुगासी क्षेत्र से तो गप्पू दादा से पूछे बिना कांग्रेस का पत्ता तक नहीं खड़कता है।'

'वही तो...' ऐमेले ने कहा।

'सही कह गए आप...' किसी और ने कहा।

गप्पू शरमाकर पेशाब करने के लिए उठ गए।

रज्जन ने जाते हुए गप्पू को देखकर कहा, 'कांग्रेस में स्साला, जब एकाध पत्ता बचे तब तो खड़के। यहां तो कांग्रेसी ही कांग्रेस की जड़ में मट्ठा डालबे में लगे हैं।'

'जे बात भी सही कही आपने।...' ऐमेले ने उनकी नज़र में यह कहकर उन अदृश्य दुश्मनों को गाली दी जो कांग्रेस में बैठकर उनकी जड़ों को खोद रहे थे। उनकी नज़र में यह कांग्रेस की जड़ खोदने जैसा ही अपराध था।

फिर कुछ देर तक राजनीति की बातें चलीं।

बात कोरियों, कुर्मियों और बांभनों के वोटों पर चली गई। फिर हेडमास्साब तथा बड़ी भेनजी के बीच चल रही घसड़पसड़ के रसीले, आंखों देखे क़िस्से चले। फिर किसी ने कहा कि जे तहसीलदार भैंचो आजकल कुछ ज़्यादा ही नक्से झाड़ रहा है और एकाध दिन यदि, भरी तहसील में सार्वजनिक तौर पर इसकी आरती जल्दी ही न उतारी गई तो यह स्साला पूरी लुगासी के सिर पे चढ़ के मूतबे की तैयारी कर रहा है यह जान लिया जाए। बात यहां-वहां भटकती हुई डॉक्टरों तथा कैंसर तक भी पहुंची। डॉक्टर भैंचो कहते हैं कि तंबाखू खाबे से कैंसर हो जाता है जबकि हम आज तक एक दो मन तंबाखू तो भसक ही चुके होंगे और देखो, आपके सामने कैसे फसकिलास बैठे हैं? बैठे हैं कि नंई? सबने एक स्वर में माना कि आजकल के डॉक्टरों को भैंचो घंट कछू नहीं आता जबकि देसी इलाज में भगंदर से लगाकर कैंसर तक का इलाज संभव है। किसी ने ऐमेले को चेताया कि कोलारस वाली नहर में यदि ऐसेई चिरैया के मूत घांई पानी छुड़वाते रहे तो इस बार फसल की मइयो हो जाने वाली है, जे जान लो। जतारा डकैती कांड की बात भी हुई। बताया गया कि डकैतन से बरामदगी तो भई बीस लाख की, बरामदगी दिखलाई गई घंटा-थानेदार ने दबा ली सारी रकम।

कुल मिलाकर बतरस का खूब आनंद चला जो बूढ़े की मौत पर एकत्रित भीड़ में चला ही करता है।

इसी बीच, नन्ना न जाने किस सोच में डूबे रहे। वैसे नन्ना प्रायः सोच-विचार में डूबते नहीं। सोच विचार में डूबने की जगह वे सीधे एक्शन में विश्वास रखते हैं। हां, पर जब भी डूबते हैं तो गहरे उतरकर नायाब मोती ही लाते हैं। अभी भी, विचारतंद्रा से अचानक ही जागकर वे बोले—

'क्यों ऐमेले साब, अपनी जे गली यदि बब्बा के नाम की कर दी जाए, तो?'

'सुझाव तो सौ टंच है...।' और क्या कहते चंदूलालजी?

'फिर करवाओ न।' नन्ना ने कहा।

'हम तो कहते हैं कि साथ साथ, उतें गली के मुहाने पे बब्बा की एक बढ़िया सी मूर्ति भी काहे न लगवई जाए?' रज्जन ने सुझाव दिया।

'एकदम सही बात। अरे जे क्या बात भई भैंचो के जितें देखो उतें ही बस नेहरूजी, गांधीजी की मूरतें खड़ी हैं। किसी और भैंचो को महापुरुष बनबे का हक नहीं है क्या?' किसी ने पूछा।

'अपने बब्बा भी कौन से किसी महापुरुष से कम हते।...' किसी ने जोड़ा।

'यार, इस गली के महापुरुष तो बे ही थे...' रज्जन ने मुस्कुराकर कहा।

'बस, तो फिर पक्का। क्यों?' नन्ना ने चंदूलालजी की तरफ़ आशापूर्वक देखकर कहा।

चंदूलाल चुप रहे। बल्कि कुछ सोचने लगे।

'कोई दिक्कत?' रज्जन ने पूछा।

'नहीं, दिक्कत काहे की?' ऐमेले ने कहा।

'फिर? मूं लटका के काहे बैठ गए?'

'सोच रहे थे ज़रा।...इस काम में कलक्टर की परमीशन लगेगी।..'

'तो? वो आपका कहा टालेगा क्या?' रज्जन ने कहा।

'कलट्टर तो खुद भी बांभन है न? अब भैंचों बांभन ही बांभन के काम न आया तो पक्का जान लो कि कलजुग आ गया है।...' किसी ने पूछा।

'तुमें पता नहीं है क्या कि जे कलजुग ही चल रहा है?' रज्जन ने कहा।

'ख़ैर, कलजुग हो चाहे सतजुग, जे बात तो हर जुग में एकदम सही रही है कि बांभन, कुत्ता, नाई, जात देख गुर्राई...' नन्ना ने कहा।

ऐमेले ने बात संभालते हुए कहा, 'बात जे नहीं है नन्ना। बब्बा का नाम तो पहले से ही इलाके में इत्ता बड़ा है कि कलक्टर कमिश्नर की हैसियत ही नहीं कि इस काम के लिए मना कर दें। असल बात जे है कि हमाये तुमाये कहबे भर से नहीं होगा जे काम। लुगासी की पंचायत से प्रस्ताव लगवाना पड़ेगा। असल परेशानी तो उतें होबे बारी है। आप जानते ही हैं कि पंचायत में...' ऐमेले सा'ब लुगासी की राजनीति के बहाने देश की उस राजनीतिक विरासत की चर्चा करने लगे जिसके चलते आजकल महापुरुष इत्यादि भी जाति के आधार पर ही तय होने लगे हैं। पंचायत में पिछड़ों का एक वर्ग है जो बांभन की मूर्ति लगवाने का विरोध करेगा ही–इस ओर इशारा है ऐमेले साहब का। रज्जन इसका फौजदारी समाधान बताने लगे।

'आप ग्यासी की बात कर रहे हैं न?...चार चूतियन के बूते बे भैंचो पंचायत पे अपना कब्जा समझे बैठे हैं।...' रज्जन ने कहा।

'जे गांधीजी देश में पिछाड़ी की चीज़ को जो अगाड़ी लगा के चल दिए, उसी को भुगत रहे हैं हम। लगा के खुद तो सरग सिधार गए और अब पता ही नईं चल रहा कि गाड़ी अगाड़ी जा रही है कि पिछाड़ी... ?' नन्ना ने गांधी जी के सिर पर ठीकरा फोड़ते हुए पंचायत की स्थानीय राजनीति पर अपने ढंग की टिप्पणी की।

चंदूलालजी स्वयं भी पिछड़े वर्ग से हैं। पर इस तरह की कड़वी बातों को उचित मौके पर बखूबी नजरअंदाज़ करने की राजनीति भी जानते हैं।

'भैया, ग्यासी के गुट को तो आप जानते ही हैं...' चंदूलाल ने कहा।

'गुट को हम बांधते हैं यहां...क्या समझे?' रज्जन ने कहा।

'वो तुमारी इच्छा। तुम जितें बांधना हो, बांधो। पर जे पक्का है कि बब्बा की मूर्ति के प्रस्ताव में जेई गुट अड़ंगा मारेगा।...' चंदूलाल ने चेताया।

'यार, आप तो बब्बा की तेरवीं के बाद अपने सरपंच से पंचायत की मीटिंग भर धरा दो, बस। आपका आदमी प्रस्ताव धर दे। ग्यासी और उनके लग्गू-भग्गू मीटिंग में पहुंचेंगे ही नहीं, जे हमारी जिम्मेदारी...।' रज्जन ने कहा।

'भैया, जादा मारपीट न कर बैठियो।...सच्ची बता रये हैं।...' ऐमेले ने कहा।

'आप हमेशा सच्ची बात ही बोलते हैं, यह बात एकदम सच है। पर जे भी सच है याद रखियो कि हम सच को भी इधर ही बांध के धरते हैं।' रज्जन ने हंसकर कहा।

'इत्ती सारी चीजें भी इतें न बांध लो कि असली चीज़ ही छुप जाए। जे न हो कि ऐन मौके पे असली चीज़ ढूंढ़ते फिरो...' किसी ने चेताया।

ऐमेले ने भी पुन: चेताना उचित समझा।

कहा, 'चुनाव वाला साल है रज्जन बाबू।...ज़माना भी भैंचो भौत खराब चल रहा है। कहीं ज़्यादा कुटाई-सुटाई कर दी आपने, और मामला पुलिस का बन गया तो लुगासी के थानेदार के मूं में तो आजकल लग गया है ख़ून।...'

'थानेदार को भी हम इतें ही बांध के धरते हैं।' रज्जन बोले।

'उतें इत्ती भारी चीजें न ही बांधी जाएं इसी में समझदारी है। ऐसा न हो कि साथ में असली चीज़ ही उखड़ जाए।...' कोई बोला।

'असली चीज़ उखाड़बे बारे अभी पैदा नहीं भये मामाजी।...वैसे भी असली चीज़ को हम इलाके के पिछवाड़े में डाल के रखते हैं-वहां से निकालोगे, तब न उखाड़ोगे ?...' रज्जन ने कहा।

'हमने तो एक बात कही।...'

'खूब कहो।...' रज्जन ने कहा।

फिर ऐमेले को सांत्वना सी देते हुए रज्जन बोले, 'अरे हम जे मारबे-पीटबे वाला छोटा काम नहीं करते हैं। सीधे, उनकी छाती पे भरतल धर देंगे कि राजा, आज इतें घर पे ही बैठो, काहे के पंचायत की तरफ़ दिशा शूल लगा है, बस।...भरतल की नली छाती पे धरी हो तो अच्छे अच्छन की कांच खुल जाती है।'

'जे तो ख़ैर है...' किसी ने कांच खोलने में भरतल की नली के जगजाहिर प्रभाव को स्वीकारते हुए कहा।

'पर, जे लोग बाद में हल्ला करते फिरेंगे कि हमें जबरन रोक लिया था, तब ?'

'यार, बाद में रोबे वालों को इस देश में कौन पूछता है चंदूलालजी ?'

'जे बात भी अपनी जगह एकदम सच्ची है।' जिन्होंने भरतल का योगदान माना था वे आज हर बात पर हामी भरने की ठाने हुए थे।

'बस, इतें से एक बार प्रस्ताव निकला तो फिर कलट्रेट में तो कलट्टर से ले के छोटे बाबू तक, सब अपनी पहिचान के हैं...' ऐमेले बताने लगे।

'यदि बाबू भर पहिचान का हो तो, भैया, कलट्टर से अपुन को क्या करना ?...बाबू तो कलेक्टर को भी वहीं बांध के धरता है।...बाबू हाथ में हो तो मान लो कि पूरी कलट्रेट आपकी...' किसी ने कहा।

'बस, तो फिर।...' नन्ना ने कहा।

'और क्या, बिलकुल..।' ऐमेले ने कहा।

'देखो चंदूलालजी, जे तो ख़ैर बब्बा की मूर्ति का प्रसंग बन गया सो बात निकल आई, पर इन ग्यासी-फियासी को इनकी औकात अभी से दिखा के न रखी गई तो चुनाव के टेम पे जे सब तुम्हारी चूतड़ में कांटन घांई गड़ेंगे।...' रज्जन ने चेताया।

'आपका आसीरबाद भर बना रहे। अभी तक तो बब्बा का आसीरबाद इत्ता प्रबल था कि सारे कांटे आपई आप निकर जाते थे।...' चंदूलाल ने कहा।

'इसे भी आप बब्बा के आसीरबाद जित्ता ही समझो।...हमारा भी उत्ता ही जोरदार निकलेगा।...' रज्जन ने कहा।

'बा भई बा, क्या कहने।' किसी ने कहा।

'फिर भी भैया, आजकल जे भैंचो वोटर का ठीक से कुछ भी पता नहीं रहता।' किसी और ने कहा।

'वोटर को भी हम पे यहीं बांध के धरते हैं...' रज्जन ने ऐमेले की तरफ़ से कहा।

'...और पांच साल में उसे एक बार ही छोड़ते हैं...' किसी ने जोड़ा।

सभी हंसने लगे।

फिर देर तक यहां-वहां की फालतूफंड की बातें ही चलती रहीं।

और बब्बा की कोई बात?

यार, आप भी खूब हैं। उनकी इत्ती बातें तो हो चुकीं।...कोई मरे हुए बूढ़े की और कित्ती बातें करे? कर तो लीं।...आप भी बस।

# बंटेगा, पर अभी नहीं बंटा है

रज्जन छत पर पहुंचे थे।

क्यों पहुंचे थे? कह लीजिए कि यूं ही। बस, यूं ही। बैठे-बैठे बोर हो रहे थे शायद। सोचा कि चलो, छत पर चलते हैं। घर की छत पर जाने के लिए यूं भी प्रायः कोई कारण नहीं होता। आदमी, बस चल देता है और पहुंच जाता है। कई बार कारण भी होते हैं। और तरह तरह के होते हैं। सर्दियों की धूप खाना हो तो छत हाजिर है और गर्मियों में? गर्मियों में, रात में सोने के लिए। जल का बढ़िया छिड़काव करके खटिया डाल कर छत पर सो जाओ या रात भर, वहां पड़े पड़े तारों को निहारो। और बरसात में? बरसात में यह पड़ताल करने को छत पर चढ़ा जाता है कि पानी छत पर कहां रुक गया है कि नीचे ऐसा चूं रहा है? बच्चे चोर सिपाही खेलने छत पर आ जाते हैं। किशोरवय के बालकगण छत पर हस्तमैथुन के लिए पहुंचते हैं। घर की औरतें बड़ियां, अचार, पापड़ के लिए छत पर जातीं। रज्जन छत पर बीड़ी पीने आते। परीक्षा के टाइम पर बच्चे छत पर किताबें लेकर चढ़ जाते और परछत्ती से घोषणा करते कि हम छत पे पढ़बे को जा रये। प्रत्युत्तर में नीचे से धमकी दी जाती कि उतें फालतू बैठ के टेम खराब न करियो, पढ़ियो। हम अभी ऊपर आ के तुमें देखेंगे, जे जान लो। किशोर उम्र में कभी रज्जन, पड़ोस के खरे साहब की कन्या को निहारने के सुख के लिए छत पर आते थे। उसका नाम होता था, कुमारी नैना। बाद में वे कुमारी नहीं रही यद्यपि उनके इस 'न होने' में रज्जन का कोई योगदान नहीं था जैसी कि कभी उनकी हार्दिक तथा पापी तमन्ना थी। दरअसल, विवाह हो गया नैना का। विवाह के बाद वे ऐसी फैलीं कि उनके नयन मिचे-मिचे, और गाल मानो परकार लगाकर गोल कर दिए गए हों, ऐसे, तथा कमर ऐसी कि सारी कायनात उसके कब्ज़े में लगे, ऐसी स्थिति हो गई। अब कभी देखें तो स्वयं रज्जन लज्जित महसूस करते हैं कि कभी इनकी एक झलक ही मिल जाए, इस मारक इच्छा से वे जीना चढ़कर, दो मंजिलें नापकर इनके लिए न केवल छत पर जाया करते थे, वहां इनकी प्रतीक्षा भी करते रहते थे। वैसे, अब नैना यदि कभी मायके आती हैं तो भी छत पर नहीं देखी जातीं-जीने चढ़ने में सांस फूल जाती है उनकी। सो छत पर आज तो रज्जन बस यूं ही पहुंच गए हैं। नीचे इतने सारे बच्चे-खच्चे एकत्रित हो गए हैं कि सारी घिचपिच उनकी बरदाश्त से बाहर हो रही थी। वहां रुकते तो रज्जन एकाध को ठोकपीट डालते। बस, शायद इसीलिए।

बहरहाल, वे अभी छत पर थे।

परंतु छत पर पहुंचते ही उनका दिमाग भन्ना गया।

छत पर दरी बिछी हुई थी। दरी पर तकिए पड़े थे। वहीं ताश के पत्ते पड़े थे। और वहीं तेरहवीं के छपे कार्डों का मोटा सा बंडल भी लावारिस पड़ा था।

रज्जन के तनबदन में आग सी लग गई।

इन भैंचोदों को जौन सा भी काम पकड़ा दो, तौन सा ही बिलोर सकते हैं। ये कार्ड तो अभी तक कब के डाक में निकल जाने चाहिए थे पर सारे कार्ड यहीं पड़े मां चुदा रहे हैं!

जैसे चढ़े थे, वैसे ही कदमों से वापस, तेजी से जीना उतरने लगे रज्जन। सीढ़ी दर सीढ़ी। कप्तान और सेठ को गरियाते। हर सीढ़ी पर एक नई गाली। एकाध सीढ़ी पर तो एक साथ दो दो गालियां तक दे डालीं क्योंकि वहां जल्दबाजी में शायद पांव गलत धरा गया और वे मुंह के बल गिरते-गिरते बचे। तो एक मोटी गाली अनाम सीढ़ी की मां के नाम भी दी गई।

उनकी गालियां दूर तक पहुंच भी रही थीं। वे नीचे पहुंच पाते, उससे पूर्व ही नीचे कई लोगों ने, सेठ तथा कप्तान को खोजना-पुकारना शुरू कर दिया।

इधर, रज्जन से बेख़बर, बाहर चबूतरे पर, कप्तान तथा सेठ के बीच शतरंज की बाजी लगी हुई है। दोनों ऐसे एकाग्र हैं कि तेजी से निकट आते तूफान की ख़बर ही नहीं उन्हें। कप्तान के हाथों में ऊंच की गर्दन है। वे तरद्दुद में हैं कि ऊंट को किस मोर्चे पर खड़ा करें? फिलहाल, वे ऊंट की तैनाती को पेंडिंग में रखे हुए हैं। इधर सेठ की नज़र पूरी शतरंजी पर कुछ यूं एकटक है कि पता करना कठिन हो रहा है कि देख रहे हैं कि ऊंघ रहे हैं।

कि अचानक, गालियों का बवंडर उठाते रज्जन वहां प्रकट हुए।

रज्जन ने हाथ मारकर शतरंजी पलट दी। मोहरे बिखर गए।

'जे क्या है?' रज्जन ने पूछा।

'क्या क्या है?' पूछा गया।

'फूट गईं हैं क्या? दिख नहीं रहा भैंचो... ?' रज्जन ने हाथ में लिए कार्डों के बंडल को लहराते हुए सवाल किया।

'तुमें नहीं पता?' सेठ ने ढीठतापूर्वक पूछा।

'जादा होशियारी निपोरी तो हम तुमें इतें ही दचक देंगे।' रज्जन ने स्पष्ट किया कि इस समय वे कोई रियायत करने के मूड में नहीं हैं।

'तुम इत्ता गुस्सा काय को हो रये?' कप्तान ने बात संभाली।

'अच्छा? तो तुम चाहते हो कि हम एकदम शांत रहें। गुस्सा न होएं?...तुम भैंचो इतें हाथी घोड़ा लड़ाते बैठे हुए हो, उतें जे कार्ड छत पे अपनी मईयो करा रहे हैं-और तुम हमसे पूछ रहे हो कि गुस्सा काय हो रये? हमने तुमसे कही थी कि नहीं कि कल ही कल में सारे कार्ड भिजवाने हैं?...बोलो?' रज्जन ने पूछा।

'आधे तो कल कढ़ गए, आधे आज निकर जाएंगे।' सेठ ने कहा।

'अपने आप, पांव-पांव निकल जाएंगे क्या?...तुम लोग तो इतें नवाबों की घांई शतरंज में लगे हो?'

'बस, इस बाजी के बाद हम छत पे ही जाबे वाले थे।...' कप्तान ने मोहरे बटोरते हुए कहा।

रज्जन उन्हें घूरते रहे और घूरते ही चले गए।

कप्तान असहज हो गए।

'सच्ची! तुमाई सौगंध...!' कप्तान ने कहा।

रज्जन ने कार्डों का बंडल चबूतरे पर जोर से पटका। मोहरे तथा कार्ड दूर तक बिखर गए।

'हमें चूतिया समझ रखा है क्या?' रज्जन ने कहा।

सेठ और कप्तान मोहरों के साथ कार्ड भी समेटने में लगे गए।

'हम काहे को किसी को चूतिया समझेंगे?' कप्तान ने कहा।

और हम तुमें चूतिया समझें, इत्ते चूतिया भी नहीं हैं हम।...' सेठ बोले।

'तुमसे तो बस, बातें करा लो भैंचो।...जे समझते हो न कि आज जो कार्ड डालोगे तो वो भैंचो अब तेरहवीं के बाद जाकर मिलेगा?...' रज्जन बोले।

'एक दिन में अब इत्ता फरक भी न पड़ जाएगा रज्जन।...तुम कहो तो हम खुद जा के पोस्टऑफिस में पोस्टमास्टर सा'ब के हाथ में दे के आ जाएंगे कि इन्हें झट्टी से निकाल दें। बोलो?'

'जो करना हो, कर लेना।...पहले तो अभी बैंठ के सब पे नाम पता तो लिखो।'

'लिखते हैं।...अभी लिखते हैं...'

'जेई अच्छा रहेगा तुमारे लिए।'...रज्जन ने कहा और उनको घूरते हुए अंदर चले गए।

कार्ड लेकर वे दोनों भी छत की दिशा में चल दिए।

कार्ड तेरहवीं की सूचना के हैं।

वैसे गप्पू तो कार्ड छपवाने का विरोध कर रहे थे। कहने लगे कि यदि फटे कोने वाला पोस्टकार्ड, अपने हाथों से लिखकर न भेजोगे तो लोग जेई कहेंगे कि बाप मर गया है पर घर वालों को इत्ती फुर्सत भी नहीं है कि...। रज्जन ने कहा कि आजकल टेम ही किसके पास है पिताजी? दुनिया में अभी भी लोग अपने बाप से प्रेम कर रहे हैं, पर सभी लोग, एसेई, मरबे पे काली पट्टी वाला कार्ड छपवा के भेज रहे हैं। प्रेम का मतलब जे नहीं होता है कि आदमी फालतू में ही पोस्टकार्ड गोदता बैठे।...छपकर आ गए थे कार्ड कि अत्यंत दुख के साथ सूचित करना पड़ रहा है कि श्री अयोध्या प्रसाद पांडे सुपुत्र श्री भगवती पांडे का गोलोकवास दिनांक...'।

इन्हीं कार्डों पर अब पते लिख रहे हैं सेठ तथा कप्तान।

'बब्बा का नाम अयोध्या प्रसाद था?' लिखते लिखते सेठ ने पूछा।

'हम तो जीवन-भर उनका नाम बब्बा ही मानते रहे।'

हम भी तो तुमें सेठ ही मानते हैं, अशोक पांडे नहीं।...'

'बब्बा का नाम तो बड़ा शानदार था। बस, जे स्साला अपना सरनेम ही भौत गड़बड़ है भैया।'

'क्यों भैया?...' पांडे में क्या गड़बड़ है?'

इसकी तुक बड़ी गड़बड़ निकलती है।'

'कैसे?'

'स्साली न भी सोचो तो भी मन में मानो ऑटोमेटिक ही निकल पड़ती है।...इधर पांडे बोलो कि तुरंत मन में उठता है कि पांडे मिले गए लांड़े में...। सच्ची...।

'तो इस तुक में गलत भी क्या है?...अरे पांडे ही क्या, सभी को आखिरी में उसी में मिल जाना है। जेई संसार की रीति है। जो भी है उसे अंत में इसी में मिल जाना है।...आदमी पांडे न भी हो तो भी मिलता आखिर में जाकर लांड़े में ही है।...'

'मतलब?'

'तुम भी चूतियाचंद हो यार।...कार्ड को एक बार ढंग से पढ़ो न? अयोध्याप्रसाद पांडे जी का क्या हुआ?...मर गए न? मिल गए न लांड़े में?...तो यह बात कोई गाली-गलौज नहीं है यार। जे तो आत्मा का परमात्मा में मिलन है। पांडे आत्मा है तो लांड़े परमात्मा।'

'धन्य हो भैया।...कहां-से-कहां जोड़ रहे हो।'

दोनों जन कार्ड पर पते लिख रहे हैं।

गुनगुनी धूप सुबह को सुहाना बना रही है।

नीचे की चहल-पहल की आवाज़ें, धूप में गर्म होकर ऊपर उठ रही हैं और छत तक आ रही हैं। नीचे कोई बच्चा रोया। कोई जोर-जोर से हंसा। औरतों की बातें। बरतनों का खड़कना। बूढ़ों की खांसी। कौव्वे की आवाज़। गली से कोई तांगा गुजरा। किसी ने न जाने किसी को आवाज़ दी और देता ही चला जा रहा है। इतनी सारी आवाज़ों ने मानो छत को ही उठा रखा है अपने ऊपर।

'कार्ड में लिखा है कि अत्यंत दुख की बात है...। लिखे से क्या होता है? यहां कोई भी दुखी दिख रहा है तुमें? हमें तो अम्मा के सिवाय और कोई भैंचो दुखी नहीं दिखता।...'

'यार, लिखबे को तो आदमी सौ बातें लिखता है।...अब मरबे पे जे तो नहीं लिखा जा सकता है न कि अत्यंत प्रसन्नता का विषय है कि...'

'जे भी सही बात कही तुमने...।'

'तो एक सही बात और कह दें?...तुम्हारी बातन के फेर में हमने जे पता ही गलत लिख डाला।...चुप हो के काम करन दो, यार। भौत सारे कार्ड लिखबे को बचे हैं भैंचो।...'

ऐसे तो लिखते लिखते पूरी दुपहरी निकल जाएगी यार...'

बात हो ही रही थी कि चार किशोर बच्चों की टोली उन दोनों को खोजती छत पर आ पहुंची।

'नीचे चलो भइया। फुटबाल खेलेंगे।' एक बच्चे ने उत्साहपूर्वक कहा।

'हम तो खूब चले चलें पर फिर इतें मईया कौन चु... ?' सेठ ने कहा।

'चलो, तुम भी हमारे संग इंते ही बैठो।...जे डायरी में से पता पढ़ पढ़ के, कार्ड पे लिखते चलो।...एकदम, फटाफट।...' कप्तान ने आदेश दिया।

मन मारकर बच्चे भी वहीं दरी पर बैठ गए हैं। बब्बा की तेरहवीं की सूचना भेजी जा रही है।

आंगन में हल्ला हुआ कि रामजी चौबे आ गए हैं।

अचानक ही मानो सन्नाटा-सा छा गया महफिल में।

'जे स्साला ऐबी कहां से आ गया?' सबने एक दूसरे ने पूछा।

'जे तो गुजरात तरफ़ निकल गए थे ना?' किसी ने बताया।

'वैसे तो महाराज का सालों से कहीं पता नहीं था, और आज देखो कि ऐसे मौके पे पधार गए हैं।' किसी और ने कहा।

रामजी चौबे से सभी घबराते हैं। खार भी खाते हैं उनसे। मुंहफट आदमी हैं। हर फटे में टांग डालने के लिए अपनी टांगों पर खड़े रहते हैं। विद्वान, परंतु झक्की। कह लें बिगड़ा हुआ विद्वान। घनघोर नास्तिक। कर्मकांडों के सख्त विरोधी। फटेहाल से। इसी बदहाली, दरिद्रता और फटेहाली में अपना जीवन गुजार दिया। उम्र, अब तो सत्तर के करीब होगी। पिछले चालीस सालों से गांधी झोला कंधे पर लटकाए, इधर-उधर की अंतहीन यात्राएं करते रहे। बब्बा बताते थे कि जे स्साला रामजी, एक बार चड्ढी पहिनना भूल जाए पर गांधी झोला उठाना नहीं भूलता है। अभी भी पधारे हैं तो धज वही पुरानी है। आए और आकर चबूतरे पे बैठ गए हैं। गप्पू के पास। इस घर में, वे बस गप्पू को ही बेहद स्नेह करते हैं। नन्ना वगैरह को तो वे न केवल हरामी मानते हैं बल्कि यही बात वे उनके मुंह पर कह भी सकते हैं। बब्बा के ममियारे तरफ़ के भी दूर के रिश्तेदार हैं वे। लंबी सी दाढ़ी। खद्दर का कुर्ता पाजामा। कंधे पर गांधी झोला। साथ में एक और गलीज-सा झोला जिसमें उनकी पूरी गृहस्थी रहती है।

बिरादरी में रामजी चौबे, विद्रोही ब्राह्मण कहाते हैं। ब्राह्मण, क्योंकि पैदा चौबे खानदान में हुए। प्रखर विद्वान भी हैं। विद्रोही, क्योंकि मंदिर, मस्जिद, पूजापाठ, कर्मकांड आदि के प्रबल विरोधी। किशोर अवस्था में ही गांधी जी के साथ लग लिए थे। तब वे गांधी जी की पूजा टाइप करते थे। बाद में गांधी जी को छोड़कर कम्युनिस्ट बन गए। फिर कम्युनिज़्म और गांधी, दोनों को गरियाने लगे। धार्मिक कभी नहीं हो सके। धर्म को अफीम मानते थे और कम्युनिज़्म को धर्म से भी ख़तरनाक नशा। भयंकर पढ़ाकू। हजारों ग्रंथ घोंट डाले। अंग्रेजी, हिन्दी, दोनों में समान गति। साहित्य, धर्म, चिंतन, राजनीति-जिस विषय की भी किताब मिल जाए, पढ़ डालते। लोग कहते कि पढ़ पढ़ के पगला गए हैं। सिर्री हैं। सयानों का ख्याल था कि रामजी ने इत्ता ज्ञान अपनी खुपड़िया में एक साथ घुसेड़ लिया है कि खुपड़िया इतें उतें से चटख गई होगी और दिमाग के पुर्जों पर इत्ता जोर पड़ा होगा कि कुछ तो अपनी जगह से खिसक गए, कुछ शायद टपक गए और कुछ अपनी जगह से हिल के गलत जगह जुड़ गए। नास्तिकता के क्षेत्र

में कभी उन्होंने कई खतरनाक प्रयोग भी किए थे। बल्कि कह लें कि आस्तिकता के विरुद्ध कई प्रयोग किए उन्होंने।

इसी के चलते रामजी चौबे इसी गांव में पिट भी चुके हैं। हनुमानजी की मूर्ति पर पेशाब कर रहे थे। लोगों ने पीट दिया। पिटते रहे पर यही कहते रहे कि हम बस यही सिद्ध करने के लिए मूर्ति पर पेशाब कर रहे थे कि मूर्ति बस पत्थर होती है। मूर्ति में भगवान होता तो खुद प्रकट होकर हमारी पेशाब बंद न कर देता? या हमारी नली न उखाड़ फेंकता?...पिट जाने के बावजूद उन्होंने नास्तिकता के ऐसे प्रयोग नहीं त्यागे।

उन पुराने दिनों में, जब वे प्रायः बब्बा के पास आकर बैठा करते थे तब अपने इन विचित्र प्रयोगों के क़िस्से सुनाते। कहते कि तुम लोग मंदिर, मस्जिद के सामने से निकलते हो तो तुम्हारे हाथ ऑटोमेटिक नमस्कार के लिए जुड़ जाते हैं। क्यों भला? कि कहीं भगवान नाराज़ न हो जाएं। है न?...तो हमने सोचा कि यार, अगर तुम्हारे भगवान इत्ते ही नासमझ और नकचढ़े हैं कि कोई बेचारा कभी नमस्कार करना भूल जाए तो भाई सा'ब नाराज हो जाते हैं तो क्यों न हम इनका टेस्ट लेकर देखें?

'उतें पहाड़ी पे जो तुमारे बावन गजा नंगे भगवान खड़े रहते हैं न, हमने उनके पीछे जा के उनके उंगली कर दी। हनुमानजी पे मूत दिया। रामजी के मंदिर में हग आए। शंकरजी के पैसे उठा लिए। मस्जिद की दीवार पर मूत आए। फिर देखते रहे कि देखें कि भगवान हमारा क्या करता है? पर कुछ भी न बिगड़ा हमारा। तो ऐसे नाकारा तो तुमारे भगवान हैं, जिनके सामने तुम लोग माथा झुका के, चूतड़ ऊपर कर के घिघियाते फिरते हो, घंटे घड़ियाल बजाते हो, पूजा अर्चना करते हो-सब स्साली चूतियापे की हरकतें। आदमी स्साला कामकाज तो पांच मिनट भी नहीं करेगा परंतु पूजा पाठ में घंटे भर लगा रहेगा। चूतिया समझ रखा है क्या भगवान को? अरे स्सालों तुम ही भगवान हो। 'अहं ब्रह्मास्मि!' समझे? तुम ही भगवान हो। खुद को खोजने के लिए कहां-कहां भटक रहे हो तुम भी भैंचो?

वैसे लोग उन्हें पागल तो कहते परंतु हृदय से यह भी जानते और मानते थे कि आदमी पानीदार है। एकदम सौ टंच खरा। शुरुआत में तो चेलों चपाटियों की छोटी-मोटी टोली भी उनके पीछे लग गई थी। हर महापुरुष के पीछे लग जाती है। शुरुआत में तो वैसे भी महापुरुष, जीनियस और पागल के बीच फर्क का ही पता कहां चल पाता है कि वास्तव में वह है क्या? रामजी चौबे को ज्ञान था कि चेलों तथा अनुयाइयों की भीड़ ही अंततः हर महापुरुष को खा जाती है। वे महापुरुष भले ही न रहे हों पर चेलों के खतरे से वाक़िफ थे। रामजी चौबे ने अपने पीछे आती भीड़ में से किसी को भी अपना चेला नहीं बनाया। दुत्कारा ही कि तुम लोग हमारे पीछे क्यों चले आ रहे हो भैया? क्या पीछे से हमारी गांड़ मारनी है? अरे तुम अपनी गेल निकलो और हमें अपनी गेल जाने दो।...इस कारण उनकी प्रतिभा, बेबाकी और विद्वता से प्रभावित लोग भी अंततः इसी नतीजे पर पहुंचते थे कि आदमी पगलट है; बल्कि झकलट है। तब दूसरे भी सहमत होते हुए यही कहते कि बेटा, हमने तो तुम्हें पहले ही चेता दिया था कि इस स्साले रामजी से बचकर रहना।...इस तरह यह अजीब किस्सा सालों से चल

रहा था कि सभी उन्हें पागल भी मानते थे और उनकी इज्ज़त भी खूब थी। रामजी चौबे इस इलाके में किसी को भी, कुछ भी कह सकते थे। वह फिर कोई भी हो- बड़ा नेता हो, या बड़ा गुंडा हो तब भी। उनकी कड़वी बातें सभी चुपचाप सुन लेते। हंसकर टाल देते। ऐसे में बब्बा के रिश्तेदारों की तो ख़ैर हैसियत ही क्या थी? सो अभी सब पालांगी महाराज ही कर रहे थे।

रामजी जिस महफिल में जाएं, वहीं हर आदमी उनका मुंह खुलने की प्रतीक्षा करता था। अभी भी हर शख्स कर ही रहा था। कुछ डर रहे थे। कुछ मज़ा लेने को बैठे थे। कुछ उस तरह की किसी चमत्कारी घटना का गवाह बनने बैठे थे जिसकी कहानियां ही उनके बारे में अब तक सुनी ही सुनी थीं। सबको पता था कि रामजी चौबे ऐसा खरा बोलेंगे कि बात जाकर सीधे कलेजे में धंसेंगी। सभी को पता था कि वे बिना लागलपेट के कड़वा सत्य बोल सकते हैं। उसी की प्रतीक्षा है अभी सबको।...छतरपुर के सुरैलेजी ने उनको आते देखा तो आसपास वालों को बताया था कि बाद में हमें तनिक याद दिलइयो तो हम तुमें इनका छतरपुर वाला किस्सा सुनाएंगे। लोगों ने कहा कि पहले तो अभी यहां पर क्या किस्सा बनता है जे देख लिया जाए, फिर छतरपुर वाला किस्सा भी सुन जाएगा।

वैसे यह छतरपुर वाला किस्सा क्या था?

किस्सा कुछ यूं हुआ था।

छतरपुर में, एक बार रामजी चौबे ने सार्वजनिक मंच से ऐसा खेल दिखाया था कि मंचासीन नेताओं, अफसरों और धर्मगुरुओं की चड्ढी में एक साथ ही हाथ डाल दिया था। दरअसल, इंदिराजी की मृत्यु के बाद के दिनों का किस्सा है यह। सिखों के विरुद्ध दंगे हुए थे। छतरपुर में भी हुए। यहां भी खूब सारे सिख थे। मेहनत करके पैसे वाले बने लोग थे वे। ईर्ष्या, राजनीति और पागलपन ने मिलकर छतरपुर में एक बड़ा दंगा करा दिया था। दो दिन तक यह दंगा चला। फिर शायद दंगाई थक गए और प्रशासन को भी लगा कि दंगों की आंच अब उसकी कुर्सी को पकड़ रही है तो, यहीं क्यों, पूरे देश में ही सर्वधर्म सभा, शांति मार्च, गले मिलन और प्रायोजित चूमाचाटी के टोटके शुरू हो गए। इन टोटकों का भी अपना एक प्रशासनिक महत्त्व होता है। इन्हें सफलतापूर्वक सम्पन्न करके कलेक्टर, पुलिस के लाटसाहब तथा छुटभैय्ये नेता आदि मान लेते हैं कि अब शहर में, इन दंगों के बावजूद सांप्रदायिक सौहार्द का ऐसा गजब का वातावरण बनेगा कि भविष्य में सारे संप्रदाय आपस में हमेशा चिपटे मिलेंगे और छुड़ाये न छूटेंगे।

यही अब दंगों के बाद छतरपुर में भी हो रहा था।

दंगे के बाद ऐसी ही एक सार्वजनिक सर्वधर्म सभा हो रही थी। शहर के सभी शांतिप्रिय नागरिक, विभिन्न धर्मों के गुरु लोग तथा छंटे हुए गुंडे एक साथ एक ही मंच पर बैठे हुए थे। मंच पर प्रशासन, राजनीति और धर्म के छंटे हुए लोग बिराजे थे। भाषण चल रहे थे। बातें कहीं जा रही थीं जो ऐसी सभाओं में कही जाती रही हैं कि हिंदू सिख भाई भाई हैं, कि दोनों एक ही डाली के फूल हैं, कि सभी लोग इनसान

हैं, कि यह देश हमारा है, कि हम महात्मा गांधी को न भूल जाएं—वैसी ही बातें जिन्हें सुनकर कमीना से कमीना दंगाई भी सहमति में मुंडी हिलाने लगता है कि बात एकदम सही कह रहे हैं आप। कुछ सिख नेताओं और हिन्दुओं ने तो यह भी कहा कि सिख तो हिंदू का ही अंग है भाई। इस जुमले पर खूब तालियां पिटीं। पिटती ही हैं। अच्छी बातों पर ताली पीटने वाले लोग हर भीड़ में रहते ही हैं।...कलेक्टर साहब बड़े खुश कि सभा बड़ी 'सक्सेसफुल' जा रही है। उन्हें पता ही नहीं था, न कोई अंदेशा ही था कि श्रोताओं में कब रामजी चौबे नामक शख्स आकर बैठ चुका है और जल्दी ही सांप्रदायिक सद्भाव के इस नकली, प्राणहीन पुतले की चड्ढी का नाड़ा खींचने वाला है। रामजी चौबे मौके की नजाकत जानते थे और इसी कारण देर तक, चुपचाप बैठे फालतू की बातें सुनते भी रहे। पर कुछ देर बाद ही यह बनावटी भाईचारा उनकी बर्दाश्त से बाहर हो गया।

रामजी चौबे अचानक ही खड़े हो गए। जोर से बोले कि भाई, हम भी बोलेंगे। जो उन्हें जानते थे उन छोटे अफसरों ने उन्हें रोका भी। छुटभैये भी सक्रिय हुए।...ये स्साला, न जाने अभी क्या बोलने लगेगा! एक छुटभैय्ये ने माइक पकड़कर कहा कि सभा का समय समाप्त हो रहा है अतः... । वो बात पूरी कर पाता तब तक रामजी चौबे मंच पर पहुंच गए और माइक छिनाकर जनता से बोले कि समय समाप्त होने का क्या मतलब हुआ भाई साहब? कौन सी भैंचो यहां किसी की गाड़ी छूटी जा रही है।

सांप्रदायिकता, भाईचारा तथा देशभक्ति की नकली बातों से तब तक अघा चुकी भीड़ में अचानक ही उत्साह जाग उठा। लोग तालियां पीटने लगे। कुछ सीटियां तक बजीं। कलेक्टर ने पास बैठे विधायक से दरियाफ्त किया कि बुंदेलाजी, यह बंदा कौन है? इसे बोलने दिया जाए अथवा... ? विधायक ने मजबूरी बताई कि अब इसे 'अवॉयड' करना संभव नहीं होगा। बेहतर है कि इसे बोलने ही दें। जहां तक 'यह कौन है' की बात है तो इसके बोलने पर श्रीमान स्वयं जान जाएंगे कि यह कौन है? इतना भर जान लें कि बेहद मुंहफट तथा लंठ आदमी है। कलेक्टर ने इस पर रामजी चौबे से कहा कि आप भी बोल लें परंतु संक्षेप में अपनी बात कहें तो बेहतर। रामजी चौबे शुरू हुए। बोले कि अपनी बात संक्षेप में कहूंगा जैसा कि कलेक्टर साहब की इच्छा है। वैसे भी मंच से, तब से, विस्तारपूर्वक इतनी चुतियापे की बातें हो चुकी हैं कि कलेक्टर साब का मन भी अघा गया होगा। हम संक्षेप में ही कहेंगे, पर कांटे की और सच्ची बात बोलेंगे। एक बात तो यह कि कोई भैंचो क्या हमें जे बताएगा कि ये भाई-भाई वाली बासी-तिबासी बातें कब तक सुनाते रहोगे इस देश को?...हिंदू-मुस्लिम भाई भाई, हिंदू-सिख भाई भाई। सब मादर...भाई भाई हैं। पता नहीं कि इन भाइयों का बाप कौन है? हमें मिलें तो भैंचो की वो ठुकाई करें कि अकल ठिकाने लगा दें स्साले की। भैंचो ने ऐसी संतानें पैदा करके छोड़ दी हैं। इन औलादों को रोज-रोज नारे लगाकर याद दिलाना पड़ता है कि तुम भाई भाई हो।...तो आज जब हिंदू-सिख भाई भाई का पाठ पढ़कर यहां से जाओ तो कम-से-कम पन्द्रह-बीस दिन तक तो याद रखना स्सालों कि तुम भाई-भाई हो। पाठ भूल मत जाना। बेचारे पुलिस वाले भी ड्यूटी कर करके

थक गए हैं और मकान दुकान भी जित्ती जल सकती थीं जल चुकीं। अभी और जलाबे को नहीं बची हैं। अभी कम-से-कम इत्ते दिन तक तो भाई भाई की तरह ही रहना कि जब तक दूसरा भाई फिर से मकान दुकान खड़ी न कर ले। तब तक तो इंतज़ार करना होगा वर्ना जलाओगे क्या?...और भैया, जो लोग जे कह रहे थे कि सिख तो हिन्दुओं के ही अंग हैं तो तनिक यह तो बताते चलो कि ये कौन से वाले अंग हैं? हिंदू लोग तो अपने अंग सदियों पहले तय कर चुके हैं। बांभन उनकी खोपड़ी है तो शूद्र उसके चरण। और बनिया, छत्रिय तो तुम लोग हो नहीं। तो यार, जे तो बता दो कि आप कौन सा अंग हो हिंदुओं का? तय कर लो कि कितें लटकना पसंद करोगे?

खूब बमचिक मची। जनता में खूब हो हल्ला मचा। तालियां बजीं। 'ही-ही' 'ठी-ठी' होने लगी।

कलेक्टर साब तो इतने नाराज़ हुए कि कहने लगे, इस शख्स को अभी अंदर बंद कर दो, स्साले को। लोगों ने समझाया कि थोड़ा पागल टाइप आदमी है सरकार। जैसे और लोग हंसकर टाल गए हैं, वही आप भी करें। पागल के मूं लगेंगे तो खुद... । कलेक्टर ने यही कहा कि इतनी समझदारी वाली बातें कहने वाला पागल तो ख़ैर हो ही नहीं सकता। फिर कुछ सोचते हुए कहा कि इतनी सच्ची बातें कहने का खतरा उठाने के कारण अवश्य, इसे पागल भी कहा तो जा सकता है।

रामजी चौबे के बारे में ऐसे ही अनेकों क़िस्से, किंवदंतियों की भांति याद हैं लोगों को। आज जब रामजी चौबे यहां आए हैं तो वे सारे क़िस्से जीवंत होकर कुछ लोगों को डराने, तो कुछ को आशा से भरने लगे। रामजी आए और चबूतरे पर विराज गए। उन्होंने दाढ़ी पर हाथ फेरते हुए आसपास का जायजा लिया। उनके चरण स्पर्श का सिलसिला चल पड़ा।

'ऊंचे निकल आए हो तुम...' रामजी ने रज्जन को आशीर्वाद देते हुए कहा।

'आप जब इत्ते इत्ते साल बाद इतें आओगे तो जेई होगा,' नन्ना ने 'हें हें' करते हुए कहा।

'अरे, हम तो उतें द्वारका में हते। उतें ही पता चला के बब्बा गुजर गए। हमने कही कि बब्बा के गुजरबे पे तो इतें आबे की बनती ही है।...' रामजी बताने लगे।

'बब्बा तो आपको हमेशा याद करते रहे...' गप्पू ने कहा।

'...आपके आने से बब्बा की आत्मा को शांति मिलेगी...' नन्ना ने और भी ज़्यादा 'हें हें' जोड़ते हुए कहा।

'हमारे आने से शांति वांति तो कभी घंट किसी को भी नहीं मिलती है जे हमें पता है, बल्कि कई आत्माओं में खलबली मच जाती है।...' रामजी ने हंसकर कहा।

इसी बीच चाय मठरी आ गई है।

'नहीं नहीं, चच्चा, आपको यहां देख के, सच्ची में ही हमारी आत्मा को ठंडक पहुंच रही है।...' गप्पू ने कहा।

'हम तुम्हारी आत्मा की तो बात ही नहीं कर रहे थे गप्पू महाराज। तुम तो भैंचो सतयुग के आदमी हो। पैदा होने में तनिक लेट हो गए। कलयुग में कौन तुमारी आत्मा

पे गौर करेगा? किसके पास फुर्सत है? किसके पास वो नज़र है?...बल्कि हम तो तुम्हारे लिए ही आए हैं। बब्बा के लाने नहीं आए हैं, जे समझ लो।' पोपले होते मुंह में मठरी घुमा घुमाकर चबाते हुए रामजी चौबे बोले।

'जौन के भी लाने भी पधारे हो, पर जे तो हमारा सौभाग्य ही रहा कि आप इतें आएं तो।' नन्ना ने राजनीतिज्ञ वाला बयान देने की कोशिश की।

'जे तो तुमें अभी पता चल जाएगा कि किसका सौभाग्य रहा और किसका दुर्भाग्य?' रामजी हंसकर बोले।

'ऐसा क्यों कहते हो चच्चा?' गप्पू ने कहा।

'अच्छा, छोड़ो जे सब, तुम लोग तो हमें जे बताओ कि घर का बंटवारा हो चुका कि होबे वाला है?' रामजी चौबे ने अचानक ही पूछ लिया।

'ऐसी बात आप काहे कर रहे हैं?' गप्पू ने कहा।

रज्जन एकदम चुप रहे। वे रुचिपूर्वक यह देख रहे थे कि आगे बात किस तरफ़ जाती है?

'देखो गप्पू, हमें जैसे ही बब्बा की मौत की ख़बर मिली तो हम यह भी जान गए कि अब बंटवारा तो होगा ही। अपनी तरफ़ तो बंटवारा हुए बिना लाश उठती नहीं है। सबको पता है। सबकी तैयारी भी रहती है।...जे तो तुम लोगों की भलमनसाहत है, कि बब्बा मर चुके हैं और फिर भी बंटवारे को लेकर अभी तक तुमने इक दूजे के मूंड़ नहीं फोड़े हैं।' रामजी चौबे विख्यात और कुख्यात एक साथ यूं ही नहीं रहे हैं।

'ऐसी बातें क्यों कर रहे हैं चच्चा?...' गप्पू ने दीन स्वर में कहा।

'हमें नहीं पता कि जे ऐसी बात है कि वैसी, पर जे पता है कि बात हम सच्ची कह रहे हैं गप्पू। बस। बात झूठ हो तो कहो? अच्छा गप्पू, तुम जरा अपने दिल पे हाथ रख के तो बतइयो, इस घर के बंटवारे की चर्चा अभी चालू भई है के नहीं?' रामजी चौबे गहरी नज़र से गप्पू को देख रहे थे।

गप्पू ने सिर झुका लिया।

'ऐसी बात नहीं है चच्चा, पर...' नन्ना ने कुछ कहने की कोशिश की।

'यार, कैसी बात नहीं है और कैसी है, जे हमसे ज़्यादा और कौन समझ सकता है? अरे हमें खूब पता है कि इतें बब्बा ने आंखें नटेरीं ओर उतें किसके पेट में सबसे पहले बंटवारे की मरोड़ उठी होगी?...' रामजी चौबे ने अर्थपूर्ण नज़रों से नन्ना को घूरा।

'आप हमेशा हमें ही क्यों बुरा बताने की कोशिश करते हैं?' नन्ना ने तिलमिलाकर कहा।

'हमने कब कहा कि तुम बुरे हो? तुम बुरे नहीं हो। हमने कभी यह कहा भी नहीं। हां, दुनियादारी खूब है तुममें। जे ही अभी भी कह रहे हैं हम।' रामजी ने कहा। नन्ना चुप रहे। '...और दुनियादारों की चपेट में कहीं हमारे इन सतजुगी महाराज के साथ कोई अन्याय न हो जाए, इसी के लाने हम इत्ती दूर से भगे चले आ रहे हैं।...' रामजी चौबे ने बात पूरी की।

'गप्पू दादा के साथ भला कौन अन्याय करेगा ? और क्यों करेगा ? वे ही तो अब इस परिवार के बड़े हैं।' नन्ना की आवाज़ में इतना खोखलापन है कि उनकी आवाज़ मानो सन्नाटे में बजने लगी।

रामजी हंसने लगे। चाय की प्याली खत्म करते हुए बोले, 'गप्पू के साथ किसी को भी अन्याय करबे की जरूरत ही नहीं है। वे तो खुद ही अपने साथ अन्याय करबे में सक्षम हैं। तुमें भी पता है जो बात। वे तो ऐसी गौमाता हैं कि जिसका भी हाथ उनके थन तक पहुंच जाए बे अपना पराया समझे बिना दूध देना शुरू कर देंगे। इनका अपना बछड़ा भले ही भूखा मर जाए पर जे दूसरे को बाल्टी भर दूध निकाल लेने से नहीं रोकेंगे। बल्कि जे तो अपने बछड़े को ही सांत्वना देंगे कि जब थन में और दूध उतरेगा तब तुम भी पी लेना। ऐसे हैं जे गप्पू महाराज।'

रज्जन भोले बछड़े की तरह ही चुपचाप खड़े रहे। जिस भोली माता की बात रामजी चौबे अभी कर रहे हैं वह संयोग से रज्जन का बाप भी है।

कि तभी तिवारी वकील भी वहां आ पहुंचे।

तिवारी जी कानून के जैसे भी विशेषज्ञ रहे हों परंतु बब्बा के परम मित्र होने के कारण उनकी कानूनी समझ या नासमझ का इस परिवार में एक अलग ही रुतबा है। वे बब्बा के हमउम्र थे। आंखें कमजोर हैं। मुवक्किल को जज मान लेते हैं उसे ही 'मी लॉर्ड,' 'मी लॉर्ड' कहने लगते हैं। आजकल उन्हें न तो दुनिया सूझती है, न कानून। मात्र काले कोट के बूते ही वे प्रैक्टिस में लगे हैं। अभी भी उनकी वकालात मात्र इस तथ्य के कारण बेखटके चली जा रही थी कि जेल मुवक्किल को जाना पड़ता है, वकील को नहीं।

जब तिवारीजी वहां पहुंचे तब गाय और बछड़े के रूपक वाला संवाद चल रहा था।

नन्ना ने रामजी चौबे तथा अन्य उपस्थित लोगों को सुनाते हुए तिवारी जी से कहा, 'सुना आपने ? रामजी कक्का एक तरफ़ तो न्याय अन्याय की बातें कर रहे हैं और दूसरी तरफ़ खुद ही इत्ता बड़ा अन्याय भी कर रहे हैं। सांड़ को बछड़ा बता रहे हैं। क्यों रज्जन ?' नन्ना ने संवाद का अंत रज्जन की पीठ पर धौल मारकर किया ताकि स्पष्ट रहे कि बात मजाक में कही गई है। रज्जन ऐसे मजाक का मर्म खूब जानते हैं। अन्य अवसर होता तो वे कदाचित् नन्ना की बात का उत्तर, सांड़पना दिखाकर ही देते पर रामजी चौबे के सामने उन्हें अपने सांडपन पर नियंत्रण आवश्यक था।

रज्जन ने कहा, 'चौबे दद्दा की जबान पे तो सरस्वती बिराजती है नन्ना। दुनिया जानती है। हम क्या कहें ?'

रज्जन को खूब पता है कि हर बछड़े में सांड़ बनने की गुंजाइश रहती है। यह बात गौमाता को शायद न भी पता हो परंतु मंडी में तो सभी जानते हैं। और यही पर्याप्त था।...इधर गप्पू चुप बैठे हैं। ऐसे असंपृक्त मानो यहां न जाने किसकी बात हो रही हो। और तिवारी जी ? वे तो समझे ही नहीं। वे आजकल ऊंचा भी सुनते हैं। आधी

बात पकड़ पाते हैं, आधी का अंदाजा बिठाते हैं। वे मुस्कुराकर रह गए। गाय, बछड़े का कुछ ज़िक्र चल रहा है और सांड़ का संदर्भ भी बीच में आया है तो कुछ-न-कुछ मज़ेदार ही होगा, यह मान लिया था उन्होंने।

अलबत्ता रामजी चौबे ने नन्ना की बात का उत्तर उनके ही मुहावरे में दिया। इस मुहावरे में उनका अपना मुहावरा तो शामिल था ही। वे बोले, 'गाय अगर एकदम ही गऊमाता हो तो बछड़े की समझदारी इसी में है कि वह सांड़ बने वर्ना लोग भैंचो, उसकी गऊमाता को चारे को भी नहीं पूछेंगे और उसके थन पे हमेशा ही हाथ धरे रहेंगे।...और जहां तक तिवारी जी की बात है तो बे सांड़ बछड़े पर कुछ भी न कह पाएंगे। कानून के बूढ़े बैल हैं बे। हां, गोबर कर दें तो कर दें। वैसे भी इसमें किसी कानून की धारा नहीं लगती नन्ना जी। सांड़ अपने सांड़ होने का सबूत सांड़पने से ही देता है। समझे आप?'

नन्ना तिलमिला तो गए पर हंस कर टाल गए। रामजी चौबे के समक्ष सर्वश्रेष्ठ हथियार मौन ही है, या फिर हंसकर उनकी बात को टालना। वे कब, किसकी चड्ढी उतार दें कोई नहीं कह सकता। अभी तो वे नन्ना की उतार ही रहे हैं। क्षितिज पर उठ रहे तूफान की तरफ़ पीठ करके उसे नजरअंदाज करने का ग़लत पैंतरा अपनाया नन्ना ने। अपनी समझ से, बड़ी ही तरकीब से उन्होंने इस विषय को बदलने की ठानी। बात को बंटवारे से दूर ले जाकर, मौसम पर ले आए वे।

नन्ना ने फूफाजी से कहा, 'इस साल ठंडी बड़ी तेज पड़ रही है दारी। क्यों फूफाजी?'

फूफाजी को इस बात को मानने में भला क्या ऐतराज हो सकता था? उन्होंने झट से कहा कि सच्ची में, बड़ी ही तेज सर्दी पड़ रही है भैंचो।

फूफाजी ने तो यहां तक कह डाला कि ऐसी तेज सर्दी तो सन् पचपन में पड़ी थी, बस। किसी को पचपन की सर्दी की याद तो थी नहीं कि उनसे बहस करता। सबने माना कि कह रहे हैं तो पड़ी ही होगी। और न भी पड़ी हो तो अभी अपने बाप का क्या जाता है? हां, उनकी बात से यह अवश्य हुआ कि ध्वनि मत से यह प्रस्ताव अवश्य पारित हो चला कि इस साल सर्दी कुछ ज़्यादा ही तेज पड़ रही है। गप्पू ने भी विवाद से परे होती बात देखकर माना कि सर्दी तेज तो जरूर पड़ रही है। रज्जन अलबत्ता नहीं माने। कहने लगे कि पिछले साल भी ठंड कोई कम नहीं पड़ी थी। तिवारी वकील ने थोड़ी देर बाद ही बात समझी कि क्या चल रही है? कहने लगे कि आजकल मौसम भैंचो का कुछ भी कह पाना कठिन है भाई। पल में गर्मी, पल में ठंडी-ऐसा चलता है। फूफाजी ने मौसम के इस दोगले व्यवहार को ज़माने से जोड़ते हुए कहा कि ज़माना स्साला इत्ता खराब आ गया है कि जो न हो जाए सो थोड़ा है। सुबे तो खूब ठंड पड़ेगी और दुपहरिया होते होते ऐसी घाम हो जाएगी कि गर्म कपड़े उतारना भूल जाओ तो भैंचो लू लग जाए। रज्जन ने इस पर राय दी कि ऐसा वास्तव में बुढ़ापे में बदन ढीला हो जाने के कारण होता है—इसमें मौसम को दोष देना ठीक न कहाएगा। फिर बातें ढीले बदन, कसरत तथा कसे बदन के फायदे नुकसान पर हो चलीं। इन निरर्थक बातों से कुल मिलाकर एक ही फायदा हो रहा था कि रामजी चौबे की बेबाक बातों पर विराम लग गया था। पर कब तक? रामजी चौबे ने दुनिया में बहुत मौसम देखे हैं।

वे जान रहे थे कि मौसम की आड़ में वास्तव में चल क्या रहा है? वे चुपचाप बैठे हुए दाढ़ी पर हाथ फेरते रहे और यहां के मौसम का जायज़ा लेते रहे। अचानक ही उन्होंने मौसम चर्चा की आड़ में छुपाए जा रहे मुद्दे को गर्दन पकड़कर सामने घसीटा और बोले, 'तुम तो जे बताओ नन्ना कि तुमाई जे मौसम पंचायत कब तक चलेगी? खत्म हो जाए तो हमें बतइयो। तब अपुन कछू जरूरी बातें भी कर लेंगे। ठीक?'

'हमने तो बस ऐसेई कही कि सर्दी भौत पड़ रही है क्योंकि सर्दी तो भौत पड़ ही रही है।' नन्ना ने स्पष्टीकरण-सा दिया।

'तो वो तो सब को वैसेई पता है। सबको सर्दी लग ही रही है।' रामजी चौबे ने कहा।

''जे भी सही बात कही आपने।' फूफाजी ने कहा।

'हम सही ही कहते हैं...'

'सच्ची बातें भौत हो गईं पर असल बात जे है कि कब तक असली बात से बचोगे नन्ना? मौसम की बातन में लगे हो? हद है। अरे, भैंचो सर्दी के मौसम में सर्दी न पड़ेगी तो फिर कब पड़ेगी?'

'नहीं दद्दा, मौसम की बात तो बस यूं ही निकर आई, और निकर आई तो चल पड़ो।' गप्पू ने बात संभालने की कोशिश की।

'यार, तुम तो चुप ही रहो।...यूं ही निकर आई! बात क्या ऐसे, यूं ही निकर आती है? पेट की वायु है स्साली कि यूं ही निकर आई? गप्पू महाराज, तुमें दुनिया की ख़बर ही नहीं। अरे भैया, जे बातें यूं ही नहीं निकला करतीं। निकालबे वाले समझ बूझ के ही निकालते हैं।...' रामजी चौबे ने भर्त्सना के स्वर में कहा।

नन्ना जान रहे हैं कि बात क्या हो रही है। वे चुप रहे। गप्पू समझ नहीं पाए कि क्या बात हो रही है? वे भी चुप रहे। रामजी चौबे बोलते गए। वे गप्पू के बहाने नन्ना से बोलते रहे, '...तुम तो गप्पू महाराज, बस जेई समझते बैठे रहना कि हर बात ऐसेई निकर रही है।...और फिर बंटवारे में जो कोई, तुमें जो कुछ भी पकरा दे, ले के, चुपचाप कुठरिया में मूं ओढ़ के पड़े रहना। भौत बढ़िया! हम तुम्हें चूतिया समझें कि संत, हमें भैंचो ये ही समझ में नहीं आता।...'

नन्ना को लगा कि अब चुप रहना ठीक न कहाएगा भले ही इस चक्कर में रामजी चौबे से भिड़ंत हो जाए। रामजी चौबे जिस तरह से उन्हें कटघरे में खड़ा करके आरोपों के जूते मार रहे थे उसमें नन्ना का यह अधिकार तो बनता था कि वे अपना सिर इधर-उधर करके जूतों से स्वयं को बचाएं।

नन्ना ने कहा, 'आप तो चच्चा, ऐसे बोल रहे हैं मानो हम लोग गप्पू दादा के साथ जालसाजी करबे की ही ठाने हों?'

'यार, हमारा मूं और न खुलवाओ। जे ही सबके लिए अच्छा कहाएगा।'

'हम भी तो जेई चाहते हैं कि इतें कोई भी अपना मूं फालतू में न खोले।' नन्ना के स्वर में तनिक गर्मी है।

'तुम क्या चाहते हो सो दुनिया को पता है।'

'आपकी मर्जी। आप जो चाहे सो समझो।'

'तुमाई मर्जी के बारे में भी तो तनिक खोल के बताओ न?'

'चच्चा, हमाई का मर्जी?...गप्पू हमारे बड़े भाई हैं। बाप के सिधारने के बाद उसकी जगह बड़े भाई की होती है। हम तो बस इत्ता जानते हैं।'

'मानते भी हो कि बस जानते भर हो?'

'गप्पू दादा को हमने हमेशा बाप से ज्यादा माना है। पूछ लो इनसे?'

'जे क्या बताएंगे?...हमारा बस इत्ता ही कहना है कि 'बाप बाप' कहकर गप्पू का मूं इत्ता बंद मत कर देना कि जे अपना हिस्सा भी न मांग पाएं। वैसे भी जे तो अपने मूं से कुछ मांग न पाएंगे।...'

'आप न जाने क्या तो कहे चले जा रहे हैं चच्चा...। अरे जब हमने कह दई कि हमने गप्पू को हमेशा अपना पिता माना है तो बस बात खत्म।...'

'जब तुम बार-बार जे कहते हो कि गप्पू हमारे बाप हैं, गप्पू हमारे बाप हैं-तो फिर बंटवारे की बात काहे उठाते हो? बब्बा सिधार गए पर गप्पू तो ज़िंदा हैं न? फिर बाप के रहते बंटवारा क्यों?'

'आप तो चच्चा, बस बात पकर के बैठ जाते हो।'

'तो तुम्हारा जे कहना है कि तुम तो बस बातन की खातिर ही गप्पू को पिता बता रहे हो? क्यों?'

'आपसे तो बात करना ही फ़िजूल है।'

'सच्ची बातें फ़िजूल ही लगेंगी तुम्हें।'

'अब क्या तो कहें आपको।' नन्ना ने कहा।

नन्ना और रामजी चौबे की बहस को सर्वोदयी किस्म का विराम देने की कोशिश करते हुए फूफाजी ने कहा, 'चच्चा, आप काहे को इनके बीच में पड़ते हैं?...इनके घर का बंटवारा होना है। जे ही मिल बैठ के निबटा लेंगे। आप रहने दो न?'

रामजी चौबे गर्म हो गए।

बोले, 'वाह भैंचो! जे भी खूब कही तुमने। हमसे कह रहे हैं कि आप इस बहस में पड़ते ही क्यों हो?...हद्द है भैया जे तो भैंचो। हद्द है।...अरे इस देश की स्साली टेऊजेडी ही जे है कि यहां आदमी से कहा जाता है कि आप काहे को बहस में पड़ते हो-अन्याय हो रहा है तो होने दो न।...वाह भैंचो, वाह।'

रामजी चौबे दाढ़ी पर हाथ फेरते हुए बड़बड़ाने लगे। बड़बड़ाते ही चले गए। वे गुस्सा होते हैं तो दाढ़ी पर इतनी तेजी से हाथ मारने लगते हैं मानो दुनिया पर यह बात सिद्ध कर रहे हों कि उन्होंने नकली दाढ़ी नहीं चिपका रखी है। नन्ना भी खुलकर गुस्सा हो चले। अरे, 'वयोवृद्ध की मां की' अब तो।

'इत्ती सी बात में देश को क्यों घसीटते हैं चच्चा?' नन्ना ने कहा।

'तुम इसे इत्ती सी बात कहते हो?'

'तो कित्ती कहें?'

'तुम्हारे इत्ती कहने से तो बात इत्ती नहीं हो जाएगी न? जित्ती है सो सबको दिख रही है।'

'अच्छा चलिए, बात इत्ती सी नहीं है। तो? आप तो जे बताओ कि अभी बंटवारा हुआ भी नहीं और आपने जे भी तय कर दिया कि अन्याय हो गया है? बंटवारे के लिए अभी परिवार बैठा भी नहीं है और आपने मान लिया कि अन्याय तो होगा ही? जे कौन सी बात हुई?' नन्ना ने समर्थन प्राप्त करने के लिए सबकी तरफ़ देखते हुए यह बात कही।

'जब अन्याय हो ही गया और तब जाकर जागे तो फिर क्या जागे? हम अन्याय होबे का इंतजार करेंगे क्या?...हमें अन्याय का अंदेशा है तभी तो उसे रोकबे की खातिर हम इत्ती दूर से भगे भगे चले आ रहे हैं।' रामजी चौबे गुस्से में थरथराने लगे हैं।

नन्ना ने फिर से सबको सुनाते हुए कहा, 'जे भी खूबू कही चच्चा।...आपने तो बिना केस दर्ज किए ही हमें अपराधी घोषित कर डाला है। अभी बंटवारे की ठीक से चर्चा भी नहीं हुई है कि उसमें अन्याय खोजबे खातिर आप इतें पधार भी गए?'

रामजी चौबे खड़े हो गए।

गप्पू ने नन्ना को फटकारा कि तुम चुप रहो।

'हम तो अभी तक चुप ही हैं दादा।...वर्ना बोलना तो हमें भी खूब आता है।' नन्ना ने गुस्से में कहा।

रामजी चौबे नन्ना के ठीक सामने खड़े हो गए। बोले, 'तो बोलो न?...बोलो। सब लोग तुमें सुनना चाहते हैं। पहले तो जे बता दो कि जब बंटवारे की चर्चा ही नहीं करी है तो तुमने सामान की लिस्ट क्यों बनाई? अब जे न कहना कि नहीं बनाई। अभी भी जेब में धरी होगी। कहो तो वहीं से निकार के सबको दिखा दें?'

'लिस्ट बना ली तो कौन गुनाह कर दिया? सब बनाते हैं।'

'वही तो।...क्यों गप्पू भैया, तुमने लिस्ट बनाई? जे तो कहते हैं कि सब लोग बनाते हैं?' रामजी चौबे ने हंसकर पूछा।

गप्पू क्या बोलते? चुप रहे। रज्जन मौन रहकर स्थिति का मज़ा लेते रहे। आज तो चुप रहकर ही बात बनने वाली है, यह जान रहे हैं वे।

'यहां तो ऐसे श्रवनकुमार लोग हैं कि बाप यदि गैस्ट्रिक के कारण भी हिचकियां ले रहा हो तो उसी को उसकी अंतिम हिचकी मान के घर के सामान की लिस्ट बनाबे बैठ जाते हैं कि आगे बंटवारे में लगेगी...' कहकर रामजी चौबे ने वितृष्णा से वहीं थूक दिया।

'आप हमें ऐन दोषी कह लो पर जे तो बता दो कि बंटवारे पर किसकी नज़र नहीं है? सबकी है। बब्बा के मरते ही, उनके कमरे के ताले को किसने सील मोहर से बंद किया? गोपी से पूछो न?' नन्ना ने कहा।

'बब्बा के सिधारते ही यदि उनके कमरे की चाभी गायब हो जाए तो और क्या करने को बचता है दद्दा?' गोपी ने कहा।

'धन्य हो तुम दोनों।...धन्य हो।' चौबेजी ने कहा और आसमान में कहीं बिराजे ईश्वर की तरफ़ देखा कि कैसी दुनिया बनाई है रे तूने भी?

'चच्चा तो हमें पहले ही अपराधी घोषित कर चुके जबकि अभी कोई अपराध हुआ ही नहीं है। बातें तो चच्चा न्याय की करते हैं और हमारे साथ अन्याय करे चले जा रहे हैं।' नन्ना ने सबको सुनाकर कहा।

'काहे का अन्याय? कित्ती बार पुलिस जा के पकड़ती है न कि डकैती की योजना बनाते हुए चार लोग गिरफ्तार? फिर? अब वे इसे अन्याय कहें कि डकैती तो अभी पड़ी नहीं और इनने हमें अपराधी बना दिया है, तो?' रामजी चौबे ने वितृष्णापूर्वक कहा।

'तो हम तो हो गए डाकू और आप हो गए दरोगा?'

नन्ना अब खुलकर रामजी चौबे से मोर्चा लेने पर उतर आए।

रामजी चौबे ने सारी ज़िंदगी ऐसे मोर्चों पर लड़ते हुए गुज़ारी है। बोले, 'देखो नन्ना, हम दरोगा-फरोगा बनबे में भरोसा नहीं करते। हम तो साधारण सिपाही हैं। सिपट्टा कहते हैं न जिसे? वोई। सिपट्टे के हाथ में बस एक डंडा होता है। जेई उसका अस्त्र, जेई शस्त्र, जेई कानून और जेई मुकदमा। और वह डंडा मारता भर नहीं है। कहीं गड़बड़ दिखे तो वह इसे सही जगह डाल भी देता है। समझे?'

'सुनते हैं तिवारी जी?' नन्ना ने उस जगह से सहारा प्राप्त करने की कोशिश की जो स्वयं बेसहारा टाइप थी।

'क्यों? तिवारी जी क्या कर लेंगे? इनसे क्या उम्मीद कर रहे हो? वकील लोग भैंचो कभी कुछ करते भी हैं? ये लोग बंटवारा करवाने के सिवाय और कर भी क्या सकते हैं? इनका बस चले तो ये घर बंटवा दें, देश बांट दें। जिनने कभी हिंदुस्तान को बंटवाया था उनमें भी तो वकील-ही-वकील भरे पड़े थे, भैंचो।...' रामजी चौबे ने कहा।

नन्ना ने मखौल उड़ाने के अंदाज़ में पूछा, 'आप हर बात में हिंदुस्तान को क्यों घुसेड़ देते हैं?'

'ताकि तुम जैसे लोग समझ सकें कि बंटवारा कभी भी अच्छा नहीं होता। सैंतालिस में देश बंटा तो लोग आज तक भुगत रहे हैं।' रामजी चौबे ने कहा।

'आपकी इत्ती बड़ी-बड़ी बातें हमें तो समझ में आतीं नहीं।' नन्ना ने कहा और झूठी से हंसी हंसने लगे। रामजी चौबे ने भी हंसकर ही उत्तर दिया। कहा, 'इसमें तुम्हारी गलती बिलकुल नहीं है। तुम्हारी परेशानी ही यह है कि तुम केवल छोटी बातें ही समझ सकते हो।...'

रज्जन चुप थे।

गप्पू हैरान थे और दुखी भी। वे ही तो हैं जो अभी भी बब्बा की मौत से उबर नहीं पाए हैं। बाकी लोग इसीलिए उबर गए क्योंकि वे कभी उसमें डूबे ही नहीं थे। वे लोग तो बब्बा की मौत के बाद होने वाले बंटवारे की प्लानिंग में ही ऐसे डूबे थे कि उनकी और कहीं डूबने की संभावना ही नहीं बची थी। बहरहाल। नन्ना ने ही जवाब दिया।

बोले, 'चलिए, हम तो छोटे लोग हैं। छोटी बातें ही समझ पाते हैं। आप जैसे महापुरुषों की बड़ी-बड़ी बातें हम कैसे समझ पाएंगे? फिर भी हम आपसे बस, जे

एक छोटी सी बात पूछ रहे हैं कि घर के बंटवारे में आप देश का बंटवारा क्यों घुसेड़ रहे हैं? इत्ता भर बता दें।'

'यह बड़ी बात ही है। तुम नहीं समझोगे।' रामजी चौबे ने कहा।

'यह कोई बड़ी बात नहीं है। दद्दा यह तो सिर्रीपना है। बस।...' नन्ना ने लिहाज का अंतिम तिनका भी हटा दिया और पूरे नंगे होकर चौबेजी के समक्ष मानो सीना तानकर खड़े हो गए।

रामजी चौबे भड़क गए। गुस्से से थर-थर कांपने लगे वे। चढ़ से गए वे नन्ना पर।

'तुम भैंचो हमें सिर्री कह रहे हो?...हम भैंचो तुमें सिर्री नज़र आते हैं?' रामजी चौबे पूछ रहे हैं।

'आपको सिर्री नहीं कहा हमने। हम कह रहे हैं कि आपकी जे देश वाली बात सिर्रीपने की ही है।' नन्ना ने कहा।

'देश की बात को तुम पागलपन कहते हो? अरे, कोई सिर्री ही होगा जो देश के बंटवारे को भूल जाए।...' चौबेजी ने कहा। गप्पू ने नन्ना को इशारे से रोका और रामजी चौबे को मनाते हुए बोले, 'दद्दा, नन्ना का मतलब जे नहीं था। कोई भी आपको यहां सिर्री नहीं कह रहा है।...'

परंतु रामजी चौबे ने फिर कुछ सुना ही नहीं।

वे अब तक तो स्वतंत्रता संग्रामी के चोले में प्रवेश कर चुके थे।

बिफरकर बड़बड़ाते हुए वे बंटवारे के खिलाफ़ बोलने लगे, 'सब स्सालों को बंटवारे की लुक्क लगी है।...बाप मरा भी नहीं कि लिस्टें तैयार। हिसाब तैयार कि कौन क्या हथियायेगा।...और इस पे हद यह है कि भैंचो पूछते हैं कि देश के बंटवारे से घर के बंटवारे का क्या लेना देना? अरे, समझो तो खूब लेना देना है और न समझो तो घंट कुछ लेना देना नहीं है।...समझो तो वही प्रवृत्ति दोनों जगह है न? देश काहे में बंटा? इसी में न कि मैं जे भी झपट लूं और वो भी मैं ही झपट लूं। हर एक को अपनी अपनी लगती है। मुस्लिम लीगी को अपनी, और कांग्रेसियन को अपनी। देश की कौन भैंचो सोचता है?...हर एक को स्साली अपनी अपनी पड़ी थी। बंटवारा कभी भी न्यायपूर्ण नहीं होता, जे जान लो। बंटवारे का तो बीज ही स्वार्थ का बना होता है तो पौधा भी तो वैसा ही निकलेगा न? देश के बंटवारे में जेई हुआ था और जेई घर के बंटवारे में भी होता है...। वैसे नन्ना, हम तुम लोगों की जे तारीफ तो जरूर करेंगे कि तुम लोग कांग्रेसियन और लीगी लोगों से इस मामले में ज़्यादा अच्छे हो कि बंटवारे के लिए तुमने कम-से-कम बाप के मरबे का इंतजार तो किया। उन लोगन जैसा नहीं किया कि बाप तो जाकर मरा सन अड़तालिस में पर इनने घर का बंटवारा कर लिया सैंतालिस में ही!...'

'इधर बात ऐसी बिलकुल भी नहीं है चच्चा...' गप्पू ने फिर बात संभालने का प्रयत्न किया।

रामजी चौबे ने मानो सुना ही नहीं। वे चबूतरे के पास ही घूमते, बड़बड़ाते रहे, '...खुद ने भैंचो ज़िंदगी-भर कुछ कमाया धमाया नहीं। ठाठ से घर का ही खर्च कराते रहे। अब घर में हिस्सा भी चइये! क्यों चइये भैंचो? सब साथ नहीं रह सकते क्या?...और

जे चूतियाचंद हमें समझा रहे हैं कि जे बात नहीं है। अरे, जेई तो बात है। जेई बात है, स्साली।'

गप्पू ने रामजी चौबे को शांत करने का प्रयास करते हुए कहा, 'हम तुमें सच्ची कहते हैं चच्चा। यहां बंटवारे की अभी तक कोई बातई नहीं हुई है।'

'तुम हो एकदम चूतिया गप्पू, हम तो बस, इत्ता ही कहेंगे। अरे, सारे लुगासी में इस घर के बंटवारे की चर्चा चल रही है। उतें गांव में सबको पता चल गया और तुम इतें बैठ के भी जे बात नहीं सूंघ पा रहे हो?...या तो तुम्हारी नाक खराब है या फिर दिमाग।' इतनी देर में पहली बार रामजी चौबे को गप्पू पर गुस्सा आया और खूब ही आया।

'नहीं, जे बात नहीं है चच्चा...' गप्पू ने फिर कहा।

'तुम जो कहे रहे हो कि ज़े बात नहीं है, जे बात नहीं है—तुमने कभी इनसे भी पूछा है कि जे बात वास्तव में है भी कि नहीं?' रामजी ने नन्ना और गोपी की तरफ़ इंगित करते हुए कहा।

'मान लीजिए कि जे बात है भी तो इसमें बुरा क्या है?' अब गोपी बोले।

'सुन लिया गप्पू महाराज?' चौबेजी ने व्यंग्यपूर्वक पूछा।

'उनने क्या सुनना है? आप सुन लो न। आपई जरा-सी बंटवारे की बात पे इत्ता गुस्सा हुए चले जा रहे हो।' नन्ना ने कहा।

'अरे वाह! जे तो खूब रही। तो तुमें हमारे गुस्सा होबे की भी परवाह है?...वाह भई, वाह। धन्य भये हम तो। धन्य भये।...' कहकर चौबेजी चबूतरे के सामने नाचने लगे। यह कोई खुशी का नृत्य नहीं था यह बताने की आवश्यकता नहीं है। इसमें तांडव के तत्व स्पष्ट दिख रहे थे। सभी घबरा गए। रामजी चौबे का कोई भरोसा तो है नहीं। कैसा पागलों जैसा नाच रहे हैं! नन्ना तक घबरा गए।

'यह क्या कर रहे हैं चच्चा? ऐसा मत करिए।' गप्पू बोले।

'आप हमारे श्रद्धेय हैं, वयोवृद्ध हैं...' नन्ना ने कहा।

'अरे, स्साले वयोवृद्ध की मां की आंख, और श्रद्धेय की मैय्यो की...' नाचते नाचते रामजी चौबे ने कहा। वे बाल बिखरा के नाच रहे हैं। नाचते-नाचते ही गरिया भी रहे हैं।

नन्ना ने गप्पू के कान में फुसफुसाकर कहा, 'हमने तभी तो कहा था कि सिर्री आदमी है। खुद देख लो।'

'दद्दा, आप शांत हो जाएं...' रज्जन उठ गए और अब चौबेजी के आसपास, साथ साथ घूमते हुए चिरौरी कर रहे हैं।

इधर रामजी चौबे नाचे जा रहे हैं और 'वाह वाह,' 'धन्य भये हम...' 'धन्य हो' कहते जा रहे हैं।

अंतत: थक गए वे नाचते-नाचते।

अस्सी साल का बूढ़ा आखिर कहां तक नाचता? क्लांत हो गए रामजी चौबे। थककर बैठ गए चबूतरे पर। हांफते, ठंड में भी पसीने से तरबतर। जलती आंखों से नन्ना को घूरते। ताब इतनी कि घबराकर नन्ना ने सिर झुका लिया। अचानक ही रामजी

चौबे ने चाय मठरी के कप बसी को उठाकर दूर फेंक दिया। कप प्लेट चबूतरे पर गिरे और टूटकर बिखर गए। लोगबाग घबराकर दूर खड़े हो गए। सिर्री आदमी का क्या भरोसा? किसी को पत्थर वत्थर ही न मार दें?

अचानक ही वे उठ गए चबूतरे से। उन्होंने पास रखे दोनों झोले उठा लिए।

चल दिए रामजी चौबे। गप्पू पीछे-पीछे भागे। 'कहां जा रहे हैं?' कहते हुए।

रामजी चौबे चलते चले गए। गली तक जाकर वे पीछे मुड़े। वहीं से बुलंद आवाज़ में नन्ना से बोले, 'ध्यान से सुनियो नन्ना।...हम जा रहे हैं। तेरवीं-फेरवीं के लिए हम आए भी नहीं थे। इन बातों में हमारा विश्वास ही नहीं।...हम जाएंगे। बब्बा से तो हमारा मिलना वैसे भी जल्दी ही होगा। हमारी भी कित्ती उम्र बची है। पर जब भी हम उनसे मिलेंगे तो जे बात जरूर पूछेंगे कि बताओ, तुम अच्छे रहे कि हम? हम तो भैंचो बस जे एक खादी का झोला ही पीछे छोड़ के मरेंगे। अब इस झोले में जिसे जो भी बंटवारा करना हो, कर ले भैंचो। हमरे मरबे के बाद एकदम शांति रहेगी। और बब्बा तुम? तुम जो मरबे के बाद इत्ता मालमत्ता छोड़ गए हो तो दुनिया अब इसके लिए घर में मूड़ फुटव्वल भी देखेगी ही। तो तुम बढ़िया मरे कि हम-जे बताओ? पूछेंगे हम बब्बा से।...जरूर पूछेंगे। जे तो भई एक बात। दूसरी बात नन्ना, जो तुम लोग जरूर याद रखियो वो जे है कि बंटवारे में गप्पू के साथ कछू खेल करबे की कोशिश न करियो।...याद रखियो कि रामजी चौबे की बूढ़ी हड्डियों में अभी भी इत्ता दम है कि बज्र बन सकता है इनसे।...और तीसरी बात-बंटवारे के लिए तेरहवीं तक जरूर रुक जईयो। बब्बा की आत्मा को इतें से पूरा कढ़ जाने देना फिर बंटवारा करबे बैठियो।...' कहकर रामजी चौबे पलटे और गली में तेजो से आगे निकल गए।

चबूतरे पर सनाका खिंच गया था।

गप्पू उनके पीछे-पीछे अभी भी चले जा रहे थे गली में।

'हरिओम' नन्ना ने कहा। और रज्जन? वे चुपचाप खड़े हुए मन ही मन मुस्कुरा रहे हैं।

किसी ने गोपी की कार के पहिये की हवा निकाल दी।

'किसी ने' तो हम यूं ही मुरव्वत में कह रहे हैं वर्ना यहां सभी को पता है कि कार की हवा कौन निकाल सकता है?

किट्टू का फोटू थाने में अभी तक नहीं टंगा है पर मात्र फोटू न टंगने के कारण उसकी आपराधिक हैसियत कम नहीं हो जाती है। 'किसी बच्चे ने ही हवा निकाल दी है' यह तो सभी कह रहे हैं पर किट्टू का नाम कोई नहीं ले पा रहा। यह भी तय है कि इस वारदात पर किट्टू की छाप साफ़ दिख रही है। उस के रहते और किसी बच्चे की यह हिम्मत भी नहीं कि स्वयं यह काम कर दे।

अन्य किसी ने नहीं कहा परंतु रज्जन को भला कौन रोक सकता था? अब वे तो अभय उर्फ किट्टू के बाप ही हैं। जानते हैं कि यह काम किसने किया है? उन्होंने

अभय को आवाज दी। उनकी पुकार सुनकर सभी लोग अभय को आवाज़ें देने लगे। अभय उस समय छत पर धूप में बैठा था। बैठा भी क्या था, अन्य बच्चों को वहां बिठाकर ताश के पत्तों की टिरेल लगाना सिखा रहा था। नित्य ही वह इस तरह के ट्रेनिंग प्रोग्राम छत पर आयोजित करता रहता था जिसमें अन्य नादान बच्चों को जुआ खेलना, स्त्री-पुरुष के बीच के गोपनीय पलों की विस्तृत जानकारी देना तथा स्कूल के मास्टरों को उनकी हैसियत दिखाने के तरीके सिखाता था। पर बाप ने बुलाया है सो जाना तो पड़ेगा। वैसे अभय को अपनी अकादमिक गतिविधियों में बाप द्वारा किया यह व्यवधान बिलकुल नहीं भाया। वह नीचे जाते जाते बच्चों को हिदायत देता हुआ बोला कि हम अभी आते हैं, तुम लोग यहीं छत पर रहना।

अभय नीचे पहुंचा।

वह जानता था कि उससे किस सिलसिले में क्या तहकीकात होनी है? ऐसी परिस्थितियों के लिए वह सोते हुए भी तत्पर रहता था। बड़े लोगों की ऐसी बचकानी हरकतों की उसे परवाह भी नहीं थी।

अभय भोला सा चेहरा बनाकर रज्जन के सामने जाकर खड़ा हो गया। गोपी और गोपी की पत्नी भी वहीं थे। सभी लोग कार के आसपास ही खड़े थे। वैसे हम यह भी बताते चलें कि सुबह-सुबह कार की आवश्यकता ही क्यों पड़ी वर्ना तो कार वहीं अहाते के कोने में ढंकी हुई खड़ी रहती थी। बात यह हुई कि सुबह-सुबह जतारा से लल्लू भैया का फोन आ गया कि बनारस वाले मौसाजी को यहां से सुबे की बस पर चढ़ा दिया है, साथ में मुन्ने भैया भी हैं-तो उतें के बस अड्डे पे इन्हें उतार लेइयो। बनारस वाले मौसाजी वयोवृद्धों में भी वयोवृद्ध टाइप व्यक्ति हैं। कभी चलने की सोचें तक तो घुटने पिराने लगते हैं, चार कदम में सांस फूल जाती है, आठ कदम पर आंखन के सामने अंधेरा-सा छा जाता है और दस कदम पर आंखें नटेर देते हैं। सुनाई देता नहीं। आंखों से बस रोशनी दिख जाती है पर रोशनी में धरी चीज़ें नहीं दिखतीं। बनारस से कोई उन्हें जतारा तक छोड़ गया है। अब वे यहां आ रहे हैं। रज्जन ने ही फोन उठाया था। यही कहा कि यार, लोग तो ऐसे में मरबे के लाने काशी जाते हैं और जे उतें से इतें चले आ रये? ख़ैर तय हुआ कि उन्हें बस अड्डे से गोपी की कार में सहेजकर लाया जाना ही निरापद होगा वर्ना तांगे से लाने में तो उनको लाने गए व्यक्ति, तांगे वाले, स्वयं तांगे तथा घोड़े की मिली जुली परीक्षा हो जाएगी। उसी के लिए आज कार का कवरनुमा घूंघट सुबह-सुबह गोपी ने उतारा था तो देखा कि एक नहीं, दो पहियों की हवा निकली हुई है। रज्जन और गोपी साथ ही जाने को निकले थे। गोपी की बहू यूं साथ थीं कि पीछे-पीछे चाय लेकर आई थीं कि आप चाय पीकर निकलो क्योंकि बस के टाइम का कोई ठिकाना नहीं है कि यहां कब पहुंचे।

पहियों की हवा निकली देखी तो गोपी की बहू तो एकदम भभक उठीं।

वे गोपी को वहीं फटकारने-दुत्कारने लगीं कि हमने तो तुमसे पहले ही कित्ता कहा था कि कार को कानपुर में ही रहने दो, अपुन बस से निकल जाते हैं पर तुम काहे को मानोगे? अब खुद देख लो।...न जाने किसने हवा निकाल दी है। अभी तो

हवा भर निकाली है। कल कोई सीट काट देगा या कांच फोड़ देगा तब जाकर अक्कल ठिकाने आएगी तुमारी।

हवा किसने निकाल दी थी, इसका अनुमान, बल्कि पक्की ख़बर सभी को थी। जैसा कि शायर कहता है न कि 'पत्ता, पत्ता, बूटा, बूटा हाल हमारा जाने है'–वही मामला था। कार का पहिया चश्मदीद गवाही दे रहा है। हवाएं फुसफुसा रही थीं। निकली हुई हवा भी वहीं कहीं छुपकर चुगली कर रही थी। इसी के चलते अभय को बुलाया गया है। अब वो आकर सबके बीच एकदम भोला बनकर खड़ा है। पूछ रहा है कि बोलो? क्या बात है?

रज्जन ने सीधे ही अभय के दोनों कान जोर से पकड़ लिए और मरोड़ने की कोशिश करते हुए पूछा,

'क्यों बे, जे क्या है?'

अभय को अपने कान छुड़ाने की पुरानी प्रैक्टिस है। बाप कान को बाएं तरफ़ घुमा रहा हो तो खोपड़ी को दाएं तरफ़ घुमाकर कान छुड़ाया जा सकता है। वही करते हुए अभय ने कहा, 'कहां क्या है?'

'अच्छा! दिख नहीं रहा क्या?'

किट्टू चुपचाप खड़ा रहा।

'हम कार के इन पहियन की बात कर रहे हैं।...तुम इनकी हवा काहे निकाले भैंचो?'

'हम काहे निकालेंगे? हमने कोई भी हवा-फवा नहीं निकाली है।'

'तो क्या अपने आप निकर गई?'

'हवा का क्या है, अपने आप भी निकल सकती है। क्यों नहीं निकर सकती? या क्या पता कि गाड़ी पंचर हो गई हो? लुगासी में कांटे भी तो कित्ते हैं।'

'शाम को एकदम बढ़िया धरी थी और सुबे...' गोपी बोले।

'रात भर में निकर गई होगी, हमें का पता?'

'तुम साफ़-साफ़ बताओ। हवा किसने काढ़ी?' रज्जन के स्वर में इतनी धमकी है कि अभय ने अब भी न बताया तो अब वे उसे ठोक भी सकते हैं। अभय सतर्क हो गया। बोला,

'हम का बताएं?'

'तुमारे अलावा यहां और कौन निकालेगा?' गोपी की बहू ने चिढ़कर कहा।

'हम पूछ रहे हैं न? आप चुप ही रहें तभी ठीक रहेगा।...' रज्जन ने चिढ़कर कहा और धमकी भरे अंदाज़ में अभय की तरफ़ बढ़ते हुए कहा, 'तूने ही निकाली है न?'

'अरे, हम काहे निकालेंगे?' अभय ने ढीठता से कहा।

'हवा निकालबे के लाने तुमें कोई वजह भी चाहिए है क्या?'

'हमने नहीं निकाली। हमें तो जे भी नहीं पता कि कार के पहियन की हवा निकारी कैसे जाती है?'

'तुमें हवा निकालने का नहीं पता?'

'सच्ची, हमें नहीं पता।'

'भौत ही भोले बन रहे हो भैंचो?'

'और मान लो कि हमें पता भी हो तो भी हम काहे को निकालेंगे?'

'अरे, तुम तो ऐसे हो कि तुमें न भी पता हो तो भी तुम निकाल सकते हो।'

रज्जन उसे घूरते रहे।

इधर गोपी झुककर कार के टायरों का गहन निरीक्षण कर रहे हैं।

गोपी की पत्नी ने चिढ़कर कहा, 'तुम उधर क्या देख रहे हो?...यह पता कर रहे हो कि हवा कहां से निकल गई?'

'नहीं, वो बात नहीं है।' गोपी ने खिसियाकर कहा।

गोपी की पत्नी फिर बड़बड़ाने लगी, 'हमने तुमसे कानपुर में ही कहा था कि नहीं?...कित्ता बोला था कि कार को गांव मत ले चलो।...यहां लुगासी में कब कौन जंगली आदमी क्या कर दे...'

जंगली शब्द सुनकर रज्जन भड़क उठे।

रज्जन ने अब तक एक हाथ से अभय का कान फिर पकड़ लिया था। उनका दूसरा हाथ एकदम स्वतंत्र था। उसी से एक करारा रहपट अभय के गाल पर जड़ते हुए वे बोले, 'सुन लिया? स्साले जंगली...! तूने तो हवा निकाल के पूरे लुगासी को ही जंगली साबित कर दिया।...'

अभय सुबकते हुए दूर जाकर खड़ा हो गया।

अब रज्जन गोपी की तरफ़ पलटे और गोपी को इंगित करते हुए उनकी पत्नी को सुनाने लगे,

'क्यों गोपी चच्चा, क्या कभी कानपुर में तुमारी कार की हवा नहीं निकली?'

गोपी जान गए थे कि पत्नी ने गलत बात कह डाली है।

'नहीं, वो बात नहीं है।...और तुमने अभय को काहे मारा?' गोपी ने बात संभालने की कोशिश की।

'बात तो है न, चच्चा।...बात क्यों नहीं है? बात तो है। तभी तो हमने अभय को मारा। आप लोगन के दिल को किसी भी तरह तो ठंडक मिल जाए।...बच्चे ने हवा निकाल दी तो हमने उसे थपड़िया भी तो दिया।...कायदे से बात यहीं खत्म हो जानी चाहिए।...हवा ऐसी कोई चीज़ नहीं है कि एक बार निकल जाए तो वापस नहीं आएगी। अरे, प्राण तो नहीं निकल गए हैं न? हवा है स्साली, फिर से भर जाएगी।...पर इसी से कोई जे सिद्ध करना शुरू कर दे कि कौन जंगली है और कौन हुश्यार ठहराती, तो जे बात तो ठीक न कहाई।...और हम जे भी बता दें कि लोगों ने अभी लुगासी वालों का जंगलीपना देखा ही कहां है? अभी कोई असली जंगलीपने पे उतर आया न तो लोगों को भागते गेल न मिलेगी।'

गोपी चुप रहे। इस समय तो यही समझदारी भी थी। गोपी की पत्नी रज्जन को घूरती रहीं। फिर अंदर चली गईं।

अभय निर्दोष संत-सा चुपचाप खड़ा रहा।

रज्जन उसे घूर रहे हैं, यह पता है उसे।

अभय ने रज्जन से ही पूछ लिया, 'अब हम जाएं?'

'जाओ।...यहां तुम भैंचो कौन सा पंप मारके हवा भर देने वाले हो?'

अभय कुलांचें मारता हुआ अंदर को भागा।

रज्जन उसे जाते हुए देखते रहे। फिर स्वगत ही बोले, 'स्साला, जंगली कहीं का।'

बस अड्डे के इस उजाड़ मैदान में, सुबह कुछ ज़्यादा ही सुबह, सर्दी कुछ ज़्यादा ही सर्द और उजाड़पन कुछ ज़्यादा ही उजाड़ लग रहा है। कहने को तो यह बस अड्डा है पर दो ढांचेनुमा जीपों के सिवाय यहां और कुछ दिख नहीं रहा।

रज्जन खड़े हैं जतारा वाली जीप की प्रतीक्षा में। बनारस वाले मौसाजी को लेने आए हैं वे। कार की हवा निकाल दी गई सो अब तांगे पर ही ले जाने की ठानी है। घोड़ा बुरा माने, तो माने।

रज्जन अकेले खड़े हैं।

तभी उन्हें दूर खड़े रमतूला प्रसादजी दिख गए। वे स्थानीय राजनीति में चंदूलाल ऐमेले के धुर विरोधी हैं। गांव की जातिवादी राजनीति में ठाकुरों का दलित मोहरा। इसे उनका दावा कह लें या भ्रम, पर रमतूलाजी का मानना है कि उनकी एक आवाज पर सारे दलित उनके पीछे खड़े होंगे। पीछे खड़े होकर वे रमतूलाजी के पिछवाड़े के साथ क्या करेंगे, यह कोई नहीं पूछता। न ही वे बताते हैं। राजनीति में यदि आपमें भीड़ इकट्ठा करने की क्षमता है तो आपकी कद्र ही कद्र है। वैसे वे इस क्षेत्र से दो बार ऐमेले का चुनाव हार चुके हैं। इस बार फिर चंदूलालजी के विरुद्ध खड़े होंगे। चंदूलाल बब्बा के आदमी हैं सो रज्जन के भी कहाए।

रमतूला प्रसादजी राजनीति के वैसे खिलाड़ी हैं जैसे इस देश में सर्वत्र ही बहुतायत से पाए जाते हैं। स्थानीय प्रशासन उनके कमीनेपन से परिचित है और उनसे बचकर चलता है। वे कब, कहां नंगई पर उतर आएं यह बात वे स्वयं भी ठीक से नहीं बता सकते। जिस तरह कि छोटे बच्चों की चड्ढी चलते-चलते ही कई बार निबक जाती है और उन्हें पता भी नहीं चलता, और पता चल भी जाए तो वे परवाह ही नहीं करते, कुछ इसी तरह से रमतूलाजी के लिए नंगई एकदम सहज और नैसर्गिक सी बात थी। वे कब, किस बात पर, किसके ख़िलाफ़ खाना खाते हुए भूख हड़ताल पर बैठ जाएं, कब काले झंडे लेकर किस तरफ़ चल पड़ें और कब नंग से एकदम धड़ंग हो जाएं, यह किसी का बाप भी नहीं बता सकता था। धोती कुर्ता एकदम झक्क पहनते हैं। काली जुल्फ़ें। मुंह में पान। मिची मिची सी आंखें। गाल भरे भरे। कद छोटा। उंगलियों में नग वाली कई अंगूठियां। गले में कंठीमाला।

रज्जन को देखा तो दूर से ही 'पालांगी पंडितजी...' का नारा लगाया और चाय की गुमटी से उठकर उनके पास आ गए। पीछे-पीछे रमतूलाजी के साथी अर्थात् तीन चार स्थानीय लफंगे, और दो तीन शरीफ़ लोग भी। राजनीति में हर तरह के लोगों को साथ रखना होता है—इन स्साले शरीफ़ों की भी तो कई जगह ज़रूरत पड़ ही जाती है।

रज्जन ने 'पालांगी' के उत्तर में हंसकर कहा, 'खूब पांव लगो, बस, खेंच मत देना।'

रमतूलाजी ने पहला वाक्य ही राजनीति वाला बोला, 'हमने तो हमेशा ही बांभनों के चरन छुए हैं रज्जन बाबू-ये तो आप लोग ही हमें लतियाते रहते हो। आपके लाने तो बस चंदूलाल ही सब कुछ हैं। उनका ही एकछत्र कब्जा है आप लोगों के चरणों पर। बताइए, ऐसे में हम का करें?'

रज्जन हंसने लगे। बोले, 'तुमें तो ठाकुरों की ड्योढ़ी पे रमतूला बजाबे से ही फुर्सत नहीं है रमतूला प्रसादजी। बांभनों के लिए टेम ही कहां है तुमारे पास?...'

'जब बांभन न पूछेंगे तो फिर आदमी कहीं-न-कहीं तो जाएगा ही।'

'खूब जाए। जाबे से कौन रोक रहा है?...पर जे तो देख ले कि जा किस दिशा में रहा है? नाली की दिशा में जाओगे तो नाली में ही घुसोगे।...' रज्जन ने हंसते हुए चेताया।

'भैया, नालियां तो आजकल बांभन टोले में ही जादा खुदी हुई हैं।...'

'चलो, जेई सही।...पर जो लोग बांभन टोले में नालियां खोद रहे हैं बे लोग तनिक जे भी जान लें कि जे नालियां बाद में उनसे ही साफ़ कराई जाएंगी।...' रज्जन ने हंसते हुए धमकी दी।

'इसे इत्ता आसान काम न मान लेना पंडितजी...'

'आसान हो या कठिन, दोनों को हम धरते हैं इधर, अपने घंट पे।...जब तक रज्जन की भरतल में कारतूस है, सब काम आसान ही जानो।' रज्जन ने कहा। रमतूला प्रसाद ने हंसकर कहा 'बंदूक का तो ऐसा है पंडितजी कि बंदूक लटका के तो कोई भी डोल सकता है। असली चीज़ है बंदूक का चलाना।...और उसके लिए कारतूस नहीं, कलेजा चईये, बस।'

'अच्छा?...और जो परकी साल घाट पे गोली चली थी? वो भी क्या बिना कलेजे वाले ने चलाई थी? भूल गए?' रज्जन ने पूछा।

'तब थानेदार बांभन पड़ गया था रज्जन बाबू। अब फिर से वैसी कोशिश न की जाए तो ही ठीक रहेगा। आजकल थानेदार है राठौर। कहीं से भी गोली डाल देता है, और कलेजा बाहर।'

'यार, मर गए ऐसे गोली डालबे बाले।...' रज्जन चिढ़ गए।

'आप नाराज न हों। हम यहां कौन सी आपकी बात कर रहे हैं।...'

'करियो भी मती।...' रज्जन ने कहा और रमतूला प्रसाद को घूरते रहे। रमतूला दूर देखने लगे।

दोनों जन कुछ देर तक चुपचाप रहे।

दूर एक खटारा जीप को स्टार्ट करने की महती कोशिशें चल रही हैं। हेंडल घुमा घुमा कर हलकान हो गया लौंडा। अब यात्री ही उतरकर धक्का दे रहे हैं। हिचकोले लेती हुई, गाड़ी स्टार्ट हो होकर बंद हो रही है।

'स्सालों ने लुगासी की रूट पे ऐसी तो गाड़ियां चला रखी हैं कि भैंचो...' एक चमचे ने कहा।

'ऐमेले साब की हैं भैया।' रमतूलाजी ने कहा।

'चंदूलालजी की?' किसी ने पूछा।

'अरे, उनकी बात नहीं चल रई। बे तो भौत बड़े आदमी हैं। चंदूलालजी के तो ट्रक चलते हैं।...जे तो टीकमगढ़ वाले ऐमेले साब की जीप है।...पुरानी धुरानी जीपें कबाड़ से उठवा के इतें चला दई हैं।...कल उतें बेतवा के पुल पे इनकी जीप का एक पहिया कढ़ गया। वो तो बच गई वर्ना तो जीप नदी में गिर गई होती।...दस जगह रुक रुक के तो चलती हैं। धुंवा इत्ता फेंकती हैं कि...' एक जन जीपों की जन्मपत्री टाइप बांचने लगा।

'आरटीओ काहे नहीं पकड़ता ऐसी गाड़ियों को?'

'आरटीओ की हिम्मत है कि वहां हाथ डाल दे?...'

आरटीओ वहां भला क्यों हाथ डालेगा जहां से निकला हाथ आरटीओ साहब की चड्ढी उतार सकता हो।'

'बताते तो जे भी हैं कि इन जीपों में खुद आरटीओ सा'ब का पैसा भी लगा है?'

चेले ऐसी बातें करके इलाके की राजनीति का अपना ज्ञान बघार रहे हैं। रमतूला प्रसाद और रज्जन चुपचाप सुन रहे हैं अब तक।

रमतूला प्रसाद अब जाकर बोले, 'यार, ऐमेले आदमी का कोई वैसे भी क्या घंट उखाड़ लेगा? आजकल उनकी पेशाब से ही तो इस इलाके का हर चिराग जल रहा है।'

रज्जन मुस्कुराने लगे। बोले, 'रमतूला प्रसादजी, जब ऐसे ऐसे लोगों की पेशाब से चिराग जलेंगे तो फिर रोशनी भी इसी तरह की निकलेगी।'

'जे एकदम सही कहा आपने।' रमतूला प्रसादजी ने माना।

'एक और सही बात आपको बोल दें हम?' रज्जन ने कहा।

'कह दें न।...आज तो न जाने किसका मूं देख के उठे हैं कि सुबह से सही बातें ही सुनबे को मिल रही हैं।...बोलें।' रमतूलाजी ने कहा।

'वो बात जे है कि रमई, लूले और दुर्जन को कछू लोगों द्वारा जो पट्टी पढ़ाई जा रही है न कि बब्बा मरबे के बाद अधियाबटिया की जमीन पे अपना कब्जा बता दो तो उन्हें जे पाठ भी साथ साथ पढ़ा दिया जाए कि बब्बा जरूर मर गए हैं पर बाक़ी लोग अभी ज़िंदा हैं।' रज्जन ने कहा।

'अरे हम भला काहे को किसी को पट्टी पढ़ाएंगे?...' रमतूला प्रसाद ने कहा।

'...तो हमने भी कौन सा आपका नाम लिया है? हम तो जे कह रये हैं कि जो भी भैंचो उन्हें पट्टी पढ़ाबे की कोशिश करे...' रज्जन के स्वर में धमकी से ज़्यादा उपहास है।

'...पट्टी पढ़ानी ही होगी तो कोई आपसे परमिट कटबावे तो आएगा नहीं?...लगे हाथों जे भी तो बता दो पंडितजी कि गरीब गुरबा मजदूर लोग जो तीस चालीस साल से बब्बा के खेत जोत रये थे, अगर उनसे खुद बब्बा कह गए हों कि हमारे मरबे के बाद जे खेत तुमारे हो जावेंगे तो बे बिचारे अब का करें?' रमतूला प्रसाद ने बताया कि मामला क्या बन रहा है।

'...बब्बा तो बिचारे सोते-सोते मर गए। जे लोग भैंचो क्या साथ में उनकी रजाई में घुसे पड़े थे कि मरते मरते रजाई में ही बब्बा खेत इनके नाम लिख गए?' रज्जन ने कहा।

'...भैया, हमें तो ठीक से कछू पता नहीं है पर जे लोग तो गांव में जेई सब बातें कहते घूम रये हैं। बाकी तो आगे जाकर जज्जी में जो भी फैसला आएगा सो सबको मानना ही पड़ेगा।'.

'...बे लोग तुमाई अदालत में दरख्वास्त दे कर गए होंगे? काय रमतूलाजी?'

'...चलिए, जेई मान लीजिए। गरीब गुरबा के साथ अन्याय होता है तो वो तो इतें उतें अरज करता ही फिरेगा न?...'

'खूब करे, पर जे न हो कि अपने केस में बब्बा की गवाही दिलवाने की खातिर इन में से एकाध उनके पास ही पहुंच जाए,' रज्जन ने हंसकर धमकी दी।

'ख़ैर जे तो अपनी अपनी किस्मत है कि कौन मरता है और कौन जीता है? और मान लो कि बब्बा के पास पहुंच ही गए तो भी उन्हें इतें के दलिद्दर से तो छुटकारा मिल ही जाएगा न।'

'जे तो है।...'

'वैसे हम गांव से बाहर हते सो घर तो नईं पहुंच पाए पर बब्बा की सुन के हमें भौत दुख हुआ।'

'अभी तो रमई लोगन में से जब किसी की लाश गिरेगी तो थोड़ा दुख उसके लिए भी बचा के रखियो।...' रज्जन ने कहा।

'अरे गरीबन के मरबे पे कौन कहां दुख मनाता है पंडितजी...'

'फिर भी लोग बाग गरीबन को बहका के उन्हें मरबावे की तैयारी कर रये हैं...' रज्जन ने कहा।

'आप जिसे मरबे की कोशिश कहते हैं न, उसे ही हम गरीब लोग जीबे की कोशिश कहते हैं।' रमतूलाजी के एक चेले ने कहा।

'यार, अगर रमतूला बजे, तो जे बात तो हमें समझबे में आती है पर रमतूला के साथ साथ यदि पिपहरी भी बजबे की कोशिश करेगी तो जे तो ठीक न कहाएगा।' रज्जन ने कहा।

'तुम चुप रहो छोटे।' रमतूला प्रसादजी ने चेले को बरजा और रज्जन से बोले, 'वैसे, ऐसी कोई गलत बात भी नईं कह रहा था छोटे।...रमई लोग भी तो बिचारे बस जीबे की कोशिश में ही लगे हैं।...फिर आगे जो हो।...'

रज्जन हंसने लगे। बोले, 'इत्ते साल से तो ठाठ से ही जी रहे थे जे तीनों।...'

'अगर जे ही ठाठ कहाता है तब तो महाराज...'

'ठाठ ही रहे स्सालों के। इत्ते साल से बढ़िया अधियाबटिया में खेती कर रये हैं। खूब कमाया। खूब खाया। और क्या चइये?'

'खूब खाते होते तो ऐसे हाड़ न निकर आते उनके। इत्ते सालों से बब्बा के खेतन में बस अपने हाड़ ही तो तोड़ते रहे हैं जे लोग।...'

'यार, अब चोरी चक्कारी को हाड़ तोड़ना तो मत ही कहो रमतूलाजी। बब्बा ने कभी इनसे पूछा ही नहीं कि कित्ती फसल भई? हिसाब मांगा नहीं। जित्ती कही, मान गए। कहते रहे कि गरीब आदमी हैं, थोड़ी भौत फसल दबा भी ली तो गई तो गरीब के पेट में ही–पुण्य मिलेगा।' रज्जन ने कहा।

'पंडितजी, यदि उनने ऐसी चोरी करी तो जे उनका पाप।...हम तो कहते हैं कि चोरी पकड़ी जाए तो लगाइये न चूतड़ पे चार लातें। हम तो न्याय के साथ हैं हरदम...'

'ऐसे कुबोल न बोलो रमतूलाजी। ठाकुरों ने सुन लिया तो अगले चुनाव में आपको कलदारों का टोटा पड़ जाएगा।' रज्जन ने इशारों में बताया कि इस मामले में रमतूलाजी किसके इशारों पर नाच रहे हैं। रमतूला हंसने लगे। बोले, 'आपकी किरपा से कलदार देबे वाले तो हजार मिल जाएंगे रमतूला परसाद को।'

'अच्छा! जे बात?'

'और क्या।...क्या पता कि आपई दे दो।'

'हम देंगे घंटा।' रज्जन बोले।

'अपना घंटा आप ही संभाल कर रखो भैया। अभी आप जवान हैं। काम आएगा।...वैसे जे चीज़ हमारे कने भी है, और बढ़िया काम दे रही है।...बात को तनिक समझो पंडितजी।'

'तो चलो, तुमई समझा दो न?'

'अरे हम आपको क्या सलाह देंगे। आप तो खुदई इत्ते समझदार हैं।...'

'यार जो बोलना चहते हो तनिक साफ़–साफ़ बोलो, फालतू बातें न करो।...'

'हम कह रये थे कि हमारे लाने कलदार न दो पर इन गरीबन को आप कुछ दे दबा के खेतन वाला मामला ठीक से सलटा काहे नहीं देते?'

'...तुमारा मतलब जे है कि हम नोट पानी ले के उनके हाथ–पांव जोड़ते फिरे कि हमारे खेतन पे तुम कब्जा मत कर लेईयो सरकार?...'

'अरे आप काहे किसी के हाथ जोड़ोगे? हम हैं न। हम आपसे ले जा के उनके मूं पे मारेंगे न कि जे धरे कलदार और ख़बरदार जो आगे कभी खेतन पे कब्जे की बात भी करी तुमने...'

'बड़ी किरपा तुमारी! कृपया उन लोगों को जे और बता दें कि मर गए रज्जन की जमीन पे कब्जा करबे वाले। ठीक?'

'खेत रज्जन के हैं कि इन गरीब मजूरों के, जे तो फिर अदालत ही बताएगी।...'

'तो तुम हमें जे पाठ पढ़ा रहे हो कि हमें अपने ही खेत इन हरामियों से खरीदने पड़ेंगे?'

'अरे, खेतन का मोल इन्हें क्या पता?' गरीब गुरबा लोग है। थोड़ा भौत पकड़ा दीजिए।...बस'

'अच्छा...!'

'...वर्ना जे लोग फालतू में अदालत–फदालत जाएंगे। अदालतें आजकल वैसे भी बड़ी बेमुरव्वत हो गई हैं। वे ऊंचनीच देख के फैसला नहीं करती हैं।'

'तो आप रमई को अदालत पहुंचाबे वाले हो?'

'अरे हम काहे पहुंचाएंगे? वो तो खुदई पोंच जाएगा। लुगासी के आदमी को एक बार दिशा मैदान का रास्ता ठीक से न भी पता हो पर अदालत की गेल सबको पता है।'

'गेल का पता होबे भर से ही कोई आदमी पहुंच नहीं जाता है रमतूलाजी। बीच गेल में, कौन, कहां किसको ठोक दे, आजकल पता चलता है क्या?'

'जे भी खूब कही आपने।...पहले तो गरीब के पेट पे लात मारो, फिर बिचारे को रोबे-गाबे के लाने जज्जी भी न जाने दो?...'

'रमतूला प्रसादजी, रज्जन ने आज तक कभी भी गरीब गुरबा के पेट पे लात नहीं मारी है।...जब भी मारी है उनकी गांड़ पर ही लात मारी है। जे ही रिकार्ड रहा है रज्जन का।...अब गांड़ पे लात मारबे की कौन सी धारा चलती है तुमारी जज्जी में, सो देख के हमें भी बता देना।'

'पंडितजी, अब बे दिन नहीं रये।...'

'दिन तो भैया, हमेशा से बे ही थे, बे ही रहेंगे। जे जरूर हुआ है कि इस ज़माने में चूंतियों को ही दिन रात का फर्क समझ में आना बंद हो गया है, बस।...'

'भूलियो मती पंडितजी कि आजकल लात के जवाब में लात भी उठ सकती है।'

'इत्ती ऊंची बातें न करो रमतूला प्रसाद।...'

'हम तो इत्ता भर कह रये हैं कि दिन बदल गए हैं। बे दिन अब नहीं रहे।...'

'तो आप भी जान लो कि दिन चाहे बे ही हों, कि बदल गए हों पर इत्ता पक्का है कि रज्जन अभी भी बे ही हैं।...रज्जन नहीं बदले हैं।...रज्जन के खेतन पे किसी ने कब्जा मांगा तो बे, मांगबे वाले को उसी खेत में इत्ता गहरा गाड़ेंगे कि पता न चलेगा कि लात कितें गई और मूं कितें?'

'हमने तो एक नेक सलाह दी।...आप मानो, न मानो-आपकी मर्जी।...'

'हम ऐसी सलाह को इधर धरते हैं...'

'आप बुरा काहे मान रहे हैं? हम तो आप की ही तरफ़ से कह रहे थे।'

रज्जन हंसने लगे। बोले, 'कौन हमारी तरफ़ है, यह हमें ही न पता होगा क्या?'

तभी जतारा वाली जीप आ गई। हिचकोले खाती, धूल उड़ाती, धुंवे के बगूले छोड़ती जीप उनके बगल से निकली और किंचित दूर जाकर खड़ी हो गई। तेज सर्दी है। खुली सी जीप। कंबल-सदरी डाले हुए यात्री। ठंड और थकान से क्लांत, पर चेहरे पर संतोष कि तपस्या पूरी हुई-पहुंच ही गए अंततः।

'चलते हैं रमतूला प्रसादजी...' रज्जन ने जीप की तरफ़ बढ़ते हुए कहा।

'खूब चलिए पंडितजी, पर हमारी बात पे भी तनिक गौर कर लीजिएगा। ...समझदारी तो जेई कहाएगी कि रमई लोगन को थोड़े भौत कलदार दे दबा के...'

'यार, अभी ऐसे बुरे दिन भी नहीं आए हैं कि रज्जन को तुम जैसन से समझदारी सीखनी पड़े।...समझदारी सिखाबे का तुमें ऐसेई शौक चर्राया है तो रमई और लूले को सिखाओ न? उन्हें इसकी भौत ज़रूरत पड़बे वाली है।'

'ठीक कही आपने।...उन्हें भी समझदार तो बनाना ही पड़ेगा।...'

'और जो उन्हें समझदार बना ही रहे हो तो फिर तनिक ठीक से ही बनइयो।...हो सके तो थोड़ी समझदारी खुद भी सीख लेना। बढ़िया रहेगा। तुमारे लिए भी।'

'हमारा तो बढ़िया ही रहेगा, बस, आपकी कृपा भर बनी रहे।'

'हमारा कृपाफल अभी तुमने देखा ही कहां है रमतूला प्रसाद? जिस पे भी गिरता है, उसी का सिर नारियल घांई फोड़ देता है।'

'ऐसे कृपाफलों का मौसम भी अब नहीं बचा है पंडितजी। ध्यान रखियो।'

'वो तो हम रख लेंगे पर तुम भी जरा अपनी खुपड़िया बचा के ही रखियो।...'

'चलो, बो हम भी देखई लेंगे। पर आप अभी तो उतें देखो।...जीप में से कोई आपको टेर रहे हैं। शायद आपई के रिश्तेदार हैं, ऐसा लग रहा है।...आपकी आज्ञा हो तो हम भी हाथ वात लगवा के उतरवा दें? बुजुर्ग लग रये हैं।'

'बुजुर्ग नहीं वयोवृद्ध कहो भैया।...मूं में दांत नहीं, पेट में आंत नहीं। हमें कैसे पहिचान लिया और कैसे टेर रहे हैं, पता नहीं, काय के उनका मोतियाबिंद भी बिगड़ चुका है।'

'वैसे आपको तो अंधा भी पहिचान लेता है।' रमतूला प्रसाद ने हंसकर कहा।

'आजकल बड़ी ऊंची-ऊंची बातें बोलने लगे हो रमतूला प्रसाद...'

'आप जैसे ऊंचे लोगन की छतरछाया में थोड़ा भौत हमहूं सीख रहे हैं।'

'लगे रहो...'

'लगे ही हैं।...अच्छा, पांयलागी महाराज।...'

रज्जन ने जाते हुए आशीर्वाद दिया, 'खुश रहो जिजमान।...'

'जुग जुग जियो का आशीर्वाद न देंगे रज्जन महाराज?' रमतूला प्रसाद ने तिरछी मुस्कान के साथ पूछा।

'कोई मरबे की पूरी कोशिश में लगा हो तो हमारा आसीरवाद क्या घंट बचा सकता है उसको भैंचो?'

'फिर भी दे तो देते। क्या पता, काम ही कर जाए।'

'हम आसीरवाद को नाली में नहीं फेंक सकते न रमतूला प्रसाद?...' रज्जन ने जाते जाते कहा जो कदाचित् रमतूला प्रसाद ने सुना ही नहीं। बूढ़े रिश्तेदार कुछ ज़्यादा ही ऊंची आवाज़ में रज्जन को टेरने लगे थे।

गप्पू नाराज़ हो गए। कहें कि रिसा गए। गप्पू की आदत है, वे अक्सर रूठ जाया करते हैं। रूठने के अलावा उनके पास अन्य कोई चारा भी नहीं। कोई उनकी सुनता नहीं। सुन भी ले, पर गुनता बिलकुल नहीं। सभी मानते हैं कि गप्पू चूतियाटिक सिद्धांतवादी बातें झाड़ते रहते हैं। सात्विक विचार घुमड़ते ही रहते हैं उनके मन में। ये ही विचार वे सबको बताने की कोशिश करते हैं पर किसी के पास भी फालतू समय नहीं है। हर आदमी दुनियादारी में ऐसा फंसा तथा धंसा है कि सात्विक बातों को अपना समय नष्ट करना मानता है। रज्जन तो उनकी सात्विक बातों से पहले ही कब के आजिज

आ चुके हैं परंतु उनका बेटा होने के कारण उन्हें बरदाश्त करते रहते हैं क्योंकि बाप को एक सीमा तक ही बात करने से रोका जा सकता है। आज भी यही हुआ।

गप्पू कर्मकांडों के विरुद्ध हैं। सबको पता है। इस मामले में खानदान में उनकी बदनामी-सी है। पर अभी तो सबको यही आशा थी कि बब्बा के लिए हो रहे कर्मकांडों में वे अपनी टांग नहीं अड़ाएंगे। लोग गलत थे। गप्पू नहीं माने। वे तो शुरू से ही कसमसा रहे थे। बाप मरा है, सो शुरू-शुरू में तो न बोल पाए परंतु अब पांच दिन बीत जाने पर वे जबतब दबे स्वर में अपनी बात कह रहे हैं जिन्हें लोग शराफत में अनसुना करते रहे हैं।

रज्जन ने भी अब तक इसे सुना-अनसुना कर रखा था। रज्जन का मानना है कि ऐसी अललटप्पू बातें करने से इनका पेट साफ़ हो जाता है। न करेंगे तो इनका पेट फूलेगा। सो कर लेने देते हैं। दूसरे लोग इसी काम के लिए चूरन भसकते हैं, ईसपगोल खाते हैं। पेट का मामला है। न करेंगे तो पेट पिरायेगा।

पर आज तो गप्पू ने हद ही कर दी। वे छत पर खड़े थे। वहीं से इशारे करके, आवाज़ें लगा लगाकर उन्होंने रज्जन और नन्ना को छत पर बुलाया। गोपी वहां पहले से उनके साथ थे। गप्पू उत्साह में बेहद उत्तेजित लग रहे थे। रज्जन को भान हो गया कि अब ये कोई ऐसी ऊटपटांग बात बताने वाले हैं कि आदमी आश्चर्य में पड़ जाए कि कोई ऐसी ऊटपटांग बात सोच भी कैसे सकता है?

गप्पू चुप रहे। बोले ही नहीं। उन्होंने गोपी को इशारा किया कि अभी इन लोगों को तुम्हीं वह बताओ जो हमने तुमें बताया है! तब गोपी ने बताया कि गप्पू दादा चाहते हैं कि हम बिरादरी को तेरहवीं का भोज न दें।

रज्जन ने शिकायती मुद्रा में गप्पू दादा उर्फ पिताजी को देखा।

'जे क्या सूझी है आपको?' रज्जन ने झल्लाकर पूछा।

'कौन सी बुरी बात कह दी हमने?' गप्पू बोले।

'बुरी का तो हमें नहीं पता पर कोई अच्छी बात तो आपने नहीं ही कही है, यह तो पक्का है।' रज्जन ने कहा।

'तेरहवीं का भोज न दोगे? बिरादरी में लोग बाग क्या कहेंगे, जे भी पता है आपको?' नन्ना ने कहा।

'लोग तो हमारी तारीफ ही करेंगे। हम उसी रकम से बब्बा की स्मृति में एक सार्वजनिक पुस्तकालय और सार्वजनिक प्याऊ खोलेंगे न। शेष राशि किसी अनाथालय को दान कर देंगे। सोचो, लोग कित्ते खुश होंगे?' गप्पू विभोर-सा होकर बोले।

सारे प्रोजेक्ट के बारे में सोचकर ही गप्पू दादा गद्‌गद से हो उठे थे।

'लोग तो खुशी में नाचने लगेंगे, क्यों?...हद्‌द है आपकी भी पिताजी।...आपको ऐसी ऐसी अदरसट्ट बातें आखिर सूझती कहां से हैं?' रज्जन ने चिढ़कर कहा।

'इसमें अदरसट्ट क्या है?' गप्पू ने पूछा।

'अरे, इत्ता काम सिर पर पड़ा है, सारी रिश्तेदारी, मय अंडी बच्चों के इधर आ के डेरा डाले बैठी है, तेरहवीं का पूरा इंतजाम अभी पड़ा है और आपको समाज सेवा की सूझ रही है? जे अदरसट्ट नहीं है तो और क्या है? पूरे लुगासी में कोई स्साला

किताब छूबे तक को तो तैयार नहीं और आप यहां पुस्तकालय खोलबे की बात कर रये हो? जे सब अदरसट्ट ही तो है...' रज्जन ने कहा।

'पुण्य की बातें तुमें अदरसट्ट ही लगेंगी।...' गप्पू रूठ चले।

'तेरहवीं का भोज देना क्या पाप का काम है? चच्चा, तनिक इनकी सुनो कि जे क्या बता रहे हैं?' रज्जन ने कहा।

'क्या जे जरूरी नहीं है कि हम समाज में कछू पुण्य के काम भी करें...?' गप्पू ने कहा।

'कौन रोकता है? खूब कीजिए। पर तनिक गम्म खाइये न?...लुगासी के लोग आपके पुण्य कार्यों का जहां इत्ते दिन तक इंतजार किए हैं तो वे कुछ दिन और भी कर लेंगे। कौन भैंचो कोई हमारी प्याऊ के लिए ही प्यासा खड़ा है पिताजी और आप कहो तो हम अभी दो घड़ा पानी भर के गली में धरवाये देते हैं पर जे तेरहवीं जरा ठीक से हो जाने दो।' रज्जन ने हाथ जोड़े और जोड़े ही रहे।

गप्पू चुप रहे। वे रज्जन को घूरकर देखते रहे।

नन्ना ने भी गप्पू को अपनी तरह से समझाने की कोशिश की। नन्ना ने कहा, 'तेरहवीं का भोज न दिया तो बिरादरी वाले हमें जात बाहर कर देंगे। गांव में हमारा निकलना कठिन हो जाएगा दादा।...'

गप्पू को लग रहा है कि यहां तो उनकी बात के मर्म को ही ठीक से नहीं समझा जा रहा है। वे समझाने लगे, 'देखो नन्ना, यह जो मृत्युभोज देने की प्रथा है वह एकदम गलत है। मानते हो न? तो अब किसी को तो समाज में गलत प्रथाओं को बंद करना शुरू करना होगा।'

'खूब शुरू करवा लेना। पर बाद में। अभी रहने दो।' गोपी ने कहा।

नन्ना ने बात को और साफ़ किया 'यदि हमने यह भोज न दिया तो बब्बा की आत्मा को शांति न मिलेगी दादा।...'

'आत्मा की शांति के लिए और भी तरीके हैं।' गप्पू बोले।

'पर जो तरीके चल रहे हैं बे क्या बुरे हैं? हजारों सालों से जेई तरीके चल रहे हैं। इनसे ही आत्माएं भी ठाठ से शांत भी हो रही हैं। हम उन तरीकों को काहे छोड़ दें?' नन्ना ने कहा।

रज्जन चुप हैं। कोई बाप के कितना तो मुंह लगे? वो भी ऐसे बाप के!

'तो जे कौनसे शास्त्र में लिखा है कि पुस्तकालय, अनाथालय और विधवा आश्रम खोलबे से आत्मा को शांति मिलती है?' गोपी ने पूछा

'अरे, इसमें लिखे, न लिखे की क्या बात? अच्छे कर्मों से तो आत्मा को शांति मिलेगी ही।' गप्पू और रिसा चले।

'जे सब बड़े अच्छे कर्म हैं, यह माना, पर जे किसने कहा है कि तेरहवीं का भोज देना कुकर्म है?' रज्जन बिफर पड़े।

'...हर किसी की तेरहवीं ऐसे ही मनती है। हैसियत के हिसाब से आदमी भोज भी देता है। आत्मा की गति के लिए आवश्यक कर्म हैं जे सब।...' नन्ना ने जोड़ा।

'आत्मा की गति के लिए क्या यही एक तरीका बचा है... ?' गप्पू ने ऐसा प्रश्न पूछा जिसका उत्तर प्रश्न में ही निहित था।

रज्जन तैश में आ गए। बोले, 'महात्माजी, अब आप शांत ही रहें। हमें काम करने दें। आत्मा की शांति के दूसरे तरीकों पे अपुन बाद में बात कर लेंगे। अभी बब्बा की आत्मा को तो इसी पुराने तरीके से शांत हो लेने दें।...'

रज्जन ने कहा और चलने को हुए तो नन्ना ने उन्हें फटकारते हुए कहा, 'गप्पू दादा से इस तरह बात करबे का क्या मतलब है रज्जन? तुम बड़न से बात करबे का शऊर ही भूल गए का?'

'तो फिर आप ही बताओ न कि ऐसी बातों पे कोई कैसी बातें करे? कभी महात्मा गांधी भी चूतियाटिक बातें करते तो जवाहरलालजी जेई कहते न कि रहन दो महात्माजी... ?' रज्जन ने कहा। कहकर वे धड़धड़ाते हुए सीढ़ियों से उतर गए। अब छत पर बचे, तीन।

तीनों चुप थे।

फिर धीरे से गोपी भी उठे और सीढ़ियां उतर गए।

अब बचे, दो। दोनों चुप रहे।

फिर नन्ना भी धीरे से उठे। गप्पू की पीठ पर हाथ धरा। गप्पू की आंखों की तरैयां छलक आईं थीं।

'हम चलें? नीचे भौत काम पड़ा है,' नन्ना ने कहा और वे भी जीने से उतर गए।

अब बस एक ही बचा था छत पर।

और वह रूठा हुआ बैठा है। उसकी किसी को परवाह भी नहीं थी। गप्पू तो रूठते रहते हैं।

रातोरात किसी ने गहरा गड्ढा खोद डाला वहां।

बब्बा का रिहायशी कमरा अहाते में घर से बाहर एक तरफ़ पड़ता है परंतु फिर भी है तो वह घर में ही। वहीं कल रात कोई शख्स बब्बा के कमरे में घुसा, वहां के एक कोने में फर्स में ठीकठाक सा गड्ढा भी खोद गया और किसी को पता ही नहीं चला-जे तो हद्द है भैया! सब हैरान हैं। सुबह-सुबह नौकरों ने देखा तो भागकर नन्ना को जगाया। वे आए। फिर गोपी, फिर रज्जन, फिर तो तमाशबीनों का ठट्ठ उमड़ पड़ा। सारे रिश्तेदार इकट्ठे हो गए।

'तुम भैंचो का कर रये थे?' रज्जन ने नौकरों से पूछा। दोनों जन वहीं चबूतरे पर बनी आड़ के नीचे ही सोए थे, रात में।

दोनों चुप खड़े रहे।

जिसने भी गड्ढा खोदा था, वह ऐसी सर्द रात में गड्ढा खोदने का अपना शौक पूरा करने के लिए तो कमरे में घुसा नहीं होगा, यह बात तय थी। बात एकदम साफ़ थी। जरूर ही किसी को 'आयडिया' था कि बब्बा ने अपने कमरे में कुछ मालमत्ता

गाड़ रखा है। उसी को लेने आया था। बब्बा ने जीते जी तो कभी किसी को मालमत्ते की भनक भी नहीं लगने दी थी। सभी लोग बस कयास ही लगाते थे। वह भी गुपचुप तरीके से। शक सभी को था कि बब्बा ने काफी सोना चांदी तो घर में ही कहीं गाड़ रखा है। वास्तव में गाड़ रखा था या उन्होंने बस यूं ही एक हवा बना रखी थी, कहना कठिन है। नन्ना वगैरह तो दावे के साथ कहते रहते थे कि सोने के सिक्कों से भरे लोटे तो बचपन में उनने खुद बब्बा के पास देखे हैं। कित्ता सच, कितनी शुद्ध गप्पास्टिक, कहना मुश्किल है। पर उसी का नतीजा रहा होगा कि किसी ने आज यहां गड्ढा खोदने का प्रयास किया था। पता नहीं कि उसे वहां कुछ मिला भी था या नहीं। मान लो कि वह सिक्कों वाला एकाध लोटा वास्तव में ही खोद ले गया हो, तो?

'चलो जे लोग तो भैंचो मान लो कि सोते रहे गए पर जे अपना टॉमी भोसड़ी का काहे नहीं भौंका?...' रज्जन ने आदमियों को बरी करते हुए कुत्ते को पकड़ा। 'वैसे तो भैंचो बड़ा वफादार प्राणी कहाता है। अभी देखो, इस स्साले को! कैसा कुत्ते टाइप मूं बना के खड़ा है। न मूं पे शरम, न आंखन में अफसोस।...' रात भर अहाते में खुला छोड़ के रखा जाता है टॉमी को। कुत्ते से उम्मीद की जाती है कि वह रात में चोरों डकैतों पर भौंकेगा तथा इतना भौंकेगा कि या तो चोर ही डर से भाग निकलेंगे, या फिर घर के लोग जाग जाएंगे।...'पर हमारे जे भैंचो टामी भैया तो ऐसे शरीफ निकले कि मानो कुत्तागिरी ही त्याग दी हो।'

तभी कुत्ता उस गड्ढे के करीब आकर कुछ पड़ताल टाइप करने लगा। रज्जन को मानो आग लग गई।

उन्होंने उसे एक जोरदार लात मारी। कुत्ते को भले ही वह लात अप्रत्याशित प्रतीत हुई हो पर वह थी एकदम प्रत्याशित ही। कुत्तों को तो ऐसे ही लात मारी जाती है। कुत्ता, बुरा मानकर 'पैं पैं' करता हुआ भाग गया और अहाते में दूर खड़ा होकर इधर को देखने लगा। रज्जन को लांग शॉट में भी उसकी उपस्थिति स्वीकार नहीं थी। उन्होंने दूर से ही उसे घुड़की दी। कुत्ते को भी अपनी और कुत्ता फजीहत कराने का शौक नहीं था। वह अहाते से भी छू हो गया।

'पता नहीं कि स्साला क्या क्या निकार के ले गया?' गोपी बड़बड़ाए।

'यह भी तो हो सकता है कि उसे कुछ भी न मिला हो?' नन्ना ने ऐसे विश्वास से कहा मानो गड्ढा खोदते टाइम वे चोर के ठीक पीठ पीछे खड़े रहे हों।

रज्जन ने कहा, 'नन्ना, वो कोई चूतिया तो था नहीं जो इत्ती ठंड में, इत्ती रात को कमरा खोदबे आ गया? उसे जरूर पता था कि चीज़ कहां गड़ी हुई है। आया और खोद के ले गया।'

'हम तो जे कह रहे हैं कि हो सकता है कि किसी ने ऐसेई शक में फर्श खोद डाला हो। अरे, जब हम लोगन को ही कछू पता नहीं था तो फिर चोर को कहां से पता रहा होगा भैंचो?' नन्ना आश्वस्त हैं कि चोर को गड्ढे में कुछ नहीं मिला होगा।

'उसे कछू भी न मिला होता न, तो वो कमरे में चार जगह और खोद के देखता।' रज्जन ने तर्क दिया।

'बिलकुल ठीक कह रहे हो रज्जन।...जिसने भी खोदा उसे पूरा अंदाजा था कि माल कितें दबा है।' गोपी बोले।

नन्ना सहमत नहीं हैं।

'ऐसे कैसे हो सकता है यार? घर वालों को तनकऊ भनक तक नहीं, और बाहर वाले आदमी को भैंचो एकदम ऐसा सटीक अंदाजा?...' नन्ना ने कहा।

रज्जन ने नन्ना को अर्थपूर्ण नज़रों से देखते हुए कहा, 'तो हम जे कहां कह रये हैं कि जे काम किसी बाहर वाले का ही है? हो सकता है कि किसी घर वाले ने ही खोदा हो।'

'यार, तुम घर के लोगन पे तो ऐसो इल्ज़ाम न धरो भैया...' नन्ना आहत हुए।

'हमने तो बस एक बात कही।...वैसे भी, जब पैसे की बात चले तो क्या तो घर के और क्या बाहर के!...पैसे की बात पे तो यहां बेटा बाप की गर्दन काट दे...' रज्जन ने कहा।

'तो क्या तुम हमारी गर्दन काट दोगे?' गप्पू जो अभी तक चुप होकर सारा तमाशा देख सुन रहे थे, बोले।

'यार, आप हर बात को अपने पे ही काय को ले के बैठ जाते हो?...' रज्जन बोले।

'फिर भी...' गप्पू बोले।

'अरे, कौन तो आपकी गर्दन काटेगा?...और काट के करेगा क्या?...हमारी बात का मतलब तो बस जे था कि जे काम किसी घर वाले का भी हो सकता है।' रज्जन किंचित बचाव की मुद्रा में आ गए।

'ऐसा करने का भी भला कोई क्यों सोचेगा? ऐसा क्यों सोचते हो तुम?' गप्पू ने हैरानी भरे स्वर में कहा।

'अरे हम आप न भी सोचें पर अभी पुलिस आई तो सबकी पड़ताल करेगी कि नहीं? बाहर बालन की भी और घर बालन की भी।...' रज्जन बोले।

'पुलिस में तुम किस चीज़ की रपट कराओगे? क्या जे कहोगे उनसे कि रात में कोई हमारे कमरे का फर्श खोद के ले गया? गड्ढा खोद के मिट्टी बटोर ले गया?...' नन्ना बोले।

'रिपोर्ट करबे की बात कौन फड़तूस कर रहा है नन्ना?...हम तो एक बात बता रये हैं।...' रज्जन ने कहा।

'सही बात है। रिपोर्ट तो तब करी जाएगी जब पता हो कि...' कोई साहब बोले।

'बब्बा ने कभी कुछ भी ठीक से बताया ही नहीं।...' गोपी ने शिकायती स्वर में कहा। वे इस बात की शिकायत करने लगे कि यदि बब्बा ठीक से सारी जानकारियां दे के जाते तो आज बंटवारा करने में सबको कितनी आसानी रहती।

'हरिओउमऽऽ' गप्पू बोले।

'अब?' गोपी ने पूछा।

'अब क्या, घंटा।' रज्जन बोले।

'मारो दरवाजे पे ताला और लगो अपने अपने काम पे।' नन्ना ने कहा।

'न हो तो इस कमरे का पूरा फर्श ही न खुदवा के देख लिया जाए?' कप्तान ने कहा। वे अभी तक तो चुपचाप ही खड़े थे परंतु यह एक ऐसा बंबास्टिक विचार मन में आया था कि जिसे प्रकट किए बिना उन्हें चैन नहीं पड़ा।

'अच्छा?' रज्जन ने उन्हें व्यंग्यपूर्वक देखते हुए पूछा।

'हां, हो सकता है कि और जगह भी कुछ गड़ा हो?' कप्तान ने बात पूरी की।

'तेरहवीं हो जाने दो–फिर तुम कहोगे तो अपुन जे पूरा घर ही खुदवा के देख लेंगे।' रज्जन ने कहा और उसी सांस में किसी को आवाज देकर बोले, 'कमरे पर ताला तो मार दो छोटे, और रमेसर को बोलो कि रात में दरवाजे पर ही सोए।'

'हम तो कहते हैं कि उसे कमरे में सुलाओ।...हो सकता है कि चोर आज फिर से ट्राई करे।' कप्तान पर अचानक ही मानो 'बंबास्टिक' आयडिया आने का दौरा–सा पड़ा था।

'सारी चूतियाई तुमने आज ही निपोरबे की ठानी है कि कछू कल के लाने भी छोड़ोगे?' रज्जन ने कहा।

'हमने तो चोर पकड़बे की एक तरकीब बतई, बस...' कप्तान ने कहा।

'तुम पुलिस में भर्ती काय नहीं हो जाते?...' रज्जन ने पूछा। कप्तान चुप हो गए।

'जे रमेसरा कहां है यार?' रज्जन ने फिर आवाज दी।

'घर चला गया मालिक।...कहन लगा कि हमारे तो हाथ–पांव भौत पिरा रये हैं सो हम...' किसी ने सूचना दी।

रज्जन एकदम बिफर गए। जे तो यार हद्द ही हो गई! यदि नौकरों चाकरों तक के हाथ–पांव दर्द करने लगे तब तो चल गई जे दुनिया। नौकरों के भी भैंचो हाथ–पांव दर्द करते हैं कहीं?

बोले, 'अब जे भी सुन लो। रमेसरा जैसे लोगन की भी तबीयत ख़राब होन लगी है! अरे, जे कहाती है, असली नाजुकमिजाजी। वाह रे भैया।...तनिक सोमवारी को उनके घर पठा के बुला तो लाओ नवाबसाहब को। कहना कि रज्जन बाबू ने सलाम भेजा है। ठीक?...आने दो। हम उनकी बीमारी का तनिक भूत तो उतारें।...हाथ–पांव पिरा रये हैं साहब के! हद्द है भैंचो।'

नन्ना ने रज्जन की बात में व्यवधान डालते हुए पूछा, 'तुमने तिवारी वकील से बात करी?'

रज्जन को याद ही नहीं आया कि संदर्भ क्या है? बोले, 'क्यों?'

'तुम अधिया बटिया वाले खेतन की रजिस्ट्री के कागजन की बात कर रये थे न कि शायद तिवारी जी को उनका पता हो?' नन्ना ने याद दिलाया।

'अब क्या बताएं भैंचो।...बब्बा को भी बस जे तिवारी जी ही मिले थे।...वकील साहब खुदई ऐसे डग्गर मग्गर हो रये कि कानून उनके हाथों से टपका टपका जाता है।...क्या करें?...' रज्जन तिवारी जी को गरियाने लगे।

'यार, तुम तो जे बताओ कि तुम उनके घर गए हते कि नहीं?'

'कैसे जा पाते? फुर्सत तो मिले स्साली।...और जाएंगे भी तो आपके और गोपी चाचा के बिना तो न जाएंगे। कानूनी कागजात वाला मामला। जित्ते लोग साथ रहें, उत्ता अच्छा। दो लोग तो तिवारी जी को संभालबे के लाने चाहिए...' रज्जन बोले।

'यार ऐसा न कहो।...कल ही तो तिवारीजी आए थे कि नहीं? ऐसे कोई डगर मगर भी नहीं हो रये थे।...' नन्ना ने कहा।

'और कित्ते डगर मगर हों? खूब तो हो रये थे।...' रज्जन ने कहा।

'तो चलो, आज चले चलो।...' गोपी ने कहा।

'सब चूतियापा है भैंचो...' रज्जन ने न जाने किस संदर्भ में कहा।

'जे तो है...' नन्ना भी बिना संदर्भ की परवाह किए मान गए।

मंड़िया में चिलम घूम रही है।

महंतजी हैं। उनके साथ, उनके तीन एकदम ख़ास चेले हैं...और गांजे की चिलम तो है ही।

रात गहरी। तेज सर्दी। लालटेन का मद्धम प्रकाश। रजाई ओढ़े महंतजी। चेलों के पांवों पर भी कंबल पड़ा है। महंतजी और चेले मंड़िया में बैठकर चिलम खेंच रहे हैं।

महंतजी के बैरागी जीवन का एक बहुत बड़ा सहारा यह चिलम है। शुरू में तो बस कभी यूं ही पी ली थी। अब इसकी ऐसी आदत हो गई है कि मानो उनके जीने का कारण ही बन गई है। रात होते ही तलब लगती है। भक्ति और ध्यान में मन ही तब रम पाता है जब चिलम खींच ली गई हो। हर कश के साथ वे अध्यात्म की नई गहराई में उतर जाते हैं। चिलम के धुएं पर ही तैरता है उनका चिंतन और चिलम के साथ ही उतरते हैं शरीर में प्राण।

महंतजी के यूं तो अनेकों भक्त हैं पर चिलम के साथी ये तीन भक्त ही उनके ख़ास शिष्य जैसे हैं। इन शिष्यों से उनकी कोई भी बात छुपी नहीं है। ये चेले नित्य रात में महंतजी का चिलम सानिध्य निभाते हैं। मठ में बैठकर गांजा पियो तो वह एक धार्मिक गतिविधि बन जाती हैं। नशा करने के लिए एक नैतिक आधार मिल जाता है सब को।

मठ के खेत की रजिस्ट्री की समस्या अब चेलों को भी पता है। बब्बा की मौत के बाद से महंतजी किस खलबली से गुजर रहे हैं, उन्हें भी पता है। बड़ी चिंता में हैं महंतजी, यह भी जानते हैं वे। तभी तो आजकल चुप चुप से रहते हैं गुरुजी। चुपचाप ही चिलम खेंचते रहते हैं। और चिलम खेंचने के बाद तो और भी चुप हो जाते हैं। आज तो गुरुजी ऐसे चुप हैं कि ठीक से 'हूं हां' भी नहीं बोल रहे। बस, खींचे जा रहे हैं। अभी तो इत्ती जोर से इत्ती लंबी चिलम खेंची कि वे गफलत में ही चल गए और लुढ़क गए। चेलों ने ध्यान ही नहीं दिया। क्या करें बेचारे? नशे की चपेट में चेले स्वयं भी गफलत में हैं। उन्हें खुद अपना ही ध्यान नहीं।

'पलटी खा गए गुरूजी...' एक चेले का ध्यान अभी-अभी उन पर गया।

'लगता है कि सो गए...' दूसरे ने कहा।

'माल भी तो तुम ऐसा तगड़ा लाए हो यार...और गुरूजी ने इधर खेंचा भी खूब।'

'क्या करें बिचारे? परेशान भी तो भौत हैं।'

'पर ऐसे परेशान होबे से होना क्या है?'

'फिर भी। हो तो रहे हैं।'

'वैसे परेशान होबे की तो बात है। अगर जे मंड़िया वाला खेत गुरूजी के हाथ से निकर गया तो फिर इतें खाली मठ में बैठ के गुरूजी क्या भैंचो खड़ताल बजाएंगे?'

'अरे, ऐसे कैसे हाथ से निकल जाएगा?'

'देखते जाओ। ऐसेई निकल जाएगा।...बब्बा के घर में अभी बंटवारा तो होन दो। फिर देखियो। नाई नाई बाल कित्ते? नाई ने कही कि अभी सामने आए जाते हैं। बस, वैसेई बात। जे मामला भी ऐसेई सामने आ जाएगा।...' एक चेले ने कहा।

गुरूजी लुढ़के पड़े हैं। लगभग सो ही चुके हैं।

चेलों के बीच बातें चल रही हैं और चिलम भी।

'गुरूजी के साथ अगर ऐसा अन्याय हुआ तो फिर ख़ून की नदियां बह जाएंगी भैया।...' एक ने कहा।

'कितें?'

'इतें ही, और कितें?...अगर किसी ने भी गुरूजी को खेत से बेदखल किया तो ख़ून की नदियां बह जाएंगी...' एक ने कहा जो स्वयं अभी ठीक से बैठ भी नहीं पा रहा है।

'कौन बहायेगा?'

'हम बहाएंगे। अरे, गुरूजी के लाने क्या इत्ता भी न करोगे? तुम न बहाओगे क्या?'

'बहा तो हम भी देंगे, पर जे भी तो बताते चलो कि आखिर किसके ख़ून की?'

इस प्रश्न का उत्तर क्या दिया जाए, यह किसी को भी स्पष्ट नहीं था।

'जिसके लिए भी गुरूजी आज्ञा देंगे, उसी के ख़ून की...' कहा गया।

'गुरूजी काहे कहेंगे?'

'गुरूजी न भी बोलें पर हम अपने गुरूजी के लिए प्राण भी दे सकते हैं।'

'यार, इतें अपने प्राण देबे की नहीं, दूसरे के प्राण लेबे की बात चल रही है।'

चेले चर्चा में मग्न हैं। गुरूजी न तो सोए थे, न ही बेहोश हैं। कदाचित् आंख मूंदे थे या थोड़ा गन्नाटे में थे। गुरूजी अचानक आंखें खोल कर बोले, 'किसके प्राण लोगे? असल गड़बड़ी तो बब्बा कर गए हैं। अब मरे आदमी के प्राण कहां से लोगे?'

चेले सतर्क हो गए।

'हम तो बात कर रहे थे कि...'

'अरे, बातन से भला का होना है?...अब तो सब कुछ रज्जन और नन्ना के भरोसे है।' गुरूजी ने निराश स्वर में कहा और पुनः आंखें मूंद लीं।

'आपको भी तो बब्बा के जीते जी ही जे काम करा लेना चाहिए था...' एक चेले ने कहा।

'जे एकदम सही बात है गुरूजी।...बब्बा के जे लौंडा लोग बड़े हरामी लोग हैं भैंचो...'

'रज्जन का बस चलेगा तो वो तो खेत क्या, हमाई लंगोटी तक उतरवा लेगा। कहेगा कि इतें लंगोटी धर के फिर बाहर निकलो।...' गुरूजी ने कहा।

'अरे, एंसे कैसे बाहर निकलो?.. ख़ून की नदियां बह जाएंगी गुरूजी।' एक ने फिर कहा।

'सही बात। गुरूजी के साथ खेल किया तो हम दुनिया में आग लगा देंगे।' दूसरे ने कहा।

'इसी चिलम से?' किसी ने कहा।

'बिलकुल। चिलम से भी तो आग लगा सकते हैं।'

'वैसे, कोई बता रहा था कि सरकार का ऑर्डर है कि जो भी खेत जोतेगा, खेत उसी का कहाएगा।...ऐसे में तो खेत गुरूजी का कहाया?...'

'तो कौन से गुरूजी भी खुद जोतते थे।'

'फिर भी...'

'भैया, जे तुमारी सरकार का ऑर्डर कितें है तनिक हमें भी दिखला देना।...'

'है।...सबको पता है।'

'है तो, पर कोई दिखाए न।'

'हम क्या सरकार का ऑर्डर जेब में धरे घूमते हैं यार? तहसील जाके खुद देख लो।'

'चलो तुम ऑर्डर भले न दिखाओ पर जे तो दिखा दो कि जे तुमारी सरकार है कहां? और जे भी बताते जाओ कि जब चार लठैत आकर गुरूजी से खेत और मंड़िया छुड़ा लेंगे तब तुमारी इस सरकार को कहां से बुलाया जाएगा?'

चेले बस, एक निरर्थक बहस में रत हैं, यह बात ऊंघते हुए गुरूजी को भी पता है। गुरूजी चुप हैं। गुरूजी आंखें मूंदे हैं। अभी सो रहे हैं, चिंतन में हैं या विशुद्ध नशे में, कहना कठिन है।

बहरहाल, रात गहरी है और सर्दी बहुत तेज।

लालटेन भभककर बहुत मद्धम हो गई है।

अंधेरा बढ़ गया है मंड़िया में।

'बड़ा टाइम लेते हैं अपने तिवारी जी?' रज्जन ने बूढ़े मुंशी से पूछा।

इतिहास कभी यह तय नहीं कर पाएगा कि तिवारीजी ज़्यादा बूढ़े थे कि उनके मुंशीजी। बात तिवारी वकील की हो रही है जिनकी बैठक में रज्जन, गोपी और नन्ना अभी उनकी प्रतीक्षा कर रहे थे। घर की बैठक ही तिवारीजी का कंसल्टिंग चेंबर है। बैठक की दीवारों में अलमारियां बनी हुई हैं। अलमारियों में सजिल्द मोटी पोथियां ठसाठस भरी हैं। जिस करीने से भरी हुई हैं उससे साफ़ ज़ाहिर होता है कि इन्हें शायद

ही कभी खोला गया हो परंतु इनके रहते बैठक कानून के शिकंजे में जकड़ी ज़रूर नज़र आती है।

तिवारीजी बब्बा से एकाध वर्ष ही ऊपर नीचे के रहे होंगे। ज़ाहिर है कि बुढ़ापा तो तिवारीजी का भी कब का आ चुका है। और उनके भी एक बड़े भाई हैं। साथ ही रहते हैं। तिवारीजी से दो तीन साल बड़े हैं। देखकर लगता है कि बूढ़े ही पैदा हुए थे, और होते ही चले जा रहे हैं। वे भी वकील हैं। वे बिना डिग्री के वकील हैं। वकील भाई की सोहबत में वकील हो गए हैं। अक्सर वहां साथ बैठ जाते हैं। मुवक्किल को बाक़ायदा राय भी देते हैं। ऊंचा सुनते हैं, ऊंचा बोलते हैं और नीचे बैठ जाएं तो उठ नहीं पाते। तिवारीजी की पत्नी भी बूढ़ी हो चुकी हैं। बड़े भाईसाहब विधुर हैं। रहे मुंशीजी, तो उनका हमने बताया ही।

'एक घर में इत्ते बूढ़े ही बूढ़े इकट्ठे हो जाएं तो भैंचो...' रज्जन ने बैठते-बैठते कहा तो नन्ना ने आंखें तरेरकर उन्हें बीच में ही चुप करा दिया था। पर वास्तविकता यही है। इस घर में बूढ़े ही बूढ़े रहते हैं। वैसे एक बेटा भी है जो अधेड़ है पर बूढ़ा लगता है। हां, बेटे का बेटा अवश्य जवान होगा पर वह टीकमगढ़ में प्रैक्टिस करता है। सुबह निकलकर रात तक ही लुगासी लौटता है। काहे की प्रैक्टिस ?...हद है। आप भी, कुछ तो भी पूछते हैं। अरे, वकालत की। और काहे की ?...बहू और पड़पोते भी घर में हैं वर्ना घर कानून के अलावा बुढ़ापे के कब्ज़े में ही दिखता है। ऐसा कोई ग़लत भी नहीं कह रहे थे रज्जन।

तिवारीजी पर बुढ़ापा आया है और ऐसा आया है कि जिसे कहते हैं, टूटकर आना, वैसा वाला। फिर भी, इस उम्र में भी वे वकालत करते हैं क्योंकि उनकी इस हरकत के खिलाफ़ कोई कानून आज तक बना नहीं है। तिवारीजी की हालत दर्शनीय तो नहीं परंतु चिंतनीय जरूर है। डागर मग्गर चलते हैं। बाल झर चुके। चऊवे बैठ गए। घुटने मुड़ते नहीं। नकली दांतों का तीसरा सेट चल रहा है, शायद। याद रहता नहीं। बचपन की यादों के ढेर में वे अभी वाली यादें दबा देते हैं। अलबत्ता कानून की धाराएं खूब कंठस्थ हैं। फटाफट बोलते हैं। सही ही बताते होंगे। मुवक्किल तो यही समझता है। अदालत में किसी कानूनी नुक्ते पर कभी अड़ जाएं तो यहां-वहां से इतनी नज़ीरें निकाल लाते हैं कि सामने वाले के छक्के छूट जाएं। ऐसा दावा अभी उनके मुंशीजी ही कर रहे थे। पर ये सब कहने की ही बातें हैं। बैठक देखकर असलियत ज़ाहिर होती है। बैठक हरदम खाली सी ही मिलती है। मुवक्किल आने लगभग बंद हो चुके हैं। मुंशीजी और वकील साहब क़िस्सों और डींगों की दुकान खोलकर बैठे रहते हैं, जो ग्राहक फंस जाए सो ठीक। वैसे भी वकालत चले न चले, बुढ़ापे में इसी बहाने उनका समय कट जाता है, यही क्या कम है ?

परंतु बब्बा के कानूनी सलाहकार तो वे ही थे। उनके पास कदाचित् उन खेतों के कोई कागज़ात हों जिनकी अधिया बटिया के बहाने उन पर कब्जे की राजनीति बब्बा के मरने पर लुगासी में चलने के संकेत मिले हैं। इसी के रहते, रज्जन वगैरह आज सुबह-सुबह यहां आए हैं।

बैठक में मुंशीजी मिले।

'आप लोग बैठो। वकील साब टट्टी करबे गए हैं,' मुंशीजी ने सीधा सीधा, बिना लागलपेट के बताया। जो है, सो सामने है।

'इत्ते टेम जाते हैं क्या?' रज्जन ने पूछा।

'कित्ते टेम भी जाना पड़ सकता है। है कि नहीं?' मुंशीजी ने बताया था।

'सही कह रहे हैं आप। आ जाए तो जाना ही पड़ेगा। कौनसा अपने हाथ की बात है। यह चीज़ तो उल्टे बर्तन में धरी है। टिकती नहीं। इसे रोक थोड़ेई सकते हैं।' नन्ना ने कहा।

'सही बात...' मुंशीजी ने समर्थन के लिए धन्यवाद देने की टोन में कहा।

'आप बैठो।...बे आते ही होंगे। कछू हमारे लायक काम हो तो हमें बताया जाए। वकील साहब के कागज पत्तर की देखभाल हमंई करते हैं।' मुंशीजी ने बताने की कोशिश की कि कानून की यह ध्वस्त धर्मशाला किस जर्जर खंभे पर टिकी हुई है।

'बात तो आप ठीक कह रदे हो पर सारी बात ठीक से शायद तिवारीजी ही समझ पाएंगे। खेतन के कछू कागज हते। तिवारीजी के पास धरे होना चइये। जेई कहते रहते थे बब्बा।...अब हमें उन कागजन की जरूरत पड़ेगी।...' नन्ना ने संक्षेप में कहा।

'बंटवारा कब है?' मुंशीजी ने सीधा प्रश्न पूछ लिया। खेतों के कागज़ खोजे जा रहे हैं तो बंटवारा भी आसपास ही कहीं होगा।

प्रश्न इतना बेधड़क तथा सीधा था कि तीनों कुछ पल के लिए तो शरमा ही गए।

'बंटवारे के लाने नहीं मांग रहे।...अभी तो जे पता चला है कि जिन खेतन को बब्बा ने अधिया बटिया पे दे रखा था, बे स्साले उन पे कब्जा करबे की फिराक में हैं। उसी के लाने खेतन के कागज लगेंगे।...'

'ऐसे कैसे?...' मुंशीजी ने आश्चर्य प्रकट किया कि खेतों पर ऐसे कोई किस तरह कब्जा कर सकता है।

सेई मुंशीजी।...जे सरकार भैंचो जो न करा दे। कहते हैं कि जो खेत जोतेगा, खेत उसी का।...' रज्जन ने कहा।

'ऐसे कैसे?...' मुंशीजी ने फिर कहा।

'हमसे क्या पूछते हैं? कानून के जानकार तो आप हैं। तिवारीजी ही बताएंगे कि ऐसे कैसे?' गोपी ने चिढ़कर कहा।

'बब्बा ने अधिया बटिया का एग्रीमेंट तो बनवाया होगा न?' मुंशीजी बोले।

'बनवाया भी होगा तो आपको ही न पता होगा?...आपको न पता हो तो तिवारीजी को पता होगा ही।...' नन्ना ने कहा।

'शायद उन्हें पता हो...' मुंशीजी ने माना।

'वही सब तो चइये।...' रज्जन ने कहा।

'आप बैठो न।...अभी आते हैं तिवारीजी।' मुंशीजी ने कहा।

तीनों तब से बैठक में प्रतीक्षारत हैं। तिवारी वकील आए तो बब्बा के कागज़ों की वह फाइल निकले। मुंशीजी कह रहे हैं कि बब्बा की फाइल है तो ज़रूर। कहीं–

न–कहीं धरी भी होगी। वकील साहब आ जाएं तो पूछ के हम निकाल भी ज़रूर देंगे पर अभी हम कछू नहीं कह सकते कि कितें धरी है?

बड़ी देर हो गई है बैठे–बैठे भी।

रज्जन बेचैन होने लगे।

तभी तो पूछा था मुंशीजी से, 'ऐसेई भौत देर लगाते हैं क्या तिवारीजी?'

मुंशीजी ने अनभिज्ञ की भांति पूछा, 'काहे में?'

'और काहे में लगाएंगे? अरे, उसी में, जिसमें अभी बिराजे हैं...'

'बुढ़ापे में कब्जियत तो रहती ही है, क्या करें? फिर घुटने अलग पिराते हैं। आदमी झींक झींक के खुड्डी पे बैठ पाता है। एक बार बैठ जाए तो उठबे की नईं बनती।...' मुंशीजी ने विलंब का कारण स्पष्ट किया।

'जे तो एकदम सही बताया आपने।...' नन्ना ने माना।

'वैसे कित्ती उम्र होगी अपने तिवारीजी की?' रज्जन ने पूछा।

'होंगे अठहत्तर–उनहत्तर के...'

'धन्य हैं कि इत्ती उम्र में भी मुकदमा लड़बाबे में लगे हैं।' रज्जन ने कहा।

'न तो मुकदमा लड़बे की उमर होती है, न लड़बाबे की।...' मुंशीजी ने कहा।

'जे भी सही बात।' रज्जन ने माना।

'फिर अपने तिवारीजी का तो कहना ही क्या।'

'तो न कहो।'

'काला कोट डाल के बे जब उतें टीकमगढ़ की जज्जी में पहुंचते हैं न तब जज साहब तक कुर्सी से खड़े हो जाते हैं। चिरौरी करते हैं कि आप खड़े होकर बहस न करें। कुर्सी ले लें। बताइए! ऐसी इज्जत।' मुंशीजी बताने लगे।

'जज साहब घबरा जाते होंगे इन्हें देखकर...'

'जज काहे घबराएगा भैया?'

'डर जाते होंगे कि कहीं चक्कर खाके गिर गिरा न जाएं, नहीं तो बेफालतू में पाप लगेगा।'

'नहीं नहीं रज्जन बाबू। कभी वहां तो आ के देखिए। बड़ी इज्जत है तिवारीजी की, उतें। जज्जी में बे जितें से भी निकल जाएं लोग पलट पलट के देखते हैं।' मुंशीजी बताने लगे कि तिवारीजी की आदरणीयता की तो वहां हद है भैया।

'देखेंगे ही। आखिर बे चीज़ ही ऐसी हैं।' रज्जन ने माना।

'...नए–नए वकील तो झांक–झांक के देख जाते हैं...' मुंशीजी बोले।

'ताजमहल टाइप मामला है क्या?' रज्जन ने पूछा।

'नाम कमाया है भैया...' मुंशीजी ने कहा।

'अरे नाम तो ख़ैर है होगा ही पर बुढ़ापा भी तो कोई चीज़ होता है। यह मानते हैं कि नहीं?'

'चलो मानते हैं, तो?'

'तिवारीजी आजकल भूल जाते हैं। लोग कहते हैं कि उन्हें मुवक्किल का चेहरा भी याद नहीं रहता।...'

'उससे क्या होता है?...'

'बताते हैं कि कभी-कभी बे जज साहब को ही मुवक्किल मान लेते हैं। उसी को समझाने लगते हैं कि तुम जज साहब को सच्ची बात न बता देना भैया—बल्कि उनसे जेई कहना कि हमने तो कमरूद्दीन को डंडा मारते देखा ही नहीं साहब।...'

'जे तो एकदम गलत बात कह रहे हैं आप...'

'हमने तो जो बात सुनी थी सो आपको बता दई।...'

'भैया, तुम सुनी पे तो जाओ मती।...अपने तिवारी जी को कानून तो ऐसा विकट पता है कि हाई कोर्ट तक के लोग इनके नाम से घबराते हैं।...सच्ची...।' मुंशीजी ने कहा।

'कौन कहता है?'

'सब कहते हैं।'

'मज़ाकिया हैं सब।'

'अरे, खुद तिवारीजी बताते हैं...'

'तो उनसे बता देना कि कभी इसी चक्कर में हाईकोर्ट न पहुंच जाएं। ज़माना खराब है।'

'आप ही बता देना न। अभी आ रहे हैं,' मुंशीजी ने कहा।

'वे आएं तो।...कहां आ रये?...उतें पाखाने में ही अदालत लगा के न बैठ गए हों।...' रज्जन ने कहा।

'अपुन तब तक चल के बाहर धूप में न बैठ लें?' गोपी ने कहा।

तिवारीजी का घर पूर्वमुखी है। बाहर बरामदे में बढ़िया धूप आ रही है। तय हुआ कि चलकर सब वहीं तख्त पर बैठ लेते हैं। जब भी तिवारीजी आएंगे तो अपुन अंदर आ जाएंगे। तीनों जन उठकर बरामदे में आ गए।

'जे तिवारीजी भी...' रज्जन बड़बड़ाते हुए बरामदे के खंभे से टिककर खड़े हो गए।

'यार, बुढ़ापे में यही हो जाता है।...जब तुम बूढ़े होगे तब तुमारी भी नहीं उतरेगी...' नन्ना ने तख्त पर बैठते हुए कहा।

'श्राप तो न दो नन्ना...' रज्जन ने कहा।

'हम क्या देंगे। बुढ़ापा तो एक ऐसा श्राप है जो भगवान आपको पैदा करते टेम ही दे देता है।...लंबी उम्र का वरदान मांगते टेम हम ही इस श्राप को बिसरा देते हैं, बस।...' नन्ना ने कहा।

'आप पिताजी टाइप बातें काहे कर रहे हो?...' रज्जन ने कहा।

गुनगुनी धूप बहुत अच्छी लग रही है। ऐसी सुहानी धूप में बैठकर बुढ़ापे की चर्चा न ही की जाए तो बेहतर।

बहुत ही छोटा-सा बाज़ार है लुगासी का।

बाज़ार तो जितना चलना चाहिए, उतना ही चलता है परंतु गांव भर की सच्ची झूठी ख़बरें, अफवाहें, बतकही, कनकही और फुरसतियों के बीच चलने वाली गप्पों का भी केंद्र यही है। दुकानों के पटियों पर, सड़क पर, चाय की दुकान पर, खड़े-खड़े, बैठे, अधबैठे, अधलेटे, ऊंघते, जम्हाइयां लेते, ठहाके मारते, फुसफुसाते हुए लोग घंटों इस शगल में मग्न रहते हैं। गांव में कहीं छोटी मोटी घटना, दुर्घटना भी हो जाए तो कई दिनों तक यहां उसकी जुगाली की जाती है, फिर बब्बा की मृत्यु तो एक बड़ी घटना है। आजकल चर्चा के केंद्र में बब्बा की मृत्यु के बाद होने वाला संभावित बंटवारा है। संभावित भी क्यों कहें? अवश्यंभावी कह लें। ऐसा नहीं है कि इस बंटवारे में गांव के किसी जन को एक अधेला भी मिलने वाला हो परंतु फिर भी सबका उत्सुकता का स्तर एकदम वही और वैसा है।

स्थान : गुप्ताजी का 'गुप्ता होटल।'

इस 'गुप्ता होटल' की धज भी देख लें।

छोटी-सी बरामदेनुमा रचना में एक तरफ़ भट्टी लगी है जिस पर एक बड़ी सी कढ़ाई अहर्निश चढ़ी रहती है। उस पर दूध औंटाया जा रहा है और ऐसा लगता है कि अभी सदियों तक औंटाया ही जाता रहेगा। गुप्ताजी की दूध जलेबी और रबड़ी दूर-दूर तक मशहूर है। गुप्ताजी की रबड़ी कानपुर की रबड़ी से भी गजब है—ऐसा कहते हैं लुगासी वाले। ऐसा कहकर उन्हें यह सुख मिलता है कि लुगासी को कानपुर-फानपुर से कोई कम न समझा जाए। स्वयं गुप्ताजी कुछ नहीं कहते। चुपचाप, ग्राहकों को दौने में जलेबी और स्टील के ग्लास में दूध पेश करते रहते हैं। लोग कढ़ाई के आसपास के संकरे में समधियाना करते हुए, दूध जलेबी खाते खाते बतियाते रहते हैं। गुप्ताजी को भी बातचीत में शामिल करने की कोशिशें होती हैं। वे प्राय: 'हां, हूं' करके टालते रहते हैं।

अभी सुबह हुई है। गुप्ताजी के होटल पर जलेबी-उत्सव के साथ बब्बा—चर्चा चल रही है । एक तरफ़ जलेबी की कढ़ाई चढ़ी हुई है जहां से निकालकर जलेबी को चाशनी की कढ़ाई में तैरा दिया जाता है।

'बुरो भओ...,' किसी ने बब्बा—चर्चा की टेक उठाने के लिए कहा।

बिना नाम लिए ही सब समझ गए कि बात बब्बा की मृत्यु की हो रही है। सभी ने माना कि वास्तव में बुरा तो हुआ है। सभी की यह राय भी थी कि इसमें कुछ भी नहीं किया जा सकता है क्योंकि एक न एक दिन तो सभी को मरना है। बूढ़े आदमी का मरना तो वैसा ही तय है जैसे कि सूरज का पूरब से निकलना।

'का किया जा सकता है?...बुढ़ापा है ही भौत बुरी चीज़...' किसी और ने इसी सामूहिक सोच को अपनी तरह से प्रकट किया।

'सच्ची बात।...क्यों गुप्ताजी?' किसी ने जलेबी का दोना उठाते हुए कहा।

'हओ,' गुप्ताजी ने शायद हामी भरी, या शायद न भी भरी हो।

'बूढ़ा आदमी पके आम घांई होता है।...कब टपक जाए, पता नहीं चलता।...'

'सही बात।...अभी-अभी बढ़िया से लटके थे डगाल में, और दस मिनट बाद लौटे है तो ज़मीन पर पड़े मिले,' किसी ने पके आम के रूपक को स्पष्ट करते हुए कहा।

'बूढ़ा आदमी पका आम ही होता है...' किसी और ने भी कहा।

'पका भी क्या, चुसा आम कह लो।...' किसी ने बुढ़ापे के रसविहीन होने पर ज़्यादा ज़ोर देने का आग्रह किया।

'जे भी सही बात।...बल्कि एकदम गुठली घांई ही मामला समझो।...क्यों गुप्ताजी?'

गुप्ताजी कड़ाही की आंच एडजस्ट कर रहे हैं। चुप ही रहे।

'और गुठली भी भैंचो ऐसी कि जिसकी, घिसकर पीपनी भी नहीं बनाई जा सके।...' किसी मनचले ने कहा।

'भैया, ऐसे न बोलो। सबको एक दिन बूढ़ा होना है। तुम जब बूढ़े होगे तब हम तुमसे पूछेंगे।...'

'पूछ लेईयो।...'

'पर उससे पहले ही तुमारी पीपनी बज गई तो?'

'फालतू बातें तो न करो यार।...जलेबी बढ़िया निकाली हैं गुप्ताजी ने...।'

'जे तो है...'

'बब्बा मरे कैसे?' किसी ने चर्चा को पुनः पटरी पर ला दिया।

'हमने कछू भी नहीं करा भैया। अपने आप ही मरे हैं...' एक ने हंसते हुए कहा।

'हम बताएं...?'

'बताओ।'

'बब्बा ऐसे मरे।...ऐसे।...' किसी ने अपना मुंह खोल के उसे वैसा ही खुला रहने दिया।

सब हंसने लगे।

'जे अपना नत्थू भी! भैंचो, है बड़ा गुनी आदमी।' किसी ने मुंह खोलकर मरने का स्वांग रचने वाले की तारीफ की।

'यार, मूं बा के तो सभी मरते हैं। हम तो जे पूछ रये थे कि ऐसो का हो गओ बब्बा खों?...हमने एक दिना पेले तो खुद देखा था उन्हें। झटक जरूर गए थे, पर बैसे एकदम ठीक हते।'

'बुढ़ापे में कौन नहीं झटक जाता?'

'वोई तो।...एकदम ठीक हते। पर...रात में सोए और सुबे खत्म। ऐसे कैसे?'

'तो तुम क्या बोल रये हो?...क्या किसी ने उन्हें मार मूर दिया?'

'जब अस्सी साल तक नहीं मारा तो आखिर में कोई काहे मारेगा भैया? बात जे नहीं है।'

'तो भैया, जे मान लो कि आदमी पुण्यात्मा हते।...रात में बढ़िया सोए और सुबे उठे तो रामनाम सत्य...'

'पुण्यात्मा ही रहे।...'

'तभी तो आखिरी दिन तक चलते फिरते रहे।'

'अरे, दो साल पहले तक तो खुद चल के गुप्ताजी की दुकान पे दूध जलेबी खाबे आ जाते थे। और जे नहीं कि एक दो जलेबी खा के शांत हो जाएं। बढ़िया, दो तीन दोना जलेबी तो फटाक देनी से खा जाते थे। क्यों न गुप्ताजी?'

गुप्ताजी ने इतनी धीमी आवाज में 'हओ' कहा कि कढ़ाई में तैरती जलेबी तक को इसकी भनक नहीं लगी।

'पाचन शक्ति बढ़िया रही बब्बा की।...'

'सो तो है।...'

'पर तब भी मर ही गए न?...'

'यार, मरे से पाचनशक्ति का भैंचो क्या संबंध?'

'जे भी सही बात।'

'पर मर गए...' फिर कहा गया।

'बुढ़ापा है तो आदमी मरेगा ही यार।...हद्द है आपकी भी। आप तो बार-बार शिकायत कर रहे हैं कि अच्छी पाचनशक्ति होते हुए भी बब्बा काहे मर गए?'

'नहीं, हमने तो ऐसेई कही कि जब इत्ते ही अच्छे हते तो बब्बा मर कैसे गए?'

'बुढ़ापे से।'

'बूढ़े तो तुमईं हो रहे?'

'तो हमऊं एक दिन, ऐसेई...'

'वैसे लोग बता रये थे कि बब्बा को खांसी में ख़ून आता था? क्या पता, टीबी, सीबी न रही हो? क्यों सयाने?'

'चूतिया हो क्या?...बड़े आदमियन को गरीब-गुरबा वाली बीमारी होयेगी क्या?'

'पता भैंचो किसी को नहीं और बोले सब जा रहे हैं, पुलिस वालों घांई। टीबी से मरे कि कैंसर से? रात में ठीक हते तो सुबे कैसे मर गए? अरे, बूढ़े थे सो मर गए। बस।...कल को तुमारे डुकर मरेंगे तो बतइयो कि काहे से मरे?'

'हमारे बाप नहीं मरबे बारे...'

'काय भैया?...अमृत चाट के आए हैं?'

'हम बता तो रये। हम ही शायद मर जाएं। बे नहीं मरबे वाले।'

'यार, तुम तो उनके ज़िंदा होबे पे ऐसे रो रये हो, लोग तो बाप के मरबे पे भी ऐसा नहीं रोते हैं।'

'यार, हमाओ मूं न खुलवाओ।'

'तो न खोलो।...'

'हम अभी इतें आ रये हते तो कहने लगे कि लौटती बेर हमारे लाने भी पाव भर जलेबी ले आना।'

'आदमी साठ साल तक खेंच ले जाए तो फिर वो आसानी से मरता नहीं।'

'और दूसरे को आसानी से जीने भी नहीं देता है।'

'सो तो है।'

‘बब्बा भी ऐन खेंच ले गए।’

‘अस्सी से जादा के रहे। क्यों गुप्ताजी?’

‘यार, तुम गुप्ताजी को काम करने दो।...गुप्ताजी, एक दोना और तो बढ़ा दो।’

गुप्ताजी पहली बार एक पूरा वाक्य बोले, ‘जलेबी तो एक क्या दो दोना ले लो पर पहले नकद कलदार धर दो रूसियाजी।’

‘ऐसी बातें न करो गुप्ताजी। बनिया का पैसा भला कौन पचा सकता है? अगर हमने तुमारे पैसे दबाए तो तुम्हारी जलेबी सेंगी की सेंगी नीचे से बाहर निकर आएगी। हमें पता है।’

‘सुनबे में आ रही है कि नन्ना और गोपी में जूता चलबे बाले हैं?’

‘बंटवारा होगा तो भईया, जूता भी चलेगा ही चलेगा। बिना जूता चले कभी कहीं बंटवारा हुआ है?...तुम भी ऐन बात करते हो यार।...’

‘जूतन पे ही बात निबट जाए तो ईश्वर की कृपा मानियो वर्ना कहीं जज्जी-कचहरी और न हो जाए।...’

‘बंटवारा होता है तो कचहरी अदालत का काम भी होता ही है भैया।...’

‘सही बात।’

‘वकील लोगन की चांदी है भैंचो।...’

‘पहले तो ज़मीन और खेतन के दीवानी मुकदमे, और जो फिर एक दूसरे की खुपड़िया खोल दें तो साथ में फौजदारी का मुकदमा।...’

‘वकीलन के मजे हैं भैया।...’

‘कोऊ मरे, हमारा घर भरे।...’

‘बता रहे हैं कि तेरहवीं के अगले दिन ही बंटवारा होना है बब्बा के घर?...’

‘यार, तुमने तो भौत पता कर रखा है भैंचो?’

‘तो... ?’

‘तो जे कि तुम्हारा भी कछू हिस्सा निकलबे वाला है का?’

‘हमें मिलेगा जे, घंटा...’

गुप्ताजी के होटल पर दूध जलेबी चल रही है। अफवाहों के बादल आसमान में हैं। सभी को आशा है कि शीघ्र ही बंटवारा होगा और गरज चमक के साथ धुआंधार सा कुछ ऐसा होगा कि लुगासी के सूखाग्रस्त जीवन में कुछ दिनों के लिए ही सही, पर सावन टाइप कुछ आनंदमय हो जाएगा।

अब नन्ना सोच रहे हैं कि आज सुबह वे खंड़ेरा में न ही जाते, तो ठीक रहता। नपुंसक क्रोध में अभी तक कांप रहे हैं नन्ना।

बात ही ऐसी हुई है।

दरअसल सुबह-सुबह, खंडेरा में नन्ना ने दुर्जन की ठुकाई कर दी। कौन दुर्जन? अरे वही, घर में काम करने वाला एक नौकर।...तो? इसमें क्या बेजा बात हो गई?

नौकर को नहीं मारेंगे तो किसे मारेंगे? वही तो। नन्ना भी अभी तक यही सोचते थे। पर आज इस बारे में उनका सोच एकदम बदल गया है। हुआ ही कुछ ऐसा। तभी तो कि अभी सोच रहे हैं कि सुबह खंडेरा में न ही जाते तो बढ़िया था। न जाते तो दुर्जन को पीटने का अवसर न आता और वे इस लानत से भी बच गए होते।

सुबह के दस बज रहे थे पर सर्दी अभी भी तेज थी। धूप थी, परंतु क्षमाप्रार्थी सी। फिर साथ में थोड़ी हवा भी थी। हवा के हाथों में तीखी बरछियां थीं। लाख बच लो पर हवा यहां-वहां से वार कर ही रही थी। नन्ना इसी चक्कर में सुबह से हाजत को जाना टाल रहे थे। खंडेरा के खुले आंगन में बनी खुड्डियों पर, अर्धनग्न बैठकर इन बरछियों के समक्ष अपने निरावृत नितंबों को प्रस्तुत करने के विचार मात्र से उन्हें सिरहन हो आई थी। सोच रहे थे कि धूप तनिक अच्छी सी हो जाए, या कि ये ससुरी हवा ही तनिक कम हो जाए तो फिर खेतों की तरफ़ ही दिशा मैदान को निकल जाएंगे।...पर कब तक? पेट के दबाव के आगे वे पराजित हो गए। नन्ना को खंडेरा जाना पड़ा।

अंदर की तरफ़ बने शौचालय की तरफ़ त्वरित कदमों से जाते हुए, वे खंडेरा के शुरुआती हिस्से से गुज़रे। वैसे वहां अंधेरा सा मचा रहता है पर अभी वहां ऐसा भी अंधेरा न था कि यह न दिखे कि वहां कोने में कोई कंबल ओढ़कर लेटा हुआ है। पेट में दबाव था और खासा ही था, फिर भी उत्सुकतावश रुक ही गए नन्ना।...ये इत्ती देर तक कौन भैंचो इतें सो रहा है? दुर्जन, सरबन, कि बालू? उतें घर में स्साला इत्ता काम पड़ा है और जे लाटसाब देखो, इतें कैसे ठाठ से पड़े हैं। हद्द है भैंचो।...नन्ना रुक गए। कर्तव्य तथा अधिकार की भावना उनके अंदर ठाठें मारने लगी। गांव के अन्य श्रेष्ठिजनों की भांति नन्ना भी, नीच जाति के गरीब गुरबा लोगों की अक्ल ठिकाने लगाना अपने अस्तित्व के लिए अनिवार्य कर्म मानते हैं।

नन्ना ने जोर से लात मार के सोने वाले को जगा दिया।

ऐसी ठंड में लात मारना भी कौन सा सहज कार्य है भाईसाहब! मारी, तो स्साली लात ही सुन्न हो गई। देखिए तो कि मालिकों की भी कैसी कैसी कठिन परीक्षाएं लेता रहता है ईश्वर। ऐसी कड़ाके की सर्दी में भी बेचारों को लात चलानी पड़ जाती है। ख़ैर, कष्ट जो भी हुआ पर लात प्रभावी तो रही। दुर्जन बिलबिलाकर उठ बैठा।

'काय बे? उतें सब मां चुदा रहे हैं और आप इतें पुआल बिछा के ठाठ से विश्राम फरमा रहे हैं?' नन्ना ने कहा।

लात जोरदार थी। दुर्जन की पसली में लगी थी।

'आंख लग गई थी मालिक, का करें?' दुर्जन ने पसलियां सहलाते हुए कहा। वह अभी तक जमीन पर ही बैठा हुआ था। उसके पांवों पर अभी भी कंबल पड़ा हुआ है। कदाचित् वह नन्ना को घूरकर देख भी रहा है। बल्कि आंखें ही तरेर रहा है हरामी। इसकी तो...।

'मूं लड़ाता है भैंचो!...' नन्ना ने कहा और झुककर एक जोरदार झापड़ घुमा दिया।

दुर्जन ने कृतघ्नतावश, अपने चेहरे को ऐन मौके पर झट से घुमा लिया। बेचारा झापड़, बेसहारा-सा हवा में ही घूमकर रह गया। झापड़ निरर्थक गया, सो गया, पर

झापड़ के आवेग के साथ नन्ना भी कुछ यूं घूम गए कि स्वयं धराशायी होते होते बचे। नन्ना बिफर गए। हाजत की बात तो मानो भूल ही गए। अभी तो वहां क्रोध से कंपित एक उच्चवर्गीय ब्राह्मण खड़ा था और एक मुंहजोर, बदतमीज़, नीच जात के गरीब को सबक सिखाने की तैयारी कर रहा था। स्साले की यह हिम्मत? यह तो नमकहरामीपने की पराकाष्ठा है कि मालिक झापड़ घुमाये और नौकर वह झापड़ अपने गाल पर सादर ग्रहण न करे!

'नींद पूरी हो गई हो तो तुमारे लाने चाय-वाय भिजवाएं?' नन्ना उसके एकदम पास जाकर खड़े हो गए।

दुर्जन मौन अवश्य था पर वह भी नन्ना की आंखों-में-आंखें डालकर देखता रहा।

दोनों कुछ पल तक इसी स्थिति में रहे। फिर दुर्जन कंबल हटाकर उठने का उपक्रम करने लगा। अभी वह आधा ही उठ पाया था कि नन्ना ने एक और जोरदार लात उसे मारी। दुर्जन लड़खड़ाकर गिरते-गिरते बचा। गिरा नहीं। बल्कि लात खाकर वह इतनी फुर्ती से वापस उठा कि एक बारगी तो यह लगा कि वह नन्ना की लात का माकूल जवाब देने वाला है।

'मार काहे रहे हैं मालिक? हम कह तो रहे हैं कि नींद लग गई।...' दुर्जन अब एकदम तनकर खड़ा था, उनके सामने। नन्ना ने अब जाकर उसके जवान, मेहनती शरीर पर भरपूर नज़र डाली। उन्हें अपना अधेड़, ढीलापोला, तुंदियल, थुलथुल शरीर भी साथ साथ याद आ गया। उनके शरीर में तो इतनी चर्बी है कि अभी कोई उन्हें उठाकर पटक दे तो वे अपनी चर्बी सहित यहीं पुआल में बिखरकर बह जाएं।

नन्ना उसे घूरकर देखते रहे।

वह भी उन्हें घूरता देखता रहा।

देखो तो! आंखें मिलाए रहा है स्साला। हिम्मत तो देखो इसकी।

नन्ना उसकी आंखों में देखते रहे। अंततः दुर्जन ने ही आंखें नीची कर लीं। इससे नन्ना के अंदर बैठा ब्राह्मण किंचित संतुष्ट हुआ। आश्वस्त भी। कम-से-कम इसे अभी तक यह तो याद है कि मालिक कौन है और नौकर कौन?

'मालिक, हमारी तबीयत ठीक नहीं चल रई। हम अपने घर जा रये।...' दुर्जन ने कहा। उसके स्वर में ढीठता ही नहीं, एक तरह का विद्रोह सुन रहे थे नन्ना।

दो टके के नौकर की स्साली इत्ती हिम्मत कि उनसे इस स्वर में, और ऐसी बात करे?

'तुम चले जाओगे तो यहां के सारे काम क्या तुमारा बाप करेगा?' नन्ना ने कहा।

'हमारे बाप भी मर चुके...' दुर्जन ने कहा और चलने का उपक्रम करने लगा।

'भी का क्या मतलब?'

'हमारे बाप भी इसी बखरी में ठठरियां घिस-घिस के मर चुके हैं। हम जे कह रहे थे मालिक...' दुर्जन के स्वर में ढीठता ही है।

'क्यों बे, किससे बात कर रहा है, जे होश भी है तुझे?' नन्ना ने कहा। दुर्जन चुपचाप खड़ा रहा।

'हमसे मुंहजोरी कर रहा है बे?' नन्ना ने आगे कहा।

खंडेरा का सन्नाटा और भी गाढ़ा हो गया था।

अहाते की आवाज़ें मानो बाहर ही थम-सी गई हैं। नन्ना की धमकी भरी आवाज में वह खनक क्यों नहीं है? वे तनकर खड़े क्यों नहीं हो पा रहे? उनका मुंह सूख क्यों रहा है? वे दुर्जन की अक्ल ठिकाने क्यों नहीं लगा पा रहे? इलाके में नीच लोगों की हिम्मत इत्ती कैसे बढ़ गई है? नन्ना को याद आया कि बीस दिन हुए ही तो बद्री बनिया की लाश पेड़ पे टंगी मिली है। वह भी इन्हीं हरामियों की तो हरकत रही! पहले तो स्साले खूब उधार उठा लेते हैं, और जब बनिया अपनी रकम वापस वसूलने की कोशिश करे तो जे हाल।...इन कमीनों का आजकल कोई भरोसा नहीं। बहुत इच्छा हो रही है कि मार जूतों के, खाल खेंच लें इस हरामी की पर कुछ है जो नन्ना को रोक रहा है।

'हम जा रये मालिक...' दुर्जन ने कहा और बिना उनके उत्तर की प्रतीक्षा किए ही बाहर निकल गया।

नन्ना ने पीछे से उसे गाली देने की कोशिश की परंतु गले से कोई आवाज़ ही नहीं निकली।

दोपहर होते होते नन्ना बेचैनी में खदबदाने-से लगे।

अपमान का ताप उन्हें तबसे झुलसाये जा रहा है। वे भूल ही नहीं पा रहे। दुर्जन जैसा फटीचर और नीच आदमी उन्हें आंखें दिखलाकर चला गया और वे उसका कुछ भी नहीं कर पाए!...स्साला, दो कौड़ी का आदमी। अभी बस्ती में जाकर सबको बता रहा होगा कि हमने किस तरह नन्ना की चड्ढी उतार ली। नंगा महसूस कर रहे हैं वे। उन्हें नंगा ही तो कर गया, स्साला! नन्ना के पिछवाड़े मानो अपमान की सिगड़ी सुलगी हुई है। न तो वे ठीक से बैठ पा रहे, न खड़े ही हो पा रहे हैं। बेचैन हैं। भूल नहीं पा रहे। रह रह कर यही लगता है कि इस हरामी की हिम्मत तो देखो। इसका कुछ-न-कुछ तो करना ही पड़ेगा। आज इस तरह आंखें दिखाने पर भी यदि इसे छोड़ दिया गया तो कल तो कोई भी ठोक-पीट तक सकता है। या कभी कुल्हाड़ी या डंडा ही चला दें स्साले। अरे, और क्या? हैं तो स्साले एकदम हूश ही। ढोर डंगर वाली औकात है स्सालों की। बिना पढ़े लिखे, भैंचो। ऊना मासी धम्म, बाप पढ़े न हम्म।

खाना भी ठीक से नहीं खाते बना उनसे। पत्नी ने पूछा भी कि क्या बात है कि...। चिढ़ गए नन्ना। बोले कि जित्ती भूख लगी होगी, आदमी उत्ता ही तो खाएगा न? कि तुमारे कहने से, भैंचो, कित्ता भी ठूंस लेगा?...माथा झन्ना रहा है उनका। रह रह कर याद आ रहा है दुर्जन का वितृष्णा से टेढ़ा हुआ वह चेहरा। क्या दिन आ गए हैं भैंचो?...पहले ये ही लोग कैसे 'मालिक' 'मालिक' करते गिड़गिड़ाते हुए घूमते थे। दस बार उतें से कढ़ जाओ तो ग्यारह बार सटाक से खड़े हो जाते थे। ऐसे दोहरे होकर दंडवत् में झुक जाते थे कि झुके हुए चेहरे को देखकर बता ही न पाओ कि सामने सरबन सिर झुकाए खड़ा है कि रम्मू? वैसे, तब यह पहिचानना आवश्यक भी नहीं

था कि सामने जो झुका खड़ा है उसका नाम क्या है? झुके आदमी की एक ही पहिचान होती है कि उसकी कोई पहिचान नहीं होती। अलबत्ता, यह एक शख्स, जो आज झुकने की बजाय यूं तनकर खड़ा हो गया था इसे अब न केवल ठीक से जानना ज़रूरी हो गया था बल्कि इसका सटीक इलाज भी आवश्यक था।

नन्ना का मन किसी भी काम में नहीं लग रहा। मन कर रहा है कि घर में किसी से इसकी चर्चा करें और दुर्जन की अक्ल ठिकाने लगाने की योजना बनाएं। पर किससे करें?

गप्पू से तो ऐसी कोई बात बतानी भी मूर्खता है। गप्पू जैसों ने ही तो इन स्सालों के दिमाग ख़राब कर डाले हैं। कल की ही तो बात है। गप्पू चबूतरे पर बैठे थे। वहीं पास में बैठकर फत्ते बीड़ी पी रहा था और वे चुपचाप बैठे रहे! अब गप्पू को सीधा कहें, कि चूतिया-यही समझ में नहीं आता। गप्पू तो चलो अपनी सिधाई या चूतियाई के चलते, मान लो कि तुझे कुछ न भी कहें पर तू तो जानता है न भैंचो कि तेरे बगल में एक बांभन बैठा हुआ है? तू स्साले कैसे उसकी बराबरी में बैठ सकता है! नन्ना ने पहुंचकर फत्ते को वो गरियाया कि स्साला एकदम 'मालिक' 'मालिक' करने लग गया। सो गप्पू को तो यह बात बताना ही निरर्थक। अभी गांधीजी की बात करने लगेंगे। 'रघुपति राघव राजाराम' खोल देंगे। कहेंगे कि सारे इनसान बराबर हैं। इसी तरह की चूतियापे की और भी बातें।

हां, आज अगर बब्बा जीवित होते तो फिर बात ही अलग थी। उनसे सलाह ली जा सकती थी। सलाह भी क्यों, सारा मामला ही सीधे उन्हें सौंपा जा सकता था। उन्हें बताते तो वे तो छूटते ही कहते कि स्साले को गाड़ दो ज़मीन में ज़िंदा। ऐसा नहीं था कि वे लोगों को वास्तव में ज़िंदा गाड़ते रहे हों परंतु नीच जाति वालों के लिए बब्बा का यह प्रिय मुहावरा था। बब्बा ने ब्राह्मणवाद के वे सुनहरे दिन भी देखे थे जब इसी गांव में चमराटोली के लोग कमर में घंटी तो न भी बांध कर रखते हों, परंतु घंटी लटकाए जैसा ही व्यवहार करते थे। हमेशा कंपकंपाते मिलते थे। घबराए घूमते थे स्साले। बांभन को देखकर कांटों भरी ज़मीन पर भी साष्टांग लोट जाते थे। चार जूते मार दो तो आठ जूते और मारने का आग्रह करते थे। रिरियाना ही इनका मूल स्वर था। पिटने का बुरा नहीं मानते थे। गाली को प्रसाद की तरह श्रद्धापूर्वक ग्रहण करते थे।...फिर उन्हीं बब्बा ने वह बुरा समय भी देखा जिसकी शिकायत वे अक्सर किया करते थे कि गांधी बब्बा ने इन भैंचोदों का दिमाग ऐसा ख़राब किया है कि लाखों बांभनों की श्राप लगी होगी महात्माजी को। हरिजन!...हद्द है कि नहीं?...हरिजन नाम दे दिया!! अरे, बे लोग हरि के जन हैं तो हम बांभन लोग क्या स्साले राक्षसजन हैं? गांधीजी ने देश को आज़ाद कराया, इसके लिए बब्बा भी उनके आभारी थे; उन्होंने कांग्रेसियों को इस देश का राजा बना डाला, इसको भी वे बरदाश्त कर गए परंतु गांधीजी यह जो धर्मविरुद्ध कुकर्म करके परलोक चले गए, इसके लिए बब्बा उन्हें नरक ही भेजते बशर्ते उन्हें धर्मराज की कुर्सी मिल जाती, तो। उन्होंने जीवनपर्यंत इस वर्ग को कभी ठीक से मनुष्य ही नहीं माना और उन्हें उसी तरह सहते रहे जैसे धरती पर डोलने वाले ढोर डंगरों को सहा जाता है।

तो आज जो कहीं बब्बा रहे होते तब तो बात ही कुछ और होती।

पर अभी तो नन्ना अकेले हैं और अकेले ही दुर्जन को ज़िंदा गाड़ देना चाहते हैं।

नन्ना अहाते में आए।

धूप में अलसाती रिश्तेदारों और गांव के फुरसती वयोवृद्धों की टोली चबूतरे पर ऊंघ रही है। कोई और दिन होता तो शायद नन्ना भी इसी भीड़ में अलसाते हुए यहीं कहीं पड़े होते पर अभी तो उनके पूरे अस्तित्व में ही दमार सी लगी है। अपमान की आंच से अंदर तक ऐसी बेचैनी मची हुई है कि उन्हें समझ ही नहीं आ रहा है कि करें क्या? नन्ना का मन किसी भी काम में नहीं लग रहा।

अहाता पार करके वे गली में निकल आए।

गली में वही सब कुछ था जो गांव की गली को उसकी पहिचान देता है।

बेवजह ही गली गली भटकते हुए वे, बस अड्डे की तरफ़ निकल गए। राह में जब ढेरों नमस्कार, पालांगी, प्रणाम आदि मिले और उन्होंने उनका ब्राह्मणोचित माकूल जवाब दे लिया तब जाकर उनका मन थोड़ा सा स्थिर हुआ।

फिर बस अड्डे से निकलकर वे वापस चल पड़े। मन थोड़ा सा शांत तो अवश्य हुआ है पर अभी भी वो बात तो ख़ैर नहीं है। इस स्साले दुर्जनवा का कुछ तो वे करेंगे ही। इसकी थोड़ी कुटाई पिटाई तो करवानी ही होगी।...लुगासी में इस तरह की सांकेतिक किस्म को कुटाई पिटाई का ठेका टंडन हवलदार लिया करते हैं। टंडन हवलदार की इस विषय में एक किस्म की साख-सी है। रकम पकड़ा दो तो काम हो जाता है। ठीक रकम दे दो तो वे स्वयं अपने ही बाप को भी कूट पीट सकते हैं। बस, रकम पर वे कोई समझौता नहीं करते।

नन्ना कुछ देर तक सोचते रहे। फिर निर्णय सा लेकर घर का रास्ता तजकर हवलदार साहब के घर की तरफ़ चल दिए। दुपहरिया में खाना खाने घर अवश्य आए होंगे। वहीं पर उन्हें पकड़ लेते हैं। वहीं ठीक रहेगा। वर्ना एक बार मोटर-साइकिल पकड़ के वे जो घर से निकल गए तो फिर भारतीय पुलिस का कोई भरोसा नहीं कि जुआ पकड़ने निकल जाए या, फिर स्वयं ही कहीं जुआ खेलने को बैठ जाए!

सुबह का नाश्ता बन रहा है।

बच्चों के लिए ही नाश्ता बनेगा। बड़ों को तो मठरी-फटरी खिला दी जाएगी। बच्चों के लिए पराठे बन रहे हैं। सात आठ बच्चे, रसोईघर से लगी दालान में पंक्तिबद्ध बैठ गए हैं। अपने अपने पराठे की प्रतीक्षा में वे हल्ला-गुल्ला कर रहे हैं। उनकी मांयें वहीं रसोई में हैं। सबका प्रयास है कि अपने बच्चे को सबसे पहले पराठा मिल जाए। पराठे बनने और सप्लाई होने की गति की अपनी सीमा होती है। वही फिलहाल के झगड़े की जड़ भी है।

तभी रज्जन सुपुत्र यानि किट्टू भी वहां आ पहुंचा।

उसने आते ही, खड़े-खड़े ही, बैठे हुए एक बच्चे की थाली में से अभी-अभी परोसा गया पराठा उठा लिया। बच्चे ने रोकने की कोशिश की तो उसकी कलाई कुछ इस तरह से मरोड़ी कि बच्चा बिलबिलाकर वहीं दालान में पलट गया और लोट लोटकर रोने लग गया। किट्टू ने तब भी उसकी कलाई नहीं छोड़ी।

'छोड़ दे रे राक्षस...' बच्चे की मां ने रज्जन सुपुत्र को परे धकेलते हुए कहा।

'जे पराठा हमें चईये।' रज्जन सुपुत्र ने पराठे को हवा में झंडे की तरह उठाकर कहा।

'...जे हमारा पराठा है...' रोता हुआ बच्चा बोला।

'जे इसका है। तुमसे तो इत्ता छोटा बच्चा है। तुम इसके बड़े भैया हो न? यह पराठा इसे दे दो।' बच्चे की मां ने समझाया।

तब तक रज्जन बहू भी रसोई से निकलकर वहां आ गई थीं।

'नहीं, जे वाला पराठा तो हमीं लेंगे।' किट्टू उर्फ अभय ने अंतिम निर्णय सा देते हुए घोषणा की।

'अरे, तेरा पराठा भी आ रहा है रे जमदूत...' बच्चे की मां ने रज्जन पुत्र से पराठा छोटे बच्चे को वापस देने का इसरार करते हुए उसे भर्त्सना द्वारा इनसान बनाने की नाकाम कोशिश की।

बच्चा, अपनी पराठाविहीन थाली के आसपास, मरोड़ी गई कलाई को झटक झटक कर नाच रहा है। रो रो कर उसका मुंह नीला हुआ जा रहा है।

इसी बीच रज्जन पुत्र ने पराठे की पुंगी बनाकर उसे खाना भी शुरू कर दिया।

'नासपीटे...इत्ता बड़ा हो गया है पर छोटे-छोटे बच्चों पर ऐसे हाथ उठाता है?...' बच्चे की मां ने रज्जन पुत्र को वितृष्णा से देखते हुए कहा।

किट्टू की मां अर्थात रज्जन बहू ने विरोध किया कि इत्ती सी बात पर बच्चे को यूं कोसना कहां का इंसाफ है? उसने ज़रा-सा एक पराठा ही तो ले लिया है न? कौन सा किसी का राजपाट छुड़ा लिया है जो ऐसी हाय हाय मची हुई है? और जो अगर बच्चन की लड़ाई में बड़े घुसेंगे तो फिर जे भी न मान लिया जाए कि हमारा बेटा अनाथ है।

अब औरतों की लड़ाई चल पड़ी। तोहमतें, 'हमारो मूं न खुलवाओ बिन्नू,' 'बड़े देखे मोंड़ा को ठीक करबे बारे...' आदि रूटीन संवाद चल पड़े। खूब गाली-गलौज मचा। बीच बचाव एक्सपर्ट बीच में उतरे। 'अब तुमई चुप हो लो...,' 'तुमई गम्म खा लो बिन्नू...,' 'एक जन तो चुप हो जाओ...' आदि के सुभाषित चले।

अंततः दोनों औरतें छाती कूट-कूट कर रोने लग गईं।

विलाप चला।

तमाशबीन इकट्ठे हो गए। तमाशबीन मायने घर की अन्य औरतें, मर्द और बच्चे।

बच्चे सहम गए।

पराठे का तवा खाली पड़ा फालतू ही गर्म हो रहा है।

तमाशा लंबा चलने वाला लग रहा है।

इस सबसे पूरी तरह असंपृक्त किट्टू पुंगी बने पराठे को लगभग पूरा गटक चुका है। इस तरह, अपनी तरफ़ से तो उसने झगड़े की जड़ ही मिटा दी थी। झगड़ा यदि अब भी जारी है तो यह बड़ों का बचपना मात्र है—ऐसा मानना है रज्जनपुत्र का।

'ऐसे भी कहीं बच्चन घांई रिसाते हैं क्या गप्पू?' फूफाजी ने कहा।

गप्पू छत पर चुपचाप बैठे रहे। शाम के बाद का यह वो समय है जब रात बस उतरने को ही है। सर्दी बढ़ गई है। गप्पू दो घंटे से छत पर रूठे हुए बैठे हैं। वही, तेरहवीं की पंगत देने, न देने का मामला है शायद। या शायद कुछ और हो। वे तो किसी भी बात को दिल से लगाकर कभी भी रिसा सकते हैं। अभी कुछ हुआ ही होगा। नित्य ही, कहीं-न-कहीं, दबे, छुपे या उजागर तौर पर वे तेरहवीं की बात उठा रहे थे सो लग रहा है कि शायद वही बात रही हो। रिश्तेदार बातें भी करने लगे थे कि जे अपने गप्पू महाराज भी सिर्रिया गए हैं क्या? उनका स्वर दबा हुआ अवश्य है पर इतना ऊंचा भी है कि रज्जन सुन लें। और रज्जन कब तक बरदाश्त करते? माना कि गप्पू उनके बाप हैं। पर आप ही बताइए कि ऐसे बाप का आखिर क्या किया जाए जो एक कायदे के बाप की तरह व्यवहार करने को राजी ही न हो? सो आज दोपहर में रज्जन ने आदरपूर्वक अपने ही तरीके से गप्पू को यह समझा दिया था कि चुतियापे के विचार यदि आदमी की खोपड़ी की चहारदीवारी में ही बंद रहें तो ही ठीक रहता है। शायद तभी से वे रिसा गए। या हो सकता है कि कोई और बात रही हो। गप्पू कब रूठ जाएं यह बात तो स्वयं गप्पू भी नहीं बता सकते। आज भी, शाम को जाकर लोगों को पता चला कि गप्पू रिसा गए हैं। रिसाकर थोड़ी देर तो वे नीचे बैठे रहे, फिर रामचरितमानस की पोथी और टिकटी उठा के छत पर चले गए। तब से वे छत पर ही बैठे हुए हैं। वहां बैठे सुंदरकांड पढ़ रहे हैं। उनके रूठने का यही तरीका है। रूठ जाएं तो मानस की शरण में चले जाते हैं। सबको पता है कि इन्हें अभी न मनाया गया तो फिर घंटों भूखे प्यासे बैठे मानस का पाठ करते रहेंगे। पर वे इतने आसानी से मानते भी तो नहीं। उन्हें मनाने का लंबा कर्मकांड करना पड़ता है। मनाने की अनेक आहुतियां लगती हैं। आप मनाते रहो, वे चुप बैठे रहते हैं। टकटकी लगाकर मानस को देखते रहते हैं। बोलते नहीं। आप मानो एक दीवार से सिर मार रहे हों। मना सको तो मना लो आप। पर मनाना तो पड़ता है।

आज भी वही हुआ। कई लोग आकर किस्तों में उन्हें मना गए हैं। पर वे नहीं माने। मानस पढ़ने की आवाज़ अभी भी नीचे तक सुनाई दे रही है। 'मतलब यह कि महात्माजी अभी भी रिसाये ही बैठे हैं। 'हद्द है भैंचो।' रज्जन ने आजिज़ आकर कहा तो फूफाजी ने कहा और कि तुम कहो तो हम जाकर मनाएं? फूफाजी उसी तारतम्य में उन्हें मनाने छत पर पहुंचे हैं। और उसी सिलसिले में फूफाजी ने उक्त संवाद बोला। आश्चर्य की बात यह रही कि गप्पू ने उनकी बात का उत्तर भी दिया। इस तरह वार्तालाप चल निकला और गप्पू के मान जाने का रास्ता अंततः खुला।

फूफाजी रज्जन के साथ ही छत पर पहुंचे थे।

वैसे रज्जन उनके साथ आने को कतई तत्पर नहीं थे। रज्जन का कहना था कि बहुत जिद्दी बाप हैं हमारे। अभी इत्ती आसानी से वे मानेंगे नहीं, और हमारे पास इत्ता टेम है नहीं। बताइए कि बस, इत्ती सी बात पर रिसाये बैठे हैं कि हमने उनकी चुतियापे की बात को चुतियापा की बात कह दिया। आप ही बताएं? बे कहे जा रहे हैं कि तेरवीं की पंगत न दी जाए! पैसा बचाकर गांव में बब्बा के नाम का पुस्तकालय खोल दिया जाए! बताइए!! माना कि आप हमारे बाप हैं। बाप होने के नाते हमें आपकी चुतियापे की बातें भी सुनना चाहिए। परंतु चुतियापे की भी एक सीमा होती है कि नहीं? फिर बे इस बात पर भी नाराज हैं कि बंटवारे की बातें काहे को की जा रही हैं?...अरे यार, काहे न करी जाएं? करी ही जाएंगी। अभी जब सब इकट्ठे हैं तो अभी ही तो की जाएंगी। है कि नहीं? पर बे तो सोचते हैं कि बंटवारा कमीनापन है। कोई कब तक इनकी ऐसी बातें सुने और चुप रहे? हम क्या करते? बस, हमने इत्ता बोल दिया कि जे चूतियाई बघारबे का टेम नहीं है, तो इसी बात पर रिसा गए।...रिसाने में उन्हें वैसे भी बड़ा मज़ा आता है।...इधर फूफाजी की थ्योरी दूसरी थी। वे कहने लगे कि यार, मनाएंगे तो हम ही, पर तुम भी साथ रहोगे तो ठीक रहेगा। तुम भी तनिक लल्लो चप्पो कर लेना। बात जल्दी निबट जाएगी। रज्जन ने कहा कि आप कहते हो तो हम चले चलते हैं, परंतु हो सकता है कि हमें देखकर बे और भी रिसा जाएं, या हमारे मूं से ही फिर कोई ऐसी सही बात न निकल पड़े जो उन्हें गलत लग जाए। तब आप हमें न कोसना।...अभी फूफाजी छत पर बिराजे गप्पू के सामने ही, दरी पर बैठकर उन्हें समझाने की कोशिश में हैं। पास ही मुंडेर से टिके रज्जन खड़े हैं और खीजते हुए नीचे झांक रहे हैं।

'ऐसे भी रिसाते हैं क्या?' फूफाजी ने गप्पू से फिर कहा।

यह बात वे चौथी बार कह रहे थे। इन्हें नहीं रोका गया तो वे यही बात पांचवीं और छठवीं बार भी कहेंगे। इतना समय तथा धैर्य रज्जन के पास कहां?

'एकदम बढ़िया तो रिसाये हैं?...और कैसे रिसाएं?' रज्जन ने चुप्पी तोड़ी।

'यार, तुम चुप तो रहो रज्जन...' फूफाजी ने कहा।

'हम चुप ही हैं।...हमने तो सोची कि आपसे जान लिया जाए कि फिर और कैसे रिसाया जाता है?' रज्जन ने कहा।

'यार हम जे बात, गप्पू से पूछ रये हैं कि तुमसे?'

'प्रश्न किसी से भी पूछा जाए पर यदि हमें जवाब पता हो तो फिर हम चुप कैसे रहें?' रज्जन ने कहा।

'यार, तुम अपना मूं बंद रखोगे कि नहीं?' फूफाजी ने कहा।

'अरे, मूं क्या, आप तो जो कहें हम सो बंद करके बैठ जाते हैं।'

'हमने कह दई न? तुम अपना मूं बंद रखो।'

'तो हमने भी सुन लई और गुन भी लई। पर उनसे भी तो कहो। बे तो आपकी सुन नहीं रहे! उनने सुनी कि नहीं तनिक उनसे भी तो पूछ लो न, फूफाजी?...'

'अगर तुम तनिक देर को गम्म खा लोगे तो अपने ही बाप से हारे हुए न कहाओगे...'

हम तो पहले ही हारे बैठे हैं...'

'यार, हम तुमें बेकार ही साथ में ले आए...'

'हमने तो आपसे पहले ही कही थी...'

'चलो, तो फिर तुम अभी नीचे तो जाओ भैया। वैसे भी भौत काम बकाया पड़ा है न? तुमई बता रहे थे।'

'ठीक है, हम नीचे जा रये।...आपई कोशिश कर के देख लो।...'

रज्जन नीचे उतर गए।

इस पूरे वार्तालाप के दौरान गप्पू सारे संसार से ही निस्संग बैठे रहे। मानो कुछ सुना ही नहीं। संवाद पानी की बूंदों की भांति उनके कमल व्यक्तित्व पर गिरे और यहां-वहां बिखर गए। कमल, कमल ही रहा।

'बच्चे हैं...' फूफाजी ने एक लंबी चुप्पी के बाद कहा। वे रज्जन के व्यवहार तथा बातों को बचकाना बताकर सारे मुद्दे को ही बचकाना सिद्ध करने की कोशिश में हैं। गप्पू शांत बैठे रहे। कुछ न बोले।

नीचे की चहल-पहल का शोर छत तक पहुंच रहा है।

'बड़ी शांति है इतें, छत पर।...' फूफाजी मानो गप्पू के छत पर यूं आ जाने को जस्टीफाई कर रहे हैं।

गप्पू फिर भी चुप बैठे रहे।

'नीचे तो तमाम किचकिच मची है भैंचों...' फूफाजी ने आगे जोड़ा।

गप्पू ने अब जाकर आंखें उठाईं और फूफाजी की तरफ़ देखा।

'सब तरफ, बस, आदमी के स्वार्थों की ही किचकिच मची है जीजाजी...' गप्पू ने एक दार्शनिक विचार प्रकट किया। फूफाजी ने भी उनकी बात का समर्थन करते हुए उसे आगे बढ़ाया, 'गप्पू, यह सारा संसार ही स्वार्थ पर चलता है। यहां-वहां, ऊपर-नीचे। सब तरफ।...स्वार्थ का ही तो सारा खेल है गप्पू...'

'आदमी इत्ता स्वार्थी क्यों हो गया है कि वह मृत्यु को भी अपने स्वार्थ साधने का अवसर बनाने की कोशिश करता है?...' गप्पू ने पूछा।

'भैया, हमें तुमारी जे ही बातें समझ में नईं आतीं।...साफ़-साफ़ कहो न?...' फूफाजी ने कहा।

'साफई तो कह रहे हैं।'

'तेरहवीं के भोज की बात कर रहे हो?'

'वो तो हम कर चुके।...कोई भी मानने को राजी नहीं।...हम भी अब चुप हैं। सब कहते हैं कि बिरादरी बुरा मान जाएगी।...' गप्पू ने निराशा के स्वर में कहा।

'सही कहते हैं।...' फूफाजी ने समझाया।

'इसीलिए, हमने भी उनकी जे बात मान ली...' गप्पू ने कहा।

'...तो फिर काहे को रिसाये बैठे हो?'

'हम रिसाये नहीं हैं।...'

'देखो, रिसाये तो हो यार..'

'हम नहीं रिसाये, सच्ची।'

'फिर इतें छत पे काय रूठे बैठे हो?'

'रूठे नहीं हैं।...बस विचार कर रहे हैं।'

'ज़रा हमहूं तो सुनें, क्या विचार चल रहा है?'

'...हम यह सोच सोच के हैरान हैं फूफाजी कि आदमी इत्ता स्वार्थी बन कैसे सकता है? इतें बब्बा मरे कि उतें घर में बंटवारे की बातें चलने लगी हैं?...जे तो स्वार्थ की पराकाष्ठा ही कहाई न?'

'काहे की पराकाष्ठा भैया? बंटवारे में काहे का स्वार्थ? सब करते हैं। हर घर में होता है। बाप मरेगा तो घर में धरा मालमत्ता, बच्चों के बीच बंटेगा कि नहीं?...बंटेगा ही बंटेगा।...हर घर में होती हैं ऐसी बातें।...तुम ही न जाने क्यों इत्ती सी बात पर बच्चों घांई रूठ रहे हो?'

'तो क्या हम सब मात्र मालमत्ते के लिए ही जी रहे हैं जीजाजी?'

'बिलकुल...! और आदमी काहे के लिए जीता है यार?...पैसे न कमाना हो तो फिर जीने का मतलब ही क्या है?'

'तो जो आदमी पैसे न कमाये, उसके जीने का फिर कोई मतलब ही नही?'

'बिलकुल! आदमी यदि पैसे नहीं बना रहा तो फिर वह जीकर कर क्या रहा है? जीवन भी, बिना पैसे के चलेगा कैसे? आदमी मजबूर है। यह स्साला जीवन पैसे पर ही तो टिका है। यही कटु सत्य है गप्पू।'

'बड़ी ही अजीब बात है ये तो जीजाजी?...'

'इसमें कुछ भी अजीब नहीं है गप्पू।...दुनिया ऐसे ही चलती है।...सभी कमाते हैं।...हम यही बताने की तो कोशिश कर रहे हैं आपको।'

'तो स्वयं कमाएं न?...बाप के पैसे के लिए काहे बैठे हो भैया?'

'क्यों न बैठें यार?...अपने ही बाप के तो पैसे ले रहे हैं न? इसमें बुरा क्या है? जे तो है नहीं कि किसी और के बाप का पैसा मार रहे हों?...अपने ही बाप का माल अगर हम न लेंगे तो क्या गांव वाले लेंगे? अरे, अपने बाप से पिटते-कुटते तो रहे हम, और जब उनके पैसे के बटवारे की बात उठाई तो गप्पू महाराज कहन लगे कि जे बात ठीक नहीं है! हद्द है!...क्या ठीक नहीं है? क्यों ठीक नहीं है?'

'कल तो बब्बा मरे, और आज ही घर के बंटवारे की बातें होने लगीं-जे कोई ठीक बात है क्या?'

'चलो, तुमाई बात ही हम मान लेते हैं।...बंटवारे की बात आज नहीं करते।...आज करेंगे तो गप्पू दादा रिसा जाएंगे। है न?'

'...कल बब्बा मरे और आज बंटवारे की...'

'चलो, आज मत करो न। परसों तो करोगे? या नरसों? या फिर दस दिन बाद?...पर जब भी करोगे तो कहाएगा तो वह बंटवारा ही? फिर इसमें पाप पुण्य की कौन सी बात?...'

'सगे भाइयों के बीच पिता की संपत्ति को लेकर मारामारी मचे, यह तो नीचता है।'

'यार, जब सगे भाइयों के बीच की बात हो तो फिर काहे की तो नीचता और काहे का बड़प्पन? जब भाइयों के बीच हमेशा बड़प्पन होता रहता है तो कभी-कभी नीचता भी तो हो सकती है। यही भाईचारा कहाता है।'

'आपने तो जे बड़ी अच्छी कलजुगी परिभाषा दी है, भाईचारे की।'

'कलजुग ही चल रहा है गप्पू।...इसमें सतयुग की परिभाषा पर जोर मत दो।'

'तुलसीदास ने कहा है कि...'

'यार, तुम बंटवारे को बात में तुलसीदासजी की मट्टी पलीद न कराओ।...किसे परवाह है कि तुलसीदास क्या कह गए हैं? कौन सुन रहा है उनकी?...अखंड रमायन बिठाबे, और रामलीला में दोहा चौपाई गाबे के लाने ही ठीक हैं तुलसीदासजी। इससे ज्यादा की जिम्मेदारी उनके मूंड़ पे न थोपो।...'

'तुलसीदासजी ने भरत और लक्ष्मण जैसे भाइयों का दृष्टांत...'

'यार, जब कलजुग में कहीं राम ही नहीं बचे तो फिर कोई चूतिया है जो भरत बनने की कोशिश करेगा?'

'लक्ष्मण ने सारे सुख त्यागकर ज्येष्ठ भ्राता के साथ बनवास पर जाना...'

'धन्य हो भैया तुम भी।...गप्पू, तुम वास्तव में धन्य हो!.. बस, इत्ती सी परेशानी है कि तुम गलत युग में पैदा हो गए हो।...'

'हमने ऐसा क्या कह डाला? हम तो तुलसी महाराज की कही बात ही दोहरा रहे हैं। धन ही सारे पापों का मूल है।'

'यदि ऐसा है भैया, तो तुमने जो गले में जे सोने की जंज़ीर डाल रखी है न, और खीसे में नोट धर के बैठे हो-सब हमें पकड़ा दो।...काहे को पाप की इस जड़ को अपनी जेब में धरे धरे घूमते हो?'

गप्पू चुप हो गए।

चुप होकर वे मानो खुद में ही यूं मुस्कुराने लगे कि अपने जीजाजी की इन नादानी भरी सांसारिक बातों का भला क्या तो उत्तर दिया जाए?

पर फूफाजी यहीं पर नहीं रुके। दाऊ की पाप-पुण्य वाली मूर्खतापूर्ण बातों का स्पष्ट खंडन करना उन्हें आवश्यक लग रहा था। फूफाजी ने आगे कहा :

'भाईचारे की बातें और पाप-पुण्य के क़िस्से सुनबे में बड़े बढ़िया लगते हैं गप्पू।...पर जे भी याद रखियो कि जे बातें बस सुनबे-सुनाबे में ही अच्छी लगती हैं। प्रवचन के खातिर भौत सही बातें हैं जे सब। खूब बोलो। खूब तालियां पिटवाओ। पर जे बातें हमारे तुमारे करबे की नहीं हैं। इन्हें दूध मलाई चाटबे वाले महात्मा लोगन के लाने छोड़ दो न? हमें ऐसी बातें नहीं करनी चाहिए। इन बातों पर विश्वास भी नहीं करना चाहिए। सच्ची बात यही है कि इस जगत में सब कुछ पैसा ही है। पैसा ही पुण्य है, पैसा ही पाप और पैसा ही मोक्ष। पैसा इस जीवन की धुरी है। आदमी को जीवन चलाना है तो उसे सांस के अलावा पैसे भी चाहिए ही। कुत्ते, बिल्ली की बात छोड़ दी जाए। हम तो कहते हैं कि कुत्ता भी कुत्ते का जीवन इसीलिए जीता है क्योंकि बेचारे के पास

पैसा नहीं है। आज यदि एक कुत्ते के पास लाख रुपये आ जाएं तो दस आदमी उसकी लल्लो चप्पो करते घूमेंगे।...'

'न जाने कैसी बातें कहे जा रहे हैं आप...' गप्पू ने कहा।

'...हम तुम्हें बस जे बताबे की कोशिश कर रहे हैं कि बंटवारे की बात करके अपराध नहीं कर दिया है किसी ने। इसमें तुमारे रिसाबे जैसी कोई बात नहीं है। अरे, मोंड़ा-मोंड़ी तो टेंटुआ दबा के बाप को मार डालते हैं कि निबटें तो माल का बंटवारा किया जाए। तुम तीनों भाइयों ने तो भैया बड़े पुण्य का काम किया है कि बाप को अपनी मौत मरने का टाइम दिया वर्ना कौन इत्ता इंतज़ार करता है?'

'ऐसे कुबोल भी न बोलो फूफाजी कि आदमी का दुनिया पर से भरोसा ही उठ जाए।'

'हम सच बोल रहे हैं।...तुम लोगों की तो हर जगह तारीफ ही हो रही है कि इन लोगों ने बब्बा की कित्ती सेवा करी है।...आजकल, बूढ़ा आदमी जिये जाए और बाल बच्चे उसे बरदाश्त करते रहें, उसके जीते जी बंटवारे के लिए मूड़ फुटव्वल न करें- इससे बड़ी कोई सेवा नहीं कही जा सकती।...'

'आपकी बातें सुनकर हमें घबराहट होने लगी है जीजाजी...'

'घबराने से वास्तविकता तो नहीं बदल जाती न?...रूठने से, पलायन करने से भी वास्तविकता नहीं बदलती। बंटवारा उतना ही बड़ा सच है, जितना बड़ा सच बब्बा की मृत्यु है। सो रूठना छोड़ो। नीचे चले चलो। तुम्हारे भाई लोग तो उतें घर के मालमत्ते की लिस्ट तैयार कर रहे हैं और तुम इतें तुलसीदासजी के सहारे बेसहारा पड़े हो।'

फूफाजी ने गप्पू का हाथ पकड़कर खींचा और स्वयं खड़े हो गए।

गप्पू बोले, 'आप चलिए।...हम आते हैं।'

'जल्दी आईयो।...और हम तुमारी जे रामचरितमानस और टिकटी उठा के ले जा रये।...' फूफाजी ने कहा।

गप्पू के रूठने में तुलसीदासजी हमेशा सहारा देते हैं। मानस उठा के ले जाओ तो गप्पू भी पीछे-पीछे भगे भगे आएंगे ही।

'सुनो।'

'कहो।'

'तुम्हारे हिस्से में कितना आएगा? कितना मिल जाएगा तुम्हें?'

'अभी से हमें क्या पता?...बंटवारे की लिस्ट तो बने। तभी न समझ में आएगा?'

'तुम्हें उसमें भी क्या समझ में आएगा?...देखना। हमें मालूम है। तुम ऐसेई बैठे रहोगे।...तुम्हारे भाई लोग तुम्हें जो भी थोड़ा भौत टुंगा देंगे, वही ले के बैठ जाओगे।...'

उपरोक्त वार्तालाप अंधेरे में हो रहा है। चेहरे नज़र नहीं आ रहे। एक स्त्री स्वर है और एक पुरुष स्वर। बात फुसफुसाकर की जा रही है। अलबत्ता सुनने वाला तुरंत

जान सकता है कि यह गोपी और उनकी पत्नी की आवाज़ है। यह बात दीगर है कि इस वक्त इतनी रात गए छत पर उन्हें सुनने वाला कोई है नहीं।

'तुमने मुझे एकदम चूतिया समझ रखा है क्या?'

'पर तुम हो तो एकदम सीधे साधे।'

'ऐसा कोई सीधा भी नहीं हूं। तनिक प्रॉपर्टी की लिस्ट तो बनने दो। मैं भी देखता हूं न।'

'तुम क्या देख लोगे? तुम्हें अपनी प्रापर्टी का कुछ पता भी ही है क्या? हमेशा तो तुम गांव से बाहर रहे हो। दोनों भाई अभी तुम्हें जो भी उल्टा सीधा हिसाब दिखला देंगे, तुम मान लोगे।'

'तो क्या करूं?.. जासूस लगवा दूं पीछे कि पता करके बताओ?'

'जासूसी की ज़रूरत नहीं है, बस अपनी आंखें खुली रखना। सब खेल ऑटोमेटिक ही समझ में आ जाएगा।'

'इतनी समझ तो मुझे भी है।' गोपी ने चिढ़कर कहा।

'अच्छा?...बड़े समझदार हो गए हो आजकल! क्यों?' पत्नी ने हंसकर कहा।

'क्यों न होंऊं?'

'समझदार तो ख़ैर हो पर अपने भाइयों के सामने भी तनिक बोलना। एकदम चुप न रह जाना।'

'चुप क्यों रहूंगा?'

'तुम रह जाते हो न। हमने पहले भी तो देखा है। बोलने वाली जगह पर हरदम चुप रह जाते हो।'

'हां, फालतू बातें नहीं बोलता। पर इसका मतलब यह क्यों निकाला जाए कि मैं चुप रह जाता हूं?'

'भाइयों के सामने तो ख़ैर तुम्हारे बोल कभी नहीं निकलते। अरे, भाइयों की खूब इज्जत करो परंतु कुछ बोलो भी। तुम उनके सामने तो हमेशा ही दब जाते हो।'

'मैं भला क्यों दबूंगा?'

'क्यों? भाइयों से तुम हमेशा दब नहीं जाते हो? हमने तो ऐसा कित्ती बार देखा है। बस, तुम इस बार बिलकुल मत दबना।'

'मैं चुप रह भी जाऊं तो तुम तो हो न? तुम तो किसी से नहीं दबतीं न? तुम बोलना।'

'अगर मैं बोलने लगी न, तो तमाशा खड़ा हो जाएगा। मुझे न ही बोलना पड़े, यही सबके लिए अच्छा रहेगा।'

'तुम्हें यदि बोलना है तो तुम बोलोगी ही—कौनसा मेरा सोचकर रुक जाने वाली हो।'

'तुम तो तब भी मना कर रहे थे न?...'

'कब? क्या?'

'जब मैंने बब्बा के कमरे को सीलबंद कराया था।...बाद में तुमने ही माना और तुम ही बोले कि यह काम तुमने भौत बढ़िया किया...।'

'देखो, तुम्हारी समझदारी पर तो हमें पूरा विश्वास है पर इत्ता ख्याल जरूर रखना कि इधर कोई तमाशा न खड़ा हो जाए।...'

'मैं तो अपनी तरफ़ से कुछ ऐसा नहीं करूंगी।...'

'नन्ना तो कर सकते हैं न? रज्जन भी।...'

'वे लोग करेंगे तो करते रहें।'

'वे लोग तमाशा करने में माहिर हैं।'

'तो करने दो न।...वैसे हम भी तमाशे का जवाब तमाशे से दे सकते हैं।'

'वही तो मैं नहीं चाहता। बिरादरी के सामने खानदान की बेइज्जती हो जाएगी...'

'खानदान की इज्ज़त का ख्याल बस तुमीं तुम रखते रहोगे, कि थोड़ा भौत और लोग भी रखेंगे?'

'जो हो, बस ख्याल रखना।...'

'चलो, हम तो ख्याल रखेंगे!...पर तुम भी झोल मत खा जाना।...'

'देख लेंगे।...अभी तेरवीं तो निबट जाने दो। उसके बाद ही सब बैठेंगे न बंटवारे के लिए।'

'बैठेंगे तो तब, पर तैयारी तो अभी से चल रही है सब तरफ...। बस, तुम ही चुपचाप बैठे हो।'

'तो हम क्या करने लगें यार? अजीब बातें करती हो!'

'जब मामला पैसे का हो तो कोई भी बात अजीब नहीं कहाती।...'

गोपी और उनकी पत्नी देर तक इन महत्त्वपूर्ण प्रश्नों पर विचार करते रहे कि बंटवारे में उन्हें धोखा न दे दिया जाए, इसकी क्या व्यवस्था हो? जो ज़मीन अपने हिस्से में आएगी उसे अभी बेचबाच कर निकलना ठीक रहेगा कि बाद में? मिलने वाले पैसे का क्या किया जाएगा? एक-एक बरतन भांडे की लिस्ट बनवाने पर जोर दिया जाएगा या अपुन तो यह कहें कि सारे बर्तन कोई एक भाई रख ले और बाकी भाइयों को इन बर्तनों का हिसाब करके नकद पैसा दे दिया जाए? यह कैसा रहेगा? सोने चांदी के बंटवारे में भी खानदानी सोने-चांदी का बंटवारा तो अलग से होना चाहिए, और शादी में गोपी की बहू के मायके से मिला सारा सोना-चांदी अलग से पूरा ही मांग लिया जाना चाहिए। क्या कहते हो? रजाई, गद्दे, चादरें, तकिए, तकियों के गिलाफ़, खटिया, तख्त, सोफा, कुर्सी, गायें, भैंसे आदि का टोटल हिसाब लगाकर हमें तो उसका भी नकद मांग लेना चाहिए। क्या कहते हो?

दोनों के बीच बड़ी देर तक इसी तरह की समझदारी वाली बातें होती रहीं।

एक बार आप फालतू की भावुकताओं से मुक्त भर हो जाओ तो सारी चीज़ें कितनी आसान तथा गणित के सिद्ध फार्मूलों जैसी निश्चित हो जाती हैं।

और अब एक ऐसे बूढ़े की कथा जिसका बेटा नायब तहसीलदार निकल गया। इसे हमारी कथा में क्षेपक मान लें, या इसे मूलकथा का ही प्रवाह कहें क्योंकि आगे जाकर ज़मीन जायदाद के बंटवारे में तहसील का रोल तो महत्त्वपूर्ण होगा ही। ऐसे में यदि रिश्तेदारी में ही कहीं कोई नायब तहसीलदार निकल आए तो अवसर मृत्यु

का होते हुए भी यह खुशी की बात कहलाएगी। तो यह अत्यंत खुशी की बात है कि ग़मी में एकत्रित हुए रिश्तेदारों की भीड़ में यह बूढ़ा भी है जिसका एक बेटा नायब तहसीलदार है।

वैसे बूढ़े के पांच बेटे और चार बेटियां और भी हैं। कुल नौ बच्चे। यूं तो पांच और भी हुए थे पर वे मर मरा गए; शर्म से नहीं, बस यूं ही। स्थिति कुछ यूं रही कि जीवन में, जब भी फुर्सत मिली, आते-जाते वे संतानोत्पत्ति के कार्य में ही संलग्न रहे। यही सिलसिला कदाचित् चलता रहता परंतु बीच में बुढ़ापा आकर खड़ा हो गया। फिर न जाने कब ये बच्चे भी बड़े हो गए। लड़कियों की शादी तो जैसे तैसे निबटा ही। वे अपनी अपनी ससुराल में सुख से हैं। उनकी मार कुटाई होती रहती है सो कोई उल्लेखनीय बात नहीं क्योंकि बेटियां ससुराल में न पिटेंगी तो कहां पिटेंगी? लड़कों का वही हुआ जो आमतौर पर ऐसे निम्न मध्यमवर्गीय परिवारों में उनका होता है। वे न इधर के रहे, न उधर के। आवारा टाइप निकल आए। आवारा और बेरोज़गार। छोटी सो खेती थी। उसी के सहारे बेरोज़गारी ढकी रही। बिरादरी में यही कहा जाता रहा कि लड़के तो खेती देखते हैं। क्या देखते हैं, यह सभी को साफ़ दीखता था परंतु इसी दिखने दिखाने में बूढ़े ने इन सबकी शादी भी निबटा ली। अब तीन लड़के तो एकदम आवारा घूमते हैं। हां अपने पिता की परंपरा का निर्वाह करके वे भी कसकर बच्चे पैदा कर रहे हैं। कभी आते-जाते बाप ने पूछ लिया कि भैया, कछू कामधाम भी कर रये हो कि नहीं तो स्पष्ट बता दिया कि फिलहाल तो मैय्यो चुदा रहे हैं-और का करें, तुमारे राज में? एक बेटा अवश्य बड़ा सीधा सादा निकला। वह पंडिताई के काम में लग गया। अब बचा पांचवा।

यही पांचवां बेटा नायब तहसीलदारी में निकल गया। सो कैसे भला?

'भैया, अपनो जे नारायनदास है न, वो शुरू से ही ऐसा हुश्यार रहा कि अच्छे अच्छे मास्टरन के कान काट ले। मास्टर लोग जो कभी कछू सवाल पूछें भी तो वहीं के वहीं ऐसो धांस के जवाब दिया करे कि सरऊ को भगते गेल न मिले। हर परीक्षा में अच्छी फ्स्स किलास खेंचता रहा। और ऐसेई नायब तहसीलदारी की परीक्षा में भी किया उसने। जब उसने नायब तहसीलदारी जैसी कठिन परीक्षा भी निकाल दई तो हेडमास्साब खुद चल के हमारे दरवज्जे पे आए। कहने लगे कि धन्य हैं आप कि आपने ऐसा सरस्वती पुत्र पैदा किया।'

बूढ़ा बता रहा है अपने नायाब रत्न के विषय में।

'फिर तुमने हेडमास्साब से का कही?' किसी ने सहज उत्सुकता से पूछा।

पर पहले तो आपको यह बात दें कि इस नायब तहसीलदार बेटे का प्रसंग उठा हो कैसे?...और कैसे उठता? बूढ़े ने स्वयं ही उठाया। हर महफिल में वह स्वयं ही उठाता है। यह बूढ़ा, बब्बा का दूर का फूफा टाइप कुछ चीज़ है। रिश्तेदारों की भीड़ में वह भी धूप ले रहा था। बहुत देर से वह इस फिराक में था कि मैं किस तरह अपने होनहार बेटे की कथा सबको बताऊं? वह कहीं भी, कभी भी, कोई भी मौका नहीं छोड़ता है। बल्कि, मौके बनाता है। बात मौसम की चले या मौत की, वह अपने

नायब तहसीलदार बेटे का जीवन चरित्र कुछ इस कौशल से बीच में घुसेड़ देता है कि मूल बात तो कोने में खिसक जाती है और क्षितिज पर उसके बेटे की नायब तहसीलदारी छा जाती है। यहां भी यही हुआ। काफी देर से मरने जीने की चर्चाएं हो रहीं थीं। लग तो यही रहा था कि इस चर्चा में नायब तहसीलदारी प्रसंग कदाचित् नहीं घुसा पाएंगे पर बूढ़ा फिर भी मौका ताड़ता रहा। और उसे मौका मिला भी। मृत्यु प्रसंग में ही बात किसी तरह परिवार नियोजन तरफ़ चली गई। परिवार छोटे हो जाने की बात चल निकली। कहा गया कि आजकल तो भैया, सबके एक या दो मोंड़ा-मोंड़ी ही होते हैं। चूतिया लोग कहते हैं कि छोटा परिवार, सुखी परिवार। अरे, घंट सुखी परिवार! काहे का सुखी, भैंचो। मर जाओ तो घर में कोई रोबे वाला तक न मिले। मान लो कि तुम्हारे दो बच्चे हैं। एक तो कितऊं घर से दूर बैठे नौकरी पे मैय्यो चुदा रये। अब बचे एक। सो बे अब बैठ के रोएं कि इन्हें कंधा पे डाल के अकेले-अकेले मरघटा में पटक के आएं? है कि नहीं? कित्ती मुसीबत। पहले बढ़िया रहा। एक-एक आदमी के आठ-दस संतानें तो गिरी हालत में भी होती ही थीं। मान लो कि इनमें से कुछ नालायक भी निकल जाएं, और एक दो मान लो कि बाप को घंट पे भी ठीक से न धरें, तब भी दो तीन तो ऐसे सरबन कुमार निकल ही आते थे जो बाप के मरबे के टेम पे, मूं में गंगाजल डालबे के लाने पास ही मौजूद रहते थे।...बातें कुछ ऐसी ही चल रही थीं। फिर से यह कहा गया कि आजकल तो भैया, दो तीन मोंड़ा-मोंड़ी ही होते हैं, और बे जैसे होते हैं सो उनका होना, न होना, सब भैंचो बराबर। हमारे पड़ोसी दुबेजी के दोनों मोंड़ा तो गंगाजल लिए बाप के आसपास दिन-रात घूमते फिरते हैं कि कब बाप मूं खोले और कब हम उसमें गंगाजल डालें।

यहीं बूढ़े को मौका मिला। उसने इसी प्रसंग में अपने पांच बेटे होने की बात जोड़ी और अपने पांच बेटे होने के फायदे गिनाते हुए नायब तहसीलदार बेटे की दिग्विजयी गाथा खोल ली। इसी सिलसिले में उसने अभी-अभी हेडमास्साब द्वारा यह कहना बताया था कि धन्य हैं आप भैंचो, जिसने ऐसा भैंचो सरस्वतीपुत्र पैदा किया।

'तब तुमने का कही?'

'मतलब?...कौन से का कही?'

'हेडमास्साब से, और कौन से?'

'हम भैंचो का बोलते?'

'जे भी सही बात।' कोई बोला।

'बे तुमसें, जे तो नहीं पूछन लगे कि तुमने इसे कौन सी विधि से पैदा किया?'

'यार तुम तनिक चुप तो रहो भैया।...तुमें कछू इनकी उमर का भी लिहाज है कि नहीं?' किसी और ने फटकारा कि ऐसे अश्लील सवाल पूछने से पूर्व सामने वाले की उम्र का ख्याल न रखना भारतीय संस्कृति के विरुद्ध माना जाता है।

'उमर देख के ही पूछा है।...'

'सो कैसे?'

'वो ऐसे कि न जाने कित्ती सारी गुप्त विद्यायें कभी हमारे पूर्वजों को पता थीं। है कि नहीं? और आज?...आज वो सारा ज्ञान कहां लुप्त हो गया? आज किसी को घंट भी नहीं पता। क्यों? क्योंकि हमारे पूर्वज आगे बिना अपनी विद्या किसी और को सिखाए मर-मरा गए।'

'तो?'

'तो जे कि कक्का को यदि ऐसी कोई विधि मिल गई हो जिससे एकदम सहीसाट तहसीलदार ही पैदा हो तो उन्हें यह विधि किसी से छुपानी नहीं चाहिए। एक बार सबको पता चल जाए कि ऐसे करियो और ऐसे न करियो। बस, फिर क्या है! हिंदुस्तान में हर तरफ़ भैंचो तहसीलदार ही पैदा हुआ करेंगे।'

'तहसीलदार नहीं, नायब तहसीलदार...'

'वोई बात।...विधि तो इनने तहसीलदार वाली ही लगाई होगी पर कहीं एकाध जगह चूक हो गई होगी तो नायब तहसीलदार पैदा हो गया। क्यों न कक्का?' बात अब बूढ़े के हाथ से निकलकर महफ़िल के कब्जे में आ चुकी है और उस दिशा में जा रही है जहां बात की रोचकता ही एकमात्र शर्त होती है।

बूढ़े को बोलने का अवसर ही नहीं मिला। महफिल में अन्य संभावनाओं की चर्चा चल पड़ी।

'और जो कहीं विधि लगाने में दो जगह चूक जाते तो कानूनगो या गिरदावर पैदा हो गया होता। है कि नहीं?' एक ने कहा।

'ज़्यादा चूकते तो पटवारी भी पैदा हो सकता था।' एक और ने कहा।

'भैया, पटवारी को तुम कोई कम चीज़ समझे हो का? अगर कायदे से देखो तो वो तो नायब तहसीलदार से भी ऊपर की चीज़ होता है।

'तब पटवारी पैदा करबे की विधि कछू अलग ही होती होगी। अगर वो ही पता होती तो फिर कक्का नायब तहसीलदार काय पैदा करते? सीधे पटवारी ही न पैदा कर लेते? है कि नहीं कक्का?' एक ने कहा।

'ऐसी कोई विधि नहीं होती भैया।...होती तो सभी लोग न पैदा कर लेते? सब तरफ़ नायब तहसीलदार ही नायब तहसीलदार घूमते मिलते।' एक ने सारी बात संदेहास्पद मानी।

'देखो भैया, विधि तो एकदम पक्के से होगी। वर्ना ऐसे ही कोई नायब तहसीलदार बन जाता है का? क्यों कक्का?' वह इस गुप्त विद्या की तह में जाना चाहता है।

'कोई विधि नहीं होती भैया।...वोई करना पड़ता है जो सब करते हैं'...किसी ने कहा।

'विधि तो जरूर होगी पर कक्का बताएंगे नहीं। जे विद्या भी इनके साथ ही खत्म हो जाएगी।'

'अपने भग्गू महाराज ज्योतिष की गणना करके एकदम सही बता देते थे कि इस मुहूर्त, इस तारीख में स्त्री से संसर्ग करोगे तो ऐसी तेजस्वी संतान होगी कि...' एक ने उदाहरण देकर इस बात का समर्थन करना चाहा कि ऐसी कोई विधि होती अवश्य है।

'तो फिर भग्गू महाराज की खुद की औलाद काहे भीख मांगती घूम रही है?'

'उसे भीख तो मत कहो भैया।'

'वोई बात। एक तरह से भीख ही मान लो। प्राइमरी स्कूल की मास्टरी को आप और क्या बोलोगे? भैंचो, भीख मांगबे टाइप ही तो बात कहाई। अब कोई तेजस्वी आदमी प्राइमरी स्कूल में नौकरी करने से तो रहा।'

'जे भी सही कही आपने।'

'फिर भी यदि सही सही मुहूर्त निकाल के कोई काम किया जाए तो...'

'शुभघड़ी तो हर काम की होती है।...सही बात।'

इन अंटशंट बातों के बीच बूढ़ा एकदम चुप बना रहा। मानो कभी धूलभरी आंधी आए तो समझदार आदमी आड़ में हो जाता है। बूढ़ा वही कर रहा था। वह इस तरह की ऊटपटांग बातों का आदी है। समय काटने के लिए ऐसी बातों का भी बड़ा महत्त्व है। फिर अभी तो आंधी और धूल तेज ही होने थे क्योंकि अब रज्जन भी वहां आ पहुंचे थे। नन्ना भी। रज्जन ने सभी को फटकारते हुए कहा कि तुमें अपनी अपनी कहबे की पड़ी है। अरे, कक्का को तो बताने दो न? किसी ने कक्का से फिर पूछा कि जब हेडमास्साब ने धन्य कहा तो आपने क्या कहा?

'हम क्या कहते?'

'सही बात। बे कोई बेजा बात तो कह नहीं रहे थे? धन्य ही तो कह रहे थे और धन्य कहबे की बात भी थी।'

'वोई तो...'

'जिस घर में एक नायब तहसीलदार पैदा हो गया हो, वह घर तो धन्य ही कहाया। है कि नहीं?'

'उस घर की तो सात पीढ़ियां तर गई भैया।'

'तभी तो धन्य कहाया। सही बात कह रहे थे हेडमास्साब।..'

'यार, अपनी अपनी न घुसेड़ो। डुकर जो बता रहे हैं वो सुना जाए।...बताओ। आप बताओ।'

बूढ़े को अवसर मिला तो उसने पुनः नायब तहसीलदारी प्रसंग शुरू कर दिया। अपने बेटे की आरती गाते हुए उसने कहा-

'इत्तो बड़ो अफ़सर है पर मजाल है कि कभी बड़े बूढ़न के सामने सिर उठा के भी देखे। कोई बुजुर्ग कभी सामने पड़ जाए तो तुरंत पालांगी करता है। संस्कारी है। बांभन का छोटा-सा लौंडा भी तहसील से निकर जाए तो उसे भी पालांगी पंडिज्जी करे बिना वहां से कढ़ने नहीं देता।'

'मान लो कि कोई कढ़ ही जाए तो?'

'तो वो उसे जबरन रोक लेगा। जब तक वो स्साला अपनी पायलांगी न करा ले तब तक वह उसे तहसील से निकरने ही नहीं देता। क्यों न कक्का?'

'अच्छा! गजब है भाई! वाह भई, वॉह।'

'यार, कक्का को ही बताने दो। सब लोग अपना अपना मूं बंद रखो।...बताओ आप। आप बताओ कक्का।...सही बात है। इत्तो बड़ो अफसर है और बांभन का इत्ता लिहाज भी रखता है—और क्या चाहिए?'

‘क्यों न करेगा भैया? बांभन अफसर है। ब्रह्मा के मुख से जन्मा है कि नहीं? फिर...’

‘यार अब हमसे न कहलवाओ।’

‘तो न कहो।’

‘काहे न कहें?’

‘तो कह लो।’

‘कहेंगे ही।...तुम भौत बांभन बांभन रट रहे हो न? बांभन की इज्जत की बात कर रहे हो? तुमने बो नई सुनी कि बांभन, कुत्ता, नाई, जात देख गुर्राई?’

‘क्यों नहीं सुनेंगे भैया।...चारों तरफ़ से गुर्राबे वालों से घिरे-घिरे ही तो अपनी ज़िंदगी बीती है। हमीं से पूछ रहे हो कि सुनी कि नहीं?’

‘फिर?...’

‘तभी तो । अरे इतें ऐसे बांभन के मोंड़ा की बात चल रही है जो अफ़सर बनबे के बाद भी बांभनों की पायलांगी करता है। तो बताओ कि वो धन्य कहाया कि नहीं?’ क्यों कक्का?’

‘अरे, खुद तो पालांगी करता ही है, उसे देख के तहसील वाले और सगरे लोग भी झक मारके पालांगी पंडितजी कहते फिरते हैं भैंचो...’

‘तब तो वह और भी धन्य कहाया।...’

‘अरे आगे तो सुनो...’

‘बिलकुल सुनाओ। अरे, सुनाओ न कक्का...। नायब तहसीलदार का बाप न सुनायेगा तो फिर कौन भैंचो सुनायेगा? बोलो।’

‘और हमारा मोंड़ा इत्ता ईमानदार है कि...’

‘ईमानदारी ही पेलनी थी तो फिर तहसीलदार काहे बन गए भैया? आराम से मास्टर बन जाते।...’

‘ऐसी न कहियो भैया।...मास्टरी में भी आजकल हचक के कमाई है। हमारे भतीजे ने तो मास्टरी में ही तिमंजिला खेंच दिया है।...’

‘ऐसे कैसे?’

‘क्यों? अरे, उसने सारे मोंड़ा मोड़िन से साफ़ कह दई के तुम हमारी ट्यूशन में न आए तो परीक्षा में तुमारी मईयो...’

‘सही बात। आदमी एक बार कमाने की ठान भर ले तो फिर तो...’

‘जहां चाह, वहां राह।’

‘आपने वो लहर गिनके नोट कमाबे वाले आदमी की कहानी तो सुनी ही होगी?’

‘अब तुम बो कहानी इतें न सुनाबे बैठ जइयो भैया...। इतें सबने हजार बार सुन रखी है। पूरे गांव को मूं जबानी रटी पड़ी है भैंचो।’

‘तो हम दूसरी सुनाते हैं। कहानियन की हमें कौन सी कमी है।’

‘तुमाई कहानी फिर हो जाएगी। अभी तो डुकर की सुन लो।...कक्का, तुम तो तहसीलदार साब की कहानी बताओ। तुम बता रये थे कि बे बड़े ईमानदार तहसीलदार हैं। जब ऐसे ही ईमानदार हैं तो फिर जी कैसे रहे हैं?’

'ईमानदार होबे को मतलब जे थोड़ेई है कि आदमी काम करबे के पैसे न मांगेगा? हमने जे थोड़ेई कही थी कि वो बिन पैसे के काम करता है!'

'वोई तो। हम भी कहें कि ऐसे कैसे?'

'हमने तो बस जे बताया है कि मोंड़ा ईमानदार है। जे नहीं कहा कि चूतिया है। अरे, पैसे तो लेगा ही। लेता ही है। लेना ही चइये। ईमानदारी का मतलब जे थोड़ेई है कि वो पैसा नहीं कमाता। तहसील में बैठ के तो ईमानदारी जेई कहाती है कि अगर किसी से कोई काम करबे के पैसे लिए हैं तो फिर उसका काम जरूर कर दो। जे थोड़ेई है कि काम करबे के पैसे ही न मांगे जाएंगे।'

'सही बात। अगर तहसीलदार पैसे न लेगा तो सरकार खुद ही कान पकड़ के उसे तहसील से बाहर कर देगी। कहेगी कि हमने तुमें जेई ट्रेनिंग दी थी भैंचो?'

'हमारे मोंड़ा का तो पूरे इलाके में इसी बात पे बड़ा नाम है कि यदि किसी ने उसे टाइम पे ईमानदारी से नोट पकड़ा दिए तो फिर उसके काम में बेईमानी न होगी; काम तो फिर होयेगा ही।'

'बताइए! ऐसो ईमानदार अफ़सर आजकल कहां मिलेगा भैंचो?'

'वोई तो।'

'सही बात।'

'ऐसे देवता के दरसन हमें भी हो जाते तो हमारा जीवन सार्थक हो जाता।...'

'सही बात। प्र क्या करें? तहसीलदारी में ही इत्ता टेम लग जाता होगा कि...। है कि नहीं? क्यों कक्का?'

'तेरवीं पे आएगा न।...हमें खुद कहा उसने...'

'चलो, जब भी आ सके तब ही आ जाए।...देवता तो भैया जब प्रकट हो जाए तभी मनुष्य का अहोभाग्य...'

बातें और बातें।

कैसी तो भी बातें। कुछ तो भी बातें। कैसे भी समय तो कटे।

कल ही अस्थियां लेकर इलाहाबाद निकलने- वाले हैं नन्ना और रज्जन। कल ही ज़्यादातर रिश्तेदार भी घर लौट जाएंगे। फिर से सभी वापस तेरहवीं पर मिलने वाले हैं।

उठते-उठते नन्ना ने तहसीलदार पिता से टोह और आमंत्रण की मिली-जुली मुद्रा में पूछा, 'तहसीलदार साहब तेरहवीं पे तो आ रहे हैं न?...'

नन्ना तेरहवीं पर होने वाले बंटवारे को ध्यान में रखकर यह प्रश्न पूछ रहे हैं। ज़मीनों के बंटवारे के टाइम पर तहसीलदार रहेगा तो क्या पता कि कहीं काम ही आ जाए!

स्थगित

सुबह हो गई।

वैसी ही सुबह, जैसी कि बब्बा के मरने के पहले भी हुआ करती थी। सदियों से सुबह ऐसी ही होती रही है। बब्बा के भी बब्बा के मरने से भी पहले।...लोग मरते रहते हैं। सुबह उसी तरह होती रहती है। सुबह को कोई फ़र्क़ नहीं पड़ता। आदमी को ही यह भ्रम रहता है कि उसके न रहने से इस संसार में भयंकर फ़र्क़ पड़ जाएगा। पड़ता कुछ भी नहीं। अब आज की इसी सुबह को तनिक ग़ौर से देखो। सब स्पष्ट हो जाएगा। बब्बा को मरे हुए आज पांच दिन हो गए। सब कुछ पहले जैसा ही तो चल रहा है। कहीं धेले का भी फ़र्क़ नहीं। सब कुछ वही। वही दिन, वही रात, वही सुबह। हां, आज की सुबह में टेक्नीकली कुछ अंतर अवश्य कह सकते हैं।...यहां आज सुबह कुछ अलग ही किस्म की हलचल दिख रही है।

क्या हलचल है?...बताते हैं। बब्बा की मौत के बाद अभी तक यहां जो मेला चल रहा था, वह आज उखड़ रहा है। रिश्तेदार अपने अपने घरों को लौट रहे हैं।

वैसे, यह मेला अभी परमानेंटली नहीं उखड़ रहा। तेरहवीं के दिन इसे फिर से सजना है। तब ये सभी जन पुनः एकत्रित होंगे। उस दिन का मेला कदाचित् घर के बंटवारे के साथ ही समाप्त होगा। यूं भी इन मेलों का क्या है साहब! ये मेले तो संसार में चलते ही रहते हैं। कहीं-न-कहीं। इस घर से उखड़ा, तो उस घर में सज गया। जिंदगी और मौत का यह मेला उखड़ता थोड़ेई है—यह तो लगा ही रहता है। यहां नहीं, तो वहां। ये तंबू, कनातें, दरियां तो बिछी ही रहती हैं। अभी यहां बिछी थीं। कल कहीं और बिछी मिलेंगी। फिर कहीं और। फिर?...फिर कहीं और। एक सिलसिला है। जीवन के विराट मैदान में मृत्यु का यह मेला तो आपको हरदम सजा ही मिलेगा। आदमी ही इसे न समझ पाए तो यह उसकी मूढ़ता। बहरहाल, आइए, पर्याप्त फिलॉसफी झाड़ने के बाद अब हम अहाते में झांकते हैं जहां इस सुबह घर वापस जाने वालों की हलचल है।

गली में एक तांगा खड़ा है। कुछ रिश्तेदार इसी पर चढ़कर बस-अड्डे जाने की तैयारी में हैं।

सवारियों की प्रतीक्षा में रत तांगे को आपने देखा है कभी? अभी यह ठीक वैसा ही तांगा है। ऊबा हुआ-सा तांगे वाला, और ऊबा हुआ तो ख़ैर कैसे कहें परंतु लगभग वैसा ही घोड़ा। दुनिया और तांगे से एकदम निर्लिप्त और उदास घोड़ा। उन सवारियों से भी एकदम निर्लिप्त जो अभी एक एक करके तांगे पर बैठ रही हैं। घोड़े को खूब

पता है कि बैठने के बाद भी अभी ये लोग एकदम से नहीं चलने वाले। 'तनिक रुकियो भैया'—चलेगा। लुगासी का हर घोड़ा जानता है कि एक बार तांगा किसी घर के समक्ष लगा दो तो फिर कितने कर्मकांडों के बाद चलना शुरू होगा। वैसे, तांगा लगा नहीं कि कुछ देर तक तो सभी एक दूसरे को गुहार कर बताते हैं कि अब तुरंत निकला जाए क्योंकि तांगा लग गया है। कोई भी नहीं सुनता। गुहारते रहो। हां, एकाध बुजुर्गनुमा व्यक्ति अवश्य, तांगा लगते ही उस पर कूदकर चढ़ बैठता है। वही सबसे पहले गुहारना भी शुरू करता है। वही इस उस को दौड़ाता है कि अंदर से सबको बाहर भेजो वर्ना निकरबे में बड़ी देर हो जावेगी। कोई बाहर नहीं आता। कोई नहीं सुनता। वे बड़बड़ाते, भुनभुनाते तांगे पर बैठे रहते हैं। बेचैनी से बार-बार पहलू बदलते हैं जिससे तांगा हिलता-डुलता है—घोड़ा चुपचाप खड़ा बुजुर्ग की बैचेनी से एडजस्ट करता रहता है। देखने वाले कहते हैं कि कहीं भी जाना हो, अपने बाबूजी एकदम भैरा जाते हैं। सुबह चार बजे के तैयार होकर बैठे हैं। इनका बस चले तो रात में ही जाकर अस्तबल में धरे तांगे पर बैठ जाएं।

तांगा रुका रहता है। तांगे वाला तंबाखू मलता बैठा रहता है। घोड़ा, गधे जैसा खड़ा रहता है। बुजुर्ग महोदय बड़बड़ाते रहते हैं। लोग धीरे-धीरे एक एक करके बाहर निकलते हैं। फिर यह महत्त्वपूर्ण मसला विचारार्थ उठता है कि तांगे में पेटी बिस्तरा कहां धरा जाएगा और कौन कहां बैठेगा? कांय-कांय चालू हो जाती है। इतनी देर से तांगे में बैठे बुजुर्ग सज्जन अब नीचे उतर आते हैं। वे अपने निर्देशन में फटाफट सामान धरवाने के उपक्रम में पेटी नीचे गिरा देते हैं। घोड़ा मुस्काने लगता है। बुआ चिल्लाती हैं कि भैया, तुम तो ऊपर ही चढ़कर बैठे रहो। अभी पेटी किसी के पांव पर गिर जाती तो?...जब तक सब लोग यहां-वहां बैठकर सामान संभालते हैं तब तक पप्पू कहीं गायब हो जाता है। अभी तक तो यहीं था। कहां गया? है तो ज़रा सा बंटानी, पर है यह विकट हरामी बच्चा साहब! ढूंढ़ो। कहां जाएगा? पकड़ के लाओ। ठुकाई करें भैंचो की।...लोग 'पप्पू-पप्पू' करके यहां-वहां दौड़ने लगते हैं। फिर पप्पू मिल जाता है। वह छूट गए अपने कंचे लेने छत पर चला गया था। पप्पू की बढ़िया कानकुच्ची होती है। रुआंसे पप्पू को पेटी बिस्तर आदि की बाधाओं के ऊपर घसीटते हुए तांगे में कहीं फिट कर दिया जाता है। इसी बीच कोई अंदर से भागता हुआ चला आ रहा है। 'जे तो तुम अंदर बखरी में ही छोड़ आए थे' कहकर हाथ में झोला दे देता है। बिन्नू को फटकारा जाता है। 'इनके भरोसे कोई सामान छोड़ दो तो जेई होता है!' बिन्नू विफर जाती हैं। 'हमने तो अम्मा को पेलेई चेताई थी के हमारे दोनों हाथन में सामान है—जे झोला हमारे लाने न छोड़ियो।'

अब जाकर तांगा चलने को तैयार है। पर काठ का बना तांगा भला क्या जाने! मूरख जात! हां, घोड़ा जानता है कि ये लोग अभी नहीं चलने वाले। तांगे वाला तो इतने इत्मिनान से बैठा है मानो कि अब उसे कहीं जाना ही नहीं। वह जानता है कि अभी तो रवाना होने से पूर्व की बातें चलेंगी।

तांगे पर सवार एक अधेड़ ने विदाई के पोज में खड़े रज्जन से कहा, 'तो चलें?'

'हओ, निकरिये मौसाजी।...' रज्जन और क्या कहें?

'फिर आते हैं, तेरवीं पे।'

'वो तो हेईऽ।'

'गप्पू का ध्यान रखियो!'

'सो तो हेईऽ।'

'नन्ना को भी लगे हाथ देखते रहियो।'

'वो तो हेईऽ।'

'कछू और बात हो तो हमें फोन करियो।'

'सो तो हेईऽ।'

'संकोच न करियो। अधिकार है तुमारा। रात के बारा बजे भी...'

'वो तो हेईऽ।...'

कुछ देर तक शांति रही।

इस मौन वक़्फ़े के दौरान रज्जन, घोड़े को उसके ग़लत या कहें कि सही स्थान पर इतने ध्यान से ताकते रहे कि स्वयं घोड़ा तक संकोच में पड़ गया बेचारा। अलबत्ता, शर्म से गड़ नहीं पाया। गली पथरीली है। फिर घोड़ा भी ऐसा शर्मीला नहीं। इसी बीच मौसाजी खिसक रही एक पुटलिया को पुनर्स्थापित करने में व्यस्त रहे।

'अस्थियन के लाने आजई निकल जेहो का?' मौसाजी ने पूछा।

'हओ, इतें आप निकरे, उतें हम भी इलाहाबाद चले।...'

'नन्न भी जा रये?...'

'बस, नन्ना, और हम।'

'और गोपी?'

'बे कैसे जाते?...बे हैं बैंक और चाची के आधीन।...दोनों ने उन्हें छुट्टी देबे से मना कर दिया।'

'तो सेठ को ले जाते? या कप्तान को?'

'ले तो जाएं पर इलाहाबाद के पंडा लोग बुरा मान जाएंगे। कहेंगे कि अस्थिविसर्जन के बहाने हम सेठ को उन पर छू करबे को ले आए हैं।'

'ख़ैर, तुमाई मर्जी। बस, संभल के जइयो।'

'काय? रास्ते में कोई अस्थियां चुरा लेगा क्या?'

'बिलकुल। जे भी हो सकता है। अस्थियां काहे नहीं चुरा सकते? अभी अपने चरखारी वाले साले साहब गुजर गए थे न? उन्हीं की अस्थियां ले के इलाहाबाद जा रहे थे। नैनी पे किसी ने वो पेटी ही उतार ली जिसमें अस्थियां धरीं थीं। एकदम नई पेटी हती। उतार ली। तो भैया, अस्थियों को, या तो अलग से हंडिया में ले के जाना चइये या फिर पुरानी धुरानी पेटी-अटैची में। तुम हँडिया को किसी अच्छी अटैची में धर के न ले जइयो। चोर स्साले, कछू और ही समझ लेते हैं।'

‘आप चिंता न करो। नन्ना तो ऐसी पेटी में धर के ले जाने वाले हैं कि चोर एक बार भूखा मर जाएगा पर उसे उठाबे की कभी न सोचेगा।...’

‘समझदार हैं नन्ना।’

‘सोना हो या अस्थियां, बे इसी पेटी में ले के जाते हैं।’

‘ज़माने को जानते हैं न वे, तभी।’

‘पर आप जे तो बताओ कि जब अस्थियां चुर गईं तो फिर चरखारी वालों ने गंगा में क्या प्रवाहित किया?’ रज्जन ने पूछा।

‘वोई तो! जब अस्थिन की पेटी उठ गई तो बे बिचारे तो समझ ही न पाए कि अब गंगा में क्या सिराएं?’

‘फिर... ?’

‘फिर क्या, पंडित जी ने इतें उतें कछु मंत्र-फंत्र मार के नेंग पूरे करा दिए, बस। ईश्वर से क्षमा मांग ली।...तुम जरूर संभाल के ले जईयो।’

‘आप कहो तो हममें में से एक आदमी बारी-बारी से जाग के पहरा दे? पेटी पर निगाह धरे?’

‘जैसा बने, सो करियो। हमने तो बस एक बात बताई।..’

इसी बीच बुजुर्गवार सज्जन बेहद बेचैन हो चुके हैं। वे संवाद के बीच में कूद पड़े।

‘यार, पांच दिनों तक बातें कर कर के भी तुमारा पेट नहीं भरा? अब निकरो ना?’

मौसाजी ने सुना।...रज्जन से कहा, ‘तो फिर चलते हैं रज्जन। चच्चा का पेट पिराने लगा है। जल्दी निकरना पड़ेगा।’

‘पेट पिराबे की किसने कही? हम तो जल्दी चलबे की कह रहे हैं और तुम...’

‘एकई बात हैं चच्चा।...जल्दी मची हो तो आदमी के पेट में खलबली मचने लगती है।...चलो भैया, तांगा हांक दो, फटाफट।’

यह तांगा तो निकल गया।

अब रज्जन ने एक विहंगम दृष्टि अहाते पर डाली।

चबूतरे पर, एक किनारे, गप्पू दादा आंखें मूंदे बिराजे हैं। मुंह बब्बा के कमरे की तरफ़ है। न जाने क्या सोच रहे हैं। उनसे थोड़ी ही दूरी पर, मंहतजी पद्मासन में बिराजे हैं। मोहल्ले के चंद बूढ़े, यहां-वहां , तितर-बितर बैठे हैं।...जाने वाले रिश्तेदारों के बालबच्चों की आवा-जाही भी मची हुई है।

उधर गोपी कार का बोनट उठाकर इंजिन में झांक रहे हैं। मुआयना-सा कर रहे हैं। पिछवाड़ा हवा में है, सिर इंजिन के तारों, खटकों आदि के बीच। ज़ाहिर है, कार ख़राब हो गई है। गोपी ऑटोमोबाइल इंजीनियर भले ही न हों, मुआयना उसी सघनता और तल्लीनता से कर रहे हैं। कुछ बच्चे भी पंजों के बल खड़े होकर इंजिन के तिलिस्म में झांकने की कोशिश में हैं।

रज्जन ने पूछा, 'डिफेक्ट का कछु पता चला?'

गोपी बोनट में ही ग़ायब रहे। बोले नहीं।

'अभी तक ठीक नहीं भई?' रज्जन ने फिर पूछा और साथ साथ उत्सुक बच्चों को फटकारते हुए मौके से भागने का निर्देश भी दे दिया, 'इतें से भगो रे!–गोपी चच्चा को कार सुधार लेन दो।...'

वैसे रज्जन को यह पता है कि कार अभी ठीक नहीं होगी।

कार इसीलिए ठीक नहीं हो सकेगी क्योंकि वह पहले से ही ठीक है। फिर अभी गोपी ठीकठाक कार को ठीक करने में इतनी मेहनत क्यों कर रहे हैं? क्योंकि कार ख़राब न करते तो इसमें कुछ मेहमानो को बस अड्डे तक भी ले जाना पड़ सकता था। इसी दूरदर्शी सोच के कारण गोपी ने रात में ही घोषित कर दिया था कि कार में स्टार्टिंग ट्रबुल हो रही है। स्टार्ट तो होती है, तुरंत बंद भी हो जाती है। उन्होंने रात में यह चिंता भी व्यक्त की थी कि यदि कल सुबह कार ठीक न हुई तो दोपहर में उनका कानपुर जाना खटाई में पड़ सकता है। गोपी इलाहाबाद नहीं जाएंगे। बैंक ने आगे और छुट्टी न लेने के लिए उन्हें मना लिया है। बैंक में उनके बिना पत्ता भी नहीं खड़कता है। वे आज कानपुर जाने वाले हैं। अब वे भी तेरहवीं पर ही लौटेंगे। फिर तो बंटवारे तक रुकना ही पड़ेगा। किसी ने बाक़ायदा घोषित तो नहीं किया है पर बंटवारे की बात हवाओं में तो है। गोपी ने सूंघ लिया है। पैसों के मामले में उनकी नाक बड़ी जोरदार है।

'कार का स्साला जेई है। 'शिकार के टेम पे कुतिया हगासी' वाला मामला है।...' रज्जन अब कार के पास आकर बात कर रहे हैं। उनका तात्पर्य उस बेमुख्वत कुतिया से है जिसे ऐन शिकार के समय, जब उसे शिकार पर झटपने का आव्हान किया जा रहा हो, हाजत आ जाती है। गोपी भी जानते हैं कि रज्जन सब जान रहे हैं। कुतिया हगासी नहीं है। गोपी ने ही अच्छी भली शिकारातुर कुतिया को हगने के पोज में बिठा रखा है। गोपी ने 'रज्जन से आंखे न मिल जाएं,' इस चक्कर में, सिर को बोनट में और ज्यादा घुसेड़ लिया।

'आप इसे आराम से सुधारो।...हमें तो कार के बारे में कछू आता नहीं है, नहीं तो हम भी आपके साथ दूसरी तरफ़ से लग जाते। फिर भी कछु जरूरत हो तो जरूर बतइयो।...चिंता न करो। आपके जाबे के टेम तक जे एकदम ठीक हो जाएगी। देखियो। हम सही कह रहे हैं। हमें कार के बारे में तो कछु नहीं पता फिर भी जे बात तो शर्तिया बता सकते हैं।' रज्जन ने कहा।

रज्जन के मुख पर मंदस्मित है। गोपी सिर झुका होने के कारण भले ही उन्हें सीधे न देख पा रहे हों पर यह मुस्कान उनकी पीठ पर चुभ रही थी। गोपी खिसिया गए। वहीं, झुके झुके बोले, 'तुम जा के लोगन को विदा करो। सुधर गई तो हम भी आते हैं।'

'निकरबे वाले तो निकर ही रहे हैं। कौन सा उनको कार से जाना है।' रज्जन ने कहा और वहां से हटने को तत्पर हुए।

कि तभी वहां नौगांव वाले चच्चा आकर खड़े हो गए।

'काय भैया, स्टार्ट नहीं ले रई का दारी?' पूछने लगे।

रज्जन ने चलते-चलते कहा, 'नहीं चच्चा, गाड़ी तो एकदम फस्सकिलास है। गोपी चच्चा तो बोनट उठा के बस अपनी अठन्नी खोज रहे हैं।'

'हां, स्टार्टिंग ट्रबुल दे रही है।' गोपी ने बोनट की छत्रछाया से निकले बिना ही सूचित किया।

'ठंडी न हो गई हो मुरदार!' रिश्तेदार बची हुई जगह में अपनी मुंडी घुसेड़ने का उपक्रम करने लगे।

'रात में सर्दी भी तो कित्ती खेंच के पड़ रही थी। है कि नहीं? बाहर, खुले में धरी गाड़ी का इंजन ऐसे में हो जाता है, ठंडा। हमें पता है। तुमें भी पता ही होगा। गाड़ी तुमारी है। तुमें न पता होगा तो और किस भैंचो को पता होगा? हम तो ठंडी के दिनों में, झांसी में जे टंटा रोज ही देखते हैं। टेंपू वाले आग से तपा के इंजिन गर्म करते हैं, तब जा के गाड़ी स्टार्ट हो पाती है। नहीं तो लगाते रहो हेंडिल-पे-हेंडिल, खेंचते रहो डंडा।...' रिश्तेदार गोपी के झुके मुंह के करीब आकर समझाने लगे कि शायद इंजिन ठंडा हो जाने के कारण ही सारी गड़बड़ हो रही है।

गोपी चिढ़ गए। मारुति की तुलना टेंपू से कर रहे हैं—हद है। वे बोनट से बाहर निकल आए। बोले, 'वो बात नहीं है बड़े भैया। आजकल की गाड़ियां तो नई काट की होती हैं। कैसी भी सर्दी पड़ जाए, इनका इंजिन कभी ठंडा नहीं होता।'

रिश्तेदार भी साथ-साथ बोनट से बाहर आ गए।

बोले, 'नई काट की चीजों को जेई तो है भैंचो। अब खुदई देख लो। ठंडी नहीं हुई है पर चल भी नहीं रही दारी।...'

गोपी वापस झुककर किसी तार का बारीक निरीक्षण करने लगे। चुप रहे।

'हमने तो भैया, इसी कारण से कार नहीं खरीदी।' चच्चा ने अपनी घिसी हई जूती की तरफ़ देखते हुए कहा और हंसने लगे ताकि स्पष्ट रहे कि बात मजाक़ में कही जा रही है।

गोपी चुप रहे। मजाक़ पर मुस्काए भी नहीं।

'न हो तो कोई मैकेनिक बुला लो? कब तलक खुदई लगे रहोगे?' चच्चा ने कहा।

रज्जन पास ही चबूतरे पर खड़े होकर जाने वालों के निकलने की प्रतीक्षा कर रहे थे। वहीं से बोले, 'गोपी चच्चा को तो अभी बारह बजे निकलना है। देखियो, तब तक जे जरूर चल पड़ेगी। नए काट की गाड़ी है न। अपने मालिक का पूरा ख्याल रखती है।'

चच्चा हंसने लगे।

'अपने गोपी भी तो नई काट वाले आदमी हैं बेटा! नई काट का आदमी और नए काट की मशीन, जे दोनों आपस में मिल जाएं तो फिर कभी फेल नहीं हो सकते।...'

रज्जन ने वहां से हटते-हटते कहा, 'वोई तो हम भी बतला रहे थे चच्चा।' अंदर से दो अटैचियां घसीटते हुए चिम्मन मामा निकले। साथ साथ गरिया रहे भी थे। किसी विशेष जन को न गरियाते हुए वे उन समस्त मनुष्यजनों को गरिया रहे थे जो

टाइम पर बाहर न निकलने के कारण उन्हें फाल्तू में लेट करा रहे हैं। अटैची एक तरफ़ पटककर वे पलटे और चिल्लाए कि तुम लोग, भैंचो, बाहर काहे नहीं कढ़ रहे? क्या पुलिस भेजकर बाहर निकलवाना पड़ेगा? उन्होंने यह भी जानना चाहा कि मोंठ के बस अड्डा पे क्या तुमारे बाप बैठे हैं जो पलेरा जाबे वाली लगी लगाई बस को तुम्हारे लिए रोक के रखेंगे? उन्होंने बार-बार यह बात कही कि टेम पे मोंठ न पहुंच पाए तो लगी लगाई बस निकर जाएगी; फिर तुम 'इस पे' बैठ के पलेरा जाना। 'इस' का मतलब सब को पता था। फिर भी उन्होंने स्पष्ट इशारे द्वारा भी अपनी बात समझाने का सफल प्रयास किया कि लगी लगाई बस छूट जाने पर लोगों किस चीज़ पर बैठकर पलेरा जाना होगा। उन्होंने चिल्लाकर यह भी कहा कि जित्ती देर इतें करोगे, आगे भी उत्ती ही देर होती चली जाएगी। उनकी चौथी पुकार पर एक स्त्री अंदर से फनफनाती हुई बाहर निकली और सीधे चिम्मन मामा के सामने खड़ी होकर बोली कि तुम इतें खड़े हो के फालतू में अपना गला न फाड़ो। मामाजी भी बिफर गए। बोलने लगे 'हमने कल रात से ही कह रखा है कि दस बजे पलेरा की लगी लगाई बस मिलती है। उसी हिसाब से निकला जाएगा। पर इतें कोई सुनबे को ही राजी नहीं।'

'काहे तूफान मचा रहे हो मामाजी?' रज्जन ने पूछा।

'सब स्साले खुदमुख्तार हो गए हैं।' मामाजी ने गुस्से में कहा। मामीजी और गुस्सा हो चलीं।

'बच्चे तैयार होबे में टेम लगा रहे हैं तो जे खुदमुख्तारी कहाई क्या? अरे, टट्टी पेशाब तो करेंगे कि नहीं? कपड़ा लत्ता पहनेंगे कि नंगे ही बाहर आ जाएंगे?...इनकी तो जे है कि जे तैयार हो गए तो मान लिया जाए कि सारी दुनिया तैयार हो गई।...ऐसा होता है कहीं? क्यों रज्जन।?'

रज्जन ने भी मामाजी को समझाने की कोशिश की।

मामाजी ने फिर यही कहा इस चक्कर में लगी लगाई बस मोंठ से निकल जाएगी।

'तो क्या कोई और बस न मिलेगी? अरे, जे निकल गई तो दूसरी मिल जाएगी। दूसरी बस से कढ़ जइयो।' रज्जन ने समझाया।

'यार, लगी लगाई बस की बातई अलग होती है।'

'क्यों?'

अरे, इतें से उतरे, उतें चढ़ गए। सामने ही तो लगी मिलती है।'

पलेरा तो और भी बसें जाती हैं न?'

'क्यों न जाएंगी?...छोटा गांव समझे हो क्या? कान्वेंट स्कूल भी खुल गया है वहां, पता है?'

'अच्छा!'

'और नहीं तो!'

'थोड़े दिन और इंतजार कर लें। आपका पलेरा और बड़ा हो जाएगा। फिर तो दिन रात, लगी लगाई गाड़ी मिला करेंगी।'

'ऐसा भी होगा रज्जन बाबू। एक दिन ऐसा भी होगा। पलेरा को कम समझे हो का?'

'कौन चूतिया है जो आपके पलेरा को कम समझेगा?'

'वो दिन भी जरूर आएगा जब पलेरा के लिए हमेशा लगी लगाई बसें मिला करेंगी।'

'वोई तो! इतें से उतरे और उतें चढ़ गए। क्यों मामाजी? हमने सही कही?'

'सही तो कह ही रहे हो।...और मज़ाक भी कर रहे हो तो पलेरा को कोई फर्क नहीं पड़ता। पलेरा तो दिनों दिन बंबास्टिक होता ही जाएगा। देखियो।'

'फिर तो ऐसी लगी हुई बसें मिला करेंगी कि मान लो, बस एक के पीछे एक। लेनडोरी टाइप। क्यों मामाजी?'

'यार, तुम बातन में लगा के हमें और देर न कराओ। तांगा तो मंगा देते?...'

'अरे, अब तक तांगा नहीं मंगाया?'

'मंगाया तो था पर आया नहीं। आया होता तो दिखता।'

'जे भी एकदम सही बात कही आपने। आता, तो क्यों न दिखता? तांगा इत्ती बड़ी चीज़ है कि छुप नहीं सकती। वैसे...आपने किससे कही थी, तांगा लाने को?'

इतने में सामने से कप्तान आते दिखे।

'इनसे ही तो कही थी।' मामाजी ने बताया।

रज्जन ने कप्तान को पुकारा। वे आए। तांगे का पूछा तो कहने लगे कि नन्ना ने हमें दुर्जन को बुलाने के लिए तमरिहाई मोहल्ला भेजा दिया था। वैसे हम जाते जाते सेठ को बोल के गए थे।

'सेठ को तुमने जे तो साफ़ बता दिया था न कि तांगा दिखता कैसा है?'

'जे कौन सी बात हुई! बे खूब जानते हैं।'

'तुमें कैसे पता कि बे जानते हैं? हो सकता है कि बे साइकिल को तांगा समझते हों? सेठ किसी भी चीज़ को कुछ भी समझ सकते हैं।...'

'आप भी!...'

'अच्छा, उनकी छोड़ो, अब तुम ही दौड़ के तांगा ले आओ।'

कप्तान को इस बात पर आपत्ति थी कि सुबह से हर काम के लिए उनको ही कहा जा रहा है। वे पांच बार तांगा ला चुके हैं। अभी-अभी तमरिहाई मोहल्ले का चक्कर लगाकर भी लौटे हैं।

'हम सुबे से पांच दफा तांगा ला चुके।...सेठ को भेजो न?'

'पांच बार ला चुके हो न? तो छटवीं बार भी तुमईं ले आओ।' रज्जन ने आदेश दिया।

'हमईं हम हर बार काहे जाएं?' कप्तान भी अड़ से गए।

'क्योंकि अब तुम तांगा लाने के एक्सपर्ट हो गए हो। इत्ती बार ला ला के जान गए हो कि तांगा कैसे लाया जाता है।'

'क्यों? तांगा लाबे में कौनसी परेशानी? तांगे को तांगे में बैठ के लाया जाता है।'

'देखा? तुमें पता है। अभी सेठ को भेज दें तो बे बैठने की जगह लेट के लाने की कोशिश करेंगे।'

'ऐसा नहीं है।'

ऐसई है भैया!...तुम इत्ती बार तांगा ले आए हो कि अब तो घोड़े भी तुमें पहिचानने लगे होंगे। दूर से ही तुमें देखकर हिनहिनाने लगेंगे। आपस में कहेंगे कि साहब फिर तांगा लेबे को चले आ रहे हैं। अब इज्जत सी बन गई है तुमारी, घोड़ों के बीच। ख़ुश होंगे, तुमें देखकर।...

'घोड़े काहे ख़ुश होंगे?'

'अपने मौसेरे भाई को देख के ख़ुश न होंगे क्या?'

'हम जान रहे हैं।...आप हमें गधा कह रहे हो न?'

'हम जानते थे कि तुम जान जाओगे। तुम इत्ते गधे भी नहीं हो।'

'हम गधे हैं तो इन्हें हम पे ही लाद के बस-अड्डा भेज दो न?'

'हम तो भेज देते, पर इसके लिए तुमारे मामाजी तैयार नहीं होंगे। जे लोग पलेरा वाले हैं भैया। तुमें पता होना चाहिए कि पलेरा आजकल कित्ता बड़ा गांव हो गया है।'

'कित्ता बड़ा हो गया है?'

'इत्ता कि जब भी जाओगे, एक दिन तुमें वहां की लगी लगाई गाड़ी मिल जाएगी।'

अब जाकर मामाजी इस निरर्थक संवाद में उतरे।

'यार, तुम लोग इतें खूब बहसबाजी करो। हम खुदई जा के तांगा ले आते हैं।' मामाजी चलने को तत्पर हुए।

'आप काहे जाएंगे? हम ही जाते हैं।...हमें तो अब घोड़े भी पहिचानने लगे हैं। हमई जाते हैं।' कप्तान ने कहा और तांगा लेने के लिए निकल गए।

'इनकी बातों का बुरा न मानिएगा मामाजी। चूतिया जरूर हैं पर दिल के साफ़ हैं।...'

'कोई बात नहीं।'

'चूतियों को चूतियाई करने से नहीं रोका जा सकता।'

'हम भी कभी नहीं रोकते।'

'हवा के झोंके को कौन रोक सका है?'

तांगे की प्रतीक्षा होने लगी। 'आप गप्पू दादा से तो मिल लिए न?'

'कैसी बात करते हो?...उनके दर्शनों के बिना...'

'दर्शन की बात नहीं कर रहे। दर्शन तो इतें से भी हो रहे हैं। जे बताओ के मिले कि नहीं?'

'मिल लिए न भैया।...'

'चलिए, जे अच्छा किये।'

'बब्बा की मौत का जैसा सदमा गप्पू को पहुंचा है वैसा...'

'सदमा तो नन्ना को भी भौत पहुंचा है।' रज्जन ने एक आंख दबाकर कहा। मामा मुस्कुराने लगे।

'हम वैसे वाले सदमे की बात नहीं कर रहे।...गप्पू का सदमा चौबीस कैरेट वाला सदमा है।...'

'ऐसा न कहें। सदमा तो नन्ना को भी तगड़ा है। बिचारे खुद सबको बताते फिर रहे हैं कि उन्हें कैसा विकट सदमा पहुंचा है।...उनकी शक्ल से चाहे पता नहीं चल पा रहा हो।...' रज्जन ने कहा।

दोनों हंसने लगे।

'सदमे-सदमे में फर्क होता है रज्जन बाबू।...किसी के मूं पर ही अपने आप लिखा होता है, तो किसी को अपने माथे पर सदमा लिखकर घूमना पड़ता है।'

'आपने दुनिया देखी है। आप ज़्यादा जानते हैं।'

'और नन्ना के माथे पे तो जो कुछ लिखा है उसमें 'स्पेलिंग मिश्टेक' भी है भैया। 'सदमा' में 'द' पे बड़े आ की मात्रा खेंच दी है। दूर से सुदामा टाइप दिखता है।'

'और पास से?'

'पास से, नन्ना टाइप... ।'

'आप उन्हें ज़्यादा जानते हैं। हम क्या कहें?'

'कुछ न कहो। बस, नन्ना पे नज़र रखियो।...वैसे हम जे बात तुमसे कभी न कहते। कहना इसलिए पड़ रही है क्योंकि अपने गप्पू महाराज हैं एकदम महात्मा आदमी।...इन्हें तो बटवारे में कोई थाली लोटा भी पकड़ा देगा तो जे महाराज उसी को अपने माथे से लगाकर चल देंगे।'

'हम जानते हैं।'

'एकदम गऊ आदमी हैं।...' मामाजी ने गप्पू की शराफत को पुनः रेखांकित किया।

रज्जन के मुंह पर एक तिरछी मुस्कान के साथ वितृष्णा के भाव उभर आए।

'मम्मा, आप एक बात हमें सच्ची-सच्ची बतइयो?'

'तुमसे झूठ बोल के हमें क्या मिलना है?'

'आप लोग जो बार-बार, चाहे जब कहते हो कि गप्पू तो गऊ हैं-जे बात आप उनकी तारीफ में कहते हो कि मज़ाक में? कि शराफत में क्योंकि बुजुर्ग आदमी को सीधे-सीधे चूतिया भी तो नहीं कहा जा सकता है। क्यों? सच्ची बताना।'

'राम! राम!...यार, तुम अपने बाप के बारे में ऐसी बातें करते हो?'

'देखिए, बाप अपनी जगह, और सच्ची बात अपनी जगह। सचाई कभी जे लिहाज नहीं करती है कि बाप की बात हो रही है के पड़ोसी की।'

'यार, हम तो गप्पू की तारीफ ही कर रहे थे। हम ही क्यों, सब करते हैं। उन जैसे भले आदमी आजकल होते ही कहा हैं? वे वास्तव में एकदम गऊ आदमी हैं। हमने गलत थोड़ेई कहा?'

‘हो सकता है कि उन्हें भला बताने के लिए ही आप उन्हें गऊ कहते हों पर...’

‘...पर क्या?’

‘...पर हमारा मानना यह है कि आदमी को आदमी ही रहना चाहिए। फालतू में गऊ बनने की कोशिश क्यों करना? अरे, जब भगवान ने तुमें आदमी बनाया है तो आदमी ही बने रहो न? भगवान की इच्छा के खिलाफ क्यों जाते हो?...अगर गऊ ही बनाना होता तो भगवान तुमें डायरेक्ट गऊशाला में ही न पैदा कर देता?’

‘यार तुम तो बात को पकड़ लेते हो। शब्द नहीं, बात के मर्म को पकड़ो। गप्पू गऊ आदमी हैं। सब जानते हैं।’

‘वही तो। हम भी तो जेई निवेदन कर रहे हैं। आदमी को गऊ नहीं होना चाहिए।’

‘क्यों भैया?’

‘आदमी को गऊ क्यों होना? दूध आपको देना नहीं। गाभिन आप हो नहीं सकते। सींग चलाना नहीं है। सामने हरी घास भी धरी हो तो मुंह नहीं मारना है। फिर आपके गऊ बनने का मतलब ही क्या निकलता है?...और हमारे पिताजी जैसे आदमी तो जब एक बार गऊ बनते हैं तो दिनों दिन और भी गऊ होते चले जाते हैं। दुनिया बार-बार ‘गऊ आदमी हैं,’ ‘गऊ आदमी हैं’ कहकर उनकी तारीफ करती फिरती है। ऐसे में आदमी ठीक से न तो आदमी रह पाता है, न ही पूरी गऊ बन पाता है।’

‘तुम नहीं समझोगे रज्जन।...तुमारे बाप वास्तव में भौत बड़े आदमी हैं। मान लो कि महापुरुष टाइप हैं।...यह घर धन्य हुआ कि ऐसा महापुरुष यहां पैदा हुआ।’

‘चलिए मान लिया, फिर?’

‘यार, तुम नहीं समझोगे।’

‘अरे, हम नहीं समझेंगे तो फिर कौन भैंचो समझेगा? बचपन से यही सब तो देखते सुनते चले आ रहे हैं मम्मा। महापुरुष के साथ रहने को हंसी ठट्ठा मान लिए हो क्या?...बाप अगर महापुरुष निकल जाए तो संतान की ऐसी-तैसी हो जाती है।...गांधीजी की संतान से कभी पूछ के तो देखते। वो फूट-फूटकर रोती और बताती कि...’

‘यार, तुम भी...’

‘एकदम सही बात बता रहे हैं।...महापुरुषों को तो दूर से ही नमस्कार करना ठीक रहता है। तनिक पास आए कि आप मरे।...और जो उनके साथ ही रहना पड़ जाए तब तो... । कभी महापुरुष के घरवालों के दिल से भी पूछकर देखो न? वे बताएंगे कि महापुरुष की महापुरुषाई को मेन्टेन करने में घरवालों की कैसी चटनी बनती है।...सच्ची।’

‘यार तुम जो भी कहो पर हम तो अभी भी यही कहेंगे कि गप्पू बड़े ही गऊ आदमी हैं। सच।’

‘अच्छा, आप तो जे बताओ कि आप खुद एक गऊ के साथ कित्ती देर तक रह सकते हो? जब दिन रात गऊशाला में खड़े रहोगे तो फिर हम आपसे पूछेंगे कि कैसा लग रहा है गऊ माता के साथ?’

'यार तुम तो एक ही बात को पकड़ के बैठ गए।'

तभी कप्तान तांगा लेकर आ गए। गऊ-प्रसंग समाप्त हुआ। तांगे की तरफ़ बढ़ते हुए मामाजी से रज्जन ने कहा कि गऊ के साथ रहना भौत बड़ी परीक्षा है मम्मा।...बैल भी बस उत्ती देर तक ही गऊ के साथ रहता है जित्ती देर में उसका काम होना है।

मामाजी ने इसके उत्तर में एक दूसरी ही बात पूछी-'यार, जे अपने गंगेले जी कितें रह गए? बे भी तो इसी तांगे के लाने खड़े थे।'

रज्जन ने घूमकर देखा तो गंगेलेजी को गप्पू दादा के पास खड़ा पाया। 'अभी तक इतें जान खा रहे थे कि जल्दी करो, जल्दी करो-और अब खुद उतें चले गए।' मामा बड़बड़ाने लगे। रज्जन ने आश्वस्त किया कि हम अभी जाकर गंगेलेजी को पकड़ के लाते हैं।

रज्जन गप्पू की दिशा में चले। गप्पू जहां हों, आसपास, कुछ फीट तक के दायरे की हवा में उनकी गंभीरता घुल जाती है; हवा गाढ़ी-सी हो जाती है।

गंगेलेजी जैसे कम ही दु:साहसी होते हैं जो इस हवा को काटते हुए उन तक पहुंचने की सोचें। गंगेलेजी दु:साहसी हैं। वे गहरे उतरने में विश्वास रखते हैं। चाहे फिर श्वास ही रोकनी पड़े। अभी वे गप्पू के करीब खड़े होकर कुछ बातें कर रहे हैं।

रज्जन उनके पास पहुंचकर प्रतीक्षा करने लगे कि देखें, कब जाकर इनकी श्वास टूटती है।

'तो हम लोग जा रहे हैं गप्पू दादा।...अपना ख्याल धरियो।...'

गप्पू ने सिर उठाकर गंगेले जी को देखा। मौन आशीर्वाद भी दे दिया।

'चिंता न करियो।...हम तेरवी पे फिर से आ ही रहे हैं।' गंगेलेजी ने कहा। गप्पू मौन ही रहे।

'अब घर में आपई सबसे बड़े हो। बब्बा तो रहे नहीं।'

गप्पू के मुख पर निचाट सूनापन था। इस बात पर वहां पत्ता भी नहीं खड़का।

'वैसे तो बब्बा की जगह कोई भी नहीं ले सकता।'

गप्पू ने इसके उत्तर में बस, आसमान की दिशा में देखा।

'सच्ची, भौत याद आएगी बब्बा की।...पलेरा तो मान लो कि सूना हो गया।'

गप्पू के ऊपर उठे मुख पर भांय भांय सी हो रही है।

यही भांय भांय उनके चेहरे से उतरी और कहे गए संवाद को दबोचकर उसी आसमान में कहीं ले गई जिसे गप्पू ताक रहे थे।

गप्पू अच्छे खासे उदास तो पहले से ही थे, अब कुछ और ज्यादा हो गए। मुंह कुछ ऐसा लटक गया माने धरती का गुरुत्वाकर्षण बल सारे अन्य काम छोड़कर गप्पू के मुंह को लटकाने के काम में ही लग गया हो।

इतना लटका हुआ मुंह गंगेलेजी ने भी पहले कभी नहीं देखा है। वे और ज़्यादा सांत्वना देने पर उतारू हो गए।

‘खुद को संभालिए गप्पू दादा।...’

गप्पू ने गहरी श्वास खींची।

‘जे पूरा खानदान बस अब तुमारे ही सहारे है।’

गप्पू की आंखों की तरैया भर आईं।

‘ऐसो न करो दद्दा।...अब बब्बा के इस कमरे के तुमईं मुख्तार कहाए।... तुमईं इसमें बैठोगे। तुमें ही इसमें बैठकर सब संभालना है। संभालो खुद को।...’ गंगेलेजी ने कहा।

रज्जन से और बर्दाश्त नहीं हुआ। सांत्वना कार्यक्रम में दखल देते हुए वे बीच में कूद पड़े।

रज्जन ने कहा, ‘गंगेलेजी, तांगा तैयार खड़ा है। सब बैठ चुके हैं। चला जाए।’ गंगेलेजी ने कहा, ‘बस, अभी चल दिए।’

‘तो बस, चल ही दें। चिम्मन मामा उतें आपके बिना तड़प रहे हैं। घोड़ा तक चिंता में है।’

‘अरे यार, तुमारे चिम्मन मामा को तो ऐसी लुक्क लगी रहती है कि...’

‘पलेरा की लगी लगाई बस पकड़नी थी न, बेचारे क्या करें?’

‘भइया, तो चल रहे हैं न? गप्पू दादा को तनिक प्रणाम तो कर लें?...’

‘कर तो लिया।...हमने खुद देखा। हां, अभी आप इन्हें जो बब्बा का कमरा दिलाबे की बात कर रहे थे, सो वो बात अभी और कहीं न ही उठइयो।...’

‘काय भैया?...बब्बा के बाद इस कमरे में तो अब गप्पू ही बैठेंगे न?’

‘आप बिठाओगे?’

‘क्यों?’

‘बंटवारे में जिसे भी जे कमरा मिलेगा, वो बैठेगा कि कोई भी आकर बैठ जाएगा?’

‘क्यों? गप्पू के सिवा और किसे जे कमरा मिलेगा?’

‘जे तो अब बंटवारे पे ही पता चलेगा न गंगेलेजी?...आप अभी से ऐसा कुछ न कहो। लोग सुन लेंगे तो गुस्सा हो जाएंगे।’

‘कौन गुस्सा हो जाएगा?’

‘होबे वाले हो जाएंगे।...तेरवीं के बाद बंटवारा होना ही है। तब खुद देख लेना।’

‘यार, हद है जे तो।’

‘छोड़ो न आप?...वैसे भी, पिताजी तो कहीं भी बैठें, कोई फर्क नहीं पड़ता।...जैसे कंता घर भले, वैसे भले विदेश। आप चलो।’

तब तक बेचैन होकर स्वयं मामाजी ही वहां आ गए।

यह तांगा भी निकल चला।

‘तनिक संभल के बैठियो मम्मा।...घोड़ा उजड्ड टाइप लग रहा है।’ जाते हुओं को रज्जन ने आवाज़ देकर चेताया।

तांगा निकल गया। मामाजी ने हाथ हिलाकर बताया कि वे ठीक से ही बैठे हैं। रज्जन के साथ खड़े मित्र ने कहा, 'घोड़ा तो उजड्ड ही होता है रज्जन बाबू।...यदि वह उजड्ड न हुआ तो घोड़ा ही नहीं कहाएगा।...'

रज्जन सहमत हुए।

घोड़े की उजड्डता को उसके घोड़ेपन के लिए अनिवार्य मानते हुए उसी तारतम्य में रज्जन आगे बोले, 'बात तो तुम एकदम पते की कह गए हो राजा।...घोड़ा अगर उजड्ड न हो तो फिर वह घोड़े वाला वो काम कैसे करेगा जिसके लिए उसकी आदमी और घोड़ी, दोनों की निगाहों में इतनी इज्जत है।...'

मित्र ने हंसकर कहा कि यार तुम भी भैया..., तुमें का कहें!

रज्जन ने गंभीर पोज में ही कहा, 'हमें कुछ मत कहो। हम तो निमित्त मात्र हैं। सारा श्रेय घोड़े को दो। घोड़ी भी उसी को देती है।'

कल चौथा निबटा और आज सब लोग अपने अपने घर को निकल रहे हैं। एकदम उत्सव का माहौल है। हा हा, ही ही। जाते हुओं की बतकहीं। चर्चाएं। गप्पें। बातें।...इन चार दिनों में ही बब्बा बिसरा दिए गए हैं। अब वे किसी भी चर्चा के केंद्र में नहीं हैं। वास्तव में तो वे अब इसकी परिधि पर भी नहीं बचे हैं। बातों में बब्बा कहीं भी नहीं।...ज़िन्दगी की तासीर यही है। मौत को बड़ी तेजी से भुला देती है वह।

आज मानो फिर से अम्मा के दिन फिरे!
फिर से आज यह अम्मा का दिन है।

आज मानो फिर से अम्मा की मूर्ति का जीर्णोद्धार हो रहा है। जो भी वापस जा रहा है, अम्मा को प्रणाम करके जा रहा है। बड़े, बूढ़े, मर्द, औरतें, बच्चे-सुबह से लेनडोरी लगा के अम्मा के पांव छुए जा रहे हैं। पुनः सांत्वना का प्रसाद चढ़ाया जा रहा है। 'अम्मा, अपने का अकेला न समझियो।...' 'भौत बुरा हुआ पर जिनगी जेई है—का करें?'

अम्मा, अंधकार की चादर ओढ़े मौन पड़ी हैं। सुन लेती हैं सब कुछ।...बीच-बीच में, 'गों' 'गों' की लय में आशीर्वाद भी दे देती हैं। आंसुओं का घट तो वर्षों पूर्व ही रीत चुका है। सूखी-सूखी आंखों से अगर रोती भी हों तो अंधेरे में तो अभी पता नहीं चल रहा।

अम्मा का हाथ पकड़कर बगल में ही बैठी हैं सावित्री। बस, वे ही जानती हैं कि अम्मा पर अभी क्या बीत रही है। या शायद वे भी नहीं जान रहीं कि अम्मा पर अभी क्या बीत रही है? अम्मा के मन के परदे पर अभी इतनी सारी तस्वीरें एक साथ दौड़ रही हैं कि वहां सब कुछ गड्ड-मड्ड है। कुछ भी साफ़ नहीं है। कुछ

बूझता ही नहीं। आते-जाते लोग अंधेरे में छाया की तरह हैं-दिखते ही नहीं। कानों में घुनघुन-सा कुछ हो रहा है। पता ही नहीं चल रहा कि ये लोग क्या कह कह कर जा रहे हैं? ध्वनियां तो हैं, अर्थ ग़ायब हैं।...सुन्न सी पड़ी हैं अम्मा।

पौंर में फिलहाल एकांत है। अम्मा अभी मौन हैं। सोच रही हैं अपने उस जीवन के बारे में, जो अब है भी, और नहीं भी है। सांसें चल रही हैं पर जीवन स्थगित है। एक बहुत बुरा सपना सा चल रहा है जो टूटता ही नहीं। जीवनयात्रा जारी तो है पर इस एक पड़ाव पर ही रुकी हुई है। जीना स्थगित है, तभी तो मौत नहीं आ रही। मौत भी तो जीवन के अंत में ही आती है न? वे यदि यहीं रुकी रह गईं, तो? जीवन हमेशा ऐसा ही स्थगित रहा तो? जब यह जीवन चलेगा ही नहीं तो फिर अंत तक कैसे पहुंचेगा? और जो नहीं पहुंचा तो फिर उन्हें मौत कैसे मिलेगी?...

'हम भी, कभी न कभी तो मरेंगे न बिन्नू?' अम्मा ने अचानक पूछा।

'काहे को ऐसी बातें करती हो अम्मा?' सावित्री ने रोका।

'अच्छा, जब भी हम मरेंगे तब जे सब लोग फिर से इकट्ठे होंगे न?' अम्मा ने लटपटी जुबान में सावित्री से पूछा।

'काहे को ऐसे कुबोल बोलती हो अम्मा?...तुम काहे मरोगी?' सावित्री ने उनका हाथ सहलाते हुए कहा।

'जे सब लोग तब भी आएंगे न?...कहीं जे तो नहीं पूछने लगेंगे कि कौन अम्मा?'

'तुम न मरोगी अम्मा।'

'सही कहती हो। हम काहे मरेंगे? हमारे ऐसे भाग्य कहां?...हम तो इतें ही पड़े रहेंगे। पौंर में। इसी खटिया पे। इतें ही सड़ेंगे। क्यों?' अम्मा ने कहा।

'अम्मा, सब ठीक हो जाएगा।' सावित्री और क्या कहें।

'सब धीरे-धीरे जे भो भूल जाएंगे कि इतें कोने में अम्मा पड़ी हैं। देखेंगे तो आपस में पूछेंगे कि जे कौन हैं? फिर हम मरे तो मरबे पे भी कोई न आएगा। देखियो।'

सावित्री चुप रहीं।

अम्मा ने फिर से यही बात कही।

सावित्री ने उनका हाथ भींच लिया।

'इत्ते सालों से इसी कोने में पड़े हैं। लोग भी हमें कब तक याद रखें? है न?' अम्मा ने कहा।

सावित्री उनका हाथ भींचे बैठी रहीं।

'हमारा जीवन भी कोई जीवन है?...रुका पड़ा है।...नाली जैसा।...पानी सड़ रहा है बिन्नू। ऐसे तो हमें मौत भी नहीं आ सकती।...जो जीता है, वही तो मरता है न बिन्नू?.. जब हम जी ही नहीं रहे तो फिर मरेंगे कैसे?...' अम्मा ने कहा।

अम्मा अपने उस जीवन को रो रही हैं जो वर्षों से स्थगित पड़ा है।

उनका जीवन भी स्थगित है और मौत भी।

ऐसे में फिर वे कैसे मर सकेंगी? जीने को तो तरस ही रही हैं, क्या मरने के लिए भी ऐसा ही तरसना पड़ेगा? एड़ियां रगड़ रगड़ कर जी तो रही हैं पर वे इसी तरह मरना नहीं चाहतीं। एड़ियां रगड़कर जीना ही जब इतना कष्टकर है तो एड़िया रगड़कर मरना कितना कष्टकारी होगा?

'हमें तो अब एकदम्म जल्दी से मरना है बिन्नू।...तुम हमारा कछु इंतजाम करो।' अम्मा ने कहा।

सावित्री रोने लगीं।

'इतें पड़े रह गए तो फिर हम कभी नहीं मर पाएंगे।...पौंर में इतें भौत अंधेरा है। जमदूत हमें ढूंढ़ ही न पाएंगे। तुमने हमें इतें कोने में तो पटक रखा है। इतें मौत कैसे आएगी?' अम्मा बड़बड़ा रही हैं।

सावित्री रोती रहीं।

'रोबे की कोई बात नईं है बिन्नू।...हमाई बात को समझो। हम एकदम सही बात कह रहे हैं। हमें इस पौंर से बाहर निकालो। तब तो हम मर पाएंगे। इतें ही पड़े रहे तब तो हम कभी न मर पाएंगे।' अम्मा ने कहा।

सावित्री सिसकती रहीं।

'इतें से निकालो।...अभी के अभी निकालो हमें। बिन्नू..., हमें अभी इतें से निकालो।' अम्मा उत्तेजित हो चलीं।

सावित्री क्या जवाब दें?

'बिन्नू, तुम तो हमें बब्बा वाले कमरा में धरवा दो।...अब हम बब्बा के कमरे में ही रहेंगे।...अब तो बब्बा का कमरा खाली हो गया न?...हमें वोई कमरा दिला दो।...उतें भौत उजाला है। घर में ऐन सामने पड़ता है।...जमदूत घर में घुसेंगे तो उन्हें हम एकदम सामने ही दिख जाएंगे।...तुम तो हमें बब्बा वाला कमरा दिला दो बिन्नू, नहीं तो हम कभी भी न मर पाएंगे।...' अम्मा की उत्तेजना बढ़ रही है।

सावित्री फूट-फूट कर रोने लगीं।

'इत्ते अंधेरे में छुपा के न धरो हमें।...तुमारे हाथ जोड़ते हैं बिन्नू।...' अम्मा बोलीं। उनकी श्वास तेज-तेज चल रही है। बेचैन होकर वे खटिया पर हाथ-पांव पटकने लगीं।

'हमें इतें न सड़ाओ बिन्नू।..' अम्मा बोलीं।

सावित्री उनकी छाती पर हाथ फेरने लगीं।

'शांत हो जाओ अम्मा।...तनिक शांत हो जाओ।...' सावित्री स्वयं सिसकते हुए अम्मा को सांत्वना देने लगीं।

पर अम्मा उतनी ही बेचैन रहीं। उलटती पलटती रहीं।

खटिया चर्र-मर्र हो रही है।

सावित्री सिसकना भूलकर चिंता में पड़ गईं।

'हमें इतें न सड़इयो बिन्नू...' यही रट लगा ली है अम्मा ने।

'काहे चिंता करती हो अम्मा?' सावित्री ने उनके माथे पर हाथ रखकर उन्हें शांत करने की कोशिश की।

अचानक ही अम्मा ने सावित्री की कलाई इतने जोर से भींच ली कि उनके टूटे, कमजोर परंतु पैने नाख़ून सावित्री की कलाई में धंस से गए।

सावित्री घबरा गईं।

'बंटवारा कब हो रहा है बिन्नू?' बेचैन अम्मा पूछ रही हैं।

सावित्री को तो प्रश्न ही समझ में नहीं आया। अम्मा यह सब क्यों पूछेंगी भला?

'तेरवीं के अगले दिन ही होना है न? हमने सुन लिया है। हमें पता है।'

'अरे अम्मा, छोड़ो न। होता है तो होने दो।...'

'नहीं बिन्नू, तुम हमाई तो सुनो।...हमें भी अपन हिस्सा चइये।...बता देइयो गप्पू को।...समझा देइयो कि बंटवारे में कोई अम्मा का हिस्सा न चांप जाए।...हम अपना हिस्सा न छोड़ेंगे बिन्नू।...' अम्मा की बेचैनी बढ़ती जा रही है।

सावित्री घबराने लगीं। अम्मा ठीक नहीं लग रहीं। किसी को बाहर से बुलवाएं क्या?

'बब्बा की लुगाई हैं हम।...हमाओ हिस्सा भी बनता है कि नहीं?' अम्मा गों गों करके बड़बड़ाए जा रही हैं, हाथ-पांव पटक रही हैं।

'हो जाएगा अम्मा।...सब ठीक हो जाएगा।...जे सब आपका ही तो है।' सावित्री ने समझाने की कोशिश की।

परंतु अम्मा में तो न जाने कितनी ताकत कहां से आ गई है। लकवे के बावजूद उठ उठ जा रही हैं।

'हमें तो अपना हिस्सा चइये।...बंटवारे में बब्बा वाला कमरा हमें ही मिलना चइये।...गप्पू से सिफारिश लगा देइयो हमाई।...बब्बा वाला कमरा दिलवा देइयो हमें।...कोई और न ले जाए बब्बा का कमरा।...हमें चइये। बब्बा का कमरा हमें ही दिलवइयो।...' अम्मा ऊंची आवाज़ में रो रोकर कह रही हैं कि बब्बा का कमरा उनके ही नाम होना चाहिए। अम्मा बेहद उत्तेजित हैं। उनकी श्वास धोंकनी सी चल रही है। 'गों', 'गों' है। बड़बड़ाहट है। रुदन है। तेज श्वास की आवाज़ें है। हाथ-पांव पटकने की आवाज़ें भी है। खरिया चरमरा रही है।...सारी आवाज़ें डरावनी हैं। अचानक ही, पौंर का यह अंधियारा कोना भय पैदा करने लगा है।

सावित्री का हाथ अम्मा ने ऐसा भींचकर पकड़ रखा है कि छुड़ाएं कैसे? दूसरे हाथ को अम्मा की छाती और माथे पर फेर रही हैं सावित्री।...'अम्मा शांत हो जाओ, शांत हो जाओ—' सावित्री समझा रही हैं। समझ नहीं पड़ रहा कि क्या करें?

अम्मा को ऐसा उत्तेजित तो पहले कभी देखा ही नहीं।

'हमें बब्बा का कमरा न मिला तो ऐसा श्राप देंगे कि...' अम्मा रोती हुई ऊंचे स्वर में चीख रही हैं।

गों गो करके ऊंची आवाज़ में रोती ही जा रही हैं अम्मा।

घर के तमाम सदस्य दौड़कर पौंर में एकत्रित हो गए हैं।

'क्या हो गया अम्मा को?'

सब लोग सावित्री से पूछ रहे हैं।

'जे क्या बोले जा रही हैं?'

अम्मा की लटपटी बोली बस सावित्री ही समझ पा रही हैं।

पर सावित्री क्या कहें? किसको बताएं? किसको समझाएं कि अम्मा क्या मांग रही हैं और इस मांग का मतलब क्या है? कौन समझेगा?

पौंर में भीड़ बढ़ गई।

'क्या हुआ?' किसी ने पूछा है।

'कुछ नहीं! पगला गई हैं अम्मा।...सिर्री हो गईं।' किसी ने दबी आवाज़ में बताया। शायद ठीक ही कहा। इस समझदार दुनिया के पागलपन के बीच आख़िर वे कब तक ठीक रह सकती थीं?

❑❑❑